L'infortunée

DU MÊME AUTEUR
AUX ÉDITIONS J'AI LU

Les garçons, n° 8874

WESLEY STACE

L'infortunée

ROMAN

Traduit de l'anglais
par Philippe Giraudon

J'AI LU

Wesley Stace

Né à Hastings en 1965, il étudie à Cambridge et mène une vie de gentleman, jusqu'au jour où il décide de s'adonner à sa vraie passion, la musique folk. Il prend le nom de John Wesley Harding, en référence à un disque de Bob Dylan. Auteur, compositeur et interprète, Harding signe une quinzaine d'albums rock ; il jouera même avec Joan Baez ou Bruce Springsteen. C'est une de ses chansons, « Miss Fortune », qui inspirera ce premier roman, qu'il met six ans à écrire.

TITRE ORIGINAL
Misfortune

ÉDITEUR ORIGINAL
Little, Brown and Company,
Time Warner Book Group

Pour ma mère et mon père

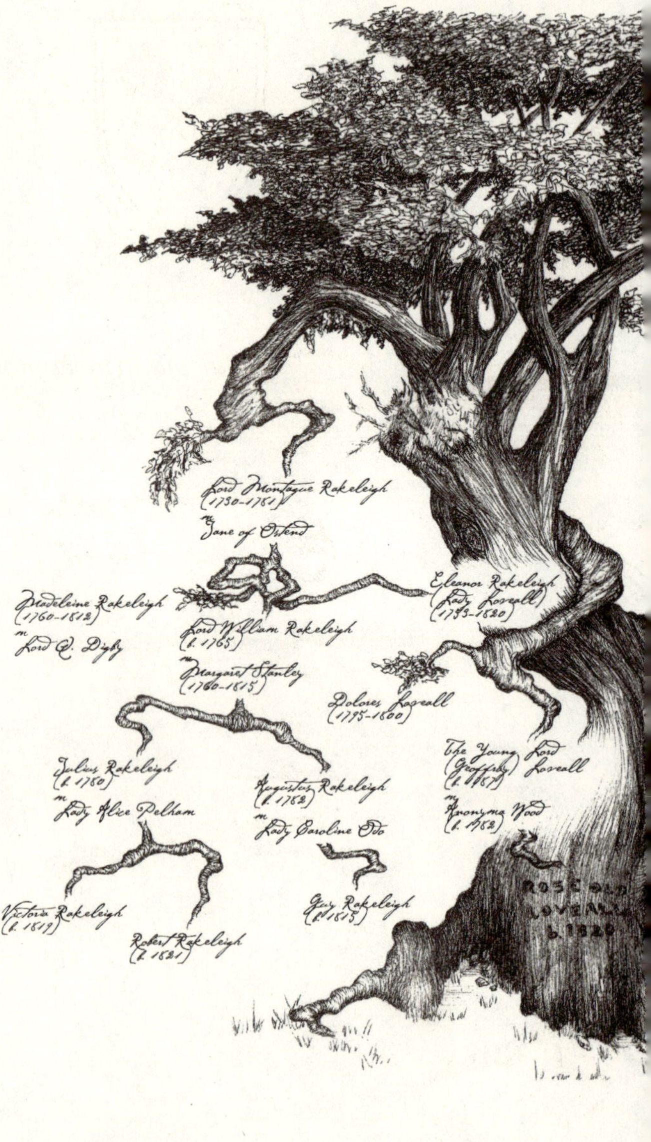
Lord Montague Rakeleigh
(1730-1781)
m
Jane of Ostend
Madeleine Rakeleigh
(1760-1812)
m
Lord Q. Digby
Lord William Rakeleigh
(b. 1765)
m
Margaret Stanley
(1760-1815)
Eleanor Rakeleigh
(Lady Loveall)
(1793-1820)
Dolores Loveall
(1795-1800)
The Young Lord
(Geoffrey) Loveall
(b. 1787)
m
Anonyma Wood
(b. 1782)
Julius Rakeleigh
(b. 1780)
m
Lady Alice Pelham
Augustus Rakeleigh
(b. 1782)
m
Lady Caroline Odo
Victoria Rakeleigh
(b. 1819)
Robert Rakeleigh
(b. 1821)
Guy Rakeleigh
(b. 1815)

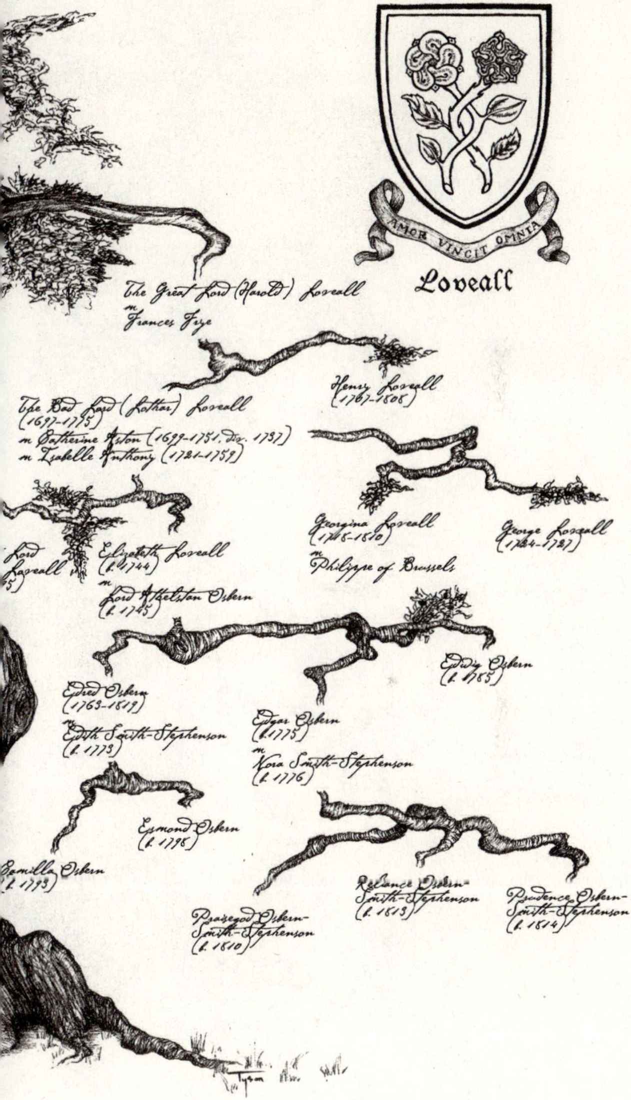
AMOR VINCIT OMNIA
Loveall
The Great Lord (Harold) Loveall
m
Frances Fize
Henry Loveall
(1767-1808)
The Bad Lord (Lothar) Loveall
(1697-1775)
m Catherine Aston (1699-1751, div. 1737)
m Isabelle Anthony (1721-1759)
Georgina Loveall
(1748-1810)
m
Philippe of Brussels
George Loveall
(1724-1727)
Lord
Loveall
Elizabeth Loveall
(b. 1744)
m
Lord Athelstan Osbern
(b. 1745)
Edwig Osbern
(b. 1785)
Edred Osbern
(1763-1819)
m
Edith Smith-Stephenson
(b. 1773)
Edgar Osbern
(b. 1775)
m
Nora Smith-Stephenson
(b. 1776)
Esmond Osbern
(b. 1798)
Camilla Osbern
(b. 1793)
Reliance Osbern-
Smith-Stephenson
(b. 1813)
Prudence Osbern-
Smith-Stephenson
(b. 1814)
Praisegod Osbern-
Smith-Stephenson
(b. 1810)
Tyson

J'espère avoir écrit mon Poème si plein de vie
Qu'en le lisant vous deviendrez à moitié fille.

BEAUMONT, paraphrase du
« *Salmacis et Hermaphrodite* » d'Ovide (1602).

I

Anonyme

1

Bientôt, Pharaoh serait arrivé à bon port. Hors d'haleine, figé devant la porte d'une maison délabrée, au fond d'une ruelle, il cherchait à reprendre son souffle et se demandait ce qu'il devait faire. C'était un jeune homme crasseux de quinze ans au plus. L'un de ses pieds était chaussé d'une bottine de dame trop grande pour lui, qu'il avait trouvée en écumant le rivage à marée basse à la recherche de clous. L'autre était emmailloté dans un chapeau melon en loques attaché avec une ficelle qui lui entaillait cruellement la chair – mais il s'en apercevait à peine. Sa tête était coiffée d'un lambeau d'étoffe de forme et d'origine mal définies. Quant à son costume, abondamment déchiré et reprisé, il présentait au moins trois tissus différents, vestiges de divers vêtements dont l'usage se perdait dans la nuit des temps.

Le garçon était si soulagé d'être arrivé à temps qu'il avait arrêté de chanter. Soudain, le monde perdit toute sa clarté. Il avait ses instructions : écouter les informations, courir comme l'éclair chez Maman et l'avertir… Mais la porte était fermée à clef. C'était une situation inédite et il ne savait que faire. On ne l'avait pas prévenu. Sa faculté de concentration étant plus que fragile, il avait maintenant l'esprit trop embrouillé pour se rappeler un air à chanter. C'était comme s'il n'en avait jamais entendu de sa vie. Sans chanson pour l'aider à se concentrer, tout était perdu. Baissant les yeux, il vit une pièce de deux pence qui brillait dans la boue. Dans son hébétude, il fut incapable de reconnaître la valeur de ce trésor à portée de main.

Au-dessus de lui, invisible, une femme étendait une robe blanche sur la balustrade du balcon d'où pendait un écriteau surmontant la porte fermée : RASAGE ET SAIGNÉE EN UN CLIN D'ŒIL. Un autre écriteau se balançait à côté et vantait l'établissement de bains voisin : POUR LES HOMMES QUI AIMENT S'AMUSER. Une main féminine potelée ouvrit la fenêtre de ce lieu de plaisir et répandit le contenu d'un pot de chambre dans la rue.

Pendant un moment, la blanchisseuse ne remarqua pas la silhouette sous le balcon. Elle commença à chanter en travaillant et sa voix rendit enfin Pharaoh à la vie. Elle chantait la chanson qu'il préférait dans son répertoire de vieilles ballades : l'histoire de Peau d'Agneau, l'entrepreneur qui torture la famille de lord Murray quand celui-ci refuse de le payer. La pureté de la voix d'Annie contrastait violemment avec les paroles de la chanson et la misère de la ruelle :

Peau d'Agneau dit : « Où est l'héritier du château ? »
La fausse nourrice répondit : « Dans son berceau. »
Avec une épingle il piqua le bébé qui dormait
Et elle tendit une cuvette pour le sang qui coulait.

Elle l'avait chantée si souvent en guise de berceuse que cette horrible histoire semblait paradoxalement apaisante. Pharaoh se joignit à elle. Peu à peu, le souvenir de sa mission lui revint et il se mit à cogner de toutes ses forces contre la porte d'entrée. La chanteuse regarda en bas et la ballade mourut sur ses lèvres.

— Tu regardes sous ma jupe, Pharaoh ? s'écria-t-elle. Tu as de la chance que je ne sois pas dedans !

Trop préoccupé pour lui répondre, il hurla :

— Où est Maman ? Maman !

Et il se remit à cogner de plus belle.

— Arrête, Pharaoh ! Tu vas défoncer cette porte !

— Où est Maman Maynard ? demanda-t-il d'un ton implorant.

Il était au bord des larmes et parvenait à peine à articuler.

— Maman !

— Maman est occupée, lança Annie en regardant à la ronde au cas où il y aurait eu des oreilles indiscrètes. Elle ne peut voir personne, Pharaoh. Même pas toi.

Son visage s'assombrit soudain et elle observa :

— Il est bien tôt. Que fiches-tu ici, de toute façon ?

— Ils arrivent ! Ils arrivent !

En le voyant jeter un coup d'œil affolé par-dessus son épaule, Annie comprit tout. Elle laissa tomber la robe, qui s'ouvrit comme une corolle et flotta dans l'air çà et là avant d'atterrir mollement. Pharaoh la vit disparaître à l'intérieur de la maison et l'écouta descendre l'escalier en courant.

— Maman ! criait Annie. Ils arrivent ! Ils arrivent !

On entendit un hurlement et la porte s'ouvrit violemment. Pharaoh s'effondra sur la jeune femme.

— Brave petit, dit-elle en lui pinçant la joue. Ils sont loin ?

— Tout près !

— Nombreux ?

— Deux agents et un autre homme. Et Sailor a dit qu'ils n'avaient pas l'air de plaisanter.

— Reste ici, commanda-t-elle du ton qu'on emploie avec un chien qui ne connaît que cinq mots.

Elle verrouilla la porte d'entrée et se précipita dans une pièce à l'arrière de la maison. Pharaoh tenta de la suivre, mais elle lui ferma la porte au nez avec autorité. Appuyant son front contre le chambranle, il s'efforça de reprendre haleine. Un chat reniflait avec méfiance une des cuvettes posées près de la porte et remplies d'une sorte de lait rouge. Deux seaux étaient installés à côté, comme s'il pleuvait par le plafond. Des mouches bourdonnaient alentour. L'atmosphère était poisseuse, imbibée de sueur.

— Prévenez Maman ! implora Pharaoh dans le vide.

Il se laissa tomber par terre, certain de voir la porte de la maison s'ouvrir de gré ou de force d'un instant à l'autre. À présent qu'il avait joué son rôle, il avait l'impression que la vie s'était retirée de lui. Il lui semblait qu'il avait lui-même souillé ses chaussures, que son propre sang remplissait seaux et cuvettes, que sa propre sueur imprégnait l'air. Toutes les chansons avaient déserté sa tête. Il avait couru comme si sa vie en dépendait, car il devait cette vie à Maman et il n'avait que sa loyauté à lui offrir en échange. Elle était sa « maman » comme elle était celle de tout le monde, et il n'en avait pas d'autre. Il occupait dans la hiérarchie de la maison de Maman une place subalterne mais indispensable. Depuis qu'il officiait comme informateur, tous les ennuis éventuels avaient pu être aisément évités. Pour la première fois, la crise était grave. L'avertissement de Sailor était arrivé tragiquement tard. Pharaoh savait que Maman aidait les filles en les faisant saigner « en un clin d'œil », et il savait que ces saignées étaient plus ou moins illégales. Mais il avait surtout appris que personne ne devait y assister. Même lui ne s'aventurait jamais dans la pièce du fond.

La porte de la pièce s'ouvrit et une main décharnée apparut, semblable à celles surgissant des tirelires pour enfants. Derrière la porte, le bruit effroyable semblait sortir tout droit de l'enfer décrit par le pasteur : plaintes sans fin des âmes suppliciées, cris des damnés plongés dans un lac de feu. Trop hébété pour bouger, Pharaoh ne pouvait que regarder. La main attrapa les cuvettes. Du sang se répandit sur le sol et arrosa le chat, qui s'enfuit en miaulant. Puis ce fut le tour du premier seau. Pharaoh entreprit d'essuyer le sang avec un chiffon, sans bien savoir pourquoi ni si c'était nécessaire.

D'un coup, les cris se turent. Pétrifié devant la porte, Pharaoh se sentait incapable de respirer, de penser, de chanter.

— Ils doivent arriver, maintenant. Ils doivent sûrement arriver, chuchota-t-il tandis que la porte de la pièce s'ouvrait.

On le tira à l'intérieur. L'endroit était bondé mais il reconnut Maman. En regardant autour de lui, il déglutit. Le sang. Sa bouche s'emplit d'un liquide âcre mais il l'avala. Il y avait un lit au baldaquin constellé de traces de brûlures. Et sur une table, au milieu de la pièce, une fille vêtue d'une chemise de nuit qui avait été blanche. Une tâche sombre auréolait ses cuisses et son ventre. Au plafond se balançait un gâteau de Pâques enduit de mélasse afin d'engluer les mouches. Tout le monde s'agitait autour de lui, mais il resta immobile, les yeux fixés sur le sol. Soudain, Annie s'arrêta devant lui et lui tendit un paquet emballé dans de la toile cirée noire et des chiffons.

— Prends ça, Pharaoh. Mets-le sous ta veste. Attention, c'est empoisonné. Gare à toi si tu y jettes un coup d'œil. Marche pendant trois heures, puis balance-le aux ordures ou dans le fleuve. Si des gens te demandent ce que c'est, dis-leur de se mêler de leurs affaires et décampe. Mais surtout, il ne faut pas le regarder ou le toucher. C'est du poison.

Pharaoh avait tellement envie de s'enfuir qu'il ne posa aucune question. Il savait à quoi s'en tenir et connaissait l'endroit où il pourrait se débarrasser du poison. Si on lui demandait ce qu'il portait – mais c'était plus qu'improbable –, il répondrait que c'était son déjeuner. Cette idée le fit rire, mais il n'osa pas lever les yeux. Après avoir regardé fixement le petit paquet, il le glissa dans ses vêtements. De nouveau, il se mit à pouffer, car il ressemblait maintenant à Annie quand elle était enceinte. Dans sa nervosité, il trouvait tout extrêmement comique.

Maman jeta un coup d'œil à la forme allongée sur la table et déclara d'une voix lugubre :

— Elle est morte.

Annie se tourna vers elle, puis se souvint de Pharaoh et le chercha du regard.

— Va-t'en ! Tout de suite !

Il se dirigea vers la porte de la maison, mais elle l'attrapa au collet. Il ne l'avait jamais vue aussi furieuse.

— Non ! L'autre porte, par là !

Elle lui montra une porte qu'il n'avait jamais remarquée, juste derrière la fille tachée de sang. Il se dirigea vers elle en s'efforçant de ne rien voir, de ne pas entendre le liquide s'échappant de son corps avec un bruit d'eau jaillissant d'une canalisation descellée. Il ouvrit la porte tandis qu'Annie grondait dans son dos :

— File ! Et qu'on ne te voie pas avant ce soir !

Dehors, le monde était baigné de lumière. Pharaoh leva les yeux vers le ciel et respira un grand coup. Il se mordit la lèvre inférieure jusqu'à ce qu'elle lui fasse mal. Il reprenait haleine, comme s'il avait passé les dix minutes précédentes plongé dans une vase épaisse. À cet instant, il entendit cogner violemment à la porte de la maison. Une voix cria :

— Au nom de la loi et de Sa Majesté le roi George !

Pharaoh ferma la porte dérobée derrière lui. Il était sorti juste à temps. Il s'éloigna d'un pas indolent, en retenant son souffle – un vrai comédien. Quand il le voulait, il devenait invisible. Il était fasciné à l'idée de cette porte inconnue dans une maison qu'il connaissait si bien. Cependant, il était décidé à ne plus jamais en faire usage. Il comprenait maintenant qu'on l'avait tenu à l'écart de la pièce du fond dans son propre intérêt. Il jeta un dernier regard en arrière. Un ruisselet rouge vif coulait sous la porte et se déversait dans le caniveau. Il n'avait certes pas besoin d'être au courant. Ce n'était rien d'important. Mon déjeuner, figurez-vous. Avant tout, il fallait aller là-bas et accomplir sa mission. Ce paquet était son déjeuner. De toute façon, il dînerait plus tard, de retour chez Maman.

Il attendait ce moment avec impatience. Le dîner serait particulièrement bon, il n'en doutait pas.

En marchant, Pharaoh chantait. Sa vie n'était qu'un long cycle de chansons qu'il composait lui-même. Il ne savait pas toujours s'il fredonnait à voix haute ou non, en fait il n'avait pas vraiment conscience de chanter. Il se réveillait tous les matins avec une chanson nouvelle dans la tête. Chaque soir, il s'endormait au son d'une mélodie. Il chantait parce qu'il en avait envie et parce qu'il redoutait le silence. Parfois, quand il ne bougeait pas, aucune chanson ne venait. Son visage hébété perdait alors toute expression et il tirait la langue comme un chien assoiffé.

De temps en temps, à l'improviste, il entonnait une nouvelle chanson. Il oubliait aussitôt la précédente, et il lui arrivait de ne plus jamais la retrouver. Il les inventait en marchant. Il marmonnait des vers, les mots se bousculaient, s'ordonnaient quelquefois en un tout cohérent ou restaient vides de sens. Il déchiffrait avec son regard le monde qui lui faisait face. Ce qu'il n'avait pas vu, il le complétait avec des formules tirées de ses ballades favorites. Il composait également lui-même l'essentiel des mélodies.

Il lui arrivait de préférer penser le moins possible au monde extérieur car, plus il s'efforçait de le comprendre, moins il y parvenait. Mais il faisait bien son travail et ses chansons lui permettaient de ne pas perdre la tête, qu'il les ait inventées lui-même ou simplement enjolivées. Elles tenaient le monde en respect. En cet instant même, elles empêchaient les pensées et les soucis trop réels d'envahir son esprit.

Alors qu'il redescendait la ruelle sur laquelle s'ouvrait l'arrière de la maison de Maman, Pharaoh se haussa un instant sur la pointe des pieds afin d'apercevoir entre les toits son horloge préférée dominant Saint-Cuthbert, à Marblegate. Le cadran se trouvait en dessous d'une petite statue en pierre représentant un homme ailé, que Pharaoh supposait être un ange. Cette créature dodue n'avait que faire du temps et agitait les bras d'un air de défi, comme si elle tentait de s'échapper – mais en vain. Ses pieds étaient fixés à une devise : *Sic Transit Gloria Mundi.* Annie lui avait dit ce que ces mots signifiaient, mais sa version différait sensiblement de celle donnée par le pasteur au cours d'un de ses interminables sermons. Pharaoh ne savait lequel des deux il devait croire.

Les aiguilles du cadran n'étaient pas moins difficiles à interpréter. Pharaoh savait que la plus grosse des aiguilles avait une certaine tâche à accomplir avant qu'il puisse rentrer chez Maman. Mais ce n'était pas pour cette raison qu'il regardait les horloges. Comme souvent, il avait beau savoir ce dont il s'agissait, il ne comprenait pas vraiment.

Les gens pour qui il éprouvait amour et confiance lui disaient fréquemment des choses qu'il savait être vraies – ne serait-ce qu'en raison de la source de telles informations. Il leur disait qu'il comprenait ces choses, mais c'était un mensonge, même s'il était capable de les répéter avec assurance. S'il regardait les horloges, par exemple, c'était en fait parce qu'il en voyait en moyenne six par heure dans la ville. Il savait qu'il devrait donc en voir dix-huit avant de pouvoir frapper à la porte de Maman. Il comprenait ce genre de raisonnement car il en était lui-même l'auteur. Ce système se révélait presque infaillible, si bien que Pharaoh n'était jamais en retard. Du coup, il passait une bonne partie de son temps à attendre les autres – mais ces attentes comptaient parmi les moments les plus paisibles de sa vie. Assis sur un muret, il inventait une chanson ou essayait d'améliorer les vieilles ballades dont il arrivait à se souvenir. Comme il ne savait pas lire et peinait à écrire son propre nom, il n'avait guère d'autre ressource que de chanter pour prendre patience. Sailor lui avait enseigné comment connaître l'heure à partir du soleil et de la longueur de son ombre, mais cette science ne lui serait d'aucun secours durant son périple. Ombre et soleil semblaient avoir déserté la ville. Aujourd'hui, la grisaille régnait sans partage.

Leur quartier était un véritable dédale et Pharaoh avait appris à en tirer profit. Au cours de ses missions, il en avait exploré presque tous les détours. Même s'il n'avait qu'une vague idée de l'endroit où il se dirigeait, il savait qu'il devait éviter les parages où il risquait de rencontrer des figures de connaissance. Il contourna le *Lane* aussi bien que *Le Café*, lesquels faisaient pourtant partie de ses étapes familières. Lorsque l'après-midi s'avançait, on y trouvait toujours une foule de chanteurs des rues en quête de travail. Arrivé à Resurrection Gate, il quitta donc les artères principales et s'enfonça dans les ruelles de Little Dublin, où il pourrait cheminer discrètement. L'arrière des maisons paraissait particulièrement sinistre, ce jour-là, et Pharaoh garda les yeux baissés tout en pataugeant dans les détritus. Il longea le pilori d'Ash Square sur lequel étaient badigeonnés les mots « Christ est Dieu » et « Dieu est bon » – on lui avait expliqué qu'un des trous pour les bras servait de O à « bon ». Il se mit à chanter :

Christ est Dieu,
Mais où est son corps ?
Loin de ce tombeau.
Christ est Dieu,
Buvons un grog car tout homme
Comme lui sera sauf.

L'expression « buvons un grog » ne lui plaisait pas, mais à force de retravailler son texte il n'en garda plus que ces mots. Dans l'intervalle, il avait vu trois horloges.

Il se trouvait à deux heures de chez Maman. Il ne s'était arrêté ni pour manger ni pour boire. Le ton pressant d'Annie l'avait tellement impressionné qu'il ne voulait pas perdre une minute. Rien ne lui paraissait plus important que de mettre ce paquet en lieu sûr. Encore huit horloges avant d'arriver.

Il tenait le ballot serré sous sa chemise, invisible sous son manteau. Il ne rencontra personne avant d'être interpellé par Bellman, un vendeur de ballades de sa connaissance :

— Pharaoh ! Pharaoh !

Il se demanda s'il devait s'arrêter ou passer son chemin comme s'il n'avait rien remarqué. Tandis qu'il pesait le pour et le contre, il s'aperçut qu'il regardait fixement Bellman et qu'il serait donc ridicule de faire semblant de l'ignorer. Bellman le connaissait depuis des années. À l'époque, le père de Pharaoh, employé dans une des maisons de jeu de Covent Garden où il tenait les tables de pharaon, avait été assassiné pour ses activités de mouchard. Ensuite, le jeune orphelin avait commencé à travailler pour Maman. On ne l'appelait plus que le Garçon de Maman, ou encore Pharaoh, en souvenir du métier de son père. D'après Bellman, ce dernier n'avait aucun don pour la musique.

Pharaoh tâta le paquet sous son manteau. C'était son déjeuner.

— Qu'est-ce que tu portes là ? demanda Bellman en lui faisant signe d'approcher.

— C'est mon déjeuner.

— Il est un peu tard pour déjeuner, non ?

Le vendeur de ballades sautillait d'un pied sur l'autre pour se réchauffer. Il tenait un bâton plus grand que lui, au sommet duquel flottaient de longues feuilles de papier. Pour les empêcher de traîner par terre, il les relevait comme la traîne d'une robe de dame. Chaque chanson était longue d'une aune, mais comme il les vendait par trois son cri était ordinairement :

— Trois aunes de chansons ! Trois aunes pour un penny !

Pharaoh fit mine de s'éclipser en déclarant :

— C'est mon dîner.

— Attends une minute, Pharaoh ! Tu n'as rien pour moi ?

Bien qu'il se définît comme un compositeur de ballades, il était considéré par la police comme un colleur d'affiches et un casse-pieds.

— Tu n'aurais pas une chanson ? Je vais chez l'imprimeur. Peut-être que je pourrais lui en proposer une, comme la dernière fois ?

— J'ai entendu celle sur Mary Arnold, la Monstresse…

Pharaoh n'avait pas vraiment la tête à ces affaires, mais il se souvenait des deux pence qu'il avait reçus après avoir chanté pour Bellman. La chanson, une histoire de fantômes, était d'une forme si accomplie qu'on aurait cru qu'elle avait été écrite. Habitué au fredonnement incohérent du garçon, Bellman avait d'abord cru qu'il s'agissait cette fois de quelque nouveauté en vogue, qu'il s'était empressé de noter en sténographie. Quand il en parla autour de lui, toutefois, il s'aperçut que personne ne la connaissait – sans compter qu'elle possédait un charme poétique indéniable. Bellman conserva l'air chanté par Pharaoh, changea quelques mots pour améliorer l'ensemble et fit un confortable bénéfice. Il devait à ce coup de chance d'avoir pu acheter les chansons qu'il tentait maintenant de vendre. Quant au garçon, il lui avait donné deux pence de sa propre poche. Les feuilles lui revenaient à un penny la douzaine. Rien qu'en transcrivant cette unique chanson, Bellman avait gagné de quoi acquérir assez de marchandise pour trois ou quatre mois.

Pharaoh appréciait Bellman pour son amour des chansons. Lui-même aimait toutes les chansons, mais avec un faible pour les ballades. Rien ne le ravissait autant qu'une complainte où le héros « promis à la mort » méditait sur sa propre culpabilité et cédait au besoin de décrire avec un grand luxe de détails l'horreur de ses crimes et les instruments démoniaques dont il s'était servi pour les perpétrer. Pharaoh s'était trouvé avec Bellman sous la potence où l'on pendait Trilby. Sans même attendre la fin de l'exécution, ils tinrent boutique avec « La Complainte de Trilby le voleur de grand chemin ». Quelques instants après que le condamné eut rendu son dernier souffle, la trappe était encore ouverte que le premier exemplaire trouvait preneur.

— Ta Mary Arnold ne m'intéresse pas, rétorqua Bellman. On nous en a assez rebattu les oreilles ! Qu'est-ce que tu chantais tout à l'heure ? Un truc de ton invention ?

— Je ne m'en souviens plus. Je chantais à propos de ce que je faisais.

Embarrassé, Pharaoh se mit à se donner lui-même des coups de pied.

— Et qu'est-ce que tu faisais ?

— Je chantais.

— Ça va ! Je n'ai pas de temps à perdre avec toi aujourd'hui. Mais si tu composes une chanson comme la dernière fois, n'oublie pas de me prévenir. J'irai chez les imprimeurs, tu sais. Ils vont imprimer ta première sur un papier, exactement comme celles que j'ai là...

Le soir tombait et le vendeur de ballades ne comptait plus sur cette journée. Il n'avait rien vendu du tout.

— Avec une image ? demanda Pharaoh dont l'intérêt s'était éveillé.

— Comme celle-ci, dit Bellman en riant.

Il montra au garçon une gravure où un homme étranglait à l'aide d'une très longue ficelle une femme prostrée.

— Une bonne image pour *illustrationner* l'histoire. Allez, Pharaoh, donne-moi une autre de tes œuvres. Tu es doué. Crois-moi, ce n'est pas un talent à négliger.

— Il faut que j'y aille.

— Qu'est-ce que tu vas fabriquer dans ce coin perdu ?

Bellman plia les feuillets et les fourra quelque part dans les profondeurs insondables de son manteau. Puis il remboîta le bâton qui se transforma en canne, sur laquelle il s'appuya.

— Je dois trouver la septième horloge après celle-ci, déclara Pharaoh en s'éloignant.

Bellman resta seul à gratter sa tête infestée de poux.

Arrivé à la douzième horloge, Pharaoh se retrouva bien loin de son secteur habituel. Tout lui paraissait aussi étrange et indéchiffrable que les ballades sur les feuillets. Les horloges étant moins rapprochées que de coutume, il s'était aventuré dans des parages où il n'avait plus à éviter les rencontres. Au contraire, il aurait donné cher pour apercevoir une tête connue. Il faisait sombre, maintenant, et il serrait son paquet contre son pantalon. Pour se donner du courage, il se remit à chanter.

Il passa devant une taverne appelée *La Fin du Monde*. Il le savait à cause de l'enseigne : un globe d'où jaillissaient des flammes incendiait la terre et explosait dans l'atmosphère.

Errant à l'aventure et décidé à jouer
D'un pas allègre j'allai dans un cabaret
À La Fin du Monde près d'une livre je dépensai
Jusqu'au moment où je fus ivre tout à fait.

À sa gauche se dressait un clocher en ruine dont l'horloge avait perdu ses aiguilles. Un marais s'étendait sur sa droite, derrière un cimetière blafard.

Quand il vit maisons et tavernes se réduire à des tas de décombres tandis que la nature reprenait ses droits sur la ville, Pharaoh comprit qu'il était plus tard qu'il n'avait cru. Absorbé dans sa chanson, il avait marché beaucoup plus loin qu'il n'en avait l'intention. La lune l'environnait d'ombres et une montagne le dominait de sa masse imposante. Elle semblait impossible à contourner, de sorte qu'il dut se résoudre à la gravir afin de mieux voir où il se trouvait.

C'était la fin de son périple, le terminus, le bout du monde où la ville laissait suinter ce qu'elle ne pouvait ni utiliser ni brûler. Toutes les Avenues d'excréments et d'urines convergeaient ici. Pharaoh savait que la puanteur était la suite inévitable du parfum de la vie, l'émanation de la sueur et des corps, des chambres et de ce qu'elles abritaient. Voilà ce qui arrivait lorsqu'on abandonnait les choses à leur mort, lorsqu'il ne restait plus d'espoir. Cela lui rappelait la pièce du fond, chez Maman. Et il savait qu'il allait enfin rebrousser chemin. Il était temps d'accomplir sa mission et de rentrer.

La pourriture était somptueuse. Il respirait l'odeur âcre et bilieuse des déchets, dont la fétidité douceâtre lui remontait dans la gorge et le faisait saliver. Pendant son ascension, il distinguait à peine les sacs en tout genre qui lui faisaient comme un sol, des murs et même un plafond quand il glissait. Mais il entendait les craquements sous ses pieds – coquilles d'œuf et débris de verre, ossements et vieille porcelaine – et, au-dessus de sa tête, les cris insolents des mouettes. À un moment, il tomba en avant et son nez se pressa contre une couche épaisse d'ordures, comme si la terre était allongée sur le dos, malade, et lui saignait en plein visage. Il finit par rendre les armes et resta couché, les yeux tournés vers le ciel vespéral où apparaissaient les étoiles, dont la splendeur était si lointaine qu'il ne l'apercevait que rarement au-dessus des cheminées de la ville.

Il chercha à tâtons le paquet sous sa chemise et le glissa sous sa tête en guise d'oreiller. Ses yeux se perdirent dans l'immensité de la nuit et la lune argentée répondit à son regard. Personne ne le trouverait ici. Il vit la Ceinture d'Orion et les Gémeaux, la Grande et la Petite Ourse. L'espace d'un instant, il oublia la puanteur et fredonna une chanson, un appel aux étoiles et à la lune. C'était une berceuse pour lui-même, pour la ville nocturne et pour les morts au milieu des ordures.

Étoiles dans la nuit,

Oh, regardez-moi.

Pour la première fois depuis qu'il avait parlé avec Sailor, son corps était en repos. Sur le point de s'endormir, il sentit que les étoiles se penchaient sur lui pour l'embrasser. Leurs baisers étaient humides et poisseux, leur souffle sur son visage lui tenait chaud. Il se réveilla. Un gros chien était en train de lécher sa joue. L'animal – une chienne, en fait – mettait à profit la nuit pour fouiller les rebuts. Elle avait cru découvrir de la nourriture, puis s'était rendu compte qu'il s'agissait plus exactement d'un camarade potentiel. Pharaoh, une fois remis de sa chute brutale du haut des cieux, attira vers lui la chienne et entreprit de lutter avec elle en riant. Dans son excitation, elle éternuait si fort qu'il avait le menton tout mouillé.

Quelqu'un avait eu la cruauté d'attacher avec une ficelle un os à sa queue. Pharaoh défit le nœud et donna l'os à ronger à sa compagne. Elle le laissa immédiatement tomber sur sa poitrine. Accroupie devant lui, elle allongea ses pattes de devant et le supplia de lancer l'os. Il le jeta aussi loin qu'il le pouvait en restant couché. La chienne disparut aussitôt en courant dans l'obscurité. Pharaoh n'entendit plus que des piétinements frénétiques puis il la vit surgir brusquement sur sa droite, l'os dans la gueule. Elle semblait convaincue qu'un nouveau lancer d'os serait du dernier chic.

Ils jouèrent à qui se lasserait le premier. Finalement, ils s'effondrèrent de concert tandis que le garçon essayait d'arracher une ultime fois l'os à la gueule de la chienne. Ils commencèrent à glisser sur la pente de la montagne d'ordures. La chienne jappait, Pharaoh riait. Il se blessa à un tesson en tentant d'attraper sa compagne. Tous deux atterrirent, inextricablement enchevêtrés, au pied des déchets. La chienne s'ébroua avec dignité et entreprit de lécher Pharaoh, lequel était extrêmement chatouilleux. Au milieu de ses éclats de rire, il lui chanta une chanson :

Qu'on se le dise, j'ai rencontré une chienne
Chez elle dans un tas de poussière.
Elle sera aussi heureuse qu'une Reine
Si Pharaoh lance cet os pour elle.

Il voyait luire au loin les réverbères de la ville et savait qu'il était plus que temps de rentrer chez Maman. Emporté par le jeu, il n'avait plus aucune idée de l'endroit où se trouvait le paquet. Mais il ne s'en souciait guère. Ce n'était que du poison, un rebut bon à jeter, qui avait maintenant pris sa place parmi ses pareils dans un monde immense de déchets.

La chienne le regarda s'éloigner. Il sembla à Pharaoh qu'elle avait envie de le suivre mais ne pouvait se permettre de s'éloigner de la montagne d'ordures. Il lui dit au revoir et elle poussa un grognement sans colère.

Pharaoh s'imagina qu'il lui disait : « Je vais t'emmener », et qu'elle répondait : « Je ne peux pas venir. Je vis ici. J'ai du travail qui m'attend. » Aucun d'eux ne mentionna le petit paquet empoisonné.

Le chemin du retour lui parut nettement moins interminable que l'aller, mais il ne pouvait s'empêcher de penser à sa nouvelle amie. Il finit par rebrousser chemin en se disant qu'il pourrait convaincre la chienne de le suivre et amener ensuite Maman, même si c'était plus improbable, à l'accepter chez elle. En tout cas, il finirait sa chanson sur la chienne qui gagnait sa vie en gardant les déchets.

À son étonnement, il découvrit la chienne parmi les rebuts amoncelés au bord de la route. Elle s'était arrangée pour retrouver le paquet et le léchait de sa grande langue baveuse. Pharaoh la contempla, enchanté, jusqu'au moment où il se rappela avec horreur qu'il s'agissait de poison.

Son cœur battit plus vite et le monde s'obscurcit. Pharaoh savait juste qu'il devait prévenir la chienne. Mais à l'instant où il allait se précipiter vers elle en criant, une voiture surgit derrière lui et il se jeta sur le ventre. Dans sa panique, il ne l'avait pas vue arriver. Tandis qu'elle passait, il s'émerveilla de sa splendeur incongrue. La chienne, qui semblait se porter comme un charme malgré ses coups de langue, entendit elle aussi l'équipage et prit le paquet dans sa gueule d'un air protecteur. La voiture s'avança avec précaution sur la chaussée inégale avant de s'arrêter brutalement près du monceau d'ordures. Pharaoh baissa la tête de son mieux.

La lune étincelait sur le flanc luisant du véhicule. Après avoir délibéré avec le passager, l'un des deux hommes assis sur le siège du cocher mit pied à terre. Pharaoh regarda l'homme s'approcher de la chienne, sous les yeux curieux du cocher qui sauta du siège pour flatter ses chevaux. Peut-être l'animal leur appartenait-il ? Peut-être voulaient-ils le ramener à la maison ? Non… L'homme tendit la main et échangea prudemment le paquet contre quelque chose – sans doute de la nourriture, Pharaoh ne distinguait pas bien. Il se tordait le cou tout en essayant de ne pas glisser sur le sol instable. L'homme souleva le paquet et entreprit de le déballer. À la stupeur de Pharaoh, il sembla lui assener une claque. Et il y eut un cri. Un cri ? La chienne ? Non, elle se contentait de grogner. Tout commença à s'emballer dans l'esprit du garçon.

Un bébé ? Un bébé empoisonné ? Quelle horreur. Devait-il les avertir ou décamper ? Sa loyauté allait avant tout à Maman, mais tout s'embrouilla bientôt dans sa tête et il ferma les yeux pour tenter de se concentrer. Il se mit à fredonner :

Et dans la voiture le nourrisson fut placé
Et que personne ne me traite de menteur.

Chanter ne lui fit aucun bien, cependant. Il entendit des exclamations prononcées avec un accent incompréhensible. Une seule chose était claire : il ne fallait pas qu'on le voie. Il entreprit de se laisser glisser dans l'autre sens, décidé à ne pas s'arrêter même s'il était repéré. Toute cette histoire ne le concernait plus.

En s'éloignant, il entendit deux brefs coups de fouet et le bruit de chevaux renâclant avant que l'équipage reprenne sa route. Pharaoh commença à chanter n'importe quoi pour se calmer, mais son esprit continuait d'essayer de mettre au clair ce qu'il avait vu. Un bébé ? Quelle importance – le paquet avait disparu. L'essentiel, c'était de partir aussi loin que possible de la montagne d'ordures. Que dirait Maman, toutefois ? Il en savait trop, mais que savait-il au juste ? Il n'avait même pas envie de comprendre. Une chanson serait une aide bienvenue. Malgré tout, mieux valait ne rien dire à Maman. Pharaoh chantonna doucement et bientôt il sentit son cœur s'apaiser, ses pieds ralentir leur course, et de nouveau rien n'exista plus que sa chanson.

Il emprunta les rues les plus larges possibles, mais les passants étaient peu nombreux et personne ne fit attention à lui. Des hommes ne sortant que la nuit, comme les chats, paradaient sous les réverbères, avec force crachats et éternuements, et se découpaient en ombres chinoises sur les murs. Des femmes se rassemblaient autour des lueurs du gaz, tels des papillons de nuit. Les autres ne les intéressaient pas. Pharaoh entendait la rumeur de la nuit autour d'eux, semblable à une mélopée tremblante. Sa nouvelle amie lui manquait.

En approchant de chez Maman, il eut l'impression d'être suivi. Peut-être était-il le jouet de son imagination, cependant il multiplia les détours inattendus dès qu'il fut de retour dans le dédale familier. Dans ce refuge, il pouvait semer n'importe qui.

Il eut la surprise, en déboulant d'un virage, de rentrer dans un homme vêtu d'une pèlerine brun foncé. C'était un monsieur distingué, d'après son allure et ses vêtements, trop pour rôder ainsi seul dans la nuit. Pharaoh tenta de le contourner, mais l'homme eut le même réflexe si bien qu'ils se retrouvèrent face à face. Pour sortir de cette étrange impasse, Pharaoh n'eut plus qu'à attendre que l'inconnu se décide à bouger. En claquant des dents, il se serra dans ses vêtements rapiécés tandis que son vis-à-vis le regardait fixement. Le garçon agacé protesta mais, de façon inattendue, l'homme tendit la main et la posa sur son épaule. Voulait-il le retenir ou lui donner de l'argent ? Pharaoh se décida pour la première hypothèse et fit aussitôt volte-face. Il s'enfuit si brusquement que sa veste en lambeaux resta dans la main de l'inconnu. Pharaoh courut sans se retourner vers son secteur habituel. On n'aime pas les indiscrets. Maman le lui avait souvent répété : « Personne ne vous aide jamais. »

2

Fort de la relative sécurité de son équipage, lord Loveall écarta le rideau et contempla cette contrée sauvage. Il n'éprouvait aucune curiosité pour le monde qui l'environnait, mais il savait qu'en gardant un œil sur ces visions fugitives il calmerait les haut-le-cœur provoqués par sa voiture cahotante. Cependant, s'il apaisait ainsi ces nausées physiques, il exacerbait son malaise à la pensée d'être si loin de chez lui. Même à l'abri de son « grand char » luxueux, l'idée de cet éloignement rendait plus menaçante la désolation autour de lui.

En dépit de ses trente-trois ans, Geoffroy Loveall ressemblait à un petit garçon risquant un coup d'œil hors d'un panier à linge au cours d'une partie de cache-cache. Il protégeait son nez et sa bouche derrière un mouchoir de soie mauve, lequel dissimulait sa moustache aussi fine qu'élégante. Ce mouchoir faisait partie d'une routine complexe et éprouvée, visant à améliorer insensiblement le confort de ses rares voyages jusqu'à la ville : douceur de la soie sur ses lèvres, sels toujours prêts à le ranimer, une bouteille de sherry solidement attachée dans un renfoncement sous la fenêtre. Sa main reposait constamment près du cordon sur lequel il lui suffisait de tirer pour obtenir l'attention de son valet assis sur le siège du cocher.

Si la voiture était parfaite pour parcourir indolemment le parc un dimanche après-midi, elle s'avançait avec des gémissements révoltés à travers ce désert s'étendant aux confins de la civilisation. Tandis qu'elle retournait au château de son propriétaire, celui-ci songeait avec délices à l'accueil réconfortant qui l'attendait à Love Hall.

Il était arrivé à Hood, son valet de chambre, d'instruire les domestiques subalternes en ces termes :

— Sa Seigneurie est invisible.

Dans l'enceinte de Love Hall, il était possible à lord Loveall d'obtenir ce genre de respect. Mais l'autorité de Hood ne s'exerçait pas sur le reste du pays, auquel il ne pouvait inculquer une étiquette acceptable. Chacun y était libre de contempler son noble maître avec insolence et d'admirer à loisir sa tenue bizarre et ses manières d'un autre monde. Ces rares voyages constituaient pour Loveall une épreuve presque trop pénible : l'obscurité, l'allure cahotante de la voiture, les cris menaçants de créatures inconnues, tout s'unissait pour le terrifier. Du reste, la seule autre possibilité était une nuit loin de chez lui, ce qui aurait été encore mille fois pire. Sans lui, que deviendrait Dolores ?

Le paysage de désolation s'étendait à perte de vue, échappant à tout contrôle, à toute limite. Qui savait où il se terminait ? Quand les maisons s'élevaient-elles de nouveau ? Où se trouvaient les habitants et leurs domestiques ?

Ce n'était pas la première fois que Geoffroy se rendait en ville afin de mettre en ordre les papiers de sa mère avant que sonne sa dernière heure. Depuis trois ans, la mort de lady Loveall avait imposé avec monotonie son imminence. La douairière alitée semblait n'avoir plus d'autre plaisir que d'occuper sans relâche son héritier à des tâches fastidieuses. Elle savait que ces obligations, d'apparence assez terne, représentaient pour son fils un labeur terrifiant. L'estimant encore incapable d'affronter le vaste monde, elle essayait de l'initier en douceur à ses devoirs.

Dans son cabinet strié de rayons de soleil où la poussière des livres dansait autour de lui comme une nuée de moucherons, l'expert juridique avait caressé ses favoris sans interruption pendant deux heures en examinant les documents en question. Assis dans un coin, Loveall gardait posé sur ses lèvres un doigt ganté de soie orange, en un geste de surprise perpétuel. Il ne communiquait que par l'intermédiaire de Hood, son valet. Une fois encore, on convint qu'il n'y avait aucune raison de s'inquiéter. Loveall avait hérité depuis longtemps et chacun savait à qui la douairière léguerait ses biens. Aucune prétention rivale n'était en vue. Il faudrait que Sa Seigneurie meure sans postérité – puisse Dieu dans sa clémence lui accorder une vie longue et heureuse ! – pour que de tels problèmes apparaissent.

La voiture fit une embardée sur la droite et lord Loveall se mit à tousser comme un chat déconfit s'efforçant de se débarrasser d'une boule de poils. Devant lui, sur une petite table de voyage, son valet avait disposé quelques provisions qui sautillaient à chaque cahot nauséeux. Geoffroy prit un petit morceau de cheddar. Il le flaira avant de picorer une bouchée minuscule qu'il se contenta de mordiller entre ses deux dents de devant.

Il eut de nouveau un haut-le-cœur. Soulevant le rideau, il découvrit une taverne sordide – il savait ce dont il s'agissait mais avait peine à imaginer ce qui se passait à l'intérieur. Plus loin, il vit avec horreur se dresser une montagne d'ordures. La lune éclairait cette immensité de déchets et de verre brisé, où son reflet étincelait. Au pied de ce monceau, Loveall aperçut un chien errant grattant le sol avec énergie. L'animal tenait un paquet dans sa mâchoire. Était-ce une illusion du clair de lune ou serrait-il dans sa gueule un… Avec une curiosité insolite, Loveall se pencha pour mieux voir.

— Hood !

Il tira sur le cordon puis, au cas où cela ne suffirait pas, tapa au plafond avec une canne en argent. Le rideau de la portière se souleva avec un bruit sec.

— Monsieur ?

Hood ne s'attendait pas à cet appel soudain, mais il ne lui fallut que quelques secondes pour apparaître. Il regarda son maître par la fenêtre, en inclinant sa tête dont les bajoues tremblotaient comme de la cire coulant d'une bougie.

— Faites arrêter, je vous prie, murmura Loveall d'une voix douce qui transformait les ordres en soupirs. Ce chien... dans sa gueule ?...

Hood fit aussitôt arrêter l'équipage, comme si rien n'était plus naturel. Puis il se prépara, sauta de son siège et s'approcha de la bête.

Elle se mit à gronder, mais Hood était prêt à lui faire face. Il sortit de sa poche une côtelette d'agneau parfumée au romarin, avec laquelle il pensait se régaler durant ce retour dans le froid, et la proposa en échange du paquet. Les négociations furent aussi brèves que fructueuses. La chienne saisit la côtelette et Hood obtint le paquet crasseux.

Il sentit les chiffons remuer dans ses mains tandis qu'il entreprenait de déballer le baluchon avec soin. Il leva un instant les yeux, distrait par une rumeur lointaine, mais ne vit personne en dehors du cocher déconcerté. Quand il rendit son attention au paquet, son contenu lui apparut enfin, enveloppé dans des linges souillés. Après un instant de silence incrédule, Hood cria par-dessus son épaule :

— De l'eau, Philip ! Apportez-moi de l'eau... et des couvertures !

Il souleva de sa main droite le paquet tout chaud de sang, de fluide et de salive, tandis qu'une tache sombre et graisseuse commençait à auréoler son gilet jaune pâle. De sa main gauche, ne sachant comment vérifier autrement si la créature emmaillotée respirait, il lui donna une claque. Le bébé se mit à crier.

Pour la première fois de sa vie, Loveall ouvrit lui-même la portière de la voiture.

Le Jeune Lord avait rarement connu une joie aussi intense que celle qui l'envahit trois heures plus tard, au sommet de High Hill, quand il put contempler Love Hall du haut de la colline. Certes, il éprouvait toujours un grand soulagement à revoir le château dont il était l'héritier, mais cette fois il fut littéralement ravi par cette vision. Le domaine s'étendait devant lui comme une partie de plaisir. Sous la lune généreuse, le ruisseau brillait d'un éclat argenté.

Dans la journée, ce point de vue ne flattait guère le noble édifice. Apparaissant à l'improviste, Love Hall ressemblait à un insecte qu'on vient d'écraser. Le bâtiment central constituait le thorax, avec sa carapace de brique rouge. La cour de gravier gris entre le portail d'entrée et le portique circulaire formait la tête, d'où surgissaient de chaque côté, comme des yeux globuleux, les écuries et la chapelle. L'allée joignant le portail à Gatehouse Lodge, la maison qui marquait l'entrée du domaine, était bordée d'ormes dont les rangées évoquaient des antennes émergeant des mandibules avides de l'insecte. À côté du corps, l'Avenue semblait son dard allongé et jadis mortel. Quant aux sentiers parcourant le jardin, ils étaient les pattes agiles de l'animal, désormais tordues sous le choc de la chaussure qui venait de le tuer.

Dans la pénombre, toutefois, le château rappelait plutôt un chien blotti sur un oreiller, plongé dans un sommeil aussi profond que paisible.

Lord Loveall baissa les yeux sur le bébé.

La minuscule créature rouge était maintenant enveloppée dans le gilet taché de Hood, pour la tenir au chaud et aussi pour éviter toute saleté à l'intérieur de la voiture. Elle trônait sur le coussin le plus confortable. Comme à plusieurs reprises au cours du voyage, elle se mit à pleurer. Loveall lui offrit le doigt de soie de son gant, mais loin de se calmer elle cria de plus belle. Il retira son gant et se hasarda à le balancer au-dessus du visage de l'enfant, cependant elle refusa de se laisser distraire. Ne sachant que faire, il se mit à genoux – non sans avoir épousseté soigneusement le sol – et la regarda face à face. Il entreprit de la calmer avec précaution, comme s'il risquait d'être mordu par sa bouche sans dents. Plus il se rapprochait, moins elle pleurait. Quand leurs visages furent près de se toucher, elle fit presque silence. Un peu de la poudre dont l'aristocrate faisait toujours usage était tombée sur la joue de l'enfant. Pour ne pas salir son mouchoir, Loveall lécha la poudre. Le bébé cessa immédiatement de pleurer et eut une expression que Geoffroy interpréta comme un sourire. Il lécha de nouveau, plutôt pour le plaisir cette fois, et le bébé commença à gazouiller.

— Vilain petit ange ! dit Loveall comme il avait coutume de le faire avec Dolores.

Il souleva la créature emmaillotée et la considéra avec attention. Le petit visage s'assombrit de façon menaçante jusqu'au moment où Loveall lécha délicatement le bout de son nez. Elle prit de nouveau une expression radieuse. Il la pressa contre son visage, perdu dans ses pensées. Même les lumières des nombreuses fenêtres du château contribuaient à son sentiment de sécurité. Quand il se mit à songer à sa mère, il ne frissonna pas.

Cela faisait trois longues années qu'un deuil anticipé accablait les habitants de Love Hall – tel était le nom donné au château depuis plus de deux siècles, de préférence à l'appellation officielle de Playfield House. Après avoir porté le deuil de son époux – une année en noir, deux en gris puis encore deux en gris clair –, lady Loveall était passée directement à celui de sa fille, puis à celui de sa sœur, avec qui elle était brouillée. Quand elle eut épuisé les ressources des autres, elle porta son propre deuil. En prévision du décès de la matriarche, et sur sa demande instante, on avait drapé de noir l'intérieur du château. Il était interdit de faire du bruit. Toutes les lettres du domaine étaient envoyées dans des enveloppes bordées de noir, scellées avec de la cire couleur de jais. Love Hall était un monde ténébreux de crêpe et de bombasin, qu'on faisait venir chaque mois de Hollande. La demeure tout entière était plongée dans les lueurs sinistres et les bruissements d'un éternel automne.

Douze longues saisons avaient ainsi passé. La douairière alitée était supposée se trouver à la veille du trépas, mais elle stupéfiait médecins et hommes d'Église par sa résistance opiniâtre. Tels un symbole de sa lutte quotidienne, deux terriers noirs, nommés Maxwell et Randal, se tenaient sans cesse à son chevet. Blottis l'un contre l'autre, ils semblaient un Cerbère minuscule prêt à affronter l'approche lugubre de la mort.

Comme elle l'avait maintes fois répété à Geoffroy – et il s'agissait manifestement d'une menace et non d'un réconfort :

— Je ne mourrai pas avant d'avoir vu votre héritier.

Au cours de ces années de deuil préparatoire, les visites de parents éloignés s'étaient multipliées de façon suspecte. Une visite par an était normale. Deux visites ne pouvaient être une coïncidence. À partir de trois, la situation devenait vraiment inquiétante. Si Geoffroy mourait sans enfant, le domaine et la fortune passeraient aux Osbern, la famille d'Elizabeth, grand-tante du Jeune Lord. La mère de Geoffroy s'était battue des années durant contre cette éventualité, car bien qu'elle abhorrât toute la famille de son défunt époux, elle haïssait par-dessus tout cette femme.

À l'époque où sa santé était plus florissante, lady Loveall avait orchestré de nombreuses rencontres entre son fils et des héritières bien nées. Geoffroy l'avait défiée à sa manière paisible, en adoptant la politique du *laissez-faire**[1]. Il manifestait son manque d'engagement par un dédain poli ou ignorait si complètement la jeune dame que même son beau-père potentiel était contraint, dans l'intérêt de sa fille, de modérer sa cupidité et de réviser sa tactique. L'attitude de son fils n'avait été jugée acceptable par lady Loveall qu'en une unique occasion, mettant en cause ces parents avides

1. Les mots en italique suivis d'un astérisque sont en français dans le texte original. (*N.d.T.*)

et détestés qu'elle qualifiait avec prédilection d'*éloignés*. Ils avaient eu l'audace de proposer leur propre petite-fille, la blême Camilla. Geoffroy l'avait laissée seule pendant deux heures et demie dans la salle de jeux, sous le prétexte d'aller « chercher une poupée ». Certains le soupçonnaient in petto de n'être nullement intéressé par les femmes et d'avoir tout d'une lady Skimmington[1]. Cependant la vérité sur lord Loveall était à la fois plus simple et plus compliquée : il n'avait de temps pour personne en dehors de sa sœur.

Geoffroy était le seul membre de la maisonnée à ne pas porter le masque de la mort, dont la proximité avait fait naître en lui un besoin de couleur et de gaieté. Bien qu'objectivement sa santé fût plus fragile que celle de sa mère mourante, il semblait presque certain qu'il lui survivrait. Au fil des ans, il avait vécu de plus en plus isolé. Il ne voyait guère que les domestiques, lesquels étaient près de deux cent cinquante en comptant les habitants de la blanchisserie, dont l'emplacement lui était inconnu. Ses seuls alliés étaient Hood, son valet de chambre et compagnon inséparable, et Anonyma Wood, la gouvernante de sa sœur, qui avait travaillé récemment à la rénovation de la bibliothèque Octogonale. Il les respectait l'un et l'autre tout en s'abstenant de leur faire la moindre confidence intime.

Il passait le plus clair de son temps dans la bibliothèque, heureux d'être avec Anonyma sans ressentir le besoin de rompre leur silence, ainsi que dans la Maison de Poupée, la nursery située au dernier étage de Love Hall et qu'on disait hantée. Il y conversait avec ses propres fantômes, oubliant la tristesse de son existence actuelle. Dans le monde réel, c'était lui le fantôme, et sa mère le médium le convoquant à volonté pour l'envoyer hanter l'homme de loi.

1. Homme traversti, d'après le surnom donné aux paysans du Wiltshire révoltés en 1641, qui se déguisaient en femmes par dérision. (*N.d.T.*)

Elle exerçait sur lui un pouvoir absolu et il lui obéissait aveuglément. Cette docilité, qui allait au-delà du simple devoir filial, trouvait son origine dans sa dévotion envers sa sœur.

Dolores était née en 1795, alors que Sa Seigneurie était un petit garçon de sept ans aussi bruyant, curieux et allègre qu'on pouvait s'y attendre. Leur père, le Bon Lord George Loveall, mourut le jour où elle naquit. Après avoir salué d'un cri de surprise sa venue au monde – comme s'il n'avait encore rien su à ce sujet –, il s'était effondré sur le dos en suffoquant. C'est ainsi que Geoffroy devint le Jeune Lord Loveall.

Sa mère ne s'intéressait pas aux enfants, et encore moins aux siens qu'à ceux des autres. Elle détestait les toucher. Ses rejetons avaient été tous deux prématurés, peut-être parce qu'elle les trouvait encore plus insupportables dans son ventre. Après mûre réflexion, elle avait conclu que ces créatures inachevées finiraient par devenir des êtres humains. À ses yeux, l'enfance n'était que l'état ennuyeux après lequel la conversation devenait possible. Encore faut-il avouer que lady Loveall avait plus besoin d'un muet admirateur de ses monologues que d'un interlocuteur.

Ses deux parents étant absents de sa vie, la petite lady Dolores Loveall devint la *raison d'être** de son frère. Elle était à la fois son jouet favori et sa compagne sans pareille. Pour elle, il se faisait chevalier, gardien et bouffon. Cette situation convenait parfaitement à leur mère, qui aimait d'autant mieux ses enfants qu'elle ne les avait pas sous les yeux. Tandis que ses protecteurs s'occupaient de porter le deuil du Bon Lord Loveall et d'administrer le domaine, le Jeune Lord tomba amoureux de sa sœur.

À onze ans, il ne pouvait imaginer partager sa vie avec quelqu'un d'autre. Sa seule ambition était le bonheur de sa sœur, qu'il voulait voir grandir et s'épanouir par ses soins. Bien qu'il ne fût encore qu'un enfant, il était le seul à savoir ce dont elle avait besoin. Il était prêt à consacrer toute son énergie à la guider sur le chemin de la vie. Le snobisme de ses parents lui avait interdit de se mêler aux jeux des enfants du cru, encore qu'il vît souvent les rejetons des domestiques disparaître en chahutant au fond des couloirs. À l'époque, il aurait donné n'importe quoi pour se joindre à eux. Maintenant, plus rien ne l'intéressait sinon jouer avec sa sœur.

Il lui servait de guide à travers Love Hall, ravi de lui révéler les mille secrets de la demeure, ses passages dérobés, ses trappes et ses cachettes. Il courait avec elle dans la Grande Galerie, au milieu des éclats de rire, en tapant dans un ballon sur les parquets cirés. Puis ils improvisaient une partie de cache-cache, pour laquelle il était difficile d'imaginer un terrain plus propice. Quand ils en avaient assez d'être enfermés dans le château, pourtant si vaste qu'on pouvait s'y perdre sans un plan détaillé et une pelote de ficelle, ils partaient explorer le domaine. Ils aimaient par-dessus tout escalader Old Rubberguts, l'arbre le plus vieux et le plus haut du pays – on disait qu'un roi y avait jadis trouvé refuge. Allongés sur les branches les plus élevées qu'ils avaient pu atteindre, ils regardaient les nuages. Après quoi, ils retournaient dans la salle de jeux de Dolores, située dans la tour ouest, et s'amusaient avec sa Maison de Poupée. Ce modèle réduit de Love Hall, commandé pour la dernière en date des héritières de la lignée, était l'œuvre de Hans Hemmen lui-même.

Dolores avait cinq ans lorsque la protection de Geoffroy lui fit défaut. Il ne sut jamais ce qui s'était passé au cours de ces instants indistincts où elle s'était agrippée à lui pour distraire son attention des nuages aux formes changeantes. Il se rappelait juste qu'il avait regardé son corps sans vie du haut de la branche sur laquelle, quelques secondes auparavant, elle était assise à côté de lui. Vue du sommet de l'arbre, sa silhouette vêtue d'une robe blanche semblait couchée dans une pose indolente. Par chance, il ne pouvait la voir de plus près. Incapable de bouger ou de détourner la tête, il la contempla en attendant qu'elle se transforme, qu'elle échappe à la mort par une métamorphose, comme les personnages de ce livre latin de la gouvernante. Il pensa d'abord qu'elle se changerait en oiseau, comme Dédalion – que Dolores appelait toujours Dent de Lion. Mais il comprit que c'était trop tard, que la transformation aurait déjà eu lieu. En tombant, elle aurait battu l'air avec ses ailes nouvelles, au lieu de toucher le sol elle se serait élevée vers le ciel et son bref cri aurait été le premier trille de son chant. Puis il se dit qu'elle pourrait devenir un arbre, comme Dryope, croître à l'ombre d'Old Rubberguts. Ou se faire rocher, marche de pierre, fleur peut-être... Il s'obstina à regarder, à attendre, mais le temps de la métamorphose était passé. Rien ne bougeait. Elle était morte. Ce fut ainsi qu'on les trouva.

Geoffroy avait passé le reste de sa vie à s'en remettre, incapable de comprendre qu'il n'était pas coupable. Il ressentait rarement l'envie de s'aventurer au-dehors. La mort de Dolores, le besoin de tenir sa main l'incitaient à se retrancher dans le château et, plus profondément encore, en lui-même. À sa demande expresse, on n'avait touché à rien de ce qu'elle avait possédé, y compris la Maison de Poupée désormais hantée.

Déjà vieux à l'âge de trente-trois ans, il continuait de parler à sa sœur dans le château miniature. Quand il avait besoin qu'elle l'aide – qu'elle le *rassœure*, comme il disait –, il s'asseyait devant la Maison de Poupée dont il ouvrait doucement la façade. Il scrutait l'intérieur, en redoutant à chaque fois qu'elle ne soit partie. Puis elle apparaissait. Il avait conscience que si elle avait vécu, leur lien se serait relâché. Mais sa mort, presque aussi fatale à Geoffroy qu'à Dolores, leur avait permis de rester aussi proches que le jour où elle avait quitté ce monde. Tous ses sentiments ayant été consumés par son amour pour sa sœur, il ne se souciait guère que sa mère vécût ou mourût, du moment qu'elle se montrât satisfaite de la façon dont il s'occupait d'elle. Un beau jour, elle rendrait l'âme et il pourrait faire repeindre les murs noirs, arracher les tentures et redonner vie à la vieille demeure. Son propre deuil pour Dolores, s'il remplissait tous ses jours, était si intime qu'il aurait considéré comme injurieuse l'idée qu'un autre puisse le partager. C'était sa passion privée. Les mascarades collectives, comme celle dont Love Hall était le théâtre, lui paraissaient vulgaires. L'absence d'étalage marquait la perfection de son chagrin : moins les autres étaient au courant, mieux il se portait. Il était décidé à rendre au château sa splendeur allègre d'autrefois. Ce serait son ultime hommage à sa sœur. Et maintenant, il avait un moyen d'y parvenir.

L'équipage passa le dernier tournant et Geoffroy regarda au passage Gatehouse Lodge, chef-d'œuvre du XVIIe siècle. L'édifice en granit s'ornait de deux tourelles au-dessus d'un parapet crénelé, d'où les habitants auraient pu déverser de la poix sur des envahisseurs imaginaires. Il jouxtait l'immense grille en fer forgé où se déployaient les armes des Loveall : la rose et l'églantier entrelacés.

Le père de Geoffroy, le Bon Lord Loveall, avait souvent observé d'un ton railleur :

— Comment se peut-il que les Loveall aient des *armes* ?

Il se plaisait ainsi à rappeler non seulement l'étymologie pacifique de leur nom, mais aussi sa forme correcte. Contrairement à l'usage anglais, en effet, il restait invariable au pluriel. L'explication officielle de cette anomalie était qu'il s'agissait à l'origine d'un nom français, les Lavelle. Cela dit, l'histoire plus récente avait vu les habitants de la ville nommer *lovealls* les dames de petite vertu. Depuis lors, les membres de la famille tenaient au pluriel invariable qui leur semblait plus respectable.

Love Hall et son domaine s'étendaient devant le Jeune Lord. À la lueur de la lune, il vit de la fumée s'élever de trois cheminées. Les pelouses étaient couvertes de sapins, de chênes et de cèdres, dont il respira l'odeur comme pour la première fois. Il n'aimait pas les cris mélancoliques des hérons mais ce soir-là, malgré l'obscurité, ils semblaient lui souhaiter joyeusement la bienvenue.

Le château lui-même, silhouette encore lointaine au bout de l'Avenue, était une splendeur de brique d'un rouge velouté où les époques se mêlaient, chaque génération ayant apporté sa contribution. Les guerres civiles et les révolutions s'étaient succédé, les monastères avaient été dispersés ou rétablis, mais Love Hall était resté. Le temps n'avait fait que l'embellir. Aux yeux des Loveall et de leurs architectes, rien n'égalait la noblesse du gothique, qu'ils orthographiaient par respect *Gothick*. Le fléau du néoclassicisme n'avait pas été autorisé à défigurer l'édifice. Geoffroy aimait les sombres boiseries médiévales, les ornements surchargeant chaque porte. Il chérissait le plafond de la Grande Galerie, avec ses poutres évoquant l'intérieur d'un bateau, et les escaliers de bois foncé où la rose et l'églantier étaient sculptés sur chaque pilastre.

Se souvenant d'un ancien lord Loveall, Geoffroy se mit à chanter doucement au bébé la chanson qui portait son nom. Cet ancêtre avait différé de sept années son mariage, sous prétexte d'un voyage. Il revint en fait un an plus tard, mais alors qu'il chevauchait vers sa demeure il entendit la cloche de l'église sonner « pour Nancy Bell qui était morte à cause d'un seigneur discourtois ». Il mourut à son tour, les yeux fixés sur sa bien-aimée gisant dans son cercueil, et fut enterré près d'elle. Une rose rouge surgit du cœur de la jeune fille, et un églantier de celui du seigneur :

Jusqu'au sommet du clocher ils grandirent
Puis s'entrelacèrent tendrement
En un nœud d'amour éternel qu'admirent
Les fidèles amants.

Personne dans la famille ne doutait qu'il s'agît d'un de leurs ancêtres, d'autant que le blason des Loveall représentait précisément ce motif. C'était un emblème étrange, peu conforme à la science héraldique, bien que la rose fût décrite officiellement dans la *Lex Pantophilensis* comme « de gueules, hameçonnée et semée proprement ». Cependant le Jeune Lord avait toujours éprouvé un profond attachement spirituel pour les armes de sa lignée. Il avait adopté comme signature les fleurs entrelacées, qui ornaient jusqu'aux portières de la voiture où il voyageait. D'autres pouvaient garder leurs écussons prétentieux, leurs vairs et leurs contre-vairs, lui se contentait de ce simple symbole et de la devise qui l'accompagnait : *Amor Vincit Omnia*. L'amour avait bel et bien triomphé dans la vie de Loveall.

Son équipage s'avança entre les ormes de la Grande Avenue et Loveall souleva le bébé pour lui montrer le mausolée, sur la gauche, dressant sur la colline sa silhouette élégante. Un de ses ancêtres plus classicisants – il avait oublié lequel – avait eu l'idée de reconstituer sur ses terres les Sept Merveilles du monde. Il n'était venu à bout que du premier édifice, le Mausolée d'Halicarnasse. Les Loveall purent s'estimer heureux qu'il ait commencé par lui, car ils avaient besoin d'un lieu digne d'abriter leurs dépouilles mortelles. La copie de l'illustre monument était d'une majesté aisée, avec ses douze colonnes et sa pyramide à sept degrés, toutes sculptées dans la pierre de Portland. Au sommet, une statue de lord Alfred Loveall offrait à l'admiration une jambe élégante. Le Jeune Lord avait une prédilection pour cet édifice. À cause du lien sentimental profond l'unissant pour une part à son contenu, mais aussi parce que l'original du mausolée avait été bâti par Artémise en l'honneur de son bien-aimé époux défunt, le roi Mausole. Lequel était également son frère.

Les pierres du mausolée brillaient d'un éclat vert pâle et entre ses murs froids les Loveall – bons et mauvais, grands et admirables – reposaient ensemble sous l'inscription *Mortui Non Victi*. Un jour, Geoffroy lui-même prendrait place parmi eux et ses cendres rejoindraient celles de Dolores. Il avait songé à l'embaumer dans du miel, comme Alexandre le Grand, puis y avait renoncé : sa pureté ne saurait être atteinte par la corruption. Le salpêtre ou le formol étaient non seulement inutiles mais indignes d'elle. En revanche, le triple cercueil en marbre tiendrait les eaux à distance, et son revêtement de plomb et de zinc la protégerait de l'air. Il prendrait soin d'elle dans la mort comme il l'avait fait de son vivant. Aucune métamorphose n'étant survenue à l'instant fatal, il ne tolérerait pas qu'elle change à l'avenir.

Des chevaux et des daims paissaient l'herbe des deux côtés de l'Avenue. Loveall posa le bébé sur les coussins moelleux du siège lui faisant face puis tapa au plafond avec sa canne. Il pria Hood de faire arrêter le cocher, dont il ignorait le nom, et d'appeler Cyclamen. Répondant au sifflement du valet, un grand cheval blanc galopa vers la voiture. Loveall tendit la main pour saluer sa jument favorite. Bien que ne montant pas lui-même, il encourageait les autres à l'équitation. Il aimait particulièrement que des femmes montent Cyclamen, laquelle ressemblait à une licorne. Ressemblance cultivée notamment grâce à une corne fixée au front de l'animal, qui semblait du reste fort bien s'en accommoder.

Lorsque Cyclamen fut tout près de la voiture, Geoffroy se pencha pour détacher une chaîne d'argent pendant sur son poitrail. Ses trois chevaux préférés portaient chacun une telle chaîne, qui s'ornait d'un cœur en argent abritant un portrait miniature de Dolores. Sa mère avait raillé cette lubie décorative, où elle avait reconnu une tendance à « dénaturer la nature ». Mais Geoffroy l'avait toujours soupçonnée d'être surtout inquiète à l'idée d'un vol. L'argenterie familiale faisait l'objet d'une surveillance constante, même la nuit, où un domestique dormait enfermé dans la salle de l'argenterie. De toute façon, aucun villageois n'aurait succombé à la tentation, car Loveall était extrêmement populaire. S'il n'honorait guère de sa présence les festivités paroissiales, on pouvait compter sur lui pour assister avec beaucoup d'aplomb aux jeux annuels où les reines de mai et leurs prétendants se déchaînaient sous les yeux de toute la ville. Chaque année, il appliquait rituellement les mains sur les malades de la paroisse afin de les préserver de la peste pour les douze mois à venir. Il attendait avec impatience ce jour, peut-être parce que jusqu'alors le rituel s'était révélé efficace.

Cyclamen repartit au trot vers les prairies en agitant indolemment sa longue crinière, ce qui faisait vaciller légèrement la corne sur son front. Loveall attacha la chaîne et la miniature autour du cou du bébé. Puis il souleva l'enfant et la pencha légèrement par la fenêtre afin que ses yeux à peine ouverts découvrent le château dans sa totalité. Il présentait ainsi l'un à l'autre Love Hall et le bébé. À cet instant précis, comme en signe de bienvenue – à moins que ce ne fût un avertissement – les salves de quatre canons saluèrent l'arrivée à bon port de Geoffroy. Le retour du maître de céans était toujours annoncé de cette façon, sauf s'il était en compagnie d'une personnalité encore plus éminente – altesse royale ou archevêque –, laquelle méritait un surcroît de débauche de munitions. Le bébé se mit à pleurer dès les premières détonations, et Loveall s'empressa de rentrer son précieux fardeau et de fermer la fenêtre de la voiture.

Il se rendit compte qu'il ignorait qui tirait les salves et d'où elles partaient. L'origine même et l'ancienneté de cet usage lui étaient inconnues. Il décida sur-le-champ qu'à la mort de sa mère il remplacerait la canonnade par une sonnerie de six trompettes. Il composerait lui-même la mélodie – quelque chose de gracieux et de féminin. Elle serait jouée par les six hommes qui arpentaient les couloirs en sonnant du cor pour annoncer l'heure. Pourquoi gaspiller leur talent à faire office d'horloges ?

Il se pencha et frotta doucement son nez contre celui du bébé.

Assise dans son lit, lady Eleanor Loveall attendait l'arrivée de son fils. Son corps inutile avait été redressé dans cette position, non sans lutte et sans jurons, par Anstace Crouch, sa garde-malade au regard de rapace.

Ainsi juchée, lady Loveall faisait bonne impression et semblait parfaitement dominer ses mouvements.

Crouch avait disposé des diamants sur les plis du cou de sa maîtresse, mais ils retombaient de guingois, comme si la peau les refusait. La servante s'affairait autour de lady Loveall en tentant d'arranger les joyaux récalcitrants de façon à obtenir un effet harmonieux. Deux chiens étaient pelotonnés de chaque côté de la douairière, qui était vêtue de dentelle noire des pieds à la tête. Son visage potelé émergeant du fouillis de sa tenue de deuil évoquait une main grasse et noueuse au bout de la manche d'un costume d'homme.

La courtepointe du Grand Lit, en velours violet bordé d'un délicat taffetas bleu et jaune, soutenait avec peine une lourde broderie représentant les armes de la famille. À l'origine le lit s'enorgueillissait de posséder quatre colonnes, mais les deux de devant avaient été supprimées car son occupante ne supportait aucun obstacle entre son regard et le monde. Elle reposait sous un baldaquin léger de satin noir, dans ce lit qui avait été témoin de la conception de son fils survivant et de sa défunte fille. L'odeur écœurante du patchouli, qui avait souvent fait reculer le Jeune Lord quand il approchait de ces parages, enveloppait et imprégnait le moindre recoin de la chambre.

Cette visite nocturne était exceptionnelle. Son fils n'était autorisé à la voir dans sa chambre, d'où elle ne bougeait plus, que sur son invitation formelle. Si un candidat – fils, intendant ou visiteur aristocratique – sollicitait une entrevue, il était invité à se présenter deux heures plus tard, une seule en cas d'urgence vraiment extraordinaire. Cette fois, le Jeune Lord avait demandé à être reçu sur-le-champ. Pour se donner du courage en vue de son entrée imminente, lady Lovcall accabla d'ordres innombrables sa femme de chambre. L'usage de ses cordes vocales était la seule aptitude physique qui lui restait. Pour éviter qu'elles ne s'atrophient, elle mettait un point d'honneur à s'en servir sans cesse. Son esprit était toujours actif, et sa voix ne lui cédait que de peu en vigueur. Elle parlait davantage en dormant que bien des gens durant leurs heures de veille.

Cette nuit-là, elle était en proie à une agitation inhabituelle. Elle attendait d'un informateur bien différent de Geoffroy qu'il lui apprenne la conclusion d'une désagréable affaire de famille. En fait, elle avait espéré recevoir cette nouvelle pendant que son fils serait occupé à Londres. Cependant la nouvelle n'était pas arrivée, et la requête inopinée du Jeune Lord avait mis un comble à son embarras. Non seulement on lui avait désobéi, mais elle se trouvait maintenant prise au piège par son héritier. Quelle heure incroyable pour une visite ! Et pourquoi diable son fils ne pouvait-il pas attendre pour lui parler ? Elle n'avait même pas le temps de faire venir sa coiffeuse personnelle. Lady Loveall éprouva une nostalgie soudaine pour l'irritation qui accompagnait sur son front la poudre blanche et la pommade.

Elle remarqua divers indices de leur précipitation insolite : une brosse à cheveux de travers sur la table en ivoire, un rideau qui gondolait au lieu d'être correctement attaché par le cordon, sans oublier une quantité significative de poils de terrier sur le carrelage noir et blanc qui donnait à la pièce des allures d'échiquier. Une carafe d'orgeat à moitié vide trônait sur la table de nuit. Son bouchon oscillait encore sur le plateau d'argent.

La douairière haussa les sourcils en voyant son fils entrer avec un élan surprenant. Décidément, il s'agissait d'un véritable guet-apens. Elle allait le faire attendre.

Lady Loveall s'était accoutumée à l'apathie de son fils et s'était résignée à ne pouvoir espérer aucun répondant de sa part. Il était le seul habitant du château qu'elle autorisât à ne pas s'habiller en noir, car son besoin de couleur semblait l'une de ses rares passions. Elle avait ordonné aux domestiques de lui rapporter quotidiennement ses faits et gestes, mais au fil des années ces rapports s'étaient réduits au récit aussi monotone qu'ennuyeux des heures qu'il passait seul dans la Maison de Poupée et dans la bibliothèque d'Anonyma.

— Le deuil n'est fait que pour le public, lui dit-elle un jour. On peut parfaitement se permettre quelques larmes bien naturelles après le funeste événement. On peut même en verser ensuite en privé. Mais apprenez, monsieur, qu'il est pitoyable de prolonger si longtemps sa douleur.

Elle avait été si enchantée de ce petit discours qu'elle l'avait dicté à Crouch avant de le prononcer. Le plus exaspérant, dans la souffrance de son fils, était son caractère absolument intime et résigné. Il était acceptable de montrer du chagrin, réel ou non. Mais avoir du chagrin et ne pas le crier sur les toits ! L'authenticité de son deuil la déconcertait.

Pourquoi était-il ainsi ? Quelle erreur avait-elle commise ?

Dans ses moments de recueillement, elle s'était demandé s'il était possible que le sang des Loveall se soit corrompu. C'était sa pire crainte, qu'elle osait à peine s'avouer. La honte ne serait pourtant pas si grande, en un temps où la famille royale elle-même semblait sombrer davantage dans l'imbécillité à chaque génération nouvelle. Malgré ses efforts pour transformer Geoffroy, il était évident que ce parangon d'élégance affectée comptait parmi les Loveall sans envergure, les spécimens en dessous de la normale. La vigueur pleine d'une séduction brutale de sir Lothar Loveall, son beau-père, qui l'avait attirée jeune fille avant même qu'elle ait rencontré son fils, avait manifestement sauté deux générations et ne reparaîtrait peut-être jamais.

Lothar, dit le Mauvais Lord, avait été une force de la nature jusqu'à son dernier instant. Sa barbe noire était blanchie par la poudre des baisers pris à toute créature féminine à portée de lèvres – peu lui importait qu'elle fût ou non consentante – et il ne faisait pas d'exception pour sa propre belle-fille… Il avait succombé à une embolie massive. Bien sûr, il avait eu une fin heureuse, s'étant éteint, comme l'avait noté avec tact le journaliste du *Post Boy*, « dans son sommeil ». On avait en fait retrouvé la jolie Jennie Hoskins coincée entre le colosse et le piano à queue autrichien. Le nouveau lord Loveall s'était montré bien disposé envers elle par la suite, car malgré cette situation pénible elle s'était abstenue de crier afin de ne pas attirer l'attention sur elle ou son maître. Le nouveau lord ne l'aurait jamais découverte si elle n'avait eu la présence d'esprit de jouer une mélodie sur les quelques touches qu'elle pouvait atteindre. Elle avait eu de la chance, de même que les Loveall : seul le jeune seigneur avait été capable de prêter l'oreille au son d'un piano.

Jusqu'à son dernier spasme, sir Lothar avait mérité son surnom. Lady Loveall l'appelait toujours le Mauvais Lord, comme lui-même l'exigeait de son vivant. Il avait encore embelli dans son souvenir, si c'était possible, et il lui paraissait plus mauvais que jamais. Quel mépris il aurait eu pour Geoffroy !

Lothar était le grand homme dont elle s'inspirait dans son combat pour sauvegarder la lignée des Loveall. Il était allé jusqu'à divorcer de sa bien-aimée première épouse, Catherine Aston, lorsqu'il devint évident qu'elle ne pourrait lui donner un héritier. Il se remaria avec Isabelle Anthony, une créature aux cheveux d'un blond terne, aux hanches larges et au sourire révélant une dentition impressionnante. On la surnomma la « femme-enfant », par allusion à son intellect plutôt qu'à son âge. Un an plus tard, elle donna naissance au fils dont la famille commençait à désespérer, le futur Bon Lord Loveall, époux maintenant défunt de lady Eleanor. Seule Catherine Aston, qui demeurait la compagne toujours présente de Lothar, fut autorisée à prendre soin du bébé bien qu'elle ne fût ni sa mère ni l'actuelle lady Loveall. Pour occuper son temps, Isabelle ne trouva pas mieux que d'enfanter un autre bébé afin d'avoir elle aussi son jouet. Le fruit de cette tentative fut la détestable Elizabeth Osbern, née Loveall, belle-sœur et cauchemar de lady Eleanor.

L'admirable Lothar n'avait reculé devant rien pour garantir la réussite de sa famille. Mais il disposait de matériaux de qualité supérieure et était lui-même un homme d'une activité inlassable, capable de réinventer le monde autour de lui afin qu'il s'accorde à ses desseins. Lady Loveall, quant à elle, n'avait que son corps infirme, son fils sans énergie, sa servante décharnée. De plus, son esprit était tourmenté par d'autres problèmes familiaux. Parfois, elle se demandait si ses efforts n'étaient pas vains. Elle se reprenait aussitôt : il n'était pas question qu'elle renonce de bonne grâce avant d'avoir assuré l'avenir de la dynastie.

Si elle avait discerné ne fût-ce qu'une ressemblance fugitive de Geoffroy avec le Mauvais Lord, elle se serait peut-être éteinte sans regret. Mais son fils ne ressemblait nullement à son glorieux aïeul. Il n'était ni bon ni mauvais. Pour autant qu'elle pût en juger, il n'était et ne faisait pas grand-chose. Il semblait prêt à flotter au gré des événements, aussi inerte qu'une des montgolfières du comte Zambeccari. Son caractère résigné, sa sensibilité délicate et son acceptation désinvolte de son sort – tous ces traits constituant une cruelle parodie de son père, dont la bonté n'était pas entachée de faiblesse – signifiaient qu'il n'agirait jamais que sous la contrainte. On aurait dit qu'il était trop mort pour mourir. Il avait suggéré un jour qu'on place un crâne dans chaque pièce en guise de *memento mori*, mais sa mère avait observé qu'il aurait plutôt besoin d'un *memento vivere*.

En voyant ce modèle d'indifférence se tenir au pied de son lit d'un air important, manifestement impatient de parler, lady Loveall crut presque défaillir. Elle décida de prolonger son supplice. À l'instant où il ouvrait la bouche, elle l'interrompit d'un ton ferme :

— Voyons, Geoffroy !

Elle allongeait chaque syllabe de son prénom comme s'il s'agissait de deux mots séparés, qu'elle semblait chantonner en serrant les dents. Son fils se reprit. Même cette entrevue exceptionnelle ne saurait faire oublier les règles de l'étiquette.

— J'espère que vous vous sentez bien ce soir, madame, dit-il d'un air contraint.

Il semblait avoir hâte d'expédier les formalités afin d'en venir au fait.

— Me sentir bien ? Mais je ne *sens* rien du tout, monsieur. Mon corps est complètement engourdi. Crouch ! Anstace ! Ici !

Elle jeta un regard de biais sur la servante qui accourait. Alors que lady Loveall débordait d'une chair inutile, la peau de Crouch semblait aussi tendue que celle d'un tambour. Son maigre épiderme paraissait à peine suffisant pour assurer les besoins de cette créature osseuse. Elle devait faire un effort de volonté pour amener sa mince lèvre supérieure à couvrir un tant soit peu ses dents du haut. Cette manœuvre ne parvenait pas en revanche à faire descendre son nez crochu, dont les narines constamment écartées s'ouvraient dans son visage comme deux cavités rouges, symétriques et sensiblement plus larges que ses yeux.

— Vous voyez cette malheureuse qui a l'air d'un ossuaire. Elle sent à ma place. Elle me fait bouger. Crouch ! Ma main !

La servante souleva le bras droit de sa maîtresse, dont la peau était si rugueuse qu'elle semblait enveloppée d'une compresse de gaze.

— Regardez ma main, monsieur. Regardez-la !

Lord Loveall se força à garder les yeux fixés sur la main sans vie. Ce rituel n'était pas nouveau. Il se résigna à attendre.

— Anstace ! Baissez-la !

La servante s'exécuta et la main retomba sur le lit avec le bras auquel elle était attachée. La courtepointe capitonnée exhala un soupir asthmatique, comme soulagée de sentir de nouveau le poids familier. Lady Loveall était ravie de son effet.

— Voilà comment je me sens, monsieur !

Le bras inerte tressaillit.

— C'est mon bras, monsieur. *Mon* bras, mais il ne m'obéit plus. Il échappe à mon autorité.

— Madame… Mère, je voudrais vous dire…

Après ce début d'une fermeté admirable, il eut un instant d'hésitation fatal en se rendant compte non sans angoisse que sa mère n'avait pas fini de parler. Alors qu'elle s'apprêtait à faire bien d'autres commentaires sur son bras infirme, il avait eu l'audace de l'interrompre.

— Assez !

Elle lança ce mot d'un ton si vif et définitif que Loveall s'attendit à sentir une légère secousse tandis que le monde hésitait un instant à continuer son cours autour de son axe.

— Je disais donc qu'il ne m'obéit plus. Il *échappe à mon autorité*. Ceci est une observation que je vous livre !

Elle changea brusquement de sujet.

— Je vous ai chargé de consulter l'expert juridique à propos d'affaires familiales urgentes. Vous êtes de retour. Je présume que vous entendez avant toute chose m'informer du résultat de votre mission. Me trompé-je ?

— Non, madame, se borna à répondre Loveall.

— Eh bien ?

— Tout va bien, madame, dit-il avec irritation. Comme toujours...

Il ne lui avait encore jamais parlé sur ce ton. Elle frissonna légèrement. Même si elle n'en laisserait rien paraître, cette tentative bien élevée de rébellion l'impressionnait un peu. Elle rencontra le regard de Crouch, inquiète de la réaction de sa maîtresse. Cependant, Loveall avait pris courage.

— Aucun problème urgent ne se pose, Mère. Vos biens seront partagés conformément à vos indications. Mais je vais vous annoncer une nouvelle qui apporte de grands changements de perspective.

Sa mère fit une moue et sa lèvre inférieure s'avança de façon grotesque. Immobile comme une gargouille, la douairière le regarda si fixement qu'il fut cloué sur place.

— La guerre est-elle déclarée, monsieur ?

Ce n'était pas cela.

— Parfait. Quelle est donc cette information si cruciale, monsieur ?

Loveall, qui semblait avoir passé sa vie entière à attendre, comprit qu'il n'y avait plus aucune raison de prolonger cette attente. Il respira profondément et jeta un coup d'œil par-dessus son épaule. S'inclinant aussi gracieusement qu'un homme en est capable, il lança :

— Madame, permettez-moi de vous présenter la future lady Loveall.

Hood entra dans la chambre de son pas boiteux, en poussant une voiture d'enfant d'une incroyable magnificence. Ses dorures brillaient comme un soleil et la pièce parut soudain s'illuminer. La suspension moelleuse de cette merveille avait bercé le Grand lord Loveall et tous ses successeurs. Oscillant doucement comme un hamac à l'équilibre parfait, elle s'avança sur le carrelage dans un silence presque total, à peine troublé par le grincement imperceptible de rouages amoureusement huilés et assemblés en une harmonie sans défaut. Des générations de gouvernantes avaient chanté ses louanges. Hood immobilisa la voiture et s'inclina devant lady Eleanor. Le silence devint embarrassant.

Loveall baissa les yeux sur le bébé, dont le teint encore très rouge était loin d'être florissant, puis il regarda sa mère. La douairière ne s'attendait pas à faire la connaissance de la future lady Loveall, et encore moins à la voir arriver dans une voiture d'enfant. Désemparée, elle essaya de bouger la tête pour améliorer son angle de vision. Elle ne pouvait guère que l'incliner d'un pouce sur le côté, au prix de tressaillements frénétiques. Ses yeux trahissaient son inquiétude. Elle entendait bien un gargouillement d'origine humaine, mais elle ne voyait toujours rien. Maxwell et Randal poussaient des grognements menaçants à l'adresse du monstre mécanique, ajoutant encore à la consternation de leur maîtresse. Lady Loveall se lassa vite de cette comédie. Son fils avait mis trop longtemps sa patience à l'épreuve. Elle comprenait maintenant clairement qu'il n'était qu'un bon à rien, aussi inutile à sa mère qu'à sa famille tout entière.

— Monsieur, vous ne pouvez pas épouser un bébé ! hurla-t-elle. Dieu sait si j'ai essayé de vous marier, mais toujours avec des promises d'âge convenable. Aucune n'avait moins de douze ans. Avant qu'une femme ait atteint un certain âge, monsieur, il est impossible de dire si elle sera digne de porter l'héritier des Loveall.

Après un instant de réflexion, elle ajouta :

— Crouch, videz-moi cette chambre. Qu'ils sortent tous.

Loveall intervint :

— Vous ne m'avez pas compris, madame. Je n'ai aucune intention de me marier.

Cette fois, il ne perdit pas son assurance et continua sans peur d'être interrompu. Il se surprit à élever la voix, ce qui irrita aussitôt sa gorge.

— La future lady Loveall n'est pas destinée à m'épouser mais à hériter de notre nom. C'est ma fille.

Derrière la voiture d'enfant, Hood s'éclaircit la gorge avec ostentation, mais personne ne lui prêta attention. Le moment était mal choisi pour parler. Geoffroy toussa pour apaiser sa propre gorge, en jetant un regard nostalgique sur la carafe d'orgeat.

— Comment avez-vous fait, monsieur ? demanda lady Loveall de sa voix la plus perçante.

Dans les appartements voisins, les domestiques interrompirent leur tâche et tendirent l'oreille en levant les doigts pour obtenir le silence.

— Avez-vous mis au monde ce bébé en lisant ? L'avez-vous déniché dans la bibliothèque ? Ou dans votre Maison de Poupée ? Je ne saurais croire que vous l'ayez engendré selon les lois de la nature. Pas plus que je n'ose penser que cet enfant puisse être un heureux bâtard, le fruit d'une liaison entre vous et l'une de ces jolies servantes que j'ai établies à dessein comme autant de sirènes dans ce château mais que vous avez ignorées de façon aussi pitoyable que peu virile !

— J'ai trouvé ce bébé, Mère. Je lui ai sauvé la vie. Elle était emmaillotée dans des chiffons. Un chien errant la tenait dans sa gueule, à la lisière de la ville. Mère, il me fallait quelque chose à quoi consacrer ma vie et maintenant j'ai découvert cette enfant. Je l'élèverai comme l'héritière des Loveall. Elle est à moi, à nous. Madame, je vous présente votre petite-fille, la sauvegarde de notre maison. Le bébé, Hood !

Un doute avait saisi le valet de chambre. Il essaya de prévenir son maître en écarquillant les yeux, mais Loveall ne remarqua rien et prit l'enfant dans ses mains afin de la montrer à sa mère.

— La nouvelle lady Loveall.

Il s'approcha en élevant le bébé vers les cieux. Le cerveau de la douairière travaillait comme jamais depuis le jour où elle s'était alitée. Pour la première fois, après tant d'années, elle se voyait contrainte d'improviser dans une scène dont elle n'était pas l'auteur.

— Crouch, le bébé. Apportez-moi le bébé.

Elle parlait avec brusquerie, d'une voix saccadée.

— Vous avez trouvé cette enfant, monsieur ?

Il fallait s'assurer des faits. Son cœur battait à tout rompre. Une veine disgracieuse se mit à saillir sur son cou tandis que son visage rougissait violemment.

— Oui, dit Loveall en écartant d'une tape les mains avides de la servante. Doucement, Anstace !

La douairière s'efforça d'ordonner les faits.

— Vous étiez là, Hood ?

— Euh, oui, madame, répondit le valet. Mais je dois dire…

— Silence !

Elle se mit à penser à voix haute tandis que Crouch s'approchait lentement avec le bébé.

— L'enfant était laissée pour morte quand vous l'avez trouvée. Maintenant, elle est à nous et personne ne viendra la réclamer. Elle était bien laissée pour morte, Hood ?

— Très certainement, madame, mais…

— Et si elle avait des signes distinctifs, une marque de naissance… Il faut vérifier. Quelqu'un est-il au courant ? Personne n'a rien vu ? Vous en êtes sûr ?

— Personne, madame. J'en suis sûr. Mais il y a une question…

Hood faisait tout son possible pour se faire entendre dans les limites de la plus stricte bienséance, cependant lady Loveall ne lui laissa aucune chance.

— Enfin un peu de bon sens, Dieu merci. Allez chercher le fils d'Hamilton. Tout de suite. Elle est à nous. Vous lui ferez faire un grand mariage, Geoffroy. Je ne serai pas là pour le voir. Mon fils, vous avez réussi un coup d'éclat.

Loveall hésita avant de répliquer :

— Madame, il ne sera question pour elle que d'un mariage d'amour.

Les éloges de sa mère ne signifiaient rien pour lui. Il se sentait écœuré rien qu'en la voyant s'apprêter à souiller de son contact la petite innocente.

Tous les yeux étaient fixés sur la main tendant le bébé à sa nouvelle grand-mère. Lady Loveall le fit installer près d'elle et observa cette créature toute neuve, couverte de contusions et semblant peu à son aise. Crouch saisit la main de sa maîtresse et appuya un de ses doigts inertes sur le visage rougeaud. Geoffroy blêmit, mais à sa grande surprise le bébé ne se mit pas à hurler sur-le-champ.

— Les marques de naissance, lança la douairière.

Crouch souleva la robe pour voir ce qu'elle cachait. Hood s'éclaircit une nouvelle fois la gorge, avec une vigueur accrue.

Après avoir examiné le bébé avec autant de soin que de satisfaction, lady Loveall regarda Geoffroy d'un air étonné. Son étonnement céda la place à l'approbation, puis à l'admiration, puis à la tendresse.

— Vous êtes un jeune homme astucieux, mon fils.

— Vraiment, madame ?

Dérouté par ce ton d'une complicité insolite, Loveall ne savait que dire.

— Quelle était votre intention ? Combien de temps comptiez-vous garder le secret ?

— Je vous ai apporté l'enfant sans attendre, Mère, dès qu'elle a été habillée.

— À quoi rime cette farce ? Pourquoi vous obstinez-vous ?

Elle semblait à la fois contente et intriguée. Pris de court, Loveall se tut. Le comique de la situation lui échappait. Hood se mit à tousser avec énergie. Il était temps pour lui d'intervenir.

— Madame, je crains que le Jeune Lord ne soit pas encore au courant, dit-il d'un ton déférent en s'inclinant imperceptiblement en direction de son maître.

Lady Loveall sourit d'un air ravi. Elle ne disposait plus que de gestes et d'expressions outrés jusqu'à l'absurde, et Geoffroy ne l'avait encore jamais vue ouvrir si grand la bouche. L'effet était hideux.

— Geoffroy, commença-t-elle d'un ton horriblement condescendant. Vous avez voulu me surprendre. Maintenant, c'est à *vous* d'être surpris et de faire une rencontre inattendue. Puis-je vous présenter le nouveau *lord* Loveall, Geoffroy ? Le bébé que vous avez trouvé est un garçon.

Loveall regarda Hood, lequel jugea préférable d'éviter son regard, puis il poussa un hurlement. Il contempla sa mère, le souffle coupé, et se remit à crier comme un chat dont la queue a été coincée dans une porte. Sur le lit, les chiens entourant la gorgone souriante glapirent à leur tour pour fêter l'événement.

— C'est une fille ! plaida-t-il. C'est ma Dolores !

— Non, Geoffroy. C'est mieux ainsi. Vous avez réussi un exploit, dit sa mère avec délectation. Vous pouvez appeler le bébé comme bon vous semble, mais regardez ceci ! Même pour *vous*, la preuve est indubitable !

Crouch comprit l'allusion. Elle saisit le bébé fermement par les jambes, de sorte que sa magnifique robe de baptême se rabattit sur sa tête. L'objet du délit apparut, petit mais clairement identifiable.

Loveall rejeta la tête en arrière, poussa un nouveau cri de désespoir et s'enfuit en gémissant :

— Dolores ! Dolores !

— C'est un garçon, Geoffroy ! hurla sa mère dans son dos. Un garçon !

Elle éclata d'un rire hystérique tandis que la servante redressait le bébé et le couchait sur le lit. Lady Loveall écouta les pas précipités de son fils battant en retraite comme un forcené.

— C'est le nouveau *lord* Loveall ! lui cria-t-elle. Vous ne l'auriez pas amené dans ce château si vous aviez su, n'est-ce pas ? Rien ne marche jamais comme vous le voudriez ! Rien ! Rien !

La voix de sa mère résonna dans les pièces, traversa les murs, rebondit comme un ballon à travers la galerie et les salles d'apparat, mais il est impossible de dire si Geoffroy l'entendit. Dans l'ivresse de la victoire, le cœur de lady Loveall se mit à battre follement, si follement qu'il défaillit et qu'elle comprit en un éclair que toutes ses prières avaient été exaucées.

3

Imaginons que le lecteur puisse maintenant ouvrir la façade de Love Hall comme celle d'une maison de poupée, il découvrirait un spectacle étonnamment paisible. Personne ne se précipitait en tous sens. Rien ne venait contrarier le bon fonctionnement du château, sa structure et sa hiérarchie.

La chambre à coucher constituant l'épicentre de toute activité, l'importance relative des membres de la maisonnée était révélée par la distance les séparant du corps sans vie de lady Loveall. Au chevet de sa défunte maîtresse, Crouch était momentanément la femme la plus éminente du domaine puisqu'elle s'occupait de ses diamants et donnait des ordres à la coiffeuse. Elle aurait voulu que ce moment dure à jamais. Non loin d'elle, Hood, le valet de chambre, et Hamilton, l'économe du château, assistaient à la scène. Ils s'étaient résignés à laisser entrer Mrs Gregory, l'intendante acariâtre et universellement méprisée. Elle tomba immédiatement à genoux et commença à se signer à un tel rythme qu'elle aurait pu diriger un petit orchestre. Privée désormais de son unique soutien dans la maison, elle n'avait que trop de raisons de s'affliger. Crouch l'observait avec une froide satisfaction.

À l'extérieur de la chambre, le reste de la maisonnée attendait la confirmation officielle du décès. Les conversations devant la porte close se transformaient en rumeurs dans les salons. Les voix baissaient dans les diverses ailes de la demeure, et ces chuchotements cédaient la place à des potins et des bavardages hors de propos dans les arrière-cuisines, où des serviteurs s'enquéraient de l'état des pommes de terre et pestaient contre l'absence scandaleuse du garçon chargé de nettoyer l'argenterie. Le valet se tenant immédiatement devant la porte de la chambre de lady Loveall était supérieur au violoniste de la maison à raison de soixante-douze personnes intermédiaires. Le chef de cuisine, occupé à nettoyer son couteau souillé par un morceau de tripe filandreux, était pour sa part douze fois plus important que le confiseur. Quant au gardien des chiens courants, il n'était au courant de rien et attendait devant la porte de service qu'un beagle consente à libérer ses entrailles. Il pouvait donner des coups de pied au chien, mais en contrepartie il était obligé de ramasser ses crottes. Chacun, dès qu'il apprenait la nouvelle, s'inquiétait pour son propre avenir et se persuadait de démontrer son utilité en vaquant à sa tâche sans faire d'histoires.

Plusieurs serviteurs étaient chargés des lampes et des bougies, d'autres devaient scander les heures de la nuit. Il y avait des domestiques pour lisser les journaux avant leur seconde lecture. Certains passaient leur vie entière à transporter de l'eau chaude d'une aile du château à l'autre, et des servantes avaient pour unique mission de faire chauffer cette eau. Feu le Bon Lord avait même fait venir deux Indiens – un père et son fils – afin que les Loveall soient assurés de manger les meilleurs currys du pays. Ces indigènes s'occupaient également du tigre offert à Geoffroy par un chasseur quelconque de l'entourage de son père. Le tigre passait ses jours dans une cage derrière le château, où il faisait de meilleurs repas que les serviteurs chargés de le nourrir.

Loveall ne savait pas qui étaient tous ces subalternes. En fait, il n'en connaissait de vue qu'un petit nombre. Cependant il supposait que la plupart, sinon la totalité, devaient être nécessaires. Il n'était pas l'économe du château – ce domaine était réservé à la famille Hamilton. À ses yeux, la dépense n'avait aucune importance et il était bon que ces gens reçoivent un salaire. Mais les domestiques savaient qu'on pouvait se passer de leurs services.

Au bout d'une demi-heure, seuls deux personnages restaient indifférents aux événements secouant Love Hall.

Le premier était Geoffroy, tapi, solitaire, dans la Maison de Poupée, au dernier étage baigné d'une lumière bleue. La lune éclairait les fenêtres de la maquette de Hemmen, dont la façade ouverte évoquait un corps en train d'être opéré par un chirurgien. Les yeux fixés sur l'intérieur du château miniature, il attendait que sa sœur apparaisse et lui indique comme si souvent dans le passé la conduite à tenir.

L'autre était la bibliothécaire du château, Anonyma Wood, assise à son bureau, dans son lieu de travail plongé dans le silence. Brune, âgée d'une trentaine d'années, elle était absorbée par la lecture d'un livre intitulé *Divination et Prophéties de la somnambule*. Elle ne s'interrompait que pour prendre quelques notes sur une feuille de papier ministre. Ses cheveux tirés en arrière dégageaient son front parsemé de taches de rousseur. Ses yeux étaient d'un noir de jais, dont l'intensité était accentuée par d'épais sourcils et soulignée par des cernes profonds. Elle avait entendu les cris de même que les coups de canon annonçant quelques instants plus tôt le retour de son bienfaiteur, mais elle était si bien perdue dans sa lecture qu'aucun de ces bruits n'avait pénétré sa conscience.

Geoffroy et Anonyma étaient à Love Hall deux divinités intouchables. Juste en dessous d'eux, on trouvait leurs prêtres, les vieux serviteurs de confiance, dont la position était également assurée. Le reste de la maisonnée formait l'assemblée des fidèles attendant qu'on leur indique quels cantiques chanter et disant leurs prières.

Lors du repas des domestiques, un observateur inattentif aurait pu croire que rien n'avait changé. Les serviteurs étaient assis à leurs places coutumières, mais chacun savait que l'intrusion de la Mort amènerait inévitablement des bouleversements. Les conversations chuchotées témoignaient de cette inquiétude.

L'avenir de la domesticité ne pouvait être affecté que par les décisions de deux personnes. Lady Loveall était l'une d'elles, et elle avait quitté ce monde. Il ne restait plus que Geoffroy. Les serviteurs craignaient par-dessus tout que le Jeune Lord, malgré sa bonté foncière, n'ait pas assez de caractère pour résister à l'influence pernicieuse de gens sans respect pour le bon fonctionnement d'une maisonnée et avides d'un changement visant à privilégier leur intérêt plutôt que celui de Love Hall.

La reine était morte. Vive le roi…

Leurs craintes se révéleraient peut-être exagérées, si seulement ils parvenaient à survivre à la relève de la garde. Geoffroy ne passerait pas son temps à aboyer des ordres, comme sa mère. Et la présence d'un maître qu'il serait possible d'entrevoir, et non seulement d'entendre, constituerait une nouveauté. Rares étaient les domestiques à être entrés en contact avec lady Loveall. En revanche, ils avaient tous vu son fils errant dans les corridors comme un brouillard léger. On leur avait dit et répété qu'il convenait de l'ignorer, que le Jeune Lord était invisible, et tous s'étaient moqués de ses lubies étranges. Cela dit, les serviteurs ne recevaient pas leurs ordres directement de ces divinités mais de leurs propres supérieurs. Que se passerait-il si les supérieurs en question étaient des ennemis de Hood, le valet du nouveau seigneur ? Lady Loveall avait fini par rendre l'âme et ceux qui, telle Mrs Gregory, s'étaient comportés comme si elle avait été immortelle regretteraient amèrement ce jour.

Le nombre des élus assurés de leur place dans la nouvelle maisonnée était des plus réduits. Hood était indispensable, car Sa Seigneurie ne communiquait que par son intermédiaire. Outre sa charge de bibliothécaire, Anonyma, en tant qu'ancienne gouvernante de Dolores, était le dernier lien vivant entre Geoffroy et sa sœur. Leur rôle à tous deux était crucial non seulement pour la maison mais pour la survie même de son nouveau maître. Il y avait ensuite la famille Hamilton, dont la loyauté et l'importance pour les Loveall ne s'étaient jamais démenties tout au long de l'histoire. La position de l'actuel Hamilton était d'autant plus inébranlable qu'il en savait trop long sur ses maîtres. Anstace Crouch était l'unique autre domestique dont l'avenir semblait garanti. En tout cas, elle-même paraissait convaincue de succéder à Mrs Gregory, l'intendante tombée en disgrâce. En dehors de ces quatre cas, l'incertitude était totale.

Pour le village et le reste du monde, le maître de Love Hall serait le Jeune Lord. À l'intérieur du château, en revanche, chacun avait conscience que son sort dépendrait de la coalition formée par Hood, Anonyma, Hamilton et Anstace. À l'office, on répétait les mots de Thomas, le maître d'hôtel en second, lequel se sentait libre de discourir car il savait que ses jours étaient comptés. Il avait déclaré qu'ils allaient être gouvernés par les HaHa. Or qui avait envie d'exciter les rires ?

Pendant que le reste de la maisonnée se trouvait aux prises avec la nouvelle de la mort de sa mère, toute l'attention de Geoffroy était concentrée sur le chef-d'œuvre de Hemmen. Il ne s'agissait pas d'une maison de poupée au sens strict, mais d'un cabinet en noyer muni de pieds et décoré d'exquises marqueteries en écaille et de gravures d'étain. Deux portes de verre permettaient d'admirer l'intérieur. L'ensemble n'était pas destiné à un enfant mais plutôt à un adulte n'ayant pas lui-même d'enfant.

Geoffroy avait ouvert les portes et contemplait les murs tapissés au point irlandais de la salle de la tapisserie, dont l'original n'existait plus dans l'actuel château. Tout le reste reproduisait la réalité avec une précision extraordinaire, jusqu'aux carreaux de céramique ornant l'intérieur de la porte d'entrée et arborant la devise de la famille. Si jamais la demeure était un jour laissée à l'abandon mais que la maquette de Hemmen survive, il serait aisé de reconstituer son mobilier et l'esprit présidant à son aménagement. Même le fer à repasser de la cuisine, qui mesurait un quart de pouce, était fait de cuivre authentique. Derrière le bâtiment central, un véritable jet d'eau jaillissait de la fontaine du jardin à la française. Geoffroy avait fait corriger la moindre imperfection. Si les auteurs des tableaux décorant le château étaient encore vivants, Hemmen s'était efforcé d'obtenir qu'ils peignent les miniatures pendues aux murs de la maison de Dolores. S'ils étaient morts, il avait peint lui-même les copies.

Geoffroy aimait Love Hall en soi. Malgré son énormité, le château se révélait étonnamment propice à une vie confortable. Le rez-de-chaussée étant réservé au bruit, à la saleté et aux affaires, les pièces les plus utiles y étaient installées : une salle de petit déjeuner, une petite salle à manger et une autre pour les dîners. Il abritait également une salle pour les divertissements de l'après-midi ainsi qu'un cabinet de curiosités. Toutes ces pièces se ramifiaient à partir du monumental Baron's Hall. Alors que la demeure semblait devoir être la plus venteuse et la moins habitable du royaume, la légende affirmait que la flamme d'une bougie n'aurait pas vacillé la nuit dans la Grande Galerie.

Les principales pièces d'apparat se trouvaient au premier étage, dont le sol avait été récemment recouvert de tapis d'Axminster et de Donegal tissés à la main, avec les armes de la famille à chaque coin. Ici, les rideaux étaient bordés de soie de Spittalfields. Ces salles étaient réservées au luxe et à l'ostentation. L'étage présentait inévitablement un aspect plus moderne que les autres. La salle de réception, en particulier, était extrêmement inconfortable et réservée aux festivités, seules occasions où l'on sortait le mobilier nécessaire. L'essentiel de la vie se déroulait au rez-de-chaussée, royaume des cuisines et des domestiques affairés, tandis que les souvenirs régnaient surtout dans les étages supérieurs, où Geoffroy passait ses journées. Il se partageait entre la bibliothèque et la Maison de Poupée, au quatrième, qui aurait pu aussi bien se trouver à cent mille lieues de la chambre où sa mère était alitée. C'était là qu'il se sentait le plus en sécurité.

Perdu dans ses rêves, Loveall aurait aimé voir sa taille diminuer suffisamment pour pouvoir pénétrer dans la Maison de Poupée et en fermer les portes derrière lui. Après la mort de sa sœur, il avait fait exécuter une copie minuscule de la maquette de Hemmen, qu'il avait placée au dernier étage du château miniature, obtenant ainsi un triple effet d'abîme. Cette maison avait été le jouet favori de Dolores. Il avait donc fait en sorte qu'elle puisse encore s'amuser avec outre-tombe, et c'était habituellement là qu'elle apparaissait. Bien qu'il ne la vît pas pour l'instant, il n'était pas inquiet. Elle s'était révélée aussi opiniâtre dans la mort que dans la vie, et il l'aimait maintenant comme il l'avait aimée par le passé. Il la retrouverait ailleurs, par un autre moyen.

Il explora avec indolence une caisse remplie de poupées, où toute l'histoire de la famille était écrite. Les Loveall étaient depuis toujours grands amateurs de poupées. Geoffroy passa en revue la collection de créatures d'ivoire et de bois, de terre glaise et de daim perlé. Quelques-unes avaient été offertes à la famille par des invités désireux d'illustrer leur *grand tour** ou simplement de faire parade de leurs aventures. D'autres avaient été envoyées de l'étranger par des parents en voyage tentant de se mettre en faveur. Plusieurs étaient des gages d'amour destinés prématurément à Dolores et censés inaugurer une cour empressée, dont le donateur ou ses parents espéraient qu'elle aboutirait à un mariage. La caisse abritait également les vestiges de la collection de leur grand-mère Isabelle, la « femme-enfant ». Ses poupées ravissantes, notamment des baigneurs en cire, avaient un visage aussi inexpressif que celui de leur propriétaire et leurs vêtements jadis splendides n'étaient plus que des chiffons crasseux.

Au lieu de se laisser emporter paresseusement par ses souvenirs, comme ç'aurait été normalement le cas, Geoffroy se mit à fouiller méthodiquement le contenu de la caisse. Il trouva enfin ce qu'il cherchait : une vieille poupée en ivoire dont le nom – Mark – avait été gravé sur son mollet par un propriétaire précédent. Loveall le tira par la jambe. Mark avait une tête aplatie et un front perpétuellement ridé, encadré par deux boucles symétriques et compliquées. Ses gros yeux étaient larmoyants et son visage avait une expression terrifiée. Pour Geoffroy, il s'agissait sans aucun doute d'un garçon, d'un petit guerrier. Toutefois, la poitrine de la poupée s'ornait de deux seins pointus. Ce fut Dolores qui lui fit remarquer que le jouet s'appelait non pas Mark mais Mary.

Dolores et son frère avaient joué avec toutes les poupées. Ils leur assignaient des rôles, les faisaient parler dans des langages que personne d'autre ne connaissait. Même les deux ventriloques en herbe ignoraient parfois le sens de certains mots, mais les poupées les comprenaient tous. Avec Dolores, Loveall se montrait d'une patience infinie. Il était prêt à parler n'importe quel baragouin pour l'amuser et se laissait manier par elle comme un jouet. Il était l'une de ses poupées : elle pouvait brosser ses cheveux, délacer ses chaussures, faire tomber sa casquette. Il endurait tout sans se plaindre. Il était tacitement entendu entre eux que Geoffroy n'était venu au monde que pour le bon plaisir de Dolores. Qu'ils jouent à « crie petit cochon » ou à « tous à quatre pattes » – le jeu qu'elle préférait – elle choisissait toujours son rôle. Si elle n'avait pas envie de chercher en jouant à cache-cache, elle se cachait d'un bout à l'autre de la partie. Et si les jeux prévoyaient plus de deux participants, les poupées étaient appelées en renfort. Ils n'avaient pas d'autres compagnons de jeu et s'en contentaient fort bien.

Ils passaient des heures dans cette salle de jeux à étudier un livre intitulé *Casse-tête en tous genres*. C'était un cadeau d'Edred Osbern, le moins sympathique de leurs parents, qui n'avait que ce livre à son crédit. L'ouvrage contenait deux cents « hiéroglyphes, énigmes, devinettes, tours de force et autres dispositifs ingénieux ». Il était complété par un répertoire de solutions intitulé *Les Casse-tête résolus, ou La Clef des énigmes*, que Geoffroy avait soustrait à Dolores. Elle avait fini par le retrouver et l'avait caché à son tour. C'était une petite personne très sérieuse. Quand elle était assise devant *Casse-tête en tous genres*, elle griffonnait en silence, l'air extraordinairement concentré. Un jour, elle avait passé une heure à remplir une grille de mots. Après qu'elle était allée se coucher, Loveall avait regardé la page et constaté avec stupeur qu'elle avait résolu le problème en utilisant un jargon parfaitement incompréhensible.

Dolores était si absorbée par l'étude des images, ou des étranges combinaisons de lettres censées receler un sens entièrement différent, qu'il était parfois impossible à son frère d'attirer son attention. L'énigme la plus merveilleuse était une gravure se présentant comme un dessin à l'encre totalement déformé et irréel. La légende expliquait pourtant qu'en le regardant sous un certain angle il apparaîtrait non seulement « parfait à tous égards » mais, plus prodigieux encore, se détacherait en trois dimensions sur la page. À leur immense déception, ils ne parvinrent pas à tirer de ces traits d'encre autre chose qu'une tache informe. Peut-être était-ce une ville, ou un personnage, ou un mot aux lettres distordues. Leur perplexité les mettait au supplice. Ils regardèrent la page sous tous les angles imaginables, face à face, dans un miroir, dans les positions les plus insolites, toutefois elle refusait de leur révéler son mystère. Bien sûr, la solution se trouvait dans *Les Casse-tête résolus*, cependant Dolores ne consentit jamais à dire où elle l'avait caché. Geoffroy soupçonnait qu'elle l'avait peut-être oublié elle-même, car elle désirait autant que lui connaître la clef de l'énigme. Mais elle était d'un entêtement sans bornes. L'image continua de les défier et resta un gribouillis incompréhensible sur la page.

Aujourd'hui, confronté à des *Casse-tête en tous genres* qui lui résistaient toujours, Geoffroy était tout autant désemparé. Peut-être serait-il bientôt temps de résoudre le problème. Le répertoire de solutions devait nécessairement se trouver quelque part dans le château. En trouvant la clef de cette image, il se sentirait peut-être plus proche de sa sœur. Elle allait bientôt le rejoindre, sous cette même lune qui avait éclairé leurs silhouettes réunies. Allongé sur le dos, Loveall vit toutes les ombres se déformer. Une branche projetait sur lui sa forme tremblante et il sentait la fraîcheur du sol sous son corps. Ainsi couché, dans cette pièce, devant la Maison de Poupée, il éprouvait la présence de sa sœur avec plus de force que partout ailleurs.

Il crut voir quelque chose bouger au dernier étage de la maquette de Hemmen. C'est alors qu'il entendit la voix de Dolores lui chuchoter :

— Construis une maison nouvelle, Joe. Anonyma t'aidera.

Anonyma l'aiderait.

Quand Anonyma était arrivée à Love Hall, Dolores avait quatre ans. Lady Loveall était toujours occupée par la tâche relativement accaparante de porter le deuil de son époux. Tandis que ses vêtements passaient imperceptiblement du noir au gris clair, en un dégradé aussi savant qu'élégant, elle avait décidé d'engager une gouvernante pour sa fille.

Au début, Geoffroy s'était opposé à cette idée. Ne pouvait-il pas apporter lui-même à Dolores tout ce dont elle avait besoin ? C'est alors que Hood intervint. De vingt-cinq ans l'aîné du Jeune Lord, il avait été son compagnon et son gardien depuis l'âge de quatre ans. Il expliqua à son maître, lequel s'en remettait toujours à lui pour les affaires mondaines, qu'il existait certains domaines où Dolores se devait d'apprendre des choses que ni lui ni aucun homme ne pouvait lui enseigner. Or ces connaissances exclusivement féminines étaient indispensables à la survie de Dolores en ce monde. Si c'était une question de survie ! Il n'en fallait pas moins pour que Geoffroy admette qu'une gouvernante pourrait avoir son utilité à Love Hall. Lorsqu'il apprit qu'elle donnerait également des cours de broderie, de canevas et de tapisserie auxquels il aurait le droit d'assister avec sa sœur, il n'éleva plus aucune objection – certains domestiques ne le surnommaient-ils pas en privé, mais non sans affection, « miss Molly » ?

Il entendit sa mère déclarer que la gouvernante serait chargée d'éduquer à tout point de vue « l'esprit compatissant » de Dolores. Quand on surprenait un propos de lady Loveall, on pouvait être sûr qu'elle l'avait permis à dessein... Elle ajouta que la candidate idéale devrait être dotée d'une santé parfaite, d'un caractère égal et d'un tempérament enjoué, sans compter une apparence attrayante, des manières raffinées et une excellente éducation. Il lui faudrait parler couramment toutes les langues importantes, dont l'allemand, et avoir une formation musicale sans défaut. Elle serait censée de surcroît présenter deux lettres de recommandation émanant de familles connues des Loveall et dont aucune, surtout, ne devait être étrangère. Elle s'habillerait en noir et gagnerait vingt guinées par an.

Même à onze ans, Loveall connaissait les manières de sa mère. Il répéta docilement à sa sœur ce qu'on attendait de la gouvernante, afin que Dolores soit préparée au pire comme au meilleur.

Cette nouvelle fut un choc pour elle. Comme Geoffroy, elle fut déconcertée par la liste des talents exigés de la candidate. Comment trouver sur cette terre un être si savant, doué d'autant de santé et de bonté, capable de parler toutes ces langues ? L'existence de cet oiseau rare était-elle simplement possible ? Ils inventèrent donc leur propre gouvernante, en attendant celle qui arriverait en chair et en os. Au début, elle ne vécut que dans leur esprit, mais ils entreprirent ensuite de la fabriquer comme un automate à l'aide d'éléments chipés dans la caisse à jouets. Cette gouvernante miniature était absolument impeccable. Jamais fatiguée, elle connaissait tous les idiomes du monde – y compris certains encore à créer – et était d'une extrême beauté, en dehors de quelques ressorts mal fixés. Elle avait pourtant l'inconvénient d'être incapable de bouger. Malgré tout, elle était si parfaite à leurs yeux que la véritable gouvernante ne serait jamais en mesure de rivaliser avec cet idéal. Toute cette histoire commençait à exciter Dolores, et Geoffroy se demandait s'il était sage d'éveiller ainsi tant d'espoir en elle. Il songeait avec horreur à la déception de Dolly quand une femme sans beauté, à l'accent français pire que le sien, enlèverait son manteau pour apparaître dans sa triste robe noire.

Le 31 décembre 1799, Love Hall vit arriver une personne encore plus merveilleuse que la gouvernante miniature, encore mille fois plus réelle, belle et brillante : Anonyma Wood.

Sa future employeuse savait parfaitement pour quelle raison Anonyma était apparue si opportunément sur le marché. Mo, fille de la très honorable lady Makem et dernière pupille d'Anonyma, avait été enlevée par son père, lequel l'avait emmenée en Italie. À l'origine, lady Makem avait engagé la jeune femme à cause d'une certaine intensité dans son regard. Elle l'avait fait non pour elle-même, mais dans l'intérêt de son époux. Anonyma était d'un caractère timide, cependant ses yeux ne trahissaient rien de sa réserve et elle s'était rendu compte, non sans surprise, qu'ils pouvaient lui procurer tout ce qu'elle désirait. Bien qu'elle n'eût rien fait pour posséder une telle arme secrète, elle savait s'en servir en cas de besoin. Malheureusement pour lady Makem, il n'était nullement nécessaire de stimuler son époux, dont la libido n'était ni morte ni assoupie mais au contraire vive, active et tournée vers des objets entièrement différents. Sa Seigneurie ne prêta aucune attention aux yeux d'obsidienne de la gouvernante et décida bientôt, au lieu d'employer son temps selon le bon plaisir de Sa Majesté, d'entreprendre un long voyage en Italie en compagnie du fils du comte d'Elthemere, Cocky, et de sa propre fille récemment enlevée, Mo.

Les Makem étaient une riche famille dévastée par le scandale, mais la bonne société avait décrété généreusement que cette honte retomberait sur les porteurs du nom déshonoré plutôt que sur leurs employés. Anonyma venait donc de bon lieu et ses lettres de recommandation étaient irréprochables, exactement comme il était requis. Lady Loveall n'avait trouvé à objecter que sa jeunesse relative – Dieu la préserve de nouer quelque liaison coupable ! – et son nom aux consonances continentales – même s'il n'était pas absolument exotique, il avait quelque chose d'étranger. Tout en ôtant de son assiette de porcelaine une miette de scone, avec une détermination plus grande que ne l'aurait laissé supposer sa voix, la candidate expliqua que ses parents, tous deux décédés, n'avaient pu se mettre d'accord sur un prénom pour elle et avaient fini, en guise de compromis, par célébrer leur incertitude en l'appelant Anonyma. Ils n'entendaient pas par là qu'elle n'avait pas de nom, mais qu'elle n'avait pas été nommée. De toute façon, remarqua Anonyma, ses précédents employeurs l'appelaient simplement Ann. Les derniers doutes de lady Loveall s'évanouirent.

Ann Wood était un nom parfait pour une gouvernante : terne, bref et anglais. Une fois les conditions posées – la question de la longueur de ses cheveux fut remise à une discussion ultérieure –, Anonyma fut confiée à une intendante excessivement hostile et taciturne. Tandis qu'elles longeaient les couloirs, elle désigna à la nouvelle gouvernante des pièces et des vues intéressantes sans daigner ouvrir la bouche pour les commenter. Elle conduisit Anonyma dans une chambre petite mais propre, située dans un poste avancé des confins du dernier étage, et l'y abandonna sans un mot d'instruction.

Le lit arborait des rideaux étouffants en velours violet. Anonyma n'avait jamais vu une telle absurde magnificence dans un lieu aussi improbable. Elle posa ses trois valises sur le lit et entreprit de les défaire. L'absence d'étagères pour les livres la préoccupa aussitôt. Ouvrant la première valise sans attention excessive, elle en sortit du linge, des robes et des jupes qu'elle rangea dans l'armoire. Les deux valises suivantes eurent droit à nettement plus d'égards. Elle sortit de la deuxième une quantité impressionnante de livres, qu'elle posa délicatement sur le bureau. Certains étaient groupés en séries de huit ou neuf in-quarto, d'autres étaient des in-folio d'allure plus imposante et menaçante que ces familles amicales, d'autres encore portaient sur leurs dos et leurs couvertures des schémas énigmatiques et des caractères incompréhensibles, appartenant peut-être à des langues étrangères. Elle souffla avec énergie sur chaque couverture et en ôta toute trace de poussière à l'aide d'un chiffon. Puis elle examina chaque livre à hauteur de ses yeux, comme un luthier vérifiant le collet d'un nouveau violon. Elle mit à part un vieux volume de poésie, l'exemplaire le plus précieux de son père : il n'était pas question de poser quoi que ce soit dessus. Quand elle eut achevé de vider la valise, le bureau était entièrement recouvert de livres.

La troisième valise livra elle aussi son contingent de volumes, mais il s'agissait cette fois des récits de voyage qu'elle avait apportés pour sa pupille. Ils paraissaient à la fois plus sévères et plus rassurants que les autres. Ils avaient droit eux aussi à ses soins – c'étaient des livres, après tout, et elle aurait subi mille morts plutôt que de malmener un livre –, mais elle les traitait avec moins de dévotion. Elle les empila proprement sur le sol.

Après quoi, elle poussa un soupir et s'assit sur le large banc de monastère placé près de la fenêtre. Elle avait sous les yeux, à droite, des parterres à la française convergeant vers une roseraie entourée de murs. Au milieu, un jet d'eau jaillissait sans interruption d'une fontaine et retombait en arceau dans un vaste bassin couvert de nénuphars. Son regard erra au-delà du pont de terre cuite, qui franchissait la rivière serpentant au fond des parterres, et s'attarda sur l'avenue du Nord. Bordée d'ormes par douzaines, elle s'étendait à perte de vue, témoignant avec un orgueil sans vergogne de l'emprise de Love Hall sur la région. Anonyma regarda vers le nord, où elle était née. Tout au bout de l'Avenue, dans la brume lointaine de l'horizon, elle aperçut les ruines d'une tour antique.

Ce soir-là, pour la première fois, Anonyma passa seule la veillée du Nouvel An. Elle ignorait où se prenaient les repas et personne ne vint la prier de l'accompagner. Cependant, sa solitude ne lui pesait pas. Assise sur le banc, tournant le dos à la nuit, elle apprenait par cœur des passages d'un de ses livres les plus précieux, celui qu'elle avait rangé à part : les *Lettres de Ptolémée à Flore*, par Mary Day. Ailleurs dans le château, la nouvelle de son arrivée était parvenue jusqu'aux enfants.

Le premier jour de l'année 1800, par une matinée de bon augure, Anonyma, toujours livrée à elle-même, gravit le somptueux escalier menant à la Maison de Poupée. Au fur et à mesure de son ascension, les portraits reculaient dans le temps. Elle se sentait observée par des siècles d'histoire et de splendeur des Loveall, au point qu'elle se demandait si elle devrait remonter jusqu'à Adam et Ève avant d'atteindre le sommet. Cependant, les deux derniers portraits se révélèrent plus modernes. Ils représentaient deux enfants : un garçon aux allures de fille et une fille aux allures de garçon. Le garçon tenait dans sa main une pomme qu'il tendait au spectateur. À côté de lui, une maison brûlait sur une colline lointaine. Sur l'autre tableau, la petite fille avait les yeux provocants d'un garçon manqué et soignait son genou qu'on devinait éternellement couvert de plaies. Les deux portraits, peints dans le même style allégorique à la mode, étaient l'œuvre d'un certain Eugenius, dont la signature déployait ses fioritures dans le coin gauche des tableaux. Lady Loveall lui avait indiqué très précisément ce qu'il devait peindre.

Anonyma explora du regard le dernier étage et découvrit le garçon du portrait, assis dans un fauteuil au centre d'une pièce et vêtu du même costume bleu clair. Était-il possible que ce fût sa tenue de tous les jours ? Derrière lui, deux yeux épiaient la jeune femme. Anonyma resta immobile au sommet des marches, la tête baissée, afin de se présenter aux enfants, ses maîtres malgré leur âge. Se comportant comme s'il était le père de la petite fille, le garçon lui chuchota quelque chose avec vivacité en plissant les yeux. À ce signal, elle sortit de l'ombre du fauteuil et se leva en lissant sa longue robe rose. Ses cheveux blonds ondoyant sur ses épaules, elle s'avança vers Anonyma et fit une révérence.

— *Comment allez-vous, madame** ? dit-elle en raclant le sol un peu moins gracieusement qu'elle ne l'aurait voulu.

Derrière elle, le garçon formait sur ses lèvres chaque mot en même temps que sa sœur et élève. Satisfait du résultat final, il hocha la tête.

— *Très bien, merci beaucoup**, répondit Anonyma en rendant la révérence. *Et monsieur** ?

Elle leva les yeux vers le Jeune Lord, dont le regard n'était plus fixé sur sa sœur. Elle croisa fugitivement ce regard et vit un garçon d'une beauté saisissante. Il n'était pas habitué aux questions, en quelque langue que ce fût, et surtout pas de la part d'étrangers. Il semblait se sentir au-dessus du monde, invisible, comme le maître tirant les fils de sa marionnette derrière le rideau. Cette fois, il était sous les feux de la rampe. Après avoir travaillé dans le seul but de permettre à Dolores de faire une entrée mémorable, il devait essayer de ne pas faire lui-même mauvaise figure. Alors qu'elle commençait à penser d'après son silence qu'elle avait commis un impair, il répliqua enfin non sans un effort considérable :

— *Nous sommes enchantés de faire votre connaissance, madame**.

Après quoi, se levant et s'inclinant imperceptiblement, il continua en anglais :

— On nous a dit que vous vous appelez Ann Wood.

Elle baissa de nouveau les yeux, consciente soudain de la simplicité de ses bottines. Les livres jonchant le sol frappèrent son regard. Le soleil les illuminait à travers la vitre teinte d'un bleu délicat. Elle répondit en se demandant si elle faisait bien :

— Mon vrai prénom est Anonyma.

Dolores éclata de rire et son frère la regarda.

— Dans ce cas nous vous appellerons Anonyma. Dolores ?

La petite fille resta figée, tel un minuscule boxeur en robe longue, tandis qu'elle réfléchissait aux complications induites par ce qu'il venait de dire.

— Anonyma, chuchota-t-elle pour elle-même.

— Bien sûr, dit la jeune femme, si vous préférez m'appeler Ann…

— J'aime beaucoup Anonyma, répliqua Dolores.

— Nous vous appellerons donc Anonyma, conclut Loveall.

— Anomalie, murmura Anonyma en baissant les yeux.

— Anemone ! continua Dolores en pouffant.

La gouvernante regarda le Jeune Lord. Elle avait l'impression qu'elle resterait un certain temps dans ce château.

— Et comment dois-je vous appeler, monsieur ?

Elle le regarda dans les yeux mais il ne répondit pas.

— Moi, c'est Dolly, s'empressa d'intervenir la petite fille. Et lui, c'est Joe.

Elle était le seul être au monde à l'avoir jamais appelé Joe, et personne d'autre n'y serait jamais autorisé. Même sa mère l'appelait habituellement « monsieur ». Loveall émit un petit cri de souris – il riait.

— Il est vrai que Dolly m'appelle Joe. Mais pour le moment, peut-être devriez-vous vous en tenir à « monsieur ».

Il le dit avec une grande gentillesse, afin qu'il soit clair qu'il ne réprimandait ni sa sœur ni la nouvelle gouvernante, et Anonyma comprit que si elle plaisait à Dolores, elle plairait aussi à Loveall. Une mouche bourdonnant dans la pièce se posa au sommet d'une Maison de Poupée qui trônait dans un coin, énorme et surchargée. En regardant mieux, Anonyma se rendit compte qu'il s'agissait d'une réplique de Love Hall. Elle reconnut même sa propre chambre, où se trouvait une figurine en métal paraissant étrange et déplacée, avec sa jambe surgissant de son buste comme si elle était figée dans une position de ballet insolite.

— Avant que vous n'arriviez, lança Dolores, nous étions en train de dessiner dans un livre.

Elle se retourna pour saisir le livre et le montrer à Anonyma, dans l'espoir de l'impressionner. Elle le lui tendit comme une offrande.

Il s'agissait d'un antique bestiaire latin enluminé. Acquis par le Lord Tranquille bien des années auparavant, il avait coulé des jours paisibles dans la bibliothèque Octogonale jusqu'au moment où Geoffroy l'avait emporté lors d'une de ses rares incursions dans cette région lointaine de Love Hall. Il avait pensé que le livre pouvait intéresser sa sœur, n'eût été que pour le mettre en pièces. Dolly l'ouvrit sur une page figurant un dompteur de monstres, sans doute un saint, à cheval sur un dragon crachant du feu. La bête était en train d'engloutir, en commençant par les pattes, une grenouille qui semblait déconcertée mais plutôt indifférente. La page suivante représentait un perroquet. L'oiseau était entouré de traits au crayon, œuvre sans doute de Dolores avant la répétition générale en vue de l'arrivée d'Anonyma. La gouvernante regarda les lignes de fusain et des larmes jaillirent de ses yeux. Incapable de se contrôler, elle arracha le livre à la petite fille en s'écriant :

— Non !

Elle le serra contre elle comme un bébé, à l'abri des entreprises de Dolores. Il lui semblait entendre distinctement chaque coup du marteau qui avait arrondi le dos du volume. La couverture s'ornait d'une fine couche d'or s'étirant en un parafe symétrique, tandis que la tranche peinte du livre représentait un homme – peut-être l'auteur. Il ne lui fallut que quelques secondes pour noter ces détails et bien d'autres encore, tant elle avait été formée à évaluer et apprécier un livre.

— Madame ! cria Loveall avec colère en s'avançant vers elle.

Elle s'était emparée brutalement du livre que sa nouvelle pupille lui montrait en gage d'affection, et seuls l'orgueil et la dignité de l'enfant avaient empêché celle-ci d'éclater en sanglots. Anonyma sentait que sa place de gouvernante lui échappait, mais c'était plus fort qu'elle. Au lieu des humbles excuses qu'attendait Loveall, il vit qu'elle lui lançait un regard de défi. Jusqu'à présent, il avait cru qu'une telle attitude était l'apanage exclusif de sa mère.

— Monsieur, n'êtes-vous pas en âge de savoir que ce livre n'est pas fait pour être griffonné ?

Elle parlait d'un ton mesuré mais sans réplique.

— Il y a déjà suffisamment d'écriture dans ce livre.

— Miss Wood... commença-t-il.

Elle l'interrompit – encore une première pour lui.

— Je suis désolée de l'avoir pris de force. Je vous prie de m'excuser, Dolores. Cela dit, il ne faut pas dessiner dans ce livre. Il s'agit d'un ouvrage très ancien, dont la place est dans une bibliothèque. Je ne saurais tolérer qu'on le malmène de la sorte.

Elle paraissait d'une fermeté irrévocable. Dolores la regarda en écarquillant les yeux, sans rien comprendre à ces reproches. Après mûre réflexion, son frère hasarda en choisissant soigneusement ses mots :

— Miss Wood, je ne vois aucune raison de faire montre d'une telle sévérité à propos d'un simple livre.

— Il y a pourtant une raison, monsieur. Et même plusieurs. Les privilèges de votre famille vous ont fait entrer en possession de ce livre, qui devrait être sous clef comme un trésor. Même si personne ici ne vous a appris à en prendre soin, le bon sens aurait dû vous enseigner qu'il ne s'agit pas d'un jouet.

Elle serra de plus belle le livre contre elle comme pour le protéger.

— Il ne fallait pas que je dessine dans le livre ? demanda Dolores avec une franchise désarmante.

Anonyma regarda la petite fille toute floue à travers ses larmes et faillit éclater de rire.

— Non, il ne fallait pas. Je suis sûre que vous avez un livre plus indiqué pour dessiner.

— Mais pourquoi ? Le perroquet est si joli, dit Dolores.

Loveall les regarda toutes deux et constata que le chagrin de Dolly s'était dissipé. Il décida de les laisser continuer mais observa la scène d'un œil soupçonneux, prêt à défendre sa sœur en cas de besoin. Anonyma prit le livre et le posa sur le sol avec précaution, en invitant Dolores à s'asseoir à côté d'elle.

— Regardez, dit-elle. Je vais vous montrer.

Elle ouvrit le livre à la page où figuraient le saint et le perroquet.

— Savez-vous de quel animal il s'agit ?

— Un perroquet et un dragon.

— Oui, il y a un perroquet et un dragon. Mais regardez l'endroit que je désigne du doigt…

Elle désigna un blanc sur la page.

— Ça, c'est une page, déclara Dolores.

— Non, c'est un veau, répliqua Anonyma.

Elle se mit à rire en se rappelant le jour où son père lui avait dit la même chose, dans une demeure plus modeste et devant un livre moins précieux. Incapable de supporter qu'on insulte sa sœur en lui mentant de surcroît, Loveall se prépara à les interrompre en se raclant la gorge. Mais Dolores rit avec Anonyma.

— Une petite vache ? Pourquoi ? demanda-t-elle, suffisamment intriguée par ce problème pour oublier l'autorité de son frère.

Cette histoire commençait à devenir intéressante, à la manière d'un casse-tête.

— L'image représente un perroquet et un dragon, c'est vrai. Mais quand je vous ai interrogée, j'avais le doigt dirigé vers la page, n'est-ce pas ?

— La page est en papier, dit Dolores avec assurance tandis que son frère hochait la tête en signe d'approbation.

— Elle le serait effectivement si elle avait été fabriquée de nos jours. Mais ce livre est très vieux et le papier n'existait pas à l'époque où on l'a confectionné. Savez-vous sur quoi les gens écrivaient avant l'invention du papier ?

Dolly secoua la tête et Anonyma poursuivit :

— On recourait à une plante appelée papyrus qui poussait sur les rives d'un fleuve en Afrique, exactement comme les grands roseaux au bord de la rivière de votre jardin. On battait et séchait les tiges afin de s'en servir ensuite pour écrire. C'est ainsi qu'on fabriquait les livres en Égypte. Avec des joncs.

— Avec des joncs ?

Dolly était perdue dans les mystères qu'Anonyma lui révélait, énigmes qu'elle et son frère ignoraient et n'avaient même jamais imaginées. Peut-être la gouvernante savait-elle absolument tout ?

— Mais il y avait, peu avant la naissance de Jésus, un roi nommé Eumène qui possédait une magnifique bibliothèque de rouleaux de papyrus.

— Fabriqués avec des roseaux du jardin ?

— Oui. Toutefois un autre roi, dont le nom était Ptolémée, était le propriétaire de tous les papyrus servant à confectionner les livres. Sa bibliothèque était encore plus extraordinaire, et il craignait que la collection d'Eumène en vienne à surpasser la sienne. Il refusa donc de vendre des papyrus à son rival. Eumène dut inventer un nouveau type de livre. Il y parvint en trouvant une méthode pour préparer des peaux de bête de façon qu'on puisse écrire dessus. Le nom de son royaume, Pergame, devint celui de cette nouvelle sorte de papier : le parchemin.

— Et ceci est du parchemin ? demanda Dolores d'un ton concentré.

— Oui, mais touchez-le... doucement... Il s'agit d'un parchemin très spécial, appelé vélin, qu'on fabriquait avec la peau de petites vaches. Après avoir lavé la peau, on enlevait ses poils, on la grattait puis on la tendait de façon à la rendre aussi lisse que possible pour écrire.

Tout en parlant, Anonyma mimait toute l'histoire à Dolores.

— Ensuite on la saupoudrait de craie et on la frottait avec une pierre ponce afin de pouvoir écrire des deux côtés de la feuille.

— C'est un veau ? répéta Dolly.

La petite fille s'efforçait de suivre et y parvenait pour l'essentiel, mais certaines des informations les plus extravagantes demandaient confirmation.

— Oui, un peu comme vos chaussures mais en beaucoup plus fin. Un exemplaire de la grande Bible imprimée par Gutenberg nécessitait à lui seul cent soixante-dix peaux de veau.

— Combien d'exemplaires furent imprimés, miss Wood ? intervint Loveall.

— D'après mon père, trente, monsieur.

Anonyma le regarda, aussi surprise que lui-même par son intérêt.

— Cela fait beaucoup de veaux pour trente exemplaires de la Bible.

— Peut-être les Gutenberg mangeaient-ils beaucoup de tendron.

— Qu'est-ce qu'un tendron ? demanda Dolores.

Anonyma se hâta de ramener son attention sur la page.

— Ce livre a ensuite été écrit par un homme dans un monastère. Après quoi, un autre homme a exécuté les peintures. Et regardez les couleurs...

Anonyma expliqua à la petite fille, qui buvait ses paroles, que les moines fabriquaient l'encre noire en faisant bouillir de l'écorce d'arbre et de la limaille de fer. Parfois, ils devaient se contenter de mélanger dans l'eau de la suie qu'ils grattaient au fond des poêles et des marmites de la cuisine du monastère. Il serait possible de faire la même chose à Love Hall pour voir si c'était efficace... Le teinturier avait tiré le jaune du col et de la ceinture du cavalier d'une plante appelée julienne. Sur la poitrine éclatante de l'oiseau, on pouvait presque apercevoir les écailles de l'insecte dont on avait broyé la carapace pour confectionner le rouge cramoisi.

— Rien que dans ses couleurs, ce livre contient des éléments animaux, végétaux et minéraux. Cette seule page porte en elle un univers vivant, où survit un monde depuis longtemps disparu.

Il sembla d'un coup à Dolores qu'elle n'avait jamais rien vu d'aussi beau.

— Il ne faut pas que nous écrivions dans ce livre, Joe, dit-elle assise par terre en secouant la tête et en fronçant les sourcils d'un air sérieux.

Elle était si absorbée qu'elle ne s'était pas rendu compte qu'il avait quitté la pièce au cours de cette leçon impromptue. Il avait descendu l'escalier, sans se cacher mais avec discrétion, afin de se rendre au rendez-vous que lui avait fixé sa mère. Il la trouva dans la grande salle à manger du rez-de-chaussée et la salua cérémonieusement, comme il convenait. Lady Loveall lui lança un regard impérieux.

— J'imagine que nous allons devoir la renvoyer dans ses pénates, monsieur ?

— Au contraire, madame. Il faut qu'elle reste. Elle plaît à Dolores.

— Bien. Vous pouvez disposer. Votre propre précepteur vous attend.

C'était décidé. Anonyma Wood resta. Les leçons de Dolly continuèrent.

Étendu sur le sol, les yeux clos, Geoffroy se rappela le jour où ils avaient bâti un château de cartes, bien des années auparavant, afin de mettre à l'épreuve la légende affirmant que Love Hall ignorait les courants d'air. Dolores plaçait les cartes à plat au sommet des échafaudages qu'il édifiait. La première série de cartes forma une base solide pour la seconde. Même lorsqu'un des ponts secondaires s'écroula sur son sol de carton, aucun désastre ne s'annonça. Ils convinrent tous deux qu'on n'avait jamais construit un château de cartes aussi inébranlable. Il s'éleva si haut qu'ils n'osèrent quasiment plus parler, de peur que leur voix ne fasse frissonner l'édifice. De nouveaux jeux de cartes furent réquisitionnés : le piquet de Mère et un vieux tarot appartenant à Anonyma. Plus le château grandissait, plus ils le trouvaient aussi remarquable que comique. Ils se mirent à rire, d'abord sporadiquement puis de façon incontrôlée. Bientôt, plus rien n'interrompit leurs rires. Conscients du péril, ils se détournaient en se couvrant la bouche. Puis ils échangeaient des coups d'œil sournois et riaient de plus belle.

Une brise fit trembler l'extrémité d'une des cartes les plus hautes. Geoffroy se leva pour vérifier si la fenêtre était bien fermée. En revenant, il glissa sur le tapis, trébucha, et son genou heurta violemment le sol. Le château de cartes sembla s'élever légèrement et retomber exactement à la même place. Ils le regardèrent avec stupeur. Ils ne riaient pas, cette fois, car ils se rendaient compte que rien ne pourrait faire écrouler le château. Construit avec quatre jeux de cartes, il était splendide, encore plus solide que Love Hall lui-même. Ils posèrent une bille au sommet. De cette façon, si jamais il s'effondrait, ils entendraient tomber la bille, même la nuit quand ils seraient couchés. Ils avaient l'impression de dresser une tente sur la plaine de Salisbury afin de surveiller Stonehenge, au cas où.

Le lendemain matin, ils montèrent furtivement l'escalier, sans même songer au petit déjeuner. Ils ouvrirent doucement la porte et découvrirent le château de cartes toujours debout. Aucune carte, pas le moindre joker ou valet, n'avait bougé. Ils s'avancèrent à quatre pattes, en silence.

Dolores se releva et déclara de sa voix la plus sérieuse :

— Il ne tombera jamais.

Les yeux brillant de fierté, elle s'approcha du château et enleva la carte la plus à droite du premier niveau. Elle le fit d'un geste vif, avec l'adresse brutale d'un grand veneur tranchant la queue du renard.

Le prodige ne bougea pas. Il était aussi entêté qu'elle, à moins qu'il n'osât tout simplement pas la défier.

Elle ôta de la même façon la carte la plus à gauche. Toujours rien. Elle commença alors à enlever des cartes à divers endroits de l'édifice. À chaque fois, elle réfléchissait rapidement au prochain emplacement à dépouiller puis passait à l'acte. En cinq minutes, elle transforma le château en une masse informe, une énigme architecturale, plus large en son centre qu'à sa base et à son sommet.

— C'était très amusant, déclara-t-elle enfin, satisfaite d'elle-même et du monde qui l'entourait. Allons grimper sur l'arbre le plus haut possible, de façon à pouvoir regarder par la fenêtre.

Plus tard, il avait trouvé le château de cartes par terre, lui aussi. Comme si elle l'avait fait tomber en criant.

Après la Chute de Dolores, Anonyma devint le seul lien terrestre unissant encore le Jeune Lord à sa sœur et donc à la vie. Toutefois, il ne parut pas opportun de lui confier l'éducation de Geoffroy. Dans ce domaine, un certain Dr Ormerod conserva avec succès son emprise sur l'esprit de lady Loveall, laquelle pensait qu'il ne pourrait mal faire. Elle ne se trompait pas, du reste, car la plupart du temps il ne faisait rien.

Loveall se sentait plus heureux avec Anonyma qu'avec Ormerod. Il n'était guère étonnant qu'il préférât quelqu'un de réel à un pur néant. Cela dit, il aimait vraiment Anonyma. Du fait de leur chagrin partagé, il ne se plaisait qu'en sa compagnie. Lui seul l'appelait par son véritable prénom. Bien qu'elle n'eût plus rien à faire à Love Hall – il lui était difficile d'être la gouvernante d'un souvenir –, Geoffroy ne pouvait supporter l'idée de la laisser partir, pour son bien comme pour celui de sa sœur.

En conséquence, Loveall n'hésita pas à stupéfier sa mère en exprimant un souhait. Hood l'avait aidé à le formuler. Le Jeune Lord demanda à créer une magnifique bibliothèque dans la Tour Octogonale, sous l'égide de miss Wood. La tour avait déjà abrité une bibliothèque dans un passé lointain, mais la pièce ne servait plus guère qu'à abriter les rares livres ayant survécu à la destruction ou à la négligence. Plus personne ne s'en souciait. La seule à s'y être aventurée récemment était Anonyma, qu'on avait entendue déplorer l'état pitoyable des lieux. Elle déclara le regretter d'autant plus que certains livres avaient une valeur inestimable – même lady Loveall avait dressé l'oreille à cette annonce.

Dans son soulagement de voir son fils manifester un désir, lui qui depuis la Chute se nourrissait à peine, lady Loveall lui accorda cette bagatelle. Elle posa pour conditions que l'endroit s'appellerait la bibliothèque

Octogonale et non la bibliothèque Dolores, et que la collection n'aurait pour thème majeur ni les sœurs, ni la mort, ni les arbres. Pris de court, et songeant surtout à la marotte d'Anonyma, le Jeune Lord d'à peine treize ans proclama que cette bibliothèque serait remplie de livres consacrés à la bibliophilie. Dans ce cas, le poste de bibliothécaire revenait évidemment à Anonyma. Chacun connaissait son goût inné pour le classement et l'acquisition d'ouvrages de prix, et sa compétence dans ce domaine était indiscutable.

Lady Loveall accepta sur-le-champ. Bien qu'elle n'éprouvât aucun intérêt pour les livres, elle avait entendu dire que les bibliothèques étaient en passe de devenir des centres de la vie sociale dans certaines bonnes maisons. Les choses avaient certainement changé depuis sa jeunesse. À l'époque, la bibliothèque familiale contenait à sa connaissance sept volumes en tout et pour tout : deux bibles, un barème et quatre manuels techniques. Les sermons étaient la seule forme de littérature important aux yeux des Loveall, et ils n'en possédaient aucun. Elle-même ne voyait pas quel charme on pouvait trouver à une pièce pleine de livres, mais ce serait peut-être un bon investissement d'avenir à la fois pour le château et pour son héritier.

La douairière conclut par un aveu sans détour :

— Je n'aime pas lire, monsieur. Cela me donne toujours l'impression de m'abaisser.

— Tout dépend de la façon dont vous tenez le livre, madame, répliqua son fils en esquissant exceptionnellement un sourire.

— Eh bien, vous aurez votre bibliothèque. Et votre bibliothécaire.

La question était réglée.

Anonyma continua donc d'occuper des fonctions à Love Hall. Elle aurait accepté le poste sous n'importe quelles conditions – elle qui rêvait de vivre entourée de livres, voilà qu'elle disposerait de surcroît de fonds presque illimités afin d'acheter tous les ouvrages qu'elle voudrait pour le bien de la collection Loveall. Mais elle avait une raison particulière de se sentir heureuse, et par honnêteté – surtout envers quelqu'un lui ayant manifesté tant de confiance et de gentillesse –, elle voulait poser une dernière question à Loveall. Dès qu'elle en eut l'occasion, elle lui demanda :

— Monsieur, même si la collection doit être axée sur la bibliophilie, me serait-il permis de consacrer une petite section à mes propres centres d'intérêt ?

Elle gardait les yeux rivés au sol, tant elle tenait à ce qu'il consente de son plein gré.

— Le choix de tous les livres vous appartient, Anonyma. Personne ne discutera vos décisions.

Sur ces mots, le Jeune Lord se remit en route vers la Maison de Poupée. Elle n'aurait pas à le convaincre : elle choisirait elle-même. Éperdue, elle le rappela :

— Monsieur, la bibliothèque abrite plusieurs œuvres d'un écrivain appelé Mary Day. On ne les trouve qu'à Love Hall et je voudrais profiter de cette opportunité pour…

— Anonyma, c'est à vous de choisir, dit Loveall en disparaissant à l'angle de la première rampe.

Il n'était qu'à quelques pas d'elle, mais sa voix douce se perdait déjà dans le lointain.

C'était à elle de choisir. La bibliothèque lui appartenait. Anonyma se sentait à bout de force. Tandis qu'elle se dirigeait vers sa chambre, des larmes jaillirent de ses yeux tant elle était bouleversée. Elle pleura sur son père, sur son propre bonheur – et sur Dolores.

Love Hall n'avait pas toujours eu une bibliothèque. Elle avait pris son essor à l'époque où les hommes du roi avaient entrepris de saccager et détruire les monastères avant de piller les universités. Le Lord Tranquille avait caché ses livres dans la Tour Octogonale afin de les mettre à l'abri des vandales. Quand ils eurent retrouvé leur liberté, le grand seigneur se sentit exalté par le succès de son nouveau rôle de Defensor Librorum. Il décida d'enrichir de quelques volumes sa collection. Mais comme il n'avait que dédain pour les demi-mesures, il fut bientôt pris d'une fièvre d'acquisition. Il ne fut plus question de quelques livres mais de tous les livres. La tâche se révéla impossible bien avant qu'il l'eût menée à bien, car il avait gravement sous-estimé la quantité de livres existant. Lorsque barges et charrettes commencèrent à en apporter en masse, il manqua bientôt de place. L'affaire tourna au désastre.

Cette lubie d'une bibliothèque parfaite n'avait fait qu'embarrasser les héritiers du Lord Tranquille. Après sa mort, la plupart des livres n'ayant pas terminé dans les cheminées furent donnés en cadeau. Certains trésors restèrent pourtant à Love Hall – notamment la Grande Bible de 1541, dont d'anciens livres de compte des Hamilton révèlent qu'elle fut troquée contre un chien de chasse. Plusieurs de ces rescapés de la tour moisissante étaient conservés derrière des vitrines dans des salons d'apparat. Ils n'étaient considérés que comme des objets précieux, destinés à impressionner les visiteurs. Le sinistre réduit connu sous le nom de Tour Octogonale abritait les vestiges de l'ancienne collection. Nul ne se souciait de ce bric-à-brac ésotérique. Puis Anonyma fut nommée officiellement bibliothécaire de la bibliothèque Octogonale de Love Hall. Sa première tâche fut de sauver les livres.

Elle constata d'emblée que la pièce était anormalement obscure : rien d'étonnant que les livres aient tant souffert. Même quand on allumait toutes les lampes, ils semblaient plongés dans les ténèbres. Elle commença par ordonner qu'on sorte tous les livres et qu'on les laisse au sec dans diverses pièces du château. À leur grand ennui, les domestiques chargés d'épousseter durent apprendre à éviter ces petites excroissances de cuir odorant. Ensuite, elle proposa de faire percer une fenêtre ovale pour l'aération et de remplacer une partie du plafond par une verrière, de façon qu'il devienne possible de voir les livres sur leurs rayons. Loveall consentit immédiatement à ces transformations. Ces travaux et les dépenses qu'ils entraînaient donnaient un air sérieux au projet. Il l'écoutait avec admiration quand elle évoquait les futurs rayons, qui seraient construits sur le modèle de la bibliothèque Bodléienne d'Oxford, la première et la plus éminente du pays. Dans la bibliothèque d'Anonyma, il ne serait pas question d'empiler les volumes, selon un usage barbare encore répandu, mais de les aligner verticalement. Ils ne seraient pas enchaînés à des barres au centre de la pièce – une torture médiévale encore à l'honneur dans certaines bibliothèques ecclésiastiques. Les livres de Love Hall seraient libres et aisés à manier, même si seul Sa Seigneurie aurait le droit de les emprunter. La jeune femme évoquait la Bible, trop longtemps négligée, qui occuperait une position centrale. Comme lui avait dit son père :

— La Bible n'est qu'un livre, mais il est excellent.

Anonyma suggéra même au Jeune Lord de dessiner son propre ex-libris pour la bibliothèque familiale. Geoffroy esquissa paresseusement un arbre dont les rameaux laissaient couler des larmes. Sa mère opposa immédiatement son veto à cette représentation touchante de son obsession. Elle exigea que l'ex-libris soit une gravure sur cuivre représentant les armes de la famille complétées par sa devise.

Pendant les travaux d'aménagement, Anonyma commença à classer les livres. En attendant l'arrivée des rayons bodléiens, elle se prépara à ranger les volumes de manière rationnelle. Sous sa protection, ces livres, ainsi que leurs futurs compagnons, seraient aisés à trouver pour qui voudrait s'en donner la peine. Elle veillerait à ce qu'ils soient en parfait état et que la pièce n'abrite aucun de leurs ennemis parasites, tels les thysanoures ou les psocoptères. Il y aurait de triples pupitres, des lutrins pivotants et des chaises en bois de rose pouvant s'ouvrir pour former un escabeau. Anonyma disposait d'un budget illimité. Sa première acquisition – le numéro J.i du catalogue – fut un dictionnaire récemment publié et dont la version cartonnée en deux volumes in-folio revenait à quatre livres et quinze shillings.

Bien qu'il fût maintenant à la mode de recevoir dans sa bibliothèque comme dans un salon intime, Anonyma décréta que de telles manifestations étaient exclues dans la bibliothèque Octogonale – elle préférait étouffer dans l'œuf toute idée de cette sorte. Elle reçut le soutien inconditionnel du Jeune Lord, sensible aux avantages de n'importe quel lieu échappant à la juridiction de lady Loveall. Il suggéra que le salon du sud, au rez-de-chaussée, avec ses larges baies et sa vue merveilleuse sur le Castello d'Acqua, serait parfait pour les mondanités livresques. Comme le dit Anonyma, il serait possible de remplir les rayonnages de livres factices tandis que la véritable collection resterait en sécurité.

Anonyma avait de grands projets pour la bibliothèque Octogonale. Elle parlait à Loveall des bibliothèques célèbres. Il sentait son chagrin s'adoucir en écoutant ses évocations des premiers rois amateurs de beaux livres – Khoufou et Khafra à Héliopolis, et le mythique Osymandyas, dont elle avait appris l'histoire bien des années auparavant par la bouche de son père. Geoffroy devait fermer les yeux quand il songeait combien Dolly aurait aimé entendre ces récits. Anonyma lui parlait aussi des grands collectionneurs privés, dont Platon et Charles le Chauve étaient les ancêtres. Elle évoquait les bibliothèques de Dick Whittington dans le couvent des Frères Gris, de saint Augustin à Cantorbéry, de John Bell à Londres, rassemblant huit mille volumes, et de Harley à Wimpole, dont la collection avait été achetée pour la nation. Le nom de Geoffroy Loveall s'ajouterait à cette liste : il serait le créateur de la bibliothèque des bibliothèques. Et elle lui parlait encore des sept cent mille volumes de la bibliothèque d'Alexandrie, la plus riche de l'Antiquité. Elle racontait l'histoire de son fondateur, le roi Ptolémée, et de ses cinq premiers bibliothécaires. Elle rappelait qu'on avait inscrit au-dessus de son portail ces simples mots : « Médecine pour l'âme ».

Lors de l'inauguration de la bibliothèque Octogonale, Loveall émut Anonyma jusqu'aux larmes en dévoilant une inscription dont il avait gardé jalousement le secret. On peut encore la voir de nos jours. Au-dessus de la porte de la nouvelle bibliothèque, la jeune femme découvrit les noms des cinq bibliothécaires de Ptolémée auxquels s'ajoutait un sixième :

Zénodore
Callimaque
Eratosthène
Apollonius
Aristophane
Anonyma

Maintenant, vingt ans après cette inauguration, lady Loveall gisait morte sur son lit tandis qu'Anonyma, assise dans son royaume, communiait avec un exemplaire de l'anonyme *Divination et Prophéties de la somnambule* en s'absorbant dans l'examen de quelque glose. De son côté, Geoffroy se trouvait dans la Maison de Poupée et méditait, les yeux fermés, l'avis que lui avait donné sa sœur : « Construis une nouvelle maison. » Ni le Jeune Lord ni la bibliothécaire n'étaient au courant du trépas de la douairière et des changements qui s'annonçaient déjà autour d'eux.

Geoffroy entendit des pas dans l'escalier. Hood toussa et frappa à la porte. Sans même attendre la permission, il entra, s'inclina brièvement et dit à son maître :

— Lord Loveall, je suis au regret de vous apprendre que lady Loveall n'est plus de ce monde.

Geoffroy resta couché mais leva les yeux avec vivacité et demanda :

— Où est lady Loveall ?

— Sur son lit, monsieur, répondit Hood d'un ton aussi compatissant que l'autorisait sa position.

— Non, la nouvelle lady Loveall, insista le Jeune Lord.

— Monsieur ?

— Je vous parle de ma petite fille.

II

MA RÉSURRECTION

1

Moi. Vous savez qui je suis.

Je me rappelle ma première visite à Love Hall après notre exil, cela fait maintenant tant d'années. Le château n'était pas resté longtemps désert, mais il semblait hanté. Une épaisse couche de poussière recouvrait tous les objets, comme si la demeure avait déposé un linceul sur ses trésors. Je passais mon doigt sur la rampe au passage. Si je le retirais, j'avais l'impression que la crasse s'en retirerait comme la peau se détachant du lait.

Quand je parlais, même ma voix basse faisait un bruit si incongru qu'il réveillait les échos. Ils répondaient : « Qui va là ? » d'un ton assoupi et interrogateur. Ils ne paraissaient guère troublés, du reste, le manque d'exercice les ayant rendus paresseux. Je me mis donc à fredonner et ils furent aussitôt pris d'un tremblement étrange mais non désagréable. Dans la Salle des Divertissements, une porcelaine fut si surprise de me voir, apparemment, qu'elle tomba d'un guéridon qui semblait avoir guetté la moindre vibration afin de pouvoir s'en débarrasser. Le bruit qu'elle fit en se brisant rebondit contre les murs comme une balle dans un jeu de paume. La poussière continua de dormir. Je faisais l'état des lieux.

Le château ressemblait à un musée qui avait fermé mais dont les collections étaient restées en place dans l'attente d'un nouveau propriétaire. Les œuvres d'art ne bougeraient pas jusqu'au jour de la réouverture. En revanche, les gardiens avaient été renvoyés et jamais remplacés. Et maintenant, enfin, le propriétaire arrivait.

La poussière s'installe si vite, le passé semble si aisément inaccessible. Qu'était devenu le peuple des cuisines ? Où se trouvaient les fantômes des innombrables cuisiniers ? Une demeure privée de ses habitants peut aussi bien disparaître. L'absence de mouvement la précipite dans la ruine. Je n'avais jamais éprouvé une telle sensation de vide, et pourtant le château n'avait été abandonné que pour peu de temps. Je comptais bien le remplir de nouveau.

Une souris m'accueillit gentiment dans la cuisine. Elle combattait de son mieux l'inertie générale en s'activant autour d'une miche de pain dont la croûte portait gravées les armes de la famille. Après m'avoir jeté un regard stupéfait, elle entreprit de grignoter la dernière lettre de la devise. Ce pain me rendait tout un passé – un nom, un visage. Le meunier et boulanger du village l'avait confectionné en l'honneur du jour où je devais être présenté officiellement aux habitants. Tout le monde avait été trop poli et heureux pour demander s'il fallait ou non le manger. Depuis lors, ce chef-d'œuvre d'architecture comestible était exposé en permanence dans la cuisine. Je le retrouvais maintenant, merveille culinaire presque intacte, au milieu des boîtes à sel humides et les cuves de marinage vides. Gênée par ma présence, la souris décida d'emporter la lettre I et détala d'un air anxieux avec son butin.

En voyant le panier à œufs, je songeai aux œufs durs qu'il abritait naguère, chacun marqué d'une date en chiffres romains. Je croyais entendre le cliquetis des broches, brochettes, crocs à boucherie et couteaux qui se balançaient sans vie, comme des pendus. Mais le silence régnait. Puis il me sembla sentir l'odeur de levure et de xérès, de groseilles et de grains de carvi, émanant du gâteau au sucre de Sarah. Et je me sentis chez moi.

Vous savez qui je suis. Toutefois, vous ne connaissez peut-être pas mon nom : Rose Old. Rose Vieille. Ma naissance n'ayant pas été désirée, j'ai été mis au rebut comme une preuve dont on préfère se débarrasser. Si l'on considère qu'à peine venu au monde j'étais voué à un tombeau de déchets, et que je n'ai dû mon salut qu'à un garçon affolé et à un chien errant, c'est miracle que j'aie survécu une heure – sans même parler de ma vie déjà longue. Qui aurait cru que je pourrais un jour raconter l'histoire de ma vie ? La Fortune m'a souri dans mon jeune âge, mais la suite n'a pas été qu'une partie de plaisir. Notre relation fut pour le moins compliquée.

Que savez-vous encore ? Eh bien, vous savez que je suis vivant, à moins que je ne vous fasse ce récit du fond de ma tombe. Je suis la Vieille Rose mais pas si vieux que cela. Je ne mourrai pas au cours de l'histoire – ou alors, à la dernière minute. Ce ne serait pas impossible : après tout, je n'en ai pas encore fini et suis aussi incapable que vous de prédire l'avenir.

Rose Old, toujours en vie.

Je devrais présenter des excuses pour n'avoir pas révélé mon identité dans la première partie, où j'ai choisi de ne pas faire entendre ma propre voix. Vous seriez en droit de me demander pourquoi, puisque me voici en pleine première personne. La réponse est simple : je n'étais pas moi. Et si c'était vraiment moi, ce bébé passant d'une main d'homme à la patte d'un chien, il ne l'était pas encore assez pour exprimer son point de vue. Ne pensant pas que ma voix d'alors serait suffisamment convaincante, j'ai recouru au bon vieux narrateur omniscient – si nous l'appelions Dieu ?

Personne ne sait comment Dieu S'y prend pour connaître tout ce qu'Il connaît – il s'agit d'un homme, après tout, et Il suppose donc allégrement que le lecteur est également un mâle – mais Il dit qu'Il le sait, et nous Le croyons tous. Quand Il parle, Il a de son côté la connaissance et la force de l'Histoire. Il dit : « Bientôt, Pharaoh serait arrivé à bon port », et Pharaoh arrive effectivement après un laps de temps indéterminé. La première ligne de cette confession est de moi, mais quand je l'ai lue en moi-même à travers sa voix – profonde, retentissante –, même moi j'y ai cru. L'imprimé possède lui aussi une grande force de persuasion – je lui ai dû plus d'une fois ma vie.

Mon style n'a rien à voir avec celui de Dieu. Je ne m'occupe que de la vérité, c'est-à-dire de celle dont j'ai été moi-même témoin. Si j'avais écrit la partie précédente à la première personne, il m'aurait fallu remplir les trous. En dehors des scènes dont j'étais sûr, j'aurais inventé. Il y aurait eu quelques arias, mais aussi des scènes entières de récitatifs et pas mal de remplissage. J'aurais dû recourir à une abondance écœurante de probablement, sans compter la lâcheté des légèrement – un mot que je trouve légèrement irritant. Je vous aurais donné l'impression désagréable que je reculais devant toute formulation définitive. Je vous aurais rempli d'appréhension par des périphrases telles que : « Il se pourrait que ce fût vers cette époque que... » Ou j'aurais pris un air bien informé avant d'être surpris par la suite en flagrant délit de mensonge. Il est fréquent de jouer un double jeu avec les faits – c'est parfois une nécessité –, mais personne n'a envie d'ajouter foi à un livre d'Histoire commençant par cette phrase : « Vêtu d'une toge au liseré de pourpre, Jules César chantonnait à mi-voix en traversant le Forum ensoleillé par cette lumineuse matinée de juillet, absorbé par son projet d'envahir la Bretagne. » Un tel ton est inapproprié. J'avais quant à moi l'intention de vous amener à cet instant sans en avoir l'air, de vous faire croire en ce que vous lisiez. Comme j'avais besoin de Dieu, je L'ai pris à mon service.

Bien entendu, je parlais également avec ma propre voix – car même Dieu, malgré Ses prétentions à la neutralité, est contraint de Se livrer un peu. C'est ainsi que l'obsession des *Métamorphoses* d'Ovide reflétait ma propre passion pour ce livre, que ma mère m'a si souvent lu le soir et que depuis j'ai moi-même fait découvrir à d'autres. Il faut aussi m'attribuer quelques incohérences, qui ne sauraient échapper à un lecteur attentif. La vérité finit pourtant par apparaître au grand jour, comme une écharde.

À partir de maintenant, je suis en vie. Je peux écrire en connaissance de cause.

Je suis né. J'ai des souvenirs. Je suis entouré de pièces à conviction. Bien des années ont passé depuis les événements relatés dans « Anonyme », et ce temps nous a ouvert des perspectives et apporté maintes transformations. Mon monde a changé. Le monde a changé. Les romans ont changé. L'orthographe a été dûment – et non duement – fixée. Même la ponctuation s'est améliorée, encore que ce progrès soit contrebalancé par une évolution désastreuse de la mode. L'homme n'est plus certain de sa position en ce monde. Peut-être étiez-vous au courant ? Ou peut-être n'en étiez-vous pas persuadé ?

En tout cas, Dieu est mort. À partir de maintenant, je n'écris que ce que je sais par moi-même. Quand je n'ai pas été témoin des faits, je me suis assuré de leur véracité. Il existe des journaux, des confessions intimes, des bibliothèques regorgeant de livres. J'ai fait moi-même des recherches pour élucider les événements que mes parents ne m'avaient pas racontés. Pour le reste, j'ai imaginé çà et là un détail, un nom – j'ai toujours eu un penchant coupable pour les noms extraordinaires et les mauvais calembours. Prenez-vous-en à mon père s'il vous faut un responsable. Cela dit, je vous éviterai les Allworthy, les Fanny Price et autres Hargrave Pollexfen. Sans doute aurai-je encore recours à Dieu, ne serait que pour Lui demander d'exaucer mes prières. C'est là mon privilège. Mais puisque je L'ai déclaré mort, j'essaierai si possible de m'en tirer sans Lui.

Le reste de ces pages doit être considéré, je suppose, comme une autobiographie.

Dieu a raconté mon commencement, ma naissance. Voici mon recommencement, ma seconde naissance, racontés par moi.

Comme tout membre d'une famille noble, j'ai un anniversaire officiel et un autre qui est en fait le vrai. C'est l'instinct qui fait reconnaître à l'enfant son véritable père. Le mien m'avait sauvé de la montagne de déchets. Et c'était l'homme le plus riche du pays – sans même excepter le monarque, disait-on.

Je commençais assurément d'une manière étrange. Après avoir été entièrement démuni, je me retrouvai quelques heures plus tard comblé de tous les biens. J'étais l'héritier – non, l'héritière – des Loveall : ce qui me valut d'être surnommé miss Fortune.

La version officielle

Après la mort de ma grand-mère – que je n'ai rencontrée qu'une fois, brièvement, comme Dieu vient de vous le raconter –, mon père demanda ma mère en mariage. Elle accepta.

Hors du château, on parlait à voix basse d'une liaison entre eux depuis des années. La rumeur avait couru dès que mon père avait atteint sa majorité, mais elle était restée peu assurée et avait fini par sombrer à peu près dans l'oubli. Les domestiques savaient qu'elle était fausse et que rien n'avait jamais troublé le célibat du Jeune Lord, mais leur loyauté envers la famille était si absolue qu'ils n'auraient même pas daigné honorer d'un démenti de telles imputations. Les commères de la ville, qui souffraient de la disette de détails piquants en provenance de Love Hall, tirèrent sans leur aide leurs propres conclusions. Pourquoi cette gouvernante aux yeux de braise avait-elle mis si longtemps à classer quelques vieux livres ? Un tel travail aurait dû lui prendre tout au plus une semaine.

Quelle raison avait-elle donc de rester au château ? Les faits parlaient d'eux-mêmes.

Rien ne trahissait à l'extérieur une quelconque intimité entre la bibliothécaire et le châtelain, mais leur liaison secrète ne faisait aucun doute. Ils vivaient sous le même toit depuis des années, au cours desquelles Geoffroy était devenu un homme aussi séduisant qu'absorbé en lui-même. Il ne montrait aucune envie de quitter même brièvement sa demeure : par quoi pouvait-il être retenu, sinon par la présence d'Anonyma ? Au dire de tous, ils passaient de longues heures en tête à tête dans la bibliothèque. En dehors de sa mère, elle était la seule femme à qui il adressât la parole. Bien qu'ils fussent tous deux réduits en esclavage par la douairière clouée au lit, ils étaient après elle les dépositaires de l'autorité : mon père par sa naissance, ma mère parce qu'il l'avait choisie. Il suffisait d'additionner ces éléments pour obtenir une histoire d'amour. Même s'il ne s'agissait que de preuves indirectes, elles étaient plus que suffisantes pour exercer les langues.

Toutefois, la rumeur finit par s'essouffler. Rien ne se produisit. Et cela dura ainsi pendant des années. Le désintérêt apparent de « miss Molly » envers les femmes était peut-être réel, après tout.

Cependant la mort de lady Loveall, suivie presque immédiatement par les fiançailles de mon père avec la bibliothécaire – les deux nouvelles éclatèrent comme deux coups de tonnerre simultanés –, prouvèrent que les mauvaises langues avaient eu raison sur toute la ligne. Certaines des commères étaient mortes depuis longtemps, et on raconta qu'on avait entendu des voix dans le cimetière du village proclamer : « Nous vous l'avions bien dit ! » Non seulement le couple avait eu une liaison, mais il avait réussi à la garder secrète sous le nez pour ainsi dire de lady Loveall. Cette révélation ne suscita d'ailleurs aucun étonnement. L'étonnant, c'était que personne n'ait pu confirmer auparavant une histoire si vraisemblable.

La seule supposition crédible consistait à imaginer que leur lien était resté tacite et même ignoré pendant les quinze dernières années, par égard pour les autorités en place. À l'ombre de la douairière, leur amour n'avait pu s'épanouir. Mais à présent qu'elle-même avait rejoint les ombres le soleil brillait de nouveau pour eux. C'était tout à fait l'histoire de la rose et de l'églantier, bien dans l'esprit des Loveall – sauf que les deux amoureux n'avaient pas eu à attendre la mort pour unir leurs destins.

Cette hypothèse touchante fut bientôt rendue impossible par la révélation suivante : ma mère était enceinte et l'heureux événement était imminent. La mort de lady Loveall était survenue à point pour les amants. À chaque nouvelle péripétie, mon père voyait ses actions monter.

Quant à ma mère, elle s'installa dans la bibliothèque, sous la surveillance d'un médecin et d'une sage-femme. Quelques mois plus tard, je vins au monde. L'opinion générale était que cette union et son fruit n'auraient jamais pu être reconnus du vivant de ma grand-mère. Son fils avec une domestique, enceinte de surcroît : on aurait pu aussi bien enterrer la douairière sur le ventre, afin de lui épargner la peine de se retourner dans sa tombe.

Personne ne prit la peine d'imaginer ce qui se serait passé si lady Loveall n'était pas morte. Quand les choses tournent bien, nous avons tendance à juger qu'une autre issue était impensable. Nous nous berçons de l'illusion d'avoir mérité notre chance, en négligeant de songer aux désastres qui auraient pu tout aussi bien advenir. (Dieu aurait aimé cette dernière idée. Il en aurait fait le plat de résistance de tout un essai en forme de digression avant de revenir à l'intrigue. J'ai tenté d'en faire autant, mais ce n'est guère mon style. Du reste, je L'ai senti tressaillir en moi lorsque j'ai exprimé mon humble opinion sur l'humanité et ses mœurs d'un ton faussement omniscient – vous serez heureux sans doute d'apprendre que je n'ai guère le goût de moraliser.)

Avec la mort de ma grand-mère, le seul obstacle à leur bonheur avait disparu et mes parents étaient libres de vivre comme mari et femme. Ils ignorèrent ou s'abstinrent de mentionner le scandale – tout en admettant ouvertement que ma naissance avait été « prématurée ». En l'espace de quelques mois, Love Hall abrita de nouveau une famille.

Telle est la version que le public accepta ou fut incité à accepter. Il est réconfortant de savoir qu'il suffit, pour répandre un mensonge, de fournir un certain nombre d'informations faisant office de points de repère. Après quoi, on peut compter pour conclure l'affaire sur le besoin bien humain de construire une bonne intrigue.

Aujourd'hui, ces mensonges et ces mystères sont devenus inutiles. D'ailleurs, le secret ne m'a jamais vraiment plu. Je préfère la lumière à l'obscurité.

Combien de lecteurs liront ce livre ? On ne peut que le conjecturer. Ma seule certitude, c'est que vous êtes en train de le lire. Donc, entre nous, voici

La version non officielle

Mon père se rendit compte que le bébé aurait besoin de deux parents s'il voulait en faire son héritière. (« Héritière » ou « héritier » ? Qui est « moi » ? La moitié de chaque, je crois. Hermia[1] ? Les pronoms sont problématiques. Je vais donc renoncer au masculin, pour l'instant, et passer au féminin. Mon père n'avait sans doute pas conscience de ce problème.)

Les autres membres de la famille n'auraient pas toléré de voir une simple enfant trouvée les précéder du jour au lendemain sur la liste d'attente. Et ils auraient assurément la loi de leur côté. Il fallait compléter mon origine. En clair, mon père avait besoin d'une épouse car son enfant avait besoin d'une mère.

Dolores fut la première à suggérer qu'Anonyma serait parfaite pour ce rôle. Mon père l'appréciait. On peut

1. Cf. *Le Songe d'une nuit d'été* de Shakespeare. (*N.d.T.*)

même dire qu'il l'admirait, car il éprouvait un respect particulier pour son érudition discrète et sa manière résolue d'administrer la bibliothèque. De plus, elle possédait l'unique qualification indispensable : elle avait aimé Dolores et conquis son affection. Anonyma était la seule femme adulte avec qui le Jeune Lord se sentait à l'aise – ce serait important quand il s'agirait de jouer la comédie. Et elle ne lui était pas apparentée. Aucune autre femme au monde ne réunissait toutes ces garanties. Toutefois, Père ne savait comment conduire cette affaire. Il consulta donc une nouvelle fois Dolores, qui lui dit ce qu'il aurait dû déjà savoir : Hood était l'homme de la situation.

Quand Hood revint à la Maison de Poupée avec moi dans ses bras, il convint qu'une seule ligne de conduite s'imposait : il fallait que je sois élevée en tant qu'enfant légitime, tâche dont Anonyma s'acquitterait mieux que toute autre. Il proposa à cette fin un plan d'une simplicité limpide. Mon père allait tout bonnement demander la main de la bibliothécaire.

Le raisonnement de Hood était d'ailleurs plus complexe que tout ce qu'aurait pu imaginer mon père, ce doux rêveur incapable de tramer la moindre machination. Le succès probable du plan reposait sur l'âge de ma mère et les limites qu'il imposait à ses ambitions. À cette époque, une femme de trente-sept ans était considérée comme à peu près perdue pour le mariage. Anonyma n'avait guère le choix en la matière. De plus, elle aimait la bibliothèque et ne demandait qu'à y poursuivre ses dévotions studieuses jusqu'à la fin de ses jours, ce que ce mariage lui garantirait. Une telle union constituerait pour elle une ascension sociale si démesurée que personne ne douterait qu'il s'agît d'un absurde mariage d'amour, surtout connaissant le caractère exalté de mon père. Hood garda pour lui un dernier argument : il serait aisé de vaincre une éventuelle résistance d'Anonyma en mentionnant les dangers pesant sur sa chère bibliothèque. La cause était entendue.

Une heure plus tard, tandis que mon père faisait découvrir à mon regard de bébé l'intérieur de la maquette de Hemmen, son valet avait mis au point les aspects pratiques du plan. La maisonnée tout entière devait croire en ma légitimité. Étrangement, parmi tous ces domestiques dressés à feindre de ne rien voir, la plupart n'avaient effectivement même pas noté qu'Anonyma n'était pas enceinte. On achèterait le silence des autres en leur accordant une place de faveur dans le château ou en les mettant à la retraite dans l'une des autres propriétés de la famille, sur une île lointaine. Dans une demeure aussi immense que Love Hall, nombreux étaient ceux qui ne se connaissaient même pas de vue. Il serait donc possible de garder environ la moitié du personnel. Et les domestiques restants auraient vite fait de comprendre que toute question et tout racontar étaient hors de propos.

Ce plan était excellent, mais un seul homme était à même de le réaliser : Samuel Hamilton, l'actuel représentant de la lignée des économes de Loveall.

Comme tous ses ancêtres, Hamilton possédait une écriture d'une netteté parfaite, une connaissance précise des divers codes et chiffres, ainsi qu'une mémoire phénoménale. Avec ces armes, tout en notant le moindre détail dans des registres codés, il défendait avec acharnement la dynastie Loveall. La loyauté de sa famille avait toujours été inattaquable – d'autant que ses registres abritaient tous les secrets des Loveall, dans un langage si cryptique qu'aucun Hamilton n'était capable de les déchiffrer intégralement sans l'aide des siens. Seul Samuel et ses prédécesseurs révérés comprenaient à fond le calendrier budgétaire de Love Hall et les arrangements financiers de ses occupants.

Son père, Jacob, était mort quelques mois plus tôt, laissant au seul Samuel la responsabilité des affaires. Bien qu'inattendue, cette mort était finalement une bénédiction. À la fin de son règne, en effet, Jacob était devenu imprévisible et tendait à nouer des intrigues secrètes d'une telle complexité que son fils ne pouvait espérer en pénétrer les arcanes. Or une compréhension d'ensemble des affaires de la famille Loveall était la seule clef du succès. Jacob emporterait dans la tombe certains secrets – il l'avait dit lui-même, comme s'il était prêt pour le Jugement dernier. Si difficile que fût devenu son caractère, ses capacités n'avaient jamais faibli et il avait toujours gardé la confiance de lady Loveall. Samuel Hamilton éprouvait depuis toujours envers son père un respect mêlé de crainte, de sorte qu'il préférait se souvenir de lui à l'apogée de son pouvoir plutôt qu'en ses dernières années de déclin despotique. Il aborderait la présente situation de la même façon qu'il avait vu son père régler tant de crises dans ses beaux jours : avec rapidité, discrétion et détermination. Le Jeune Lord le fit venir sur-le-champ.

Dans la Maison de Poupée, Samuel apparut comme un roi minuscule, encore rapetissé par un trône en bois si élevé que ses pieds effleuraient à peine le tapis. En guise de couronne, il arborait un crâne prématurément chauve bordé par un mince liseré de cheveux bruns et raides. C'était un petit homme guindé nanti d'une épouse excellente ménagère, Angelica, qui avait récemment mis au monde un fils – ils avaient déjà une fille. En repensant au couple qu'ils formaient, je trouve incroyable que ces gens au physique insignifiant aient pu donner naissance à deux enfants aussi magnifiques. Peut-être arrive-t-il que la beauté saute une génération. Ce n'est pas le cas, en tout cas, pour l'ingéniosité et la débrouillardise. Heureusement pour les enfants de Samuel, car derrière son apparence douce et terne leur père cachait un génie capable de tout.

Hamilton écouta le plan de Hood sans donner le moindre signe d'émotion. De temps en temps, il hochait la tête d'un air encourageant tout en prenant des notes dans le code qu'on lui avait transmis conformément à la *Lex Pantophilensis*. Des plans comme celui-ci, de telles ruptures de l'ordre établi, constituaient la véritable *raison d'être** de sa famille. Cette histoire n'était certainement pas la plus étrange qu'un Loveall ait racontée à un Hamilton. Docile à l'enseignement familial, il considéra l'opération aussi soigneusement que s'il s'agissait de préparer un exercice militaire. C'était sa façon de rendre hommage à la mémoire du grand homme, son père.

Après un silence pensif, il déclara que l'affaire ne présentait aucune difficulté. Hood et lui passèrent l'heure suivante à discuter en présence du Jeune Lord. Mon père feignait d'écouter, mais l'imminence de la demande en mariage l'emplissait d'une angoisse sans bornes. Pendant qu'il luttait contre sa panique en m'accablant de sa sollicitude – il devait garder cette habitude toute sa vie –, ses fidèles serviteurs organisaient la supercherie me concernant. Il négligea d'y prêter attention. Quand il fut invité à reprendre ses esprits, tout était déjà réglé.

On annoncerait que la bibliothécaire était enceinte et qu'elle allait épouser mon père. La future mère et épouse demeurerait cachée pour le moment, soi-disant par pudeur. Je serais gardé au secret le moins longtemps possible : trois mois tout au plus. Comme la plupart des bébés attendant de venir au jour, je ne quitterais pas ma mère – simplement, je serais à son côté et non dans son ventre. Personne ne nous verrait. Puis nous ferions notre apparition, héros splendides d'une nouvelle histoire : celle d'une mère radieuse, la jeune lady Loveall, et d'un bébé déjà grand pour son âge. Seuls des employés de la famille seraient présents lors de la « naissance », et le secret n'en serait pas moins absolu. Hood et Hamilton avaient la situation bien en main. À leurs yeux, la crise était finie. Pour mon père, elle ne faisait que commencer.

— Hood… pourquoi voudrait-elle m'épouser alors qu'elle n'est pas la mère du bébé ? demanda-t-il.

— Je me permets de vous faire observer que vous n'êtes pas non plus son père, monsieur, répliqua Hood sans lever les yeux.

Ils n'avaient encore jamais abordé aussi ouvertement la question – pour ne rien dire de celle de mon sexe.

Cependant, Hamilton s'apprêtait pour la première fois de sa vie à adresser la parole à mon père. À la pensée qu'il était pour le Jeune Lord ce que son arrière-grand-père avait été pour le Grand Lord Loveall lui-même, il se rengorgea intérieurement.

— Monsieur, lança-t-il en se raclant la gorge, ce plan est voué à l'échec si vous ne parlez pas au plus vite à miss Wood.

Mon père se leva, se rassit puis se releva brusquement, comme s'il avait été piqué par une aiguille. Quant à Hamilton, qui ne regardait que très rarement Sa Seigneurie, il rougit comme le chien noir du proverbe[1].

— Avez-vous une dernière volonté, monsieur ? s'enquit Hood.

Ce fut la seule plaisanterie qu'il se permit avec mon père durant ses longues années de service.

Mon père quitta la pièce avec la certitude que la démarche qu'il entreprenait était la meilleure chose qu'il ferait jamais pour sa famille. Hood, qui me tenait dans ses bras, lui emboîta le pas en compagnie d'Hamilton. Ce bref cortège avait un air funèbre. En se dirigeant vers la bibliothèque, mon père remarqua des détails qu'il n'avait encore jamais eu le temps de voir : une éraflure en forme de fleur sur une marche, le petit portrait d'un défunt parent coincé entre l'une des rampes et le mur. Des domestiques se figèrent en haut de l'escalier et baissèrent la tête, en essayant d'épier du coin de l'œil l'étrange procession. Peut-être mon père faisait-il des paris avec lui-même – s'il tournait maintenant et apercevait les yeux de tel portrait, l'affaire se déroulerait conformément au plan. Il tournait, gagnait son pari et se sentait soulagé. Ou la rampe l'empêchait de voir, et tout était manqué… J'aurais fait comme lui, car il m'a légué ses superstitions. Ce ne fut que plus tard dans ma vie que je compris qu'il était parfois réconfortant de perdre ce genre de paris : débarrassé de l'obses-

1. William Shakespeare, *Titus Andronicus*, acte V, scène 1 : « Je rougis comme le chien noir du proverbe. » (*N.d.T.*)

sion de la chance, on peut s'avancer hardiment vers son destin, armé de sa seule intelligence.

Ils arrivèrent à la bibliothèque d'Anonyma. Mon père entra seul dans la pièce.

Il mit un genou à terre devant la bibliothécaire. Après avoir classé et nettoyé avec zèle, Anonyma était maintenant plongée dans *La Somnambule,* dont la glose posait un problème qui la tracassait. Elle ne fit donc guère attention à l'entrée du Jeune Lord, jusqu'au moment où elle prit conscience qu'il se trouvait à ses pieds. Il était d'une raideur insolite. Peut-être s'était-il rendu coupable de quelque manquement envers la bibliothèque ? Mais l'expression de son regard démentait cette hypothèse. Il semblait lui présenter des excuses, l'implorer de garder le silence et de lui pardonner. Anonyma en était maintenant certaine : il apportait de mauvaises nouvelles pour sa bibliothèque. C'était la seule explication possible. Des larmes lui montèrent aux yeux.

— Miss Wood... Anonyma... Voulez-vous m'épouser ?

Qu'avait-il dit là ? L'épouser ? De quoi parlait-il ? À quoi rimait cette plaisanterie ? Peut-être n'avait-elle pas compris ce qu'il voulait dire. Oui, elle était si absorbée dans son livre à son arrivée qu'elle avait dû manquer le début. Un mariage ? Elle scruta son visage. Loveall levait vers elle un regard désespéré. Il n'avait jamais eu l'air si comique et si sérieux.

Anonyma ouvrit la bouche et se mit à rire. Elle paraissait le refuser, se moquer de lui. En réalité, elle était hors d'état de répondre. Sa propre stupeur la rendait muette. Le silence s'abattit sur la bibliothèque, mais Anonyma avait l'impression qu'un cri au fond d'elle-même allait faire exploser sa tête. En baissant les yeux sur Loveall, elle sut d'un coup la vérité : il voulait réellement l'épouser. Mais pourquoi ? Certains motifs pouvaient expliquer sa proposition : le besoin d'un héritier, la solitude où il vivait... Qu'en était-il de lady Loveall, cependant ? Elle se mit à réfléchir à toute allure. Serait-ce une idée de la douairière ? Non, impossible. Anonyma n'était rien pour elle. La bibliothécaire possédait assez de bon sens pour comprendre qu'elle ne rencontrerait jamais un parti plus avantageux – en fait, il n'avait sans doute pas son pareil dans le monde entier. Hors de Love Hall, elle ne trouverait personne pour lui offrir un titre ou une bibliothèque. Personne ne l'attendait, prêt à combler tous ses vœux. Et voici qu'un homme était à ses pieds, un homme qu'elle connaissait bien, qu'elle avait vu grandir, hanté par une tragédie qui les unissait dans un même chagrin. Elle serrait dans sa main le livre dont elle avait complètement oublié l'existence, elle le serrait si fort que les articulations de ses doigts pâlissaient.

Elle relâcha sa pression et le livre tomba. Loveall l'attrapa au vol. Le charme était rompu.

— Oui, monsieur, dit-elle. Je consens à vous épouser.

Elle s'attendait à le voir se relever, lui baiser la main, voire esquisser un sourire, mais il avait rarement agi selon ses prévisions depuis ce premier jour où il lui avait présenté la pauvre petite Dolores. Sans se départir de son ton hésitant et cérémonieux, il lui demanda si elle acceptait d'être la mère de son enfant. Alors qu'elle s'apprêtait à répondre, Hood apparut sur le seuil avec moi. J'étais emmaillotée dans des langes frais et blancs d'où mon visage surgissait comme une fraise – c'est ainsi qu'elle me décrivit dans son journal. Hamilton entra à sa suite.

— Voici le bébé dont parle Sa Seigneurie, déclara Hood en me présentant pour approbation. Je crois que ce mariage fortuné est décidé, madame ?

Il fourra le bout de son doigt dans ma bouche pour que je cesse de gargouiller – ce détail frappa ma mère. Elle avait envie de rire en voyant ces hommes pleins de dignité s'occuper d'un bébé. Loveall regardait ma mère avec anxiété, comme un écolier implorant une seconde part de gâteau. Elle se tourna vers Hood et acquiesça de la tête.

— Puis-je déclarer mes intentions à votre père ? demanda le Jeune Lord.

— Il est mort, monsieur, répliqua-t-elle.

— Ah...

Il ne parvenait pas à se souvenir s'il était censé être au courant.

— Alors votre tuteur, peut-être ?

— C'est vous-même, monsieur, observa Hood.

Mon père poussa un soupir et recula légèrement.

— Et que pense lady Loveall de cette proposition ? demanda soudain ma mère.

En se rappelant l'existence de la douairière, elle fut reprise de sombres pressentiments quant à son bonheur imprévu. Elle avait réussi à bannir ces pensées jusqu'à présent, mais l'image menaçante de lady Loveall s'imposait maintenant à elle. N'était-ce pas la seule personne au monde qui pourrait faire tout manquer ?

— Elle n'est plus, madame, dit enfin Hood. Elle a rendu l'âme.

Une demande en mariage, un bébé, la mort de lady Loveall – cela faisait beaucoup.

Le visage en feu, Anonyma se laissa tomber sur la chaise la plus proche. Hamilton accourut et entreprit de l'éventer avec ce qu'il avait sous la main, à savoir le manuscrit des *Maisons des morts* de Mary Day. Malgré sa défaillance, la bibliothécaire eut la présence d'esprit de le prier de reposer doucement le volume sur la table. Il se rabattit sur son propre registre, mais ce dernier était si gros qu'il ne produisit presque aucun courant d'air.

— Merci, je vais assez bien maintenant. Vous dites que lady Loveall... ?

Anonyma était impatiente d'en apprendre davantage.

— Vous n'avez rien remarqué, madame, intervint Hamilton. Cela fait trois heures.

Hood était resté chargé du bébé – j'étais dans ses bras. Mon père se mordit les lèvres et regarda par la fenêtre la vue sur l'Avenue, à laquelle il n'avait encore jamais fait vraiment attention. Il lui semblait préférable de garder les yeux fixés dans cette direction le plus longtemps possible.

— Je voudrais en savoir plus long sur ce... reprit ma mère.

— Bien entendu, madame, l'interrompit Hood d'un ton déférent.

Anonyma n'avait jamais été traitée avec tant d'égards. Jusqu'alors, les marques de respect ne s'adressaient qu'aux autres – et c'était souvent à elle de les prodiguer. Hood s'inclina, sans lâcher le bébé. Anonyma lui fit signe d'approcher et me prit dans ses bras avec douceur. Malgré la variété des talents du valet de chambre, elle craignait qu'il n'ait épuisé ses ressources de bonne d'enfant. Elle baissa les yeux sur moi et sourit. Bien qu'elle ne comprît pas encore exactement d'où je venais et quel rôle je devais jouer dans sa vie, elle sut tout de suite qu'elle n'aurait jamais d'autre enfant que moi. Mon père grimaça un sourire et tapota nerveusement son front avec un mouchoir de soie.

— Miss... Ma chère... dit-il d'un ton rien moins que naturel. Voici Rose Loveall, l'héritière de Love Hall.

— Monsieur, se hâta d'intervenir Hood, qui était redevenu lui-même depuis qu'il était débarrassé de son fardeau. Vous avez fourni aujourd'hui des efforts considérables. Puis-je me permettre de vous suggérer de vous reposer un moment ? Vous pourrez retrouver madame au dîner.

— Excellente idée, approuva Loveall.

Satisfait de l'issue de cette affaire et secrètement fier de son propre sang-froid, il n'aspirait plus qu'à se retirer. Quand il partit, les autres l'entendirent fredonner à mi-voix l'air de *Nancy Bell*.

Anonyma supposait que son départ marquerait la fin du rêve. Hood et Hamilton allaient présenter des excuses pour le dérangement mental de leur maître. Peut-être lui offriraient-ils un dédommagement financier, avant de la prier de faire ses valises et de sortir par la porte de service avant le lendemain matin. Au lieu de quoi, dès que le Jeune Lord se fut éloigné de son pas léger, ils se tournèrent vers la nouvelle lady Loveall et s'inclinèrent majestueusement devant elle, si bas que leurs mains manquèrent balayer le sol.

— Madame, déclara Hood, si nous pouvons vous aider en quoi que ce soit, nous sommes entièrement à votre disposition.

Anonyma regarda la bibliothèque, le bébé dans ses bras, les deux hommes lui faisant face. Il avait fallu si peu de temps pour que tout change au point d'être méconnaissable.

— Je pense, monsieur… Peut-être devrais-je vous appeler Hood ?

Il s'inclina respectueusement.

— Je pense que vous devriez me dire d'où vient Rose, cette petite fleur…

Hood lui assura que je n'avais pas été volée, que je ne devais la vie qu'à un acte de charité louable du Jeune Lord. Il lui raconta toute l'histoire : la découverte d'un bébé abandonné au milieu des rebuts, la décision de Loveall d'en faire son héritière, la surexcitation et la mort de lady Loveall. Arrivé au moment où le Jeune Lord avait compris que son héritière avait besoin d'une mère, Hood insista sur le fait que c'était Sa Seigneurie lui-même, guidé par l'admiration et l'affection extrêmes qu'il éprouvait pour elle, qui avait suggéré que miss Wood devienne la nouvelle maîtresse de Love Hall. Après quoi, il expliqua qu'il avait eu l'idée avec Hamilton d'installer à demeure dans la bibliothèque pour quelque temps la mère et l'enfant, afin d'accréditer la thèse de la grossesse.

Ce récit dura vingt bonnes minutes. Ma mère l'écouta avec autant d'incrédulité que de plaisir. Elle aurait de toute façon accepté le mariage, mais elle n'aurait pu rêver de circonstances plus inattendues. De temps à autre, elle posait une question à Hood, qui lui répondait sans la quitter des yeux. Elle savait qu'il lui disait la vérité. Quand il eut fini, elle lui demanda s'il n'avait rien passé sous silence – la moindre omission, même avec les meilleures intentions du monde, pourrait leur être fatale à tous. Elle ne trouvait rien à redire à leur projet, mais elle tenait à connaître absolument tous les faits. Il ne fallait surtout pas qu'elle en sache moins que ceux qui trouveraient ce mariage scandaleux.

— Il y a quelque chose, madame, dit Hood en s'approchant. Un détail. Comme feue lady Loveall l'a découvert peu avant de mourir…

Il se mit à bégayer tandis qu'il entreprenait de me démailloter pour montrer à ma mère « les parties intimes ». Elle baissa les yeux, les releva pour fixer Hood.

— Sa Seigneurie est au courant, bien entendu ?

Il y eut un silence.

— Est-il au courant, oui ou non ?

— C'est une question des plus controversées, intervint Hamilton.

— Vous voulez dire qu'il ne sait rien ?

— Il s'en est aperçu, mais soit il ne comprend pas, soit il a choisi de ne plus y penser. À moins qu'il n'y croie pas. Nous n'avons pas évoqué cet aspect de l'enfant entre nous, madame. Il ne fait aucun doute qu'il considère ou veut que les autres considèrent l'enfant comme une fille.

— Que devons-nous faire ? demanda Anonyma interloquée.

— Mieux vaut ne pas en parler, madame.

Hood regarda Hamilton, qui hocha la tête en signe d'approbation.

— Pas encore. Je crains que les conséquences ne puissent être graves. La mort de sa mère, les responsabilités nouvelles qui s'ensuivent, la démarche qu'il a faite auprès de vous – les nerfs de Sa Seigneurie ont été mis à rude épreuve. Vous êtes sa future épouse, bien sûr, et vous serez obéie, mais à mon avis…

Il indiqua Samuel Hamilton, qui s'était remis à prendre des notes dans son registre.

— À notre avis, il vaudrait mieux garder le secret.

— Combien de temps ? demanda ma mère en me regardant d'un air incrédule.

— Disons pour quelque temps.

— Un garçon n'a pas besoin de pantalon du jour au lendemain, madame, renchérit Hamilton. Il peut porter des robes sans dommage, au moins momentanément. D'ailleurs, cela n'a rien d'inhabituel. Notre nouveau-né, Stephen, aura des robes, lui aussi.

— Nous pensons que c'est la meilleure solution en attendant le moment propice, continua Hood. Sa Seigneurie sera certainement bientôt à même d'accueillir cette information avec davantage de sérénité. Il faut laisser faire le temps, madame.

Ma mère convint que c'était provisoirement la conduite la plus indiquée pour la tranquillité d'esprit du Jeune Lord, pour elle-même et sa chère bibliothèque, et enfin pour toute cette famille qui avait été si bonne pour elle. Mais lorsque Hood et Hamilton retournèrent à leur registre, elle me serra plus fort contre son sein en esquissant un sourire entendu, marquant une satisfaction tout intime. Ce sourire n'était que pour nous deux car en vérité, même si elle ne le dirait à personne, elle trouvait surtout que cette conduite était la plus indiquée pour moi, le bébé qu'elle tenait dans ses bras.

Ma mère avait un secret. Comme le temps des secrets est révolu et comme Dieu ne vous en a rien dit – bien qu'Il sache tout, Il n'a pas à vous mettre au courant –, je vais vous le révéler. Elle n'avait eu ce sourire entendu que pour une seule raison, la même en fait qui l'avait poussée à postuler pour l'emploi de gouvernante à Love Hall. Et cette raison était un poète, son poète : Mary Day.

Mary Day… Ce nom est plus familier de nos jours, mais à l'époque, on ne savait pas grand-chose à son sujet. Cependant, le père de ma mère connaissait par cœur tout ce qui concernait cette femme mystérieuse. Jeremy Wood avait été relieur et s'était également occupé de quelques travaux d'imprimerie – il était spécialisé dans les prospectus commerciaux auxquels s'adjoignaient parfois des textes de ballades. Ma mère grandit les doigts tachés d'encre. Quand les affaires de son père périclitèrent, après une incursion malheureuse dans l'édition, il se reconvertit dans le commerce d'antiquités. Les ongles de ma mère devinrent noirs de poussière et non plus d'encre.

Jeremy avait une passion pour les œuvres imprimées de Mary Day. Pendant le long supplice de la maladie dont se mourait son épouse bien-aimée, il eut l'idée de faire connaître ces ouvrages à sa fille de onze ans, afin de la distraire de l'atmosphère lugubre régnant dans leur maison. Il l'initia avec enthousiasme aux techniques d'impression aussi merveilleuses que révolutionnaires ayant présidé à la création de ces livres, qui étaient remplis de schémas compliqués. Mary Day et son imprimeur semblaient aimer l'encre et la page autant que le texte lui-même. Le père d'Anonyma révérait ces dessins, comme si les mots n'avaient finalement qu'une importance secondaire. Mais ce furent ces mots qui retinrent l'attention de sa fille.

Au départ, loin de distraire Anonyma du malheur où elle était plongée, les poèmes lui rendirent plus sensible sa propre détresse. Mary Day lui apprit à soutenir le regard de la Mort :

Bien que les corps passent – hélas ! –
Ils peuvent en expirant nous inspirer.
Regarde-la, étendue sur sa couche
Et sache que de ses yeux la lueur de braise
Pour l'éternité se rallumera.

Après la mort de son père, ma mère subit une cruelle déception amoureuse. Elle n'évoqua jamais ouvertement cet épisode, qui la décida à se faire gouvernante. Bien que son cœur restât meurtri, elle aurait pu sombrer dans un désarroi beaucoup plus profond sans l'influence du poète. Une nouvelle fois, Mary Day vint à son secours. Elle semblait n'avoir écrit que pour Anonyma les vers où elle évoquait un amour plus grand, transcendant les « agitations fiévreuses d'une âme sentimentale ». Il paraissait possible d'atteindre cet amour à travers les poèmes de l'auteur mystérieux.

Mary Day semblait tenter d'aller au cœur des origines et de la destinée de l'homme. En lisant, ma mère se sentait plongée dans un état apaisant et contemplatif, tout en restant attentive au rythme et au sens des mots. La poésie de Mary Day inspirait une grande ferveur à ses disciples – ses Daysciples, comme les avait surnommés l'un de nos critiques peu délicats. La difficulté de se procurer ses œuvres éveillait un sentiment profond de possessivité chez ses admirateurs. Ignorant les autres, chacun entretenait une relation privilégiée avec le poète : tel était le cas de ma mère. Elle avait fait sienne la passion de son père. Avant qu'il meure, la laissant seule au monde à l'âge de seize ans, leur intimité s'était épanouie avant tout dans des moments partagés d'étude et de lecture.

Elle espérait pouvoir un jour mener à bien une édition des œuvres de Mary Day, en continuant le travail de pionnier que son père avait accompli en solitaire. C'était ce dessein secret qui avait motivé sa candidature au poste de gouvernante à Love Hall. Quelque part dans le château, en effet, elle savait que l'attendait l'opportunité d'en apprendre davantage sur cette artiste qui lui parlait comme aucun autre poète – comme personne, à vrai dire.

Peu avant la mort de son père, un collègue passablement louche de ce dernier, se faisant appeler Albion Mills, raconta qu'il s'était rendu à Love Hall pour expertiser une collection de tapisseries. S'étant retrouvé par hasard dans la bibliothèque, une pièce à l'état de délabrement avancé, il avait aperçu au fond d'une caisse échouée dans un coin plusieurs éditions de poèmes de Mary Day ainsi que des fragments paraissant écrits de la main du poète. Il avait été dérangé trop tôt pour pouvoir examiner ces papiers aussi soigneusement qu'il l'aurait voulu, mais il était sûr qu'il s'agissait là d'un ensemble des œuvres et éphémérides de Mary Day ou de livres qu'elle avait possédés. Comme une feuille volante s'était *malencontreusement* accrochée à la doublure de la veste d'Albion – ses vestes étaient toujours trop amples –, il l'avait gardée pour Jeremy, dont il connaissait la passion. Albion lui jeta la feuille avec un geste qu'on réserve habituellement aux chiens auxquels on lance un os. Les Wood la lurent avec dévotion, longuement. Ils semblaient éblouis, comme si une lumière émanait de ce morceau de papier.

Il s'agissait d'une lettre, écrite recto verso, de l'imprimeur de Mary Day. Il la désignait simplement par l'initiale M et lui faisait part des modifications qu'il devrait apporter au texte de *Sophia de lumière* pour pouvoir y inclure les dessins qu'elle désirait. Le poète avait écrit sa réponse sur la même feuille, avant sans doute de la recopier au net. C'était la première fois que les deux Daysciples voyaient son écriture.

Albion n'éprouvait aucun intérêt pour la poétesse – Jeremy préférait dire « la femme poète » –, mais il était heureux de se faire un obligé, ce qui pouvait se révéler fort utile dans le monde des antiquaires. Les Loveall n'avaient pas semblé plus intéressés que lui par Mary Day, d'après Albion. En revanche, l'estimation des tapisseries avait dépassé toutes les espérances.

Ma mère avait résolu ce jour-là qu'elle tenterait dans la mesure du possible d'explorer ce dépôt caché de documents. À la mort de son père, sa décision tourna à l'obsession. Lorsqu'elle entendit parler de la place vacante à Love Hall, elle n'eut de cesse que la malheureuse lady Makem écrive pour elle une lettre de recommandation enthousiaste. Tout semblait s'enchaîner de façon propice.

Le soir de son arrivée à Love Hall, tandis qu'elle contemplait l'interminable avenue du Nord, elle essaya d'imaginer ce qui pouvait l'attendre dans la fameuse bibliothèque. Des manuscrits ? Des gloses ? Des éditions de poèmes ? Elle n'avait pas de plan établi, mais savait qu'elle voulait les toucher, lire les livres mêmes qu'avait lus Mary Day, se plonger dans leur lumière. Peut-être la caisse avait-elle disparu… Mais si elle était toujours en place, que ne ferait-elle pas pour voir ces trésors ?

Une semaine après son arrivée, elle consacra sa première expédition en solitaire dans le château à découvrir si Mills, l'antiquaire peu scrupuleux, avait dit la vérité sur ces livres. Ils existaient bel et bien... Elle n'eut pas de peine à les trouver au milieu de cette masse pourrissante de cuir et de papier. Ils n'avaient toujours pas été déballés. La caisse était coincée à l'intérieur, contre la porte, de sorte que ma mère dut se faufiler tant bien que mal. « Comment Mary Day pourrait-elle m'interdire l'entrée d'une bibliothèque ? » pensa-t-elle.

Lors de cette première visite, l'air confiné exhalait de tels relents d'humidité et de livres moisis qu'elle faillit se mettre à pleurer – en partie sur les livres, en partie sur elle-même. En soulevant le couvercle de la plus accessible des quatre petites boîtes que contenait la caisse, elle aperçut plusieurs carnets et un exemplaire richement décoré de la *Pistis Sophia* – dont elle ne connaissait l'existence que d'après les citations qu'en faisait Mary Day, laquelle l'avait peut-être lue dans cette édition même. Juste en dessous, elle découvrit un exemplaire comme neuf de *Devenez des passants*, le plus simple des recueils poétiques de Mary Day, qui commençait par « Assemblée des saints, les lumières sans ombres », l'un des nombreux sonnets que ma mère connaissait par cœur. Elle reprit haleine et réprima son envie de fouiller fébrilement les boîtes. « Chaque chose en son temps », se dit-elle. Elle respira profondément et leva les yeux vers le plafond pour s'assurer qu'elle ne rêvait pas. Ma mère savait qu'elle devrait attendre avant de pouvoir s'occuper de ces livres. En guise de consolation, elle entreprit de dérober les volumes un à un pour les lire dans sa chambre. Elle n'eut aucune peine à passer inaperçue et elle comprit rapidement qu'il était peu probable que quelqu'un se formalise de ces larcins : personne ne faisait jamais allusion à la bibliothèque.

Divers facteurs – sa timidité naturelle, la disparition brutale de sa pupille – se conjuguèrent au début pour l'empêcher de demander ouvertement la permission de mettre de l'ordre dans les livres de son idole. C'est alors que Loveall, de façon parfaitement inattendue, lui proposa le poste de bibliothécaire. Elle lui avait parlé de la poétesse et il avait répondu en lui laissant entièrement carte blanche. La bibliothèque était à elle. Mary Day était à elle.

Elle allait pouvoir continuer l'œuvre de son père, entourée des documents essentiels qu'il n'avait pu consulter de son vivant. Elle serait en mesure de réfuter une fois pour toutes les allégations déplaisantes d'un critique affirmant que Mary Day était le *nom de plume** d'un homme, évidence que seul l'aveuglement des maryolâtres avait pu tenir sous le boisseau. Même si de telles affabulations ne méritaient que mépris, il était temps qu'elle établisse une biographie sérieuse. Elle le devait à son père, au poète et au monde.

Ravie de sa nouvelle situation, elle s'attacha à assurer le bon fonctionnement de la bibliothèque. Elle accomplit cette tâche avec une efficacité méthodique. Quant à son propre domaine, elle l'organisa avec un enthousiasme plus profond et personnel. Elle rassembla et classa scrupuleusement les œuvres complètes de Mary Day et ses exemplaires d'ouvrages gnostiques. Elle fit venir de Paris, avec un grand luxe de précaution, une édition du *De praescriptione haetericorum* de Tertullien. Comme elle l'avait appris en lisant les carnets du poète, une collection consacrée à la Gnose devait nécessairement comprendre pour l'essentiel des traités contre les gnostiques, dont les auteurs transcrivirent des fragments des textes mêmes qu'ils attaquaient. Justin, Hippolyte, Irénée – tous citèrent abondamment les hérétiques pour mieux les combattre. Par une sorte de justice poétique, ils avaient donc tous leur place dans la bibliothèque de ma mère.

Elle était venue à Love Hall pour Mary Day, et elle l'y avait trouvée. À présent, elle allait pouvoir payer sa dette envers le château en mettant au service de mon éducation tout ce que le poète lui avait enseigné. Le

Jeune Lord lui avait d'abord donné cette librairie, puis sa parole d'époux et maintenant… le bébé qu'elle tenait dans ses bras. En acceptant de m'élever comme une fille, cette femme dotée pourtant d'un solide bon sens s'était engagée dans ce que d'autres auraient considéré comme une supercherie absurde. Pourquoi ? Une nouvelle fois, au nom de Mary Day.

Ma mère croyait que tout être humain est moitié mâle, moitié femelle, et qu'un esprit vraiment poétique se doit de conjuguer ces deux potentialités. Dans les carnets de Mary Day, qu'elle avait entrepris de recopier en vue d'une édition privée, elle avait lu : « Dieu créa l'homme à la fois mâle et femelle. Adam, seul mâle ayant accouché, fut créé aussi bien homme que femme. Tant que nous ne refuserons pas toute distinction, nous ne sentirons pas la pure poésie de l'éternel emplir nos poumons de son souffle. »

Et le poète écrivait dans *Les Maisons des morts* :

Quand les deux deviendront l'un
Et le dedans dehors, le dehors dedans
De sorte que le masculin ne soit plus masculin
Ni féminin le féminin
Alors vous me verrez.

Mary Day se référait également aux antiques légendes d'autres cultures, où il était question d'un androgyne divin qui créait le monde avant d'être divisé en deux. Il donnait ainsi naissance au mâle et à la femelle, dont la destinée était de se poursuivre l'un l'autre afin de recréer l'innocence idyllique de leur androgynie originelle. C'était une belle histoire, mais ma mère n'espérait pas que cette quête puisse aboutir – elle ne le désirait même pas. À ses yeux, néanmoins, il était vital que les deux moitiés de l'âme soient chacune respectées.

Pour Mary Day, la séparation des deux sexes représentait une altération de la perfection et de la fécondité de cette sexualité indivisée à l'origine. Dans une problématique chrétienne, le péché avait causé cette division

– certains pères de l'Église affirmaient que le Christ, lors de sa résurrection, n'était ni mâle ni femelle. Mary Day y voyait l'annonce d'un temps après la vie, d'un âge d'or au-delà de la mort. Ce lieu où l'homme et la femme existeraient en égaux, elle l'appelait Feminisia.

Ma mère abordait ces problèmes de façon beaucoup plus pragmatique : personne n'était complètement masculin ou féminin. Les hommes trop virils étaient aussi ineptes que les femmes trop féminines. Peut-être était-ce ce qui l'attirait chez mon père – il arborait parfois des tenues merveilleusement efféminées. En cette époque maintenant lointaine, les rôles sexuels étaient moins nettement différenciés, notamment dans le domaine de la mode. De nos jours, tout est défini, les frontières sont plus difficiles à franchir. Les hommes d'alors avaient des cheveux bouclés flottant voluptueusement. Une jambe gracieuse et un poignet élégant étaient considérés comme des symboles de virilité – il suffit de regarder le Grand Lord Alfred au sommet du mausolée : il a l'air de faire parade d'une nouvelle jarretière.

Ma mère se souciait moins du pur souffle poétique de l'éternel que de l'air qu'elle respirait tous les jours. Elle était une fervente Daysciple, mais avec discernement. Il lui paraissait toutefois évident que l'idée d'androgynie pouvait donner des applications aussi concrètes qu'utiles pour le potentiel de l'humanité en son séjour terrestre.

Avec moi, sa petite Rose – ou RoseMary, comme elle m'appelait parfois –, elle avait littéralement dans ses mains, dans ses bras, l'occasion de vérifier ses théories. Un bébé ne se vivait pas lui-même de l'intérieur comme mâle ou femelle, jusqu'au jour où la société lui enseignait quel rôle il était censé tenir. (Cette conception est-elle entièrement discréditée aujourd'hui ? Elle finira par l'être tôt ou tard, si ce n'est déjà fait.) On fabriquait les garçons et les filles, ils n'étaient pas tels à leur naissance. Moi-même, il faudrait me fabriquer. Je serais sans aucun doute l'enfant le plus adorable et original jamais venu au monde, avant de devenir un adulte à la réussite encore plus éclatante. Peut-être serais-je le plus parfait des êtres humains, un défi symbolique à toutes les hypothèses sur le ciel ou la terre. Ma mère allait me faire le présent le plus précieux à sa disposition.

L'idée de m'habiller en fille n'était pas d'elle. On la lui avait présentée comme un *fait accompli**. Étais-je un garçon ? Oui. Serais-je élevée comme une fille ? Oui. Elle s'imaginait que cette phase ne durerait qu'un an ou deux. Ensuite, bien entendu, la situation se stabiliserait avec l'approbation de mon père, une fois qu'il se serait remis de son agitation actuelle. Il s'agissait simplement de temporiser en attendant qu'il puisse accepter d'avoir un fils. Elle ne pouvait se douter que mon père était incapable d'une telle acceptation, qu'il ne pouvait même pas évoquer la question.

Tandis que j'étais dans ses bras, elle songea soudain à une foule de passages des *Maisons des morts*, où Mary Day expliquait que Dieu, n'ayant pas de sexe, créait l'esprit sans sexe à la naissance. Qu'étais-je, sinon la *tabula rasa* que le destin lui offrait ?

C'est pourquoi, en me serrant plus étroitement contre son sein, elle se mit à sourire.

La demande en mariage et le mariage lui-même étaient des plus excentriques, mais mon père et ma mère furent très heureux. Ils ne se disputèrent jamais et ne firent jamais l'amour. Je sais qu'ils faisaient chambre à part, mais cela ne les empêcha pas de m'élever ensemble.

Les deux versions de mes débuts dans le monde – officielle et non officielle – aboutissaient à la même conclusion : mes parents se marièrent, sans grande cérémonie, et ma naissance survint peu après.

Le faire-part

Dans les meilleurs journaux nationaux, sans date, on put lire ces lignes qu'Hamilton rédigea en prenant soin qu'elles fussent entièrement véridiques :

« Sir Geoffroy, le Jeune Lord Loveall, et son épouse, lady Anonyma Loveall, sont heureux d'annoncer la naissance de Rose. »

Les festivités

VIVE LES LOVEALL ! proclamait la bannière qui orna la façade du cabaret *La Tête du Singe* pendant toutes les semaines de congé spécial célébrant l'arrivée de la nouvelle héritière. Les villageois étaient heureux et soulagés, non seulement pour la famille mais pour eux-mêmes. De même que le château dominait leur village – comme c'est encore le cas aujourd'hui –, le châtelain, propriétaire de toute la région, dominait leur existence. Et bien qu'ils eussent peut-être préféré un maître plus actif que mon père, ils ne pouvaient espérer en trouver un plus humain. Ils savaient que son remplaçant éventuel n'aurait pas fait montre de tant d'indulgence. L'avenir des Loveall se confondait avec celui de chacun des buveurs plus ou moins affalés au comptoir. Le village tout entier dépendait de notre prospérité.

Le soir de ma naissance officielle, l'aubergiste leva sa chope d'étain en direction du château et porta un toast devant l'assemblée :

— Que personne n'appelle cette enfant une bâtarde. Elle est une bénédiction pour nous tous. Vive les Loveall !

Les clients de la taverne poussèrent des acclamations et brandirent vers Love Hall leurs chopes remplies de la bière locale, qui coulerait à flots tout le week-end aux frais des Loveall. Ils n'étaient certes pas d'humeur à faire des objections.

Maintenant que j'étais venue au monde, il s'agissait de me montrer. C'était la période de l'année où les habitants du cru venaient présenter leurs respects à la famille et où mon père était requis pour apposer sur eux sa main – gantée, bien sûr. Évidemment, cet événement était d'autant plus excitant que c'était la seule occasion où ils entraient physiquement en contact avec l'homme le plus riche du pays. Et cette année, ils avaient droit à un supplément fascinant : la présentation du nouveau bébé. Les villageois m'offrirent des gâteaux, des poupées en paille, des bijoux à trois sous. Tandis qu'on me promenait parmi eux, ils firent pleuvoir sur nous des pétales, des herbes et des confettis. Hood me présenta à la foule du haut du balcon, sous les yeux inquiets de mes parents. Quand ses bras m'eurent soulevée le plus haut qu'ils pouvaient, une clameur assourdissante retentit, de soulagement et de joie mêlés. Je resterais à jamais liée dans leur souvenir à l'idée de bière gratuite. En abritant leurs yeux du soleil, ils contemplaient en moi leur avenir et celui de l'immense demeure s'étendant derrière moi.

Ce fut vraiment une grande fête. Les villageois se pressèrent tout l'après-midi dans le parc, en buvant et en mangeant tout ce qu'on leur offrait. Ils flânaient d'un divertissement à l'autre, entraient et sortaient des tentes énormes que mon père avait fait dresser afin de mettre les vieillards à couvert du soleil et les ivrognes à l'abri des regards. Le mausolée était lui-même judicieusement séparé des réjouissances grâce à des clôtures ornées de vigne vierge et de fleurs d'été. On aurait presque pu croire que mon père avait bel et bien oublié Dolores.

Le poète local, un ami d'Hamilton, déclama du haut d'une fenêtre du premier étage une longue ode qui fut universellement admirée. Il avait amené un professeur d'Oxford spécialiste des ballades. Le savant entreprit d'enseigner aux villageois comment chanter correctement des chansons qu'ils connaissaient mieux que lui. Au grand ravissement de la foule, des sabayons glacés furent livrés toute la journée par le lactarium de la grande ville. Les tireurs de cordes se dépensèrent sans compter – certains étaient si frêles et si farouchement accrochés à leur corde qu'on aurait dit qu'ils allaient s'envoler, alors que d'autres semblaient aussi immobiles et indéracinables que des arbres. Des enfants de villageois se mêlèrent à ceux de la petite noblesse pour faire la queue afin d'avoir droit à un tour sur une licorne. Des courses en sac, à trois pieds ou en brouette, furent disputées avec acharnement. Des œufs échappés d'une cuiller se cassaient sur le sol, lequel était si brûlant qu'ils étaient presque frits en atterrissant. Certains des joyeux convives tombaient eux aussi par terre, vaincus par la chaleur et la bière, et se réveillaient le visage à moitié cuit par un soleil impitoyable.

Les provisions paraissaient inépuisables. Une fontaine de tisane d'orge et de bière brune semblait couler sans jamais se tarir. Les plateaux de concombres marinés restèrent d'abord inentamés, comme l'énorme miche de pain ornementale. Cependant l'apparition de Toby le Cochon savant fit sensation, et l'animal reçut les concombres en récompense.

Ma mère proposa à quelques enfants du cru une initiation à la reliure. Ils la contemplèrent pendant des heures, ravis non par les livres ou les joies mystérieuses du brochage mais par sa présence, car ils n'avaient encore jamais approché d'aussi près une dame de l'aristocratie. Elle se rappela plus tard qu'ils essayaient de la flairer, exactement comme de petits chiens. Les joutes se déroulèrent « sans accident grave », les danses des enfants du village « enchantèrent petits et grands », de même que les chants de l'école du dimanche, exécutés par les mêmes artistes en herbe. En somme, « il n'y eut pas une seule arrestation dans cette foule joyeuse qui comptait pourtant plus de quatre cents personnes ». Le soir, quand le soleil fut enfin couché, un feu d'artifice fut lancé à partir du pont de terre cuite. Au milieu des *oh !* et des *ah !*, les lumières colorées se reflétèrent dans la vaste pièce d'eau. Le bouquet final venait à peine de s'éteindre qu'une étoile filante traversa le ciel. Chacun retint son souffle. Puis les gens se dispersèrent, heureux, en songeant à la nouvelle étoile de Love Hall.

Les portes grandes ouvertes du château semblaient un symbole des changements survenus à l'intérieur. Et en ce jour exceptionnel, elles avaient laissé entrer tous les habitants de Playfield, les paysans et leurs femmes, leurs enfants et leurs animaux. Ce fut l'apothéose de mon père.

Les journaux que j'ai sous les yeux titrèrent tous ROSE D'ANGLETERRE en grosses lettres et déclarèrent que ma naissance marquait le début d'une vie nouvelle pour Love Hall.

Oui, vive les Loveall : lord et lady Loveall avec leur fille ravissante, Rose – une héritière promise à un beau mariage, la sauvegarde de la lignée. On ne s'était pas attendu à voir mon père assurer ainsi sa descendance. Même si c'était au prix d'une mésalliance, il s'était bel et bien marié. Il avait engendré un enfant – pas comme il aurait été souhaitable, peut-être, mais dans un style cavalier qui n'était pas sans rappeler son regretté grand-père.

Love Hall lui-même commença à se transformer heureusement. C'en était fini des fenêtres voilées de noir, des réprimandes au moindre sourire, du deuil où la maisonnée tout entière avait été comme ensevelie. Les deux chiens infects de la douairière, que mon père abominait, furent exilés à l'autre bout du domaine. Il songea même un moment à les faire tuer et enterrer auprès de leur maîtresse, mais l'aîné des deux chefs indiens regarda avec une telle tendresse le rictus indifférent d'un des petits monstres que le Jeune Lord accepta de les épargner, à condition de ne plus jamais en entendre parler. Ce qui fut fait.

Aux ténèbres et aux gémissements perpétuels succéda le règne des couleurs, de la lumière. Le soleil rentra en grâce dans le château avec ma mère et moi. Je reçus comme nom complet : Rose Old Loveall. L'essentiel, c'était que la famille Loveall comptait un nouveau membre et voyait s'épanouir un nouveau Love Hall.

Le temps d'une vie s'est écoulé depuis. J'ai voyagé à travers le monde. En Grèce, j'ai embrassé les paupières d'un marin. Des shillings et des billets déchirés me sont passés par les mains. J'ai perdu des êtres aimés à la guerre. J'ai fini par renoncer à dire « faire les yeux doux » quand je voulais parler d'un regard amoureux – cependant, je trouve que l'absence de cette expression appauvrit la langue et je suis certain qu'elle reviendra en faveur. J'ai lu tous les livres de la bibliothèque d'Anonyma.

Jadis Love Hall ne recevait que peu de visiteurs, mais ce temps est révolu. Aujourd'hui je vis avec ma famille, mes amis et ma bibliothèque de souvenirs mourants. Après tout, et malgré tant d'obstacles, je suis moi. Alors que je lisais, on me fait maintenant la lecture. Alors que j'écrivais, je dicte ces mots. Point final.

2

Oublieuse de ce monde en pleine métamorphose, j'étais plongée dans une inconscience bienheureuse. Je gargouillais, je vagissais. Je bavais, peut-être. Au bout d'un moment, je dis un mot ou deux. Ma mère nota mon premier « maman » dans un carnet rouge qui constitue un registre aussi minutieux que répétitif de ma petite enfance. Je commençai à grandir, sous l'œil attentif de mes parents. Mon père veillait de son mieux à ce que tout soit parfait. Il nous accompagnait toujours, marchant souvent un pas devant nous afin de contrôler ma progression, de déjouer d'éventuels périls et de s'assurer que toute chute serait soigneusement amortie. Hamilton préparait le terrain et mon père, avec l'aide de Hood, faisait en sorte que je puisse m'ébattre librement. Assurée que d'autres se chargeaient de mon bonheur, ma mère se consacrait à mon éducation. Nous vivions dans ma chambre, la Maison de Poupée et la bibliothèque.

Mon premier souvenir se situe dans la bibliothèque : je suis assise sur un tapis au motif de roses, entourée d'une petite barrière blanche, aux pieds de ma mère en train de lire. Elle fredonne des chansons apaisantes, à mi-voix, et ses chaussures noires sans talon tapent légèrement la mesure sur le sol, à peu près comme les miens en cet instant même. J'entends le papier bruire doucement et je respire l'odeur des volumes empilés par terre, qui me dominent comme une tour de Babel.

Dès mes premières semaines, je vécus entourée de roses, dont le parfum précède mes souvenirs. On donna même mon nom à une nouvelle espèce de rose – non sans à-propos, puisque je fus moi-même nommée en l'honneur de celle que Sappho appelle la reine des fleurs. Je m'endormais sous une pluie de pétales qu'on répandait sur mon lit d'enfant.

Je me rappelle mon père pleurant pendant qu'il me parlait. Je m'en souviens distinctement car je sentais tomber sur moi les larmes coulant de ses yeux inquiets, aimants et interrogateurs. Je ne sais quel âge je pouvais avoir. Tout était absolument heureux. C'était la vie et j'y étais une nouvelle venue.

Pour le jour où je prononçai ma première phrase, Love Hall avait été aéré de fond en comble. On avait suspendu les tapis aux fenêtres, afin de les battre ou tout simplement de les laisser tomber pour les distribuer dans les différents cottages jouxtant le domaine. Certains domestiques s'étaient si bien faits au silence et aux manières respectueuses du deuil permanent qu'ils furent incapables de s'adapter à la *détente** et comptèrent parmi les premières victimes du grand nettoyage de printemps.

Love Hall avait besoin d'une atmosphère différente pour accueillir sa nouvelle habitante. Ce qui supposait une maisonnée moins nombreuse et plus efficace, sur le modèle européen. Hamilton avait justement travaillé à un tel projet, dans l'intimité de sa chambre, à seule fin de se distraire. Cette esquisse était restée dans le domaine de la spéculation désintéressée et du secret, car son père, Jacob, était réfractaire à toute transformation et Samuel était incapable de s'opposer à sa volonté. À présent, il pouvait exposer ses conclusions à Hood et à mon père.

La moitié exactement du personnel employé à Love Hall était inutile. Chaque élément fonctionnait à la perfection, comme un automate, et l'ensemble était d'une beauté indiscutable, mais à quoi servait-il ? Tous ces emplois n'étaient que des vestiges du passé, les symboles absurdes d'une situation privilégiée, un gaspillage éhonté de l'espace. Comme la réforme n'était pas entreprise pour des raisons d'économie, ceux qui se retrouveraient sans travail partiraient nantis d'une pension généreuse. Bon nombre d'entre eux continueraient de vivre dans leurs maisons aux alentours du domaine, et cela sans la charge d'un loyer. Ils prendraient mieux la nouvelle désagréable de leur licenciement en découvrant qu'ils pourraient vivre comme par le passé, délivrés de leur labeur et pourvus de meubles en provenance du château dont la splendeur incongrue détonnerait dans leurs salons minuscules. La séparation se ferait à l'amiable et, si nécessaire, aux frais des Loveall. Notre famille n'avait pas besoin d'ennemis.

D'un bout à l'autre du pays, des familles réduisaient leur train de vie afin d'équilibrer leurs comptes. Les motifs de mon père étaient entièrement différents : il ne voulait pas que je supporte comme lui le poids d'une tradition étouffante. Il n'était pas question que je suffoque dans l'atmosphère raréfiée d'un musée. J'aurais tous les plaisirs, mais sans les désavantages. C'est ainsi qu'encouragé par mon père, Hamilton entreprit sérieusement de moderniser le domaine.

Tous les porteurs d'eau furent immédiatement renvoyés avec une bonne pension. La moitié des valets de pied furent mis aux enchères, avec un grand succès car ils étaient célèbres pour leur prestance – ceux qui restèrent furent appelés par la suite les Nabots. Le personnel des cuisines put constater que les HaHa ne plaisantaient pas : les sous-cuisiniers furent mis à la porte et les sauciers réduits au strict nécessaire. Le dimanche suivant, le grand drapeau fut hissé et baissé à deux reprises – pour la dernière fois. Le vaste monde avait-il vraiment besoin de savoir que le Jeune Lord se trouvait chez lui sain et sauf ? N'était-il pas préférable au contraire qu'il l'ignore ? Et même si ce sémaphore se révélait indispensable, Love Hall ne pouvait-il pas se passer d'un domestique voué toute sa vie à hisser et baisser le drapeau ? Hamilton avait calculé que cette tâche pouvait se combiner avec seize autres afin de créer un emploi digne de ce nom. Le nouvel employé aurait même encore le temps d'allumer les bougies du premier étage à la nuit tombée.

Bien qu'il eût lui-même ordonné cette réforme, mon père fut pris de court par certains changements. Des détails inattendus l'emplissaient soudain d'une étrange tristesse. La dispersion de l'orchestre d'un bout à l'autre du pays et le retour du Kapellmeister à la cour de Prague, d'où il était venu, plongèrent mon père dans l'incertitude. Hamilton avait décidé de ne conserver qu'une Harmoniemusik plus mobile, consistant en quatre paires d'instruments à vent. Mon père estima que c'était une erreur. Cependant tous ses doutes se dissipèrent quand cette formation réduite l'accompagna lors d'un pique-nique et joua des arrangements d'opéras tandis qu'il me regardait faire mes premiers pas.

Il savait qu'il devait avoir la force d'aller jusqu'au bout de cette vision. Au lieu d'être tout entier dédié au souvenir de Dolores, le château s'organiserait en fonction de ma vie. Les objets rappelant sa sœur adorée furent retirés sans cérémonie. Seuls subsistèrent la Maison de Poupée et certains portraits, car ils pourraient se révéler utiles pour ma propre éducation. Mon père se considérait comme le passé, tandis que j'étais le présent et l'avenir. Il était décidé à m'assurer une protection sans faille – contre les dangers, contre les gens malveillants et même contre ceux qui ne pensaient pas à mal. Je serais entièrement à l'abri. Love Hall serait aménagé de façon que je traverse la vie dans le bien-être et la sécurité. Pour atteindre ce but, le Jeune Lord fit montre d'une énergie insoupçonnée.

Je n'étais qu'un bébé, en sûreté dans les bras de ma mère, mais déjà il faisait des projets pour moi. Il soumettait à ma mère ses propositions concernant mon instruction. Quand j'aurais atteint tel âge, elle devrait commencer mon éducation musicale. Un an plus tard, il me donnerait des leçons d'étiquette et de maintien. Les langues et la littérature seraient évidemment du ressort de ma mère, étant entendu qu'à seize ans je partirais faire avec elle un *Grand Tour** en Europe. Non, non, il ne se joindrait pas à nous. Sa santé ne résisterait pas à un tel voyage. Toutefois il ne permettrait pas que mon monde se réduise comme le sien au seul domaine de Love Hall. Je n'aurais pas la tentation de me représenter l'univers au-delà des grilles comme le paradis qu'il n'était pas. L'herbe serait toujours plus verte dans l'enceinte du château, mais je pourrais m'en rendre compte par moi-même car le vaste monde me serait ouvert. Le jour où mon père aurait la certitude que je serais prête, j'aurais le droit de partir à sa découverte.

Ma mère partageait son enthousiasme pour cette maisonnée allégée. Elle remarqua que cette transformation insufflait une vie nouvelle non seulement à la vieille demeure mais à son maître. Ils semblaient tous deux rajeunir. Love Hall, et tout ce qu'il abritait, s'améliorait à vue d'œil.

Cependant, certains employés n'appréciaient pas ces changements et n'avaient plus envie de travailler. Hamilton savait parfaitement qui ils étaient et Hood se fit un plaisir de leur montrer la porte. Personne ne serait autorisé à empoisonner la nouvelle ambiance. Ou du moins : presque personne.

Parmi ces vers dans le fruit, le plus évident était Anstace Crouch. Elle comptait parmi les influences pernicieuses, lesquelles étaient encore très rares à cette époque. Bien qu'elle fût généralement respectée, elle inspirait surtout une antipathie universelle. Anstace n'avait jamais désiré une vie de théâtre, passée à jouer les habilleuses pour une vieille actrice déchue, de sorte qu'elle fut heureuse de voir mourir sa tortionnaire. Elle avait regardé le visage de sa maîtresse à l'agonie devenir si rouge qu'il finit par ressembler à la face toute plissée du bébé. Elle avait songé brièvement à la secourir puis y avait renoncé, par plaisir autant que par respect.

La *grande dame** lui avait pourtant légué quelques-unes de ses pires habitudes, en particulier la passion d'être écoutée et obéie. Crouch commença à assouvir ce besoin dévorant durant les derniers jours de sa maîtresse, alors que sa présence devenue indispensable semblait lui donner le droit d'exercer tout le pouvoir dont disposait la vieille douairière. Après sa mort, cette soif de pouvoir se révéla plus insatiable que jamais.

Anstace estimait que le temps était venu pour elle de gravir les échelons. Elle ne possédait qu'une unique qualification : comme la nourrice de l'histoire d'Iphis, dans mes chères *Métamorphoses*, elle connaissait le secret de mon sexe. Bien plus, elle savait que je n'étais pas en fait l'enfant de mes parents supposés. Elle pouvait garder le silence aussi bien qu'une autre, n'est-ce pas ? Il était bien naturel que les Loveall assurent sa subsistance. Il lui semblait que les événements avaient prouvé qu'elle était digne de n'importe quel emploi de son choix, mais elle n'en convoitait vraiment qu'un seul : le poste d'intendante.

L'impopulaire Mrs Gregory avait été congédiée peu après la mort de lady Loveall. Décidée à réaliser enfin son rêve, Anstace se lança dans la comédie d'une candidature officielle dont la réussite lui paraissait aller de soi.

Hood et Hamilton, toujours prudents, avaient résolu avec l'accord de mes parents de conserver Anstace dans l'emploi qu'elle préférerait et pour un salaire des plus confortables. Étant donné son caractère avide, cette solution devait sans aucun doute la satisfaire. En revanche, ils jugeaient également de la plus haute importance d'occuper eux-mêmes des positions aussi rapprochées que possible. À cette fin, il était déjà prévu qu'Angelica, l'épouse d'Hamilton, serait choisie comme intendante. Du reste, ils craignaient qu'Anstace, étant issue de l'ancien régime, ne se révèle une ennemie acharnée de l'ordre nouveau qu'ils entendaient établir. Elle fut donc informée que sa candidature était rejetée catégoriquement.

Cet échec la prit de court. Hamilton répondit par des excuses à ses accusations inconvenantes. Il lui expliqua courtoisement que cette décision était sans appel : bien avant la mort de lady Loveall, le Jeune Lord avait émis le désir qu'Angelica devienne la future intendante. Il assura Anstace qu'on pourvoirait à ses besoins financiers et que toutes ses autres exigences seraient satisfaites. La menace de révélations intempestives subsistait, mais Hamilton était certain que l'argent finirait par apaiser l'ambitieuse désappointée. La suite sembla lui donner raison : peu à peu, Anstace changea. Elle devint une sorte de mystère vivant, une incarnation du silence, obstinée dans sa sauvagerie nouvelle. Bien qu'on lui eût offert à plusieurs reprises d'autres situations tentantes au sein de la famille Loveall, elle demeura de marbre et choisit de rester à Love Hall.

C'est ainsi qu'Anstace fut autorisée à présider la table des domestiques, telle une figure de proue ou un sphinx occupé à nous surveiller. Les gens de l'office avaient cru d'abord qu'elle ferait partie des HaHa, mais cette opportunité lui avait échappé. Le A qui lui revenait correspondit finalement à l'initiale de sa rivale. Tous étaient soulagés : Hood, Anonyma, Hamilton, Angelica. La position d'Anstace à Love Hall était désormais purement honorifique et justifiée par la nécessité.

Aujourd'hui encore, les domestiques appellent toute coterie dirigeant la maisonnée les HaHa. Certains y ont vu une insolence, mais j'aime bien l'effronterie inséparable de tout sigle de ce genre. C'est un manque de respect qui révèle beaucoup d'affection.

Cependant, Anstace n'était pas la seule source de problèmes. Même à l'époque, le monde extérieur se montrait envahissant. Hamilton, Hood et mon père avaient une règle d'or : se méfier de la famille.

La parentèle. Regroupée en trois branches.

(J'espère que ce volume inclut un arbre généalogique. J'ai essayé d'en dessiner un, mais c'est beaucoup moins simple que je ne le pensais et je manque toujours d'espace sur la gauche. Je sais qu'Hamilton a été plus habile que moi. Peut-être son œuvre se trouve-t-elle en tête de ce livre. Je me demande si je le saurai un jour.)

Je les imagine, les yeux fixés sur mon berceau, me cachant entièrement le soleil. Je n'aperçois que des visages et de la poudre tandis qu'ils se pressent vers moi, se battent pour mieux voir, au risque de m'étouffer. En réalité, cependant, ils n'auraient jamais été invités ensemble. Les Osbern et les deux branches de la famille Rakeleigh étaient libres de comploter contre Love Hall, mais il était hors de question de les laisser unir leurs forces dans le château lui-même.

Les « éloignés » ne pouvaient être tenus éternellement à distance de Love Hall ou de ma personne. Toutefois, il était dans notre intérêt qu'ils ne me voient qu'à l'occasion de présentations décidées par les Loveall, dans la lumière la plus flatteuse possible. La famille s'était rassemblée lors des funérailles de la douairière, mais la grossesse supposée de ma mère avait justifié son absence – et la mienne. Hood et Hamilton affrontèrent leurs réactions scandalisées à la lecture des bans durant l'office, tandis que mon père se frayait doucement un chemin dans la cohue comme si son voile le rendait invisible.

La famille dut se contenter des journaux pour profiter des festivités en l'honneur de ma naissance. Quelques mois plus tard, quand ils furent enfin conviés à Love Hall, ils découvrirent une réalité contrastant du tout au tout avec le passé. Devant les transformations du château, ils s'intéressèrent avec une passion redoublée à son avenir.

Le mariage de Geoffroy, bien que peu convenable, était parfaitement légal. Même si seule une cérémonie précipitée avait empêché sa fille d'être une bâtarde, elle n'en était pas moins bien vivante et promise, à moins d'un accident malheureux, à hériter de l'intégralité de l'immense fortune des Loveall. Désormais, ce serait moi, l'unique héritière, qui focaliserais leur attention. Toute l'énergie qu'ils avaient consacrée à lady Loveall, dans l'espoir qu'elle déshériterait son incapable de fils ou qu'il se contenterait de dépérir sans postérité, allait à présent avoir pour objet, avec une intensité redoublée, mon père et moi-même. Il ne leur restait plus qu'à s'extasier sur mon lit d'enfant, en guettant les premiers signes de démence, lesquels ne sauraient tarder chez une créature issue d'un tel père, ou à défaut en comptant les jours avant de pouvoir se lancer dans des propositions matrimoniales.

Comme on pouvait s'y attendre, les premiers à venir chez nous afin d'observer le nouveau paysage furent les Osbern, la famille d'Elizabeth, la tante de mon père, sœur du Bon Lord Loveall. Ma grand-mère avait toujours méprisé cette sotte arrogante, pour ne rien dire de son époux, Athelstan, un pauvre vieux nigaud qui avait dilapidé toute leur fortune. Ma mère, en tant que membre du personnel, n'avait jamais eu l'occasion d'examiner de si près cette branche de la famille, quoiqu'elle entendît lors de leur visite annuelle, du fond de la bibliothèque où elle travaillait, leurs chamailleries incessantes. Maintenant qu'elle était la maîtresse de maison, elle put les voir dans toute leur splendeur brutale, ainsi qu'en témoigne son journal.

Les premiers parents sont arrivés aujourd'hui *en masse**. Une étrange équipe. Voici la liste des personnages :

Athelstan et *Elizabeth Osbern*

Edwig Osbern, leur fils cadet (célibataire)

Edith Osbern, la veuve de l'aîné, et ses deux enfants : *Camilla* et *Esmond Osbern*

Edgar Osbern et *Nora Osbern-Smith-Stephenson* et leurs enfants : *Fidèle*, *Constant* et *Prudence*.

Je trouvai extrêmement regrettable que nos sièges fussent disposés comme si nous nous affrontions sur un champ de bataille. Nous leur présentâmes un véritable tableau vivant : « Une famille tendrement unie ». Geoffroy était assis à ma droite avec Rose, resplendissante dans sa robe de baptême blanche. Le Berceau, chef-d'œuvre de Whiting, trônait entre nous. C'était un étrange renversement de la Nativité – je ressemble un peu à Marie, je suppose (non, pas vous, Mary Day, mais celle à qui vous devez votre prénom !), et Geoffroy est aussi innocent que Joseph. Mais nos hôtes n'étaient ni des sages ni des bergers. Les seuls présents qu'ils apportaient devant la crèche étaient la jalousie, l'avidité et la haine. Les divers membres de la famille s'approchèrent et se mirent à scruter et tâter Rose en tous sens avec des cris d'admiration, sous les yeux inquiets de Geoffroy. Hood les dissuada de la soulever et finit par leur interdire tout contact avec autant de fermeté que de politesse.

Les doyens, Athelstan et son épouse Elizabeth, tous deux septuagénaires et d'une méchanceté étonnante, eurent peine à se résoudre à m'adresser la parole. Ils se plantèrent en face de moi, juste assez près pour cracher leur venin. Lui ressemblait hideusement à une pomme de terre rouge, ovale et bosselée. Sa femme évoquait plutôt une tige de rhubarbe, par son teint comme par son maintien. Elle rejetait en arrière sa tête allongée, d'un air guindé. Leur comportement était assurément fort convenable, et d'une grossièreté achevée.

Geoffroy était décidé à ne pas laisser sa défiance envers eux amoindrir les égards auxquels ils ont droit par leur rang dans la famille, mais soutenir une conversation est souvent au-dessus de ses forces, surtout dans ce genre de situations délicates. Il fit de vaillants efforts, cependant. Avec l'aide de Hood et le mien – du moins lorsqu'on consentait à m'écouter –, il joua fort bien son rôle d'hôte. Quant à celui de père enamouré, il n'eut guère de peine à le jouer tant il est fier de Rose.

Si seulement je pouvais me rappeler tout ce qu'ils ont dit…

— Oh ! s'exclama Elizabeth au milieu du vacarme général. Un orchestre de huit musiciens ! Quel effectif dérisoire. Et moi qui déteste les instruments à vent ! Où donc sont passés les violons ?

— Nous avions un orchestre complet, jadis, répliqua son époux d'un ton amer.

— Oui, du temps où nous pouvions nous le permettre. Mais il n'a aucun problème d'argent, *lui*, de sorte qu'il est tout bonnement inexcusable.

Elle tint ces propos en nous regardant d'un air impérieux. Elle louchait, bien que je sois certaine qu'elle voit parfaitement clair. Geoffroy réussit assez bien à faire comme s'il n'avait pas entendu, absorbé par ses jeux avec Rose. Je crus que sa tête allait entièrement disparaître dans le berceau, où il pourrait la garder à l'abri pour le restant de l'après-midi.

— Maintenant, le moindre violoneux serait au-dessus de nos moyens, déclara Athelstan en assenant un coup de canne à un enfant qui approchait. À moins qu'il ne daigne nous en offrir un.

De ses trois rejetons, deux seulement sont encore en vie : Edwig et Edgar, tous deux présents à la petite fête. Edwig, le cadet, est un viveur amusant qui doit avoir environ trente-cinq ans, quoiqu'il paraisse nettement plus âgé et soit manifestement un martyr de la goutte. Il ne cessait de me lorgner. L'aîné, Edgar, est un ecclésiastique horriblement ennuyeux, mais apparemment sincère, marié à la diablesse nommée Nora – nous y reviendrons plus tard – et pourvu de la progéniture la plus répugnante qu'on puisse imaginer : Fidèle, Constant et Prudence. Geoffroy les a surnommés Idolâtre, Égoïsme et Impudence. Ces trois terreurs galopaient à travers le château en criant et en cassant ce qui leur tombait sous la main. La petite dernière finit par poser une feuille de papier sur le visage de Rose *dans son berceau*, pendant que son second frère détournait l'attention de mon mari. Lorsqu'il s'en aperçut, Geoffroy poussa un cri d'horreur d'une intensité étonnante et Hood se hâta d'intervenir. La fillette, une beauté de sept ans aux yeux vifs et orgueilleux – elle tenta de soutenir mon regard mais n'y parvint pas –, prétendit qu'elle avait seulement voulu voir « le papier monter et descendre ». Constatant qu'aucun membre de sa famille ne lui demandait de présenter des excuses, Prudence ajouta que c'était « si mignon ». Quant à Rose, on l'emmena immédiatement hors de la pièce.

Il y avait également une femme sans nom, apparemment imprésentable, en grand uniforme de veuve. C'était l'épouse du fils disparu, Edred. Les sœurs avaient épousé les frères. La malheureuse s'appelle en fait Edith et est la sœur de Nora. Elle paraissait si vide qu'on avait l'impression que la mégère lui avait volé tout ce qu'elle pouvait avoir de caractère afin d'en faire usage pour elle-même. Elle prononça une phrase – deux au maximum –, en s'adressant exclusivement à l'homme d'Église.

Ses propres enfants étaient tous deux présents. Camilla, la fille, était une créature molle, un peu plus jeune que moi, qui ne pouvait se décider à regarder Geoffroy et ne savait comment s'occuper autrement. Elle resta assise à côté de sa mère, d'un air humble et doux. Peut-être s'attend-elle à faire de même pour le restant de ses jours. Son frère était un jeune homme d'un peu plus de vingt ans, nommé Esmond. Sarcastique, mal élevé mais beau garçon, il se tenait à distance, comme s'il était le seul de la famille à juger cette comédie ridicule. Malgré son jeune âge, il regardait les autres avec l'air d'en savoir plus long qu'eux et désirait manifestement faire comprendre qu'il était ici contre sa volonté.

Au cas où cette attitude le rendrait sympathique, car il s'agissait *effectivement* d'une comédie, je dois préciser qu'il ne l'était pas du tout. À un moment, j'ai rencontré ses yeux – il est presque impossible de ne pas regarder quelqu'un dont l'éventuelle attention vous inquiète. Il soutint mon regard un peu trop longtemps puis leva le menton et passa la main sur sa gorge comme pour la couper. Il détourna ses yeux d'un air négligent, en faisant ce geste qui n'était peut-être qu'une pure coïncidence, et je déglutis. J'avoue pourtant que j'avais la gorge terriblement sèche.

Et maintenant, le clou de la séance. Geoffroy m'avait mise en garde avant tout contre Nora, la grotesque épouse du pasteur. Ses sourcils noirs, suspendus sur son front comme des nuages menaçants, suffisaient à m'inciter à la prudence. J'ai lu quelque part que la mode nous invite à épaissir les sourcils à l'aide de *peaux de souris*. J'ose espérer que ces bêtes sont bien mortes, car en voyant l'épaisseur dernier cri des sourcils de Nora j'avais presque peur qu'ils ne finissent par s'animer soudainement et ne se mettent à trottiner parmi ses rides. Alors que les autres daignaient à peine m'adresser la parole, se concentrant sur leurs propres entretiens ou essayant d'attirer un instant l'attention de Geoffroy, cette femme qui doit être mon aînée d'une bonne dizaine d'années était incapable de se contrôler. Elle me donna son opinion sur ma toilette (« acceptable »), mon accent (« le nord de l'Angleterre ? »), mon apparence (« de jolis yeux mais un nez plébéien ») et mon mariage (« *encore* une jolie surprise »). Aussi orgueilleuse que Lucifer, elle m'assenait ces horreurs avec un sourire gracieux, comme si elle m'avait dit que j'étais une créature aussi ravissante qu'intelligente et une acquisition précieuse pour la famille. Hood s'efforçait de la ramener à sa place, loin de moi, mais elle n'avait pas l'intention d'abandonner son offensive. Quand il ne lui fut plus possible d'attaquer en personne, elle lança ses enfants sur moi, puis, en dernier recours, cet ivrogne d'Edwig. Ce dernier, quoiqu'il soit sans aucun doute un vieux débauché, paraissait relativement bienveillant. Son visage, aussi rouge qu'une orange sanguine qui aurait explosé, témoignait d'une existence passée au service de l'excès et du vice. Je le surpris en train de m'observer, mais alors que la plupart des hommes feignent l'indifférence quand ils sont pris sur le fait, il se montra d'une honnêteté désarmante. Au lieu de s'excuser, il se contenta de lever son verre dans ma direction en souriant et de déclarer d'une voix tonitruante à la veuve :

— La bibliothécaire a retrouvé sa silhouette remarquablement vite. Et quelle silhouette ! Espérons que la petite coquine tiendra de sa mère. Elle n'est vraiment pas mal. Ses dents sont magnifiques…

Au bout du compte, c'est encore la réflexion la plus gentille qu'aucun d'entre eux m'ait faite.

La veuve n'écoutait pas, du reste. Elle observait avec inquiétude Fidèle, son neveu, occupé à jouer avec un cordon de rideau avant de le nouer au cou d'une poupée qu'il abandonna à son sort après l'avoir pendue dans le vide. Elle était la seule à manifester quelque intérêt pour les enfants, mais aucun d'entre eux ne lui prêtait attention.

Il y avait tant à entendre et à observer que c'était une tâche presque impossible, un peu comme si l'on avait voulu voir *Macbeth* et *La Comédie des erreurs* joués simultanément sur la même scène par les mêmes acteurs. Elizabeth et Athelstan perdirent tout intérêt pour le spectacle quand la nouvelle héritière fut emmenée subrepticement. Geoffroy eut alors l'idée judicieuse de se déclarer absolument épuisé, ce qui marqua la fin des divertissements de l'après-midi.

Lorsqu'ils partirent, ils avaient l'air nettement moins imposants qu'à leur arrivée. Ils s'engouffrèrent dans des équipages miteux, tout en se chamaillant avec énergie. La voix de Nora, aussi stridente qu'un orgue de Barbarie, semblait encore retentir distinctement alors que sa voiture avait disparu au bout de l'allée.

Geoffroy – il y a si peu de temps que je l'appelle ainsi, quoique je commence à m'y accoutumer – poussa un soupir de soulagement et me fit une de ses charmantes révérences en disant :

— Félicitations, ma chère. Le pire est derrière nous.

Pauvre Geoffroy ! J'ai eu de la chance d'avoir été dispensée jusqu'alors de supporter ces gens.

Bien que ma mère l'ignorât à l'époque, cette première rencontre fut hantée d'un bout à l'autre par le défunt époux de la pauvre Edith : Edred Osbern. Sa présence était tangible, car même mort il exerçait une plus grande influence qu'Edgar et Edwig, ses frères.

Edred était le seul membre de la famille Osbern que ma grand-mère eût admiré : elle savait qu'à lui seul il aurait pu triompher de nous tous. Après avoir rejoint l'armée à dix-huit ans, il avait trouvé les conditions financières insuffisantes pour son goût. Il résolut alors de combattre pour quiconque lui assurerait un revenu plus en rapport avec sa valeur. La désagrégation de l'empire créé par son pays le remplit d'enthousiasme, car il y voyait l'occasion d'opportunités accrues pour sa carrière.

Entre deux engagements, il fit un mariage d'intérêt. Dans un effort désespéré pour restaurer un peu la fortune dilapidée des Osbern, Athelstan réussit un coup double : Edred épousa Edith Smith-Stephenson et Edgar la sœur de cette dernière. Ces deux unions, conclues en fonction de l'âge, se révélèrent désastreuses. Edith fut terrifiée par les manières brutales d'Edred, alors que Nora le trouvait d'une force fascinante. En revanche, Nora méprisait la piété et la faiblesse d'Edgar, qui finit au contraire par apparaître à Edith, exténuée par la peur et les mauvais traitements, comme sa seule planche de salut.

Il était inévitable qu'Edred et Nora deviennent alliés. Poussé par sa honte de voir sa famille déchue et par sa haine envers son épouse, ses enfants et son frère, il donna deux enfants à sa belle-sœur : Constant et Prudence. Tous les Osbern le révéraient, y compris Edgar, sa victime innocente, qui ignorait qu'il élevait deux jeunes coucous et que seul son fils, Fidèle, appartenait légitimement à sa couvée.

Edith s'était retrouvée veuve avec deux enfants, la pâle Camilla et le redoutable Esmond, en qui son père semblait revivre et sur lequel elle n'avait guère d'autorité. Elle n'avait plus d'autre plaisir que ses entretiens religieux avec Edgar. Il lui fallait pour cela affronter sa terrible sœur, mais elle était prête à supporter même cette épreuve pour pouvoir entendre les sermons inspirants d'Edgar. À ses yeux, c'était le meilleur des hommes, doux, gentil et craignant Dieu. S'ils en avaient eu les moyens, ils auraient déjà trouvé le bonheur ensemble. On ne leur ménageait pas les plaisanteries cruelles à ce sujet. Ils les supportaient avec une charité toute chrétienne et ne ripostaient pas, en victimes résignées d'une puissance maligne.

Nora, elle, n'était victime que de sa propre méchanceté. Son amertume la rongeait encore plus cruellement depuis qu'Edred était mort, un an plus tôt. S'il était évident que son mari ne ressemblerait jamais au défunt, elle se disait qu'un de ses enfants pourrait prendre la suite de ce modèle parfait. Edred restait la lumière qui la guidait. Ensemble, ils avaient dédié leur existence à un but glorieux : rendre à la famille Osbern la place illustre qu'elle occupait dans le passé. Elle poursuivrait cette œuvre pour l'éternité. Pour l'heure, cependant, elle se consacrait à une tâche qu'Edred aurait sans doute trouvée moins exaltante : elle voulait savoir si Esmond avait hérité de quelques-unes des belles qualités de son père. Elle sentait son cœur se serrer à cette seule pensée.

Le journal de ma mère conclut son récit de cette visite par un cri de défi : « Maintenant, lointaine parenté des Loveall, laissez-nous en paix ! Vous n'obtiendrez rien de nous cette fois ! » Mais les HaHa savaient qu'ils ne tarderaient pas à revenir et qu'ils auraient eu le temps, dans l'intervalle, de réfléchir et de comploter.

J'appris à ramper parmi les volumes empilés, non sans déchirer d'innombrables robes aux genoux. Ma mère n'étant jamais plus heureuse qu'au milieu de ses livres, elle supposait qu'il en irait de même pour moi. Elle avait puisé dans leur lecture ses meilleures idées et, dans un sens, elle me considérait comme une de ces idées. Elle croyait m'avoir mise au monde en lisant – le verbe s'était fait chair –, de même que mon père était persuadé que j'étais le fruit de sa nostalgie : Rose, Dolores ressuscitée.

Tout ce dont j'avais besoin se trouvait à Love Hall. Mon monde se réduisait au château et à ses terres, et tout ce qu'ils contenaient était merveilleusement, délicieusement normal. En ces premières années de mon existence, les robes paraissaient aller de soi. Je ne connaissais rien d'autre. Que sait un – ou une – enfant, sinon ce qu'on lui dit ? Tandis que je progressais d'un pas chancelant dans mon enfance, j'entendais dire que tout allait à la perfection – et c'était la vérité.

Mes plaisirs étaient nombreux et je les devais avant tout aux petits Hamilton. Ils étaient mes meilleurs amis et jouaient, à leur façon, un rôle aussi important que celui de mes parents dans mon éducation. Aussi loin que remonte ma mémoire, ils étaient là. Leur influence sur moi et mon amour pour eux ne se sont jamais démentis. Tant que je vivrai, ils me manqueront. J'écris ces lignes entouré de souvenirs – des images, la boîte à déguisements, et même l'odeur du tabac que lui fumait imprégnant encore le vieux fauteuil. C'était vraiment un garçon en or.

Mais il ne faut pas sauter les étapes. Je dois essayer de les revoir tels qu'ils m'apparaissaient en ces lointaines années. À l'époque, ils étaient simplement Stephen et Sarah Hamilton, mes deux premières passions, mes camarades de classe et compagnons inséparables. Je les avais même vus plus tôt, dans la chapelle, avec leurs parents. Nous échangions des coups d'œil furtifs d'un banc à l'autre – nous étions si petits que nous avions peine à voir au-dessus de la rangée devant nous –, mais je ne savais pas exactement où ils passaient le reste de la journée. Dans mes souvenirs suivants, nous commencions à assister ensemble aux cours pour les petits que nous donne ma mère et j'avais l'impression de les avoir toujours connus. Assis dans la Maison de Poupée, nous imprimions le dessin d'une rose grâce à une pomme de terre incisée à l'aide d'un canif émoussé. Sarah, qui était légèrement plus âgée que moi, me montrait comment m'y prendre, comme si le monde n'avait pas de secrets pour elle.

— Stephen est encore trop petit, me dit-elle en confidence.

C'était exactement ce que ma mère avait déclaré quelques minutes plus tôt. Stephen était donc occupé à peindre, encore qu'il parût interloqué quand par hasard une tache de couleur atteignait la page – il préférait exercer son art sur ses mains, son visage et ses vêtements.

Les membres de la famille qui nous voyaient ensemble faisaient des commentaires désobligeants sur cette amitié peu convenable avec les enfants d'un employé – ils se conformaient ainsi à une vieille habitude des Loveall. Mon père lui-même avait grandi dans une telle solitude, à l'écart de tous ses semblables, qu'après avoir perdu Dolores il fut incapable de se sentir à l'aise dans une autre compagnie. C'était la faute de ses parents, et il entendait bien ne pas faire la même erreur avec moi.

Cela faisait des lustres que les Hamilton veillaient sur notre famille. La nouvelle génération devait perpétuer cette tradition. Dans ce contexte, on pouvait penser que la fille se chargerait des calculs tandis que le garçon ferait le gros du travail. Cette répartition des tâches paraissait évidente dès qu'on les rencontrait.

Sarah avait deux ans de plus que son frère. Elle avait hérité de l'esprit vif de son père et du sens pratique de sa mère. Nous portions les mêmes robes, mais alors que les miennes étaient dans les tons qu'affectionnait mon père – mauve, rose pâle, vert clair –, les parents de Sarah l'habillaient toujours en blanc, comme pour mettre en relief ses qualités. Ses cheveux blonds étaient fins et bouclés, sa peau d'une blancheur de lait. Une rougeur délicate colorait ses joues rondes, comme il se devait, et sa bouche évoquait un bouton de rose sur le point d'éclore. On aurait dit un ange d'une santé florissante. Avec le temps, sa chevelure fonça, mais sa peau ne perdit jamais la douce perfection de sa jeunesse : elle était la quintessence de la campagne anglaise. Même petite fille, du reste, son regard était d'une acuité redoutable. Elle perçait à jour les mensonges les plus élaborés. Je la considérais comme une sœur aînée, encouragée en cela par ses parents comme par les miens. Elle-même me témoignait souvent son affection en passant des heures sur mon lit à me faire des tresses ou à repriser avec moi des vêtements qui n'avaient aucun besoin de l'être.

Sarah avait un don naturel pour l'organisation. Elle savait planifier la moindre activité : une dînette de poupées ou, plus tard, un authentique goûter. Pour elle, la vie devait être arrangée à l'avance. Elle voulait en démêler les intrigues comme elle démêlait mes cheveux. Cette belle créature n'a jamais changé. Peut-être avait-elle un côté autoritaire, mais je ne m'en suis jamais aperçu dans mon enfance, peut-être parce que j'étais prête à obéir. Mon père ne me donnait jamais d'ordres. Il se penchait vers moi en silence et me scrutait avec des yeux suppliants, en s'efforçant de deviner si j'avais vraiment envie, au fond de mon cœur, de faire ce qu'il avait en tête. Seules ma mère et Sarah me donnaient des instructions. Et je les écoutais, car j'étais leur Rose bien-aimée.

Stephen, en revanche, était un garnement d'exactement mon âge. Nous avions la même taille et les mêmes cheveux bruns, mais alors que les miens flottaient autour de mon cou les siens étaient coupés ras. Cette coiffure était rendue nécessaire par sa propension à fourrer sa tête dans des endroits impossibles d'où il ressortait les cheveux englués de diverses substances dont seul un coup de ciseaux pouvait les débarrasser. En somme, un crâne tondu valait encore mieux qu'un hérissement de touffes inégales. Ses parents n'auraient jamais songé à l'habiller en blanc. Son mode de vie aurait été fatal à toute tenue immaculée.

C'était un vrai casse-cou. Il avait souvent des ennuis, mais jamais rien de grave. Après avoir escaladé des arbres, bien que ce fût interdit, il rentrait avec ses vêtements neufs lacérés par les ronces ou trempés par un plongeon accidentel. Il maculait de boue sans le vouloir les plus beaux tapis, sous mon regard rempli d'horreur, d'envie et d'admiration. On lui pardonnait toujours, pour la simple raison qu'il me divertissait. Il était mon bouffon maladroit, et les décombres qu'il laissait dans son sillage étaient les suites désastreuses mais indispensables de notre amusement.

Sarah et Stephen : mon ange et mon démon, ma bonne et ma mauvaise conscience. Sarah me murmurait à l'oreille :

— Ne fais pas ça, Rose !

Puis elle grondait son frère en l'enjoignant de ne pas m'entraîner à sa suite. Mais lui chuchotait dans mon autre oreille :

— Tu sais que tu en as envie. Cette occasion ne se représentera peut-être jamais !

Et moi, dans ma justice d'enfant, je m'efforçais de répartir équitablement mes décisions, de ne pas suivre Stephen plus souvent que je n'obéissais à Sarah. Malgré tout, j'avais un faible prononcé pour les jeux turbulents. Je nous revois tous les trois, moi en robe pastel, Sarah en blanc et Stephen vêtu de couleurs plus foncées. Comme Sarah n'aimait pas se salir, c'étaient toujours mes ourlets qui paraissaient les plus crottés.

Plus nous grandissions, plus Stephen m'incitait à des hauts faits acrobatiques déconseillés le plus souvent par sa sœur, laquelle savait mieux que moi ce qui me convenait. La vie m'apparaissait comme un drame permanent, rempli de fantaisie et d'imagination. J'étais incapable de résister à un nouvel acte de courage, à un dernier exploit héroïque. Stephen était le pirate, sa sœur la demoiselle à secourir – bien malgré elle, car elle ne partageait pas sa fougue inventive. Quoiqu'elle s'abstînt de toute participation, il jouait toute la scène autour d'elle. Comme un chien endormi qui ignore la main effleurant son oreille, Sarah se rendait à peine compte qu'un drame était en train de se jouer et encore moins qu'elle en était l'héroïne.

Bientôt, la spectatrice que j'étais fut promue actrice. Au début, j'étais l'enfant abandonnée que le chevalier (Stephen) devait arracher aux griffes de la sorcière cruelle mais somnolente (Sarah). Plus tard, je devins le joli mousse du pirate. Finalement, je fus celle qu'il devait combattre pour sauver Sarah, ou encore la voleuse de grands chemins qu'il affrontait vaillamment. Nous finissions invariablement par casser quelque chose et Stephen courait auprès de l'autorité concernée pour annoncer le désastre. À lui tout seul, il semblait détruire et remanier la décoration du château. Plus il grandissait, plus ses gestes étaient larges et les dégâts importants. Bien sûr, je ne voudrais pas vous donner l'impression qu'il n'y avait jamais de larmes, mais c'était rarement moi qui les versais. Nous écorchions nos genoux et nous nous chamaillions. Il nous arrivait même d'essuyer une réprimande prudente – ou du moins, je voyais les autres se faire réprimander. Je n'avais pas besoin d'une correction plus sévère.

Mère nous donnait des cours – une tâche qui était pour elle un plaisir. Mon père n'aurait jamais consenti à me laisser aller à l'école. Il lui semblait que Love Hall, si l'on s'y prenait bien, pourrait suffire à m'initier au vaste monde. Il fut donc enchanté que Stephen et Sarah se joignent à mes classes.

La Maison de Poupée devint l'École de Poupée. Nos trois pupitres étaient alignés les uns à côté des autres. Sarah était assise à ma droite, impeccablement redressée, prête à m'encourager à répondre correctement, tandis que sur ma gauche Stephen apparaissait plutôt relâché et désordonné. Bien entendu, Sarah était la meilleure élève. Elle avait les cahiers les mieux tenus, le crayon le mieux taillé et l'écriture la plus lisible. Elle saisissait tout de suite ce qu'on lui disait, car elle écoutait avec attention. J'étais davantage distraite, même si je ne me montrais jamais indocile, et Stephen était encore moins concentré que moi. J'entendais sur ma gauche une agitation étouffée. Du coin de l'œil, j'apercevais toujours une main en train de cacher quelque chose, de se livrer à une réparation quelconque ou de manier un compas dans la partie inférieure du pupitre – il s'en servait pour griffonner son propre nom, sans se rendre compte qu'il signait ainsi lui-même son méfait. Sur ma droite, en revanche, le calme et l'ordre régnaient sans partage.

C'est ainsi que se passaient nos journées. Nous suivions les cours de ma mère, auxquels mon père assistait fréquemment car il aimait me voir étudier. Et quand nous étions entre nous, nous jouions tous les trois. Il nous arrivait de rentrer littéralement dans quelqu'un, si bien qu'on nous recommandait de ne pas courir comme des fous dans les couloirs. J'étais un vrai garçon manqué, ce qui ne doit pas vous surprendre. On m'avait pourtant invitée avec insistance à ne pas manger de la boue, lancer des pommes sauvages ou arracher les croûtes de mes genoux. Mon père était particulièrement intraitable concernant l'escalade des arbres. Éduquée par ma mère, choyée par mon père, distraite par les enfants des employés, j'étais l'étoile incontestée de Love Hall.

Si les journées étaient remplies par l'école et le jeu, les soirées étaient différentes. Les Hamilton rentraient à Gatehouse Lodge, leur demeure. Cette maison ravissante, où j'écris maintenant, avait toujours été habitée par leur famille. Dans mon enfance, je la trouvais si douillette que je voulais y rester, même si je me demandais comment ils pouvaient aller et venir tous ensemble dans un espace aussi restreint. Aujourd'hui, il me semble inimaginable que quelqu'un puisse espérer remplir Love Hall.

Quand ils étaient partis pour la nuit, tout était très paisible, surtout du fait de l'absence de Stephen. Les soirées appartenaient aux seuls Loveall.

Bien des années plus tard, alors que j'avais seize ans, mon père tomba gravement malade. Son état était si critique qu'il m'était interdit de lui rendre visite. Tourmentée par l'idée qu'il puisse interpréter mon absence comme un manque d'affection, je lui écrivis une foule de lettres. Je les ai encore, nouées par une faveur rose, car ma mère les avait conservées. Pendant longtemps, je n'ai pu me résoudre à briser le sceau de cire avec lequel elle les avait cachetées. Je craignais que ces lettres ne réveillent de tristes souvenirs de cette séparation forcée. Quand je me décidai enfin à les lire, un passage me toucha particulièrement : j'y évoquais une de ces soirées que nous passions en famille durant mes premières semaines d'école. Mes souvenirs avaient pâli d'année en année, au point que j'avais l'impression que quelqu'un d'autre que moi avait vécu cette période de mon existence. À la lecture de cette évocation si précise, une émotion intense m'envahit – encore qu'il soit difficile de dire dans quelle mesure, en écrivant cette lettre, j'étais fidèle à mon souvenir ou si je n'exagérais pas, dans mon désir de faire plaisir à mon père et de l'amener doucement sur le chemin de la guérison.

Quand on a seize ans – ce qui est peut-être votre cas – quels souvenirs peut-on garder de sa cinquième année, comment s'assurer qu'ils soient exacts ? Et maintenant, qu'en reste-t-il ? Ce devait être encore plus malaisé pour moi à Love Hall, où les dates changeaient d'une saison à l'autre et où aucun calendrier scolaire strict ne fixait les événements dans la mémoire. Je me souviens pourtant de tout ce passé – ou du moins, je me souviens que je m'en souvenais. Je pourrais même calculer précisément la date, car c'est ce soir-là que mon père m'apprit quel âge j'avais.

Nous passions souvent la soirée dans la bibliothèque du rez-de-chaussée, où mes parents s'asseyaient l'un en face de l'autre au bureau en bois pâle d'Amboine. Par allusion à une plaisanterie échangée lors de leur première rencontre, mon père avait fait confectionner plusieurs meubles en bois d'Amboine en l'honneur de Maman. En cet instant même, j'écris à ce bureau dont les coins s'ornent de leurs initiales incrustées dans le bois. Elles sont entrelacées comme la rose et l'églantier :

Ailleurs dans le château, on trouve une variation sur le même thème :

Ces monogrammes attestaient l'égalité régnant entre mes parents. Nous prétendions aussi en riant qu'ils constituaient un talisman précieux pour éloigner les mauvais esprits de notre chère parentèle.

Dans cette bibliothèque du bas, le bureau se trouvait près d'une vitrine appelée « le musée », où mon père avait accumulé des souvenirs auxquels il tenait : ma première dent, dont ma mère affirmait qu'il la maniait comme une relique sacrée ; le camée monté en broche et représentant ma mère de profil ; le médaillon contenant le croquis miniature que j'avais fait de mes parents assis au bureau. Et comme cette pièce était colorée !

Les tissus des fauteuils étaient brillants, joyeux, enrichis de motifs divers et ornés des symboles de notre famille. Même les chenets portaient notre blason gravé dans leur métal.

Les murs de la pièce étaient couverts de livres. Ce ne fut qu'à un âge plus avancé que je découvris qu'il ne s'agissait que de reliures factices, de trompe-l'œil saisissants parmi lesquels j'étais incapable de distinguer les rares volumes authentiques. Il me fallut encore beaucoup plus de temps pour réaliser qu'en regardant de plus près, j'aurais constaté que leurs titres mêmes étaient autant de plaisanteries : *Gardez-vous d'emprunter comme de prêter* (un coffret de trois livres ne comprenant que les tomes I, III et VI), *Le Dos et son anatomie* ou encore *Le Chemin du monde* (un volume placé juste à côté de la poignée de la porte s'ouvrant dans l'un des rayonnages). Ce genre d'humour était typique de mon père. Quand les rideaux étaient tirés et que le feu ronflait dans la cheminée, nous jouissions tous trois de l'intimité la plus délicieuse.

Assise à mon bureau miniature, je levais les yeux et regardais mes parents se faisant face, les genoux rapprochés, les doigts entrelacés comme leurs initiales.

Ma mère lisait – j'ai oublié le titre du livre, mais nous savons quel genre de lecture elle affectionnait. Mon père était absorbé dans sa Rhodopédie, dont il avait trouvé l'idée dans un roman humoristique que Mère l'avait persuadé de lire – mais dans *Tristram Shandy*, le père ne parvient jamais à achever sa Tristrapédie car son fils grandit trop vite. Mon père n'avait pas l'intention de se laisser prendre de vitesse par moi, et il semblait consacrer toutes ses heures de veille à planifier mon apprentissage permanent.

Quant à moi, je recopiais une recette. Sarah avait voulu se lancer dans la confection de pain d'épice, mais la cuisinière s'était refusée à lui montrer comment faire. Ma mère avait donc déniché en secret pour moi une recette d'un des vieux livres de cuisine de la famille. Le seul problème, c'était que la recette était celle du

« pain d'espyce » et me semblait presque incompréhensible du fait de son orthographe fantaisiste : « prenez un quart de myel et le fetes bouillir puys l'escumez proprement ; prenez du safferan, pouldrez de poevre et versez le myel. » Ma mère m'expliqua qu'il s'agissait simplement d'une orthographe ancienne. Elle lut le texte à voix haute en le traduisant, et me suggéra d'en faire une copie au net pour Sarah. Cette tâche occupa toute mon attention. Presque tous les mots me semblaient bizarres, de sorte que je ne cessais de lui demander des éclaircissements.

Nous étions plongés dans un silence studieux, qui n'était troublé que par mes questions.

— Que sont les « geroffles », Maman ?

— Je croyais te l'avoir dit, Rose.

— Je ne m'en souviens plus.

— Ce sont les clous de girofle.

Silence.

— Et que sont les clous de girofle ?

Père éclata de rire tandis que ma mère me désignait du doigt mon dictionnaire. Puis on n'entendit plus que le bruit des pages tournées, le crépitement du feu, les commentaires à voix basse accompagnant la lecture et de temps en temps les questions que mes parents s'adressaient et que je n'écoutais jamais, car je ne les comprenais que rarement.

Ce fut mon père, contre toutes ses habitudes, qui rompit le silence.

— Pour un peu, j'allais oublier ! s'exclama-t-il d'un ton stupéfait.

— Quoi donc, mon cher ? s'enquit ma mère.

— J'allais... *oublier*, répéta-t-il avec incrédulité, incapable de trouver ses mots.

Il leva les yeux vers le plafond en secouant la tête et en lissant sa moustache entre le pouce et l'index.

— Geoffroy ?

— Excusez-moi. La date. C'est un jour à célébrer. Nous aurons droit à des Portugal cakes, les gâteaux des grandes occasions. Aujourd'hui est à marquer d'une pierre blanche dans la vie de Rose. Désormais, plus rien de mal ne peut lui arriver.

Je me souviens avoir dressé l'oreille, enchantée par ces perspectives prometteuses. Tout le monde était si heureux.

— Aujourd'hui, Rose, tu as exactement cinq ans et cent treize jours.

— C'est vrai, dit ma mère en souriant. Racontez à Rose.

Il perdit un instant son expression heureuse.

— Non, ma chère, je ne puis... Dites-le-lui, vous, Anonyma. Rose va s'asseoir ici.

Mon père me fit signe d'approcher, me souleva avec aisance et m'installa sur ses genoux. Il recula légèrement sa chaise et nous regardâmes ma mère qui posait soigneusement son livre sur la table.

Puis elle me raconta l'histoire de Dolores.

J'en avais déjà entendu parler, bien sûr, mais pour la première fois j'eus droit au récit de sa vie entière. J'étais au courant de la gouvernante miniature et des billes, mais j'ignorais l'épisode du château de cartes. Dolly n'avait jamais connu de fin. Cette fois, son existence s'achevait : cinq ans et cent treize jours après sa naissance. Au début, mon père esquissa un faible sourire. Mais au cours du récit, ses yeux se détournèrent de Maman pour se fixer sur le portrait au-dessus de la cheminée : le regard de défi de Dolly, ses genoux en sang, la pomme qu'elle offrait... Alors que l'histoire approchait manifestement de sa conclusion, il se pencha en avant et posa sa tête sur mes genoux. Ses boucles brunes effleurèrent ma jupe blanche, je les caressai et il se mit à pleurer. Je regardai ma mère, qui avait terminé son récit. Elle écarquilla les yeux comme pour m'inviter à dire quelque chose.

— Voyons, Père, murmurai-je. Dolores est en sécurité et moi aussi. Je suis votre Dolly, maintenant.

Il me prit dans ses bras et me serra contre lui.

Le lendemain matin, nous fîmes un pique-nique à proximité du mausolée. Il n'y avait que mon père, ma mère et moi, ainsi que Hood, notre petit orchestre et quelques domestiques. En chemin, je demandai une amande. Mon père s'exclama en riant :

— On ne peut pas commencer un pique-nique alors qu'on vient juste de quitter la maison, Rose. Tu es vraiment tout le portrait de Dolly !

On installa le tapis sur l'herbe épaisse. Tandis que les musiciens jouaient *Süsse Träume, Liebling,* Mère m'expliqua la devise de la famille et Père me traduisit l'inscription latine du mausolée : *Mortui Non Victi.* Et alors qu'il semblait que notre pique-nique ne pouvait être plus idyllique, Sarah arriva en courant avec du « pain d'espyce » encore tout chaud du four.

Après cette soirée, nous n'évoquâmes plus jamais Dolores de cette façon. J'entendais son nom passer dans la conversation, je la voyais dans les yeux de mon père, ou sur son portrait, mais nous n'avions plus besoin de parler d'elle.

Je ne m'étais encore jamais inquiétée des différences pouvant exister entre Sarah et moi. Il ne me semble même pas les avoir remarquées – si vraiment elles existaient. Partageant la même apparence, les mêmes vêtements, nous nous sentions de la même manière, elle et moi. N'étant pas d'un tempérament vaniteux ni angoissé, nous ne nous posions pas de questions sur nous-mêmes. Quand arriva le jour tant attendu où Stephen s'habilla enfin en garçon, nous accueillîmes par des rires et des applaudissements spontanés son entrée dans la Maison de Poupée, où il étrennait fièrement sa culotte noire toute neuve. C'était la confirmation de ce que nous savions déjà : nous étions des filles et Stephen était un garçon. Et nous savions que c'était normal. Tout était normal.

Nous suivions ensemble les cours de ma mère, de sorte que notre éducation progressait au même rythme. Toutefois, j'avais droit après l'école à des cours particuliers dont Sarah et Stephen étaient exclus. Je me souviens que dès cette époque, j'avais l'impression que les règles me concernant étaient plus complexes. J'attribuais ce fait à mon rang social supérieur : il me fallait apprendre des manières distinguées dont Sarah n'aurait pas l'usage, pour ne rien dire de Stephen. Après tout, je serais un jour la maîtresse de Love Hall.

L'intimité de ma chambre servait de cadre à ces séances où Mère m'enseignait le code de conduite auquel je devais me conformer. Elle ne me le présentait pas comme des lois à respecter ou des vérités à admirer, mais comme une simple question de bon sens. En vieillissant, il ne me vint pas à l'esprit de changer en rien, voire de remettre en cause, ces excellentes habitudes.

— Il ne faut jamais se déshabiller devant les autres, Rose, me disait-elle en me peignant devant ma coiffeuse munie d'un nécessaire à toilette complet.

— Il ne faut jamais se déshabiller devant les autres, répétais-je.

— Pourquoi ?

— Parce que ce n'est pas convenable, Maman.

— Et aussi ?

Elle me regardait avec son air de professeur, amusée mais non convaincue.

— Nous devons toujours couvrir nos corps autant que faire se peut.

— Pourquoi ?

Je ne m'en souvenais plus exactement, de sorte que je hasardais une supposition.

— Parce que ce n'est pas convenable ?

— Non, pour protéger... pour protéger notre peau...

— Pour protéger notre peau délicate des rayons du soleil ! lançais-je d'un ton triomphant.

— Bravo !

— Et il ne faut jamais faire la moindre toilette devant les autres, continuais-je enivrée de mon succès et prête à écouter une histoire pour m'endormir.

Elle avait conscience que je méritais une récompense, mais la leçon n'était pas encore tout à fait terminée.

— Pourquoi ne devons-nous jamais nous faire belles en public ?

— Parce qu'il est peu profitable d'étaler ainsi sa vanité.

Autant il était admis de se pomponner en privé – ma mère et moi le faisions souvent ensemble –, autant il était vulgaire de parler de ces choses, et plus encore de les livrer à la curiosité d'autrui. Cette fois, la leçon était finie et l'histoire pouvait commencer.

Nous avions coutume d'appeler certains livres des « sur le dos » car ils n'avaient pas d'illustrations, si bien que je pouvais rester couchée sur le dos pendant que ma mère les lisait, sans avoir à regarder les images par-dessus son épaule ou à poser le volume sur mes genoux. Tout en lisant, elle caressait mes cheveux, en ne s'interrompant que pour tourner les pages. Lentement, insensiblement, bercée par la voix de ma mère, je m'endormais malgré mon désir stupide de rester éveillée, comme si dormir était une honte et pourrait lui donner l'impression que je n'appréciais pas vraiment sa lecture.

Je me rappelle un épais volume bleu intitulé *La Galerie des femmes héroïques*, que j'étais censée trouver inspirant. Les chapitres évoquaient la contribution d'héroïnes célèbres à l'Histoire, et notamment aux guerres : Boadicée, Artémise, qui avait fait construire le Mausolée, et Jeanne d'Arc. Tandis que je suçais mon pouce, ma mère me chantait doucement la *Ballade de la Pucelle*.

Souvent, elle cessait tout à fait de lire, entraînée par le conte qu'elle-même était en train d'inventer. Le lendemain matin, je me souvenais d'un épisode merveilleux. Je le cherchais dans le livre mais n'y trouvais rien d'approchant. Pour elle, les livres n'étaient qu'un point de départ, si bien qu'une bonne partie des histoires que j'aimais n'ont jamais été écrites. J'essaie d'en transcrire certaines ici, afin qu'elles ne sombrent pas dans l'oubli.

Ma mère voulait insuffler de la vie dans tout ce qui m'entourait : Love Hall ne devait jamais devenir un musée poussiéreux. Elle voulait rendre le monde de l'art aussi réel que le monde qu'il décorait. Chaque tableau du château était enrichi par elle d'une histoire. Je ne sais pas dans quelle mesure ses récits étaient véridiques, mais ces toiles me paraissaient nouvelles après qu'elle me les avait expliquées.

La Grande Galerie abritait une peinture bucolique aux dimensions imposantes, représentant un étang magnifique où se déversaient les eaux d'une fontaine. Sur la gauche, toute petite par rapport au paysage et à l'étang lui-même, on apercevait une jeune femme si grasse qu'elle semblait avoir deux derrières, le second étant juché d'une manière effrontée sur le premier. Elle regardait un homme qui fuyait à l'autre bout du tableau, avec tant de précipitation qu'il semblait sur le point de sortir du cadre. Il venait manifestement de se baigner dans l'étang. Soit il était gêné d'être vu tout nu – c'était fort possible, car il avait transgressé deux, voire trois, des règles fondamentales édictées par ma mère –, soit il avait peur de la jeune femme. Je n'avais jamais fait vraiment attention à cette toile, sauf pour ricaner avec Stephen à la vue de l'extraordinaire double derrière de la dame, et je n'avais aucune idée de l'identité des deux personnages. En fait, cela m'était égal. Sans ma mère, je ne l'aurais peut-être jamais su.

Elle voulut m'apprendre comment le tableau était fait, avec quelles sortes de peintures, de pigments et de pinceaux. Plus important encore, elle m'expliqua quel épisode d'une histoire plus longue était dépeint sur cette toile. Alors que ces péripéties étaient sans doute présentées aux autres enfants comme des contes à dormir debout, elle me les raconta comme des faits réels. Dans ce cas particulier, mon jeune esprit fut troublé autant que séduit d'apprendre que la fontaine dont il était question existait bel et bien. Ma mère me montra son emplacement presque exact sur une carte, près d'Halicarnasse, patrie de l'héroïque Artémise, dans une contrée lointaine nommée Turquie – « la fière Turquie », comme l'appelait une chanson que nous connaissions. Elle m'indiqua ces détails avant même de raconter l'histoire. Quand elle commença son récit, j'eus l'impression qu'elle me rapportait des événements auxquels elle avait assisté en personne.

S'inspirant du carnet qu'elle avait devant elle, contenant une traduction inédite par Mary Day du passage en question des *Métamorphoses*, ainsi que de ses souvenirs d'autres traductions d'Ovide, sans compter ses embellissements personnels, elle me raconta que la jeune femme replète du tableau s'appelait Salmacis. Elle et ses sœurs protégeaient les étangs et les fontaines.

Un jour, elle surprit Hermaphrodite, le fils d'Hermès et d'Aphrodite, en train de se baigner dans la fontaine qui porte aujourd'hui le nom de la nymphe. Hermaphrodite la pria de lui pardonner. Mais dès qu'elle vit son visage, Salmacis tomba amoureuse de lui. Effrayé, l'éphèbe s'enfuit en courant. Elle le poursuivit, le rattrapa et le ramena de force dans la fontaine, en suppliant les dieux de ne plus jamais être séparée de lui. C'est alors, au milieu des éclaboussements d'eau et de la mêlée de leurs membres, qu'ils se fondirent en un corps unique. Ce corps nouveau n'avait qu'une paire de jambes et une paire de bras, une seule tête et un seul visage. Ils seraient ensemble à jamais.

Hermaphrodite maudit l'étang pour avoir uni dans le même corps un homme et une femme. De nos jours encore, me raconta ma mère, les hommes refusent de boire ou de se baigner dans les eaux de la fontaine Salmacis, de peur de subir un pareil sort. C'était une histoire « sur le dos » idéale : romantique, légendaire et même un peu effrayante.

Après une histoire de ce genre, ma mère espérait toujours que je m'étais endormie. Quelquefois, il me fallait lutter de toutes mes forces contre l'envie de fermer mes paupières et pour rester éveillée. Il arrivait cependant que l'histoire qu'elle racontait fût si dramatique qu'elle chassait toute velléité de sommeil. La première fois que j'entendis la légende d'Hermaphrodite, je refusai de m'endormir tant qu'elle ne l'eût pas racontée de nouveau. À mon réveil, le lendemain matin, je savais que la Grande Galerie abritait une peinture évoquant cet épisode fascinant, une peinture que je voyais avec des yeux nouveaux.

Quand je fus assez âgée, je commençai à lire pour mon propre compte. Mes lectures obéissaient à un rite bien particulier. Je m'allongeais à plat ventre sur le lit. Mon corps disparaissait sous les couvertures, mais le plus souvent mes pieds étaient à l'air libre. Quant à mon livre, je le posais par terre de manière à l'avoir sous les yeux. Du fait de cette habitude, je n'ai jamais pu dormir dans des lits trop élevés : il faut que le matelas soit juste assez bas pour que je puisse tourner les pages et lire commodément. C'est là une condition vitale pour ma technique personnelle de lecture.

Si la reliure était trop serrée, il n'était pas évident de garder le livre ouvert. (Journaux et revues sont donc idéaux dans ce contexte, mais j'étais davantage intéressée par les livres.) S'il ne faisait pas trop froid, je maintenais moi-même le livre, en regardant le sang refluer vers ma main jusqu'au moment où les veines de mon bras se détachaient en relief comme des branches. Je gardais mon autre main sous mon corps, à l'endroit le plus chaud à ma disposition. Quand il faisait froid, cependant, trop froid pour garder même mes pieds hors des couvertures, je maintenais les pages en posant doucement un objet sur le livre et ne sortais mes mains que pour tourner la page et rééquilibrer le volume, en un geste aussi leste que possible. Une fois de retour dans la chaleur de mon lit, j'essayais de deviner combien de temps j'allais réussir à faire durer la page avant de devoir à nouveau me risquer à l'extérieur. Je savais que ma mère aurait peu apprécié de me voir poser des livres par terre et les garder ouverts à l'aide d'une bague pesante ou même d'un autre volume. Je veillais donc à les placer sur un coussin, qui les rapprochait un peu de moi tout en leur offrant un splendide écrin cramoisi.

Je lisais le plus que je pouvais avant de me laisser glisser dans le sommeil, comme si je sombrais entre les couvertures du livre lui-même, avec une lenteur délicieuse. Je lisais et relisais la même phrase jusqu'au moment où les mots se mêlaient, se confondaient sous mes yeux, dans ma pensée, tandis que mes paupières se fermaient irrésistiblement. Je m'endormais dans la même position, pour me réveiller quelques minutes plus tard, le livre toujours ouvert sur le même passage, parfois à deux pages à peine de mon point de départ. Mes yeux s'ouvraient un instant puis se refermaient, vaincus. Je me reculais, me nichais enfin au creux des draps. Cette fois, je dormais.

3

La vie était un rêve.

Au temps où j'étais une heureuse petite fille, je dormais dans des draps de satin. Rien n'était plus merveilleux que de les écarter, de glisser mon corps entre eux. Toutefois, j'avais aussi en moi une sorte d'ascétisme ludique. En plein milieu de l'hiver, je ne dormais que sous une unique couverture et me réveillais au plus tard à l'aube, secouée de frissons. Je me faufilais alors sous les draps, dans le nid accueillant que j'avais réchauffé toute la nuit en affrontant l'air glacé. J'avais peine à endurer cette épreuve réfrigérante et j'ai toujours eu besoin de beaucoup de sommeil, mais la certitude de me retrouver plus tard bien au chaud rendait le froid non seulement désirable mais voluptueux. Je finissais inévitablement par savourer la chaleur réconfortante des draps, en regardant l'intérieur du baldaquin au-dessus de ma tête, orné de roses peintes et de héros mythologiques. J'étais au Ciel, je trônais sur l'Olympe.

Chaque matin, je m'éveillais avec le sentiment des possibilités dont regorgeaient la journée et ma propre personne. Et c'était vrai : chaque jour, à mon insu, je réinventais le monde. J'étais l'idée de ma mère et l'obsession de mon père. Le simple fait de rester couchée au lit après mon réveil me faisait tressaillir de bonheur. Même la pluie était délicieuse. Il me semblait qu'elle n'aurait pas osé tomber si je ne l'avais tant aimée, et que j'aurais pu en un tour de main faire cesser le vent.

Je ne me souviens pas d'avoir jamais éprouvé à l'époque cette sensation qui devait si souvent m'habiter par la suite, ce vide à l'instant de m'éveiller, cette peur devant la journée à venir, cette impression d'étrangeté, comme si j'étais une vivante imposture. Mon entourage me terrifiait, ma conscience recouvrée m'emplissait de tristesse. Peu à peu, j'arrivai à ce matin où je commençai à m'éveiller le souffle court, sans couverture pour me protéger du froid. Un long matin de quatre années.

Certains jours, on est encore si endormi en s'éveillant qu'on peut se laisser dériver de brefs sommeils en réveils éphémères, jusqu'au moment où l'on choisit d'ouvrir enfin les yeux pour de bon. On nage contre le courant du jour, on donne des coups de jambe pour repousser ses eaux, puis on se sent prêt à le laisser vous entraîner dans sa lumière. Il y a aussi des matins où le sommeil vous échappe malgré tous vos efforts. Les draps sont trop chauds, le lit trop froid et les rideaux jamais parfaitement clos.

Ces jours-ci, je m'éveille chaque matin avec étonnement.

J'avais peut-être cinq ans (c'étaient ces années de rêve où le soleil jouait avec la lune sur une bascule céleste), quand une troupe de saltimbanques fut invitée à Love Hall. Les jongleurs étaient amusants, mais ce furent les acrobates qui nous émerveillèrent, Sarah, Stephen et moi. Ils s'élancèrent en faisant la roue puis commencèrent une bascule – ce n'est plus une rareté de nos jours, je sais bien : un acrobate s'immobilisa à un bout de la piste, un autre posté en face bondit du haut des épaules d'un de ses camarades et atterrit à côté du premier avant de le catapulter à son tour sur un quatrième. Ils jonglaient *les uns avec les autres* – je n'avais jamais rien vu d'aussi incroyable. C'est à peu près le seul souvenir qui me reste de cette journée.

Du coup, nous ne rêvions plus que d'avoir une bascule. Mon père trouvait ce jeu beaucoup trop dangereux, mais à force de supplications ma mère finit par le convaincre d'accepter. Il posa pourtant comme condition expresse que je devrais rester assise au milieu, jamais aux extrémités. Il n'était pas question de faire des acrobaties.

Un modèle fait à la main arriva de la ville à l'arrière d'une voiture. À notre grande déception, il était en pièces détachées. Nous observâmes de ma chambre les deux ouvriers qui le montaient. La bascule paraissait énorme et ils n'en finissaient pas. Nous les maudissions chaque fois qu'ils s'accordaient un instant de repos.

Enfin, après un déjeuner qui nous sembla interminable, nous pûmes grimper sur la bascule : Stephen à un bout, Sarah à l'autre et moi au milieu, attachée à un petit siège où je me sentais comme une reine sur son trône. Je devais plutôt ressembler à un arbitre juché sur sa chaise haute pendant une partie de tennis. On nous surveillait certainement par une fenêtre et les Hamilton avaient été enjoints de ne pas me laisser m'asseoir aux extrémités, de sorte que je ne fus pas conviée à les remplacer. Stephen s'arrangeait pour atterrir si rudement que Sarah bondissait en l'air à l'autre bout avant de retomber lourdement. Plus elle criait « aïe ! », plus nous riions tout en basculant d'un côté à l'autre. Je regardais les jardins s'étendant sous mes yeux et entendais sous mon poids le bois craquer doucement. Il ne me venait pas à l'idée que j'aurais pu m'amuser davantage.

— Baaaaaascule ! hurlions-nous en chœur en improvisant des comptines.

— Nous devrions demander une balançoire, dit Stephen.

— Je n'en suis pas sûre, répliqua Sarah. Aïe !

— Et un manège ! continua Stephen.

— Je m'assiérai au milieu ! déclarai-je.

Et ils se basculèrent de plus belle. Stephen, à cheval sur la bascule, donnait des poussées impressionnantes chaque fois qu'il posait pied à terre, tandis que Sarah, assise en amazone, faisait de son mieux de son côté.

— Il faut que j'aille au petit coin ! annonça-t-elle soudain.

Aussi excité qu'elle, Stephen était en proie au même besoin urgent. Ils coururent chacun vers un buisson et je restai assise sur mon siège, légèrement étourdie. Depuis mon poste d'observation, je vis Sarah s'esquiver derrière un arbre afin de pouvoir s'accroupir et relever sa jupe à l'abri des regards. Quant à Stephen, il resta debout derrière une petite statue de Cupidon et déversa un jet généreux – j'aurais aimé pouvoir le voir –, chantant à tue-tête.

« Il y a le choix, pensai-je. C'est intéressant. » On m'avait toujours incitée à m'asseoir, sous prétexte que c'était plus convenable pour une dame, mais j'étais intriguée par la façon dont Stephen balançait son corps et chantait d'un air si heureux. Cela me donnait envie de vérifier si je ne préférerais pas moi aussi faire comme lui, et je ne voyais pas pourquoi je ne pourrais pas essayer.

— Tais-toi un peu, idiot ! Arrête de chanter ! lança Sarah.

Elle avait l'air terriblement concentrée. Je trouvais son attitude trop polie, alors que j'entrevoyais une liberté nouvelle dans la technique de Stephen. Un frisson d'excitation me parcourut. Il me semblait que toutes les filles avaient plus ou moins envie d'imiter les garçons – pourquoi Sarah faisait-elle exception à cette règle ? Il faudrait que je tire au net cette question.

Si jamais mon étonnement allait plus loin, je n'étais pas encore capable de l'exprimer clairement. Ce fut pourtant alors que je commençai mon enquête aussi lente qu'inconsciente, comme un détective s'acharnant à élucider un mystère avant même son apparition au grand jour, simplement parce qu'il a découvert un indice. Je ne m'inquiétais pas, je ne soupçonnais rien, mais je m'interrogeais. Tout est né de mon émoi ce jour-là devant mes deux camarades de jeu.

Les Osbern venaient toujours *en masse**, comme une nuée de mouches dévastatrices s'abattant sur le domaine. En revanche, l'autre branche de la famille se contentait de visites intermittentes. À la différence des Osbern, les Rakeleigh, nos parents du côté de ma grand-mère, n'avaient rien dilapidé. Leur union avec les Loveall avait marqué l'apogée de leur ascension sociale, et leur fortune, quoique modeste, était intacte. C'était une famille d'érudits et de juristes, professions qui s'étaient révélées lentement mais sûrement de plus en plus rentables. Ils n'avaient cessé de s'élever au cours du temps.

Par un après-midi plutôt couvert du plus long automne de mon enfance, lord William Rakeleigh, frère cadet d'Eleanor Loveall et doyen des oncles de mon père, se rendit à Love Hall lors d'une excursion loin de son université. Il avait consacré sa vie à l'étude des classiques, au point d'appeler ses deux fils Augustus et Julius. Des deux frères – qui n'échangeaient jamais un mot –, Julius était le plus dévoué, et c'étaient lui et sa famille qui accompagnaient son père.

De tous les « éloignés », les Rakeleigh (prononcez « Ray Kelly ») étaient les plus normaux dans leur apparence, leurs manières, leur ambition. Ils nous accordaient exactement l'attention qui convenait, ni plus ni moins, sans intrigues ou desseins secrets. Pour Julius, une telle visite n'était rien d'autre qu'une sortie bienvenue pour son père révéré. Ils venaient nous voir assez régulièrement, mais je me souviens avec une netteté particulière de ma première vraie rencontre avec eux.

Cette promenade était toute une affaire pour un homme aussi affaibli que lord William. Bien qu'il n'eût pas encore soixante-dix ans, il ne paraissait pas moins décrépit que notre tour gothique, à laquelle il semblait s'identifier. Son délabrement avait commencé des années plus tôt, à la mort de son épouse bien-aimée. Les humanités étaient sa religion, et Juvénal restait à ses yeux le plus contemporain de tous les poètes. Il chérissait ses rares visites à Love Hall, car il avait reconnu en ma mère un esprit de la même famille. Lorsque cette relique vivante entra dans la pièce, sa main gauche s'appuyait pesamment sur une canne et sa main droite sur Julius, ravi de son double rôle de béquille et de traducteur occasionnel.

Julius et mon père se lancèrent sur-le-champ dans une conversation aussi bégayante que bien intentionnée. Dans le genre, c'était le mieux qu'on pouvait attendre de Père. Le mari et la femme se ressemblaient extrêmement, comme s'ils sortaient du même nid. Tous deux étaient grands et maigres, avec de petits yeux brillants et des nez crochus, ce qui n'empêchait pas leurs visages de respirer la bonté. Ils étaient perchés sur leur chaise d'un air gauche, surtout Julius dont les longues jambes de héron semblaient s'emmêler. Son épouse s'intéressait moins à la conversation qu'à la conduite de ses enfants, qu'elle surveillait attentivement. Ce jour-là, du reste, elle n'aurait pas de problèmes avec eux puisqu'ils seraient suffisamment occupés par ma présence.

— Eh bien, où est cette jeune et vieille Rose ? s'écria le vieillard en grimaçant un sourire plutôt effrayant et en me cherchant du regard.

Il avait toujours une dent qui dépassait – jamais la même –, comme si sa dentition était trop à l'étroit sous sa lèvre supérieure. Je m'approchai pour faire une révérence devant lui, conformément aux instructions de mon père. Il traitait l'oncle William avec plus d'égards que tous ses autres parents, car c'était un passionné de livres et non de chasse à l'héritage.

— *Maxima debetur puero reverentia !* proclama le vieil homme.

Il semblait tout ragaillardi en me voyant. Peut-être aurait-il dansé une gigue s'il avait pu se débarrasser de sa canne et de son fils... Mon père applaudit doucement derrière moi, après avoir constaté que ma révérence était parfaite.

— Les enfants méritent le plus grand respect, traduisit Julius tandis que ses propres rejetons s'écartaient de lui pour mieux m'observer.

Ma mère éclata d'un rire poli. Son journal évoque cette rencontre avec plus d'acuité que ne le pourraient mes souvenirs confus.

> 6 juin 1826. Le vieil homme nous faisait face, confortablement installé dans le meilleur fauteuil.
>
> — Juvénal, m'informa Julius qui était chargé d'essayer d'intégrer son père dans les conversations. La citation sur les enfants…
>
> — Les *Juvenalia*, répliquai-je.
>
> Ma réponse éveilla l'attention de son père.
>
> — Les *Juvenalia* ! Vous avez donc étudié « le Scorpion d'Aquinum », madame ? s'exclama-t-il d'une voix plus jeune que son corps.
>
> — Oui, monsieur. Nous possédons dans la bibliothèque du château plusieurs éditions très anciennes que j'ai lues avec grand plaisir. Peut-être aimeriez-vous les voir ?
>
> Geoffroy posa doucement sa main sur la mienne.
>
> — J'en serais enchanté ! assura le vieil homme.
>
> Tout le monde s'était mis à sourire.
>
> — Si cela vous intéresse, nous avons également de belles éditions de l'œuvre de Mary Day, ajoutai-je.
>
> Il était rare de rencontrer quelqu'un susceptible de connaître ce nom.
>
> — La poétesse folle ? s'écria-t-il avec transport. Ce serait un plaisir !
>
> Ses petits pieds se mirent à marteler joyeusement le sol. Devant un tel enthousiasme, je décidai de ne pas le corriger quoique je déteste le mot « poétesse ».
>
> Il me demanda quelle était ma satire favorite. Avec un sourire, il déclara qu'il préférait la sixième – il savait que je savais qu'elle était *contre les femmes*.
>
> — J'aime mieux la huitième, lord William. À quoi sert un arbre généalogique ?
>
> Il me lança un coup d'œil pétillant de jeunesse.

— *Stemmata quid faciunt ?* En effet ! dit-il en regardant son fils dans les yeux. Comme c'est vrai, ma chère !

Après quoi il se lança dans une citation interminable que je prétendis reconnaître, quoique je n'en eusse pas compris un mot, afin d'éviter que Julius se sente obligé de la traduire à la cantonade. Le vieil homme lui-même sortit épuisé de cet effort, me semble-t-il.

Les deux enfants ont les yeux vifs et l'air curieux. Ils montèrent jouer à l'étage avec Rose. Julius en profita pour interroger mon époux sur l'éducation de notre fille. Il se demandait si elle pourrait devenir la « grande dame du pays » par la seule vertu de son nom, sans aucune intervention du monde extérieur. Sa sollicitude était sincère, mais elle ne fit qu'agiter Geoffroy, lequel garde presque constamment Rose sous les yeux et se méfie d'année en année davantage, si c'est possible, des influences du dehors. L'absence de Rose à cet instant accrut encore sa nervosité. Ne sachant que répondre, comme cela ne lui arrive que trop souvent en public, il me regarda dans l'espoir que je puisse l'aider, peut-être avec une nouvelle citation latine.

— Eh bien, dit Julius en toute innocence, il est heureux que vous ayez une grande famille. Vous savez qu'Augustus, moi-même et nos enfants sommes à votre disposition, cher cousin. Sans compter les autres Loveall. Je suis sûr que nous serions tous ravis d'accueillir Rose pour une saison, si jamais vous jugiez bénéfique pour cette enfant d'élargir son expérience du monde.

Son épouse lui sourit et le cher vieil érudit marmonna une épigramme latine quelconque, mais Geoffroy était horrifié par cette perspective et je sentis sa main glacée serrer convulsivement la mienne. Son pied se mit à taper le sol de plus en plus vite, au point que j'envisageai d'avancer le mien afin de l'arrêter. Julius était mortifié de le voir ainsi mécontent, mais son père, qui comprenait peut-être en partie les sentiments de Geoffroy, récita en scandant le rythme :

— *Sed quis custodiet ipsos custodes ?*

— Mais qui gardera les gardiens ? Votre oncle cite de nouveau Juvénal, dis-je en me tournant vers mon mari et en caressant sa main pour l'apaiser de mon mieux.

Il réussit à sourire et acquiesça gravement de la tête.

— C'est une des sentences favorites de mon père, déclara Julius avec soulagement.

Il avait craint de s'être montré désagréable sans le vouloir. Sa femme fit claquer sa langue en signe d'approbation.

— Anonyma sait tout ! s'exclama le vieux savant d'un air ravi.

Apparemment, personne ne l'avait autant diverti depuis la mort de son épouse. J'avais déjà rencontré Julius et Alice, et ils m'avaient paru très convenables. Je me souviens que la première fois, lady Alice m'avait tout de suite fait compliment de ma robe. Cela m'avait terriblement réconfortée ! Mais je crois que c'est cette rencontre avec le patriarche et toute la famille qui sera la plus bénéfique pour notre petit cercle. Nous pouvons avoir confiance en ces gens. Et leurs enfants me plaisent aussi. Je leur ai dit qu'ils seraient toujours bienvenus dans notre bibliothèque.

Tandis qu'on conversait tant bien que mal autour de nous et que le thé était servi puis desservi, nous autres, les enfants, nous nous observions mutuellement pardessus les soufflés aux pommes. Il était naturel que je leur parle, comme Mère m'y avait invitée, mais il m'était difficile de m'occuper des deux à la fois. Ils étaient vêtus avec élégance de tenues vertes assorties, bordées du même tartan. Victoria avait un an de plus que moi, Robert un an de moins. Après avoir échangé force révérences et courbettes, à l'instar des adultes, nous nous approchâmes de la fenêtre afin d'être moins surveillés et plus à l'aise.

Ils tournèrent autour de moi d'un air scrutateur. Moimême, je ne pus m'empêcher de les comparer avec Stephen et Sarah. Alors que Stephen était passablement débraillé, Robert apparaissait impeccable dans sa tunique luisante et constellée de boutons et son pantalon remontant quasiment jusqu'au menton. Autant Sarah faisait preuve d'une naïveté de petite fille, autant Victoria avait l'air avisé d'un garçon manqué – sa culotte dépassait sous sa jupe et ressemblait presque au pantalon de son frère. Les deux enfants me regardaient : que voyaient-ils ? Une petite fille élancée, vêtue d'une robe faite à la maison et portant ses cheveux « à la Madone », avec une raie soigneusement tracée et des anglaises des deux côtés du front.

Je me demandais comment ils trouvaient ma robe rose en soie de Lyon, que j'avais confectionnée en partie moi-même. J'en étais tellement fière, en particulier à cause de son col en dentelle blanche que Sarah et moi avions cousu. Victoria devait sûrement m'envier ! (Je ne me doutais pas que mes vêtements paraissaient certainement fort peu à la mode, surtout comparés à leurs tenues assorties. Ma mère avait toujours cru dans les vertus du modèle unique, et je n'en savais pas davantage.) J'étais grande pour mon âge, mais ma taille n'avait rien d'anormal et je n'étais pas un échalas. J'étais simplement plus grande que la plupart des autres enfants – plus, probablement, que mes deux cousins. On disait que je souriais sans cesse. En réalité, même si j'étais une enfant heureuse, ce sourire n'était rien de plus que le dessin naturel de mes lèvres. Et j'avais déjà à l'époque le menton creusé d'un petit sillon, un peu comme le pied de la coupe formée par ma bouche.

Moi qui m'étais toujours senti intimidée par les étrangers, je fus aussitôt assaillie de questions. Je n'avais encore jamais eu affaire à si forte partie, même à l'école. Et Sarah n'était pas là pour répondre à ma place.

— Quel nom devons-nous vous donner ? demanda Robert d'une voix aiguë de hibou.

— Rose.

— Ne devrions-nous pas vous appeler lady Love Jolie, ou quelque chose de ce genre ?

Je n'eus pas le temps de répondre.

— Vous avez de jolis yeux, dit Victoria.

— Merci. Ils sont verts, comme ceux de mon grand-père.

— Savez-vous comment fonctionnent les yeux ? s'enquit Robert. Moi, je le sais.

— Vous êtes très grande, non ? demanda Victoria d'un ton respectueux, comme si j'étais le clou d'une exposition itinérante.

Un monsieur était venu un jour au château pour exposer une collection de marbres, comprenant notamment *Le Petit Pêcheur de Naples*. En les voyant tourner autour de moi, main dans la main, je commençai à me sentir comme l'original de cette statue.

— Je ne sais pas. Je ne suis pas aussi grande que Stephen.

— Qui est Stephen ? lança Robert à l'instant même où sa sœur me demandait mon âge.

— J'ai cinq ans. C'est un ami.

J'aurais dû me sentir nerveuse, sous leurs regards inquisiteurs, mais je m'aperçus qu'ils me plaisaient. S'ils posaient tant de questions, c'était que tout les intéressait.

— Où est-il ?

— Ici. Sa famille travaille ici. Nous jouons ensemble.

— Oh, dit Victoria. Pouvons-nous jouer, nous aussi ?

Notre amitié était scellée.

Je fis une révérence et demandai, sur un ton cérémonieux qui enchanta les Rakeleigh, si nous pouvions aller jouer à l'étage. Mon père haussa les sourcils d'un air dubitatif, mais son expression passa inaperçue dans l'enthousiasme général. En m'accompagnant hors du salon, ma mère me rappela à voix basse que je représentais la famille et le château et devais donc me comporter en hôtesse parfaite. Je savais qu'elle essayait de me communiquer un message à demi-mot, mais je n'étais pas sûre de comprendre lequel. Il me semblait vaguement qu'une parfaite hôtesse ne se ruerait pas sur ses invités avec Stephen pour les ligoter en tant qu'otages des pirates, de sorte que je décidai de les emmener dans la Maison de Poupée. Je leur montrai des boîtes de cubes et quelques-uns de nos plus beaux jouets, mais les poupées eurent vite fait d'épuiser leurs attraits – Victoria ne s'y intéressait que médiocrement et Robert ne songeait qu'à vérifier qu'elles étaient en bon état de marche. Tous deux semblaient avoir surtout envie de poser d'autres questions et d'explorer les lieux à leur guise. L'histoire du château semblait les fasciner. Ils me demandaient des précisions sur tout ce qu'ils voyaient – à quoi cela servait, pourquoi nous possédions tel ou tel objet.

Même s'ils me plaisaient, je les trouvais un peu raides et guindés en comparaison de Stephen et Sarah. Je me rendis compte qu'ils se conduisaient exactement comme il convenait quand on était en visite chez des étrangers, et résolus de les imiter si jamais je me trouvais un jour dans une telle situation – ce qui me paraissait à vrai dire assez peu vraisemblable.

Robert s'efforça de démonter la façade de la Maison de Poupée, en m'assurant qu'il pourrait la rendre plus facile à ouvrir. L'apparition de ma mère, venue jeter un coup d'œil, mit fin à cette tentative de bricolage. Après qu'elle nous eut quittés, satisfaite des progrès de notre amitié, il entreprit d'ajuster le balancier de l'horloge de grand-père : c'était plus fort que lui. Pendant ce temps, sa sœur regardait le paysage par les fenêtres et m'interrogeait sur ce qu'on voyait au loin – et dont je ne savais en fait presque rien. Les poupées l'avaient laissée absolument indifférente et elle ne semblait pas non plus du genre à improviser des jeux comme ceux que Stephen et moi affectionnions. Je tâchai de lui expliquer en quoi ils consistaient.

— Pourquoi faites-vous ça ? demanda Victoria.

— Auriez-vous une alène ? demanda Robert.

Je n'avais assurément jamais rencontré des gens posant autant de questions. Je leur répondais de mon mieux. Quand le château avait-il été construit ? Il y avait bien longtemps. Pourquoi ne faisions-nous pas réparer la tour délabrée qui plaisait tant à leur grand-père ? Mon père l'avait fait construire ainsi. Pourquoi ? Je l'ignorais. Préférerais-je avoir un frère ou une sœur ? Stephen et Sarah me tenaient lieu des deux. Que voulais-je devenir quand je serais grande ? Robert voulait faire carrière dans le Génie et Victoria rêvait d'être une exploratrice. Je déclarai que je voulais être moi-même. Avais-je déjà rencontré notre cousin Guy ? Non. Ils m'avertirent qu'il était abominable.

Lorsque je jugeai que nous avions passé suffisamment de temps à l'étage, je les ramenai en bas. En chemin, je leur parlai des tableaux que nous voyions – sans doute essayais-je maladroitement d'imiter ma mère. Je leur montrai les fesses dodues de la nymphe Salmacis, qui divertissaient tant Stephen, mais ils ne parurent pas aussi amusés que je l'avais escompté.

— Qu'est-ce que cela signifie ? demanda Victoria.

Elle s'était assise sur les marches, sa robe verte relevée en arrière si bien qu'on voyait sa culotte. Robert s'assit à son tour. Avec ses jambes et ses bras repliés, il avait l'air plus que jamais d'un hibou. Pour une fois, je me sentais vraiment en mesure de répondre. J'entrepris donc de leur raconter l'histoire :

— Elle, c'est une fille et lui, un garçon. Mais ensuite elle l'entraîne dans l'eau et ils deviennent une personne unique…

En prononçant ces mots, je réalisai que je n'avais pas tout à fait compris. Ces événements paraissaient évidents dans la bouche de ma mère, mais dans la mienne ils n'avaient plus du tout l'air convaincants.

— Comment ça ? demanda Robert.

— Ils n'ont qu'un corps.

Victoria n'en croyait pas ses oreilles.

— Avec deux têtes ?

— Que vous êtes bête. Avec une seule tête, bien sûr.

Je ris de sa sottise. Il était question d'un être magnifique, pas d'un monstre. Ils semblaient tous deux interloqués par cette histoire, comme si elle était un défi au bon sens. Et je commençais secrètement à leur donner raison. Pour la première fois de ma vie, j'éprouvai un sentiment qui me serait familier à l'avenir : celui d'essayer en vain de convaincre une personne de la réalité d'un fait qu'elle ne pouvait comprendre.

— Alors comment pouvez-vous dire qu'ils ne font qu'un ? demanda Robert.

Après avoir manifesté un intérêt si passionné pour la progression en douceur du monte-plats, il ne semblait que modérément amusé par ce qui m'apparaissait comme la grande attraction du château. Cela dit, sa question était pertinente.

— S'agit-il d'une tête de garçon ou de fille ? renchérit Victoria.

— Je l'ignore. Les deux à la fois. Comment savoir ?

— Il y a *quand même* une différence, observa Victoria.

J'étais une fille, évidemment. Cela au moins ne faisait aucun doute. Victoria était aussi une fille. Nous nous ressemblions, avec nos cheveux longs, nos vêtements à peu près semblables. Nos jupes ondoyantes contrastaient manifestement avec le pantalon moulant de Robert, qui laissait nettement mieux deviner la forme de son corps. Mais nos visages : étaient-ils différents ? Celui de Robert était un peu plus rond que le mien, mais pas celui de Stephen. Je regardai de nouveau le tableau en m'interrogeant. Il y avait aussi la question du petit coin. Stephen et Robert contre Sarah et Victoria : les garçons opposés aux filles. Je me mordis la joue et décidai de m'informer.

— Pouvez-vous faire pipi debout ? demandai-je à Victoria.

— Non, pas aux dernières nouvelles.

Elle semblait terriblement affirmative.

— Avez-vous jamais essayé ?

— Jamais, répondit-elle fermement.

— Comment quelqu'un peut-il être à la fois homme et femme ? demanda Robert.

Oui : comment ? Nous semblions séparés par si peu de choses qu'il était difficile de savoir précisément qui était qui... Il faudrait que j'approfondisse mon enquête.

Victoria se taisait, absorbée par ses pensées. Elle eut soudain un sourire mémorable – je le revois encore. Il me semble toujours que c'est l'expression qui s'impose lorsqu'on en vient à parler d'organes génitaux.

— Je sais comment, dit-elle en pouffant.

Et elle ajouta comme si tout devenait d'un seul coup absolument limpide :

— Comme quand on prend un bain.

Elle refusa de s'expliquer davantage, bien que Robert et moi n'eussions aucune idée de quoi elle parlait. Perplexes, nous abandonnâmes cette peinture troublante et retournâmes dans la Salle des Divertissements.

— Pourquoi ce cheval a-t-il une corne ? demanda Robert en passant devant une fenêtre.

Je commençais à en avoir assez de ne jamais savoir comment répondre correctement à leurs questions, aussi décidai-je de ne plus m'embarrasser de scrupules.

— Ce n'est pas un cheval, c'est une licorne.

— Les licornes existent vraiment ?

— Elle est venue d'Afrique en volant.

— Comment a-t-elle fait pour voler puisqu'elle n'a pas d'ailes ? intervint Victoria.

— La licorne était si heureuse ici que ses ailes ont fini par disparaître. Elle savait qu'elle n'en aurait plus besoin.

Improviser était bien agréable. Cela devint pour moi une habitude que je n'ai jamais réussi à perdre.

— Comment s'appelle-t-elle ?

— Dolores.

Le premier nom qui m'était passé par la tête...

Mon père nous accueillit comme si nous avions disparu depuis des jours. Julius demanda ce que nous avions fait de beau et Robert répondit :

— J'ai démonté la Maison de Poupée et nous avons vu Dolores. Nous avons aussi parlé de faire pipi.

Il sembla soudain que l'après-midi tirait à sa fin. Les parents des petits Rakeleigh virent dans ce récit une simple confirmation de la curiosité naturelle de leur progéniture, à laquelle ils étaient si bien accoutumés qu'elle ne pouvait plus les embarrasser. En revanche, mon père avait été sérieusement alarmé par les propos de Robert. Après s'être excusé hâtivement, il s'éclipsa et demeura invisible jusqu'au départ des invités.

Ma mère les raccompagna. Victoria, Robert et moi promîmes de nous écrire.

— J'espère que le malaise de lord Loveall ne durera pas, déclara Oncle Julius en partant. Et j'espère que Robert n'a pas abîmé la Maison de Poupée. Il aime tellement comprendre comment les choses fonctionnent.

Ces événements n'avaient guère retenu l'attention du vieil érudit. Il était surtout extrêmement impressionné par ma mère, qu'il s'était mis distraitement à appeler Margaret – ainsi se nommait son épouse regrettée. Au moment de partir, il se retourna et adressa un message mystérieux à sa nouvelle passion. Julius la regarda pour voir si elle avait compris. Elle acquiesça de la tête et nous fîmes toutes deux la révérence.

Dans son journal, elle écrivit qu'il l'avait appelée « le rêve d'un humaniste ». Et elle nota que c'était la première fois depuis quinze ans qu'un homme lui avait fait la cour.

Victoria me fit des signes joyeux pendant que leur voiture s'éloignait.

— T'es-tu montrée une hôtesse parfaite ? me demanda ma mère.

Pensant que c'était peut-être un piège, je répondis :

— J'ai été une femme hôte parfaite.

Une semaine après cette visite délicieuse, nous eûmes droit à celle de l'autre branche de la famille Rakeleigh. Si incroyable que cela puisse paraître, étant donné la concurrence, ces autres Rakeleigh étaient de loin les pires de nos parents. Augustus avait commencé à nous accabler de lettres dès ma naissance officielle, mais les

HaHa avaient réussi par miracle à le tenir à distance et je n'avais pas encore eu l'occasion de voir ce personnage. Il n'avait rien à voir avec son frère, en dehors du fait qu'ils étaient nés des mêmes géniteurs. Mon père le détestait tellement qu'il refusait de prononcer son nom et ajournait ses visites au moindre prétexte. Mais plus cette venue était différée, plus elle prenait finalement les apparences d'un désastre.

Cette fois, Augustus s'était contenté d'arriver sans prévenir. On me fit sortir en hâte du salon. Comprenant qu'il se passait quelque chose d'excitant et qu'on voulait me tenir à l'écart, je m'efforçai de déchiffrer le sens des grognements mécontents de l'autre côté du mur – en vain. Je me refusai même à jouer avec Stephen, comme si je savais qu'une force nouvelle et malfaisante avait fait son entrée dans ma vie. J'allais devoir m'en défier tout au long des années à venir… Pour l'heure, cependant, il me fut encore impossible de faire connaissance avec Augustus. Hood s'en débarrassa en déclarant que mon père se sentait trop mal pour recevoir des visiteurs et que ma mère se trouvait à son chevet. Il fut décidé de tenir une « réunion d'information » la semaine suivante. Et je devais figurer au programme.

Lors de cette seconde visite, Augustus était accompagné d'un certain Mr Thrips. Il s'avéra qu'il se déplaçait rarement sans ce personnage, qu'il présentait comme son « agent ». Les deux hommes formaient un duo sinistre. Augustus était un géant à l'aspect effrayant, avec un visage large, tanné et horriblement abîmé par la vérole. Il cachait les marques de la maladie – ou plutôt les mettait en valeur – à l'aide de petits morceaux de taffetas. L'effet était des plus malheureux, comme si Stephen avait bombardé son visage avec des boulettes en papier. Le géant se pencha vers moi, lorsque je fis ma révérence rituelle, et l'une de ces étranges mouches tomba par terre. Je tressaillis, horrifiée par le cratère s'ouvrant dessous. Je n'imaginais pas qu'un être humain pût être aussi énorme. Où que j'aille, je ne pourrais jamais échapper à son ombre. Je fus d'autant plus surprise par sa voix, flexible et insinuante comme un serpent.

Thrips fut la première personne de ma connaissance qu'il m'aurait paru inconcevable de toucher. C'était une créature vile, reptilienne, dont la stature aurait parfaitement convenu à la voix d'Augustus. Il se tenait voûté, comme emprisonné dans des vêtements trop étroits. Ses manches de chemise émergeaient toutes froissées de sa veste étriquée, et ses manchettes étaient maculées d'encre. D'après nos livres d'histoire naturelle, les serpents avaient la peau sèche, mais celle de Thrips paraissait moite même par les journées les plus froides. Il parlait d'un ton monocorde et bureaucratique, en écarquillant les yeux et en remuant à peine les lèvres, tel un pauvre ventriloque s'entraînant en attendant l'arrivée de sa marionnette. Toujours muni d'un registre qu'il consultait fréquemment, il semblait être une parodie monstrueuse de notre cher Hamilton.

August – il préférait qu'on l'appelle ainsi – et Thrips – auquel chacun, en dehors de son employeur, évitait d'adresser la parole – furent reçus dans la salle de réception. Hood resta près de mon père, tandis qu'Hamilton montait la garde à la porte. Les deux fidèles serviteurs assistaient toujours à ces rencontres délicates. Bien que les membres de ma famille fussent assis, aucun siège ne fut proposé aux intrus. L'« auguste » invité témoigna d'abord quelque impatience pour ce manque d'égard, mais il surprit ensuite tous les spectateurs en déclarant qu'il ne voulait pas retenir mes parents. À cette annonce, mon père poussa un soupir de soulagement, lequel se révéla malheureusement prématuré.

— Voici donc l'heureuse châtelaine ! s'exclama Augustus en regardant à la fois ma mère et moi. Mon cousin, je ne puis vous dire à quel point je suis ravi. Mon vénéré père, encore que je le voie rarement, m'a écrit pour me dire combien elle est délicieuse. J'ai compris alors combien j'étais impardonnable d'avoir négligé de faire plus ample connaissance. Par moments, il me semble presque que nous avons été séparés par les circonstances. Je serais si honoré d'amener mon épouse, la chère lady Caroline, et le jeune Guy, afin qu'ils la rencontrent.

Il frappa dans ses mains.

— Merci de votre enthousiasme ! Thrips, quand pouvons-nous venir ?

Sans même consulter son registre, Thrips assura que le samedi suivant conviendrait à toutes les parties intéressées.

— Samedi prochain, parfait. C'est entendu ! conclut Augustus.

Il semblait de plus en plus à mon père que l'esprit vengeur de sa mère renaissait dans cet homme – même si la douairière n'avait jamais aimé Augustus, peut-être parce qu'il lui ressemblait trop.

— Nous attendrons cette rencontre avec impatience, mon cousin ! Nous serons particulièrement ravis de voir dans quel endroit de cette magnifique demeure vous avez installé le portrait de notre famille que nous vous avons offert comme cadeau de mariage. Nous arriverons pour le thé, n'est-ce pas, Thrips ?

— Absolument, monsieur, confirma le reptile.

— Thrips réglera tous les détails avec votre laquais !

Augustus s'inclina abruptement, se retourna et sortit non sans adresser un clin d'œil à Hood. Il dévala le grand escalier, suivi à distance respectueuse par Thrips, lequel ne paraissait guère se soucier des détails à régler. Notre famille était restée silencieuse durant toute la visite et le resta jusqu'au moment où la porte d'entrée se referma brutalement.

Personne ne savait que dire. Un événement incroyable venait de se produire sous nos yeux. Mon père regarda Hood avec incrédulité.

— Je crains que nous n'ayons été joués, monsieur, dit le fidèle valet.

— Nous les avons vraiment invités ?

Mon père était éperdu.

— Non, mon cher, déclara ma mère. Ils se sont invités eux-mêmes. Ils se doutaient que nous ne ferions pas le premier pas. Il va falloir les recevoir, maintenant.

— Dois-je suspendre le tableau, monsieur ? demanda Hood d'une voix lugubre.

Ma mère intervint de nouveau.

— Non, Hood. Mais trouvez-moi cette toile. Je veillerai personnellement à son exposition. La visite se déroulera dans la Salle des Divertissements.

Le maître et le serviteur la regardèrent d'un air également horrifié, mais elle avait son idée.

— Nous allons leur faire une surprise. Ils n'ont pas encore gagné.

Hood et Hamilton refermèrent dans leur dos la porte à deux battants de la salle de réception. Dès qu'ils furent hors de vue, ils se mirent à chuchoter avec fureur en se demandant qui était le plus à blâmer dans cette épouvantable catastrophe. Mon père nous regarda en haussant les sourcils. Et nous éclatâmes de rire.

Le samedi suivant, nous vîmes arriver à l'heure du thé Augustus accompagné de son épouse, lady Caroline Odo, et de leur fils, Guy. Ma mère avait décidé de les traiter avec les plus grands égards. Augustus et Caroline semblèrent agréablement surpris par cet accueil, mais laissèrent entendre qu'ils étaient habitués aux marques de respect et les considéraient comme leur simple dû.

Lors de sa première visite, les mouches ornant le visage d'Augustus étaient noires. Toutefois, il les variait suivant les circonstances, et ce jour-là il arborait toutes les nuances dorées de l'automne. Caroline était une créature hommasse et trapue. Elle était d'origine suisse et parlait en grimaçant, avec un accent appuyé. Bien que leur fils eût deux ans de plus que moi, Augustus le fit asseoir à leurs pieds comme un petit chien. Sauf quand il mendiait complaisamment quelque friandise, personne ne faisait attention à ce « garçon-chien ». Il était habillé en noir de la tête aux pieds, ce qui aggravait l'effet de ses cheveux roux et de son épiderme terreux et constellé de boutons.

Assis, ces gens charmants ressemblaient à un monstre à trois têtes. L'une d'elles me fixait tandis que les deux autres détournaient l'attention de mes parents en faisant la conversation. Le garçon-chien reniflait d'un air méfiant, comme s'il avait flairé mon odeur à l'autre bout de la pièce. Je résolus de le regarder le moins possible. Thrips avait rejoint Hood à la porte et consultait régulièrement son registre d'un air obséquieux.

— Nous nous réjouissons tellement que vous ayez accepté notre invitation, dit ma mère. Nous avons passé un moment délicieux avec la famille de votre frère. Leurs enfants sont adorables.

— Oui, ce sont des gens agréables, concéda Augustus. Nous les voyons trop rarement.

Il était si grand qu'il louchait quasiment sur son nez pour nous voir, comme s'il nous ajustait dans sa ligne de mire. Sa femme lui arrivait à peine à l'épaule et il adressait habituellement ses remarques au chignon de lady Caroline.

— Trrop rrarement, répéta péniblement cette dernière.

Les « r » résistaient à toutes ses tentatives de naturalisation.

— Leurs enfants sont d'incorrigibles curieux, continua Augustus. Cela m'a frappé. Guy ne pose jamais de questions.

Guy garda le silence, mais fixa l'assistance d'un air passablement désœuvré en se grattant l'oreille.

— Mon père a-t-il encore toute sa tête ? Sa santé ne cause pas trop d'inquiétudes ?

— *Mens sana in corpore sano*, dit ma mère en souriant.

Augustus ignora cette remarque et préféra se tourner vers le chignon de son épouse.

— Ma chère, je crois que vous avez des questions pour lady Loveall.

Caroline était en train d'évaluer le contenu de la pièce d'un œil impitoyable. Cet inventaire semblait avoir quelque rapport avec le registre que Thrips ne cessait de consulter. Interrompue dans son manège, elle tourna vers nous un regard calculateur qui paraissait maintenant estimer la valeur de chacun d'entre nous.

Alors qu'elle allait prendre la parole, son fils fit mine de s'approcher de moi. Elle l'attrapa aussitôt au collet et le tira en arrière sans ménagement en lançant :

— Ici, Guy ! (Elle prononçait : « Güi ».)

Après quoi elle entreprit d'interroger ma mère sur la maisonnée d'un air entendu, comme si elle comptait emménager bientôt dans le château. Quand elle lui demanda si son nom bizarre ne serait pas grec – encore un mot qui lui résistait –, ma mère l'interrompit à son tour.

— Peut-être Guy… Güi… aurait envie d'aller jouer avec Rose.

Elle préféra ne pas choisir entre les deux prononciations de son nom, afin de ne vexer aucun des deux parents.

Je n'étais guère enthousiasmée par cette idée. Qu'allais-je faire avec le garçon-chien ? Lui lancer une balle ? Le regarder enterrer un os ? À mon grand étonnement, tout le monde fut d'accord, même mon père. Les seuls réfractaires étaient Guy et moi-même.

— Non. Pas avec une fille, lança-t-il.

Il s'exprimait avec le minimum de mots, comme s'il ne savait qu'aboyer des ordres à des domestiques.

Son père lui donna une claque derrière la tête.

— Ce n'est pas une fille, Guy. Il s'agit de la future lady Loveall et vous jouerez avec elle si nous vous disons de le faire.

Il scanda son discours de quelques tapes sur le crâne de son fils. Guy poussa un grognement.

— Hamilton, intervint ma mère. Auriez-vous l'obligeance d'aller chercher votre fils ? Ce serait un camarade de jeux plus approprié pour Guy. Peut-être pourraient-ils jouer ensemble tous les trois ? Nous savons tous que les garçons aiment être avec des garçons.

— Est-ce bien convenable ? demanda Augustus en toisant Hamilton avec dédain.

— Il me semble que oui. N'êtes-vous pas de mon avis, monsieur ? Stephen a pour ainsi dire grandi avec Rose. Ils s'amusent merveilleusement. On ne sait jamais quel nouveau jeu ils vont encore inventer.

Je remerciai mentalement Stephen. Et ma mère, qui finalement agissait au mieux. Quand Stephen arriva, resplendissant dans des vêtements si propres et lisses qu'ils donnaient l'impression d'avoir été repassés à même son corps, je commençai à soupçonner que toute cette affaire avait été arrangée d'avance. Augustus exhorta avec vigueur son fils à se montrer bon joueur. En quittant la pièce avec mes deux compagnons, je l'entendis changer de sujet :

— Et maintenant, à propos du tableau, nous serions si charmés…

Guy était une énigme pour nous. Il avait été élevé dans la croyance qu'il était supérieur à tout le monde, sauf ses parents, auxquels il n'était pas question qu'il se compare. À ses yeux, le monde se divisait en trois catégories : ses parents, lui-même et… le reste, à savoir les femmes, les serviteurs, les ouvriers et autres misérables menant ce genre d'existence avilissante. Persuadé que Stephen se sentirait honoré de frayer avec l'aristocratie, il se mit d'emblée à jouer au lord. En dehors de ses mauvaises manières, il nous apparut immédiatement que le garçon-chien n'avait rien d'amusant. En arrivant dans la salle de classe, je fus enchantée d'avoir Stephen comme garde du corps – ce ne devait pas être la dernière fois dans ma vie.

— Que fait-il, *celui-là* ? me demanda Guy avant toute chose.

Stephen se posta devant moi d'un air protecteur, de façon que notre hôte ne puisse s'approcher davantage. De toute façon, Guy s'intéressait plutôt au château, comme si ses parents l'avaient chargé de l'explorer aussi complètement que possible. Peut-être voulait-il repérer une partie du territoire pour lui-même.

— Cette pièce est sans intérêt, décréta-t-il. Où sont vos jouets ?

Je ne m'étais jamais préoccupée de l'intérêt de la salle de classe. Je me demandai s'il était incapable d'être plus précis. Son vocabulaire paraissait décidément très limité.

Stephen déclara que nous avions des poupées. Guy fit une grimace de dédain et nous demanda à quels jeux nous jouions. Stephen lui dit que nous les inventions au fur et à mesure.

— Quel ennui. Je ne peux pas les connaître, alors. Savez-vous jouer à cache-cache ?

Je regardai Stephen. Un jour, il était resté caché trois heures durant dans l'horloge de grand-père, dans le Baron's Hall, pendant que Sarah et moi le cherchions partout. Il ne fut découvert que lorsqu'on avisa son père que l'horloge n'avait pas sonné à quatre heures. Sans quoi, il n'aurait sans doute pas bougé de toute la soirée, préférant manquer le dîner plutôt que de se montrer. Une autre fois, nous le trouvâmes à moitié endormi derrière le chien, dans le chenil que ce dernier occupait dans l'arrière-cour. Le jeu de cache-cache était le divertissement secret du château, et Stephen en était le maître incontesté. Guy ne pouvait faire un plus mauvais choix.

Il commença par nous expliquer longuement les règles du jeu – comme si nous ne les connaissions pas ! – en insistant sur les coups permis ou non et sur la façon de désigner le vainqueur de la partie. Après quoi, il pointa son doigt vers Stephen :

— On y va. À vous de chercher !

Je me glissai sous le piano de la salle de musique, une cachette familière où Stephen eut tôt fait de me trouver. Je voulais qu'il me découvre, afin de chercher le garçon-chien avec lui. Malheureusement, nous n'eûmes aucun mal à le dénicher derrière les conduites d'eau chaude dans la pièce même d'où Stephen était parti. Le jeu avait duré en tout et pour tout trois minutes, dont une pour compter jusqu'à cent.

Ce fut ensuite mon tour de chercher. Je restai dans l'École de Poupée et fermai les yeux pour compter. En fait, je ne comptai pas. À mon grand soulagement, je découvris d'abord Stephen, dont le pied dépassait du sommet du baldaquin surmontant le Grand Lit.

— Bravo, s'exclama-t-il, je savais que tu me trouverais. Et lui, où s'est-il caché ?

Je n'y avais même pas songé.

— Je sais où le trouver.

Je suivis Stephen jusqu'à l'escalier et il me chuchota :

— Derrière l'armure. Vas-y, attrape-le.

Guy se mit en colère, comme si sa cachette avait été un coup de génie incomparable.

— Vous l'avez aidée ! cria-t-il d'un ton accusateur. Elle ne m'aurait jamais trouvé toute seule. Ce n'est qu'une fille !

Stephen me défendit avec conviction. Il n'hésita pas à mentir effrontément, en déclarant que j'étais capable de faire tout ce que les garçons faisaient. Mais Guy était hors de lui.

— J'ai gagné, proclama-t-il tandis que nous retournions à l'École de Poupée. Ma cachette était la meilleure. Maintenant, c'est mon tour de chercher. Je compterai deux fois, pour vous donner une chance de trouver un bon endroit. De toute façon, je vous découvrirai plus vite que vous ne m'avez découvert.

Nous étions décidés à faire durer la partie – le mieux serait encore qu'elle ne s'achève jamais. Lorsque Guy mit sa main devant ses yeux, Stephen lui cria :

— Ne regardez pas !

Puis il saisit ma main et nous détalâmes.

— Il va commencer à regarder avant même d'être arrivé à cinquante !

Je proposai que nous nous cachions ensemble. Je n'avais aucune envie de me retrouver seule avec Guy, et l'idée qu'il puisse me découvrir la première m'épouvantait.

— Sous ton lit ! s'exclama Stephen.

Nous laissâmes même la porte ouverte pour donner une chance au garçon-chien. Stephen se glissa sous le lit et m'attira à sa suite. Après avoir gigoté et pouffé tout notre saoul, nous observâmes un silence prudent.

Le sol était poussiéreux et imprégné d'une odeur huileuse. Sous ma main gauche, je sentis un livre – peut-être celui que j'avais vainement cherché. J'essayai de le ramasser malgré ma posture inconfortable, mais Stephen arrêta mon geste. M'attirant vers lui, il posa sa main sur ma bouche. Son souffle chaud chatouillait ma nuque et je me sentais en sécurité. Je recommençai à pouffer, mais il m'imposa silence de nouveau :

— Rose... chuchota-t-il dans mon oreille. Tais-toi ou il va nous trouver.

Cette perspective était horrible.

Nous entendîmes des pas se rapprocher dans notre direction. Ils s'arrêtaient puis reprenaient, tandis que Guy allait de porte en porte. Il finit par arriver à la nôtre. En voyant ses chaussures, nous retînmes notre respiration. Il se détourna et s'éloigna. J'exhalai avec soulagement et Stephen libéra ma bouche.

— Bien joué, dit-il à voix basse.

Il me relâcha. D'après les règles en vigueur à Love Hall, nous avions gagné. Le but implicite de la partie était de ne pas être découvert du premier coup, car celui qui cherchait était alors contraint de se lancer dans une quête aussi ardue que décourageante à travers le château. Nous étions donc victorieux et n'avions plus qu'à attendre que Guy revienne de son expédition infructueuse. Ensuite il nous trouverait et la partie serait terminée. Aujourd'hui, toutefois, il n'était pas question d'aider le malheureux explorateur. Nous restâmes donc sous le lit à chuchoter.

Enfin, nous entendîmes de nouveau ses pas. Ses chaussures apparurent sur le seuil et il s'avança en faisant craquer le parquet. S'immobilisant à côté de ma coiffeuse, il se mit à jouer avec les accessoires posés dessus – ma brosse à cheveux, mon collier. Je l'entendis renifler quelque chose. Soudain, il lança :

— Je sais où vous êtes, petite fille. Et je vais vous attraper.

Il parlait d'une voix métallique. Si j'avais été seule, j'aurais poussé un cri. Stephen me serra contre lui et mit de nouveau sa main sur ma bouche. Il me pressait contre son corps et, pour la première fois, je pris conscience que j'étais un peu plus grande que lui.

— Ce n'est plus la peine de vous cacher, sale petit monstre. Je sais où vous êtes. Et je sais aussi où est le garçon de ferme… Je l'ai enfermé dans un placard. Je ne vous dirai pas lequel tant que vous ne serez pas sortie. Si vous ne vous montrez pas, il mourra, car personne ne le trouvera. Je ne vais pas aller vous chercher, c'est à vous de venir. En attendant, je vais vous réciter un petit poème.

Il se tut un instant. Nous retenions notre souffle.

Guy déclama d'un ton grondeur :

— De ton observatoire on ne peut dire
Où la fille de l'arbre va tomber…

Stephen en avait assez entendu. Il agrippa la cheville de Guy, lequel rôdait autour du lit, et tira dessus avec force. Le garçon-chien s'effondra en poussant un hurlement. En nous voyant sortir de notre cachette, il nous considéra avec dégoût.

— Vous étiez cachés ensemble. Ce n'est pas du jeu. Tricheurs ! On n'a pas le droit d'agir ainsi.

Indifférent à cette diatribe, Stephen s'assit sur le ventre de Guy, en appuyant ses genoux sur les épaules de son adversaire, et le cloua au sol. Un peu en arrière, je le regardai avec fierté. Stephen était plus jeune que Guy, mais beaucoup plus fort que lui.

— Maintenant, vous allez lui présenter des excuses ! lança-t-il en empoignant la mâchoire de Guy pour essayer de le forcer à le regarder dans les yeux.

— Jamais. Lâchez-moi, idiot.

— Présentez des excuses !

Guy fit non de la tête.

— Très bien, dit Stephen.

Il me pria d'apporter les cordons des rideaux. Avec une aisance surprenante, il attacha Guy au châlit. Après quoi il m'invita à le suivre. Nous entendîmes le garçon-chien faire de vains efforts pour se libérer. Puis il nous implora d'une voix geignarde :

— Ne dites rien à mes parents...

Je pensais que nous allions retourner à la Salle des Divertissements, mais Stephen ne partit pas dans cette direction et je n'osai lui demander ce qu'il avait en tête. N'ayant d'autre choix que de lui faire confiance, je mis ma main dans la sienne tandis que nous descendions l'escalier.

Notre cachette n'avait pas été découverte du premier coup. Notre victoire ne faisait aucun doute. Maintenant, c'était à Stephen de conclure dignement cet exploit glorieux. Je n'imaginai pas un seul instant qu'il pût décevoir mon attente. Ensemble, nous nous dirigeâmes vers les chenils.

En chemin, nous longeâmes la Salle des Divertissements. Nous ne pûmes résister à la tentation de regarder à l'intérieur par la fenêtre pour épier les adultes. À cet instant précis, Anstace Crouch apparut à l'improviste sur le seuil. En la voyant s'avancer d'un pas agressif, j'eus l'horrible pressentiment qu'elle avait trouvé Guy attaché au lit et que nous allions avoir de terribles ennuis. Mais ce n'était pas cela.

— Ce bruit ! hurla-t-elle comme une furie galvanisée par l'ambiance solennelle. Ce bruit est insupportable ! J'étais au milieu de mes prières !

Elle devait se plaindre du bruit que nous avions fait en jouant à cache-cache, car autrement le château était silencieux. Avions-nous fait un tel tapage ? Je regardai Stephen, qui était aussi perplexe que moi. Nous ne pouvions nous arracher à cette scène bizarre.

— Crouch, comment pouvez-vous… ? s'exclama ma mère tandis que Hood empêchait la mégère d'approcher davantage.

— Hamilton ! cria-t-il. Où est l'intendante ?

Les Rakeleigh s'amusaient de cette démonstration de l'ambiance relâchée régnant à Love Hall, où une servante pouvait dicter sa loi à son maître. Mon père détourna les yeux et haussa les sourcils d'un air embarrassé, en pinçant les lèvres. Manifestement, Anstace avait perdu l'esprit, mais elle comptait bien se faire entendre. Je pressai mon visage contre la vitre froide afin de ne rien perdre de ce qu'elle allait dire.

— Un tel vacarme ! C'est plus qu'une chrétienne n'en peut supporter ! Surveillez vos enfants, messieurs !

Déchaînée, elle martela la poitrine de Hood avec ses poings osseux.

— Surveillez vos domestiques, plutôt, observa Thrips sans faire mine d'offrir son assistance.

— Ces *garçons* ! hurla-t-elle. Nous finirons par avoir des ennuis avec tous ces *garçons* !

— Sortez, madame ! siffla Hood entre ses dents. Cette affaire regarde le bureau de l'intendante, non la Salle des Divertissements.

Sur ces mots, il la souleva avec aisance et l'entraîna hors de la pièce. On entendit encore la mégère glapir :

— Quant à l'intendante…

Puis elle fut réduite au silence. Cependant, elle était parvenue à ses fins. Un silence gêné régna après son départ.

— Je suis désolée, dit enfin ma mère.

Sa voix était presque inaudible.

— Absolument, approuva mon père.

— Crouch ne s'est jamais remise de la mort de lady Loveall.

— Jamais, approuva de nouveau mon père.

Hood revint dans la pièce. Le problème était maintenant loin derrière la porte close.

— Je vous supplie de me pardonner, monsieur, madame.

— À votrre place, je m'en débarrasserais sur-le-champ, grasseya Caroline.

— C'est une relique du temps de ma mère, déclara mon père en guise d'excuse.

Mais les Rakeleigh restèrent de marbre.

— Cette vieille sorcière met son nez partout, pas vrai ? s'exclama Augustus en riant.

Il était toujours enchanté de voir les autres dans l'embarras.

— Elle a toujours été ainsi, poursuivit-il. Mais cette fois, elle semble avoir vraiment perdu la tête.

— Son sort sera réglé dès demain, assura ma mère d'un ton ferme pour clore le débat. Je suis désolée, Geoffroy, mais Augustus a raison. Nous devons la renvoyer.

— Soit, dit mon père en poussant un soupir.

Peut-être s'étonnait-il qu'elle puisse imaginer qu'il présente la moindre objection.

Nous ne pouvions courir plus longtemps le risque d'être surpris à la fenêtre. De toute façon, nous avions d'autres chats à fouetter et nous retournâmes à nos propres affaires. Sur l'instant, toutefois, l'esclandre d'Anstace Crouch me désorienta. Avec le recul, il me semble maintenant que ses motifs étaient évidents : elle avait saisi l'occasion de cette visite pour faire connaître à la fois son insatisfaction et sa capacité, si elle le désirait, à mettre fin brutalement à notre idylle. Que lui importait ce que les gens pensaient d'elle ? Qu'ils la croient folle, du moment qu'elle puisse se faire entendre et nous faire sentir son pouvoir aussi souvent qu'elle en aurait envie. Elle avait bien calculé son temps : elle devait partir le lendemain en voyage, ce qui permettrait aux HaHa de rester sur les charbons ardents. Après cette scène, toutes ses demandes d'argent furent satisfaites par Hamilton sans la moindre discussion. Chaque fois que ma mère s'informait, il résumait la situation en une formule peu encourageante : « C'est jouable. »

Dans la Salle des Divertissements, cependant, il devenait urgent d'alléger l'atmosphère. Ma mère avait prévu un intermède comique qui serait parfait comme antidote.

— Si nous allions voir le portrait ? proposa-t-elle.

Son journal révèle le plaisir qu'elle prit à la scène qui suivit.

Un après-midi stupéfiant ! L'ignoble frère et son épouse odieuse, une grosse truffe suisse, sont venus avec leur fils nous rendre la visite dont ils nous avaient menacés.

Pour commencer, ils s'étaient imposés subrepticement dans la demeure de Geoffroy – *notre* demeure ! – sous prétexte qu'ils voulaient admirer leur propre portrait. J'avais à peu près oublié à quoi ressemblait cette toile. Quand Hood l'eut enfin retrouvée, je me souvins qu'il avait été hors de question de suspendre cette horreur. Le tableau était encore plus immonde que nous ne le pensions. Le peintre devait être dépourvu de tout sens des proportions, car il avait représenté Augustus plus large que sa parèdre. Pour le reste, les deux modèles étaient tellement flattés que l'artiste, un certain Mr Kettle, méritait certes d'être richement récompensé pour sa peine. Je savais exactement ce qu'il fallait faire de ce chef-d'œuvre.

Quand arriva le moment de le contempler, je m'arrangeai pour éloigner les enfants en suggérant que Stephen aille jouer avec notre petite perle et leur horrible rejeton. J'espérais que Stephen l'apprécierait autant que nous – mais il se montra encore plus à la hauteur que je ne l'aurais rêvé.

J'avais fait suspendre le portrait à l'endroit qui me paraissait le plus approprié. Geoffroy m'avait donné son accord, bien que toute cette affaire le rendît nettement plus nerveux que moi. Nous partîmes en procession, l'air solennel. Hood menait le cortège, auquel s'était joint Thrips, le sinistre « agent ». Hamilton fermait la marche. Arrivée au bout du couloir, j'ordonnai une halte et annonçai que le tableau se trouvait quelques pas plus loin, de l'autre côté du tournant, d'où il apparaîtrait dans toute sa splendeur car la lumière était parfaite à cette heure de la journée.

Non sans fierté, nos invités tournèrent à l'angle et découvrirent enfin leur portrait. Je n'avais pas menti : il était fort bien mis en valeur. Mais c'était surtout l'entourage qui lui donnait un relief incomparable.

Auparavant, ce mur était réservé à des tableaux représentant des bestiaux primés du domaine, suivant une tradition instaurée, me semble-t-il, par le Mauvais Lord Loveall. Le portrait imposant d'un percheron velu ayant presque exactement la même taille que celui des Rakeleigh, il fut aisé de remplacer le premier par le second. La disposition des autres peintures fut plus délicate. Je décidai que la petite toile d'Henderson représentant un taureau noir et viril, incarnation parodique du sexe fort, serait placée à gauche du personnage bien bâti évoquant plus que vaguement Augustus. L'effigie d'un cochon éclatant de satisfaction, œuvre du plus haut comique d'un artiste du cru, serait parfaite à droite de la digne épouse. Après quoi, les autres peintures – moutons, vaches, moroses chevaux de course et même un étrange portrait de singe que je dénichai au grenier – trouvèrent tout naturellement leur place dans l'ensemble. L'effet était extraordinaire. Le couple apparaissait dans toute sa gloire, au milieu de ses égaux – et je présente mes excuses à la basse-cour.

L'essentiel, c'était que le tableau était exposé dans les règles, avec même un petit écriteau en marbre où étaient gravés les noms des modèles, la date de l'arrivée du chef-d'œuvre et la mention qu'il s'agissait d'un cadeau de mariage. Il ne leur restait plus qu'à nous remercier de l'honneur que nous leur faisions. Cependant, Augustus arbora une moue de froid dégoût et l'atmosphère devint glaciale tandis que la séance se prolongeait. J'avais peine à m'arracher à cet endroit, malgré les remarques insistantes des Rakeleigh sur leur envie de rentrer au salon et de boire une dernière tasse de thé. Quant à leur humiliation, aucune remarque ne leur était permise à ce sujet car cela serait revenu à avouer leur défaite.

Une défaite encore pire les guettait pourtant, et d'une nature tout à fait inattendue. Nous étions retournés à la salle de réception, où nous tentions d'entretenir la conversation en évitant autant que possible d'évoquer le portrait. Les enfants se faisaient attendre, au point que je commençai à redouter qu'il n'y ait eu un problème. Geoffroy était positivement enivré par notre succès. Si je ne le connaissais pas aussi bien, j'aurais pensé qu'il éprouvait une joie maligne quand il osa leur proposer de leur offrir à notre tour le portrait de notre famille.

À cet instant eut lieu l'un des plus étonnants *coups de théâtre** auxquels il m'ait été donné d'assister. J'entendis d'abord dans le couloir les pas précipités de Stephen, courant à sa manière si peu gracieuse. Quand il apparut, il était seul. J'y vis un signe de mauvais augure, mais en fait ce n'était que l'ouverture des festivités.

Le spectacle que j'aperçus ensuite était prodigieux et me rappela les jeux auquel Stephen se livrait avec Rose. C'était une vraie mascarade, et je ne doute pas que le *fils** Hamilton n'ait été l'âme du complot. Je me mis à tousser ostensiblement et Geoffroy se retourna pour suivre mon regard. Je lui souris pour détourner l'attention mais mon manège n'avait pas échappé à l'attention du duo infernal, qui se retourna à son tour et découvrit avec horreur ce que nous regardions.

Leur fils était à quatre pattes, muselé et conduit en laisse par Rose, ravissante dans sa nouvelle robe chasuble verte. Elle affectait une dignité de reine unie à l'orgueil d'un chevalier, comme si elle avait dompté un dragon féroce et sauvé le royaume. La salle était immense et la friponne avançait avec une lenteur étudiée.

Enthousiasmé, Geoffroy se mit à applaudir frénétiquement. Je ne sais s'il s'imaginait que les trois enfants avaient monté cette saynète d'un commun accord, mais sa réaction n'était guère avisée. Augustus bondit de sa chaise en écumant de rage.

— Levez-vous, Guy ! tonna-t-il. Tout de suite !

Rose semblait plutôt déçue, mais manifestement Stephen l'exhortait en coulisses à lâcher la laisse. Guy finit par se relever péniblement. Sommé de s'expliquer sur « ce que cela signifiait », il ne put répondre du fait de la muselière. Thrips se pencha pour la lui ôter. Lady Caroline resta silencieuse, pendant que son mari tempêtait pour deux.

S'il était en colère, ce n'était pas à l'idée que Guy ait pu mériter ce traitement – il aurait été le premier à applaudir à un tel châtiment – mais parce que son fils avait été assez bête pour se compromettre de la sorte. Il attrapa Guy au collet, l'assit rudement sur sa chaise et nous présenta des excuses. Le garçon-chien me fit même de la peine quand il déclara à son père qu'ils avaient simplement voulu s'amuser. Sa déconfiture était si totale qu'il répétait docilement la leçon que lui avait inculquée Stephen.

Quelques instants plus tard, nous vîmes disparaître la grosse Suissesse, son odieux mari qui s'était imposé chez nous par traîtrise et, bien sûr, le pauvre Guy, la queue entre les jambes.

— Donnez-moi cette muselière, me demanda Augustus d'une voix menaçante avant de partir.

Mais je n'avais pas envie de la lui laisser. Il me semblait que Rose serait heureuse de la conserver comme l'emblème de son premier triomphe.

De ce jour mémorable, je me rappelle surtout le merveilleux dîner que firent ce soir-là les Loveall, les Hamilton et le fidèle Hood. Ce festin avait été prévu au cas où les invités seraient restés. Bien qu'Anstace Crouch n'y eût pas été conviée, elle fit parvenir un mot nous informant qu'elle refusait de se joindre à nous : elle partait le lendemain pour un long voyage à travers le continent, dont elle avait rêvé toute sa vie. Bien entendu, Stephen et moi savions qu'il y avait d'autres raisons à son absence, même si nous ne pouvions y faire allusion. Sans elle, nous formions une grande et heureuse famille.

Quoiqu'il ne soit plus exposé, le portrait signé Kettle existe encore dans l'inventaire de Love Hall. Il est classé dans la collection des Bestiaux, où il figure avantageusement entre un Hobbins et un Mullery.

III

Métamorphoses

1

Week-ends et vacances nous étaient inconnus : nous ne quittions jamais Love Hall.

Ce n'est pas entièrement vrai. Je me souviens d'un voyage au bord de la mer, où les cris des oiseaux n'avaient rien à voir avec les chants de ceux du domaine et où j'étouffais dans ma robe.

Je voyais la mer pour la première fois, en dehors de mes rêves et des peintures du château. L'original me parut décevant, ni bleu ni parsemé de vagues en forme d'hippocampes. Son odeur était infecte et son eau salée piquait mes lèvres en essayant de s'insinuer dans ma bouche. Les contrefaçons sur nos murs étaient nettement plus exaltantes que cette réalité sans vie.

Je ne me rappelle personne hors notre groupe : ma mère, Hamilton et ses enfants. Où étaient les gens ? Soit je ne les remarquai pas, soit on les avait fait disparaître.

Sous les rires moqueurs d'une mouette, Stephen lança un galet qui ricocha cinq fois sur l'eau grise avant de sombrer. J'essayai de l'imiter mais, gênée par ma robe, je ne pus atteindre la distance et la vitesse requises. Comme je me plaignais d'être désavantagée, Stephen déclara :

— Ta robe n'y fait rien. Tu lances comme Sarah, comme une fille.

Mais je *savais* que c'était bien ma robe qui m'empêchait de lancer plus loin et plus vite.

Quand j'étais à Love Hall, il faisait toujours soleil. En ces jours bénis, la vie déroulait son tapis rouge devant nous. Mon père avait délégué toutes ses responsabilités à Hood, Hamilton et ma mère, de façon à pouvoir passer le plus de temps possible à m'admirer. Un amour merveilleux nous unissait. Je portais les vêtements les plus magnifiques et chaque désir de mon cœur était comblé sur-le-champ, encore que mes besoins fussent limités. Père ne voulait rien d'autre que me regarder, s'émerveiller de me voir grandir, faire l'éloge de mon maintien et l'améliorer s'il le pouvait. De mon côté, je m'efforçais de lui donner autant de sujets d'admiration que j'en étais capable. Assise dans la bibliothèque du rez-de-chaussée, je lui faisais la lecture. Il se contentait de me contempler, de m'écouter, de me sourire. De temps en temps il rédigeait une note à l'intention de ma mère, qui l'inclurait avec adresse dans notre prochaine leçon. Bien qu'il lui fût presque impossible de me corriger lui-même, il lui arrivait de me reprendre.

— Peut-être veux-tu dire *octroyant* et non *octroyal*, observait-il doucement.

Puis il ajoutait :

— Mais *octroyal* fait si élégant, Rose.

Si nous y consentions, le monde venait à Love Hall. Des divertissements étaient donnés exprès pour nous et des concerts charmaient nos loisirs. Il nous suffisait de claquer des doigts pour donner vie à la magie.

Lors de la fête de mon huitième anniversaire, un Italien aussi petit qu'étrange, le visage couvert de fard, fit disparaître Stephen. Le magicien conclut son numéro de façon sensationnelle en déroulant un tapis d'où surgit mon complice favori, l'air passablement étourdi. Stephen revint totalement à lui en découvrant avec ravissement qu'une somme d'argent rondelette s'était matérialisée dans sa poche. Je n'avais guère d'expérience de l'argent, mais manifestement il rendait les gens heureux. La première fois que j'eus en main des pièces, si l'on excepte les antiques monnaies romaines avec lesquelles nous jouions à la marchande, ce fut à Paris, bien des années plus tard. Par la suite, et jusqu'à une date récente, j'ai manié quotidiennement de l'argent. Je dois dire que ce n'est pas très propre. Mais Stephen était heureux comme un roi.

— Que s'est-il passé ? lui demandâmes-nous en ouvrant de grands yeux.

Nous aurions aimé pouvoir nous aussi le faire disparaître à volonté.

— Je ne dirai rien, répliqua-t-il en faisant tinter son pourboire.

Avec le temps, nos divertissements changèrent de nature. Ma mère était l'âme de cette transformation. Des écrivains apparaissaient, sincères et échevelés, et déployaient des trésors d'éloquence pour nous vanter les gloires de l'art et les splendeurs de la littérature. Après leurs harangues, ma mère leur posait une question tendancieuse sur Mary Day et en profitait pour les prendre fermement par le bras et les conduire à la bibliothèque.

Un jour mémorable de ma neuvième année, nous vîmes arriver une troupe de comédiens ambulants. J'ai oublié depuis longtemps quelle pièce ils ont jouée, mais eux sont restés gravés dans ma mémoire. Comme il pleuvait, on transporta à l'intérieur du château le décor et les accessoires permettant des effets dramatiques assez rudimentaires – une boîte à sel où roulait une épingle suffisait à évoquer le tonnerre… Je me demande si ce n'était pas l'histoire de Noé ? En tout cas, le tonnerre grondait. Du fait de ce déménagement, nous pûmes voir les comédiens de plus près que nous ne l'aurions jamais rêvé. C'étaient des êtres de chair et d'os, mais ils avaient l'air d'incroyables caricatures, avec leurs grains de beauté artificiels et leurs lèvres élargies à outrance par un fard écarlate. L'odeur de liège brûlé sur leurs visages et celle de leur haleine empestant l'ail s'unissaient aux relents de suif des chandelles pour composer une atmosphère terriblement exotique. J'entends encore la voix grave et chaleureuse d'une des actrices, presque une voix d'homme, surgissant des profondeurs de sa personne imposante. Chuchotements bruyants, pauses dramatiques, rires tonitruants – tout me surprenait, et cela avant même que la pièce eût commencé. Ah ! depuis ce jour, j'ai toujours chéri l'instant où un rideau va se lever.

Le divertissement fut universellement apprécié, jusqu'au moment où un des acteurs apparut grimé en femme – peut-être l'épouse de Noé. Cette Mrs Virile – tel était son nom de scène – n'avait rien d'une gracieuse créature, avec ses seins démesurés, ses joues barbouillées de rouge et sa perruque hérissée de boucles blondes. Même à mes yeux d'enfant, guère capables d'appréhender les faits, cette vision grotesque était du même ordre que Stephen s'affublant des robes de Sarah : une pure sottise. La plus grande partie de l'assistance salua cette apparition par une tempête de rires, mais mon père se mit à marmonner de façon inattendue et fit venir Hood.

À notre grand déplaisir, Hood interrompit abruptement la représentation et demanda aux comédiens un entretien privé. Le travesti tenta de présenter des excuses, mais après un moment d'embarras et une mise au point avec le régisseur, l'« usurpateur de la jupe » fut renvoyé en coulisse pour être remplacé par la séduisante jeune femme qui avait joué auparavant la fille coquette du patriarche. Elle improvisa bravement son rôle, mais eut plus de succès en se contentant de mimer les répliques que Mrs Virile déclamait derrière le décor. Mon père ne prêta guère attention à cette farce et finit par sortir de la pièce d'un air rêveur, en soupirant. À la fin du spectacle, tous les comédiens saluèrent sauf Mrs Virile.

Cette représentation fit naître des idées en nous, plus ou moins profondément enfouies dans notre esprit. Quelques jours plus tard, Stephen déclara que nous devrions tous deux nous déguiser en pirates pour enlever Sarah. Il me confia ce projet en chuchotant d'un air mystérieux : cette expédition promettait d'être le plus audacieux de nos exploits. Absorbée par le canevas qu'elle finissait de broder pour l'anniversaire de sa mère, Sarah ne s'aperçut même pas que nous nous glissions hors de la pièce comme des chats. Stephen m'apporta quelques vêtements de pirate, et lorsque je sortis de ma chambre avec un cimeterre en carton, un pantalon noir, une chemise à rayures et un bandeau sur l'œil, il rugit d'allégresse.

Alors que nous mettions au point notre plan, mes parents nous croisèrent en revenant de la bibliothèque. Mon père était la vivante image du « parfaict gentil chevalier » des carnets intimes de ma mère. Il avait posé la main sur la sienne, avec une courtoise élégance, et elle riait de bon cœur à l'un de ses *bons mots**. Plongés dans leur discussion, ils semblèrent d'abord ne pas nous remarquer. Quand Mère vit de quoi il retournait, cependant, ils s'arrêtèrent. Elle le regarda d'un air inquiet et effleura doucement son épaule. Il resta figé, comme pétrifié, une main suspendue en un geste inachevé. Elle lui souffla son rôle en éclatant d'un rire rassurant :

— Les enfants adorent se déguiser. Rose, tu es adorable vêtue ainsi ! N'est-ce pas, Geoffroy ?

Père changea instantanément d'humeur, comme si son mécanisme s'était remis d'un coup à fonctionner.

— Absolument. Quel joli garçon elle fait ! Un garçon magnifique !

Je me demande quelle idée avait traversé son esprit avant qu'il prononçât ces mots. Devait-il ensevelir des souvenirs afin de trouver la réponse paternelle appropriée ? Ou une réalité oubliée se frayait-elle péniblement un chemin du fond de sa tombe, une réalité qu'il n'entrevoyait qu'à la faveur d'instants comme celui-ci, où l'harmonie se fissurait ?

J'étais ravie. Cette scène me parut tout à fait naturelle à l'époque. J'avais l'air assurément d'un garçon fort acceptable. Stephen et moi avions à peu près la même taille et la même corpulence. Il me ressemblait davantage que Sarah, sans compter que nous avions de nombreux intérêts en commun. Oui, quel beau garçon je faisais ! Mon père tapa dans ses mains et tandis qu'il s'éloignait dans le couloir avec ma mère nous l'entendîmes déclarer :

— Que c'est drôle ! Quel bon petit garçon elle fait ! lord Ose. Voilà comment nous l'appellerons : lord Ose !

Alors que nous retournions à nos sombres projets d'enlèvement, Stephen me dit :

— C'est vrai que tu es bien en garçon. Mieux que je ne serais en fille.

Quel âge avais-je exactement le jour où je suis tombée dans la rivière ? J'ai du mal à me rappeler précisément les dates ou l'enchaînement des événements. Peut-être les autres gardent-ils un souvenir plus net de leur enfance que moi, car à telle période ils habitaient à telle adresse, allaient à telle école, étaient coiffés de telle façon. Je ne dispose pas de tous ces repères chronologiques. Pour moi, il y a simplement : *avant* et *après*. Le journal de ma mère m'aide à situer les événements, mais à partir du moment où ce qu'elle considérait comme une expérience pleine d'amour devint une supercherie nécessaire au bien-être de mon père, elle commença à écrire davantage sur ses entreprises littéraires que sur la vie à Love Hall. Une note lapidaire du 12 octobre 1828 marque ce tournant : « Le pauvre Geoffroy est innocent. Je suis maintenant seule responsable de la fraude. » Par la suite, elle évoque beaucoup plus fréquemment Mary que moi.

Les saisons passèrent, des jeux furent inventés. La clairière de l'été devint le sentier glacé de l'hiver. Nous ne nous écartions jamais de Love Hall. Il ne fut jamais question pour moi d'aller à l'école, ni de séjourner chez des amis de la famille à Great Yarmouth – nous n'avions pas d'amis de la famille. Des parents nous demandaient parfois l'hospitalité, mais ce n'étaient jamais ceux que j'avais envie de voir. Après que leur père eut installé son cabinet plus près de l'université de leur grand-père, Victoria et Robert furent mis en pension. La nécessité de suivre des études était un concept brutal, que j'avais peine à comprendre. Nous nous écrivions souvent mais nous voyions rarement.

Esmond Osbern et son cousin Constant faisaient des apparitions régulières. Celui qui s'attirerait la faveur de mon père, pensaient-ils, deviendrait l'heureux élu, le sauveur des Osbern, le vainqueur qui ferait bénéficier tous les autres de son butin. Constant était beaucoup plus jeune qu'Esmond, mais je les trouvais aussi vieux l'un que l'autre et leurs attentions m'inquiétaient. Ils ne pouvaient espérer m'acheter avec des cadeaux aussi mal choisis qu'un boulier ou une arme hottentote en bois sculpté. Esmond m'offrit un jour un bonnet en calicot, mais je préférai le donner à Sarah plutôt que d'en profiter moi-même. Bien qu'on les tînt à distance, ils ne cessaient de me jauger du regard. Les yeux glacés de Constant étaient dénués de toute expression – peut-être sa personnalité était-elle encore vacante, ou irrémédiablement vide –, mais Esmond se montrait parfaitement insupportable. Il semblait cracher les mots, comme si les consonnes avaient mauvais goût, et débitait des compliments aussi mécaniques qu'un message en morse. Je paradais un instant devant eux avant de m'excuser et de décamper en riant de soulagement.

Augustus et lady Caroline ne revinrent que rarement et leur fils, le garçon-chien, n'était jamais avec eux. Le portrait de leur famille resta pourtant accroché au mur, comme un heureux souvenir de leur visite.

La rivière... Je n'étais autorisée à me baigner que seule avec ma mère, ce qui me paraissait une simple question de sécurité. Toutefois, je m'asseyais souvent au bord de la rivière, à l'ombre d'un saule, en regardant avec envie Stephen et Sarah. Après les cours, la journée s'écoulait longue et paisible – encore que ce calme fragile fût souvent rompu par le fracas de Stephen plongeant du haut du pont. J'aurais aimé participer à ces ébats bruyants, mais je savais que je n'en avais pas le droit.

Ce jour-là, j'avais incité Stephen à quelque méfait. En mesure de représailles, il fit mine de me pousser dans la rivière. Voyant qu'il perdait l'équilibre, je le poussai à mon tour. Il s'agrippa à moi et m'entraîna à sa suite, aussi surprise que ravie. J'entendis Sarah pousser un cri, mais rien ne pouvait arrêter notre élan, pas même la conscience de mal faire. Après un instant de pure allégresse, nous nous retrouvâmes dans l'eau froide. Mes vêtements étaient trempés. Sarah s'empressa de nous sortir de l'eau, bien que Stephen et moi fussions secoués d'un rire irrépressible.

— Stephen ! gronda le bon ange. Comment as-tu pu faire une chose pareille ?

— Ce n'était pas moi ! plaida-t-il.

Je volai à son secours.

— C'est entièrement ma faute.

— Il ne faut pas que quelqu'un te voie, dit Sarah.

Elle n'était pas convaincue de ma culpabilité, mais son sens pratique avait déjà repris le dessus.

— Je dirai que j'ai glissé. Personne ne pourra me blâmer.

J'avais déjà tout prévu dans ma tête. J'aurais aimé enlever mes vêtements, mais je savais que c'était défendu et que j'étais condamnée à une marche harassante dans le froid. Le frère et la sœur m'aidèrent donc de leur mieux à regagner le château, toute frissonnante.

— Tu l'as poussée, ne cessait de marmonner Sarah en chemin.

Mais je voulais être coupable : j'étais fière de mon crime.

— C'est moi qui l'ai poussé, déclarai-je d'un ton définitif.

À l'étage, je n'oubliai pas de rester habillée devant Sarah. Malgré l'eau glacée dont je dégoulinais, je ne bougeai pas en attendant qu'Angelica arrive avec de l'eau et que Mère me prépare un bain bouillant. Quand nous fûmes seules, elle me réprimanda pour avoir fait la folle au bord de la rivière au lieu de lire, mais je sentais qu'elle était contente de voir que j'obéissais à la lettre dès qu'on en venait à l'essentiel, c'est-à-dire les règles qu'elle m'avait inculquées.

Tout le monde, et surtout mon père, me traitait comme un modèle de grâce et de perfection féminine. Malgré mes sourcils épais, mon nez aquilin, ma démarche haut perchée et mon menton creusé d'un sillon qui n'avait rien d'une fossette mutine, je me sentais une fille des pieds à la tête. J'excellais dans tous les ouvrages dont Sarah faisait ses délices. Cela dit, j'aurais aussi aimé jouer dans la crasse, comme les garçons chargés de soigner les porcs et que je voyais se lancer joyeusement des blocs de boue. À ce spectacle, Sarah tirait la langue d'un air dégoûté. Moi, j'étais simplement furieuse de ne pouvoir me joindre à eux, comme mon corps en brûlait d'envie.

J'étais certaine que seules mes jupes m'empêchaient de courir aussi vite que Stephen. Je savais que j'aurais pu le battre, le regarder par-dessus mon épaule en riant, si j'avais porté comme lui un pantalon. Engoncée comme je l'étais dans un enchevêtrement de jupons et de cerceaux, je n'avais aucune chance.

C'est alors que commencèrent mes premières expériences pratiques. Je me souviens de la colère mêlée de tristesse qui se peignit sur le visage de ma mère lorsqu'elle découvrit la mare d'urine autour de la cuvette des toilettes, attestant de mes efforts maladroits pour imiter Stephen. J'avais fredonné joyeusement en accomplissant ce méfait. Son regard m'avertit qu'il vaudrait mieux renoncer à cette habitude. Elle observa d'une voix douce qu'en s'asseyant, on était sûr de ne pas manquer la cible. Un sage conseil, auquel je me conforme encore aujourd'hui.

Un peu plus tard, nous perfectionnâmes nos jeux de pirates. Je me vis attribuer un vrai rôle de garçon. Nos divertissements avaient toujours grandi avec nous, en reflétant nos nouveaux intérêts, mais cette ultime création de Stephen révélait un génie inconscient pour l'improvisation. Mon personnage masculin fut baptisé, en l'honneur de mon père, lord Ose. Stephen jouait toujours les casse-cou et ses rôles étaient variés : capitaine Stephen, Stephen le Pirate (dont le visage était noirci à l'aide d'une mixture de brindilles et de feuilles de noyer dont ma mère nous avait donné la recette), Stephen le Joyeux Marin (nanti d'un maquillage rougeaud appliqué avec une patte de lapin.) En revanche, j'interprétais toujours lord Ose, le héros intègre, lequel n'était jamais aussi charmant que le brigand. C'était toujours moi qui volais au secours de Sarah. Je possède encore des scénarios datant de cette époque, dont chaque réplique se termine par un point d'exclamation :

OSE : Mauvais valet ! (Sans doute pour : « Mauvais sujet ») Lâchez-la !

SARABELLE : Sauvez-moi !

STEPHEN LE PIRATE : Jamais, ventrebleu ! Plutôt mourir ! Voici mon sabre, freluquet !

OSE : Votre sabre croisera mon fer !

STEPHEN LE PIRATE : Sacré gaillard !

SARABELLE : Prenez garde, Ose ! C'est un monstre !

Ils se battent. Stephen est vaincu.

SARABELLE : Mon héros !

Je concluais souvent l'action en portant Sarah jusque dans ma chambre, où je scellais notre union par un baiser victorieux, dans un élan romantique qui n'était pas guidé que par les exigences du scénario. Lors de notre premier baiser, je me sentis gauche, embarrassée, en tout point indigne de lord Ose, qui n'aurait certes jamais embrassé l'héroïne avec cette passivité absurde. Ne sachant comment me tirer de ce rôle, je me détournai, furieux de ma propre maladresse. C'est alors que Sarah, à ma grande surprise, prit mon visage entre ses mains, m'attira contre elle et posa une seconde fois ses lèvres sur ma bouche encore close mais déjà conquise.

— Lord Ose a remporté l'amour de la dame ! cria Stephen en apparaissant sur le seuil pour proclamer la fin du jeu.

Il réfléchit un instant puis ajouta :

— Tu ne voudrais pas te déguiser en pirate, Sarah ? J'ai envie de faire Ose, pour changer.

— Rose est parfaite en lord, déclara Sarah enthousiaste et essoufflée.

Je me rengorgeai. Même si le personnage était une idée de Stephen, c'était moi qui avais donné vie à lord Ose : j'étais née pour jouer ce rôle. Le jeune seigneur portait toujours exactement la même tenue que moi, que complétait une splendide tunique brune serrée par une large ceinture dont la boucle s'enfonçait dans la chair de Sarah. J'essayais toujours d'agir comme il me semblait qu'il l'aurait fait, ce qui me permettait de sauver l'héroïne et de l'embrasser à maintes reprises. Ces baisers se firent moins embarrassés et ma technique s'améliora considérablement à force de pratique et de manœuvres audacieuses. Pour Sarah, cela devint une habitude. Le combat pour la victoire était toujours suivi de la rencontre de nos lèvres, marquant l'apogée du jeu.

Il nous arrivait aussi d'incarner les personnages des ballades. J'étais la femme contrainte de s'habiller en marin – de revêtir les « atours d'un homme », comme disait le texte suranné –, afin de s'embarquer à la recherche de son bien-aimé réduit en esclavage et se mourant sur les rivages de la Barbarie. Cette fois, c'était Stephen que je sauvais. Il avait quelque peine à m'embrasser tendrement, jusqu'au moment où j'enlevais ma tunique brune, révélant ainsi – coup de théâtre ! – la robe que je portais dessous. C'était bien moi, sa douce et tendre Janie du Saule Vert, volant au secours de son Willie chéri ! Nous avions vu les images, lu les ballades et tenté de chanter les mélodies, mais nous négligions ces indications pour inventer des divertissements infiniment plus élaborés.

À cette époque, Sarah s'était installée dans le château afin de me servir de compagne. Elle y avait sa chambre personnelle, à la grande envie de Stephen qui pensait qu'il manquait là de bonnes occasions de s'amuser. Ce qui était vrai, mais pas dans le sens qu'il imaginait. Il m'arrivait la nuit, surtout après nos baisers triomphaux, de rejoindre sur la pointe des pieds mon amie dans sa chambre. Quand j'ouvrais la porte, elle me faisait signe de me taire puis m'invitait à prendre place à côté d'elle. Couchées sur le dos, dans l'obscurité, nous parlions en riant. Nous pouvions évoquer pendant des heures nos projets pour le lendemain, et le surlendemain, et tous les jours suivants, comme si rien jamais ne devait changer. Pour moi, la chaleur de son corps à travers sa robe de nuit est toujours associée au secret pour réussir à la perfection le gâteau au sucre.

Il n'était pas question que je reste toute la nuit. Même si je ne savais pas précisément quelles règles j'étais en train d'enfreindre, nous avions toutes deux le sentiment excitant de faire quelque chose de défendu. À contrecœur, je me résignais à reprendre le chemin de ma chambre. Parfois, cependant, nous nous endormions. Il m'arriva plus d'une fois de me réveiller en sursaut et de repartir en hâte me glisser entre mes draps glacés. Sarah elle aussi me rendait visite, mais rarement. Moi seule pouvais me permettre d'être surprise à vagabonder la nuit dans les couloirs.

Stephen m'encouragea dans d'autres domaines, notamment le sport. Le couronnement de ma carrière fut un match de cricket entre les enfants du château et ceux du village, en imitation de la partie annuelle inaugurale opposant les employés de Love Hall à l'équipe de Playfield, pour célébrer l'arrivée de l'été. Hamilton avait organisé cet événement sans précédent comme un moyen de cimenter de nouvelles alliances. Notre brève rencontre devait se dérouler entre les deux périodes du jeu des adultes. Après bien des délibérations, je fus autorisée à jouer dans l'équipe du château, laquelle était à court d'effectifs, à la condition expresse qu'aucun jeune champion villageois ne me terroriserait sur la ligne du batteur. Le garçon manqué en moi était surexcité. Même si nous savions tous que je ne viendrais guère que pour recueillir les hommages de la foule, un tel événement prenait une importance particulière dans une existence aussi confinée que la mienne. Mon père consentit donc, non sans réticence, à me laisser m'entraîner avec Stephen dans le jardin de derrière.

À l'instant où ma batte entra pour la première fois en contact avec la balle, une secousse terrible m'irradia le bras. Je lâchai prise aussitôt en criant et en agitant mon bras comme si je m'étais brûlée. Nous n'avions pas remarqué mon père jusqu'alors, mais sa silhouette rose frénétique se détacha soudain sur la façade couverte de lierre. Pour un peu, il serait tombé de la fenêtre. Il aurait été ravi que cet incident marque la fin de cette séance d'entraînement et, plus généralement, de ma carrière de joueuse de cricket. Mais sur l'injonction de Stephen, je ramassai ma batte et fis signe à mon père avec un sourire joyeux, en serrant les dents.

— Regarde la balle, dit Stephen. Ne pense pas à l'endroit où tu vas l'atteindre. Regarde la balle.

Malgré ce conseil, la suite ne fut guère plus encourageante. En dépit de son allure modérée, la balle ne cessait de manquer ma batte. J'étais si lasse de remettre sans cesse en place les piquets derrière moi que j'y renonçai. Les rares fois où j'arrivais à taper dans la balle, elle partait dans toutes les directions sauf celle que j'aurais voulue. Passant les bras autour de ma taille, Stephen me montra comment tenir correctement ma batte. Il la plaça fermement dans mes mains puis me fit face.

— Regarde droit devant toi. Écarte ton pied gauche. Ne quitte pas la balle des yeux.

Il la brandit pour que je comprenne vraiment ce que regarder voulait dire. Je supposais que ce savoir venait tout naturellement aux garçons, aussi m'efforçai-je de tirer parti de son enseignement lors du lancer suivant.

Plus encore que la joie de ne pas manquer la balle, ce fut le son magnifique qu'elle fit en heurtant ma batte qui m'enchanta. J'éprouvais une sensation délectable, comme si j'avais rechargé la balle de toute l'énergie qu'elle avait en arrivant, si bien qu'elle était repartie encore plus vite. Il n'y avait eu aucun choc, aucune secousse. La balle s'éloigna de ma batte à une vitesse prodigieuse avant de s'écraser contre un épais fourré d'orties, en rasant la resserre des tomates. Stephen observa sa trajectoire – rien ne le pressait de courir après elle – puis me regarda, les poings sur les hanches.

— Mince alors ! Recommence, Rose !

Et je recommençai.

Le jour du match arriva enfin. Stephen m'avait d'abord considérée comme un ornement décoratif pour l'équipe, mais il avait compris désormais qu'il serait plus habile de m'utiliser comme arme secrète que comme figurante. Malheureusement, mes seuls partenaires jusqu'alors avaient été, outre Stephen, le fils du cuisinier indien – qui avait ramené du sous-continent une technique de service au-dessus de la tête peu orthodoxe – et Sarah, qu'on avait contrainte à rejoindre bon gré mal gré l'équipe du château. Je n'avais aucune idée de la façon dont d'autres pouvaient jouer. Pour notre répétition – je m'obstinais à employer ce mot, au grand déplaisir de Stephen –, je portais une jupe étroite me permettant de faire face correctement au lanceur et de manier la batte sans être gênée. Il était plus que probable que j'arriverais à taper dans la balle, mais il me serait impossible d'atteindre l'autre bout du terrain sans m'effondrer en chemin, à moins de quitter la ligne de jeu et d'aller au pas. À cette pensée, j'avais envie de déchirer ma jupe à hauteur des genoux.

Nous regardâmes d'abord les messieurs s'affronter. Les balles descendaient à une allure majestueuse, lancées par des athlètes d'âge mûr, au ventre rebondi, dont les compatriotes étaient incapables de se baisser pour arrêter les projectiles passant avec lenteur entre leurs jambes. Quelques cris retentirent dignement – Arbitre !... Jeu pour Playfield !... Après quoi, moins de deux heures plus tard, chacun fut ravi de retourner au pavillon pour manger des sandwichs. En fait, la foule attendait avec impatience la partie où je devais figurer. Nous eûmes même la priorité sur le thé.

Notre équipe devait être au guichet la première, et je n'étais pas requise pour tenir le champ. J'entrai donc en lice relativement tôt et mon arrivée sur la ligne fut saluée par un tonnerre d'applaudissements et de « Vive Rose et tous les habitants de Love Hall ! » Mes parents, qui avaient envisagé ma participation avec une inquiétude grandissante et m'avaient suppliée de renoncer au moindre malaise, suivaient les jeux au côté du pasteur du village, à l'ombre d'un dais imposant. Comme prévu, Stephen était mon partenaire à la batte. J'observai les enfants débraillés du village, qui avaient revêtu les habits les plus blancs et les plus élégants dont ils disposaient. Eux-mêmes me contemplaient bouche bée, émerveillés par ma splendide robe couleur crème et par ma batte flambant neuve, présent généreux du village à ses bienfaiteurs. S'ils m'enviaient, c'était surtout pour cette batte. Ils la regardaient avec admiration, en se disant qu'ils ne la verraient pas longtemps avant que je reprenne cérémonieusement le chemin du pavillon, au milieu des acclamations.

J'expédiai la première balle vers la limite du terrain raccourci – le lanceur, un rouquin respectueux, avait pris soin de l'envoyer avec une lenteur propice. Elle finit par rebondir au-dessus de la corde. L'effet sur le public fut stupéfiant : des chapeaux s'envolèrent en tous sens et atterrirent parfois fort loin de la tête de leur propriétaire. À la balle suivante, j'améliorai mon tir : elle passa par-dessus presque sans tressauter, déchaînant un enthousiasme encore plus tonitruant. Je n'avais jamais ressenti une telle fierté qu'en cet instant où chacun m'applaudissait pour un geste qui m'était si naturel, qui faisait de moi l'égale des femmes héroïques de mon livre, aussi hardie que Stephen, aussi gracieuse que Sarah. J'avais peine à dissimuler mon bonheur. Même les chasseurs de l'équipe adverse avaient l'air ravis.

À la fin de la première série, toutefois, leur humeur s'était quelque peu altérée. J'étais nettement trop forte, bien meilleure qu'ils ne s'y attendaient. Les balles qu'ils me lançaient par en dessous, avec douceur, étaient tellement plus aisées pour moi que les bolides imprévisibles de l'entraînement. Les joueurs du village furent bientôt confrontés à un problème délicat : comment réduire mon score sans pour autant servir trop agressivement. Les arbitres délibérèrent brièvement – à mon sujet, me sembla-t-il.

Stephen était aux anges. Nous avions pris l'avantage et notre association se révélait invincible. Après seize balles, je marquai mes premiers cinquante points dans ma première partie de cricket. Je commençais à me sentir coupable, comme si j'imposais brutalement ma force supérieure aux enfants de l'autre équipe.

Quand je croisai Stephen à mi-chemin du guichet, entre deux séries imitant celles de nos aînés, il me lança à voix basse :

— Nous allons gagner, Rose. Retire-toi du jeu. Fais semblant d'avoir mal.

J'obéis à sa demande. Avant la balle suivante, feignant un élancement dans le dos, je levai en l'air ma batte et quittai le terrain sous un tonnerre d'applaudissements. Hood accourut pour voir si je m'étais blessée, mais je lui dis que Stephen m'avait conseillé de me retirer. Père fut enchanté de cette nouvelle. Quant à notre équipe, elle remporta une victoire incontestable. Stephen et Bannerjee battirent le village à plate couture et je récoltai le surnom de « la Fille du Siècle[1] ».

C'était un début mémorable, mais mon père en parut attristé. Après la partie, il retourna d'un pas chancelant au château avec Hood, tandis que le reste de l'assistance

1. *Maiden Century* : au cricket, désigne la première fois où l'on marque cent *runs* (points). (*N.d.T.*)

festoyait. Je me sentais plus libre, loin de son attention anxieuse, et plusieurs enfants de la ville entrèrent en conversation avec moi par l'intermédiaire de Stephen. Un jeune garçon de mon âge particulièrement audacieux demanda s'il pouvait m'embrasser. J'aurais peut-être consenti, mais sa gouvernante l'entraîna sur-le-champ en lui pinçant vigoureusement l'oreille.

— Petit chenapan ! Quel toupet ! gronda-t-elle. Tu n'as pas le droit d'embrasser une lady !

— Pourquoi a-t-elle une voix si grave ? s'enquit-il tandis qu'elle le tirait à sa suite.

— Sa voix n'est pas grave, elle est ravissante. C'est une parfaite jeune fille. Et en plus, elle joue mieux que toi au cricket.

— J'ai simplement demandé si je pouvais l'embrasser. C'est le genre de choses qu'on propose aux filles.

Et il l'avait proposé si gentiment.

Ce match de cricket aiguisa la curiosité des villageois. Chacun voulait en savoir davantage sur l'étrange jeune lady à l'allure dégingandée mais à l'impressionnant talent de lanceuse. Des lettres cachetées furent attachées aux grilles du château à mon intention. Ils devaient me trouver bizarre, évidemment, et se demandaient dans l'intimité si je ne serais pas quelque peu « amphibie ». Ma voix me valut d'être surnommée affectueusement la Petite Grenouille – une ou deux personnes m'appellent encore ainsi aujourd'hui. Ma mère m'expliqua ce surnom en évoquant la comédienne que nous avions vue jouer – la vraie femme, pas Mrs Virile :

— Tu as entendu sa voix, n'est-ce pas, chérie ? Chacun de nous a un timbre différent. Être différent des autres n'a rien d'anormal, Rose.

J'ai lu dans le journal de ma mère que, même à l'époque, des plaisantins affirmaient que j'étais né garçon mais que mes parents avaient tellement espéré avoir une fille... Du reste, ces villageois étaient fort superstitieux. Ils n'ignoraient pas la pratique consistant à vêtir un fils avec une chemise de nuit de fille, afin que le mal ne l'atteigne pas et que les mauvaises fées ne le voient pas. De vieilles commères racontaient qu'avec l'âge un tel garçon fascinerait toutes les filles. Et il était notoire que les filles ne commençaient à acquérir leur féminité qu'après avoir cessé de téter. Qui sait si certains ne s'imaginaient pas que je suçais encore le lait de ma mère ? Mais tous ces racontars étaient rejetés comme un tissu de méchancetés. Il est étonnant de voir à quel point l'assurance d'une immense fortune contribue à créer un consensus. Tant que personne ne se levait pour déclarer que j'étais nue – peut-être l'avaient-ils à peine remarqué –, j'étais la jeune fille la mieux habillée du royaume.

Ce fut après le match de cricket que mon père tomba sérieusement malade pour la première fois. Il se rétablit, mais jamais entièrement. Il est possible que ma mère ait su qu'il en serait ainsi, ce qui l'avait décidée à repousser encore la date de la révélation, laquelle avait déjà été ajournée au-delà de tout ce qu'elle avait imaginé. Le choc risquant d'être fatal à mon père, peut-être faudrait-il attendre sa mort naturelle. Mais il ne mourut pas : Dolores y veilla.

Stephen et moi continuâmes à nous entraîner au cricket. Nous n'avions aucun match à « répéter », mais nous espérions dans les festivités de l'été prochain. Un après-midi, à la suite d'un lancer particulièrement haut, qui avait passablement déséquilibré ma batte, la balle atterrit dans l'arbre dont l'ascension nous était interdite, Rubberguts. Elle était coincée entre deux grosses branches. Nous jetâmes des bâtons pour la faire tomber, mais en vain.

— Tant pis ! s'exclama Stephen. Je vais grimper. Surveille les environs.

Je le vis se jucher dans le feuillage et agiter la branche jusqu'au moment où la balle retomba près de moi, en parfait état. Il commença à descendre, puisque la branche était trop élevée pour sauter d'en haut, et disparut parmi les frondaisons. Je l'entendis crier !

— Eh, j'ai trouvé quelque chose !

— Quoi ?

— Je vais l'emporter en bas.

C'était une boîte contenant un petit livre humide, très vieux, aux pages collées les unes aux autres. Quelqu'un avait dû le glisser dans une cavité du tronc. Il était en grande partie illisible, mais semblait consister en une série de réponses à des devinettes et autres casse-tête. Quand nous le montrâmes à ma mère, sans lui dire où nous l'avions trouvé, elle comprit tout de suite de quoi il s'agissait : *La Clef des énigmes*.

À notre grand étonnement, ce vestige de papier trempé et malodorant se révéla d'une importance extrême aux yeux des habitants plus âgés de Love Hall. Fallait-il aviser mon père ? À quel moment ? D'ailleurs, où avions-nous déniché ce livre ? Nous dûmes avouer que Stephen avait grimpé dans Rubberguts pour récupérer notre balle, mais cette nouvelle ne déclencha pas la colère que nous redoutions.

Il n'était pas surprenant que personne n'ait jamais découvert *La Clef des énigmes*. Dolly l'avait emporté dans un arbre dont l'escalade avait été sévèrement interdite depuis sa mort, et il était resté caché là. Mais comment annoncer cette découverte à mon père ? Ils se mirent d'accord sur une histoire qui nous parut du plus haut comique : Hamilton était monté dans l'arbre pour aller chercher notre balle et avait alors trouvé le livre. Telle était la version officielle, pour toujours.

— Pourquoi ne pouvons-nous pas lui dire la vérité ? demandai-je.

— Ton père ne veut pas la vérité, ma chérie, m'expliqua ma mère. Il a besoin d'une belle histoire. Il est très agité et nous faisons tous de notre mieux pour l'aider. Il va être si heureux d'avoir retrouvé ce livre.

Elle voyait juste. Grâce à lui, mon père parvint enfin à percer le secret de ce dessin que Dolores et lui avaient scruté ensemble, il y avait tant d'années de cela. En pliant la page d'une certaine façon et en la regardant de biais, on pouvait découvrir la « réponse » sans trop de difficulté. *La Clef des énigmes* lui rendit son allégresse et nous le vîmes de nouveau hors de sa chambre.

En cet instant même, j'ai ce dessin sous les yeux. Après une si longue attente, il aurait pu se révéler tristement décevant, d'autant qu'il ne ressemblait que de loin à ce qu'il était censé représenter. Mais toute déception était impossible pour mon père, qui déchiffrait des messages dans n'importe quel élément lié à la mort de Dolly. Et en l'occurrence, ce n'était pas difficile.

Il s'agissait d'un arbre.

Si seulement ils avaient résolu le mystère à l'époque, déclara mon père à ma mère, si seulement Dolly ne s'était pas entêtée à cacher *La Clef des énigmes*, ils auraient été avertis. Ils auraient su qu'il ne fallait pas grimper dans Rubberguts.

Elle ne serait pas morte.

Je n'aurais pas vécu.

2

Tout commença à se gâter l'année où j'appris à me raser.

Stephen reçut un rasoir à manche pour son douzième anniversaire. Nous n'avions jamais rien vu d'aussi impressionnant. Il était beaucoup trop réel et terrifiant pour s'en servir même comme accessoire pour nos jeux. Son père lui montra comment faire mousser le savon dans le bol en bois, avant d'en barbouiller son visage avec le petit blaireau élégant. Après quoi, il eut l'imprudence de laisser Stephen se débrouiller tout seul. Le maigre duvet blond ornant sa lèvre supérieure ne méritait pas tant d'honneur. L'opération tourna au massacre et Stephen en sortit avec un sourire contraint, le menton maculé de sang. Je compatis à ses malheurs, même s'il me semblait que je m'en serais mieux tirée que lui. Du reste, un rasoir m'aurait été davantage utile qu'à lui – mais je savais que les filles ne se rasaient pas.

Je tenais bien des vérités pour acquises, mais il y avait aussi des faits qui me déconcertaient, des réalités sur moi-même que j'aurais aimé comprendre. Je dissimulais ces curiosités et ces désarrois à tout le monde, même à ma mère, car j'avais conscience qu'il me fallait garder l'apparence d'une fille heureuse si je voulais contenter mon entourage. C'était assurément ma faute si mes sentiments étaient différents. Si seulement j'étais plus attentive, me disais-je, je me sentirais moins désorientée. Je préférais ne même pas penser à mon physique, au point de m'abstenir de toucher ou de regarder mon corps. Il se rappelait parfois à mon souvenir de façon humiliante, mais j'étais prise de panique dès que j'essayais de tirer au clair ce qui se passait. Je devins une fervente adepte de la dissimulation. Ma mère m'avait persuadée qu'il ne s'agissait pas d'un sujet convenable de discussion ou de réflexion. Et ces questions étaient certainement trop gênantes pour être abordées avec Sarah, même si elle partageait le même secret que moi. Toujours raisonnable, elle n'avait jamais éprouvé le besoin d'en parler. J'étais décidée à imiter son silence.

Il fallait absolument que je sois digne de ma mère. Telles étaient les règles, mais mon embarras n'en était pas moins cruel. Je craignais d'avoir un défaut en moi, si grave que Père me prendrait en aversion. Pourrais-je me confier à quelqu'un ? Ou serais-je un jour contrainte de tout révéler publiquement ? Quelle ne serait pas ma honte alors ! Cette pensée suffisait à me plonger dans des abîmes de mélancolie. Je réagissais en m'efforçant de bannir ces idées noires. Même s'il me faudrait un jour résoudre cette énigme, pour l'instant je devais l'oublier, l'enterrer, l'anéantir dans le secret.

Un autre problème m'empêchait d'en parler à Sarah : pourquoi, nous qui étions si proches, devenions-nous si différentes l'une de l'autre ?

Je grandissais moins vite qu'elle, et je la regardais avec envie. Même si nous portions des vêtements semblables, ils faisaient un tout autre effet sur elle. Face à son maintien aisé, je m'étais toujours sentie osseuse et anguleuse. Mais son corps avait maintenant acquis une élégance sans commune mesure avec ma silhouette pleine de raideur. Sa peau s'était couverte d'un hâle lumineux alors que la mienne, qui ne voyait jamais le soleil, était restée pâle. Nous avions les mêmes cheveux soyeux et ondulés, mais ma pilosité gagnait d'autres endroits de mon corps et mes bras étaient infiniment plus velus que les siens. Sous sa robe, à la faveur d'une manche ample, d'un décolleté plongeant, je voyais bien comment elle était faite.

Elle me demandait de lacer son corset aussi serré que je le pouvais. Je respirais le parfum de sa chevelure, laissais glisser ma main entre sa peau et sa chemise, effleurais la courbe de sa taille. J'avais mis au point ma technique : serrer à moitié le corset, puis tirer plus fort avec mon index de haut en bas avant de donner une dernière traction énergique, qui arrachait à Sarah un petit cri de surprise. Comme le jour où j'avais culbuté avec Stephen dans la rivière, je me sentais tomber, rouler dans un abîme…

Desserrer le corset était encore plus délectable, même si mon plaisir était moins scientifique. Je la délaçais un peu et sentais son corps repousser de lui-même son carcan en se détendant. Retirant mes mains, je laissais le lacet s'échapper des œillets de cuivre par la simple force de la chair libérée. Sarah gémissait avec volupté et je sentais son bien-être.

Alors que je prenais de la hauteur – je mesurais maintenant quelques pouces de plus qu'elle –, elle prenait des formes. Bien sûr, j'étais sa cadette de près de deux années, mais cet écart justifiait-il tant de différences ? Peut-être payais-je le prix de mes fautes passées : à force de jouer les garçons manqués, j'avais acquis un corps manquant de féminité. Je passais autant de temps que possible avec Sarah, en m'efforçant de l'imiter.

Plusieurs de mes découvertes les plus bouleversantes eurent lieu à l'occasion des nuits heureuses où nous étions livrées à nous-mêmes, les distractions bruyantes étant confinées à Gatehouse Cottage jusqu'au matin. Plongées dans des conversations assoupies, nous nous touchions à peine. Sa nuque effleurait mon épaule, mon bras enserrait son corps. Ces repos clandestins gardèrent une innocence enfantine jusqu'au moment fatidique où, saisie d'une brusque inspiration, je chuchotai dans l'obscurité :

— J'espère que lord Ose, votre serviteur ici présent, ne vous a pas fait mal en vous délivrant aujourd'hui.

Sarah feignit de défaillir et se mit à pouffer d'un air ravi, en remuant ses orteils en signe d'approbation.

— Non, monseigneur, répliqua-t-elle en essayant vainement de réprimer un sourire. Je n'ai aucun mal et votre courtoisie me désarme.

— Je m'en réjouis, madame. Et je vous assure que je suis moi aussi désarmé.

— Tant mieux, monseigneur. Mais faut-il que nous parlions de votre armure ?

— Parlons plutôt de mon amour.

Il y eut un silence. Elle me tournait le dos, et je l'embrassai exactement comme Ose l'aurait fait. Mes lèvres se posèrent sur sa nuque, sans qu'elle fît rien pour s'y opposer. Le lit s'agita sous nos corps qui se retournaient pour se faire face. Lentement, ma bouche s'approcha de la sienne. Nos lèvres s'unirent et devinrent bientôt sèches à force de rester ainsi immobiles. Nous semblions avoir oublié tout ce que nos baisers victorieux nous avaient appris, comme si la position horizontale nous faisait perdre tous nos moyens. Avec un rire embarrassé, elle s'humecta les lèvres pour nous empêcher de rester collés l'un à l'autre. Seules nos bouches se touchaient, mais je sentais le rayonnement de son corps m'invitant à le rejoindre, m'attirant à lui. Je n'osai pas la toucher davantage.

— Chut ! lui dis-je tout bas.

Et je courus retrouver mon propre lit, où je revécus ces instants et m'imaginai en train de succomber à sa chaleur.

Ces nuits passionnées devinrent bientôt un rituel secret, ardent, excitant. Nous ne cessions d'échanger des otages imaginaires, sans jamais aller plus loin que l'union de nos lèvres. Quelles aventures incroyables nous attendaient au-delà ? Je me contentais d'y rêver avant de sombrer dans le sommeil.

Mais mon inquiétude renaissait avec le jour.

— Nous sommes ce que nous sommes, disait ma mère. Et nous sommes tous beaux…

Puis elle ajoutait :

— Mais personne n'est aussi beau que ta cousine Prudence !

Lors d'une visite des Osbern, nous eûmes droit au spectacle écœurant de Prudence en train de se faire pomponner par sa mère, sous les yeux de son père, l'homme de Dieu, qui marmonnait de vagues excuses pour leur *vanitas*. Nora récita une litanie de *clichés** à la jeune fille : elle était la plus belle créature jamais venue au monde, dotée de la chevelure la plus opulente, des yeux les plus brillants, de la peau la plus immaculée. Comme son oncle Edred aurait été fier d'elle ! L'embarras de l'ecclésiastique cocu était évident. Il essaya de gloser à notre avantage :

— À l'exception des dames ici présentes, si je puis me permettre !

Imperturbable, Nora continua son manège, jusqu'au moment où sa fille demanda :

— Suis-je plus belle que Rose ?

Sa mère allait répondre (par l'affirmative), quand Edgar leva une main qui semblait implorer le Ciel et hurla :

— Non !

Puis il se reprit et ajouta d'une voix ferme :

— Je vous interdis absolument de répondre à cette question.

La discussion était close. Il n'empêche qu'à moins de mentir, Nora ne pouvait répondre négativement. Prudence était *vraiment* belle. À dix-sept ans, son corps offrait le spectacle enviable d'une grâce langoureuse. Il réalisait avec un peu d'avance la perfection que Sarah promettait d'acquérir et qui semblait m'être au contraire à jamais refusée. Sa chair tout entière serait aussi lisse que ses bras. Cela me paraissait d'une beauté indescriptible, alors que moi-même je me hérissais sous mes vêtements, pleine de nostalgie pour cette douceur satinée. Les mouvements de Prudence étaient en harmonie avec son corps et elle se déplaçait en se balançant sur ses hanches. Plus tard, j'en fis la description à Sarah, laquelle se révéla immédiatement à même de reproduire cette démarche ondulante, comme si elle y avait déjà réfléchi. Quand j'essayai à mon tour, il me sembla que j'avais l'air d'un singe – ce que Stephen s'empressa de confirmer, bien que je ne lui eusse rien demandé.

Le *sexe*, d'après le gros dictionnaire, était « le caractère propre par lequel tout animal est mâle ou femelle ». Suivait une citation de Milton : « De ses mains il façonna une Créature / Semblable à l'homme mais de sexe différent. » Les hommes et les femmes étaient donc également concernés. La seconde définition disait : « par appropriation, désigne la gent féminine ». Il ne s'agissait donc que des femmes. L'encyclopédie le définissait pour sa part comme « ce qui *sépare* le mâle et la femelle ». Encore une version complètement différente. On m'avait appris à me fier sans réserve à ces textes, mais ils se révélaient aussi désorientés que moi face à cette zone d'ombre – cela n'avait rien d'étonnant. Si le sexe était ce qui séparait les garçons et les filles, la question était vraiment incertaine car peu de choses me séparaient de Stephen. Nous étions différents, bien sûr, mais pas à ce point. Si l'on prenait l'exemple de la voix, elle devenait plus éraillée chez lui comme chez moi. Certes, la mienne était un peu plus aiguë. Parler ainsi me coûtait un léger effort, mais cela me rapprochait de Sarah, or je voulais être comme elle. À force de descendre la gamme, Stephen acquit une agréable voix de ténor. Quant à moi, je traversai une période étrange où j'oscillai entre un soprano rocailleux et un alto discordant. J'espérais que l'un ou l'autre triompherait, ne serait-ce que pour éviter des effets comiques dont je me serais passée. Finalement, autour de mon treizième anniversaire, ce fut l'alto qui l'emporta. Je pris l'habitude de hausser le ton de ma voix, ce qui avec un peu d'entraînement me devint assez naturel.

Pour la première fois de ma vie, je lisais autre chose que de l'amour dans les yeux de mon père. Je me disais qu'il était embarrassé, qu'il avait honte de moi – peut-être en savait-il aussi long que moi sur mon désarroi incompréhensible, peut-être connaissait-il mon secret, quel qu'il fût. Un jour, à la table du dîner, je croisai son regard et y découvris du dégoût. Il comprit qu'il avait révélé davantage de ses sentiments qu'il ne le voulait. Je ne me rappelle pourtant pas tant l'expression de ses yeux que le mouvement de sa tête se détournant. Je revois distinctement cet instant, et c'est le seul aspect de mon père que je préfère oublier. Sa réaction me parut incompréhensible. J'étais si bouleversée que j'interrogeai ma mère, plus tard dans la soirée. Bien entendu, elle me dit que ce n'était rien, que tous les enfants doutaient de l'amour de leur père en grandissant. Mais je savais qu'il y avait autre chose. Aujourd'hui, je tiens de bonne source – étant moi-même mon informateur – que les pères se sentent parfois mal à l'aise en voyant leurs filles s'épanouir et devenir des femmes. Cette mutation éveille en eux des sentiments contradictoires. Mais ce n'était pas le cas de mon père : il m'évitait alors que j'étais loin de m'épanouir.

En attendant, le duvet au-dessus de ma bouche et sur mes joues s'était épaissi. Ce n'étaient plus des poils follets à l'aspect enfantin. Sarah en avait un soupçon au coin des lèvres, quand elle souriait. Chez Stephen et moi, cette zone était envahie par des touffes nettement plus drues. Un rasoir m'eût été vraiment plus utile qu'à lui, désormais. À ma grande surprise, ma mère en convint.

J'eus moi aussi mon rasoir à manche et mon bol de savon à barbe.

— Tous les enfants se demandent s'ils sont comme il faut, ma chérie, m'affirma-t-elle. En ce qui te concerne, la vérité est que tu es *parfaite*.

Elle entreprit néanmoins de me parfaire encore en m'enseignant de nouveaux soins destinés à me rendre plus belle. D'abord les pinces à épiler, ensuite le rasoir. Elle me montra comment tenir la lame pour couper les poils au-dessus de ma lèvre supérieure. Après quoi, je les recouvrais de poudre de riz, avec force éternuements. Notre toilette dura désormais plus longtemps et les opérations se compliquèrent. Je devais avoir recours à des combinaisons toujours plus complexes de poudre, de mascara et de rouge. Les filles aussi devaient se raser.

Au début, je fus séduite par la nouveauté, même s'il m'arrivait de me faire des coupures douloureuses. Ma mère m'acheta une sorte de lotion qui piquait horriblement mais dont l'odeur délicieuse atténuait un peu le supplice. Ce fut d'abord Attargul, puis Églantine, que j'aimais encore plus, et enfin le Muguet de Floris, que je porte toujours aujourd'hui. La poudre était un mélange infect de plomb, de vinaigre et de parfum, préparé à ma grande horreur dans du fumier de cheval. Elle suffoquait et irritait ma peau, si bien que chaque soir j'enduisais mon visage avec le baume d'huile d'amande douce de ma mère, agrémenté de miel et de spermaceti, qui apaisait mon épiderme jusqu'au prochain assaut matinal.

Je commençai bientôt à m'interroger sur l'utilité de ces séances de rasage. Certes, je n'avais vu qu'une femme à barbe dans ma vie, lors d'un spectacle de cirque, mais son aspect ne m'avait pas paru si effroyable que cela. En fait, je l'avais trouvée plutôt élégante, plus agréable à coup sûr que l'hercule tendu et boursouflé qui suscitait pourtant l'admiration générale. Se raser était une opération douloureuse, longue et fastidieuse. Pourquoi donc les femmes ne portaient-elles pas de barbes ? Même chez ma mère, j'apercevais une ombre légère aux coins de la bouche. Pendant qu'elle brossait mes cheveux, j'essayais de l'imaginer avec une moustache. L'image que je croyais alors voir dans le miroir était superbe.

Du fait de mon maquillage, j'avais l'air plus adulte, ce que Sarah trouvait extrêmement séduisant. Cependant, la nature lui avait donné une peau mille fois plus belle que la mienne et il était clair que tout contact avec le rasoir lui serait épargné. Malheureusement pour moi, le rasage paraissait accélérer la repousse, de sorte que je dus subir cette opération de plus en plus fréquemment.

Les conciliabules inquiets se multipliaient autour de moi. J'avais l'impression qu'on me faisait traverser les pièces encore plus précipitamment que de coutume, comme si un événement que je devais ignorer se déroulait à quelques pas de moi. Je me sentais exclue par ce secret qu'on me cachait si soigneusement, et d'autant plus mal à l'aise avec moi-même. Pour la première fois de ma vie, je perdis toute assurance. Je commençai à surveiller mon comportement, à modérer mes impulsions, à y réfléchir à deux fois avant de parler.

Ma mère m'apprit enfin que mon père était très malade. Il souffrait d'un effondrement nerveux et d'une forte fièvre. Le repos était son seul espoir, et nous n'avions plus qu'à prier pour lui. Je craignais que mon ignorance ne contribue d'une certaine manière à aggraver la crise, mais la vérité était encore bien pire.

Un soir, Anstace Crouch apparut à la porte de la bibliothèque. Sa période de tranquillité relative était terminée. Ma mère travaillait seule à son bureau. Stupéfaite de voir Anstace si loin de sa chambre, elle leva la tête et lui demanda ce qu'elle désirait. La vieille femme s'approcha avec autant de dignité que le lui permettait son état de délabrement. On aurait dit qu'elle avançait sur des échasses. Elle se pencha vers ma mère, le nez frémissant – la peau de ses narines était si tendue qu'elles semblaient translucides.

De nouveau, ma mère lui demanda ce qu'elle désirait. Anstace l'informa avec calme qu'elle avait écrit deux lettres, l'une adressée à Julius Rakeleigh et l'autre à Athelstan Osbern. Leur teneur était double : d'une part je n'étais pas une fille ; d'autre part, j'étais un enfant trouvé et non celui de mes prétendus parents, ce qui était encore pire. Phillip, le cocher qui m'avait découvert avec Hood et mon père et qui travaillait désormais dans un domaine lointain, pourrait confirmer qu'elle disait vrai. Elle était prête à détruire ces lettres, mais à une seule condition : elle voulait devenir ma gouvernante.

— Je vais appeler Hood et Hamilton, dit ma mère sans perdre son sang-froid malgré sa surprise.

Elle avança la main vers la sonnette.

— N'en faites rien, s'exclama Anstace en levant un bras décharné. Je veux régler cette affaire directement avec le Jeune Lord. Vu les circonstances exceptionnelles et par respect pour lui, je consens à le faire par votre intermédiaire.

— Mon époux étant malade, les HaHa vont devoir…

— Les HaHa ! Encore cette comédie ridicule ! Il faut en finir, et j'ai les moyens d'y parvenir. Si vous ne parlez pas au Jeune Lord, j'irai le voir moi-même ou j'obtiendrai justice ailleurs. Rose aussi aime les belles histoires. Vous ne croyez pas qu'il serait intéressé par celle-ci ?

Ma mère se leva, si furieuse qu'elle renversa un encrier. Le flot noir se déversa sur le bureau, menaçant d'atteindre ses papiers. Ce déluge était beaucoup trop pour le modeste buvard qu'elle avait à sa disposition. Elle entreprit d'arrêter l'inondation avec le chiffon le plus proche, à savoir sa jupe.

— Voulez-vous que j'éponge ce désastre, Anonyma ? demanda Anstace en la regardant sans faire mine d'intervenir. Ou dois-je appeler *l'intendante* ? Je sais ce qui vaut le mieux pour Rose. Je sais ce que lady Loveall aurait jugé préférable. N'étais-je pas chargée de réaliser tous ses désirs quand elle vivait ? Je vais encore le faire maintenant. Si Rose ne m'est pas confié, j'enverrai ces lettres.

— Vous n'êtes pas lady Loveall, Anstace. Elle est morte. C'est *moi* qui suis désormais lady Loveall.

— Vous n'êtes qu'une bibliothécaire aux doigts tachés d'encre et à l'esprit troublé par la folie des grandeurs. Mais qu'importent mes sentiments pour vous et vos théories bizarres. J'ai dit ce que j'avais à dire.

— Ne vous avisez pas d'entrer en contact avec mon époux ou mon enfant.

— Votre *époux* ? Votre *enfant* ?

— Prenez garde ! cria ma mère.

Sa colère ne faisait que conforter Anstace dans sa sérénité. Ma mère porta à sa bouche sa main noircie afin de s'imposer elle-même silence. Elle leva les yeux.

— Voulez-vous le tuer ?

Anstace resta impassible, mais son silence était un aveu implicite de ses intentions. Elle reprit enfin la parole.

— Vous me jugez méchante, dit-elle en souriant. Mais c'est vous, et non moi, la criminelle, la meurtrière !

— Une meurtrière, moi ?

— Vous êtes en train de tuer ce pauvre enfant. Et pourquoi ? Pour que *Geoff-Roy* puisse continuer de vivre dans son monde d'illusions infantiles.

Plus elle parlait, plus elle ressemblait à son ancienne maîtresse. Ayant été déçue dans son espérance de devenir intendante, Anstace s'était hissée en imagination tout en haut de la hiérarchie du château.

— Je ne souhaite pas sa mort, mais ce serait peut-être une bénédiction pour lui. Si j'envoie mes lettres, il sera certainement convaincu de démence. Et vous ! Vous subirez le même sort en tant que complice. Comment un misérable pourrait-il par un tour de passe-passe devenir l'héritier d'une des fortunes les plus importantes et d'un des noms les plus anciens du pays ? Mes révélations exauceront toutes les prières des Osbern, elles seront l'aiguillon dont ils ont besoin pour s'emparer de Love Hall. La famille Loveall s'éteindra à jamais.

— Voilà la dernière chose que votre maîtresse aurait souhaitée.

— La dernière chose qu'elle aurait souhaitée, c'est bien *ceci*...

Anstace regarda la bibliothèque d'un air de blâme.

— Je sais ce qui est le mieux, Anonyma. Le temps et la nature sont avec moi. Que j'envoie mes lettres ou non, certaines preuves seront bientôt évidentes pour le reste du monde. Vous avez encore le choix, mais plus pour longtemps. C'est aussi simple que cela.

Elle se dirigea vers la porte, laissant ma mère s'essuyer les mains sur sa jupe avant de ramasser convulsivement ses papiers. Anstace partie, elle était enfin en mesure de prévenir Hood et Hamilton.

La situation leur apparut avec une clarté cruelle : ils étaient entièrement à la merci de Crouch. Elle tenait la vie de mon père entre ses mains. Les HaHa étaient bien conscients qu'au moins la moitié de la vérité finirait par venir au jour, mais ils étaient terrifiés à l'idée qu'elle se répande avant qu'ils soient prêts. Ils avaient espéré qu'Anstace se contenterait de vieillir dans le luxe, satisfaite de détenir un atout lui assurant une confortable oisiveté. Ils s'étaient trompés. Le chantage de la vieille femme s'était révélé fort différent. Elle avait obtenu tout l'argent qu'elle désirait pour voyager à sa guise. Son ambition n'était nullement de s'installer au loin, dans une maison où elle aurait régenté ses propres domestiques. N'ayant personne à sa charge, elle n'avait d'autre plaisir dans la vie que de jouir des vestiges de son pouvoir à Love Hall. Ce qu'elle exigeait maintenant était absolument impossible. Elle voulait recouvrer son ancienne puissance – autant dire qu'elle souhaitait devenir sa défunte maîtresse.

Angelica rappela à son époux que l'origine de ce désastre était leur refus d'accorder à Anstace la promotion qu'elle désirait. Peut-être serait-il possible de reconquérir ses bonnes grâces en lui donnant le poste d'intendante ? Ils la sonderaient pour savoir si cette perspective avait encore des charmes à ses yeux. L'essentiel était de gagner du temps. Hamilton se faisait d'amers reproches. Ses pensées prirent un tour plus sinistre tandis qu'il envisageait d'autres options possibles. L'heure était peut-être venue de résoudre les problèmes avec des méthodes différentes. Il se dit que son père aurait certainement eu honte des solutions qui se présentaient maintenant à son esprit. Il y avait toujours eu des rumeurs de vendettas réglées de manière aussi expéditive que violente, mais Samuel ignorait par qui, comment et pourquoi. Réduit à ses seules ressources, il s'efforçait de retrouver en lui toute l'habileté dont faisait preuve son père dans ses beaux jours.

Jusqu'à présent, Hood et Hamilton avaient été capables de faire face aux menaces d'Anstace, mais la situation était désormais trop grave pour laisser mon père dans l'ignorance. À la faveur d'instants opportuns, Hood fit de discrètes allusions à ce péril grandissant. C'était la première fois que mon père entendait parler des mauvais desseins d'Anstace. Il s'était longtemps demandé ce que cette vieille grognonne fabriquait encore dans le château. Il comprenait enfin, même s'il n'était pas question de lui révéler toute l'étendue du danger : Hood jugea plus prudent de ne pas lui rappeler le problème de mon sexe, qu'il avait sans doute entièrement effacé de sa mémoire. Il était déconcertant de savoir qu'un membre de la maisonnée était prêt à vendre des secrets de famille au plus offrant, qu'une dynastie aussi puissante que les Loveall devait payer pour préserver son intimité, mais c'était déjà arrivé dans les meilleures familles et cela se reproduirait sans aucun doute à l'avenir. Hood dépeignit la situation à son maître comme déplaisante mais non désespérée. Il assura qu'Anstace aurait beau répéter que j'étais orpheline, tout le monde la tiendrait pour folle. Les Loveall avaient la loi avec eux. Il n'y avait aucun souci à se faire : ses fidèles serviteurs avaient simplement cru devoir le mettre au courant. Dans ses moments de lucidité, mon père était tranquille. L'argent ne signifiait rien pour lui et il ne voyait aucun inconvénient à payer Crouch. À ses yeux, il était évident qu'Hamilton et Hood allaient conclure définitivement cette affaire à la satisfaction de tous. Mais il ne se rendait pas compte que la corruption avait fait son temps.

Il n'avait voulu que mon bonheur et il lui semblait qu'avec l'aide de ma mère il était parvenu à l'assurer. Cependant, voilà qu'un des rares vestiges du monde de sa mère venait le hanter. Pourquoi Crouch voulait-elle détruire notre bonheur et l'avenir de Love Hall ? Chaque jour, le souci le rongeait davantage. J'aurais dû moi-même ne plus jamais l'approcher, car ma présence réveillait d'autres pensées, remettait en branle une voiture qui remontait en cahotant le passé pour arriver au bord d'une montagne de déchets...

À travers les menaces, mon père entendait une autre voix, plus lointaine : la vérité. J'avais grandi devant lui, comme pour lui rappeler chaque jour ce qu'il voulait oublier. C'était moi, non Anstace, qui devais finalement venir à bout de ses forces. Elle n'était qu'une messagère, rien de plus. Il avait vécu si longtemps en niant ma réalité que devoir l'affronter maintenant, en enfonçant cette vieille porte fermée à double tour, eut des conséquences dévastatrices. Il commença à dépérir, dans l'attente de bonnes nouvelles qui ne venaient jamais.

Il était donc primordial de tenir Anstace à distance. Elle ne devait voir ni mon père, ni moi. Personne ne savait quel nouveau venin la vipère était capable de cracher. Nous avions vu récemment passer dans le vestibule cette méchante créature aux occupations indéterminées, qui avait marmonné quelque chose entre ses dents.

— Qu'a-t-elle dit ? demanda Sarah.

— Ne m'a-t-elle pas appelé « moutard » ? m'étonnai-je.

— Non, on aurait dit quelque chose comme « boutard », répondit Stephen.

Nous ne voyions pas pourquoi elle nous aurait parlé.

— Peut-être est-elle enrhumée, suggérai-je.

— Pauvre femme, renchérit Sarah. Elle n'a vraiment pas l'air d'aller bien.

De fait, la peau de la vieille mégère avait un aspect curieusement ridé et basané. Ma mère m'ayant demandé à l'improviste si Crouch ne nous avait jamais importunés, je fus ravie de pouvoir lui rapporter cet incident. Je n'en entendis plus parler par la suite.

Hood et Hamilton surveillèrent de plus en plus étroitement Anstace. Privée de toute autorité, indésirable dans mon entourage, elle leur donnait l'impression d'être sans cesse aux aguets. Ses voyages se faisaient moins fréquents et son comportement laissait entendre que son heure approchait : elle arborait des airs supérieurs en dînant et mangeait avec un appétit renouvelé. Elle reçut d'étranges lettres de correspondants n'habitant pas le village et commença à inciter les gens à l'appeler par son prénom, comme Angelica. Je l'apercevais plus souvent qu'autrefois au fond d'un long couloir, projetant une ombre squelettique, comme si elle ne perdait pas de vue son précieux placement. Elle avait renoncé aux entrées spectaculaires, toutefois, et préférait hanter les ailes du château.

L'état de mon père empirait et le journal de ma mère à cette époque fait pitié quand on le lit. Le malade gisait dans son lit, pâle et baigné de sueur. Dormir n'était plus qu'un rêve inaccessible et il passait des heures à parler tout seul. Ma mère apporta son travail à son chevet, afin de pouvoir le soigner.

La santé de son époux était devenue son unique préoccupation. Elle n'avait aucun doute sur l'issue fatale et se refusait à accorder la moindre attention à Anstace, même s'il arrivait souvent qu'on entende ou aperçoive cette dernière dans le couloir menant à la chambre du Jeune Lord. La responsable du chantage fut bientôt bannie de l'étage puis exilée dans les confins du château, si loin qu'on ne percevait même plus l'écho de ses talons. Mais le temps était compté.

Dans ces circonstances menaçantes, nous étions un peu abandonnés à nous-mêmes et nos jeux prirent un nouvel essor. Pour jouer le vaillant Ose, je m'étais souvent dessiné une moustache au crayon, mais l'ombre apparaissant maintenant distinctement au-dessus de ma lèvre supérieure nous ouvrait d'autres perspectives. Séduit, Stephen me suggéra de renoncer à me raser, et je suivis son conseil. En la noircissant un peu au fusain, ma « barbe » se révélait fort réaliste. Sarah se montrait moins enthousiaste et accusait cet accessoire nouveau de la chatouiller, voire de la gratter. Ma mère choisit d'ignorer ce petit accès d'individualisme, soit qu'elle fût requise par des soucis plus urgents, soit, plus probablement, qu'elle espérât que l'attrait de la nouveauté se dissiperait de lui-même.

Un jour, en passant devant sa porte ouverte, j'aperçus mon père alité. Je ne pus m'empêcher de m'arrêter. Il était assis et sa silhouette fragile s'appuyait à des coussins. Il buvait du bouillon à petites gorgées, tandis que ma mère tapotait son menton avec une serviette. J'étais dans toute la splendeur de mon personnage d'Ose, avec une moustache noircie au fusain et une barbe de plusieurs jours. J'avais fière allure et je me dis, dans mon contentement, qu'il se réjouirait de me voir ainsi. Quand je l'appelai, ma voix se brisa soudain et prit son timbre le plus grave. Il s'interrompit, leva les yeux et s'évanouit sur-le-champ, comme s'il avait vu un spectre. La porte se referma aussitôt et je restai immobile devant le battant de bois qui me dissimulait de nouveau mon père bien-aimé. Pourquoi ne pouvais-je pas l'aider ? Je sentis mes yeux se remplir de larmes en le revoyant mentalement prostré sur son lit, du bouillon dégoulinant au coin de sa bouche. J'avais le cœur serré et ne songeais pas à bouger. Nous avions vu chacun dans l'autre un fantôme.

Ma mère sortit enfin. Je cachai mes larmes et elle m'exhorta à aller jouer. Comme je m'éloignais dans le couloir, elle me rappela :

— Débarrasse-toi de cette barbe absurde, ma chérie !

J'obéis sans tarder. Ne pas me raser était un luxe auquel j'allais devoir renoncer.

Je ne revis jamais mon père. Notre séparation me désespérait, mais d'autres la jugeaient manifestement préférable. Ayant peu d'expérience de la maladie, je supposais que c'était une mesure normale, comme lorsque Stephen avait eu la rougeole et avait dû passer dix jours en quarantaine – dix jours parmi les plus paisibles de ma vie. J'écrivais des lettres à Père que j'adressais à « Lord Loveall, Son Lit, la Grande Chambre, Love Hall ». Ma mère les lui lisait – du moins en partie, car je réalise maintenant que certains passages lui auraient porté un coup fatal. Je lui racontais comment Stephen, Sarah et moi occupions nos journées en son absence et combien il me manquait. Ces lettres comptaient assurément parmi les plus sentimentales qu'on n'ait jamais écrites. Je savais qu'il était malade, que la maladie menait à la mort et qu'il m'avait donné la vie. (Maintenant, cela me rappelle une tragédie grecque : il m'a donné la vie et je l'ai tué.) Je lui devais tout, mais je ne pouvais lui témoigner mes sentiments qu'en écrivant – ce qui est encore à cette heure tout ce qui me reste. Je faisais en sorte que ces lettres lui parvinssent à un rythme soutenu, et ma mère me disait combien il en était heureux.

Tandis que Mère était absorbée par les soins à donner au malade, le tableau noir de la salle de classe se couvrit la nuit d'inexplicables figures à la craie. Ce fut d'abord un personnage schématique vêtu d'une jupe figurée par un triangle équilatéral, puis un autre nanti d'une touffe de cheveux qu'on avait barrée avec une telle violence qu'on voyait nettement l'endroit où la craie s'était cassée. Au début, je crus à une plaisanterie, mais ensuite j'eus l'intuition qu'il s'agissait d'un message. Son sens comme son auteur m'étaient inconnus, et je n'avais pas envie d'en savoir davantage.

Stephen était la seule personne susceptible d'avoir commis ces dessins, mais il jura ses grands dieux qu'il était innocent. Je le crus : il semblait aussi surpris et intrigué que moi. Mais qui était l'auteur, dans ce cas ? En dehors de Stephen, j'étais l'unique suspecte dans tout le château, or j'étais bien placée pour savoir que je n'avais rien fait. Je décidai de garder pour moi mes soucis.

Cependant, je commençai à avoir des accès de somnambulisme. Une nuit, ma mère me surprit en train de soulever une certaine peinture, dont tous les personnages étaient vus de dos, afin de voir l'autre côté. À mon réveil, le lendemain matin, j'avais tout oublié.

Une autre nuit, je me réveillai – ou crus me réveiller – seule, perdue dans la contemplation du tableau représentant Salmacis et Hermaphrodite. Mon doigt effleurait la surface peinte et j'avais l'impression de pouvoir me glisser à l'intérieur ou en attirer à moi un fragment.

Soudain, j'aperçus sur la toile un homme en complet fripé, l'air malheureux. Allongé au bord de la source, il plongeait dans l'eau sa main, triste et inerte. Pourrais-je l'aider ? Pourrait-il m'aider ? Il paraissait à bout, épuisé, soulagé. Je me laissai tomber dans l'étang limpide du tableau, mais il était beaucoup trop visqueux pour être de l'eau et commença à m'aspirer comme des sables mouvants. Je me réveillai dans mon lit, haletante, en sueur. Je dévalai l'escalier, mais rien n'indiquait que je me sois rendue devant la toile et il n'y avait aucune trace de l'homme près de la source.

Au cours de cette période incertaine et de plus en plus malheureuse, les Osbern avaient obtenu une invitation à l'occasion de la mort de lady Elizabeth Osbern, épouse d'Athelstan et ennemie jurée de ma grand-mère. Hood fit remarquer que, vu l'état de la situation, il serait aussi inutile qu'imprudent de nous imposer l'épreuve d'une visite malveillante et de favoriser des confidences intempestives d'Anstace. Ma mère écrivit donc une lettre d'excuses à Athelstan, en lui proposant d'ajourner d'exactement trois mois cette rencontre, le temps que la santé de mon père se rétablisse. Les Osbern apprirent assurément la nouvelle de cette maladie avec plus de joie encore qu'ils n'auraient reçu la confirmation de leur venue.

Cependant cet ajournement resta ignoré d'Edwig Osbern, lequel habitait le plus clair de l'année dans son club, en ville, où il ne faisait suivre à dessein qu'un très petit nombre de ses lettres. Edwig n'appartenait pas au même monde que les autres Osbern. Seule la quête du plaisir l'intéressait, et sa vie entière était consacrée à la débauche et aux excès.

Au cours des dernières années, il avait passé chacune de ses visites à dévorer des yeux ma mère, qu'il trouvait remarquablement belle. Il avait coutume d'exprimer son admiration au reste de la famille, en s'exclamant d'une voix rauque :

— Mon Dieu, cette petite bouquineuse ! J'aurais bien envie de la faire monter sur mes genoux… Ce n'est peut-être qu'une bibliothécaire, mais quand elle sourit c'est une Vénus !

Devant les haussements de sourcils provoqués par sa grossièreté, il s'excusait en proclamant qu'en tant qu'admirateur de la beauté, il en était l'esclave sans défense. Mère m'assurait qu'Edwig se comportait ainsi avec toutes les femmes et qu'un jour il me contemplerait à mon tour avec extase.

Embarrassés par ce vieil ivrogne incorrigible, les Osbern ignoraient Edwig dans la mesure du possible. Ils ne faisaient rien non plus pour excuser sa conduite, ce qui m'était d'ailleurs indifférent. Sa présence au milieu de cette bande d'hypocrites était une bouffée d'air frais.

Un jour, quelques années auparavant, il m'avait soulevée de terre et hissée sur ses genoux. Plongé dans son hébétude alcoolique, il m'avait retenue prisonnière sans y penser. Croyant qu'il m'avait prise pour le chat, je ne voyais aucune raison d'avoir peur. Il caressa mon dos et je remarquai qu'il avait la même odeur que les torchons que les cuisiniers essorent dans les caniveaux quand ils ont fini leur tâche. Un gros morceau de hareng mariné étant resté accroché sur le devant de sa veste, je m'efforçai de ne pas entrer en contact avec lui. Peut-être oncle Edwig pensait-il qu'il ferait plaisir au chat… Tout en me caressant, il énuméra un par un les membres de sa famille. Je ne sais s'il avait conscience de parler à voix haute, mais sans doute n'était-il pas assez lucide pour s'en soucier :

— Edgar… un crétin dévot… Nora… une garce glacée… Fidèle… petit poseur… Constant… pas une once de caractère… Prudence… elle ira loin, cette petite putain…

Il éclata d'un rire saccadé avant de reprendre :

— Esmond… un crétin militaire… Camilla… je l'ai oubliée, celle-là… si, cette gamine fluette, une vraie mijaurée… Edith… j'aimerais mieux crever… Geoffroy… un cinglé… la bibliothécaire… bien effrontée pour un bas-bleu… Mère et Père…

Il se mit à ronfler. Je descendis de ses genoux et rentrai dans le château pour trouver un papier et un crayon afin d'écrire ce que j'avais retenu de son monologue. Plus tard dans la soirée, je récitai cette litanie à ma mère. Elle me gronda plus sévèrement que je ne m'y attendais pour cet épisode, mais parut m'approuver d'avoir pris l'initiative d'en consigner les détails pour la postérité.

Ayant manqué la lettre d'excuses de ma mère, le vieux bouc, comme elle l'appelait, arriva avec exactement trois mois d'avance. Elle l'apprit au chevet de mon père et décida qu'il ne serait pas convenable de le renvoyer sans cérémonie. Sarah et Stephen étant absents pour la journée avec leur famille, je n'avais rien d'autre à faire qu'écrire à mon père. Elle griffonna donc quelques lignes que je fus chargée de présenter à mon oncle.

— Rose, me dit-elle, laisse-le boire tout son saoul, cela suffira à son bonheur. Je vous rejoindrai bientôt et nous nous débarrasserons de lui, mais occupe-le en attendant. Hood peut le servir à volonté.

L'ivrognerie d'Edwig était légendaire. Son premier verre était toujours « thérapeutique ». Le second l'aidait à recouvrer l'équilibre que le premier lui avait fait perdre, et au troisième verre il avait retrouvé son état normal : il était ivre. Il reniflait une prise de tabac toutes les deux phrases en moyenne, et les veines de son visage semblaient sur le point d'exploser tandis qu'il inhalait d'un air excité. Quand il riait, événement aussi fréquent qu'assourdissant, une vague d'un rouge écarlate déferlait de son menton à son front et se répandait en larges coulées sur ses tempes.

Je me rendis à la bibliothèque du rez-de-chaussée, où Hood attendait en compagnie d'Edwig, lequel sortait tout droit d'une nuit de fête au club des Vieux Fous.

— Bonjour, ma petite, dit-il en bâillant.

Il bascula légèrement en avant, mais réussit à garder son équilibre.

— Où est ta maman ? demanda-t-il déçu de ne voir que moi.

— Elle m'a prié de vous remettre ceci, monsieur, déclarai-je en lui présentant la lettre avec une révérence.

Hood l'invita à s'asseoir, mais Edwig préféra rester debout, en s'appuyant lourdement sur un buste du Lord Tranquille dont le piédestal poussa un gémissement révolté.

— Désirez-vous prendre quelque chose, monsieur ? demandai-je.

J'étais ravie de jouer les hôtesses.

— Prendre quelque chose ? Avec *plaisir* !

Il parcourut la lettre d'un air absent. La vue des carafes alignées sur le buffet l'intéressait nettement plus. Hood désigna une ou deux bouteilles, qu'Edwig considéra avec une réprobation discrète mais éloquente. Quand enfin Hood tendit la main vers le whisky, l'ivrogne prit un air enthousiaste. Après avoir brandi la lettre à des distances variées de ses yeux, il se tourna vers moi en chancelant sous l'effet de sa première gorgée d'alcool.

— Qu'est-ce que ça raconte ?

Je lui résumai poliment la lettre et observai que ma mère n'allait pas tarder à nous rejoindre.

— La bibliothécaire ne vient pas ? Dommage ! Le fait est que... le jardin... dehors...

Il aspergea de whisky le tapis tout en gesticulant en direction de la fenêtre. Je supposai que le trajet en voiture lui avait donné mal au cœur. Manifestement, il avait besoin d'air frais.

— Aimeriez-vous faire un tour dans la roseraie, oncle Edwig ?

Je lui offris mon bras et avisai Hood que j'emmenais mon oncle faire une petite promenade reconstituante. L'odeur puissante qui m'assaillit aussitôt me rappela cette scène où j'avais été si proche de lui. Franchissant les portes-fenêtres, nous nous dirigeâmes vers la roseraie. Edwig s'appuyait sur moi de tout son poids mais la marche semblait lui rendre un peu de vigueur.

— Un tour dans la roseraie… Quelle idée délicieuse… Mais dites-moi, ma chère, comment se porte votre mère ? Une femme vraiment exquise, dans le genre *sombre*, si vous voyez ce que je veux dire.

Je commençais à sentir le contrecoup de mes efforts pour le soutenir. Il avait retrouvé sa voix et parlait avec davantage d'aisance, maintenant que l'alcool l'avait aidé à revenir à la normale, mais sa démarche était encore incertaine. Quand il trébuchait, ce qui arrivait fréquemment, il devenait horriblement lourd.

— Elle est au chevet de mon père, monsieur.

— Et comment va votre père ?

— Son état est critique.

— Mon Dieu…

Nous n'avions pas encore atteint la roseraie, mais en apercevant un banc en pierre il s'y affala gauchement. À force de boire et surtout d'agiter son verre, il l'avait vidé. Sa main fouilla dans les profondeurs de ses vêtements et en ressortit avec une flasque en argent. Ses initiales ERO étaient gravées dessus, et quelqu'un avait griffonné au bout un petit S. Il se versa un verre et nous restâmes assis en silence pendant qu'il reprenait des forces. Après quelques minutes, il se sentit nettement mieux, se pencha vers moi et tenta de me regarder. La mise au point prit un petit moment mais ses yeux me fixèrent ensuite avec une telle intensité que je détournai mon regard, embarrassée.

— Dommage pour votre mère. Une bien belle femme… Vous lui ressemblez. Mais si… Vous allez faire le bonheur de quelqu'un, c'est sûr. Montrez-moi donc un peu comment vous marchez…

L'exercice me paraissant anodin, je me mis à parader devant lui, en essayant de faire onduler mes hanches plates comme il me semblait qu'aurait fait Prudence Osbern et comme le faisait Sarah avec tant de naturel. Edwig agitait paresseusement les mains pour diriger mes mouvements, comme si j'avais été un orchestre, en fredonnant tout seul.

— Oui, parfait... Regardez-vous ! Si grande, si élégante !

Sa voix pâteuse vibrait d'admiration pour mes formes féminines. J'étais aux anges.

— Vous me rappelez la rose sauvage : la jolie libertine des haies. Mais gare à sa piqûre, hélas ! C'est ravissant, éloignez-vous un peu, ma chère...

Je m'exécutai. Je portais une robe ancienne, que mon père m'avait rapportée de son dernier voyage à la ville, et Edwig ne tarissait pas d'éloges sur ma silhouette.

— Rose, je crois sincèrement que vous êtes la plus belle personne de la famille. Je ne comprends pas que je ne vous aie pas remarquée plus tôt...

Il paraissait vraiment le regretter.

Sur un signe de sa main, je m'approchai. Son verre était de nouveau vide. Me rappelant les instructions de ma mère, je saisis la flasque posée sur le banc et lui versai encore un verre.

— Venez vous asseoir près de votre cher oncle Edwig...

Ses yeux brillaient d'une lueur que je ne leur avais jamais vue mais qui n'était pas sans attrait.

— Il me semble que le temps se rafraîchit. Peut-être pourriez-vous me tenir chaud...

Il tapota la place à côté de lui. Toujours résolue à jouer les hôtesses parfaites, je m'assis bien que j'eusse conscience qu'il tramait quelque chose. Son souffle haletant m'indiquait qu'il attendait, mais je n'arrivais pas à imaginer quoi. Son regard me paraissait incroyablement intime et brillait en même temps d'une férocité rentrée qui commençait à m'inquiéter, mais pas suffisamment pour me décider à m'en aller. Il prit ma main et se mit à la caresser.

— Ma chère, je suis sûr que vous savez...

Il parlait d'une voix beaucoup plus calme et détendue, même si sa respiration était encore saccadée.

— Vous m'avez mis dans une position fichtrement périlleuse. Je suis sûr que vous savez qu'un homme a des besoins...

Son souffle était de plus en plus court. Il guida ma main sur sa poitrine jusqu'au moment où elle reposa sur ses cuisses. Il semblait ravi de ses progrès. Je n'étais pas moins enchantée d'arriver si bien à l'occuper.

— Quelle fille adorable ! Nous ne sommes pas une Rose *collet monté*, pas vrai ? Laissez votre main où elle est, ma chère.

Je sentais ce qui était en train de se passer entre ses cuisses. Bien entendu, je connaissais ce phénomène pour l'avoir moi-même expérimenté en explorant mon corps à tâtons. Je pensais que tout le monde éprouvait cette sensation intime, mais il ne semblait pas séant d'en parler. Ne pouvant me confier à ma mère, j'avais gardé pour moi cette découverte. Quand Sarah et moi étions couchées ensemble, dans les bras l'une de l'autre, je prenais garde à éviter que cette partie de mon corps puisse la toucher. Elle-même semblait dissimuler tout naturellement son anatomie. Comme elle était mon modèle en presque tout, j'étais persuadée que c'était la meilleure chose à faire. Ces détails censés rester secrets me remplissaient de honte, de sorte que je ressentis un certain soulagement en voyant qu'oncle Edwig les portait sur la place publique. Peut-être était-il possible d'en parler, après tout, de les révéler au grand jour, au lieu de les nier et de les ensevelir dans un silence embarrassé. Cette liberté me réconfortait et, sentant ma honte se dissiper un peu, je pressai ma main sur lui avec bienveillance. Même si cela semble incroyable, je dois avouer que je prenais plaisir à notre connivence et que je savais qu'il ne tarderait pas à s'en rendre compte. Malgré moi, ou peut-être malgré lui, un élan d'affection me poussait vers lui.

Cela dit, son haleine sur mon visage et son comportement en général commençaient à me plaire de moins en moins. Quand ma main accentua sa pression, il en eut le souffle coupé et renversa un instant la tête en arrière. Son émoi était si violent qu'il en avait même oublié son verre, qu'il avait abandonné sur l'accoudoir du banc. Sa main se posa sur la mienne et l'incita à frotter son pantalon d'une manière que j'imaginais agréable. Mais son attention, ou plutôt *ses* attentions s'adressaient ailleurs. Je pouvais endurer de sentir sa main glisser vers l'ourlet de ma jupe et la soulever dans un grand remue-ménage de tissus, mais du coup son corps se tourna tout entier vers moi – et cela, c'était plus que je ne pouvais en supporter. À cet instant, je compris qu'il voulait me rendre la faveur que j'étais en train de lui faire. Un tel échange de bons procédés était tout sauf indispensable. Je l'occupais, puisqu'on m'avait demandé de le faire, mais je n'avais aucun besoin d'être moi-même occupée. Son odeur, où les relents de l'alcool se mêlaient aux effluves culinaires dont il semblait imprégné, son épiderme cramoisi sous mes yeux, les poils sortant de ses narines encombrées de tabac à priser, ses moustaches broussailleuses, les peaux mortes parsemant ses épaules, son menton bosselé de volcans minuscules d'où suintait la lave, tout se combinait pour m'horrifier. Je retirai ma main, mais ne fis ainsi que donner assez d'espace à Edwig pour pousser encore son corps contre le mien jusqu'au moment où je fus prise au piège sous sa masse. Je ne m'attendais absolument pas à la brutalité animale de ce mouvement qui émanait d'une autre personne en lui, d'une brute infiniment plus active tapie dans ses profondeurs.

— Touchez-moi, ma petite fille chérie, commanda-t-il d'une voix rude en embrassant mon cou tandis que j'essayais de le repousser.

M'écrasant maintenant de tout son poids, il se frotta contre ma jambe. Sa main se glissa sous ma robe avec une adresse qui était sans doute le fruit d'années de pratique sur celles que la chance favorisa moins que moi. Bien qu'il ne fît qu'imiter mon propre geste, il semblait en retirer un plaisir mille fois plus intense que celui que j'avais pu éprouver.

— Laisse-moi t'approcher, Rose, ma nièce adorée ! cria-t-il. Laisse-moi te toucher à l'instant où je…

Je sentais son excroissance s'agiter frénétiquement contre moi tandis que sa main s'avançait tout près de la mienne.

— Ah ! Laisse-moi rentrer en toi, Rose. Laisse-moi pénétrer dedans...

Dedans ? Dedans ?

Quoi ! Dans ce trou minuscule ? Non, non ! Ma désillusion était immense. Rien ne pouvait rentrer dedans. Comment pouvait-il en être question ? Ou s'agissait-il de l'autre, du trou de derrière ? Cela ne me paraissait guère plus croyable.

— Oui ! hurla-t-il soudain de toutes ses forces.

Il continuait de se démener désespérément entre mes jambes, en cherchant à tâtons quelque chose qui n'était pas à sa place, comme si la bougie venait de s'éteindre dans la chambre à coucher. Désireuse de l'aider, je le poussai dans la bonne direction et enfin, enfin ! il m'empoigna. Il poussa un gémissement, se raidit, se mit à suffoquer – je n'aurais pu dire si c'était de plaisir ou de souffrance – puis cessa.

Tout cessa. Il n'y eut plus aucun mouvement, frottement, halètement, plus de résistance ni de gémissement. C'était tout à fait inattendu.

J'avais conscience d'être témoin d'émotions aussi nouvelles que violentes, mais je ne savais que faire. Je restai immobile dans le silence qui suivit ce déchaînement, pleine d'étonnement et de nervosité, en regardant si personne ne venait me secourir. Après réflexion, constatant que ma jambe gauche était entièrement ankylosée, je me décidai à repousser Edwig. Ses yeux étaient vitreux. Il me faisait penser à une grosse contrebasse dont on ne jouerait plus jamais. C'était comme si j'avais essayé de l'accorder, en faisant monter son ton encore et encore, si bien qu'il s'était tendu à tout rompre jusqu'au moment où son cou n'avait pu résister et s'était soudain cassé. Je le redressai tant bien que mal en position assise. Comme moi, il était flasque, maintenant. Il était assis dans sa propre souillure.

Edwig était brisé pour toujours. De près ou de loin, je n'avais encore jamais vu la mort, mais ceci avait bien l'air d'y ressembler. C'était peu satisfaisant. Je tentai d'imaginer qu'il se transformait en un petit animal détalant dans le sous-bois, un oiseau s'élevant dans le ciel, une abeille allant bourdonner autour des fleurs, ou même un héron, en l'honneur de ses initiales – les gens deviennent si souvent ce que leur nom les destinait à être. Mais rien ne se passa. Son corps était affalé, inerte, sans un souffle de vie. En fait de se métamorphoser, il devenait de plus en plus mort.

Il avait l'air pitoyable, débraillé comme il l'était. Je le rhabillai de mon mieux en m'efforçant, en vain, d'éviter tout contact avec sa vomissure. Puis je traversai de nouveau le jardin en direction des portes-fenêtres. Ma mère entra dans la bibliothèque au même instant que moi. Elle me demanda comment allait Edwig.

— Il est mort, dis-je en passant devant elle et en m'essuyant les mains sur mes jupes.

Une fois hors de la pièce, je montai l'escalier quatre à quatre et éclatai en sanglots. Ma mère saurait que j'étais coupable.

Les funérailles eurent lieu deux semaines plus tard, de sorte que la venue des Osbern fut ajournée moins longtemps que ne l'avaient espéré les HaHa. Edwig était mort dans le domaine des Loveall et les membres de sa famille, malgré leur indifférence à son égard, avaient exigé qu'il soit enterré sur place conformément à l'ancienne coutume. Les Osbern n'avaient pas tous pu se libérer – Prudence et Fidèle étaient absents, bien qu'Edgar présidât la cérémonie. Ma mère et moi complétions l'assemblée. J'étais contente de porter un voile qui empêchait les autres de m'observer. Mon père était trop malade pour se déplacer.

Mon parfum était excessivement fort et se mêlait à ceux des Osbern, si bien qu'il fallut garder les portes de la chapelle ouvertes. Crouch hanta ce jour comme une apparition menaçante. Elle ressemblait de plus en plus à une gargouille, laquelle aurait été mieux à sa place parmi les sculptures de la façade qu'à l'intérieur de l'édifice. Elle chanta avec une vigueur singulière, d'une voix chevrotante de vieille dame à l'orgueil indomptable.

Ces obsèques se déroulèrent avec beaucoup de solennité et tout le monde fut enchanté de suivre le corps d'Edwig jusqu'au mausolée, où il reposerait à jamais. Bien que cela fût parfaitement égal aux Osbern, je leur dis qu'il avait eu une mort heureuse. Ils se montrèrent étrangement réservés, ce jour-là, tout en s'inquiétant ostensiblement de l'état de santé de mon père.

Esmond avait manifestement pour instructions de passer le plus de temps possible en ma compagnie. Son regard révélait une activité mentale intense, et il parvint à rencontrer le mien à plusieurs reprises durant la réception, malgré mon voile protecteur.

— Ma cousine, dit-il avec un sourire en s'inclinant.

Pendant un instant, il me sembla que ce sourire me disait qu'il savait tout, qu'il savait ce que seul le fantôme d'Edwig aurait pu lui apprendre, qu'il savait en somme des choses que moi-même j'ignorais. Je dus me rappeler que c'était simplement l'effet de sa tactique. Comme tous les séducteurs invétérés, il excellait à apparaître plus intéressant et mystérieux qu'il n'était en réalité, afin de parler sur un ton plus intime, de suggérer qu'un lien secret imaginaire l'unissait à celle qui l'écoutait. Je ne trouvais aucun charme à son charme, bien que sa séduction physique fût indéniable. Je me détournai en clignant nerveusement des yeux, désireuse de mettre un frein à mes propres dérives imaginaires, où je remplaçais l'oncle par le neveu. On ne saurait trop se méfier de soi-même.

Les attentions prolongées d'Esmond suscitèrent une réaction intéressante chez sa tante Nora. Elle lui jeta un regard de propriétaire qui m'apprit sur-le-champ qu'il était l'Ose de cette Sarah. Même quand il me parlait, une partie de la conversation semblait destinée à Nora.

À l'abri de mon voile, je regardai les Osbern s'éloigner en imitant non sans talent l'allure d'un cortège funèbre. Esmond prit Nora par la main et ils marchèrent en arrière, plongés dans un entretien des plus intimes.

Le membre le moins important et le plus négligé de leur famille était mort. Selon toute probabilité, je l'avais tué, même si personne ne s'en doutait. Je ne ressentais pourtant pas toute la culpabilité qui aurait dû accabler une meurtrière, même involontaire. Cette mort en elle-même m'importait peu. Je me sentais beaucoup plus tourmentée par l'idée de ne pouvoir en parler à personne. Il fallait que je garde pour moi ces secrets, car je savais que les gens pourraient s'en servir contre moi.

Ma mère avait pris la mort d'Edwig au sérieux et j'avais pensé, d'après son attitude, que je devrais m'expliquer. Je fus surprise de voir qu'il n'en était rien. Elle préférait apparemment m'entraîner dans des conversations philosophiques d'une imprécision inattendue, sur la nécessité de grandir et « le changement des saisons ». Ces entretiens étaient fort convenables, même si je comprenais qu'il y était question au fond de sueur, de travaux exténuants… et de la mort d'Edwig.

— Je te parle là de choses qui appartiennent à la terre, conclut-elle en me prenant par le bras pour me montrer qu'elle était sérieuse. Mais toi, ma chérie, tu peux avoir l'éternité. C'est à toi de choisir.

Elle me lut un poème de Mary Day intitulé « Cieux limpides de l'infini – Réjouissez-vous ! », lequel me passa par-dessus la tête bien que la langue fût d'une beauté émouvante. Ni Mary ni Mère ne se montraient explicites. Alors qu'elle était si franche par ailleurs, ma mère ne pouvait aborder ouvertement ces sujets. Cette réserve lui était dictée par sa décision de remettre à plus tard toute révélation plus définitive, en attendant la mort qui approchait, imminente, inéluctable.

3

Durant cette longue année de la maladie de mon père, Mère fut ma seule famille. Quand elle ne pouvait rien faire pour lui, nous restions toutes les deux dans la bibliothèque, où je lui servais d'assistante.

Des années plus tôt, j'avais été couchée à ses pieds, entourée de roses, mais désormais j'étais à son côté, attentive à suivre ses instructions et à l'aider de mon mieux. Juchée sur l'échelle mobile, je partais à la recherche de quelque volume hors d'atteinte. J'explorais du bout des doigts les reliures les plus lointaines avant de déposer l'ouvrage en question sur son bureau, où elle s'absorbait dans ses investigations littéraires. Alors que Père gisait immobile dans sa chambre, où il s'éteignait doucement, nous occupions sans répit notre esprit. Cette activité me permettait aussi d'apaiser mon angoisse, qui se concentrait sur l'abîme d'ignorance que je sentais en moi et que je désespérais d'explorer un jour avec succès.

Tout à notre travail sur Mary Day, nous ne quittions jamais la bibliothèque. Nous passions le plus clair de notre temps penchées sur des pages moisies, mais ces recherches m'ouvrirent une porte sur le monde et je découvris des horizons que je n'avais jamais soupçonnés. Une théorie prenait son essor, et nos conversations nous emportaient bien loin de la vallée de Playfield.

Quand ma mère découvrait une nouvelle convergence, même si elle ne faisait que réfléchir tout haut en travaillant, la suite de ses idées conduisait inévitablement à des analyses imprévues et des envols de l'imagination.

Ayant accès à des documents dont son père n'aurait jamais rêvé disposer, elle ne pouvait souffrir l'idée de ne pas explorer toutes les pistes, si obscures et improbables fussent-elles. Tout pouvait devenir source d'inspiration. La vérité n'était pas une ligne droite mais une route sinueuse – le « circuit » –, qui ne cessait de se ramifier en différentes directions, menant à chaque fois à un monde inconnu. Pour les mystiques, la vérité repose dans cet enchevêtrement de choix et d'alternatives, cachée dans la vision fugitive au loin de la perfection. Toute réponse évidente est un mensonge.

Nombreux étaient les mystères de Mary Day, à commencer par les textes eux-mêmes : leur présence à Love Hall posait un problème aussi troublant qu'insoluble. Peut-être un de nos ancêtres, contre toute vraisemblance, avait été un collectionneur passionné de littérature ésotérique – mais dans ce cas, pourquoi avoir laissé les livres dans un état aussi pitoyable ? Peut-être Mary Day avait eu ses entrées à Love Hall – mais cette hypothèse du poète invité par les châtelains était plus qu'improbable. L'intelligence de Mère lui jouait des tours et il lui arrivait de voir dans tel passage une allusion à des faits auxquels il se révélait absolument étranger. Elle secouait alors la tête en riant de sa propre imagination et s'exclamait :

— Oh, Mary ! Arrête tout de suite !

Mais lus à Love Hall, dans cette sombre demeure riche en secrets, passages dérobés et cachettes de toutes sortes, les poèmes prenaient un sens plus profond. Il n'est pas étonnant que j'aie ressenti leur puissance, moi aussi, comme s'ils s'adressaient directement à nous.

Nous entreprîmes de rassembler des notes, que nous consignâmes sur des petites fiches afin de les consulter plus commodément. Les fiches ne cessant de s'empiler paraissaient se moquer de nos tentatives pour relier entre elles les nombreuses pistes découvertes par ma mère. Telle était la liste des « mots étrangers », qui regroupait des phrases défiant la grammaire ou des vocables aux désinences bizarres, dus soit à l'orthographe fantaisiste de Mary (conséquence de son manque d'éducation), soit à des choix conscients révélant une grande excentricité. Ces fiches devinrent si nombreuses qu'il fallut à leur tour les classer par rubriques : *folie, impression, mesmérisme, Paracelse, Pistis.*

De temps à autre, même après tant d'années, me mère se renversait contre le dossier de sa chaise et s'écriait :

— Rose, le manuscrit !

C'était ma mission la plus sacrée. Bien qu'elle ait depuis longtemps recopié le manuscrit dans son intégralité, pour éviter d'abîmer davantage l'original, il arrivait que les copies ne puissent simplement pas faire l'affaire. Il fallait qu'elle touche ce que Mary avait touché, afin de s'imprégner davantage de sa présence. Elle m'enlaçait des deux bras, tandis que ses doigts esquissaient au-dessus des pages le tracé des mots. Puis elle lançait :

— Fini ! Au revoir !

Je replaçais le précieux document dans son casier. Attentive à ses autres devoirs, ma mère regardait l'horloge puis se hâtait d'aller voir comment Père se portait. Elle me donnait des instructions pour de nouvelles recherches, afin que je facilite son travail en défrichant le terrain. Je m'en chargeais avec joie. Il était si bon d'être absorbée par une tâche.

En cet hiver pénible, interminable, l'atmosphère ne cessa de s'assombrir. Des médecins venaient à l'improviste tremper de neige le rez-de-chaussée, tandis que Sarah et moi les regardions tapies derrière les rampes de l'étage – il était rare que des étrangers nous aperçoivent. La neige n'avait pas séché que déjà ils se retiraient avec quelques mots consolants, sans prendre la peine de convenir de nouveaux rendez-vous. Une autre année se passa avec la même lenteur. Je me sentais exclue, inutile. Même nos jeux me paraissaient désormais sans intérêt.

Un jour, nous entendîmes un domestique évoquer des *événements* en baissant la voix d'un air soupçonneux. Tout ce qui pouvait me sortir de ma routine accablante était bienvenu, de sorte que je cherchai à percer ce mystère. Sarah réussit à arracher à sa mère qu'effectivement des incidents s'étaient produits. On les avait minimisés, à cause de la maladie de mon père. Leur nature précise demeura incertaine, mais le bruit courut qu'on avait retrouvé mon gobelet de baptême en étain par terre – il avait manifestement été projeté à travers la salle à manger. J'allai moi-même vérifier et dus conclure que soit un gobelet identique à l'ancien avait été placé au même endroit sur le manteau de la cheminée, soit il ne s'était absolument rien passé. Ces commérages étaient révélateurs du malaise où nous étions tous plongés.

Comme si cela ne suffisait pas, il fut question le mois suivant de *nouveaux* événements. Cette fois, on ne pouvait les ignorer. D'après Stephen, d'étranges messages avaient été semés à travers le château. Ces hiéroglyphes mystérieux semblaient porteurs de révélations urgentes, que peut-être les morts adressaient aux vivants. Je songeai aux dessins sur le tableau noir.

J'avais tendance à ne pas accorder créance à Stephen dans ce domaine. Toutefois, il régnait indéniablement un malaise que je ne parvenais pas à m'expliquer. Le maître du château étant gravement malade, un certain décorum était de mise. Mais en voyant les regards furtifs des domestiques, leur façon d'inspecter prudemment chaque pièce où ils entraient, je compris que quelque chose ne tournait pas rond. J'étais impatiente d'être moi-même témoin d'un de ces nouveaux incidents.

Un matin d'hiver, dans la chambre à coucher du malade, ma mère ouvrit les rideaux de la fenêtre, connue sous le nom d'« observatoire de la veuve ». Mon père aimait se poster devant, assis dans son vieux fauteuil roulant, afin de regarder juste ce qu'il fallait du monde pour ne pas l'angoisser. De son poste d'observation, il apercevait Rubberguts, désormais dépouillé de son feuillage, et l'allée s'éloignant vers le pays au-delà du domaine, qui lui était presque aussi étranger qu'à moi. Il aimait voir la rosée matinale sur les gazons. Les jardiniers la façonnaient parfois en de véritables sculptures liquides, selon une technique propre à Love Hall. Ces chefs-d'œuvre de rosée se dissipaient sous ses yeux tandis qu'il sirotait son thé du matin.

Ce jour-là, en écartant les rideaux, Mère jeta un coup d'œil dehors. Elle les referma aussitôt en s'excusant. Laissant mon père assis dans la pénombre, elle alla chercher Hood. Je me trouvais dans la Grande Galerie, en train de converser avec Sarah. Ma mère s'avança vers nous d'un air résolu :

— Sarah, emmenez donc Rose à l'étage, dans la chambre de derrière. Ne tardez pas, je vous prie.

Ces décisions précipitées n'étaient pas dans le style de notre maisonnée. Cependant ma mère s'éloignait à grands pas dans le couloir, en tirant au hasard sur des sonnettes et en criant :

— Hood ! Hood, s'il vous plaît ! Ah, vous voilà ! Occupez-vous de l'allée ! Tout de suite !

Nous courûmes à l'étage et nous précipitâmes dans la salle de classe, sans tenir compte des ordres de ma mère. Quelle ne fut pas notre surprise – et notre joie, tant ce spectacle était singulier – d'apercevoir un simple mot tracé sur l'allée boueuse à l'aide de cailloux :

GARÇON.

Nous eûmes toutes deux la même pensée : Stephen.

Quel idiot ! Pourquoi écrire ce mot, alors qu'il était justement le seul garçon du château ? Il se ferait forcément prendre, comme le jour où il avait gravé son nom dans son pupitre. C'était vraiment un nigaud.

Soudain, nous aperçûmes en bas le présumé coupable. Bizarrement, il ne semblait nullement en disgrâce.

Sous la direction de Hood, il travaillait dans une concorde parfaite avec son père et l'un des jardiniers. Ils ratissaient l'allée avec un tel zèle qu'à peine nous eûmes compris leur intention, nous constatâmes qu'il ne restait plus de l'inscription que le sommet du N, que Bailey, le jardinier, était en train d'effacer. Puis les ratisseurs disparurent de l'allée rendue à sa splendeur originelle. Nous restâmes incrédules à la fenêtre, comme si nous avions rêvé toute la scène. Quand Stephen nous rejoignit, hors d'haleine, nous faisions encore de vaines déductions sur le « mystère du mot dans le gravier ».

— Vous l'avez vu ? demanda-t-il d'une voix haletante.

— C'était toi ? demandâmes-nous de concert.

Nous étions aussi étonnées que ravies de voir qu'il avait réussi à se faire pardonner.

— Non, affirma-t-il.

Il était catégorique. Il mentait souvent, mais il était aisé de savoir quand il disait la vérité.

— Ils ne m'ont même pas *demandé* si j'avais écrit ce mot.

Il n'en fallait pas davantage pour nous convaincre de l'extrême étrangeté de cet événement. Le suspect numéro un n'avait même pas été interrogé. Comme l'inscription sur l'allée, cet épisode fut pour ainsi dire effacé. Il n'en fut plus question – mais le mystère persista.

Nous étions supposés ne rien avoir vu. Notre propre intérêt nous commandait donc de nous taire, cependant nous nous posions toujours des questions. Toute la journée, nous entendîmes des domestiques échanger des commérages dans les couloirs. Dès qu'ils nous voyaient arriver, un silence de mort s'abattait. Ils toussaient d'un air gêné, haussaient les sourcils, baissaient furtivement les yeux.

Dans l'après-midi, nous allâmes tous les trois rejoindre ma mère dans la bibliothèque. Nous découvrîmes avec stupeur, dans la liste des bibliothécaires surmontant la porte, le même mot ciselé grossièrement dans la pierre sous le nom de ma mère :

GARÇON.

Nous restâmes figés, bouche bée, jusqu'au moment où ma mère apparut sur le seuil, chargée de livres pour faire la lecture à mon père. Elle se tenait juste sous l'inscription qui nous avait tétanisés, à contre-jour, si bien que nous distinguions à peine ses traits. Je la regardai puis levai les yeux au-dessus d'elle – comme mes deux compagnons, je pense. Nous étions abasourdis. Après le gobelet de baptême, les messages, l'allée, encore ce mot… Elle s'avança vers nous très calmement et se retourna. Après avoir observé la porte, elle soupira et dit posément :

— Allez dans l'École de Poupée, les enfants.

— Lady Loveall, pourquoi a-t-on écrit GARÇON ? demanda Sarah.

Mais ma mère n'avait pas de réponse. Elle se contenta de répéter son ordre avec plus d'insistance. Nous nous éloignâmes dans le couloir, et au moment où nous tournions à l'angle elle s'écria :

— Stephen Hamilton, allez chercher votre père et dites-lui d'amener Mr Hood.

De mémoire d'homme, cette journée avait été l'une des plus étranges qu'on n'ait jamais vécues à Love Hall. Mais nous étions loin de nous douter que le pire était encore à venir.

Ce soir-là, il n'y eut ni nouvelle révélation ni décision. Je me glissai dans la chambre de Sarah à l'heure habituelle et me couchai à côté d'elle pour converser en chuchotant. Ces rendez-vous nous paraissaient si naturels qu'ils se déroulaient selon une routine délicieuse. Bien que nous n'ayons jamais risqué d'être surprises, je savais que cela devrait arriver, et que même ce serait mieux car nous faisions quelque chose de mal. Mon corps me disait que tout allait bientôt changer, que c'était perdu d'avance. Les *nouveaux événements* semblaient présager la fin de notre impunité, de même que mon propre trouble que j'espérais follement ensevelir en moi. J'étais comme un enfant qui ferme les yeux et s'imagine que plus personne ne peut le voir.

Nous échafaudâmes des théories sur les derniers incidents bizarres jusqu'au moment où nous eûmes épuisé toutes nos ressources de déduction et d'imagination. J'essayai d'employer la méthode de Mary Day – chercher tout sauf la réponse évidente –, mais elle ne paraissait guère s'appliquer au « mystère du mot dans le gravier ». Sarah renonça à trouver une explication et se mit à parler de l'avenir, en imaginant une époque où mon père irait mieux. Elle partirait en voyage avec moi dans un pays lointain. Ces visions indolentes cédèrent bientôt la place à des aventures romanesques. Le roi se montrerait magnanime, le peuple serait exotique à souhait et le prince, bien sûr, aurait fière allure. Il tomberait amoureux d'elle et moi à la fois. Tous ces éléments dérivaient en droite ligne de nos jeux, mais racontés ainsi par elle, juste pour nous deux, ils devenaient encore plus séduisants.

Pendant qu'elle parlait, j'embrassai sa nuque et passai ma main autour de son corps. C'était un autre monde. Sa poitrine était ronde et douce, alors que je n'en avais aucune. Je savais que le hasard était maître en la matière – elle était plus développée que moi de ce côté, je l'étais plus qu'elle pour tout le reste. Comme je l'enviais, cependant... Avec toute l'adresse dont j'étais capable, je glissai ma main entre ses seins. Je l'ouvris toute grande de manière à recouvrir son sein gauche. Je le sentis frémir sous ma paume, mais elle continua de parler comme si de rien n'était. J'accentuai ma pression, de façon à la *toucher* vraiment et non seulement à la frôler par erreur – cela faisait une énorme différence. Je sentis une couche plus dure juste sous sa peau soyeuse. Sarah sembla ne rien remarquer. Je n'écoutais plus que d'une oreille, maintenant. Seul comptait le ton rêveur de sa voix, et le fait qu'elle ne me disait pas d'arrêter. Ses seins étaient fascinants – je n'imaginais pas pouvoir jamais posséder rien de pareil. Elle était allongée sur le côté, et leur masse les entraînait doucement vers le lit. Je m'interrompis un instant pour tâter son mamelon. Il était littéralement cent fois plus gros que le mien. Une crainte respectueuse m'envahit. Je m'immobilisai pour l'écouter.

— Et le prince Clément lève son bras au-dessus de la lice où les deux chevaliers s'apprêtent à s'affronter pour conquérir nos faveurs. Ne t'arrête pas. Mais il sait, secrètement, que c'est lui qui devrait se battre pour nous, et cette certitude terrible fait trembler sa main. Il baisse son mouchoir, le tournoi commence. Rose... Le chevalier blanc et le chevalier noir galopent l'un vers l'autre. Nous les regardons du haut de la tribune. Ton cœur ne bat que pour le chevalier blanc, et le mien pour le prince. Nous nous tenons par la main. Nos destins sont en jeu. Et si le chevalier noir l'emportait ?

Voyant qu'elle s'abstenait de toute protestation, je repris mon exploration tandis qu'elle continuait de parler. Poussée par un esprit d'aventure, par la soif de découvrir des territoires inexplorés en l'honneur de Mary, j'avais délaissé ses seins pour m'engager plus avant. Elle était perdue dans son récit, et moi j'étais un explorateur audacieux, un héros sorti tout droit de nos jeux, lord Ose en personne.

Je n'étais pas sûre qu'elle s'intéressât encore le moins du monde à ce qu'elle racontait. Son épopée aux allures de rêve n'était plus guère qu'un gémissement prolongé, ponctué d'étranges soupirs. L'histoire se réduisait maintenant à l'essentiel, quelques scènes, quelques images isolées, séparées par des silences de plus en plus longs :

— Les yeux noirs... le soleil éclatant... mon prince... un pigeon s'envolant des murailles du château, chargé d'un message...

Bercée par ce rythme indolent, elle bougeait sous ma main. Au début, elle était restée immobile tandis que je la touchais. Maintenant, au contraire, elle allait et venait en ondulant, se rapprochant et s'éloignant de moi, en un mouvement que j'interprétai comme un mélange d'enthousiasme et de réticence. Continuant son chemin, ma main longea son nombril, qui était semblable au mien, puis atteignit une région où son ventre se bombait légèrement. Elle se figea. Elle ne parlait plus. Mes doigts effleurèrent la lisière de ses poils – je fus heureuse de constater qu'ils se trouvaient au même endroit que les miens. Ils étaient beaucoup moins abondants, toutefois, moins rudes et touffus. Son corps tremblait légèrement, non de peur mais de plaisir. Je n'avais encore vu ce frisson que chez l'oncle Edwig. Au moins, cette fois, avec ma belle Sarah, j'étais mieux préparée. Je ne la pousserais pas à la même extrémité. J'étais décidée à me montrer plus circonspecte.

Tout était en suspens. Elle se taisait, retenait son souffle. Je respirais péniblement – quand je me souvenais de respirer. Expirer, inspirer, expirer… J'avais le vertige. Le sang palpitait dans mon corps. Soudain, le silence entre nous devint intense, comme la preuve de notre dessein. J'allais avancer mon bassin de manière à me presser contre elle de tout mon corps, mais quelque chose suspendit mon mouvement.

Je savais ce que j'allais maintenant toucher, tandis que mes doigts caressaient au passage sa peau et ses poils. Cette idée me faisait battre le cœur. L'instant était crucial. Je devais être tout près.

Mais où se cachait-il ? Je continuai ma progression, incrédule. Si ç'avait été mon propre corps, j'aurais déjà la main pleine ! J'avais remarqué en palpant Edwig qu'ils n'avaient pas tous la même taille, mais où donc était celui de Sarah ?

En fait, où *était*-il ?

Ma main arriva entre ses jambes. Rien.

Rien !

Mon esprit commença à s'affoler. Sarah semblait me dire que j'avais trouvé un bon endroit, une source de plaisir pour toutes les deux, mais j'étais horrifiée.

Il n'y avait rien, hormis une absence chaude et humide.

Je sentais la chair de ses cuisses des deux côtés de ma main. Elle les serra comme pour me retenir en cet endroit, me prendre au piège, mais j'enlevai ma main aussi vite que je pus. Que se passait-il ? Que lui était-il arrivé ? La malheureuse. Je n'avais cessé de m'attendre à ce qu'elle mette fin à mon exploration – j'étais résignée à cet instant fatal, presque désireuse qu'il vienne m'interrompre –, mais c'était moi-même qui avais arrêté.

Je me dis : « Oh, mon Dieu. C'est donc ainsi que cela doit se passer ? »

Edwig, moi, Stephen.

Sarah.

Avait-elle perdu le sien ?

Pire : avait-il été *supprimé* ?

D'un coup, je fus révoltée par elle, par son manque, sa carence. Je n'avais aucun rapport avec elle. J'étais plus complète.

La bouche sèche, je retins mon souffle. Était-ce cela que je n'avais pas compris ?

Très probablement, mais que fallait-il en déduire ? Seigneur !

J'étais manifestement destinée à finir comme Sarah, puisque j'étais une fille, mais cela ne s'était pas encore produit. Pendant tout ce temps, je n'avais pas réalisé que mes mauvaises pensées, même si je m'étais efforcée de les étouffer, me mèneraient nécessairement, inévitablement, à *ceci* : soit je dépérirais tout à fait, soit j'accepterais ma mutilation forcée. J'avais conscience d'avoir conçu des désirs obscènes. Sarah avait dû faire de même et certes elle avait sa douceur, sa beauté, ses formes harmonieuses, mais ceci, *ceci* était le prix à payer ! J'étais témoin de son châtiment. Et nous partagions maintenant le lit de notre honte commune. Mon cœur battait la chamade. Ce qui se trouvait entre mes cuisses, quel que fût son nom, s'agitait odieusement, comme pris d'horreur ou de peur devant le destin qui l'attendait. Mon sang ne fit qu'un tour.

Qu'étaient les hommes, tels Stephen et Edwig ?

Qu'étaient les femmes, telles Sarah et moi ?

Nous n'étions pas dignes d'être des hommes, lesquels sont destinés à arborer fièrement la marque de leur supériorité. Je n'avais pas encore commencé ma métamorphose. Soudain, je me rendis compte que je ne pourrais jamais me développer comme Sarah, avoir sa chevelure soyeuse, ses douces rondeurs, tant que je n'aurais pas accompli cette transformation nécessaire. Était-ce un châtiment ou une récompense ?

Un châtiment, évidemment. Comment pourrait-elle se produire sans souffrance ? Peut-être tous les humains étaient-ils des hommes au départ, et seuls ceux péchant en pensée et succombant à la tentation devenaient-ils des femmes ? Ce ne pouvait être qu'un châtiment, à moins qu'il ne s'agît simplement de la destinée promise à certains êtres, comme une métamorphose avant la mort.

Devenir aussi belle que Sarah ou Prudence, ce rite indispensable, devait être douloureux. Mais quand aurait-il lieu ? Quand ? Pourquoi se produisait-il avec tant de retard dans mon cas ? Cette idée me répugnait autant qu'elle me fascinait. Si la nature ne venait pas à mon secours, je devrais m'en charger moi-même.

Et cette fois, enfin, je me vis clairement. Seule dans les bois, un couteau à la main. Non, non ! Je ne voulais pas – ne pouvais pas... Mais comme j'aspirais à cet acte qui me terrifiait ! En finir. Ce serait une délivrance. Je désirais être débarrassée de ce fardeau afin de pouvoir devenir ce que j'étais censée être. Telle que j'étais actuellement, je ne faisais que décevoir les autres. J'avais bien vu comme mon père avait détourné la tête devant moi. Pourquoi n'avais-je pas compris ? C'était à moi d'agir.

Sarah avait remplacé ma main par la sienne, sans s'apercevoir que je ne faisais plus attention à elle. Puis elle tenta de m'attirer de nouveau vers son absence, son trou béant.

C'était plus que je n'en pouvais supporter. Je poussai un cri et sautai du lit en me serrant dans ma robe de nuit. Sarah était aussi bouleversée et horrifiée que moi. Je m'enfuis, incapable même de la regarder.

— Rose ! s'exclama-t-elle tandis que je m'échappais. Ne t'inquiète pas. C'est si bon. Reviens !

J'entendis comme un gémissement de déception s'élevant du fond de son corps, mais je courais déjà aussi vite que je le pouvais. En repensant à ce qui venait de se passer, j'essayai de mettre mes idées en ordre, d'éclairer ces ténèbres. Je criai de toutes mes forces. Ma voix résonna dans le long couloir, voué jusqu'alors au silence, et son écho redoubla ma terreur.

Une lumière s'alluma derrière moi. J'entendis des pas précipités, des exclamations affolées. Un bruissement de satin, des pantoufles glissant sur le parquet. Mon cri semblait avoir mobilisé toute une maisonnée déjà en état d'alerte.

J'arrivai enfin à ma chambre, soulagée d'être seule. Je n'avais pas pensé à ce que je pourrais dire aux autres. Mes pensées étaient concentrées sur ma propre personne. Je claquai la porte dans mon dos. Des bougies luisaient, bien que je fusse certaine de ne pas les avoir laissées allumées. Une fenêtre était ouverte et le vent nocturne entrait en rafales, faisant battre les rideaux et rendant la chambre méconnaissable, hostile. Transpercée par le froid, j'avais l'impression que rien n'était en ordre. C'est alors que je vis l'inscription. Sur mon lit, où je n'avais pas encore dormi, écrit en travers du couvre-lit, le mot

GARÇON

en lettres de sang. Ou quelque chose qui ressemblait à du sang pas encore figé.

J'entendis frapper violemment à la porte. Je m'écartai et Hood entra précipitamment, suivi de ma mère. À la vue du couvre-lit, ils s'arrêtèrent net. Hood inspecta aussitôt la chambre, en contrôlant les issues possibles. Il s'assura que le malfaiteur était parti et constata l'étendue des dégâts.

À cet instant, j'étais presque reconnaissante pour cette nouvelle inscription étrange. Alors que j'avais complètement oublié le « mystère du mot », il resurgissait opportunément pour justifier mon propre comportement. Ma mère s'avança vers moi comme une incarnation de tout l'amour du monde et attira ma tête contre sa poitrine. Je restai ainsi, heureuse de sa compassion et indifférente à ses motifs. Je savais que mon apparence était bizarre, mes yeux égarés. Une vérité terrible commençait à se faire jour dans mon esprit.

— Tout ira bien, ma pauvre chérie, dit ma mère en me caressant les cheveux. Ne t'inquiète pas.

C'était exactement ce que m'avait dit Sarah. Tout le monde était au courant.

Hood ôta le couvre-lit incriminé et le fourra sous son bras avec toute la dignité dont il était capable. Après être convenus en peu de mots avec ma mère qu'ils reprendraient leur discussion le lendemain matin, il ferma les fenêtres et disparut. Ma mère suggéra que je pourrais dormir dans la chambre de Sarah, si je ne voulais pas rester seule.

— Non ! m'écriai-je un peu trop vite.

Je me ressaisis et ajoutai :

— Non, merci.

Elle me proposa alors de dormir dans son propre lit. Je refusai. Cette nuit-là, cela m'aurait semblé encore pire. Je n'aspirais qu'à la solitude. Même si je n'y croyais guère moi-même, je persuadai ma mère que je m'étais tranquillisée.

— Tu es si courageuse, ma RoseMary. Je sais que nous traversons une période éprouvante. Tu vas avoir besoin de toute notre aide. Nous t'aimons tous. Si tu as besoin de quoi que ce soit, je serai toujours là.

Elle me borda elle-même, comme si rien ne s'était passé, mais en levant les yeux vers elle je me demandai si elle me reconnaissait encore. Si jamais elle trouva étrange de constater que je n'avais pas dormi dans mon lit, elle n'en montra rien. Après m'avoir embrassée sur le front, elle quitta la chambre.

Je restai seule dans la nuit. Les bougies projetaient sur le plafond des ombres effrayantes. À travers mes paupières fermées, leurs flammes vacillaient avec insouciance. Le mot sur le couvre-lit. Le mot dans le gravier. Le mot au seuil de la bibliothèque… Tous ne faisaient qu'un. Et Sarah ? Que faisait-elle maintenant ?

Mon cœur s'arrêta.

Elle était morte.

J'avais entendu son souffle s'accélérer, exactement comme celui d'Edwig. Et son gémissement. Avais-je tué une nouvelle fois ? Arrêtez-moi, arrêtez-moi ! Mon esprit était incapable de rassembler ses idées. Reposait-elle dans le matin, sans vie ? Mais Sarah ne pouvait pas être morte. Elle avait à peine commencé à gémir – je l'avais épargnée.

J'étais incapable de dormir, de lire. Je gisais dans ma solitude, en guettant comme un meurtrier la première lueur de l'aube s'insinuant, accusatrice, à travers la fenêtre, le jour de l'exécution. Je récitai mes prières, mais personne ne me répondit. Je me sentais seule comme jamais encore. Même les draps me semblaient hostiles, mais quand je les repoussai l'air me parut moite comme les mains d'un spectre sur ma peau. Qu'avais-je vécu avec Sarah ? Que savais-je désormais ? Ma pensée s'agitait en tous sens, vainement, comme une girouette ballottée par la tempête.

La nuit s'obscurcissait et la clarté tremblante des bougies s'affaiblissait tandis que leurs mèches diminuaient. Quand aurait lieu ma métamorphose ? Quand s'était produite celle de Sarah ? Cela faisait des années. Mais s'était-elle vraiment métamorphosée ? Je poussai un soupir. C'est alors que du tréfonds de mon esprit, une idée nouvelle, encore plus sinistre, commença à s'annoncer, à se frayer son chemin : c'était la vérité, laquelle résidait dans les hypothèses inimaginables, les choix auxquels je n'avais jamais osé penser. Loin d'essayer de la reconnaître, j'étais incapable de l'affronter. Je la repoussai de toutes mes forces, mais sa venue était inévitable. Étendue sur mon lit, brûlante de sueur, je sentis sur moi son évidence glacée.

Oncle Edwig. Sarah. Stephen.

GARÇON sur l'allée de gravier.

Je m'approchais à l'aveuglette d'une prise de conscience si terrifiante que je n'avais pu même l'envisager.

GARÇON au-dessus de la porte de la bibliothèque.

Se pouvait-il que ce fût vrai ?

GARÇON sur mon lit.

Je n'avais pas besoin d'en savoir davantage. C'était impensable, et pourtant je sentais un grand calme – le calme de la certitude. J'avais décidé de permettre à la vérité de se révéler à moi. Je ne pouvais reculer cet instant plus longtemps. Ma vie avait changé pour toujours. Je comprenais. Je comprenais la différence : tout était caché chez les femmes, replié à l'intérieur de leur corps, alors que tout était exposé au regard chez les hommes. Qu'est-ce qui me séparait de Stephen et d'Edwig ? Rien. Qu'est-ce qui me séparait de Sarah ? Elle était cachée et j'étais exposé. J'étais livré aux regards. Les femmes faisaient des enfants. D'où venaient-ils ? Du repli intérieur.

GARÇON sur mon lit.

GARÇON dans mon lit.

GARÇON.

Je m'étais moi-même interdit de le comprendre. J'avais attendu que quelqu'un me le dise, alors que je n'avais qu'à me le dire moi-même, à écouter ce que mon propre corps me criait. Je savais tout dès le début. Je savais. Une chose était certaine : cette révélation tuerait mon père.

Je restai enseveli dans le linceul humide. Qu'allais-je faire ? Était-ce moi qui cachais ce secret aux autres ou eux qui me le dissimulaient ? Qui connaissait la vérité sur moi ? De qui étais-je le secret ? À cet instant, je sus que j'étais voué à l'abandon et à la solitude. Qu'étais-je désormais ? Je me sentais différent. Devrais-je m'inventer moi-même, en défiant toutes les lois de la nature ? En grandissant, mon désarroi et ma folie s'étaient imposés à moi. Tout s'éclaircissait, maintenant, mais j'étais étranger à moi-même. Mon corps gisait inerte, inutile, mais mon esprit fonctionnait à toute allure – trop pour aboutir au moindre résultat. À présent, je savais. Je me tordais sur mon lit, incapable de dormir. Les draps étaient encore plus moites que l'atmosphère.

Je ne pouvais plus rester dans ma chambre.

Heureux de sentir l'air vivifiant sur ma peau, je marchai à travers le château, sans savoir ce que je faisais ni où j'allais. Ma vue était voilée. Je me retrouvai devant la porte de Sarah. Pourquoi écouter ? Peut-être ne respirait-elle plus. Si elle vivait, si je ne l'avais pas tuée, nous serions morts l'un pour l'autre. J'avais besoin d'un point d'ancrage afin de cesser d'errer ainsi dans la nuit. Les portraits me regardaient avec pitié. J'étais perdu. Mes doigts étaient blancs de poussière. Je n'arrivai même pas à retrouver la nymphe Salmacis. J'étais perdu dans ma propre demeure. Pire encore, je n'étais pas moi-même ! Qu'appelais-je moi-même ? Quel serait mon nom ? À l'avenir, je ne pourrais plus parler de moi qu'à la troisième personne – mais y avait-il vraiment un « moi » susceptible de parler ? Que s'était-il passé ? J'errai comme un voyageur dans un pays étranger, incapable de comprendre les signes ou la langue des indigènes, ne sachant où trouver secours. Il essayait de ravaler ses larmes, mais elles étaient plus fortes que sa volonté. Stephen ? Non. Sarah ? Non. Ma mère ? Non. Ils me détesteraient, désormais, même s'ils reconnaissaient en moi leur Rose, leur petite fille. Je me noyais, je suffoquais, ma bouche s'ouvrait dans l'eau, je mourais.

Je montai à la bibliothèque, où j'allumai autant de bougies que je pus afin de tenir les visions à distance. Puis je commençai à prendre des volumes sur les rayonnages. Cette fois, j'avais un dessein bien arrêté. Je m'absorbai dans les livres, comme si je ne les avais encore jamais lus. Sur chaque illustration, dans chaque phrase de chaque roman, je reconnaissais ce que j'étais, je découvrais la vérité sur mon corps. Tout ce que je lisais des personnages féminins ne s'appliquait qu'aux couches superficielles de mon être : mes vêtements, mon éducation, mon apparence. L'extérieur était parfait, mais à l'intérieur j'étais une personne différente, grotesque. Fou de douleur, je m'assis par terre en sanglotant. J'étais un échec, un secret ignoré même de moi. Que pourrais-je leur dire ? J'avais passé ma vie à tenter d'oublier quelque chose que je ne savais même pas, en l'enfouissant en moi-même. Je n'avais confiance en rien, et surtout pas en mes propres pensées, et pourtant j'étais habité par une certitude que je n'avais encore jamais connue.

Sous le bureau, j'aperçus la trappe ouvrant sur le cagibi où étaient conservés les vieux tableaux de famille. Pourquoi ne m'avait-on jamais invité à y jeter un coup d'œil ? Et pourquoi n'avais-je pas essayé de le faire ? Je soulevai la trappe, appuyai le battant contre le pied du bureau et descendis une échelle étroite menant à l'entrepôt. Je fis deux voyages, de manière à pouvoir emporter les livres. Je vis des toiles encadrées entassées les unes en face des autres : toute une collection de personnages peints qu'on avait retirés des murs. Ils se dressaient devant moi comme autant de réponses. Je n'avais rien su, n'avais rien voulu savoir. Je n'avais pas osé m'avouer clairement mes soupçons de n'être pas une fille, par peur de… quoi exactement ? De ceci, peut-être ? Non, mes peurs n'étaient rien auprès de cette réalité. Avais-je la moindre chance de m'en tirer ? Pourrais-je garder mon secret ? Si je maintenais mon entourage dans l'ignorance, si je me débarrassais moi-même du problème, me serait-il possible de leur faire croire que j'étais toujours leur Rose ? Je m'efforcerais de les contenter, de ressembler davantage à la femme qu'ils désiraient que je sois. De cette façon, je sauverais la vie de mon père. Car j'étais également responsable de sa mort. Pourquoi m'avaient-ils fait une chose pareille ?

Je me déshabillai et m'allongeai sur le sol, les yeux fixés sur le plafond. Par la trappe ouverte, je voyais le toit de la bibliothèque. J'aurais dû fermer cette trappe et rester ainsi pour toujours. Ils ne m'auraient jamais trouvé. Cette pièce menait peut-être à une des cachettes souterraines du château. Je pourrais disparaître dans le labyrinthe des tunnels, me perdre définitivement, seul.

Je regardai mon corps. Même lui se moquait de moi. Je déchirai ma propre chair en pleurant, en saignant. Je pétris l'endroit où auraient dû se trouver mes seins et griffai l'abomination entre mes jambes. Je la repoussai en arrière et serrai mes genoux – de cette façon, au moins, on ne la voyait plus. Mais elle se redressa comme pour me défier, jusqu'au moment où mon ventre se tordit de douleur. Je n'étais pas une femme, mais je n'étais pas encore un homme. J'avais regardé les personnages masculins des tableaux. Mon corps maigre n'avait rien à voir avec leurs silhouettes musclées. Peut-être étais-je vraiment l'enfant de mon père – dans un sens, cette pensée m'apaisait. Je serais un homme doux, comme lui. Je savais tout et cela m'horrifiait. Tout me paraissait haïssable. Je me haïssais.

Je restai là jusqu'au matin, au milieu des tableaux et des livres. Je les avais disposés autour de moi en un cercle protecteur, dans l'espoir que leur pouvoir magique pourrait tenir à distance le monde réel. Mais c'était trop tard. La magie était morte. Je gisais au centre de la pièce, couché sur le dos, les bras étendus le long de mon corps. Je ne me rendis même pas compte que le jour s'était levé jusqu'au moment où j'entendis tourner la poignée de la porte.

Ma mère regarda en bas. J'étais nu. Mon nez coulait. En l'apercevant, mon premier réflexe fut de couvrir ma nudité. Je posai mes mains sur mon aine et levai mes genoux pour me cacher. Je ne savais pas quelle serait sa réaction. Elle descendit l'échelle et me prit dans ses bras.

Je m'entendis demander :

— Qui suis-je ?

— Mon enfant bien-aimé.

Mon estomac criait famine et je me serais effondré si ma mère ne m'avait pas retenu.

— Père me déteste, n'est-ce pas ?

— Il t'aime.

Je me tus, couché dans ses bras.

— Qui suis-je ?

— Tu es un miracle, Rose.

Elle me ramena dans ma chambre et je hurlai comme un loup. Je n'arrivais même plus à me représenter le monde normal. Il me semblait que ce n'était qu'un souvenir, qu'il ne reviendrait jamais à son état ordinaire. Je ne pouvais m'imaginer en train de jouer avec Stephen et Sarah. Revoir mon père était impensable tant je lui serais odieux. Quelle aversion il éprouverait pour moi une fois qu'il aurait découvert la vérité ! Il détournerait la tête, il quitterait le théâtre où je jouais.

Mère s'allongea avec moi sur le lit et caressa mes cheveux. Cela dura des heures. Des jours. Elle me dit que j'étais beau, que j'étais aimé. Rien d'autre. À l'intérieur de moi, je vivais un rêve étrange qui ne voulait pas cesser, comme lorsqu'on rêve qu'on se réveille, alors qu'on dort encore, et qu'on se réveille ensuite une seconde fois. Ma vie entière était irréelle. Réveillez-moi !

Je passai au lit les jours, les semaines, les mois qui suivirent. Pendant cette maladie, ma mère répondit à mon unique question – trois mots, les seuls que je pouvais songer à prononcer :

— Qui suis-je ?

Elle me raconta l'histoire. Un enfant trouvé. Un garçon. Adopté comme fille par des parents pleins de tendresse. Comme elle était belle, comme ils l'aimaient, l'héritière de leur fortune merveilleuse ! Elle me racontait ces événements pour faire passer le temps, comme si je ne pouvais l'entendre, mais eux seuls m'importaient, eux seuls me maintenaient en vie. Son récit me permettait de respirer, même si je redoutais chacune de ses péripéties car je connaissais sa fin. Je pouvais écouter avec intérêt, du moment que je ne m'identifiais pas avec l'enfant. Mais dès que je me rappelais que cette heureuse petite fille allait devenir moi, devrait un jour vivre *ceci*, je sentais la bile envahir mon gosier. Ma gorge desséchée étant incapable de produire autre chose qu'un râle, je ne pouvais exprimer cette détresse que par mon regard.

Ma maladie commença à se manifester. Mon corps se couvrit de boutons noirs qui me démangeaient avant de me brûler. Je passais mes nuits à les gratter et mes draps étaient parsemés de taches de pus et de sang. Ces boutons donnèrent des lésions rouge foncé et il fallut me prescrire des sédatifs. Je n'ai guère de souvenirs de cette période, bien que j'en aie gardé quelques cicatrices, notamment une en haut de ma cuisse droite. Elle se perd maintenant au milieu des plis de la vieillesse, mais je sais encore où elle se trouve. En la touchant, je me transporte en esprit dans ce lit où je subissais la métamorphose de mon ancien moi en une personne nouvelle, comme un papillon qui se serait transformé en larve.

Étendu sur ma couche, je m'imaginais que mon inconscient s'était rendu maître de mon corps et que c'était lui, à mon insu, qui avait écrit, peint et gravé les inscriptions révélatrices à l'intérieur et à l'extérieur du château. Mais cette fois, j'étais innocent. Ces actes de terrorisme étaient l'œuvre d'Anstace.

Mère me dit que la nuit où j'avais tout découvert, notre Némésis était allée jusqu'à écrire à la craie GARÇON à travers le château, sur les tableaux, partout où elle le pouvait, et personne ne comprenait comment cette vieille femme avait atteint des endroits *a priori* inaccessibles. Moi, je connaissais la vérité : c'étaient mes doigts que la poussière de craie avait blanchis, cette nuit-là. Mais qu'importait, désormais ? Peut-être Mère avait-elle compris. Elle me dit que je pouvais encore être, que j'étais encore l'être humain dans sa perfection. J'avais l'impression qu'elle se moquait de moi. Je me sentais plus imparfait que jamais, perdu, voué à la solitude.

Ainsi confiné dans mon lit de malade, je ne percevais le passage du temps qu'à travers les changements de la lumière plongeant peu à peu mon visage dans l'ombre. J'avais appris sur mon compte tout ce que j'ai écrit depuis : ma découverte et la supercherie qui s'ensuivit. J'avais été victime de tout le monde : de mon père me substituant à Dolores, de ma mère essayant d'incarner en moi les théories de Mary. Je n'avais été qu'un pion au service de l'ambition d'Anstace ou du combat des HaHa pour survivre. Mais que serais-je devenu si je n'avais pas été recueilli ? Rien. Un cadavre. Moins que rien.

Une nuit, je me réveillai baigné dans une mare de sang suintant de mon bas-ventre. Pour une fois, je fis la différence entre la veille et le rêve. Émergeant du sommeil, j'éprouvai un bref soulagement à l'idée d'avoir enfin mes règles. Je me rappelai la contrariété de Sarah devant la douleur provoquée par son premier saignement, puis la fierté qu'elle avait partagée avec moi en voyant s'approcher ainsi l'âge adulte. Elle était donc venue pour moi aussi, cette heure de gloire. Puis la réalité me revint en mémoire. Horrifié, je regardai l'endroit où mes ongles avaient lacéré ma chair et perdis connaissance. Quand je revins à moi, mes ongles étaient enveloppés dans des bandages, qu'il me faudrait avoir la force d'enlever si jamais j'essayais encore de me mutiler moi-même. Angelica se pencha sur moi. Sans méchanceté, quoique avec moins de gentillesse qu'à l'ordinaire, elle me dit :

— Vous ne parviendrez pas à vous en débarrasser, vous savez.

Une autre nuit, je rêvai de Sarah et Stephen. Dans la journée, tandis que je flottais dans une demi-inconscience, ma mère m'avait déclaré que Sarah regrettait amèrement ma présence. Je ne me souviens même pas avoir ressenti du soulagement en apprenant qu'elle était vivante, mais je la fis entrer dans mon rêve. Elle nageait avec son frère dans la rivière pendant que je les regardais, comme toujours, assis sur la rive. Il faisait beau et chaud, les oiseaux chantaient leur bonheur à plein gosier. Sarah et Stephen sortirent de l'onde, et je me rendis compte qu'ils étaient nus tous les deux. Les seins de Sarah apparurent les premiers. Ils étaient si parfaits, si réels. Tandis que le frère et la sœur marchaient dans l'eau profonde avec une aisance gracieuse, je vis leur nudité complète. Je n'avais jamais rien contemplé de plus divin. Du moins, je me souviens que telle était mon impression dans le rêve : je ne saurais décrire précisément cette beauté, car elle consistait en une certaine lumière, sans aucun détail. Alors qu'ils s'avançaient vers moi, ils s'arrêtèrent en me faisant signe de les rejoindre dans la rivière. Je me levai. J'étais inquiète à l'idée des règles édictées par ma mère, mais j'empoignai mes jupes et me dirigeai vers eux. Ils soulevèrent ma jupe par-dessus ma tête et m'étreignirent. Je sentais que je me raidissais comme Edwig, comme un homme, et j'avais peur que Sarah ne s'en offusque. Cependant je sentais que Stephen était dans le même état que moi – je savais que tout était pardonné. Ils entreprirent de m'entraîner dans l'eau. La sensation que j'éprouvai alors était si enivrante que je faillis m'effondrer : elle mêlait le contact de l'eau affluant contre mes cuisses et mes jambes à la douceur de leur peau effleurant la mienne. Stephen se frotta contre moi et je tendis la main pour le toucher. Tous ses muscles tendus, il s'efforça d'aller à la rencontre de mes doigts. Quand j'émergeai du rêve, mes mains me touchaient de la même façon et je défaillis. Fermant les yeux, j'essayai de ne jamais me réveiller. Une nouvelle fois, je me retrouvai trempé, mais ce n'était pas du sang.

Sarah et Stephen séjournaient chez le frère de leur mère. Je me souviens avoir pensé que de toute façon, si Sarah était morte, on m'aurait dit qu'elle était en voyage. Puis je me rappelai vaguement qu'ils avaient projeté de rendre visite à leur oncle cet automne. Se pouvait-il que ce fût déjà l'automne ?

J'aurais voulu voir mon père, mais je n'étais pas autorisé à quitter ma chambre. Ma mère partageait son temps entre ses deux malades. En son absence, Angelica se montrait aussi attentionnée que Mère l'aurait été. J'apprenais des bribes de nouvelles au hasard de leurs conversations. Peut-être s'adressaient-elles à moi, peut-être parlaient-elles entre elles, mais ce que j'entendais au passage m'apprenait combien la situation était désespérée, en cette demeure où le maître des lieux et son héritier étaient tous deux entre la vie et la mort.

On avait estimé qu'il serait prudent soit de ramener Anstace au bercail, soit de la soumettre aussi vite que possible. Mon père avait appris que des tableaux avaient été endommagés, et cette nouvelle l'avait mis au bord du gouffre. Ma mère jugeait la mégère dangereuse pour sa vie comme pour la mienne : elle aurait voulu la faire partir coûte que coûte. Cependant, Hood et Hamilton avaient insisté pour qu'elle reste, car ils ne pouvaient la laisser accélérer délibérément la crise. Après une rencontre au sommet avec Anstace, où celle-ci menaça de s'allier sur-le-champ avec les Osbern, ce qui revenait en fait à un double meurtre, Love Hall se retrouva soudain avec deux intendantes. Angelica, démissionnaire, devait assurer la transition grâce à ses conseils. C'était pour les HaHa autant de temps gagné – qu'aurait pu encore demander Anstace, après avoir vu tous ses désirs exaucés ?

Je me sentais maintenant presque prêt à parler de nouveau, mais j'étais terrifié à l'idée de la voix que je devrais adopter à l'avenir. Cette perspective soulevait trop de questions redoutables.

Un matin, ma mère m'assit dans mon lit et entreprit de me couper les cheveux. J'étais encore hébété, au sortir d'un profond sommeil. J'avais une nouvelle fois rêvé de Sarah et de la dernière nuit que nous avions passée ensemble.

Puis elle sortit le rasoir. Quand je repris tout à fait conscience, je sentis ma mère peigner mes cheveux et poudrer mon visage. Sans avoir le temps de réagir, je me retrouvai hors du lit, vêtu d'une longue robe cramoisie qui me rappela les draps maculés de sang. Ce ne fut qu'alors que mes apprêts étaient presque terminés que je compris ce que ma mère m'avait dit en m'habillant.

— Nous allons voir ton père. Comme c'est peut-être la dernière fois, il faut que tu apparaisses dans toute ta beauté.

Sur le chemin de la chambre de mon père, je fis un effort presque surhumain pour me concentrer. Après avoir si longtemps désiré le voir, je me rendais compte que je n'en aurais plus jamais l'occasion. Peut-être allais-je mourir. Ma mère me soutenait d'un côté, Hood de l'autre, mais je sentais ma force revenir un peu rien qu'en reprenant contact avec le monde irréel du dehors. J'avais passé tant de temps alité dans ma chambre, laissant les autres me nourrir, me raser et me laver. Love Hall semblait me rendre une partie de mon ancienne vigueur. Le château était pareil à lui-même. Rien n'avait changé. Mais quels changements avaient pu affecter mon père ? Je me demandais s'il m'apparaîtrait métamorphosé autant que je le serais moi-même à ses yeux.

Nous frappâmes à la porte et Hamilton s'inclina tandis que nous entrions. Mon père était appuyé à une montagne d'oreillers, comme lors de ma dernière visite, mais maintenant sa tête pendait sur le côté comme une poupée de chiffon. Il n'était plus qu'un fantôme, un pâle reflet de lui-même. Ce n'était pas moi qui allais mourir.

Il n'était pas rasé et ses traits étaient tirés. Sa peau transparente portait les stigmates d'une forme moins brutale de ma propre maladie. La chair de son visage semblait avoir été comme aspirée autour de ses pommettes et sa voix n'était plus qu'un murmure. L'odeur de renfermé était encore mille fois plus irrespirable que dans ma chambre, malgré l'air glacé qu'on y faisait circuler en permanence. À la gauche du lit gigantesque, on avait posé à hauteur de son regard la maquette de Hemmen. Sa tête était tournée vers elle. Ces derniers jours, même pour converser avec des visiteurs, il gardait les yeux fixés sur la Maison de Poupée en parlant. Par moments, il souriait comme si Dolores venait juste d'arriver pour lui dire quelque chose. Il n'avait pas conscience de notre présence, mais ma mère s'avança en saisissant ma main afin que je marche à son côté. En le voyant, je me sentis complètement dégrisé, au point qu'il me sembla presque être rétabli. J'avais déjà vu la mort, mais elle avait été soudaine. Cette fois, il s'agissait d'une détérioration graduelle, d'un lent dépérissement. J'assistais à cette émasculation que j'avais redoutée pour moi-même.

— Mon cher, je vous ai amené Rose, dit ma mère d'une voix sombre.

Sans attendre une réponse, ni même un signe de reconnaissance, elle s'écarta tandis que je m'avançais vers le lit. Je m'assis sur le bord opposé à la maquette, que Père était en train de contempler. Il allongea sa main vers moi en tendant deux doigts en avant, comme un prêtre.

— Chh...

Il continua de fixer la Maison de Poupée pendant un moment qui me parut interminable. Je regardai ma mère, qui me sourit comme pour me dire qu'elle comprenait, que ce comportement était bien de lui. Enfin, avec une terrible lenteur, il se tourna vers moi.

— Dolores, dit-il en souriant et en posant sa main sur la mienne. Je ne suis pas surpris.

Son sourire n'était qu'une crispation à la commissure des lèvres, mais je savais que son âme était inondée de bonheur. Il était temps que je parle, en essayant de ressembler à moi-même.

— Père, c'est moi, Dolores. Même si vous m'appeliez aussi Rose.

À l'instant où je prononçai mon nom, mon père se figea et des larmes jaillirent de ses yeux. Il serra son autre main autour de la mienne avec toute la force dont il était capable. Si faible que fût son étreinte, elle lui coûta un effort perceptible dans la convulsion des muscles autour de sa bouche et de ses joues. Il ne réussit à articuler que trois mots :

— Je suis désolé.

— Père, merci de m'avoir donné la vie. Aucun enfant au monde n'a eu autant de chance et de bonheur que moi. Votre amour pour moi était infini. Chaque jour de ma vie à venir, je transmettrai aux autres cet amour généreux.

Je ne comprenais pas moi-même comment je pouvais être si calme, si normal. J'étais éberlué de conserver un tel sang-froid alors que mon corps me paraissait désespérément étranger. Tout au fond de moi, au cœur de mon âme, je reconnaissais comme une réalité qui m'était essentielle, un noyau indestructible à partir duquel le reste de ma vie devrait se développer. À travers mes larmes, je regardai mon père. Il prononça ses dernières paroles sans jamais lâcher ma main.

— Ma Rose. Je suis un insensé mais je t'aime. Tu ne dois blâmer que moi. Je t'aimais tant.

Il parlait de plus en plus lentement – en grinçant, la voiture s'immobilisait pour son arrêt définitif…

— Tu étais tout pour moi. J'ai perdu une fille mais j'ai trouvé un fils… juste à temps, lord Loveall… juste à temps.

Sur ces mots, il se redressa brusquement dans son lit, comme si un marionnettiste avait tiré soudain sur ses fils invisibles. Les draps s'écartèrent pour révéler une chemise de nuit rose brodée sur les côtés de motifs compliqués en dentelle. Son corps était décharné, meurtri par la faim. Se raidissant en un spasme ultime, il me fixa et s'exclama : « Dolores ! » tandis qu'il la voyait tomber pour la dernière fois. Il cria de toutes ses forces, mais sans faire plus de bruit qu'un chat poussant un miaulement exténué. En s'affaissant sur ses oreillers, il heurta de sa main, qu'il avait essayé de tendre vers la Maison de Poupée, la réplique miniature qui s'y trouvait. La maison minuscule roula par terre en déclenchant une boîte à musique qu'elle contenait et dont je n'avais jamais soupçonné l'existence. Elle se mit à jouer notre berceuse préférée : *Süsse Träume, Liebling*. J'étais encore assis sur le lit et serrais son autre main dans la mienne. Je sentis tous les muscles se relâcher. À ce moment, je me souvins que je n'étais pas seul avec lui.

Ma mère pleurait doucement, les yeux baissés. S'avançant vers le lit, elle embrassa le front de mon père et berça sa tête dans ses mains, comme elle avait bercé la mienne alors que je gisais mourant dans mon propre lit. Hood ramassa la Maison de Poupée miniature. Hamilton montait la garde près de la porte, mais je pouvais voir son menton trembler. D'un seul coup, il se mit lui aussi à pleurer.

— Il t'aimait tellement, Rose, me dit ma mère.

Elle prit mes doigts, se pencha sur mon père et me fit fermer ses yeux.

— Dolores a été la dernière créature qu'il ait vue, et nous devrions tenter de garder avec lui cette merveilleuse vision à jamais. C'est une grâce pour nous tous.

Elle retira sa main de mes doigts et je regardai mon père. L'espace d'un instant, je crus sentir son âme sortir de son corps et entrer dans le mien. Quand je retirai à mon tour ma main, mon père n'était plus qu'une chair sans vie, une maison vide.

— Nous vivrons en faisant honneur à son amour, déclarai-je.

J'avais reçu un nouveau scénario, même si je ne savais d'où il me venait, et les mots surgissaient du plus profond de mon être. Hood marmonna des condoléances et s'inclina profondément. Je crus d'abord qu'il s'agissait d'un geste de sympathie, mais il ajouta :

— Votre Seigneurie.

Je compris alors qu'il n'était pas question uniquement de compassion.

J'étais son nouveau seigneur, le nouveau lord Loveall. Ma mère et moi étions désormais les seuls maîtres du château. Mon père était mort. Je ne savais pas qui j'étais. Stephen et Sarah étaient loin. Par quoi devais-je commencer ?

Nous retournâmes dans ma chambre, où ma mère me dévêtit de nouveau et m'aida à me coucher. Nous ne dîmes pas un mot. Nous pleurions tous deux doucement. Quelqu'un entra dans la chambre, nous vit ensemble et sortit.

Durant les semaines qui suivirent, ma mère et moi ne nous quittâmes pas un instant. Vers qui d'autre que nous aurions-nous pu nous tourner ? Tout en recouvrant peu à peu ma santé, j'essayai de mettre de l'ordre dans le passé. La peur aveugle qui avait précédé ma découverte céda alors la place à une détermination renforcée. La vérité était désagréable, mais elle était fondée sur des faits et non sur l'ignorance. Cette évolution intérieure se mêlait au chagrin d'un enfant qui vient de perdre son père. Je le voyais partout, j'entendais sa voix au bout d'un couloir où il n'apparaîtrait plus jamais, je respirais son parfum délicat s'attardant autour de la tache sombre laissée par sa pommade sur l'appui-tête de son fauteuil favori. Nous avions été si loin l'un de l'autre, pendant ses dernières années. Les raisons de cet éloignement étaient évidentes, mais en pensant à lui je ne songeais qu'au grand amour dont il m'avait comblé, à la vie qu'il m'avait donnée. Je ne lui faisais aucun reproche. Que serais-je devenu sans lui ? Un repas pour chiens errants, les yeux arrachés par les nécrophages. Il m'avait sauvé de l'Enfer et avait tenté de m'offrir le Ciel. Sans lui, l'existence paraissait impossible, mais je savais que je me devais de survivre pour lui. Plus que jamais, je sentais qu'il faisait partie de moi. Il était mort pour que nous vivions.

Dès que le drapeau noir fut hissé, des lettres de parents commencèrent à affluer. Les premières étaient empreintes de tristesse et de regret, mais elles adoptèrent bientôt un ton vibrant d'indignation, notamment après que ma mère eut envoyé des faire-part précisant simplement que les obsèques auraient lieu dans la plus stricte intimité.

En ce jour de grand deuil, cependant, à l'insu de notre famille, les gens du cru furent invités à défiler devant le cercueil exposé tout l'après-midi dans une tente d'apparat au bout de l'allée. On annonça que j'étais trop accablée pour assister à cette cérémonie, et ma mère vint à ma place. Les villageois faisaient la queue pour présenter leurs sincères condoléances. Quand ils demandaient comment j'allais, ma mère répondait que je m'en tirais aussi bien qu'on pouvait l'espérer.

Assise dans la chambre de mon père, dans son vieux fauteuil roulant, je suivis la cérémonie depuis l'« observatoire de la veuve ». Sachant que j'allais bientôt devoir arborer ma nouvelle apparence, je m'étais résigné à porter un costume sombre que j'avais trouvé parmi les affaires laissées par Stephen. L'étoffe me semblait raide et froide. Je me sentais comme un étranger dans mes habits et dans mon corps. À travers le feuillage du vieux Rubberguts, je regardai le défilé des villageois. Je baissai les yeux sur mes jambes, dont la maigreur était révélée sans pitié par mon pantalon étroit et incolore. Il ne restait plus rien à imaginer. C'était bien moi, solitaire, habillé dans les vêtements d'un autre : un être anguleux, aux coudes et aux genoux saillants.

La tente était à gauche, le mausolée à droite. En un regard, je pouvais parcourir toute la vie de mon père et mon propre destin.

4

Ma mère et moi avions résolu que je dévoilerais la vérité sur mon sexe le plus tôt possible. La maladie de mon père avait repoussé suffisamment longtemps cette révélation, à laquelle plus rien ne s'opposait. La période de deuil nous donnait tout le temps dont nous avions besoin : Anstace elle-même, apaisée par ses nouvelles fonctions d'intendante, apparut vêtue d'une robe noire.

J'avais été intronisé en privé comme le nouveau lord Loveall. Même si cela m'était douloureux, j'étais prêt à faire ce que je devais pour honorer la mémoire de mon père. Puisqu'il avait pu enfin m'appeler son fils, je serais son fils. Je resterais lady Rose le temps d'observer un deuil bref mais respectueux. Pendant cette période, je porterais les vêtements appropriés à mon nom. Toutefois, avec l'aide de ma mère, je me préparerais à tenir mon nouveau rôle dans le monde. C'était à nous de choisir le moment de ma première apparition – à moi, plutôt, car j'étais de plus en plus amené à prendre les décisions. À l'avenir, je ne serais plus la victime des caprices d'autrui.

Je m'entraînai à porter mon futur costume. Ma mère affectait de considérer ces séances comme un jeu, semblable à ceux où nous nous déguisions naguère. Malgré tout, ce n'était plus la même chose : en l'absence de

Stephen, cette mascarade perdait tout naturel. Et sans Sarah, il n'était plus question d'exiger le baiser de la victoire. Je me retrouvai seul face à un miroir cruel reflétant la dure réalité. Ma nouvelle garde-robe me paraissait horriblement inconfortable. Chaque vêtement que j'essayais m'irritait la peau et m'écorchait tant il était étroit. Mère me convainquit que ce malaise était dû à ces tenues d'emprunt, aussi démodées que peu à ma taille. En prenant correctement mes mesures, on pourrait me faire confectionner dans Jermyn Street des vêtements où je serais nettement mieux à mon aise. Elle me dessina avec enthousiasme la redingote à la mode, aux lignes très féminines, mais je n'attendis pas sans méfiance le fameux costume sur mesure.

J'étais persuadé que la difficulté résidait dans les vêtements eux-mêmes et non dans leur coupe. Le chevalier d'Éon, un homme pour qui mon admiration n'a cessé de grandir au fil de mes lectures, trouvait les habits féminins excessivement malcommodes. Il les prétendait incapables d'affronter l'hiver et impropres à toute occasion autre que celles visant à personnifier la vanité, le luxe et le vice. Du reste, le chevalier, dont l'existence d'espion travesti a été souvent retracée, voyait les choses du point de vue opposé au mien. Je ne pouvais approuver son jugement. Rien n'est plus commode et confortable qu'une vaste jupe, et je n'ai jamais souhaité être vêtu plus chaudement durant les hivers de mon enfance. En revanche, je fus frappé par le côté pratique et utilitaire à l'extrême du costume masculin – dont la mode n'a cessé depuis d'accentuer d'année en année le morne inconfort. Il n'avait rien de romantique. Comment s'y montrer fascinant ? Pour un homme, il n'était que trop aisé de s'habiller et de se déshabiller. Au début de ma nouvelle carrière, je maniai avec maladresse boutons et bretelles, mais j'acquis rapidement une maîtrise machinale : il suffisait de défaire une attache pour se retrouver nu. Où étaient les voiles superposés, les secrets, les replis, les ornements coquets ? Avec eux disparaissait mon propre mystère.

Pour moi qui ai toujours été pragmatique, la poche apparaissait comme le seul avantage du costume masculin : au moins, je pouvais transporter mes affaires. Il faut avouer que celles que je choisis d'avoir toujours à portée de main n'étaient guère viriles – un fin mouchoir de Valenciennes, un petit sachet d'herbes en mousseline, une miniature de mon père dans un médaillon en forme de cœur –, mais enfin, la poche était ma seule consolation. Pour le reste, mes nouveaux vêtements n'étaient qu'une source de problèmes dès que je voulais croiser ou décroiser mes jambes, m'asseoir correctement, tendre la main ou rester debout sans embarras, me pencher ou simplement respirer à mon aise. Privé de corset, je ne savais comment soutenir mon ventre et mon dos, et j'avais l'impression que j'allais m'affaisser mollement comme un invertébré. Je me plaignis et fus autorisé à continuer de porter cet accessoire si utile – ma mère m'assura que beaucoup d'hommes faisaient comme moi.

Je m'habituais peu à peu à certains aspects plus grossiers de la condition masculine. Mon anatomie ne cessait de se rappeler à mon souvenir sous mes vêtements. Maintenant que je comprenais de quoi il s'agissait, je me rendais compte que même sous mes jupes amples je n'avais rien pu contre cet embarras. Comment s'étonner que je me sois toujours senti mal à l'aise ? Stephen, lui, ne cessait de « ramener les soldats dans leur caserne », non sans un clin d'œil. Évidemment, je n'avais jamais adopté cette tactique. Heureuses filles, qui n'ont pas à se soucier de tels tracas ! Qui ne préférerait pas à la place subir de temps en temps un petit saignement et quelques maux d'estomac ? D'ailleurs, ma propre anatomie me faisait souffrir. Je ressentais une oppression douloureuse dont j'étais si embarrassé que je n'osais m'en plaindre aussi fréquemment et bruyamment que j'aurais dû. En tout cas, mes nouveaux vêtements étaient beaucoup trop étroits au-dessous de ma taille. En entrant dans une pièce, je me sentais exposé, trop nettement dessiné, et j'appelais de mes vœux la protection supplémentaire d'une de ces feuilles de vigne dont l'art fait un usage si commode. Plus tard, je gagnai de l'assurance et laissai mon chapeau tomber comme bon lui semblait.

Pour complaire à ma mère, je m'efforçai d'accueillir avec optimisme l'arrivée du costume de Jermyn Street, mais tous mes soupçons se vérifièrent sur-le-champ. Dès que j'ouvris la boîte, je fus pris de nausées comme un voyageur malmené par les cahots. Tout était noir – on m'assura que c'était la dernière mode. L'ensemble était couronné par un chapeau à large bord, dont la hauteur absurde semblait un simulacre de virilité. En revêtant cette tenue, je me sentis si oppressé que mon mal de cœur s'aggrava. Durant les essayages des jours suivants, cette sensation ne fit qu'empirer, au point que mes vêtements devinrent à la fois mes bourreaux et leurs instruments de torture. Les cols, noués autour de mon cou par un épais tissu qui m'étranglait, montaient presque aussi haut que ma bouche et m'interdisaient tout mouvement de tête, comme si je m'étais cassé le cou et qu'il s'agissait d'éviter tout dommage ultérieur. Les manchettes étaient des chaînes attachées à mes poignets afin de m'empêcher de m'enfuir. Quant au pantalon, assez long pour être glissé sous mes bottes de cuir terriblement inconfortables, il me serrait et m'emprisonnait comme une cage à deux jambes. J'étais immobilisé, à la fois physiquement et mentalement. À mes yeux, ce costume était ma Vierge de Nuremberg[1]. J'endurai pourtant cette torture, car je savais que c'était nécessaire.

En ôtant ces vêtements, j'éprouvais un soulagement immédiat. J'étais impatient de me glisser de nouveau dans mes bas et mes robes longues, même si je me sentais coupable en même temps de ne pouvoir résister à cette tentation.

Alors que j'espérais faire des progrès grâce à l'habitude, je dus constater qu'il n'en était rien. Je songeai

1. Sorte de sarcophage garni de pointes acérées. (*N.d.T.*)

alors à adopter une autre stratégie, plus en douceur. Peut-être la garde-robe de mon père se révélerait davantage à mon goût – mieux pourvue en volants, elle était plus imprégnée de féminité. Même si j'étais un mâle, mon être était féminin : ma voix, ma façon de boire du thé, de m'asseoir, rien en moi n'était proprement masculin. Je ne parvenais pas à avoir des gestes virils. Quoi qu'on dise, l'habit ne fait pas le moine. Il ne suffit pas d'habiller un vagabond pour en faire un gentilhomme. Mon déguisement masculin ne faisait pas de moi davantage un homme. J'étais entre les deux, et j'avais besoin de me définir plus clairement. Ma mère assurait que cela n'avait aucune importance. D'après elle, tout était une question de genre, non de sexe. La nature m'avait créé mâle, mais je pouvais choisir le genre que je voulais. Je disposais de tous les outils et de toutes les armes que pouvaient offrir la volonté et l'intelligence. Elle était encore persuadée qu'elle et mon père m'avaient fait un présent inestimable, dont je pourrais user avec profit tout au long de ma vie et peut-être même pour le plus grand bénéfice de l'humanité.

Dans sa vision maryale, je serais un initiateur, à l'origine d'une époque où hommes et femmes seraient égaux. Pourquoi notre sexe devrait-il déterminer notre existence ? Nous étions indifférenciés à la naissance, et c'était la société qui nous inculquait notre rôle. Ma mère se faisait des reproches. Loin de renier l'expérience entreprise avec moi, elle s'accusait de ne pas l'avoir réalisée totalement. J'allais maintenant pouvoir corriger cette faute, en recommençant ma vie à l'état indifférencié et en faisant mon propre choix.

Mais que m'importaient le genre, l'identité et les promesses de l'utopie, alors que je ne désirais rien d'autre que de redevenir celle que j'étais ?

Malgré ma jeunesse, je savais que les déchets, les livres de comptes et les horaires tenaient plus de place dans la vie que la sphère platonicienne de la théorie parfaite. Même si j'aurais voulu que rien ne change jamais, je ne pouvais passer le restant de mes jours à errer dans Love Hall comme une sylphide vêtue des robes flottantes de l'indétermination. Il me fallait accepter mes responsabilités. Au moins pour le moment et aux yeux du monde, je devais prendre parti. Ne souhaitant guère apparaître à l'avenir comme un monstre étrange, mon vrai visage recouvert d'un épais maquillage de cirque, je choisirais le parti des mâles.

Il fallait annoncer la nouvelle donne. Mon prénom, par exemple, était un facteur essentiel dans cette opération de communication. Nous songeâmes à le changer. Des noms comme Evelyn ou l'Iphis d'Ovide conviendraient à mes deux alternatives à la fois. Il serait possible aussi de célébrer le passé – m'appeler lord Ose Loveall serait un hommage à l'imagination fantasque de mon père. Mais finalement, nous décidâmes que le meilleur moyen d'honorer sa mémoire était aussi le plus simple.

Lord Rose Loveall.

Les gens sauraient bien assez tôt la vérité. Et pourquoi pas Rose au masculin ? Après tout, les roses elles-mêmes ignorent toute différenciation de genre. Si j'étais présenté au monde sous ce nom avec suffisamment de style et une apologie convaincante, les autres l'accepteraient à leur tour. À quel surnom aurais-je droit ? En ce domaine, je ne pouvais choisir. De même qu'il y avait eu le Jeune, le Paisible, le Mauvais, je serais peut-être le Lady Lord, le Lord Féminin ou même l'Étrange Lord Loveall. Le temps nous l'apprendrait.

Pour l'heure, j'agissais machinalement. J'étais de nouveau somnambule. Animé par une détermination lugubre, je provoquais l'admiration de tous mais me sentais profondément déprimé. Je perdis peu à peu mon sens de l'humour. Au bout d'un moment, plus rien ne m'amusa. Durant cette période exténuante de réajustement, chaque crépuscule m'apparaissait comme une petite victoire, une nouvelle journée surmontée. Du moins, je me sentais enfin maître de mon propre destin : je n'étais plus habité par cette horrible incertitude, cette peur de l'abîme. Mais ma froide résolution ressemblait à celle du suicide.

Si seulement j'avais pu partager ces épreuves avec Stephen et Sarah, lesquels avaient été admis dans deux écoles différentes pendant ma maladie. Je me sentais en proie à un immense chagrin, à une langueur inévitable après des sentiments aussi intenses. Je maintenais les apparences à la perfection et ne déviais pas un instant de ma route. Au fond de moi, cependant, je m'effondrais et ne savais plus qui j'étais. Savoir mes deux seuls amis si loin de moi, et séparés eux-mêmes pour la première fois, m'emplissait d'une tristesse sans bornes. Je n'osais songer à ce qu'ils pouvaient savoir ou penser de moi.

Le printemps arriva. Cela faisait un an que mon père était mort. Le moment de la révélation approchait. Je menais désormais une existence à deux niveaux. À l'étage supérieur, en dehors de ma chambre où je m'accordais le luxe de me comporter à mon gré, j'étais lord Rose Loveall. C'était là que Mère me faisait répéter mon nouveau rôle dans la vie. Je prenais des leçons de maintien et de danse. J'apprenais à marcher, à parler, à m'incliner à bon escient. Pour un représentant du sexe moins beau, j'étais d'une grâce exceptionnelle. Je ne me montrais pas aussi enthousiaste que ma mère l'aurait souhaité, et j'étais même parfois gagné par une certaine désaffection. Elle me considérait cependant comme un être d'une réelle beauté – peut-être même comme une création d'une perfection inimaginable, à laquelle elle était fière d'avoir contribué.

Au rez-de-chaussée, j'étais toujours cette bonne Rose, mais je descendais de moins en moins souvent l'escalier. Malgré les progrès obtenus à force de m'entraîner, je n'étais guère plus satisfait et me sentais accablé par le fardeau de ma double identité. Les vêtements que je devais éviter étaient ceux où j'étais le plus à mon aise. Malgré tout, je serais prêt l'heure venue à endosser ceux que le destin me prescrivait.

Il devint impossible de repousser plus longtemps la visite d'Esmond, qui avait été constamment ajournée avant même la mort de mon père. Il serait le premier Osbern à briguer ma main et il me semblait que notre réponse devrait définitivement régler la question. Cependant, sa venue avait au moins un aspect agréable pour moi : ma mère avait convenu que je n'étais pas prêt à me dévoiler et qu'il vaudrait mieux que j'apparaisse tel qu'il m'avait toujours connu. Incroyablement soulagé, je me mis à attendre son arrivée avec impatience, comme un prétexte idéal pour revêtir des atours plus confortables.

Le jour venu, je me laissai choyer avec volupté. Grisée par mes satins, je considérai d'un œil sentimental même les apprêts qui me déplaisaient jadis. Je me délectai aussi bien du grain du plâtre de Paris mêlé au carmin couvrant mes lèvres rouges que de l'odeur de vinaigre de la poudre. Mais si l'application elle-même fut un plaisir, je faillis pleurer en voyant le résultat. Ma peau était totalement invisible, comme la pâte d'amandes disparaissant sous le glaçage d'un des gâteaux aux fruits de Sarah. Mon aspect était à peine humain – quant à être féminin… Je trouvais que je ressemblais surtout à Mrs Virile. Je pourrais être maintenant un comédien de bas étage, mais le masque le plus épais ne saurait me conférer une vraie féminité. En contemplant la caricature monstrueuse que me renvoyait mon miroir, je songeai que je ne pourrais plus jamais me regarder sans me rappeler ce moment. Depuis ce reflet fatal, j'ai porté des vêtements de femme pour attirer l'attention sur mon sexe véritable et faire miroiter les plaisirs défendus cachés dessous, mais je n'ai jamais prétendu être une femme ou imaginé que je pourrais faire croire à quiconque que je l'étais. Dans toute ma vie, je n'ai fait semblant qu'une seule fois : au chevet d'un mourant qui connaissait la vérité.

Pour cette entrevue, je décidai de faire appel à mon ami le voile. Ce vieil allié me rendit miraculeusement mon allégresse, d'autant que je constatai avec soulagement combien je me sentais libre dans ma robe : rien ne pourrait changer cette réalité. Je descendis l'escalier avec majesté, dans un bruissement de satin et de dentelle. Ma mère me contempla avec une admiration mêlée d'amour, tandis que nous attendions Esmond. J'entendis ses bottes marteler le couloir et malgré tout, pour la première fois de ma vie, j'éprouvai un sentiment de puissance. Mon propre secret m'appartenait, maintenant, et je pouvais le révéler aux autres à ma guise.

Esmond s'immobilisa sur le seuil et se mit au garde-à-vous. Sa tenue n'était pas réellement militaire mais plutôt un amalgame de plusieurs uniformes – peut-être était-ce celui de sa propre milice privée. Bien qu'il fût mon aîné d'une bonne vingtaine d'années et parût plutôt plus vieux que son âge, il se trouvait beau. C'était vrai, mais sa beauté était brutale. Sa peau tannée avait une couleur de sable, comme s'il avait vu trop de déserts, affronté trop de poudre et de mitraille. Sa voix cassante, impitoyable, associée à la courbe dédaigneuse de ses lèvres, trahissait le caractère d'un homme préférant donner des ordres qu'en recevoir. Edith, sa mère, l'avait accompagné ou plutôt suivi – elle était toujours en retrait. C'était maintenant une femme prématurément affaiblie, qui ignorait encore les trois faits essentiels de son existence, à savoir que son défunt mari était le père des deux derniers enfants de sa sœur Nora, que son fils était l'amant de ladite Nora et que le mari soumis de celle-ci était le seul homme capable de prendre soin d'elle comme elle l'aurait voulu.

Nous demandâmes poliment des nouvelles de Camilla. Esmond nous informa que sa sœur était récemment partie comme missionnaire pour l'Afrique. Je me souvenais vaguement de cette fragile créature. Il me semblait peu probable que sa santé puisse résister à un voyage vers la côte et encore moins à un séjour de plusieurs mois au milieu des sauvages. Je l'imaginais attendant d'un air gêné son tour d'être cuite dans la marmite, trop timide pour demander qu'on ajoute un peu de sel. Ma mère prit Edith par le bras et l'emmena dans le jardin à la française, afin de faire une promenade parmi les roses. Pour la première fois de ma vie, je restai seul avec Esmond.

— Quelle sotte, lança-t-il brutalement en la regardant s'éloigner.

Peu soucieuse de défendre la pauvre femme, je gardai le silence. Sous mon voile, la couche de fard était si épaisse que j'évitais de sourire, de crainte qu'il ne se fendille. Je sentais des croûtes de maquillage aux commissures de mes lèvres. Je sirotai mon thé non sans embarras, en levant ma tasse sous mon voile et en me penchant pour boire afin qu'Esmond ne puisse s'apercevoir que je devais passer ma langue sur mes lèvres desséchées. Du coin de l'œil, je regardai le plateau de friandises : des noix et du gingembre confit, mon dessert favori. Il n'était pas question que j'y goûte.

— Pourquoi ce voile, ma cousine ? demanda Esmond.

— Je porte le deuil de mon père, monsieur.

— Encore ?

— Pour toujours.

Ma voix n'avait rien de féminin, mais il n'y prit pas garde et s'inclina.

Des années plus tôt, assis dans cette même pièce, Esmond nous avait fait l'historique des prénoms de sa famille, sans aucun encouragement de notre part. Il aimait exposer des faits, surtout s'ils concernaient l'histoire ou la guerre, deux domaines abondamment illustrés par les Osbern. (Si le public ou l'éditeur le désirent – ce qui m'étonnerait –, je suis en mesure de rédiger une annexe assez copieuse à ce sujet. Mais je n'ai aucune envie de m'y consacrer pour le moment. Son discours commençait ainsi : « Athelstan avait été le nom du premier véritable roi d'Angleterre. Après sa grande victoire de Brunanburh, il se déclara lui-même Rex Totius Britanniae. » Vous imaginez la suite.) Il suffit de savoir que le nom d'Esmond le destinait à la guerre et que son ambition allait tout entière à l'argent – sa vie lui avait appris que le moyen le plus rapide d'en gagner était de combattre pour le compte d'autrui.

Le vrai motif de sa visite n'avait rien d'un secret, mais un préliminaire lui semblait s'imposer. Il commença par faire l'inventaire de ses cicatrices, en me racontant où et comment il les avait gagnées lors de telle ou telle campagne. Chaque marque de son visage fut célébrée individuellement. Son doigt raidi sous la lèvre inférieure suivit la balafre dont il déclara qu'elle semblait dessiner la côte orientale du sud de l'Italie. Pour ce que cela me faisait, ç'aurait pu être aussi bien une coupure de rasoir. En fait, étant donné ma passion pour le rasage, cette dernière hypothèse m'aurait rendu Esmond plus sympathique.

Je me rappelai combien je le détestais. Sa conversation, ou ce qui en tenait lieu, était émaillée d'apartés condescendants et de remarques désobligeantes sur mon sexe. Ma colère grandissait à chacune de ses phrases. Même sa façon de respirer commença à m'irriter. Je ne tarderais pas à lui faire sentir combien il me déplaisait.

Tandis qu'il continuait de pérorer, l'horloge sonna deux heures. Il ne lui venait pas à l'esprit que je pouvais m'ennuyer : aucun sujet ne lui paraissait plus passionnant que sa propre existence. En fait, il omettait les seuls détails qui auraient pu m'intéresser. Tout le monde savait qu'il avait combattu pour différents partis dans la même guerre et qu'il s'était occupé pour l'essentiel d'acheter et de vendre des informations dans les deux camps, mais il passa cet aspect sous silence. Je me contentai donc d'approuver de la tête, tel un sphinx voilé.

Mon esprit vagabondait. Malgré mon mépris, je comprenais qu'il pût paraître attirant aux yeux d'une créature plus impressionnable que moi et désireuse d'être séduite et subjuguée. Mais quel charme une femme expérimentée pouvait-elle lui trouver ? J'étais fort ignorant de certains aspects de ce monde, mais je m'étonnais que Nora pût s'accommoder de cette brute. Esmond devait être la copie conforme de son père – je ne voyais aucun autre point en sa faveur. J'avais l'impression que le fantôme du défunt m'épiait à travers son regard.

Au nom de ma famille, de mon sexe et de l'humanité, j'éprouvais pour lui une haine sans mélange. Mes vêtements et le secret qu'ils dissimulaient me donnaient assez d'assurance pour agir en conséquence.

Au beau milieu d'un long récit de ses exploits en Afrique du Nord, j'en eus assez et l'interrompis, à sa grande surprise. Mon plan était déjà arrêté, mais je méprisais désormais Esmond si parfaitement que je me sentais prêt à raffiner ma vengeance. Bien entendu, je savais ce que je répondrais quand il se risquerait enfin à faire sa demande, et j'avais préparé ma réplique. Tout avait changé, cependant. Il avait réussi à venir à bout de ma patience. Porter une robe avait libéré mon esprit et je ne craignais pas de m'abandonner à mes impulsions. Je comprenais maintenant que cette scène pouvait modifier ma vie entière et le destin de Love Hall. Soudain, j'avais vraiment l'impression de participer à l'un de nos jeux d'antan.

— Comment se porte votre tante Nora, mon cousin ?

Pris de court, il répondit un peu trop vite.

— Sa santé est excellente, merci. Je lui dirai que vous avez demandé de ses nouvelles... Pour en revenir à ce que je disais, ce maudit *monsieur** aux petits yeux ronds...

Il tentait de reprendre pied, mais je fus plus rapide que lui.

— Oui, sa santé est excellente pour son âge...

J'étais impatient qu'il se déclare enfin. Pour un homme d'action, il se montrait étonnamment peu direct. Je ne m'étais pas attendu à un préambule si languissant et j'étais décidé à le lui faire payer.

— Car il ne faut pas oublier son âge. Nora est toujours d'une jeunesse extraordinaire, non ?

— Elle a reçu en partage les grâces qui auraient pu être distribuées plus équitablement entre les deux sœurs. Il n'est rien resté pour ma mère, je le crains.

— Vous vous entendez merveilleusement avec Nora, n'est-ce pas ?

L'observant derrière mon voile, je le vis hausser les sourcils. Le maudit *monsieur** était momentanément oublié.

— Je vous demande pardon ?

— Vous me semblez très intime avec votre tante, Esmond. Je me trompe ?

— Non, ma cousine, j'avoue que vous avez raison. Ma tante est intime avec moi comme avec tous ses neveux et nièces.

Il me jeta un regard soupçonneux. Il faisait bien de se méfier, car je me sentais invincible. Je gardai le silence. J'en savais si long sur son compte. Je connaissais même des détails qu'il ignorait lui-même.

— Cela n'a rien d'étonnant, ajouta-t-il d'un ton exaspéré. C'est la sœur de ma mère.

— Oh, Esmond, ne soyez pas si timide.

— Mademoiselle !

Mon voile était une arme redoutable. Derrière lui, j'éprouvais tout le pouvoir de mon sexe – et même des deux sexes à la fois. Peut-être devrais-je le porter quand je m'habillerais en homme. Je jouais avec Esmond, comme un chat donnant des coups de patte indolents à une souris qu'il tient suspendue par la queue.

Je me levai. Il voulut m'imiter mais je l'en dissuadai d'un simple geste de ma main droite. Étant chez moi, je dictais les règles du jeu. Il savait que son obéissance absolue était la clef de la porte derrière laquelle scintillait le trésor. C'était son tour d'être subjugué. Il était ma proie.

— Reprenons par le début, Esmond. Je vous autorise à m'appeler Rose.

Je décidai de m'avancer lentement dans son dos, afin de mieux le désorienter.

— Je vous écoute, Rose.

Il avait adopté le ton empreint d'ennui et de regret de quelqu'un qui sent qu'il va se faire réprimander. Sa voix résignée laissait entendre que je l'avais détourné de l'essentiel et qu'il ne pourrait revenir aux choses sérieuses qu'une fois que j'aurais renoncé à ce jeu stupide. Je me trouvais maintenant juste derrière lui.

— À la bonne heure. Ne parlons plus de Nora. Ce n'était que pure curiosité de ma part. Je sais pourquoi vous êtes ici, Esmond. J'ai hérité de la fortune des Loveall et vous êtes venu me demander en mariage.

Il essaya d'allonger le cou pour pouvoir me voir. Je pris sa tête entre mes mains et la tournai fermement en avant afin qu'il regarde de nouveau dans la direction opposée.

— C'est bien, Esmond. Ne bougez plus.

Je surpris son regard qui se fixait sur moi dans le miroir ovale lui faisant face. Son malaise me mettait en joie.

— Rose, dit-il d'une voix quelque peu adoucie. Un homme a le droit de faire sa demande comme il l'entend. Sur un champ de bataille, il ne serait pas question que les femmes…

Je l'interrompis, sans qu'il fasse mine de résister.

— Esmond, êtes-vous venu ici pour me demander en mariage ?

— Oui.

Sa voix trahissait une certaine irritation. Je sentais qu'il était tenté de s'en aller, de mettre fin à ce qu'il considérait comme une absurdité. Mais nous savions tous deux qu'il ne pouvait se le permettre. L'enjeu était trop important. Il était furieux de son humiliation, encore aggravée par ma façon d'évoquer sans détour ses motivations grossières, mais il n'était pas en mesure de changer le cours des événements.

— Et vous comptiez sur mon assentiment ?

Il tenta de tourner la tête, mais je l'en empêchai derechef.

— Étant donné l'ancienneté du nom des Osbern et la grandeur des Loveall…

— Oui, oui, Esmond. Je vous en prie !

— Étant donné l'ancienneté du nom des Osbern et la grandeur des Loveall… répéta-t-il tandis que je saisissais sa main gauche et la plaçais derrière la chaise.

L'horloge de mon grand-père, présent du grand-père d'Esmond, sonna le quart, comme si Althestan en personne assistait à la déroute de sa propre famille. Ce signe du destin m'incita à aller encore plus loin que je ne l'aurais fait autrement. Esmond se mit à tousser.

— Étant donné l'ancienneté… euh… du nom des Osbern et la… grandeur des Loveall… recommença-t-il avant de s'interrompre, découragé.

Après m'être emparé de sa seconde main, je me laissai aller à improviser. Je savais comment Ose aurait traité un vaurien du genre d'Esmond. Défaisant la ceinture nouée à ma taille, je lui attachai les deux mains dans son dos. Je ris comme s'il s'agissait d'un jeu et claquai la langue d'un air réprobateur quand il essaya de se dégager. Grâce à Stephen, j'étais expert dans l'art des nœuds. Une boucle supplémentaire me suffit pour attacher au dossier ses mains liées. J'étais aussi fort que rapide, et l'opération fut menée à bien avant qu'il ait eu le temps de se plaindre. Quand il réagit, il était trop tard.

— Mademoiselle… Rose… au nom du ciel… je dois protester…

— Voyons, Esmond !

Je tentai de prendre un ton aussi condescendant que possible. Il était drôle de voir cet homme vigoureux réduit à l'impuissance par une ceinture de dame. Mais je savais qu'une autre force l'obligeait à se soumettre : sa propre avidité.

Toujours dans son dos, je marchais de long en large afin qu'il ne puisse savoir où je me trouvais.

— Vous arrive-t-il de songer au sort qui vous attendrait si vous étiez une femme, Esmond ? Vous seriez un objet de troc et de marchandage pour des hommes de votre sorte, destiné à servir de butin aux plus puissants d'entre eux. Je suis sûre que vous n'y avez jamais pensé. Moi, je songe souvent à ce que serait ma vie si j'étais un homme. Plus souvent qu'il ne conviendrait.

Il garda le silence.

— Les hommes excellent avant tout à détruire les femmes, n'est-ce pas ? Ne vous tortillez pas comme cela, Esmond. Je ne vous ai pas encore dit non. Peut-être m'abstiendrai-je de le faire. Voilà, soyez sage. Bien entendu, vous jugez les hommes supérieurs aux femmes. Esmond ?

— Eh bien, je...

— Vous vous trompez. Ève est supérieure car elle a été créée après Adam. Dieu ne pouvant régresser, la femme constitue nécessairement un progrès. Je vous ennuie ? Inutile de répondre. De toute façon, pour mon compte, j'estime que ni les hommes ni les femmes ne sont supérieurs.

Je me mis à parler dans un registre plus grave de ma voix.

— Un jour, nous découvrirons le pays de Feminisia. Nul doute que nous ne payions alors des hommes de votre espèce pour faire la guerre afin de réprimer la révolte des indigènes, de piller les ressources naturelles et d'asservir les habitants. Toutefois, si je pouvais vous en empêcher en vous offrant plus d'argent que les autres – ce qui me serait possible, j'imagine, étant donné ma richesse –, que trouverions-nous dans cette contrée étrange ?

« Tous les natifs de Feminisia sont considérés comme appartenant au même genre – au même sexe. Hommes ou femmes, ils sont égaux. Peut-être devrions-nous aller là-bas, vous et moi, afin de reprendre cette conversation ? Laissez-moi vous y emmener. Évidemment, je serai chez moi dans ce pays. Quant à vous, vous aurez besoin d'une petite métamorphose. Il ne s'agira pas de changer de sexe, mais de genre. Est-ce que vous comprenez ? Si les hommes étaient davantage féminins, et vice versa, peut-être serions-nous libres de choisir nos propres rôles individuels et aurions-nous les moyens nécessaires pour nous régénérer. Qu'en pensez-vous ?

Non ? Mais que deviendrez-vous, Esmond, quand la guerre ne sera plus une carrière rentable ? À mon avis, vous serez en mauvaise posture.

Tout en parlant, je caressais sa nuque. Mon discours puisait à plusieurs sources que je mélangeais, tel un apothicaire, afin de composer la mixture la plus propre à le terrifier. Je voulais qu'il me croie capable de lui donner un bon coup de couteau. Me rendant compte que je n'avais plus besoin de mon voile, je l'enlevai et le plaçai tant bien que mal sur sa tête.

— Vous n'éprouvez même pas de *sympathie* pour moi, Esmond. Vous ne me comprenez pas. Tout ce qui vous intéresse ici, c'est Miss Fortune. Corrigez-moi si je me trompe.

Il resta muet.

— Vous m'avez appris tant de choses sur vous. Je sais tout de vos cicatrices, de vos campagnes, de votre nom. Je me suis dit que vous aimeriez peut-être me connaître davantage, afin d'être mieux à même de comprendre votre fiancée. Êtes-vous d'accord ?

Je fis le tour de la chaise. Dès que je ne fus plus derrière lui, il tenta subrepticement de libérer ses mains. Il fallait que je sois plus rapide. Je me postai juste en face de lui. Gêné par mon voile, il ne pouvait distinguer clairement mon visage.

— Je n'ose prétendre à de l'amour, Esmond, mais puis-je au moins compter sur de la sympathie ?

— Oui, dit-il faiblement.

— Ça suffit ! Je veux que vous me répondiez sincèrement. D'accord ?

— Oui.

Il leva les yeux vers moi et je crus lire dans son regard comme une crainte respectueuse, mais peut-être prenais-je mes désirs pour des réalités.

— Vous êtes venu dans l'intention de m'épouser ?

— Oui.

— De votre propre gré ?

— Rose, je…

— Soyez honnête, Esmond. J'aime l'honnêteté.

— Ma famille…

Il regarda alternativement la porte et moi, d'un air affolé, hésitant entre la tentation de s'enfuir et la peur d'être découvert.

— Depuis combien de temps dure votre liaison avec Nora ?

— Quatre ans.

Il parlait comme si je l'avais hypnotisé, et je compris qu'il avait renoncé à toute idée de fuite. J'étais sûr qu'à présent, quelles que soient mes questions, il me répondrait la vérité. L'ennui, c'était qu'il m'intéressait si peu. J'arrachai le voile de son visage et nous nous regardâmes. Je me demandais ce qu'il pensait de ce qu'il voyait. Il déglutit. Il n'y avait plus moyen de reculer.

— Pardonnez-moi, Rose. Ceci est… Je vais devoir…

Il me regarda fixement et je m'avançai vers lui. De plus en plus près.

— Peu importe. J'imagine que vous pensiez pouvoir m'épouser et vous installer ici avec Nora, afin que nous vivions heureux ensemble tous les trois. Ai-je raison ?

— Rose ! Ma cousine !

Il chuchota ces derniers mots, mais son dépit était évident. Il ne pouvait se permettre de parler plus fort. Que se passerait-il si quelqu'un accourait ? Comment pourrait-il se justifier ? Être découvert dans cette posture serait pire que son actuelle humiliation. Je le voyais peser le pour et le contre de ces deux hypothèses également déshonorantes. Je me rapprochai encore, le contraignant à lever les yeux vers moi s'il voulait éviter de scruter ma poitrine. Il tenta de détourner la tête.

— Regardez-moi.

Il obéit.

— Ai-je raison, Esmond ?

Je m'avançai si près que mes jambes touchaient ses genoux.

— Oui, souffla-t-il.

— Bien. Maintenant, Esmond, je vais vous apprendre certaines choses qui devraient vous intéresser.

En prononçant ces mots, je soulevai mes jupes, écartai mes jambes et coinçai son buste entre mes cuisses. De la sueur perlait à son front. Je me penchai et léchai sa peau humide.

— Rose ! Mon Dieu, Rose, c'est donc là que vous vouliez en venir ?

Il serrait les dents, mais sa voix était soulagée.

— Oui, Esmond. Hélas, mes vaines journées ! Mes nuits solitaires ! Pendant toutes ces années, je n'ai pensé qu'à vous.

Je lus dans ses yeux que mon ironie le terrifiait. Je frottai ma joue contre son visage et laissai sur sa peau une trace de poudre blanche qui lui donna l'air d'un clown italien.

— Je vous aime, Esmond.

Proche de son visage à le toucher, j'éclatai de rire. Je léchai la côte de l'Italie et poussai mon séant sur ses cuisses, en haut desquelles je sentais de mystérieux signes d'agitation. Son sexe était dans une position inconfortable. Je haussai les sourcils, regardai Esmond droit dans les yeux et le remis d'aplomb avec ma main. Je savais combien ce genre de mauvaise position pouvait être pénible, et il n'était pas nécessaire de lui infliger ce supplice. Je voulais qu'il soit libre de se soumettre de lui-même. De toute façon, j'étais fort satisfait de la façon dont je menais l'affaire.

— Rose, je... de grâce...

— Esmond, la maîtresse avec qui vous passez vos nuits, la femme adultère...

Il fit mine de m'interrompre mais je posai prestement ma main sur sa bouche. Il savait que j'étais une menace, que je connaissais des secrets dangereux et qu'il avait cruellement sous-estimé mon pouvoir. Il tenta de se débattre sous ma main, mais j'étais le plus fort.

— Je suis sûre qu'elle vous a dit que votre père avait généreusement préparé la voie que vous suivez maintenant avec tant d'agrément... Mais oui, leur liaison a duré des années. Vous n'êtes que le piètre remplaçant de son héros. Nous possédons des preuves irréfutables, si cela vous intéresse...

Il poussa un gémissement et je retirai ma main. Encore incapable de parler, il reprit haleine – j'en profitai pour le bâillonner de nouveau. Sentant son sexe s'agiter sous moi, je me frottai contre lui avec approbation. Il était juste entre mes jambes, séparé de moi par trois couches de vêtements. Tandis que je bougeais mon postérieur, son regard trahissait son trouble.

— Et maintenant, la *pièce de résistance**... Cette fois, vous devriez *vraiment* être intéressé... Prudence et Constant sont votre sœur et votre frère, les bâtards de votre père et de Nora...

Je le sentis se raidir et je le serrai fermement entre mes fesses. Il avait vu combien Nora s'opposait à tout semblant d'amitié entre lui et la jeune fille, mais il avait cru en une jalousie de femme âgée. Désormais, il comprenait. Moi aussi : Esmond et Prudence... évidemment ! C'était inévitable. La jolie cousine et le beau cousin étaient tombés dans les bras l'un de l'autre. Mais ils avaient le même père. Tout en me frottant avec lenteur contre lui, je me mis à songer aux Métamorphoses. Byblis et Caunus, Thétys et l'Océan, Ops et Saturne, Esmond et Prudence...

— J'espère que vous n'avez pas été trop proche de Prudence... ni de Constant, du reste.

Esmond tressaillit. Me rendant compte qu'il étouffait, je libérai sa bouche. Je le laissai haleter tout en le maintenant prisonnier sous mon poids. La chaise avait légèrement reculé et était maintenant coincée contre l'énorme table de chêne occupant le mur du fond.

— Vous mentez !

— Non, Esmond. Votre cousine serait incapable de vous mentir.

J'embrassai son front.

— Au nom de Dieu ! s'exclama-t-il.

Je n'aurais su dire s'il réagissait ainsi aux nouvelles qu'il devait assimiler ou aux mouvements de ma main que j'avais glissée sous ma jupe afin d'écarter les couches de tissu s'interposant entre nous. Il portait un pantalon de soldat. J'en possédais un qui lui ressemblait beaucoup – je l'appelais ma « tenue militaire » –, de sorte que je n'eus aucun mal à trouver le passage. Je baissai mes bas afin de le sentir contre ma peau. Il se mit à gémir.

Enfin, nous en venions aux choses sérieuses.

Je commençais à soupçonner qu'il était maintenant en proie à une telle passion qu'il devrait s'abandonner à ses sensations et se montrerait disposé à tout oublier pour prolonger notre intimité aussi longtemps que nécessaire. Peut-être se raccrochait-il encore à l'espoir que sa demande aboutirait contre toute raison. Il ferma les yeux en gémissant, décidé à oublier où il se trouvait et avec qui. Il approchait de l'instant décisif, et c'était moi qui l'y conduisais. Il était entièrement en mon pouvoir. Je posai ma main droite sur ses yeux.

— Aimeriez-vous devenir mon mari, Esmond ? Voulez-vous m'épouser ?

— Oui, Rose, dit-il. Oui.

Arrivé à ce point, je crois vraiment qu'il le désirait non pour mon argent mais pour moi-même. Je l'avais dompté, je lui avais appris les bonnes manières en réveillant le petit garçon qui dormait en lui. Le reste de son existence gisait en lambeaux autour de ses chevilles, mais à présent je lui offrais des opportunités encore inconnues. Une fille de dix-sept ans lui apprenait la vie – l'irrésistible séduction du pouvoir, du sexe et de l'amour. En cet instant, il aurait donné n'importe quoi pour sentir et savoir davantage. J'avais d'ores et déjà triomphé, mais ma révélation n'était pas achevée. J'étais prêt. Je retirai mes mains mais il garda les yeux fermés.

— Ouvrez les yeux, Esmond.

Ma robe était entièrement relevée. Nous apparaissions maintenant tous deux au grand jour. Sa virilité surgissait de son pantalon déboutonné, s'élançait de son nid velu pour venir battre son ventre, obscène et raidie. Et j'offrais le même spectacle. Au comble du ravissement, je lançai à Esmond un regard victorieux. Je me sentais son égal, plus que son égal. Baissant les yeux, je contemplai nos deux corps réunis : deux hommes adultes aux positions identiques.

Le doute n'était plus possible. Esmond commença à geindre comme un chien battu :

— Rose... Rose...

— Épousez-moi, Esmond ! Épousez-moi ! dis-je en riant.

Son sexe était secoué de spasmes involontaires. Je le saisis fermement d'une main, en écartant ma robe de l'autre. Son extrémité rouge et gonflée laissa s'échapper, avec lenteur, un jet qui inonda sa veste et sa chemise. Esmond était haletant. Il n'avait sans doute pas pu se retenir. Qui sait si, étrangement, ce qu'il voyait ne lui avait pas plu ? Pendant son extase, il détourna les yeux puis les ramena promptement vers moi. En gémissant, il tendit la tête et étira les muscles de son cou au maximum. Quand il eut fini, il poussa un grognement et je lâchai prise. Je n'avais pas envie de me joindre à lui. Je me levai et mes jupes retombèrent en effleurant le sol.

— Adieu, Esmond.

Me glissant derrière la chaise, je défis l'un des nœuds.

— N'oubliez pas les détails les plus gracieux quand vous ferez votre rapport au reste de la famille.

— Rose ? demanda-t-il avant de se ressaisir.

(Je ne devais découvrir que plus tard combien les hommes ont honte après de tels épisodes.)

— Que le diable t'emporte ! proféra-t-il ensuite sans que je puisse savoir s'il s'adressait à lui-même ou à moi.

Je m'éloignai en léchant le bout de mon index, avec un sourire triomphant.

— Toutes les visites sont bienvenues, lançai-je par-dessus mon épaule.

Après avoir jeté un dernier regard sur Esmond, qui oscillait dangereusement sur sa chaise dans ses efforts pour se libérer, je quittai la pièce, fermai dans mon dos la porte à deux battants et m'avançai vers l'avenir – *mon* avenir. J'étais le seigneur de Love Hall. Tandis que je parcourais le château, il me sembla que les murs poussaient un soupir d'extase, comme pour marquer leur satisfaction, et je m'inclinai en passant dans les couloirs déserts.

On n'aurait pu aspirer à révélation plus spectaculaire et théâtrale. J'avais obéi à l'inspiration du moment, mais tout s'était déroulé comme si j'avais passé ma vie à préparer cette scène. Je pensai à Stephen, à Sarah, à lord Ose. Je me sentais exultant, comme l'acteur jouant la vieille dame dans une pantomime et dont l'entrée a été saluée par un tonnerre d'applaudissements. J'avais enfin trouvé un rôle dans la pièce que j'étais né pour jouer.

On apprit que ma mère, rentrant dans la pièce avec Edith, avait découvert une chaise renversée, une ceinture et aucune trace d'Esmond. Désemparée, Edith s'était empressée de repartir dans son équipage, dont l'un des chevaux avait disparu. J'omis de raconter à ma mère les détails les plus horribles – mes méthodes de torture, mes railleries, la conclusion… jaillissante. Je m'efforçai toutefois de lui donner une idée exacte de l'esprit qui avait présidé à la scène. Hood convint que le moment de la révélation avait été bien choisi, même s'il ne pouvait partager notre enthousiasme pour son côté *grand guignol**. La famille n'allait pas tarder à apprendre cet incident. La balle était désormais dans leur camp. Nous pouvions respirer en attendant que les nouvelles arrivent à Love Hall.

Et nous attendîmes.

Mais rien ne se produisit. Pendant des mois : rien à signaler.

Plus cette vaine attente se prolongeait, plus notre déception grandissait. Où étaient-ils passés ? Comment avaient-ils réagi en apprenant qu'ils avaient été trompés si longtemps et qu'il leur était maintenant impossible de me marier à l'un de leurs rejetons ? Leur silence laissait la porte ouverte aux interprétations. Ils devaient préparer leur prochaine offensive – c'était évident ! Ils allaient envoyer Prudence pour régler définitivement la question. Ils jouaient avec nos nerfs. Ils attendaient que nous entrions en contact avec eux. Ils engageaient des légions d'avocats afin que nous soyons déclarés fous et jetés dans un asile. Nos imaginations allaient bon train, si bien que nous nous attendions à une réaction de plus en plus extraordinaire. Mais rien ne venait. Il ne nous restait plus qu'à patienter et travailler.

Ma vie en tant que lord Rose progressait de façon irrégulière. Au début, j'avais essayé de me déshabituer progressivement de mes anciens vêtements, mais un programme plus rigoureux se révéla nécessaire. Certains jours, tout allait mieux : je commençais à sentir mon rôle, à marcher convenablement. Le lendemain, c'était un désastre, je passais douze heures de torture et de larmes. Découragé par l'impossibilité de ma tâche, gagné par la morosité qu'elle impliquait, j'étais en proie à une apathie aussi oppressante que mes costumes. Ces tenues étaient ma camisole de force et m'engourdissaient si bien l'esprit que je me sentais incapable d'améliorer mon sort ou de trouver une issue à ma tristesse. Moi seul pouvais me tirer d'affaire, mais ma déception devant l'absence de réaction aux révélations d'Esmond me privait du ressort nécessaire. Malgré mon soulagement à savoir la vérité sur moi-même et mon désir de devenir lord Rose, j'étais sans cesse en train de faire semblant d'être un homme et jouais un rôle qui ne m'était en rien naturel. Plus je portais mes nouvelles tenues, plus je me sentais malheureux. À force de feindre, je m'enfonçais dans un profond chagrin.

Ma mère ne se montrait jamais insistante, mais son empressement à m'aider me semblait en soi oppressant puisqu'elle savait aussi bien que moi que mon désir le plus ardent était de ne pas être un homme du tout. Je me sentais désormais étranger aux deux genres à la fois. Dans ma tête, je n'appartenais ni à l'un ni l'autre. J'avais été jeté par-dessus bord, ballotté par les vagues, et j'aurais presque préféré me noyer. Pourquoi fallait-il que nous essayions de sauver nos vies ? Pourquoi le spectacle devait-il continuer ? Sarah me manquait. Je jetais des regards nostalgiques sur la fontaine Salmacis. Pourquoi pas moi ? Je rêvais de métamorphoses.

Seule ma mère était au courant. Durant cette période – contre son avis, car elle estimait que j'imposais à mes nerfs une tension excessive –, j'entrepris une thérapie radicale, en appliquant un programme d'immersion totale où je ne portais plus que mes vêtements masculins. Même dans ma chambre, je m'abstenais de revêtir une robe de nuit et préférais encore rester nu. Je pleurais devant mon miroir.

Comme si souvent dans le passé, nous nous réfugiions dans la bibliothèque. J'étais tourmenté à l'idée que mon histoire prenait un cours trop imprévisible pour Mère et qu'elle était incapable d'en imaginer l'issue. Elle se consacrait à ses propres projets avec fièvre, comme si elle pensait que son temps en ces lieux était compté. La collection de ballades des Loveall avait grandi démesurément et exigeait une mise en ordre urgente. Négligeant provisoirement Mary Day, ma mère passait de longues heures à numéroter et à coller dans de gros in-folio les feuillets portant le texte des ballades. Son père disait toujours que les générations futures trouveraient des enseignements non seulement dans la grande littérature de ce temps mais aussi dans les éphémérides, les menus et les cartes de visite constituant son fonds de commerce d'imprimeur. Ma mère était tout à fait démocratique dans son attention au monde, et la préservation des ballades lui paraissait d'un intérêt vital. Je les aimais, moi aussi, car elles me rappelaient l'univers de mon père. La vieille ballade familiale de *lord Lovel* se vendait encore au coin des rues.

Pendant que Mère travaillait, je m'efforçais de créer un personnage capable d'habiter tous les étages de Love Hall. Les domestiques avaient conscience de mon évolution mais gardaient leur opinion pour eux-mêmes, justifiant ainsi l'importance de leurs gages. Quelle que fût ma tenue, ils m'appelaient Rose. Cette familiarité n'était pas du goût de Hood et d'Hamilton, mais elle conférait à la maisonnée un air de simplicité bien agréable.

Hood avait servi mon père avec autant de loyauté que d'affection. Il ressemblait maintenant à un chien attendant chaque soir près de la porte le bruit des pas qui n'approcheraient plus jamais. La nouvelle génération le dépassait. Je réagissais en adoptant avec lui un ton intime et affectueux, ce qui ne faisait qu'aggraver le problème. Loin d'avoir envie de ma gentillesse, il désirait que je compte sur sa dévotion sans limites et m'en remette aveuglément à sa perspicacité professionnelle. Mais je n'étais pas mon père. Je pris donc mes distances et laissai ma mère s'occuper de lui. Elle était sa lady Loveall, qu'il aurait suivie jusqu'au bout du monde.

En revanche, Hamilton n'avait pas changé. Son travail l'absorbait entièrement. Si jamais il regrettait mon père, il refoulait ces sentiments pour mieux me servir. Bien qu'il me donnât régulièrement des nouvelles de ses enfants, il n'évoquait jamais précisément leur retour. Il me déclara qu'il était temps pour eux de s'initier au monde réel et que ma maladie prolongée avait rendu nécessaire ce départ. Quant à leur écrire, il m'en dissuada avec douceur. Je ne voulais que leur bien et je lui affirmai qu'ils me manquaient plus que je n'aurais jamais imaginé – il est vrai qu'il m'avait longtemps paru inimaginable d'être un jour séparé d'eux. Il me dit qu'il leur transmettrait « mes meilleurs vœux », et je le corrigeai : « mes plus tendres pensées ».

C'est ainsi que la vie continua tant bien que mal à Love Hall. On avait acheté le silence d'Anstace. Elle n'était intendante que de nom – Angelica avait toujours les clés –, mais elle était provisoirement apaisée par son pouvoir retrouvé, qui lui donnait le droit de traiter de nouveau tout le monde avec condescendance. Quand nous nous croisions, elle esquissait une révérence branlante, à laquelle je me contentais de répondre par un signe de tête. Bien que j'eusse devancé l'une de ses deux révélations explosives, il lui restait encore un atout dans son jeu.

Anstace étant maîtrisée, les HaHa agissaient chacun pour son compte quoique en bonne intelligence. Le temps était venu pour moi de m'installer à jamais au rez-de-chaussée.

Quatre mois plus tard, la famille n'avait toujours pas donné signe de vie. Un matin de juin, j'étais assis dans l'escalier et contemplais un tableau, engoncé dans un costume irritant ma peau. J'avais tenu ma promesse de ne pas céder à la tentation. J'étais nu, c'est-à-dire sans maquillage, et je portais à présent une barbe assez élégante, coupée et taillée avec soin, à la suite d'un caprice tout à fait dans la lignée de lord Ose. Après des années d'émondage, j'étais immensément soulagé de ne plus subir le supplice quotidien du rasage, lequel m'apparaissait soudain aussi inutile que pénible. Je ne saurais dire si ma barbe avait vraiment du chic, mais elle favorisait en moi un sentiment de virilité, en m'encourageant à me regarder avec des yeux neufs dans le miroir où je découvrais un étranger qui n'était autre que moi-même.

Des coups violents à la porte d'entrée résonnèrent sous la voûte basse du couloir. Bien que je fusse comme hypnotisé par le tableau, le bruit persistant me réveilla. Malgré mon apathie, j'eus soudain envie de faire taire ce vacarme qui me dérangeait dans ma rêverie. Ouvrir moi-même serait une nouveauté bienvenue, d'autant qu'il ne pouvait guère s'agir d'une visite importante.

Se détachant sur l'allée, Prudence Osbern-Smith-Peterson aurait fait un portrait magnifique. Cette *Jeune Femme avec un cheval* serait superbe peinte à l'huile dans des tons brillants et opulents, accrochée dans l'escalier que je regrettais amèrement d'avoir quitté. Sa robe de velours rouge traînait indolemment derrière elle sur le gravier. Elle tenait de la main gauche la bride d'un étalon noir en sueur, s'ébrouant dans l'air matinal, et avait dans sa main droite une cravache émergeant des flots de dentelle de sa manche. Ils avaient voyagé longtemps et à bride abattue. Arrachant de sa tête son chapeau noir orné d'un ruban du même velours rouge que sa robe, elle me toisa. Avec ses formes généreuses, elle me parut plus belle que jamais. Je rompis le silence.

— Prudence !

J'avais été surpris de la voir, mais elle le fut encore davantage en découvrant cet étranger qui connaissait son nom et osait s'adresser à elle avec une telle familiarité. Nous nous demandions tous deux qui j'étais. Elle plissa les yeux.

— Comment connaissez-vous mon nom ?

— Votre beauté vous précède, mademoiselle.

Je m'inclinai aussi humblement que je le pouvais. Je me sentais trop charmant, comme si j'avais pu me trahir par une grâce excessive. Les hommes font moins de mouvements que les femmes. Je m'exhortai intérieurement : « Sois un homme ! » J'avais pratiquement fait une révérence.

— Qui êtes-vous ? Veuillez mener ce cheval à l'écurie. Je dois parler immédiatement à lady Rose Loveall.

Je m'avançai et observai sa monture aux naseaux encore fumants. J'hésitais à affronter ce monstre, mais il se laissa docilement attacher à la balustrade près de la porte. Je fis entrer Prudence et tentai de marcher à son côté, mais elle ne me prêta aucune attention.

— Je suis Leslie Ose. Si vous voulez bien attendre ici... dis-je à son profil.

Elle ne répondit pas. Elle savait exactement où elle allait.

— Où se trouve Hood, le majordome ? Il faut que je parle à Rose. Et qui donc êtes-vous ?

Ses manières étaient peu aimables. Elle me parlait comme à un domestique – qui d'autre aurait pu ouvrir la porte ? Elle était d'ailleurs brusque mais non impolie. Je faillis me montrer offensé, mais je me ressaisis aussitôt. Elle semblait venir pour une affaire pressante et, étant donné qu'il s'agissait de la première manifestation des Osbern depuis la visite d'Esmond, elle ne pouvait se douter à quel point je brûlais d'apprendre de quoi il retournait.

— Je vais aller chercher Hood.

Ne sachant comment m'expliquer moi-même, je décidai de laisser le fidèle valet le faire pour moi. Je le trouvai au rez-de-chaussée, en train d'ouvrir le courrier, et il accueillit mes éclaircissements d'un air passablement abattu. Nous discutâmes en hâte les options possibles. Je pouvais soit m'habiller et me parer afin de recevoir Prudence sous l'apparence qui lui était familière, soit prétendre être le nouvel homme de confiance de Rose et parler au nom de ma maîtresse. Malheureusement, la première option nécessitait plus de temps et d'assistance que je n'en avais à ma disposition. Rose serait donc souffrante et me chargerait de la représenter. Pour l'instant, Prudence ne m'avait pas reconnu. Elle ne risquait guère de m'observer d'assez près pour cela, les domestiques lui semblant indignes de son attention. Pour moi, ce serait à la fois une épreuve et une aventure.

Tandis que Hood s'expliquait avec Prudence, je restai hors de la pièce et composai mentalement un scénario. Cette scène me permettrait de tester non seulement ma virilité toute fraîche mais aussi mon ingéniosité et ma faculté d'adaptation. J'entendis des bribes de leur conversation.

— Pourquoi le nouveau valet ne m'a-t-il pas fourni lui-même ces éclaircissements ?

— Je l'ignore, mademoiselle. De même que je parlais au nom du défunt lord, il parle au nom de Rose.

J'observai ma tenue : mes chaussures, noires avec des boucles carrées, et mon pantalon d'un gris terne. Mon gilet orné de glands retombait disgracieusement et me rapetissait, tandis que ma veste de velours serrait mes épaules dans son étau. Je regrettai de n'avoir pas taillé ma barbe encore plus soigneusement. Mes cheveux disparaissaient sous une perruque ayant appartenu à mon père. Mon crâne me démangeait cruellement et les battements de mon cœur s'accélérèrent.

Quand je sentis que le moment était venu, c'est-à-dire juste avant de sombrer dans une anxiété excessive, je les rejoignis.

— Hood, dis-je en entrant. Lady Loveall présente ses compliments à mademoiselle. Elle se sent trop souffrante pour la recevoir et m'a chargé de la représenter.

La situation tournait à la farce, mais aucun observateur n'aurait pu s'en douter. Malgré ma nervosité, je m'efforçais de paraître calme. Hood avait l'air franchement lugubre. Quant à Prudence, toute à son affaire, elle nous considérait comme deux gêneurs.

— C'est extrêmement ennuyeux, s'exclama-t-elle en tapant du pied comme une petite fille.

Elle se retourna et je vis une vague de velours déferler sur le sol avant de s'immobiliser à ses pieds. Comme je l'enviais pour sa robe.

Je dis à Hood de sortir. Il s'éloigna et referma dans son dos les deux battants de la porte en serviteur idéal, sans un regard de côté et sans faire le moindre bruit. Prudence me tournait toujours le dos. À l'autre bout de la pièce, je pouvais sentir son parfum.

— Permettez-moi de vous assurer, mademoiselle, qu'en me parlant, vous ne parlez qu'à ma maîtresse.

— Il y a une lettre sur la table, dit-elle.

Je baissai les yeux et aperçus la missive que je n'avais pas vue auparavant.

— Elle est de mon cousin Esmond. Portez-la à Rose. J'attendrai pour confirmer qu'elle a bien été remise, même s'il n'y a pas de réponse.

Elle se tourna vers moi et me transperça du regard. Elle m'avait enfin remarqué et son attention me rendait nerveux. Je restai immobile, comme pétrifié, tandis qu'elle m'observait de haut en bas. J'avais l'impression qu'elle me perçait à jour. Je me mis à tousser, produisant un son caverneux dont l'effet était passablement comique.

— Portez-lui cette lettre tout de suite.

Une fois qu'on a commencé à mentir, il faut continuer. N'était-ce pas là l'histoire de mes seize premières années ? Je me demandai s'il serait convenable d'apporter la missive à Rose, étant donné son état de santé. Peut-être le véritable Ose aurait-il déclaré que c'était impossible « dans les circonstances actuelles ». Qu'aurait fait Hood ? De toute façon, je me rendis compte que ce serait le seul moyen pour moi de lire ce qu'écrivait Esmond. Je pris donc la lettre et demandai à Prudence en m'inclinant si elle désirait des rafraîchissements, offre qu'elle refusa avec impatience. Je la quittai, longeai le couloir et m'engageai dans l'escalier d'un pas qui me parut conforme à la fois à ma dignité et à l'urgence de la situation. Dès que je fus certain de ne pouvoir être entendu, je déchirai l'enveloppe.

L'adresse indiquait simplement : « Rose Loveall, Love Hall », et le papier portait l'en-tête du 14e régiment de grenadiers de Leakhampton. J'éprouvai une impression étrange à ouvrir ainsi en cachette une lettre qui m'était destinée.

À Rose Loveall,

Vous n'entendrez plus jamais parler de moi. Quand vous recevrez cette lettre, je me serai embarqué pour l'Amérique sans espoir de retour. Ne pouvant avouer la vérité à ma famille, je ne leur ai rien dit. C'est ma façon de me venger d'eux et de vous. Si vous avez la moindre décence, vous effacerez à jamais mon nom de votre histoire. Quant à moi, vous n'entendrez plus parler de moi. Prudence ne connaît pas le contenu de cette lettre. Elle seule, dans cette famille, est digne de confiance.

Oubliez-moi, de grâce. J'espère moi-même vous oublier – vous pardonner m'est impossible.

Esmond Osbern.

Le lâche ! Il ne leur avait rien dit.

S'ils ne se manifestaient pas, c'était tout simplement parce qu'ils ne savaient rien ! J'étais allé trop loin avec Esmond. Des mois précieux avaient été perdus.

Je froissai la lettre, la fourrai dans ma poche et maudis ma malchance. Dans mes efforts pour tenter d'imaginer une solution, je me frottai les yeux à en avoir mal. Mais j'étais désemparé. J'envisageai brièvement de violer Prudence, ce qui n'aurait pas été désagréable. Mon costume m'empêchait de réfléchir. Si jamais une conduite s'imposait, je ne pouvais l'apercevoir tant mon esprit était voilé par un brouillard mental. J'étais incapable d'avoir la moindre idée. Si seulement j'avais pu arracher mes vêtements et être libre ! Il me semblait qu'alors seulement j'aurais pu me concentrer et songer clairement à la situation. Le temps pressait, cependant. Je devais me débarrasser de Prudence au plus vite. Je devais regrouper mes alliés et élaborer avec eux une nouvelle stratégie.

Quand je revins, ayant peine à cacher mon agitation, je découvris que Prudence n'avait pas bougé. En m'entendant entrer, elle se tourna vers moi. Je m'inclinai et ma ceinture comprima douloureusement mes hanches. Prudence prit aussitôt la parole.

— La lettre d'accompagnement d'Esmond disait que je ne devais pas m'attendre à une réponse, mais qu'il fallait que je m'assure que la lettre avait été remise en main propre. Est-ce le cas ?

— Vous pouvez vous fier à moi, mademoiselle.

— Alors ?

Elle me regardait avec cette arrogance que j'avais déjà remarquée en elle dans sa prime jeunesse. Il était désagréable d'être son inférieur, non seulement parce qu'elle n'avait jamais eu l'air aussi hautain mais aussi parce qu'en tant que domestique je ne pouvais me rebeller.

— Mademoiselle ?

— Rose n'a-t-elle rien à me dire ?

Bien sûr, j'aurais certainement dit quelque chose... C'était la première fois que j'étais absolument incapable d'une pensée logique. Qu'avait-elle pu dire à Prudence ? Penser à Rose à la troisième personne m'aidait. De toute façon, elle était malade. Mais c'était moi, non elle, qui étais dans le brouillard. Elle était supposée se trouver à l'étage, alitée. Cependant je me retrouvais ici, me sentant plus malade qu'elle, aussi désemparé qu'un braconnier dont la jambe est coincée dans un piège. Je n'arrivais pas à imaginer ce que j'aurais été censé dire à Prudence. J'avais envie d'aller aux toilettes. J'essayai de me rassurer, de me persuader que je compliquais inutilement les choses. Je n'avais qu'à dire à Prudence ce que Rose pensait. Après tout, *j'étais* Rose.

— Elle a dit... commençai-je lentement. Elle a dit qu'elle vous remerciait mille fois d'avoir apporté cette lettre. Nous n'avons pas su, à Love Hall, comment s'était passée la visite de Mr Osbern. Il semble toutefois qu'elle ait refusé de l'épouser et que Mr Osbern, dans sa déception, se soit embarqué pour les colonies.

Prudence pâlit. Elle parut sur le point de s'évanouir, mais sa volonté fut la plus forte. Craignant pourtant qu'elle ne s'effondre, je tendis la main vers elle. Bien qu'elle se fût reprise, son désarroi était évident. Elle n'était venue que pour apprendre le contenu de la lettre. Le fait que Rose la lise n'avait qu'une importance secondaire à ses yeux. Je regrettais qu'elle ne l'ait pas lue elle-même, comme l'aurait fait n'importe quelle personne normale. Nous aurions évité cette scène pénible. Mais peut-être était-elle plus honnête que je ne le croyais – je ne voyais pas d'autre explication à son comportement.

Elle se mit à pleurer doucement et se détourna, trop fière pour se montrer à moi dans cet état. J'allai chercher du brandy dans le buffet. Elle avait essuyé ses larmes. Elle accepta le verre que je lui offrais et s'assit.

— Je suis désolé, mademoiselle. Rose vous présente ses condoléances.

Je me rendis compte avec horreur que j'avais commis une bévue. À quoi rimaient ces condoléances ?

— Pourquoi a-t-elle refusé de l'épouser ?

Elle se tourna vers moi dans l'attente de ma réponse, mais son regard guettait à travers moi l'avis d'une puissance supérieure.

— Je l'ignore, miss Osbern.

J'aurais dû m'en tenir là, mais j'étais encore Rose et ne pus m'empêcher de dire ce qu'elle pensait.

— Peut-être ne l'aimait-elle pas.

Je me repentis aussitôt d'avoir prononcé ces mots.

— Ne me parlez pas d'amour, imbécile !

Prudence jeta son verre par terre. Elle voulait le briser, mais le tapis amortit sa chute et il roula à travers la pièce avant d'être arrêté par le mur. Elle resta ainsi frustrée dans son désir de destruction. Si seulement le verre s'était cassé !

— Je suis désolé. Je ne sais que dire.

C'était la vérité pure. En revanche, je savais qu'il vaudrait mieux pour tout le monde que Prudence s'en aille. Elle était prête à se conduire de façon épouvantable, et j'étais trop maladroit pour prendre en main la situation. Mon corps commença à me démanger. Il n'y avait pas d'air entre mes vêtements et ma peau. Ils m'enfonçaient dans ma panique en me brûlant comme la robe de mariée de Glaucé. Mon crâne, en particulier, semblait en proie aux piqûres de centaines de puces se déchaînant sous ma perruque. J'avais envie de l'arracher.

— Voulez-vous que j'aille chercher Hood ? demandai-je d'un ton pressant.

— Vous ? Mais qui êtes-vous, au fait ?

Elle se leva en pointant sa cravache dans ma direction.

— Je suis Leslie…

— Je connais votre nom, idiot. Que faites-vous ici ? Vous n'êtes pas un valet, vous êtes trop raffiné pour cela. Il se passe ici quelque chose d'horrible, et je veux savoir quoi. J'exige de parler à Rose. Je l'exige absolument !

J'étais incapable de l'interrompre, mon esprit affolé n'étant pas en état d'inventer la moindre explication plausible. Je la regardai bouche bée et elle dut penser que j'étais effectivement idiot. Elle bondit vers la porte. Je l'arrêtai. Tout se déroulait beaucoup trop vite pour moi, mais il fallait que j'intervienne.

— Poussez-vous ! s'exclama-t-elle en m'écartant brutalement.

Je l'attrapai par le coude avec une vigueur qui ne pouvait que l'offenser. Je savais qu'elle allait se mettre en colère, mais je n'avais pas le choix et ne lâchai pas prise.

— Mademoiselle, je dois vous demander de vous contenir. Vous me placez dans une situation délicate. Je peux aller chercher Hood, ou bien avertir Rose que vous désirez la voir. Je ne fais qu'obéir aux ordres de ma maîtresse quand je vous dis qu'il est impossible que vous alliez chez elle sans prévenir. C'est pour votre propre bien. Sa maladie est extrêmement contagieuse.

Prudence tirait sur son bras de toutes ses forces. Elle essayait désespérément de se dégager, mais je tenais bon. En entendant mes derniers mots, elle s'arrêta net.

— Hood a dit qu'elle s'était blessée en faisant une chute.

Nous nous regardâmes, pétrifiés.

— Une chute ? dis-je sans pouvoir continuer.

J'esquissai un sourire et tentai d'expliquer que Hood n'avait pas à... Mais elle se débattait violemment et je m'aperçus, horrifié, qu'en redoublant mes efforts pour la maîtriser j'avais fait sortir de ma poche la lettre froissée, qui finit par tomber par terre. Prudence la reconnut aussitôt. Folle de rage, elle réussit à m'échapper. Tandis que je me penchais en tâtonnant pour ramasser le papier, elle s'enfuit.

Comme homme, je m'étais montré à la hauteur puisque j'étais parvenu à la tromper. Comme être humain, j'avais été nettement moins brillant. Mes vêtements étaient parfaits et je faisais manifestement une impression satisfaisante, mais j'avais complètement oublié comment me comporter avec naturel. Le présent désastre était le résultat de ma lenteur, de mon incapacité à improviser. En jouant le rôle d'un homme, je perdais mon imagination et mon sens de l'humour. Je n'étais plus moi-même.

Elle était loin, maintenant, et je restai là, figé dans mon échec, incapable de penser à l'avenir. Je l'entendis monter l'escalier en courant et ce ne fut qu'alors, trop tard, que je me décidai à la poursuivre. En voyant le tableau de Salmacis, je songeai enfin à appeler ma mère et Hood à plein gosier. Encore une erreur : je criais avec la voix de Rose.

Prudence était depuis longtemps hors d'atteinte. Elle savait exactement où ma chambre se trouvait, depuis toujours. Tandis que je descendais le couloir, je vis ma mère arriver de la bibliothèque et Hood surgissant du Baron's Hall. Tous convergeaient vers ma chambre.

Prudence nous attendait à l'intérieur, les yeux fixés sur le lit défait. Des vêtements de femme gisaient sur une chaise – des vêtements que je ne m'autorisais plus à toucher que dans l'intimité de cette chambre. Les murs étaient couverts des portraits de Rose petite fille. Ses brosses à cheveux et ses miroirs étaient posés sur la coiffeuse. Tout rappelait sa présence – il ne manquait qu'elle-même. Ma mère apparut derrière moi et Hood nous écarta pour s'avancer.

— Mademoiselle, j'insiste pour que vous quittiez cette chambre sur-le-champ, tonna-t-il. Vous n'avez rien à faire ici.

— Ne vous moquez pas de moi, répliqua-t-elle avec toute la force dont elle était capable dans son désarroi. Qu'avez-vous fait à Rose ? Où est-elle ?

Elle me regarda droit dans les yeux en parlant. Après avoir ramassé et reniflé quelques-uns des vêtements, elle les jeta en l'air. Ils s'éparpillèrent sans ordre, comme pour confirmer l'absence de leur propriétaire. Tout semblait justifier les soupçons de Prudence. Hood parvint à répéter sa déclaration précédente, mais elle apparaissait comme une échappatoire désespérée face à la simplicité des interrogations de la jeune fille. Comprenant son trouble, je l'implorai :

— Voyons, Prudence !

— Comment osez-vous m'appeler par mon nom ? Répondez à ma question !

Nous nous pressions autour d'elle comme un trio de traîtres dans un opéra-comique, et elle recula. Ma mère fit mine de s'avancer vers elle. Prudence leva sa cravache.

— Vous, la bibliothécaire, ne vous approchez pas !

Il était difficile d'imaginer circonstances plus théâtrales, mais je n'étais guère à même d'intervenir tant mes vêtements me privaient de toute énergie. Je me sentais impuissant, à mille lieues du lord Ose que je jouais dans mon enfance. Que ne pouvais-je brandir mon sabre et sauver la situation ! Ma mère tendit la main vers la jeune fille et dit d'une voix très calme :

— Rose se porte à merveille, Prudence. Elle va bien. Il lui est impossible de vous voir dans l'immédiat. Il ne lui est rien arrivé de grave, simplement nous avons dû…

— *Je veux la voir !* hurla-t-elle.

Seule la vérité la contenterait.

Avec la sensation d'être irréel, intouchable, je m'avançai vers Prudence. Ma mère tenta de m'arrêter, mais en vain. J'étais trop épuisé pour feindre plus longtemps. Je savais ce que j'avais à faire. Je retirai ma perruque et un soulagement indicible m'envahit. Ma chevelure, moins longue que naguère mais toujours plus abondante qu'il n'aurait été normal pour Leslie, se répandit sur mes épaules. Prudence ne parvenait pas à comprendre ce qui se passait. Ses sens et sa raison s'unissaient pour combattre l'évidence.

— Je suis Rose, Prudence.

En prononçant ces mots, j'apparus enfin comme moi-même, ou plutôt je cessai de m'efforcer d'apparaître comme un autre. Je regardai la jeune fille avec mes yeux véritables, en laissant mon moi se révéler à travers mon déguisement. Les bras ballants, les paumes tournées vers elle, je m'imaginai nu face à elle.

Prudence s'effondra comme une statue poussée du haut d'un rempart. En tombant, elle me cingla au passage avec sa cravache, blessant cruellement ma joue droite et manquant de peu mon œil.

— C'est fini, dis-je à ma mère tandis que le sang coulant sur mon visage remplissait ma bouche. Il va falloir tout recommencer autrement.

Je pris Mère dans mes bras et la serrai contre moi. Du sang ruissela sur sa collerette en dentelle.

L'heure du jugement avait sonné pour nous.

5

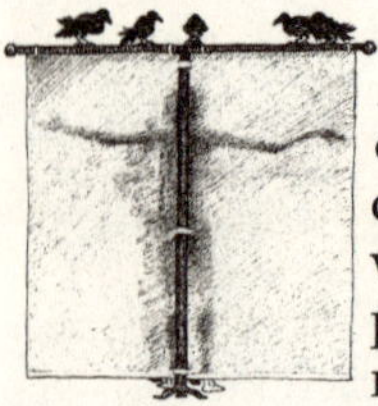

Tout s'accéléra : il n'était plus question de délai. Le manège tourna de plus en plus vite, jusqu'au moment où il nous fut impossible de l'arrêter. Pendant un moment, nous pûmes encore distinguer nos rires de nos cris. Quand la confusion s'installa définitivement, nous essayâmes de tenir de notre mieux. Puis nous finîmes par nous sentir soulagés de céder, de renoncer, de nous laisser rejeter au loin pour échouer où nous pouvions.

La nouvelle parvint aux Osbern en autant de temps qu'il en fallut au cheval de Prudence pour la ramener chez elle. Enfin, Love Hall était à leur portée. Bien entendu, ils n'étaient guidés ni par la cupidité ni par l'ambition, et encore moins – le Ciel en soit témoin ! – par un quelconque désir de se venger des Loveall. Non ! Ils agissaient pour le bien d'un nom illustre et dans l'intérêt d'un enfant élevé au gré des lubies d'un dément. En public, ils déclaraient que j'étais une victime innocente et désemparée, forcée par un pervers de porter les vêtements d'un sexe qui n'était pas le mien. J'aurais besoin de soins et d'attentions inlassables qu'eux seuls pourraient me prodiguer, étant du même sang que moi. En privé, ils s'accordaient pour voir dans ma santé mentale le dernier obstacle les séparant encore du gros lot. Mon sort ne tenait qu'à un fil et ils aiguisaient leurs couteaux.

Ils jugeaient mon père responsable, même s'ils supposaient qu'il avait agi à l'instigation de sa mère. Ils s'étaient toujours moqués de son élégance bizarre et de sa tendance sinistre à un efféminement presque *français*. Sa façon de tenir ses cousins à distance de Love Hall avait également éveillé leurs soupçons, pour ne rien dire de la séquestration de sa propre famille dans le domaine. Tout le monde l'avait considéré comme excentrique, mais il était clair maintenant qu'il était bel et bien fou. Il avait légué toute sa fortune à un enfant abusé et déstabilisé, qui ne pourrait jamais se tirer d'affaire seul en ce monde. Les mauvais plaisants ajoutaient : ni se tirer de leurs pattes... Que d'années avaient été perdues ! Ils auraient pu s'installer dans le château depuis belle lurette.

J'étais un vestige du passé décadent, une poupée abandonnée après des jeux désormais révolus. J'avais besoin d'être amendé, toiletté puis enfermé pour toujours dans un asile quelconque. Ils me mèneraient à la folie avec l'aide d'avocats et de médecins. Grâce à eux, ils me spolieraient de mon héritage, me dépouilleraient de mon déguisement et m'arracheraient jusqu'à mon dernier lambeau de dignité. Et la bibliothécaire ? Elle paierait cher son arrogance à leur égard, cette petite boutiquière ! Elle ne serait plus la mère du futur seigneur de Love Hall mais une veuve affligée veillant sur son enfant à Bedlam. Mieux encore : ils la feraient enfermer avec lui.

La nouvelle arriva également à Playfield, où les villageois étaient en effervescence. Du reste, ils ne redoutaient pas tant un lord Loveall travesti que son remplacement par un inconnu. J'étais leur Petite Grenouille, leur Fille du Siècle, leur miss Fortune, et ils savaient qu'ils n'avaient rien à craindre de moi. Hamilton entendit l'aubergiste déclarer :

— Même si cette histoire est vraie, c'est toujours elle la seule vraie lady de la région et elle est plus belle que votre dame !

Les clients de *La Tête du Singe* s'accordaient à estimer tout bonnement impossible que le délicat Jeune Lord ait pu engendrer un petit garçon malpropre. Notre popularité s'accrut encore quand les villageois virent plus souvent les Osbern et les Rakeleigh. Leur simple façon de cravacher leurs chevaux révélait une autorité brutale qui augurait mal de leur comportement s'ils prenaient le pouvoir. Les habitants regardaient leur avenir passer au galop en éclaboussant de boue leurs fenêtres.

Lorsque mon sexe véritable devint notoire, les hypothèses se mirent à foisonner. Certains supposaient que j'avais été pris pour une fille à ma naissance. Apparemment, une telle confusion se produit parfois quand le pénis s'est rétréci au point de ressembler à une fente tandis que les testicules ne sont pas encore tombés dans le scrotum – excusez-moi pour ces détails. Dans ce cas, j'avais été baptisé et habillé comme une fille du fait de l'ignorance de mes parents. Les théoriciens les plus inventifs allaient jusqu'à imaginer qu'après avoir découvert la vérité sur moi-même, j'avais persisté dans ce subterfuge afin de pouvoir en profiter pour séduire plus aisément les femmes – n'importe quel homme sensé aurait fait pareil, n'est-ce pas ? Un journal avança l'hypothèse que mon père m'avait élevé comme une fille dans l'espoir que j'échapperais à la conscription. L'article, signé « Clairon », faisait référence à un livre évoquant d'autres garçons déguisés pour des raisons politiques ou économiques, et continuant d'assumer cette identité « jusqu'au moment où l'évolution de la situation rendit moins dangereuse [la découverte de la vérité], à moins que l'apparition de la barbe et d'autres signes de virilité ne les amenât à révéler leur sexe véritable et à changer d'habillement ». Lors de telles révélations, les parents affirment habituellement qu'ils ne savaient rien et font courir le bruit d'une métamorphose miraculeuse. Nous n'entendions pas nous abaisser à ce genre de comédie. Les Loveall épargneraient au monde cette indignité.

Puis les Osbern s'installèrent à Love Hall. Nous n'avions d'autre choix que de leur ouvrir nos portes. Ils arrivèrent munis d'une liste de procédures légales leur donnant un accès sans précédent au château et à tout ce qu'il refermait. Ma mère et moi nous efforçâmes de faire face de notre mieux à leur invasion brutale.

Afin que la situation soit parfaitement claire aux yeux de la justice, et donc des Osbern, il convenait de mener l'affaire dans les règles. Si près du but, ils ne pouvaient se permettre aucune erreur. On n'avait jamais vu un Osbern respecter si scrupuleusement la lettre de la loi. Sous le vernis de leurs bonnes manières, leur dureté apparut avec un éclat nouveau. Augustus Rakeleigh ne s'était jamais occupé d'un client avec tant de sollicitude. D'emblée, il fut évident que cette action légale ne protégeait nullement nos intérêts. Étant nous-mêmes l'objet de l'instruction, nous fûmes traités avec une désinvolture révoltante.

Personne ne nous accabla avec plus de zèle et d'enthousiasme que Thrips, l'homme de confiance d'Augustus Rakeleigh. Cette créature visqueuse était éternellement sur le pied de guerre, avec son registre et ses manches maculées d'encre. Les Osbern avaient toujours nourri de grands projets mais n'avaient jamais eu les moyens de les mettre en œuvre. Augustus et son flagorneur leur apportèrent non seulement la perspicacité mais la volonté nécessaires. Thrips ne cessait d'imaginer des astuces et d'implorer qu'on le laissât faire. Sa voix s'infiltrait dans les couloirs comme un courant d'air par une fente sous la fenêtre. Forts de sa qualité de juriste, les Osbern pouvaient presque tout se permettre et aller où bon leur semblait, sous les yeux impuissants de Hood et d'Hamilton.

Tandis que la situation échappait peu à peu à notre contrôle, ma mère se confinait dans la bibliothèque, par résignation ou peut-être pour préserver sa sérénité. Les héritages allaient et venaient, mais les livres existaient à jamais et son travail parmi eux ne serait jamais achevé. La famille la traitait comme un problème marginal. Elle était ma mère (ils ne savaient pas grand-chose, en réalité !), mais ils attendraient le moment favorable pour la jeter dehors. D'un autre côté, elle les dérangeait si peu et paraissait si contente dans sa cellule Octogonale. Peut-être se disaient-ils qu'une bibliothécaire pourrait toujours être utile à Love Hall. Moi aussi, je me mis à la considérer comme un être en marge. J'allais devoir affronter seul l'épreuve de mon jugement.

On m'interdit de porter les tenues qui m'étaient naturelles, même en privé. J'étais ainsi condamné au sentiment d'aliénation et à l'oppression mentale et physique inséparables d'un col empesé et d'un visage nu. Un matin, je me coupai en me rasant. Du sang se mit à couler d'une petite entaille sous ma narine droite. Au lieu d'essayer d'arrêter le saignement, je contemplai mon reflet et rougis mes lèvres avec le bout de ma langue. Lorsque Angelica entra, chargée d'un broc d'eau chaude supplémentaire, je détournai mon visage avec honte.

Une atmosphère de tragédie flottait dans notre vieille demeure. Les domestiques circulaient de pièce en pièce la tête baissée, en s'attendant sans cesse à de nouvelles intrusions, chacune plus déplaisante que la précédente. Quand Hood eut la bonne idée d'écrire au vénérable cabinet d'avocats qui avait représenté la famille pendant tant d'années – ceux-là même chez qui mon père s'était rendu le jour où il m'avait trouvé –, il reçut une réponse l'avisant sèchement qu'ils étaient désormais au service des Osbern, lesquels étaient à leurs yeux les meilleurs défenseurs des intérêts des Loveall. Cette défection était l'œuvre de Constant. Personne n'était de notre côté.

Seule l'humeur d'Anstace s'éclaircissait à vue d'œil. Je ne fus pas témoin de ce changement, du reste, car nous n'échangions jamais un mot. Je la soupçonnais en moi-même de préférer l'influence que lui valaient ses connaissances secrètes à la perspective de nous trahir publiquement. J'étais sûr que l'actuel changement de pouvoir la désemparait autant que nous, mais il fallait reconnaître qu'elle se démenait. Elle était le seul membre de la maisonnée à continuer de s'activer et passait son temps à gronder les domestiques pour leur travail bâclé ou à s'affairer autour de ces Osbern qui nous terrifiaient. Ils la traitaient comme l'unique intendante, bien qu'elle ne déployât qu'une activité de façade, et ignoraient complètement Angelica. La surveillance exercée par Hamilton ne décela que des indices inquiétants : Anstace folâtrait avec Thrips et appelait Nora « milady ». J'étais fatigué de ses manigances et Mère ne lui prêtait aucune attention. Nous avions prouvé que nous pouvions nous passer d'elle pour révéler nos propres secrets.

Nous étions incapables de tenir la famille en respect. La volonté nous faisait défaut. Mon éducation insolite ne constituait pas un motif suffisant pour qu'ils s'emparent de ma fortune – j'étais toujours l'héritier et le maître de Love Hall. Ils renoncèrent donc à s'installer à demeure dans le château et se replièrent dans des propriétés jouxtant le domaine, prêts à s'abattre sur leur proie à tout instant. Ils étaient les plus forts et nous étions encerclés. Tout en se méfiant de moi plus que jamais, ils paradaient devant moi. Cependant leur circonspection se mêlait maintenant, comme on pouvait s'y attendre, d'un air de supériorité. Ils entraient et sortaient à leur guise. Ils prenaient leurs repas à Love Hall, se servaient des toilettes, repéraient les appartements qu'ils comptaient occuper.

Chaque jour voyait arriver une injonction, un nouvel affront. Avant de s'occuper de ma santé mentale, il convenait d'examiner la question de mon sexe. Il restait des détails à régler.

Par exemple, savais-je vraiment quel était mon sexe ? Évidemment, il était impossible de me croire sur parole. Rien ne pouvait être décidé tant que ce point ne serait pas élucidé. Quand j'étais une femme, tout était clair. Si j'étais un homme, comme je le prétendais, j'hériterais de tout pour mon propre compte. Comme il était presque certain que je n'épouserais pas une de mes parentes, les Osbern verraient leurs prétentions réduites à néant. Dans ce cas, il leur faudrait prouver que j'étais fou et donc hors d'état de revendiquer mon héritage. Après tout, un homme peut s'habiller chez lui à sa guise sans être menacé d'expulsion. Mais si j'étais déclaré fou – et ils semblaient en mesure de parvenir à ce résultat –, c'était la fin de la lignée des Loveall et le début du règne des Osbern. La famille insista donc « dans mon propre intérêt » pour qu'un médecin s'établisse à demeure, épiant mes moindres gestes, jaugeant mes excentricités, souriant de mes tics nerveux, prenant des notes et faisant son rapport à Thrips.

Il existait une autre possibilité intrigante. Bien que j'eusse admis ne pas être une femme, peut-être n'étais-je pas non plus tout à fait un homme. Il suffisait de me voir pour supposer que je pourrais bien n'être ni l'un ni l'autre, mais plutôt une créature intermédiaire. Le souvenir de mon père suggérait qu'il pouvait s'agir là d'une infirmité héréditaire. Cette hypothèse inquiétait les Osbern, car elle soulevait d'étranges questions sur mon héritage. Si jamais j'étais un hermaphrodite, l'énigme de mon sexe ne serait résolue qu'à condition d'établir précisément quel sexe l'emportait chez moi. Dans le cas où les hermaphrodites seraient autorisés par la loi à hériter, la controverse légale promettait de durer des années. Toujours consciencieux, Thrips se documentait déjà sur cette éventualité.

Un examen médical s'imposait dans l'immédiat afin de sortir du doute. Cela dit, Thrips était certain que le médecin n'avait aucune chance de découvrir en moi autre chose qu'un mâle.

— Ce n'est qu'un garçon avec des cheveux longs et des vêtements de fille. Vérifions, puisqu'il le faut. Mais je parie n'importe quoi que cet examen n'est qu'une perte de temps. Nous connaissons déjà le résultat.

C'était Augustus qui s'exprimait ainsi, mais il citait Thrips, lequel avait glané toutes ses connaissances sur le sujet dans un livre intitulé *Enquête mécanique et critique sur la nature des hermaphrodites*, qu'il laissait toujours traîner sur la cheminée de la salle de réception. Dans son introduction, l'auteur établissait clairement que l'hermaphrodisme n'existait pas et qu'il s'agissait dans tous les cas de femmes parfaitement constituées que des esprits ignorants ou superstitieux prenaient pour des créatures bisexuées ou pour des hommes.

Nous vîmes arriver un docteur Reverrat, chargé d'une mallette absurdement lourde et suivi d'un écran blanc que portait un assistant nègre. Reverrat avait peine à contenir sa curiosité obscène et me regardait comme si je me trouvais déjà derrière des barreaux. Pour ma part, je ne l'aurais jamais choisi comme médecin, car ses mains tremblaient si fort que je supposai qu'il était soit surexcité soit imbibé de gin. Dieu merci, on nous laissa seuls. Son serviteur, dont le travail consistait à tendre ses pinces au praticien, fut autorisé à rester mais à condition de porter un masque, à cause de sa couleur plutôt qu'en égard à ma dignité.

Il suffisait au médecin de me voir devant lui dans le plus simple appareil pour établir précisément quel sexe l'emportait en moi. Je lui déclarai que je ne prétendais nullement être autre chose que ce que j'étais, à savoir un homme, mais il m'ignora. Déterminé à savourer son plaisir, il me soumit à un examen approfondi. Je n'entrerai pas dans le détail. Il existe suffisamment de romans où la médecine sert de prétexte à la pornographie et où l'étudiant zélé trouvera force descriptions émoustillantes de tels examens.

C'était la première étape du plan des Osbern pour détruire ma tranquillité d'esprit et m'acculer à la folie. Ils me faisaient comprendre qu'ils avaient la loi avec eux et qu'ils ne reculeraient devant rien pour m'humilier. De mon côté, malgré leurs droits légaux, j'étais décidé à ne pas abdiquer ma supériorité morale. J'étais leur victime, et non l'inverse. Ma seule défense était de rester impassible – mais c'était impossible. J'eus beau me pencher avec toute la dignité dont j'étais capable, je me mis à crier tandis que Reverrat explorait et compressait mon anatomie avec délectation.

Le verdict était incontestable. Maintenant qu'il était inutile de feindre, je ne voyais guère l'intérêt de mes atours masculins. Pourquoi ajouter ce tourment quotidien à tout ce que je souffrais déjà ? À leur grand dégoût, je n'avais aucune envie de vivre en homme.

La religion servit de prétexte au prochain outrage. Sur l'ordre de Fidèle, je fus examiné par un exorciste nerveux afin de vérifier si je présentais ces stigmates physiques que la *Daemonomania* de Bodin décrit comme les signes assurés d'un pacte avec Satan. J'étais désolé pour le prêtre, mais soulagé qu'Augustus ne soit pas parvenu à convaincre Fidèle, cette parodie malfaisante de son bigot de père, de procéder lui-même au rituel. Ce dernier nécessitait l'examen minutieux de mes cheveux ainsi que des poils derrière mes jambes et entre mes fesses, car les gens de l'époque croyaient que Lucifer se plaisait à imprimer sa marque dans un endroit discret. Le prêtre ne consacra pas plus d'un quart d'heure à cette tâche. En fait de marques, je n'avais qu'un innocent grain de beauté dans le dos, au-dessus duquel il psalmodia avec inquiétude pendant une minute. Après mûre réflexion, il estima que je n'étais pas possédé. Le soulagement d'Edgar n'eut d'égal que la déception de Fidèle.

Après cette cérémonie, Edgar me prit à part, à l'insu de son fils, afin de m'exhorter à renoncer au monde et à me faire religieux. D'après lui, il me faudrait dissimuler au reste du monde la honte de ma véritable histoire. L'idéal pour y parvenir serait une vie contemplative au fond d'un couvent. Quant à mon salut spirituel, il était essentiel que j'observe un pieux célibat jusqu'à la fin de mes jours. J'aurais ainsi quelque chance de m'approcher de la perfection avant ma mort et d'obtenir une félicité céleste dans l'éternité, puisqu'il était évident que le bonheur terrestre m'était interdit. Il continua ses conseils laborieux en m'invitant à ne pas prendre le voile – manifestement, il était persuadé que je saisirais n'importe quelle occasion de *porter* un voile. Même si cela me paraissait d'abord plus agréable, ce choix impliquerait un retour inutile au subterfuge et au travestissement, les religieuses ne pouvant m'accepter que sous mon ancienne identité féminine.

Pauvre Edgar. C'était un homme ennuyeux et convenable, que l'influence de sa famille n'avait pu vraiment pervertir. Quand il me disait de ne pas traîner dans la boue un nom illustre en revendiquant mes droits légaux au prix de controverses publiques, il ne parlait pas sur ordre mais par conviction. Il me conseillait ce qu'il jugeait le mieux pour moi, car je n'apportais rien de bon au monde. Je pouvais m'habiller comme je voulais, je gênerais toujours.

Les discussions bombillaient autour de moi comme un essaim de libellules. Je finis par m'habituer à entendre discuter mon cas comme si j'étais absent.

Nous vîmes arriver comme nos seuls défenseurs les membres de la famille que nous avions préférés, à savoir Julius et son père, William, qui avait conçu une opinion si flatteuse de ma mère dans mon enfance. Mais tous deux s'aperçurent qu'on ne les avait invités que pour la forme. Leur présence fut ostensiblement ignorée. Ils s'efforcèrent de présenter le point de vue de l'humaniste, mais ne recueillirent que des railleries pour leur dévotion envers des morts et leurs langues désormais éteintes. Assis dans un coin, sans qu'on me prie de rester ou de sortir, j'écoutais une assemblée sans cesse renouvelée de parents débattre de mon existence. Julius m'observait avec compassion, tandis que son père évitait mon regard et que les autres me toisaient avec dédain.

— Pour l'amour du Ciel, s'exclama Augustus dont les mouches de soie mauve s'agitaient avec frénésie. Il a l'apparence et la voix d'un homme, donc *c'est* un homme. Nous ne pouvons tolérer qu'un membre de notre famille s'habille de façon déplacée.

— Seul un *fou* se comporterait ainsi, insinua Thrips.

— Hmm… fit Athelstan d'un air appréciateur.

On s'était d'abord accordé à penser qu'Athelstan n'avait plus que quelques mois à vivre et que toute cette excitation pourrait lui être fatale. Cependant, la perspective de voir sa famille retrouver sa puissance lui avait soudain donné une raison de vivre. Sa santé était maintenant meilleure que jamais et il débitait des plaisanteries macabres avec une énergie digne d'un vampire. Je pouvais me vanter de l'avoir ressuscité.

— Quand même, sacrebleu, ça ne se passera pas comme ça avec moi ! C'est un outrage, ni plus ni moins. Un homme efféminé est un affront pour la vie sociale. Regardez son satané père.

— C'est là que la pourriture a commencé, approuva Fidèle.

— Écoutez-moi, sacrebleu ! brailla Athelstan. Il n'est pas question qu'un membre de notre famille s'exhibe de cette manière. Voilà ce qu'on gagne à trop fréquenter ces satanées femelles.

— Ils n'apprennent jamais à se passer du lait de leur mère, ces Loveall, observa Augustus.

Je regardai par la fenêtre et remarquai que les parterres étaient moins bien tenus qu'à l'ordinaire. Je me demandai si les jardiniers, comme les serviteurs, étaient en train de perdre espoir.

— Un homme s'habillant en femme n'est pas nécessairement un pervers, hasarda Julius.

Il était surpris de pouvoir encore attirer l'attention, mais ne s'efforçait pas moins de voler à notre secours dès qu'il en avait l'occasion.

— Pardon ? dit Augustus comme s'il avait été interrompu.

Il avait complètement oublié la présence de son frère.

— Hercule passa trois années habillé en femme à la cour de la reine de… Père ? Est-ce de Lycie ?

— Lydie. La reine de Lydie, croassa lord William.

— Lydie, absolument, approuva Julius.

Mais Augustus ne pouvait en supporter davantage.

— Je n'ai aucune idée de ce dont vous parlez. Peu nous importe de quelle façon Hercule pouvait s'habiller. Vous devez comprendre que ce point de vue n'apporte aucune lumière sur la question.

Il y eut un silence. Julius soupçonnait qu'il ne faisait que prolonger notre supplice. Se rendant compte qu'il ne pourrait trouver aucun terrain d'entente avec les Osbern et leur juriste, il s'éclipsa bientôt en compagnie de son père.

Seul Edgar se risqua encore à prendre notre défense, mais ses suggestions furent systématiquement réduites à néant par son fils.

— François Timoléon de Choisy se maria en tant que femme et devint abbé en 1663. Il écrivit sa monumentale *Histoire de l'Église* dans son couvent, vêtu d'atours féminins. Ce fut sans aucun doute un homme pieux et un grand serviteur de Dieu. Rose pourrait peut-être s'en inspirer.

— On aurait dû l'excommunier, lança Fidèle.

— Un peu de charité chrétienne, je vous prie, mon fils !

— Au diable la charité ! Deutéronome, 22-5 : « Un homme ne revêtira pas un habit de femme ; car quiconque agit ainsi est une abomination pour le Seigneur ton Dieu. » Répondez à cela.

— Ah ! gémit Edgar en se détournant.

— Je me fiche de savoir si Jésus lui-même portait une satanée robe, conclut Athelstan. Je ne tolérerai pas ce scandale chez moi.

Je levai les yeux d'un air las.

— Ni dans ce château, ajouta-t-il.

Constant était le plus cinglant et le plus implacable de tous, bien que ses visites fussent moins fréquentes car, à la différence des autres, il avait des intérêts hors de Love Hall. Son hypocrisie était effrayante et il dissimulait sous un mince vernis de politesse et de bonnes manières un égoïsme forcené. Il portait sans cesse un masque de charmeur et réservait maintenant son amabilité la plus exquise à Augustus. Ma présence ne limitait en rien sa liberté d'expression : certaines de ses déclarations comptèrent parmi les plus horribles qu'il me fut donné d'entendre.

— Eh bien, si elle ne veut pas s'habiller en homme, qu'elle s'habille en femme. Quelle que soit la position de la loi à ce sujet, le public se réjouira du spectacle, lança-t-il.

— La discussion est close, décréta Athelstan.

— Nous sommes face à un paradoxe humain. Laissons le public décider. Plutôt que d'en faire le parasite d'un couvent, nous devrions l'envoyer dans un cirque. Ils feraient certainement un pont d'or à Mr Femelle.

— Cela semble peu réaliste, dit Augustus.

— Misère ! Il n'est pas question de laisser un membre de notre famille s'exhiber avec des monstres ! cria Athelstan. Que diraient les gens ? Bon Dieu !

— Et puis-je me permettre d'observer qu'il convient d'en parler à l'avenir au masculin plutôt qu'au féminin, rappela Thrips.

— Pourquoi pas au neutre ? demanda Constant.

— Le masculin vaut mieux, monsieur.

— Eh bien, peu importe comment nous l'appelons. Si cette créature veut être une femme, qu'il en soit fait selon sa volonté. En fait, il existe une solution médicale très simple : *ablatio penis*.

— À savoir ? s'enquit Augustus.

— Un procédé radical qui ferait de lui définitivement une femme, expliqua Thrips.

Ils réfléchirent en silence.

— Je suppose que nous aurions besoin de son consentement ? demanda Augustus en reniflant du tabac.

— Pas nécessairement, assura Constant.

Je quittai la pièce.

Prudence ne participa à aucune de ces discussions mais me fit comprendre qu'elle éprouvait pour moi une haine sans mélange. Elle savait que j'étais responsable de l'exil d'Esmond et que je n'avais pas dit toute la vérité sur cette histoire. Son air dédaigneux lui seyait et la rendait plus belle que jamais. Elle était une énigme pour moi, ou plutôt elle me transformait en énigme à mes propres yeux. Nous n'avions pas eu une seule conversation agréable depuis notre première rencontre, et pourtant il y eut une période où j'aurais pu essayer de l'aimer. Elle était un défi à mes instincts de dompteur. Elle ne plierait jamais et toute union avec elle serait une lutte entre deux volontés.

Je me souvins que, bien des années plus tôt, j'avais tenté de l'impressionner avec mon costume de lord Ose et ma moustache postiche. Après un bref regard, elle avait prononcé ce verdict foudroyant :

— C'est mignon.

Rien n'avait changé. Je m'efforçais toujours de l'impressionner avec les mêmes habits. Personne n'avait jamais surpris aussi souvent mon regard, quoique je n'eusse jamais contemplé quiconque avec autant de constance.

Prudence était mon arbre de la connaissance, hors d'atteinte pour moi. Elle resterait toujours intouchable, malgré mon désir ardent de voir son corps sous sa robe et de l'explorer à ma guise. J'avais perdu toute mon énergie, toutefois, et c'était elle qui m'avait dompté. Son regard suffisait à réduire à néant ma virilité et je lui paraissais plus ridicule que jamais. Cet aveu m'est pénible et je sais qu'elle aurait fait de ma vie un enfer, pourtant je dois admettre que notre mariage aurait été le seul compromis possible entre les Osbern et les Loveall qui aurait pu éventuellement porter des fruits. Mais il n'en fut jamais question et de toute façon il était trop tard pour suggérer cette solution. Mon existence aurait été si différente : j'aurais été émasculé alors que je venais à peine de devenir un homme. Peut-être aurait-elle été ma « guérison ». Je portais encore la marque de son coup de cravache sous mon œil. La cicatrice ne s'effacerait jamais complètement.

Ma mère continuait de se faire discrète dans la bibliothèque. Désormais, c'était moi qui gardais son secret. Je m'abstenais de parler d'elle, de peur que la seule mention de son nom ne la rappelle à leur souvenir et ne l'implique dans leurs plans. Tant qu'elle ne se mêlait de rien, ils la laissaient tranquille. Elle pouvait mener une vie relativement normale, du moment qu'elle acceptait l'idée d'être traitée en bibliothécaire et non en maîtresse du château et qu'elle restait à sa place dans la tour Octogonale. Son nom au-dessus de la porte agissait sur elle comme un talisman. Elle se sentait en sécurité au milieu de ses livres et de ses papiers, dont elle seule connaissait la valeur. Nous faisions comme si elle veillait encore sur moi, mais je savais que, pour la première fois, c'était moi qui la protégeais en mentant sur son compte, en la cachant comme une prêtresse interdite et en lui assurant l'impunité dans son sanctuaire.

J'affrontais les divers usurpateurs avec une détermination fatiguée, mais j'étais profondément démoralisé. Tous m'avaient abandonné : mon père en mourant, ma mère en se retirant dans son monde, mes amis en partant et mon corps en devenant adulte. En surface, je portais mes vêtements avec dignité, mais mon âme était assiégée. Ils pouvaient bien parler de moi comme si j'étais absent. Il leur serait plus difficile de me faire bouger. S'ils voulaient me faire passer pour fou, il leur incombait de fournir des preuves. Peut-être finiraient-ils par renoncer et s'en iraient-ils un beau jour.

Hood et Hamilton avaient eux aussi perdu l'espoir de nous tirer d'affaire. Thrips informa Samuel que les Hamilton seraient invités à quitter Gatehouse Lodge, où ils n'auraient plus que faire une fois qu'ils ne seraient plus employés au château. Après quoi, il lui demanda d'un ton innocent si le vacarme des voitures entrant dans le parc était pénible à supporter. Tout le monde préparait sa sortie. Les domestiques ne savaient plus de qui ils recevaient leurs ordres. Infiltrés par Anstace, les HaHa avaient fini par devenir bel et bien un objet de risée. Ils étaient contraints de se plier aux règles du jeu édictées par d'autres – et quels autres ! Augustus allait et venait comme s'il était chez lui, tandis que Caroline, son épouse, pouvait enfin mener à bien son inventaire et que Nora était libre de faire pleurer le personnel. Seul Guy demeurait invisible pour le moment. Dieu sait quelle créature infernale le garçon-chien avait pu devenir.

À force de les voir empiéter ainsi sur notre intimité et envahir même nos appartements privés, je commençai pour la première fois à en vouloir à Love Hall de n'être plus qu'un pâle reflet du palais délicieux de mon enfance. Le problème était plus profond, cependant, au cœur de mon âme. C'était une souffrance que je ne pouvais avouer à personne et un conflit qu'il m'était impossible de résoudre moi-même. Réduit à ma seule dimension masculine, je devins d'un caractère emporté. Je m'ennuyais plus facilement que naguère. Ma faculté d'attention s'émoussait et mon agitation ne cessait de croître. Quand on m'adressait la parole, je regardais les gens parler et me laissais bercer par le son monotone de leurs voix, mais je n'écoutais pas. Ils étaient loin et j'avais l'impression d'être enfermé dans une cage de verre qui se déplaçait avec moi. Mon dix-septième anniversaire ne donna lieu à aucune célébration. Je me sentais vieux avant l'âge, dans ces vêtements et cette demeure qui ne me convenaient pas.

Ma mère souffrait, elle aussi. Il y avait entre nous une distance nouvelle.

Je me mis en colère après elle pour la première fois de ma vie. Assis par terre, dans un rayon de soleil, je regardais fixement la lumière descendant du plafond. Elle me parlait des ballades, dont elle continuait de dresser le catalogue. J'entendais le son de sa voix et des bribes de phrases, mais sans parvenir à les organiser en un sens cohérent. Je me sentis de plus en plus exaspéré par moi-même, par ma cage de verre, par mon manque de concentration. Lorsqu'elle me demanda si je l'écoutais, j'éclatai.

— Je me fiche des ballades et je me fiche de votre Mary... Regardez quel bien elle nous a fait ! Arrêtez, maintenant ! Arrêtez !

Je me précipitai hors de la pièce en me bouchant les oreilles. Je ne pouvais supporter l'idée de me retourner et de la voir pleurer.

J'avais changé. Nous avions tous deux changé. J'essayai de m'excuser, mais j'étais sorti du non-dit. J'avais reconnu que je lui reprochais d'avoir fait de moi le jouet de ses idées. Je lui en voulais davantage qu'à mon père. C'était pire que si je l'avais dénoncée en public. Notre présence mutuelle, le lien spécial qui nous unissait, était tout ce qui nous restait, et voilà que cette complicité s'effritait. Peut-être n'existait-elle déjà plus. Si les Osbern l'avaient su, ils auraient exulté. Enfin, nous commencions à flancher.

Je rêvais de descentes en flèche, de livres s'enfonçant dans l'eau, de fenêtres sans loquets. J'étouffais. Mon isolement devenait insupportable. Cependant, plus il s'aggravait, plus je le trouvais naturel et oubliais de mettre en œuvre mes petites stratégies de survie.

Plongé dans l'inertie, j'avais l'impression d'être un cadavre. Je ne protestais même pas contre les intrusions les plus offensantes. Ils pouvaient me maltraiter à leur guise. Je commençais à savourer le plaisir de disparaître, d'essayer d'abandonner derrière moi mon corps affalé dans un fauteuil. N'ayant rien à dire, je laissais mon esprit vagabonder. Je restais assis indéfiniment dans l'escalier, à contempler les tableaux et à rêver à Salmacis et Hermaphrodite tandis que des jambes que je ne prenais même pas la peine d'identifier me passaient sous le nez. Moi qui avais naguère l'habitude de me satisfaire moi-même au lit en songeant à Sarah et Stephen, j'en étais maintenant incapable tant l'idée de la saleté et des halètements me révulsait. Je savais à quoi menaient ces plaisirs. Je n'avais aucun désir, aucun besoin physique. Rien ne me manquait. J'avais même oublié la sensation de mes anciennes toilettes, qui étaient encore pendues dans l'armoire. Jamais je ne m'habituerais à mes nouveaux vêtements. Ils faisaient le vide dans mon esprit.

En regardant des peintures de moi petite fille, je voyais une étrangère me sourire avec une expression heureuse qui me narguait. Si elle avait su ce que je savais maintenant ! Les portraits de mon père et de sa sœur me fixaient d'un air accusateur. Ils semblaient me dire de leur ressembler davantage.

Un soir, ma mère avait été invitée exceptionnellement à prendre part à l'un de nos dîners exténuants. Nous étions assis tous deux à un bout de la table. Bien que nous fussions chez nous, nous n'étions là que pour servir de divertissement aux convives. Notre seul espoir de salut résidait dans la nature plus humaine de certains membres du clan. Julius étant parti depuis longtemps, la foi inébranlable d'Edgar était le dernier refuge de notre confiance vacillante. Incarnant à la fois l'Inquisition et les Croisades, Fidèle était capable de justifier n'importe quelle mauvaise action au nom de Dieu. En revanche, son père était sans le savoir notre protecteur et empêchait par sa présence les Osbern de se déchaîner complètement. Lors de ce dîner, malheureusement, Edgar était à Londres afin d'assister à la confirmation du fils de l'évêque. Nous étions donc livrés au reste de la meute.

Prudence était assise loin de moi entre son frère Constant, trônant comme toujours à la droite d'Augustus, et Nora. Ma mère et moi gardions le silence. Nous ne parlions que dans l'intimité de nos chambres. Les détails les plus privés de nos vies avaient été dévoilés devant eux, disséqués sur la table d'opération, et j'étais décidé à ne pas laisser échapper un seul mot susceptible de révéler à mes ennemis mon actuel état d'agitation. Cela n'aurait fait que renforcer leur arsenal.

La grande surprise du dîner – et le seul motif de l'invitation faite à ma mère – fut une arrivée non annoncée. Les portes s'ouvrirent soudain sur une silhouette que je n'identifiai pas tout de suite. Cette apparition fut saluée par des cris d'extase aux quatre coins de la table. Prudence se leva d'un bond pour courir vers l'inconnu, avec une tendresse exubérante qui n'était pas du tout dans son caractère. L'insolence de cette visite imprévue aurait été encore impensable quelques mois plus tôt.

— Mon seigneur ! s'exclama-t-elle avec enthousiasme.

Elle fit une révérence et permit au nouveau venu de lui baiser la main, ce qu'il fit avec nonchalance, provoquant un murmure d'approbation dans les rangs de sa famille.

Le garçon-chien.

— Guy ! s'écria Augustus en faisant modifier aussitôt la disposition des sièges autour de la table.

Malgré ses taches de rousseur, il était devenu un beau jeune homme. Son corps était très maigre et ses cheveux flottants lui donnaient un air cavalier. Supposant qu'il était habillé à la dernière mode, je l'observai avec curiosité. Tandis que Prudence l'emmenait s'asseoir à côté d'elle, il parcourut la table du regard. S'il ignora ma mère avec ostentation, il salua la sienne avec toute la déférence due à la maîtresse de maison. Il laissa Prudence prendre place et se dirigea vers moi. Je ne me levai pas. Il resta debout à côté de moi.

— Nous n'avons pas eu le plaisir de nous rencontrer, monsieur.

Il s'inclina, comme il convenait. J'admirais son sang-froid mais n'avais aucune envie de faire assaut d'esprit avec lui. Seule son apparition m'avait tiré de la léthargie où j'avais passé toute la soirée, et je n'aspirais qu'à m'y replonger si l'on m'en donnait la permission. Plus tard, je pourrais aller me coucher et les autres se disperseraient. Je me sentis prêt à prendre la parole.

— Monsieur, nous nous sommes déjà vus.

Mes yeux se fermaient, comme si j'avais été drogué. Je n'avais d'autre choix que de continuer. J'avalai une gorgée de vin pour éclaircir ma voix rauque.

— Non, monsieur, rétorqua-t-il. En tout cas, pas depuis...

Il se redressa en levant les yeux pour s'assurer que chacun le regardait.

— Depuis qu'on a découvert que la Rose avait un chancre.

Sa repartie fut accueillie par un murmure approbateur, accompagné par le bruit d'une fourchette solitaire heurtant un verre de vin. Puis ils se carrèrent tous dans leurs sièges afin de savourer le drame qui s'annonçait. Guy me fixa droit dans les yeux pour m'encourager à réagir. Je restai muet. Ma mère glissa sa main dans la mienne, en évidence sur la table.

— Comment dois-je vous appeler maintenant, monsieur ? demanda-t-il.

Il fit la moue, comme s'il réfléchissait sérieusement à la question sans trouver de conclusion satisfaisante.

— Vous l'appellerez lord Rose Loveall, lança ma mère d'un ton brusque.

Elle était si furieuse qu'elle enfonça ses ongles dans ma main. Une nouvelle fois, Guy parcourut l'assistance du regard.

— Très juste ! Qu'y a-t-il dans un nom ? Quel que soit le nom que nous lui donnions, ce que nous appelons une Rose aurait une odeur…

Il se tut comme si sa phrase était terminée, avant d'ajouter :

— Délicieuse.

— Oh, Guy ! se pâma Prudence tandis que les autres croulaient de rire.

Constant porta un toast à Guy avec un verre plein à ras bord. Fidèle, seul chrétien présent, hocha la tête avec approbation en se cachant derrière sa serviette pour rire à son aise. Augustus s'esclaffa et son épouse gloussa comme unc oic gavée. La ménagerie au grand complet était lâchée, et les carnivores parmi eux nous regardaient comme leurs proies. Nous aurions de la chance si nous survivions à cette soirée.

— J'exige que vous cessiez ! s'écria ma mère.

Mais elle avait des larmes dans les yeux. Elle savait que je n'avais plus l'énergie ni l'envie de me défendre et que ses efforts étaient vains. Nous étions réduits à notre simple présence physique. Notre autorité n'était plus qu'un souvenir. Je restai donc assis, impuissant, tandis que Guy se délectait à citer des commentaires fameux faits à mes dépens dans le monde. Ils s'étaient souvent moqués subtilement de moi, en discutant mon cas devant moi comme si j'avais été absent, mais jusqu'à présent ils n'avaient jamais été ouvertement grossiers. Ce soir-là, pour la première fois, ils m'avaient attaché au pilori et me bombardaient de fruits pourris. Je n'avais même pas la force de me lever et de m'en aller. Lorsqu'il eut fini pour de bon, je redressai la tête comme un boxeur qui a mordu la poussière à maintes reprises mais ne veut pas s'avouer vaincu.

— Vous pouvez m'appeler comme bon vous semble dans mon dos, Guy, mais dans ma demeure, vous m'appellerez lord Rose Loveall. Voilà qui répond à votre question.

Sur ces mots, je sombrai de nouveau dans mon hébétude. L'assistance avait retenu son souffle quand j'avais pris la parole. J'avais parlé lentement et distinctement. Mais à la fin de ma phrase, toute la tension était retombée. J'avais répondu avec simplicité à l'insolent. Nous ne pouvions plus espérer voir ces coucous quitter d'eux-mêmes le nid.

— Oui, monseigneur, mon très cher seigneur, dit Guy en retournant à sa place.

Il s'assit à côté de Prudence, dont il baisa la main derechef.

— Regardez cette marque sur le visage de lord Rose Loveall, Prudence. On croirait que quelqu'un a essayé de tailler ce noble rosier.

— Guy ! s'exclama Prudence en me jetant un coup d'œil.

Je levai ma main pour dissimuler la cicatrice.

— Ne serait-ce pas vous qui lui auriez *pincé* le bourgeon, Prudence ? lança Augustus, ravi de voir que la chasse était ouverte.

— Prudence l'a sérieusement émondé ! dit Constant.

— Elle lui a donné un bon coup de sécateur ! renchérit Nora en hoquetant de rire.

Lady Caroline grimaça un sourire tout en se battant avec une cuisse de dinde, la bouche dégoulinante de graisse.

— Voilà une idée passablement refroidissante, ma chère Prudence, observa Guy. Espérons qu'aucun autre homme ne subira le même sort !

En moins de cinq minutes, la scène avait atteint le dernier degré de l'abjection. Sous le regard radieux de Constant, qui pressentait l'heureuse issue d'une négociation de plusieurs mois, et de Fidèle, qui avait pris soin d'inclure dans le marché son installation à demeure dans le nid douillet du château, Augustus Rakeleigh annonça en grande pompe les fiançailles de Guy et de Prudence, à laquelle il demanda la permission de l'appeler sa fille car c'est ainsi qu'il la considérait depuis toujours dans son cœur. Comme l'exigeaient les règles familiales, ils se marieraient dans la grande chapelle de Love Hall et prendraient le nom de Loveall avec l'assentiment des deux familles. Il porta un toast à sa défunte sœur, en proclamant qu'elle n'avait jamais eu de plus cher désir. Des verres tintèrent contre le mien tandis qu'on annonçait l'union des deux lignées. J'étais sonné, en proie à une violente nausée. Ils n'avaient même pas à se donner la peine de se débarrasser de nous. Ils allaient tout simplement s'installer à Love Hall – c'était déjà fait.

Je sortis en titubant et faillis renverser la chaise de ma mère au passage. Dès que j'eus quitté la pièce, je vomis sur un canapé. Ma tête tournait, ma gorge était secouée par des haut-le-cœur. Ma mère m'aida à retourner dans ma chambre où je restai étendu sur le parquet de chêne, la joue contre le bois frais.

Leurs insultes résonnaient encore à mes oreilles. Leur tapage dans la salle à manger me tenait éveillé. L'annonce des fiançailles s'était transformée en célébration officielle. Au matin, j'avais à peine dormi. Un silence menaçant régnait dans le château. Je m'imaginais qu'on aurait fait disparaître les traces de la fête, mais rien n'avait été rangé. Les assiettes sales gisaient abandonnées sur la table surchargée. L'air était infesté de relents de vin rouge se mêlant à l'odeur de tabac froid des cendriers pleins à déborder. Sur le buffet, un quartier de viande superflu attirait deux grosses mouches bleues. Je n'avais jamais vu un tel désordre. En sortant de la pièce, je fus arrêté par Hood. Sa tenue, envers et contre tout, était impeccable.

— La plupart des domestiques sont partis, monsieur. Ils refusent de se remettre au travail. La famille les accable de mauvais traitements, monsieur. Ils ne comprennent pas ce qui se passe.

— Moi non plus, Hood.

Je sentis ma gorge se serrer. Même les vomissures n'avaient pas été nettoyées.

— Moi non plus, dit-il.

Il allait s'en aller quand il se ravisa.

— Une dernière chose. Et je crains que ce soit une mauvaise nouvelle, Rose...

Je le regardai.

— Anstace. Le moment est donc venu ?

— Oui, monsieur. Elle nourrit toujours l'ambition d'être l'intendante de Love Hall, mais plus à notre service.

Je méditai cette nouvelle en silence.

— Bien, dis-je enfin.

— Je sais parfaitement ce que vous voulez dire, monsieur.

Hood s'avança et serra ma main. Puis il se détourna. C'est ainsi que la question fut réglée.

Ma mère et moi commençâmes à remettre de l'ordre, en encourageant à la tâche quelques domestiques plus audacieux qui s'aventuraient à la lumière comme des souris peureuses. Je nous vis condamnés inexorablement aux rôles d'intendante et de domestique du château, réduits à la condition de Cendrillon. Cette pensée était insupportable. Où se trouvait donc le prince ? Où était Sarah ?

Le jour même, Anstace devint l'unique intendante de Love Hall. Après nous avoir menés aussi loin que possible, la vieille sorcière estimait qu'il était temps de changer de balai. Nous n'avions plus les moyens de marchander, et elle savait comment obtenir ce qu'elle voulait des Osbern. Elle leur apprit la seule chose qu'ils ignoraient.

J'étais un bâtard.

C'était moi l'usurpateur de *leur* Love Hall.

Comme si tout n'était pas assez affreux comme cela, cette nouvelle mit le comble à la confusion. Des batailles légales seraient inévitables. Hood et Hamilton nous informèrent que la lutte pourrait durer des années. Des années d'énergie, d'argent. Et pour quoi ? Pour défendre une existence humiliante, où nous voyions notre propre demeure et tout ce qu'elle contenait nous glisser des doigts. J'étais heureux que tout soit terminé.

Ils avaient gagné. Ils n'avaient même pas à chanter victoire. Guy et Prudence allaient se marier. À partir de là, il leur suffisait de mettre les points sur les i. Notre seul misérable espoir résidait dans le fait que la perspective d'un procès ne leur souriait pas plus qu'à nous.

Augustus et Constant vinrent me trouver l'après-midi avec une proposition. C'était à peu près ce que nous avions prévu. Ils laisseraient à ma mère et moi l'aile du château abritant la bibliothèque. Nous serions autorisés à garder Hood et un autre domestique. Nous pourrions vivre en ces lieux à notre guise, sous leur protection.

Nous allions être emprisonnés. Nous serions les seigneurs de la tour.

Qu'obtenions-nous en échange ? Que pouvions-nous espérer ? Nous étions entièrement à leur merci. Ils avaient la loi pour eux et s'efforçaient uniquement d'éviter le scandale et les frais d'un procès. Ils s'abstiendraient de dénoncer ma mère pour sa complicité dans cette fraude, ce qui lui éviterait de devoir plaider l'aliénation mentale devant un tribunal. Ils n'ébruiteraient pas la nouvelle de ma naissance illégitime et ne contesteraient pas publiquement mon droit à hériter. En revanche, je ne serais l'héritier que de nom et signerais des papiers à cet effet. Love Hall devenait leur propriété. Leur alliance exercerait le pouvoir, et ils proposèrent qu'on me surnomme l'Invisible lord Loveall. Les tribunaux pouvaient confirmer ou non leurs prétentions. De toute façon, la justice officielle prendrait un temps interminable pour les Osbern comme pour nous. De notre point de vue, cette solution était la meilleure que nous pouvions espérer. À l'exception d'un article, cependant : en aucune circonstance je n'aurais le droit d'apparaître autrement que comme un homme. Il était stipulé que je pouvais vivre dans la partie du château qui nous était assignée, à condition que je ne conserverais aucun de mes atours féminins, dont la présence était censée constituer pour moi une tentation permanente.

Thrips, Constant et Augustus rédigèrent des documents légaux à ce sujet, auxquels je devrais apposer ma signature. Cet « accord » contenait des annexes établissant quels vêtements je serais autorisé à porter, en précisant la coupe, l'étoffe et le style prescrits, et quelles sanctions j'encourrais en cas de non-respect de ces règles. Mes appartements furent fouillés et on fit disparaître tous les articles incriminés.

J'acceptai cette offre au nom de ma mère. Je doutais que nous puissions survivre dans le monde réel. Nos chambres furent transférées à proximité de la bibliothèque Octogonale et nous décidâmes de ne plus jamais dîner avec la famille. On nous apportait nos repas dans la bibliothèque, où nous les prenions avec Hood. Il était exténué, lui aussi, et c'était plus souvent moi que lui qui servais le potage. Certaines de nos possessions les plus chères nous avaient suivis dans notre déménagement, mais nous n'avions pas été autorisés à emporter d'objets vraiment précieux. Nous avions nos livres.

Un soir – je me souviens que c'était un samedi –, on dressa un énorme bûcher dans le jardin. J'observai la scène avec un certain intérêt depuis la fenêtre de la bibliothèque, quoique j'ignorasse quel événement devait être célébré par un feu de joie. On m'apporta un message de Prudence m'enjoignant de me rendre au jardin. J'obéis, car désormais je laissais la vie me mener à sa guise.

Je découvris sur la pelouse devant le château un gros tas de ballots que je pris pour des chiffons. Des domestiques que je ne reconnus pas se mirent à les vider. Pâle comme la mort, je les regardai jeter sur les brindilles mes robes, qu'on avait fourrées dans ces sacs comme des torchons, puis les pousser en haut avec des fourches. Constant me donna une bougie allumée et me conduisit au pied du bûcher. Me saisissant par le bras, il me força à me rapprocher du tas de petit bois et de vêtements jusqu'au moment où tout s'embrasa. Quand le feu commença à tournoyer, mes robes crépitèrent bruyamment et je m'imaginai au sommet où les flammes léchaient mes pieds.

Guy fit donner un feu d'artifice en l'honneur de sa future épouse.

Après le mariage, Guy et Prudence s'installeraient officiellement à Love Hall. Je redoutais particulièrement cette cérémonie. Les noces seraient l'occasion de la plus grande fête organisée dans le domaine depuis celle qui avait célébré ma naissance. Cette fois, le village ne serait pas invité. Il était clair que les Osbern comptaient profiter de cette opportunité pour s'affirmer en public, sous les yeux envieux et admiratifs de la foule. J'essayais d'imaginer n'importe quel subterfuge pour éviter ce spectacle.

Pour m'occuper, j'aidais ma mère dans son travail sur les ballades. Retranché dans la bibliothèque, je sentais la bête se réveiller en moi et commençais à tirer un plaisir pervers de notre isolement. J'avais toujours aimé explorer à ma guise de petits espaces, protégé du reste du monde, et je me sentais chez moi dans notre tanière haut perchée. Je restais souvent assis aux pieds de ma mère, tandis que nous classions les feuilles des ballades avant de les coller dans des in-folio. Parfois, elle les chantait pour moi. Malgré mon épuisement, malgré mes vêtements démangeant ma peau, il me semblait alors que nous pourrions peut-être survivre.

Je pouvais me perdre dans les ballades, m'échapper dans leurs vers. Elles me transportaient dans un autre monde nourri de romantisme, de coïncidences, d'amour éternel et de fatalité. Un monde où mon père était encore vivant pour moi, un monde tellement meilleur que le nôtre... J'aimais les jumeaux réunis, les vieilles mégères transformées en beautés, les oiseaux chantant des avertissements. Et les femmes marins errant de par les mers – ces héroïnes intrépides qui s'embarquaient déguisées en hommes afin d'aller sauver leurs amoureux languissants. Nous trouvions notre plaisir où nous pouvions, et le travail sur ces poèmes ne serait jamais achevé. Pour ma mère, c'était un substitut à Mary. Nous ne parlions jamais d'elle, à cette époque.

Que se passait-il dans les étages inférieurs ? Nous n'en avions qu'une vague idée. Un matin, Hood nous apporta l'invitation pour le mariage. Je ne pus me décider à la prendre et elle resta sur la table, dans son enveloppe mauve dorée sur tranche, irradiant l'orgueil. Je savais que je ne pourrais assister à la cérémonie, que la honte serait trop grande. Je n'irais pas.

Ce fut alors que je décidai de tout changer. Je me vis entraîné dans une descente sans fin. La famille ne nous concéderait rien en dehors de la bibliothèque, puis réduirait notre part à la moitié seulement de cet asile, puis au bureau uniquement, jusqu'au moment où nous serions contraints pour finir de vivre sur un grain de poussière avant de nous évanouir dans l'histoire. En un éclair, je compris que seule la mort mettrait fin à mon tourment. Je me tuerais, ou mourrais dans mes efforts pour disparaître. J'allais partir au loin. Si Esmond en avait été capable, pourquoi pas moi, dont le désespoir était encore bien plus profond ? Je chercherais un coin où m'abriter. Et si je ne pouvais en trouver aucun, je saurais que je n'étais pas fait pour ce monde, que j'y étais aussi inadapté qu'ils le disaient, et j'agirais en conséquence. La phrase commence sans notre consentement, mais nous pouvons la terminer quand bon nous semble.

S'il me restait le moindre doute, le retour de Stephen et Sarah Hamilton m'en débarrassa. Ils revenaient pour préparer le déménagement de Gatehouse Lodge et se charger d'autres affaires pour leur père. Bien que ce fût une triste perspective, j'avais attendu ce jour avec impatience, ce qui était en soi un plaisir. Toutefois, l'approche de ces retrouvailles commença à m'épouvanter. Je ne voulais pas qu'ils voient le reste de la famille ou, pire encore, qu'ils découvrent le genre d'homme que j'étais devenu. En ces circonstances, le mot même de *retrouvailles* semblait cruellement ironique. Ma mère tenta de me donner un peu d'espoir, car elle savait fort bien que j'étais plus inquiet qu'heureux du retour de mes amis.

Je fis bonne figure et m'habillai. Ces préparatifs me rappelèrent le jour où j'avais été maquillé pour aller dire adieu à mon père, mais cette fois j'étais encore plus imparfait. Ma veste – la seule présentable – avait une grosse tache sur le revers droit. En l'apercevant, je réalisai l'étendue de ma déchéance. Je m'étais laissé aller, depuis la dernière fois que je les avais vus. J'avais eu tendance à me noyer dans la boisson.

Nous les reçûmes dans la bibliothèque, ce qui conféra à notre rencontre un semblant de normalité. Il m'était pourtant pénible de penser qu'ils auraient à traverser la Grande Galerie, dont tous les tableaux avaient été déplacés ou tout bonnement retirés. Le terrible portrait des Rakeleigh trônait maintenant au centre du Baron's Hall : on ne pouvait imaginer un symbole plus éclatant de notre avilissement.

Ils arrivèrent enfin, sous la conduite de leur père qui arbora son sourire le plus attentionné en leur faisant signe d'entrer. C'était le sourire d'une infirmière introduisant des visiteurs dans la chambre de son patient à l'agonie.

Le premier regard serait décisif. La façon dont ils me fixèrent suffit à me donner envie de quitter Love Hall, d'abandonner mon moi, pour toujours. J'étais devant eux comme un étranger. Ils soutinrent un bref instant mon regard, en essayant désespérément de trouver une trace de moi-même sur mon visage, sous mon déguisement masculin, puis baissèrent les yeux en hâte. Stephen fut le premier à me regarder de nouveau. Il esquissa un sourire, qui me parut de pure politesse. Je ne le connaissais pas sous cet aspect et j'aurais préféré qu'il se moque de moi, qu'il rie de moi *avec* moi. Je savais à quoi je ressemblais. Je n'avais pas besoin qu'ils me mentent. Le choc initial semblait s'être dissipé pour Sarah, mais elle avait encore peine à lever les yeux. Se souvenait-elle de ce qui s'était passé entre nous, avant que je change ainsi, de cette nuit où elle m'avait crié que c'était si bon alors que je fuyais dans le couloir ? Mais ce n'était pas vrai et elle savait maintenant combien la vérité était sinistre.

— Bonjour, Rose, dit enfin Stephen.

Cela faisait bien longtemps que personne ne m'avait appelé Rose aussi naturellement, et je me sentis un peu soulagé. Il avait retiré sa casquette, qu'il tordait nerveusement dans ses mains comme une éponge. Son apparence était inchangée mais il avait une aisance mondaine qui était nouvelle chez lui. Il ne serait plus question de le voir courir dans les couloirs, il ne casserait plus autant d'objets, n'inventerait plus autant d'histoires. Sa voix était plus grave et plus sérieuse. Peut-être l'instruction produisait-elle cet effet ? J'avais déjà pris ma décision.

— Bonjour, Stephen, bonjour, Sarah. Vous nous manquez énormément à Love Hall.

La voix sortie de mon gosier parut étrange même à mes propres oreilles. C'était la voix plus profonde que j'avais cultivée, celle qui me permettait de donner une certaine cohérence à mon personnage. Elle était plus grave qu'on ne s'y serait attendu chez un homme de mon âge et je la faisais surgir du fond de ma gorge, non sans effort et concentration. Mais ma voix ne pouvait faire un effet plus étrange que les mots que je prononçais. Je parlais de façon cérémonieuse, comme si je traduisais mes propos d'une langue étrangère. J'avais envie de leur tendre la main, de les serrer dans mes bras. Peut-être en avaient-ils également envie, à moins que cette idée ne les effrayât. J'en étais incapable. Mes vêtements, ma voix, mes paroles, ma léthargie – tout me l'interdisait.

Mère les interrogea sur leurs écoles.

— La discipline est très sévère. On ne s'amuse pas aussi bien qu'ici !

Stephen tentait de surveiller ses mots, mais ses yeux et son attitude me tenaient un tout autre discours.

— Et comment va notre chère Sarah ? demanda Mère en se tournant vers elle.

Sarah garda la tête baissée et je l'entendis pleurer.

— Ne vous inquiétez pas, dit Stephen. C'est difficile pour elle. Sarah est très heureuse d'être de retour, mais tout a tellement changé.

Je ne savais que dire. Seuls des souvenirs me venaient à l'esprit : nos jeux d'autrefois, lord Ose, mon rêve de la rivière, le lit où j'embrassais Sarah, l'intermède du cricket, la bascule. J'étais perdu dans le passé. J'aperçus soudain mon reflet dans un miroir : un dandy minable et malade, s'apprêtant à partir pour un duel où il était sûr d'être vaincu.

— Depuis la mort de mon père… commençai-je.

Je fus incapable de continuer. En m'entendant mentionner sa mort, Sarah me regarda. Ses yeux étaient des lacs débordant de larmes, lesquelles ruisselaient sur son visage et scintillaient dans les replis de sa peau. Je devais lui apparaître brouillé de larmes. Je me perdais dans ses yeux en pleurs, où j'aurais voulu me noyer. Je ne savais plus que faire. Je bégayai :

— Depuis sa mort, nous... et avec ma...

Je baissai les yeux sur mes vêtements – mon cercueil – et ne pus en dire davantage. Stephen et Sarah savaient parfaitement ce que je ne parvenais pas à dire. Se penchant vers lui, elle pleura sur son épaule. Il la serra contre lui avec tact.

— Nous ferions mieux de continuer notre travail pour Père, observa-t-il.

— Peut-être, approuvai-je.

Je n'avais encore jamais rien dit d'aussi ridicule de toute ma vie.

— Vous aurez d'autres moments à passer ensemble, déclara ma mère tandis qu'Hamilton ouvrait la porte. Nous devrons tous nous habituer à la situation actuelle. Vous saurez où nous trouver, toujours plongés dans notre tâche.

Ils sortirent, emportant avec eux mon espoir. Je restai figé sur place, incapable de bouger. Ma mère me prit par la main, en un geste qui me disait qu'elle savait combien toute parole serait inutile.

— Retourne à nos livres, Rose. Il reste encore tant à faire.

Je ne revis plus mes amis ce jour-là. J'étais un étranger pour eux, désormais, et rien ne pouvait changer cette réalité. Je n'imaginais certes pas pouvoir moi-même la modifier. Mon sexe s'imposait à moi avec une évidence brutale, et cette évidence avait signé la mort du monde que j'avais aimé. J'allais riposter en me faisant son assassin.

J'avais pris ma décision. L'éternité ? Elle n'existait pas.

J'allais quitter Love Hall.

Cette nuit.

IV

Le Pays des Rêves

1

Six heures du soir, dimanche

« Dolores »

Enfin ! Ce matin, pour la première fois depuis son arrivée, notre hôte a parlé. Je l'ai déjà entendu murmurer, mais aujourd'hui il a parlé très distinctement, bien qu'il ne soit pas encore tout à fait conscient. Nous avons mené ensuite tant bien que mal une sorte de conversation, qui n'avait guère de sens mais se révéla aussi intrigante que j'avais pu l'espérer.

En l'honneur de ce nouveau projet, j'ai inauguré un cahier tout neuf où je prendrai en note le plus possible de ses propos. Ledit cahier m'a été offert par ce savant allemand aussi terne qu'attentionné qui, Dieu soit loué, nous a maintenant quittés. Il avait quarante-cinq ans bien sonnés, presque autant que Père ! La dédicace me fait frémir : « Pour Frances, mon Hélène, de la part de son dévoué Werner. » Merci bien, Herr Volz !

Je ne dirai à personne ce que notre hôte a dit, car jusqu'à présent ce n'est que pur charabia. Mais j'ai une autre raison pour me taire : ceci ne regarde que moi (et lui). Il n'est plus un nouveau venu. L'intérêt des autres envers lui a décliné au fur et à mesure que sa santé s'améliorait. Le docteur Bezoglu vient vérifier son état une fois par jour – parfois même moins, désormais. Mon père est complètement absorbé par la présence des barbons de la commission britannique des Antiquités et il tire l'essentiel de ses informations de Zog. Mère a toujours évité de monter ici, sauf en cas de nécessité. De toute façon, elle consacre actuellement ses journées à préparer des scones, de la confiture de figues et de la crème caillée afin que ces messieurs de la commission puissent avoir l'illusion de n'avoir jamais quitté leurs jardins du Sussex. L'infirmière de Zog vient baigner le malade sans jamais dire un mot. (Et quand je lui pose une question, elle répond invariablement : « Je ne suis pas médecin ! ») Je serai donc seule ici, à noter mes observations dans tes pages, cher journal, en m'aidant peut-être des livres qu'il avait avec lui à son arrivée et que je lui lis à voix haute dans l'espoir qu'un passage lui paraîtra familier.

La conversation de ce matin : le mystère s'approfondit.

Comment vous appelez-vous ?

Catherine Thornton.

Non, je m'appelle Frances Cooper. Dites-moi *votre* nom.

Mon nom est Catherine Thornton.

Catherine ?

Thornton.

Mais vous êtes…

Je suis Catherine Thornton.

D'où venez-vous ?

(Inaudible.)

Londres ? Vous venez de Londres ?

Londres. Le Strand.

Comment êtes-vous arrivé ici ?

Douvres. Débarquement en France. Paris. Brindisi. Patras.

Pourquoi racontez-vous que vous vous appelez Catherine ?

(Silence.)

Que faites-vous ici ? Vous sentez-vous mieux ?

Il ne répondit pas, comme si soudain il ne comprenait plus ce que je disais. Il souleva brusquement sa tête, ouvrit un instant ses yeux – je les ai vus pour la première fois : verts et lumineux – et mit ses bras devant son visage comme pour devancer un coup. Puis il s'affaissa en arrière, endormi.

Quand on l'a trouvé, ses cheveux avaient été taillés très court (un massacre : comme s'il les avait coupés lui-même sans disposer d'un miroir) et il était dans un piètre état. Il a encore l'air épuisé et son visage porte les traces d'anciennes ecchymoses. Son bras droit et ses deux poignets, qui semblaient avoir été mis à vif par des cordes, sont eux aussi en voie de guérison, même s'il les couvre souvent de ses mains. Le reste du temps, il les soustrait au regard en les glissant sous les couvertures. Il parle anglais, évidemment, ce qui explique qu'on nous l'ait amené.

J'ai envie de revoir ses yeux.

Lundi matin

Catherine ?

Catherine ?

C'est bien votre nom ?

Frances. Je suis Frances.

Non, c'est moi qui m'appelle Frances. Vous vous appelez Catherine, n'est-ce pas ?

Catherine ? Oui.

Pourquoi avez-vous quitté l'Angleterre, Catherine ?

L'Angleterre ?

Oui. Pourquoi avoir fait tout ce chemin depuis Londres ? Qu'est-ce qui vous a mené ici ?

Mon père a juré qu'il tuerait la personne que j'aimais.

Votre père ? Pourquoi ? Qui aimiez-vous ?

Le clerc William.

Vous aimiez un clerc ?

Mon Willie.

Un homme ?

Qui d'autre aimerais-je ? Mon père a dit qu'il le tuerait si nous persistions à échanger nos tendresses. Auparavant, il avait essayé de contraindre ce garçon aussi beau que courageux.

De le contraindre ?

À prendre la mer. Je me suis donc habillée en homme des pieds à la tête. J'étais chaussée d'espadrilles et tenais un bâton à la main. Ainsi équipée, je suis allée à la rencontre de Willie qui descendait le Strand.

Vous étiez habillée en homme ?

De cette façon je pus rencontrer Willie sur le Strand.

À Londres.

Nous sommes convenus de nous retrouver à Douvres.

Et ensuite ?

Alors que je rentrais, mon père m'aperçut. Il tira son épée et me frappa.

Pourquoi ?

Il m'avait prise pour Willie.

Comment a-t-il pu croire que vous étiez Willie ?

Je ne sais pas.

Peut-être lui ressembliez-vous, à cause de vos vêtements ? Cela semble étrange...

Ce n'est pas étrange du tout.

—— On nous a interrompus ! Le médecin est entré. J'ai fermé aussitôt mon cahier afin qu'il ne puisse voir mes notes. Bezoglu m'a dit (encore !) qu'à force de déranger le malade je risquais de retarder sa guérison. Je voudrais qu'il *s'occupe de ses propres affaires*. J'ai déclaré à Zog que j'avais fait la lecture à notre hôte et qu'il avait murmuré dans son sommeil. Il a paru satisfait de cette version des événements.

J'ai toujours aimé les mystères – je n'arrive pas à croire que nous en avons maintenant un sous notre toit et que je peux le garder tout entier pour moi ! Enfin, après tous ces savants assommants et ces délégués insipides, un événement marquant se produit dans cette maison. Et le plus merveilleux, c'est que je suis la seule à y prêter attention.

Mercredi après-midi

Catherine ?

Jane.

Jane ? Pourquoi changez-vous sans cesse de nom ?

Mon nom est Jane.

La sœur de Catherine ? Jane Thornton ?

Jane du Lincolnshire.

Vous aviez dit que vous veniez de Londres.

Jamais de la vie.

Vous êtes-vous enfui de la maison de votre père ?

Comment le savez-vous ?

Vous me l'avez dit.

J'aimais...

Willie le marin.

Willie ? Non, Jack ! Mon père a contraint Jack.

À prendre la mer ?

Son cœur était plein de dédain.

Et qu'avez-vous fait ?

En marin je m'habillai et bientôt, j'étais à bord du bateau, Rose de Grande-Bretagne.

Était-ce le nom du bateau ?

Non, le bateau s'appelait l'*Aphrodite*.

Qu'était donc la Rose de Grande-Bretagne ?

C'était le nom qu'on *me* donnait.

—— Il parle d'un ton très décidé, avec un léger zézaiement qui ne manque pas de distinction. J'essaie de lire mes notes précédentes en déchiffrant ma propre écriture. J'ai réussi à consigner l'essentiel de ses propos. Il est très facile de suivre ses paroles, en revanche leur sens est moins évident car il ne cesse de changer de noms et d'histoires. Par moments, il articule très distinctement, en allongeant certaines syllabes ou au contraire en s'arrêtant brusquement à la fin de certains mots, comme s'il allait à la ligne. Dans notre dernier dialogue, par exemple, il a séparé nettement « et bientôt / j'étais à bord du bateau ». D'autres fois, il prononce chaque voyelle muette – c'est ainsi que « Rose de Grande-Bretagne » donnait huit syllabes. On dirait qu'il récite un poème. Il lui arrive aussi d'imiter un accent différent.

Mais je croyais que votre père vous avait aperçu alors que vous étiez habillé en homme de la tête aux pieds ?

Je m'enfuis à bord du navire avec Jack en belle chemise de mousse.

De mousseline, voulez-vous dire ?

Je veux dire des atours d'homme. Je coupai mes cheveux blonds et bouclés. En habit de velvet, je me rendis aux quais d'Égypte.

Vous êtes allé en Égypte ? Êtes-vous passé par là pour venir ici ?

Oui. Le *Vénus* a sombré auprès des rives du cruel Nargyle.

Qu'est-il arrivé à votre père ?

Il est mort.

Mort ?

Il a gagné un fils mais perdu une fille.

—— Il est devenu très agité. Son souffle s'est accéléré au point que j'ai craint qu'il n'ait une attaque, aussi ai-je posé mon cahier et tamponné son front avec un linge frais. Quand il s'est calmé, j'ai changé de tactique.

Avez-vous été à la guerre ?

Le fracas du canon et les balles sillonnant l'air embrasé.

Où donc ?

Les sables brûlants de l'Inde. Le siège de la cité de Gand. Les guerres d'Allemagne. Les rives du Nil où nos troupes avaient convenu de s'assembler. *Étaient* convenues.

Pourquoi êtes-vous venu ici ?

J'avais envie de m'aventurer là où volaient les boulets de canon. Je viens car tout se transforme, de l'ancien naît le nouveau. Je suis un seigneur de haut rang. J'ai cinglé vers l'est, j'ai cinglé vers l'ouest, jusqu'au moment où je...

— Il s'endort. La conversation n'a lieu que lorsqu'il le décide. Parfois, je l'appelle par un de ses noms, pour attirer son attention, mais il est loin de moi, en train de rêver à une histoire. Peut-être la vérité gît-elle éparse quelque part dans toutes ces histoires, à moins qu'elle n'ait rien à voir avec elles. Notre hôte est une énigme, une ardoise effacée, et il se trouve dans ma maison. Bientôt, il va se réveiller. Zog dit que ses progrès nous donnent de grands espoirs, et bien entendu je souhaite qu'il se rétablisse le plus vite possible. Mais du coup, le mystère aura disparu. Mieux vaut le savourer. Je vais essayer de tirer de lui d'autres informations.

Jeudi après-midi

Jane ?
Rebecca.
Rebecca ? Vous vous appelez...
Rebecca Young.
Pourquoi changez-vous sans cesse de nom ?
Pourquoi changerais-je sans cesse de nom ?
C'est sans importance, Rebecca.
Parce que c'est sans importance.

— Il sourit. Une petite plaisanterie ? Un souvenir d'une situation qui l'a diverti autrefois ?

D'où venez-vous ?
De Gravesend.
Vous aimiez un marin ?
Oui.
Votre père le haïssait et le contraignit à prendre la mer.
Oui.
Vous vous êtes habillé en marin ?

En veste bleue et pantalon blanc, comme un vrai matelot, la femme marin errant de par les mers. Je m'embarquai pour pleurer sa vie. Mes mains, jadis d'une douceur de velours, étaient durcies par la poix et le goudron.

—— Il touche ses mains calleuses, en se remémorant un temps où leur peau n'était pas ainsi couverte de cicatrices. Il suit le contour de chaque doigt, de chaque main, comme si toucher les paumes faisait trop mal.

Qu'est-il arrivé à vos mains ?
Mes jolis petits doigts, qui étaient si fins et bien soignés.
Et vos poignets ?
Vous entendrez bientôt parler de la déroute subie par la femme marin.

—— Il dort.

Plus tard ce même soir

—— Pour la première fois, nous renouons le fil de la conversation après une interruption : il répond au nom de Rebecca.

L'avez-vous retrouvé ?
Je l'ai rattrapé.
Qu'a-t-il dit ?
Il m'a demandé si j'avais besoin d'aide pour traverser la mer.
Il ne vous a pas reconnu ?
J'étais toujours habillée en homme ! Je portais veste, gilet et culotte, et j'avais au côté l'épée de mon père. Montée sur son cheval hongre, je chevauchais comme un dragon. Comment aurait-il pu savoir que c'était moi ?
Pourquoi ne lui avez-vous rien dit ? Pourquoi ne vous a-t-il pas reconnu ?

Je ne m'en souviens plus. Ce n'est pas prévu. Lors d'une tempête, le *Bonaventure* eut une voie d'eau et commença à sombrer. Vingt-quatre marins sur un radeau s'échappèrent.

Tous des hommes ?

Oui.

Y compris vous ?

Il y avait vingt-trois hommes et moi avec mon secret impénétrable. Quand nos provisions furent épuisées, le capitaine tira au sort qui serait mangé pour sauver les autres.

Et qui fut désigné ?

Moi.

Et qui fut désigné pour vous tuer ?

Lui.

Qu'avez-vous fait ?

Ce fut alors que je révélai que j'étais la fille du marchand de soie.

Vous a-t-il reconnu ?

Non, mais je lui montrai un anneau qui avait été rompu.

Et il vous a reconnu ?

Il avait l'autre moitié.

—— Ses yeux sont fermés. Est-il réveillé ? Ces histoires sont de vrais contes de fées, remplis de gages de tendresse, de survies téméraires, de femmes parcourant les mers et prenant par amour des décisions désespérées. Pourquoi les raconte-t-il ? Je me contente de suivre, en m'efforçant de tout noter.

Il s'écrie : « Un bateau ! » et tend le doigt d'un air fébrile, comme s'il voyait le bâtiment s'approcher dans les ombres du mur.

Le voilà.

Un bateau, l'*Adelaïde*, arriva juste à temps pour lui éviter son choix fatal et nous ramena à Londres. Nous nous mariâmes.

Et votre père ?

Nous pardonna. Nous pardonna avant de mourir. Me restitua mon héritage, mes trente-cinq mille livres en pièces d'argent, en guinées étincelantes, en couronnes du roi Guillaume, mon vaste domaine et mon rang éminent. Il nous serra tous deux dans ses bras. Il l'avait haï, il avait beau m'aimer, moi, il se refusait même à reconnaître son existence, mais finalement il nous serra tous deux dans ses bras. Je ne pouvais vivre sans lui, et Père le savait. Tout ce qu'il faisait était dicté par la bonté et l'amour. « Il faut marier ces enfants », déclara-t-il. Et maintenant ils vivent heureux ensemble, Rebecca et son jeune marin audacieux. J'aimais mon père. Il n'eut jamais l'intention de nous faire du mal, mais ni lui ni moi ne savions combien il était malade. Il détourna la tête et ne guérit jamais. Quand je le voyais, il n'était plus tout à fait le même, dans la maison de poupée ou dans le jardin. En m'apercevant, il perdit aussitôt connaissance.

—— Pour la première fois, il s'assied dans son lit. Il rouvre les yeux. Ils sont fatigués et injectés de sang, ce qui ne fait que rehausser leur incroyable éclat vert. Il les ferme lentement en s'étendant de nouveau, comme s'il retournait dans sa tombe.

Je suis maintenant dans ma chambre, seule. Je relis ce cahier depuis le début. Je n'ai aucune idée de ce qu'il me raconte, j'ignore pourquoi il débite ces histoires de déguisement en haute mer, mais j'essaie de rassembler les pièces du puzzle et je suis impatiente de l'entendre parler encore. Je n'ose pas trop avancer des hypothèses dans ces pages, au cas où quelqu'un les lirait, mais je commence à avoir certains soupçons. Je sais qu'il a conscience de ma présence à son chevet, mais je ne puis parler que lorsqu'il s'adresse à moi.

Vendredi après-midi

—— Alors que j'étais en train de le lui lire un passage de son Ovide, il s'est mis soudain à parler, de façon absolument inattendue.

J'ai cinglé vers l'est, j'ai cinglé vers l'ouest, jusqu'au jour où j'abordai au rivage de la fière Turquie. Je fus capturé, enchaîné, et ma vie devint un tourment.

Est-ce une chanson ? « J'ai cinglé vers l'est, j'ai cinglé vers l'ouest... »

Le Turc avait une fille unique, la plus belle créature que j'eusse jamais vue. Elle vola les clés du cachot de son père et jura qu'elle me rendrait ma liberté.

Qui êtes-vous ?

Je suis lord Bateman. Êtes-vous la fille du Turc ?

Oui.

Vous allez me libérer ?

Oui. (En répondant non, j'aurais eu l'air d'une indifférente.)

Êtes-vous Susan Pye ? Isbel ?

Frances.

Je pensais que vous étiez Isbel.

Vous pouvez m'appelez Franny, si vous voulez.

J'ai été mal renseigné. Quoi qu'il en soit, Isbel, avant que sept ans se soient écoulés, je vous épouserai en signe de gratitude pour m'avoir libéré. Stephen et Sarah ont joué l'histoire de lord Bateman. Sarah tenait deux rôles, le vôtre et celui de ma nouvelle épouse chez moi. Stephen interprétait le Turc et le portier. Lord Ose jouait lord Bateman.

Je croyais que c'était vous, Bateman.

Oui. Moi. Toujours.

Vous êtes donc lord Ose ?

Leslie.

Et vous avez une épouse qui vous attend chez vous ?

Pas moi, Bateman. Je n'ai ni épouse ni mère ni père, pas même un chien. Rien. Le jour même où vous arriverez du pays des barbares Sarrasins, dans sept ans, je vous épouserai. Mais quand vous viendrez en Angleterre, j'enverrai une voiture afin d'amener chez moi ma fiancée. Pour toi et moi je préparerai des noces nouvelles, nos deux cœurs seront si pleins de joie et je n'errerai plus en terre étrangère, maintenant que Frances a traversé la mer. De l'or récompensera ses souffrances.

— Il me tend la main et je la saisis. Il continue de parler, tandis que j'essaie de noter ses paroles dans mon cahier que j'ai coincé tant bien que mal entre mes jambes.

Je chante comme tout se transforme, comme de l'ancien naît du nouveau. Il faut que je parte. J'ai ouvert le portail. Il a grincé dans l'obscurité. Mon sac de cuir contient tout ce que je possède. Des livres, quelques vêtements, des bijoux, c'est tout. Je n'étais pas prêt pour le monde et le monde n'était pas prêt pour moi. J'ai dormi sur les gouffres amers et les vagues soulevées par la tempête, sur le pont et dans la cale, au milieu des ruines envahies d'herbes, sur le sol dur des grottes, dans la misère et dans la splendeur, et maintenant je dois me réveiller. Je croyais connaître la fin de l'histoire. Je croyais qu'elle était terminée, mais désormais il semble… à moins que nous ne soyons…

— Il s'endort. Son sac gît dans un coin de la chambre. Mon père l'a inspecté et l'a trouvé nettement plus vide que ne le prétend notre énigme. Ni vêtements ni bijoux. Des livres. Et une robe très sale qui dut être magnifique.

Samedi matin

— Pour la première fois, il m'a répondu quand j'ai essayé de dire autre chose qu'un simple nom.

Quand ont-ils découvert la vérité sur votre compte ?

Ah ! La scène de révélation. Il y a des choses qu'une femme ne peut guère cacher pendant plusieurs mois.

Un enfant ?

Je me suis trahie. La vérité finit toujours par apparaître. Un déguisement ne dure que jusqu'au moment où le temps détruit le masque. Le capitaine du bateau me dit un jour que mes joues vermeilles et mes lèvres rouges comme un rubis l'avaient ensorcelé au point qu'il aurait voulu que je sois une fille. Mes joues ressemblaient à des roses et mes cheveux étaient d'un noir de jais.

Qu'avez-vous fait ?

Je lui ai dit de tenir sa langue, car les autres marins allaient l'entendre, mais il ne m'écouta pas et je fus trahie par mon matelot qui m'enferma dans la cale. Je pensais que le capitaine me secourrait avant qu'ils ne me jettent par-dessus bord, qu'il leur dirait qu'ils seraient tous pendus s'ils s'avisaient de noyer cette belle jeune fille.

Mais ?

Il m'a gardée prisonnière dans la cale. Uniquement pour lui, au début, puis pour tout l'équipage. Habillée en marin, je dus tous les satisfaire. J'étais la *fille de joie**, le présent de la fée. Je n'étais pas enchaînée ou ligotée de façon à pouvoir être délivrée, même par vous, Isbel. Il y avait une colonne sur le bateau et ils m'y attachèrent. Je pleurai toutes les larmes de mon corps. Je ne pouvais sortir de la cale et la puanteur me suffoquait comme une couverture. Je sentais leurs mentons hérissés de pointes aussi acérées que des rasoirs pénétrer ma chair. Je saignais et la pièce ne cessait de s'assombrir puis de s'éclairer. J'écrivais sur le mur. Je comptais les jours. Je me chantais des chansons.

Quelles chansons ?

L'histoire de ma vie. Comment je suis né, comment j'ai été élevé.

Pouvez-vous me chanter cette chanson ?
Je suis en train de la chanter.

—— J'ai tendu la main vers lui. Il a eu un mouvement de recul, mais je l'ai retenu fermement par l'épaule. Au bout d'un moment, j'ai senti son corps céder et j'ai posé mon autre main sur lui. Aussi doucement que j'ai pu, je l'ai pris dans mes bras et ai attiré sa tête vers moi. Il a pleuré sur mon épaule. Tandis qu'il reposait contre moi, il a récité ces vers : « Sur votre bateau j'étais fille / Mais un homme sur le rivage / Adieu, Capitaine / Adieu pour toujours. »

Vous rappelez-vous ce que vous faisiez avant de voyager ?
Non, rien. Je me rappelle que je me déguisais. Je n'ai aucun souvenir.
Stephen et Sarah ?
(Silence)
Quels autres endroits connaissez-vous ?
Paris : j'ai été à un récital.
Connaissiez-vous les chansons ?
Elles étaient inconnues et incompréhensibles pour moi. J'étais escorté par un Français grand et chevaleresque. Il me dit adieu en s'inclinant. Je marchais dans la rue nocturne, tout était flou derrière mon voile. Une bande était aux aguets au coin de la rue, des brigands en train de répéter leurs rôles pour l'opéra-comique. Un couteau scintillait sous la lune peinte. Je n'étais rien moins qu'effrayé. Une autre nuit, j'aurais peut-être traversé la chaussée pour les éviter, mais le monde réel me faisait moins peur depuis que j'avais cessé d'en faire partie. Je me dirigeai droit vers eux, en attirant leur attention sur moi. Ils se mirent à faire des remarques sur mon compte. Ils s'en tenaient au scénario, mais j'étais prêt à improviser. Où était le risque ? Le décor pouvait disparaître dans les cintres d'un instant à l'autre. Les marins du chœur me lorgnaient. L'un d'eux fit un signe obscène

avec sa langue. Ils voyaient bien que j'étais une fille. Une dame. J'aimais que les gens admirent mes robes et se demandent quels plaisirs elles dissimulaient. J'aimais leur montrer la vérité sur eux-mêmes. Je continuai de m'avancer vers eux, sans pouvoir m'empêcher de leur sourire. J'étais à la fois l'insulte et la séduction. Lorsque la souffrance se précisa, les apparitions se firent plus tangibles. Mais la peur était absente. De quoi aurais-je eu peur ? De la mort ? Ensuite, ils me prirent mon argent et m'abandonnèrent au bord du canal, le corps poisseux.

Londres ?

Non, l'Italie. Il me devint impossible de voyager dans mes vêtements véritables, de sorte que je me mis à me déguiser. Il faisait perpétuellement jour à bord du bateau et je dormais sur le pont. Une jeune femme me parlait avec sa compagne, je ne me souviens plus si c'était sa mère ou son institutrice. Elle lisait Ovide à voix haute et m'appelait Leslie.

Leslie ?

Oui ? Puis il y eut cette petite affaire de la demande en mariage du prince de Parme.

Avez-vous accepté ?

Non. « Une fille d'Angleterre ne partagera jamais la couche d'un monarque étranger », déclara-t-elle. Ce sont mes mots exacts. Du reste, il était myope et passablement stupide. Mon père n'aurait accepté pour moi qu'un mariage d'amour.

Mais Willie et Jack ?

Willie ? Jack ?

— Il dort. C'est comme une conversation avec un dormeur parlant dans son sommeil. Je voudrais qu'elle ne s'arrête jamais, et pourtant j'espère qu'il va se rétablir. Je sens que je me rapproche de la vérité.

Malheureusement, mon père sait maintenant que j'ai parlé avec notre hôte malade, bien que je n'aie rien révélé de ce cahier.

Des femmes se déguisent en hommes ?

Oui.

Et personne ne les perce à jour.

C'est très difficile. Ils ne se doutent guère qu'un habit de soldat peut dissimuler une si belle fille.

Comme Shakespeare.

Lui aussi ?

Olivia n'est-elle pas tombée amoureuse de Césario, lequel était en réalité Viola ? Puis elle finit par épouser Sébastien, le frère de Viola.

(Silence.)

Nous avons trouvé une robe parmi vos affaires.

(Silence.)

Que pensaient les autres matelots des femmes déguisées en marins ?

Ils ne les reconnaissaient pas.

Oui, mais quand ils vous suggéraient ce déguisement afin que vous puissiez prendre la mer avec eux ?

Eh bien, ils croyaient que nos jolis petits doigts étaient trop fins et bien soignés pour haler les cordages, mais ils se trompaient. Dans l'armée, une femme pouvait devenir tambour, car malgré sa taille mince et élancée elle pouvait exceller dans cet instrument grâce à ses doigts fins et bien soignés, au point de surpasser tous les hommes. Elle pouvait devenir tout ce qu'elle voulait, s'imposer partout comme la meilleure. Les gens étaient plus généreux.

Arrive-t-il que des hommes se déguisent en femmes ?

Très rarement.

Pourquoi rarement ? Qu'est-ce qui peut les y pousser ?

Je pense qu'ils le font pour faire rire, comme dans les pantomimes de Noël, pas pour ressembler vraiment à une femme. Robin le Brun se déguisa avec une jolie robe verte et des bas de soie très douce. Ses poulaines étaient en beau cordouan.

Ses poulaines ?

En beau cordouan. Je suppose que c'est une sorte de cuir.

Les autres savaient-ils que c'était un homme ?

Le roi dit : « Voici une Mrs Virile, une dame fort robuste. » Le pauvre vieil idiot n'avait rien deviné.

Pourquoi des hommes se déguisent-ils ainsi ?

Pour se cacher.

Dans quel but, selon vous ?

—— Il s'est mis à parler à toute allure. Il récitait un texte qu'il avait retenu par cœur.

« Des garçons cachés sous un déguisement féminin pour des raisons politiques ou familiales continuèrent d'assumer cette identité jusqu'au moment où l'évolution de la situation rendit leur position moins dangereuse, à moins que l'apparition de la barbe et d'autres signes de virilité ne les amenât à révéler leur sexe véritable et à changer d'habillement. »

—— J'eus toutes les peines du monde à comprendre ses paroles et n'y parvins qu'en le faisant répéter. Après quoi, il prononça ses réponses encore plus vite.

Et leur mère ?

Les mères savent toujours. Elles vous regardent d'une certaine façon. Elles disent quelque chose dans un endroit secret, si bien qu'on comprend qu'elles savent. Les mères connaissent la vérité. Oh, oui. Mais qui connaît Mère ? Connaissez-vous Mère ? Telle est la question.

Et les autres femmes ?

Parfois... Un beau jour, l'épouse du capitaine monta à bord et tenta de m'embrasser et de me caresser car mon regard garçonnier lui plaisait.

Mais ce fut son mari qui perça mon secret le premier.

Que s'est-il passé ?

Je pensais que le capitaine me secourrait et leur dirait qu'ils seraient tous pendus s'ils s'avisaient de noyer cette belle jeune fille. Habillée en marin, elle devra tous les satisfaire.

—— En regardant en arrière dans mes notes, je me suis aperçu qu'il s'était cité lui-même mot pour mot. Sachant où cela nous mènerait, je lui ai dit de dormir. De temps en temps, je le surprends à recommencer une histoire. Il la raconterait jusqu'au bout, si je ne l'interrompais. Je lui ai déclaré que j'allais le libérer, comme la fille du Turc.

J'ai interrogé mon père au sujet de Bateman. À ma grande surprise, il savait qui c'était. (Il m'arrive d'oublier qu'il peut avoir des lumières sur autre chose que des fragments d'amphore ou des colonnes en ruine...) Il s'agit d'un personnage de ce qu'il appelle *une vieille chanson*, bien qu'il le nommât Jeune Bekie. Père avait une tante très « portée sur les chansons », qui l'a initié à leur univers, qu'elle qualifiait de patrimoine secret des pauvres comme des riches. Cette ballade raconte l'histoire de Gilbert Beket (le père de saint Thomas), qui se rendit en Terre sainte où il fut fait prisonnier par les Sarrasins. La fille de son vainqueur, le prince Admiraud, tomba amoureuse de lui. Après l'avoir aidé à s'échapper, elle le suivit en Angleterre.

Me voici donc la fille d'Admiraud ! Ce qui vaut quand même mieux que d'être la fille d'Owen Cooper, je pense. Peut-être Bateman a-t-il été emprisonné ici. Peut-être notre étranger est-il son descendant.

Tout hébété qu'il soit, ce Leslie se joue de moi.

Ses récits me donnent l'illusion que la vérité sera romantique, alors qu'il est évident qu'elle s'avérera plus ou moins décevante. Après tout, comment ces hommes peuvent-ils ne pas avoir percé à jour le déguisement de leurs bien-aimées ? Cela ne tient pas debout. Ils ont dû se taire pour leur faire plaisir – qui sait si lui-même n'essaie pas de me complaire en ce moment ? Ce serait vexant, même si j'adore ses manières, sa voix douce, ses yeux de jade.

Dimanche soir

—— Père a voulu savoir pourquoi je lui avais demandé qui était Bateman. Il a fallu que je le lui dise – pourquoi suis-je née dans la famille la moins apte à cultiver le mensonge ? Nous sommes tous d'une honnêteté incurable. En temps normal, mon intérêt pour son domaine – les fouilles, l'excavation, tout ce bric-à-brac antique – est absolument nul. Quand je me suis mise à l'interroger sur les Sarrasins, ses soupçons se sont éveillés. Il n'a eu de cesse que je lui avoue la vérité.

En apprenant que notre hôte mystérieux m'avait parlé de cette chanson, il a insisté pour que je rapporte ses propos. J'ai obéi mais me suis abstenue de mentionner ce cahier, ce qui me paraît absolument justifié : il ne menace en rien le rétablissement du malade et pourrait même être une aide pour lui. De toute façon, c'est notre secret. Je compte n'en parler qu'à lui, une fois qu'il sera guéri. J'ai tenté d'expliquer qu'il me semble que je l'amène insensiblement à reprendre contact avec la réalité. Cependant il m'était impossible de convaincre Père sans révéler toutes les informations que j'ai déjà rassemblées. Je lui ai dit que notre hôte semblait savoir où il se trouvait et s'était rendu ici à dessein. J'ai ajouté qu'il me prenait pour la fille du geôlier. Père s'est moqué de moi, évidemment : « C'est toi qui as la clef, Frances, comme toujours. Celle de l'énigme comme celle du cachot ! » Nous avons ri, mais c'est notre hôte qui détient la clef, pas moi.

Bien que Père ne fût pas précisément fâché, il a pris sa revanche sans tarder. Il m'a déclaré qu'il avait un élément très important à m'apprendre au sujet de notre hôte et qu'il ne le ferait que si je cessais de harceler le pauvre garçon. Je devrais le laisser se rétablir en silence. Je pourrais à la rigueur lui faire la lecture, mais non l'entraîner dans des conversations. Comme je m'y attendais, Père m'a dit que ce n'était pas un animal de compagnie, ce qui m'a donné envie de lui donner un coup de pied dans le tibia. Il reste que Père sait quelque chose que j'ignore. Je vais donc devoir jouer le jeu afin de découvrir ce qu'il peut savoir de si intéressant. Néanmoins, je suis convaincue que je suis sur le point de percer le mystère.

J'ai devant moi encore une journée ou une soirée tout au plus, car j'ai été invitée à passer davantage de temps au rez-de-chaussée. L'un des barbons a besoin d'une partenaire au croquet. De plus, nous attendons incessamment un nouveau visiteur, auquel il faudra faire la démonstration de « l'acoustique d'une perfection éternelle » du théâtre – je me dois de citer fidèlement les paroles de Père. C'est agaçant au possible ! J'aimerais mieux rester ici avec mon énigme aux yeux verts.

J'ai pris ma décision. Je vais interrompre pour deux jours mon enquête personnelle, le temps de découvrir ce que mon père refuse de me dire pour le moment.

2

Buvez tous au succès du négoce, hardis compères,
Et à la santé du mousse qui n'était ni homme ni fille.
Et si la guerre renaît pour notre perte, pauvres marins,
Nous pouvons espérer voir bien d'autres jolis mousses.

Inspiré par l'image de ce joli mousse, je m'éveillai en fredonnant. Je ne chantais pas très fort, mais j'entendais distinctement ma voix. J'avais horriblement mal à la tête.

Où étais-je ? Je n'avais pas encore envie d'ouvrir les yeux. L'oreiller bruissait à chacun de mes mouvements, comme s'il était rempli de millet – à moins que ce ne fût le martèlement tourmentant ma tête ? Les draps étaient frais et neufs. Peut-être me trouvais-je dans un hôpital. L'odeur ne m'évoquait rien de familier. Une tasse d'infusion brûlante ? Un mélange d'agrume et de poil de chien ? Je m'étais réveillé dans le rêve d'un étranger.

J'entrouvris les yeux. Mes paupières étaient vaguement douloureuses. Je vis une table de nuit, mais mes efforts pour donner un sens à cette nature morte s'étendant sous mon regard trouble donnèrent à ma migraine une vigueur nouvelle. Ce qui émergea du brouillard se réduisait à deux livres d'apparence familière et un verre d'eau que j'aurais aimé être en état d'approcher de mes lèvres. Un ventilateur fixé au plafond oscillait au-dessus de ma tête dans la brise, avec des craquements circonspects. Une fenêtre devait être ouverte quelque part au-delà du lit, mais je n'osai pas regarder.

Je fermai de nouveau les yeux et fis brièvement l'inventaire de ma propre personne. J'essayai de me rappeler où j'avais été, de deviner où je pouvais me trouver à présent, mais mon cerveau était aussi endolori que mes membres et se révoltait contre mes tentatives de le mettre à contribution. Ma mémoire ne me livrait que des fragments. J'avais voyagé. Des bribes me revenaient par éclairs, mais le fil me manquait. Et cette absurde vieille chanson me torturait, mettait ma tête au supplice à la simple *idée* de chanter. Le joli mousse pouvait aller au diable.

Des souvenirs disparates commencèrent à s'avancer péniblement vers moi du fond du désert de mon esprit. Je ne fis d'abord que les entrevoir, tandis qu'ils rampaient sur le sable, cherchant désespérément de l'eau, puis parvenaient peu à peu à se hisser au sommet des dunes et apparaissaient sur les crêtes – visages, noms, sons, soupirs. Vill'Acqua. Petit Jésus. « Je ne prétends pas être autre chose que moi-même. » Le bel Henry, qui trouvait mes yeux si magnifiques. Un rat courant vers l'égout près du canal. La femme du capitaine. J'ignorais qui ils étaient, mais eux me connaissaient.

J'entendis une toux discrète et me rendis compte que je n'étais pas seul. J'ouvris mes yeux et parvins à apercevoir le bout du lit, près duquel une jeune fille était assise sur une chaise en osier. Absorbée par un livre, elle n'avait pas remarqué que j'étais réveillé. Je l'observai dans l'espoir de m'armer de quelques renseignements sur l'endroit où je me trouvais, de me préparer de mon mieux à ce qui m'attendait. Elle devait avoir à peu près mon âge – peut-être une ou deux années de plus. Ses cheveux étaient bruns. Sa peau ambrée, évoquant la muscade, semblait celle d'une femme du pays, éclatante de santé et habituée au soleil. Une chose au moins était certaine, nous étions loin de l'Angleterre.

L'air était plus lourd, plus épicé. La lumière éclairait la moitié gauche de son visage et brillait à travers le duvet décoloré par le soleil aux coins de sa bouche. Elle devait me tenir compagnie depuis un bon moment. Combien de temps ?

Mon infirmière me plaisait – ses yeux, le dessin de ses lèvres, sa chevelure exubérante, son mépris insouciant de l'uniforme. Elle tourna la page d'un petit volume relié en cuir.

Mon Ovide ! J'eus un hoquet de surprise qui me trahit. Elle leva les yeux d'un air étonné et me sourit tout en me faisant signe de me calmer et en posant une compresse froide sur mon front. Elle ouvrit la bouche puis se ravisa – peut-être se souvint-elle que je ne comprendrais pas sa langue. Se détournant, elle quitta la pièce. Je l'entendis appeler dans le couloir.

— Père ! Père !

De l'anglais ? Nous n'étions pas en Angleterre, mais mon infirmière parlait comme une Anglaise, malgré son air d'être si parfaitement à sa place dans cette contrée exotique. Je profitai de son absence pour examiner mon infirmerie. La pièce était propre et simple – incontestablement étrangère. Elle n'avait rien à voir avec un hôpital. C'était une chambre confortable, de forme carrée, bien conçue et guère plus vaste que certains lits que j'avais connus. Tout y était fonctionnel, égayé dans le meilleur des cas par une simple couche de peinture. Le seul élément de décoration était le motif labyrinthique du petit tapis.

Un calendrier était accroché au mur blanc. Les jours étaient cochés un par un et le feuillet était envahi par ces cases barrées, parfois remplies par un commentaire écrit à la main. Cette preuve du passage du temps me tranquillisa, d'autant que les croix étaient suivies d'une masse compacte de cases vides. Le premier de ces espaces vierges était aujourd'hui, qui me voyait sain et sauf.

À la droite de l'unique porte était suspendu un costume masculin soigneusement nettoyé et repassé, qui semblait prêt à être endossé par son propriétaire, telle l'armure d'un chevalier. Un vase de fleurs fraîches était posé sur la coiffeuse claire. J'imaginais qu'elles avaient été renouvelées tous les jours, en attendant le matin où je m'éveillerais enfin et serais en mesure d'en profiter. Un miroir les surplombait. Je mourais d'envie de m'y contempler, car je n'avais encore rien vu de l'apparence que j'offrais aux autres. Peut-être avais-je le temps d'un coup d'œil avant le retour de mon infirmière.

Alors que je me levais lentement, la lumière radieuse entrant à flots par l'interstice des rideaux frappa mon regard. Bien que chaque mouvement me coûtât un effort, je titubai vers les rideaux et les écartai.

Dans ma stupeur, je restai bouche bée. Je ne voyais que du bleu. Un ciel bleu. Une mer bleue. Le soleil se réfléchissait dans les crêtes de vagues minuscules, faisant miroiter la surface comme des diamants, bien que l'eau apparût parfaitement lisse et calme. Bleu. Toutes les nuances du bleu, défiant la palette du peintre. Saphir. Indigo. Azur. Turquoise. Et tant d'autres variétés que je ne serais jamais capable d'identifier. Tant de bleu qu'il avait cessé d'être bleu pour devenir vert et violet. Et sur la mer, des bateaux à un mât se prélassaient au soleil comme des tortues paresseuses. J'abritai de ma main mes yeux éblouis et tentai de séparer les objets de la clarté aveuglante. Je parvins à distinguer vaguement la masse d'une île au loin, et une autre encore au-delà, tel un mirage brumeux à l'horizon : sur ma droite, les restes d'un château dont la tour ronde se dressait au milieu des ruines verdoyantes des remparts.

Je crus entendre revenir des pas et regagnai mon lit aussi vite que je pus, en espérant pouvoir me dissimuler derrière ma maladie aussi longtemps que nécessaire. Le miroir attendrait plus tard. Je n'eus guère besoin d'imagination pour prendre la pose d'un malade, car chacun de mes membres manifestait sa réprobation pour avoir été arraché à son repos.

D'autres pas suivaient. La fille entra la première et s'empressa autour de moi, en effleurant mon visage de son sein gauche, mais sans dire un mot. En découvrant que la compresse sur mon front avait disparu, elle regarda si elle avait glissé sous les draps quand elle m'avait bordé. Perplexe, elle inspecta rapidement la chambre et aperçut la compresse sur le rebord de la fenêtre. À la vue de cette preuve de ma petite escapade, elle plissa les yeux d'un air complice laissant supposer entre nous une amitié qui ne pouvait exister. Elle se retourna pour faire face à deux hommes d'un certain âge, lesquels venaient d'entrer à sa suite, et ses boucles brunes ruisselèrent sur mon visage. Elle se redressa en souriant.

L'un des hommes était anglais, l'autre non. Ils se félicitèrent des progrès de mon état de santé. Puis ils m'observèrent avec des yeux interrogateurs, les épaules voûtées, comme s'ils étaient très préoccupés. Le plus âgé tendit la main à mon infirmière. Elle la saisit et il l'attira contre lui : c'était sa fille. Je m'assis tant bien que mal, prêt à les recevoir, décidé à les récompenser de leur confiance.

Mon esprit était en alerte. Je leur dirais que je m'appelais Leslie. Je n'avais pas encore décidé si je serais lord, sir ou même, en toute simplicité, Mister Leslie. Je me demandais également quel nom de famille adopter – Ose, ou peut-être Door, moins cérémonieux. À moins que je ne renonce à toute idée de cryptogramme, dont l'utilité s'était révélée plus que limitée, pour devenir Leslie Bennett ou Bateman. L'essentiel, c'était de prendre un nom masculin. Le reste suivrait tout naturellement. Mais Leslie faisait-il assez masculin ? Je me sentais nettement plus vif et j'avais confiance dans mes talents de comédien. Alors que j'allais me présenter, cependant, la jeune fille fit reculer les deux hommes et se planta devant moi comme pour m'inspecter.

— Leslie ? demanda-t-elle en m'adressant un radieux sourire de bienvenue.

Je déglutis et me sentis soudain assoiffé. Elle faisait tout mon travail à ma place. Elle avait lissé mes draps, retapé mes oreillers, elle m'avait bordé dans mon lit, nourri à la cuiller, elle avait lu dans mes pensées et m'avait donné mon nom. J'essayai de parler mais ne pus qu'émettre un son rauque du fond de ma gorge desséchée. Il m'était impossible de déglutir. Saisissant un verre d'eau, elle le porta à mes lèvres. Je réussis à en avaler quelques gorgées, en répandant le reste qu'elle essuya avec diligence.

— Non, dis-je en secouant la tête.

— *Lord* Leslie ? proposa l'Anglais en articulant soigneusement au cas où je serais sourd.

Il portait un costume de tweed absurdement chaud et doté d'un col dont les deux ailes encadraient un nœud papillon à l'usure élégante. Son visage rouge et lugubre avait l'air d'une citation entre les guillemets de ses favoris broussailleux, et ses mains étaient aussi noueuses qu'un tronc d'arbre. Son intérêt pour moi était évident et il semblait sincèrement soulagé de me voir rétabli. Dans mon ardeur à faire des observations, j'oubliais de répondre.

— Lord Leslie, oui. Leslie, oui.

Je déglutis de nouveau, avec plus de succès cette fois.

— Monsieur, j'ai l'honneur d'être le médecin des familles de langue anglaise, dit l'homme au teint plus sombre, lequel s'était mis à taper bruyamment une pipe dans la paume de sa main gauche.

Il parlait ce genre d'anglais parfait qui permet d'identifier immédiatement le locuteur comme étranger.

— Vous avez été gravement malade. Pendant un moment, nous avons même tremblé pour votre vie. Puis-je me permettre de vous examiner ?

Je tirai instinctivement les draps jusqu'à mon cou, puis je me repris.

— Votre état est très satisfaisant, déclara-t-il. Comment vous sentez-vous, monsieur ?

Comment je me sentais ?

J'avais mal. Je me sentais heureux d'être vivant. Non, *j'étais* heureux d'être vivant, mais je me sentais malheureux. Malheureux et mal-aimé, perdu et désemparé, seul et terrifié. Je ne savais pas où j'étais. J'avais l'impression d'avoir dormi dans un cauchemar et de m'être réveillé en plein rêve. Il me semblait que j'aurais beau ouvrir mes yeux, je ne parviendrais jamais à être vraiment réveillé. Que ma vie repartait maintenant de zéro, qu'on venait de m'arracher du ventre protecteur, de me gifler pour me faire pleurer, que je ne cesserais de renaître tant que je n'aurais pas réglé mes problèmes, que j'étais condamné pour l'éternité à ce cycle infernal. Je sentais qu'on me cachait des secrets et qu'il fallait que je m'en aille. Je sentais des sanglots monter dans ma gorge.

— Je me sens bien, merci, répondis-je malgré tout.

J'eus droit à un regard entendu, un sourire et même, à mon grand étonnement, quelques applaudissements polis. Le père me considéra d'un air qui disait qu'il savait reconnaître une bonne éducation quand l'occasion se présentait.

Il m'expliqua posément que deux chevriers m'avaient découvert dans une grotte, à moitié mort d'épuisement. M'ayant entendu murmurer dans une langue qui leur avait semblé être de l'anglais, ils m'avaient amené à la famille anglaise la plus éminente de l'endroit. Les Cooper m'avaient accueilli comme leur hôte. Ils m'invitaient à présent, comme leur ami, à rester chez eux aussi longtemps que nécessaire.

Ils étaient tombés sur mon nom inscrit en tête de mon exemplaire des *Métamorphoses*. La jeune fille brune me tendit le livre et me montra le frontispice, lequel s'était accroché à la reliure avec ténacité bien que la couverture eût depuis longtemps disparu. Je lus les mots suivants : « Dolores Loveall », calligraphiés avec soin en haut de la page, puis, de ma propre main d'enfant, « Rosc Old », avec un *e* renversé en arrière qui transformait en Rosa mon nom d'autrefois. En dessous, une main plus adulte mais nerveuse avait ajouté en pattes de mouche : « Lord Leslie de l'Orso ».

Mon nom, avaient-ils supposé. Je me rappelai et leur confirmai qu'il s'agissait bien de moi. Il fallait en finir avec les personnages stériles du passé. J'avais choisi une identité beaucoup plus pratique pour ce que nous nous plaisons à appeler le monde réel. Leslie de l'Orso. Je pourrais renoncer le cas échéant à l'Orso, mais Leslie était tout palpitant de ma propre vie. *Les* !

— Puis-je vous appeler Leslie, monsieur ?

J'acquiesçai de la tête.

— Ma fille vous a également entendu prononcer ce nom dans votre sommeil, lorsqu'elle était assise à votre chevet. Je l'ai réprimandée pour avoir essayé de vous parler, mais je crois qu'elle a fait pour le mieux. Frances s'est montrée la plus attentive des infirmières.

— Merci, dis-je tout bas à la jeune fille.

Je me rendis compte que je savais qu'elle se nommait Frances. Ou peut-être aussi... Susan ?

— Une simple question, monsieur, intervint le médecin. Avez-vous voyagé seul ?

— Oui.

— *Absolument* seul ?

Je hochai la tête. En voyant Frances détourner les yeux, je compris que ma réponse avait approfondi un mystère au lieu de le résoudre. Bien sûr que j'avais voyagé seul. Qui m'aurait accompagné ?

— Nous sommes ravis que vous vous sentiez mieux, déclara la jeune fille. Et maintenant, nous allons vous laisser prendre un peu de repos.

— Où suis-je ? demandai-je.

Je m'efforçai de ne pas avoir l'air trop désespéré, bien que ma voix ne fût pas encore assez assurée pour prendre un ton plus indifférent.

— Vous ne le savez pas ? Chaque chose en son temps, monsieur, décréta le père. Pour l'instant, il est l'heure de vous reposer.

Juste avant de refermer la porte, cependant, il lança :

— Vous êtes dans le Pays des Rêves.

— Comment ?

— Le Pays des Rêves.

Où que nous fussions, il était clair que rien ne pressait. Malgré tout, ma brune infirmière glissa encore la tête par la porte pour me dire :

— Père fait l'idiot. C'est Homère qui appelait cette région le Pays des Rêves. Vous vous trouvez à Bodrum.

— Où est-ce ?

— En Turquie, répondit-elle avant de s'éclipser.

Bodrum. Le Levant. L'Anatolie. La Carie, la Lycie. La Turquie.

D'une manière ou d'une autre, j'étais arrivé.

Au début, ils me laissèrent seul afin de respecter le repos absolu dont j'avais besoin. Ils n'auraient pu se montrer plus prévenants, mais j'étais aussi curieux d'apprendre leur histoire qu'eux de découvrir la mienne. Je fus bientôt assez fort pour ressentir un certain ennui. Frances s'empressait autour de moi et je me mis à désirer qu'elle vienne dans ma chambre afin que nous puissions parler. Je savais qu'elle serait mon guide, mon oracle, de sorte que j'attendais ses visites avec impatience. Dans son sourire, je lisais une envie extrême d'en savoir davantage sur son mystérieux étranger. Je comptais mettre à profit cette curiosité pour mes propres desseins.

Je comprenais désormais ce qui s'était passé. La vérité était que même épuisé, trompé et réduit à l'impuissance, j'étais parvenu au bout de mon voyage. À présent, je pouvais lâcher le fil m'indiquant comment revenir sur mes pas, car il était inutile que je me souvienne du chemin. C'était comme si mon corps ne s'était effondré qu'une fois certain que j'étais arrivé. Le corps sait ce qu'il faut faire, même quand il a été aussi abusé et désorienté que le mien. Je savais maintenant ce que j'avais à faire. Et j'avais l'intention d'en dire aussi peu que possible à Frances.

Les Cooper en étaient à la cinquième année d'un exil volontaire loin de l'Angleterre. En compagnie de sa femme, Emily, et de leur fille, Owen était venu vivre avec son beau-frère, titulaire d'un poste diplomatique de second plan dans le Levant. Enthousiasmé par la possibilité de fouiller le site de Troie, le savant vagabond qu'était Cooper s'était fixé afin de cataloguer et de préserver au nom du gouvernement britannique les merveilles archéologiques entourant l'antique Halicarnasse, en prévision de leur voyage triomphal pour l'Angleterre. À ce que je comprenais, toutefois, il semblait aussi attaché à maintenir les vestiges dans leur lieu d'origine qu'à organiser leur embarquement.

— La Turquie est synonyme de richesse, Leslie, déclarait-il. Les politiciens ne s'y sont jamais intéressés qu'à ce titre. C'est toujours l'histoire du roi Midas transformant en or tout ce qu'il touchait. Que je sois damné si tous ces trésors repartent pour l'Angleterre. J'aime les voir ainsi, en plein champ. Combe et ses vautours peuvent venir passer au crible les tessons s'ils le désirent, mais leur place est ici.

Troie étant trop en vue pour son goût, il s'intéressait surtout à Bodrum et ses environs, notamment le tombeau de Mausole. Assis à mon chevet, Owen me raconta l'histoire de ce roi d'origine perse qui fit d'Halicarnasse sa capitale et régna avec Artémise, sa sœur et épouse. (Elle faisait partie de mes modèles féminisiens et je me souvenais des pages qui lui étaient consacrées dans ma *Galerie des femmes héroïques*.) À la mort de son frère-amant, Artémise broya ses os et les fit dissoudre dans du vin qu'elle but comme un symbole de leur amour éternel. Elle vit sa gloire assurée par la construction du Mausolée, dont le nom même rendit son frère immortel.

Après cette brève leçon d'histoire, Cooper entreprit de replacer le célèbre édifice dans le contexte des autres merveilles de l'Antiquité. Toutefois, il n'eut pas le temps d'aller plus loin que l'Artémision, situé non loin de là à Éphèse, car il s'aperçut que mon attention faiblissait. Des souvenirs de Love Hall m'avaient distrait. J'avais envie de lui parler de notre mausolée. Moi qui avais toujours entendu dire qu'il avait été bâti d'après son modèle antique, voilà que je me trouvais à proximité des ruines de l'original. Je me tus, cependant. Il fallait que je me tienne sur mes gardes. Il était essentiel que je demeure un mystère : moins ils en sauraient sur mon compte, mieux cela vaudrait. Je devais être invisible, concevoir un plan de départ parfait et m'en aller sans éveiller l'attention.

Tandis que Cooper faisait sa conférence – il donnait toujours l'impression de parler du haut d'une estrade –, je l'écoutais distraitement et continuais mes investigations. Cinq ou six familles anglaises vivaient à Bodrum. Owen et Emily Cooper étaient les souverains incontestés de ce petit monde, les pachas à trois queues[1]. Ils possédaient la plus belle maison et recevaient les hôtes les plus illustres. Des voyageurs de langue anglaise arrivaient chez eux des quatre coins du globe, en mission officielle ou en voyage privé, désireux de remonter le temps afin d'imaginer les tombeaux ruinés dans leur ancienne splendeur.

L'hospitalité des Cooper était au-dessus de tout éloge. Une causerie du patriarche, intitulée « Quand un héros pouvait reposer en paix : l'exhumation des classiques », était suivie de scènes du « drame tragique » interprété par la famille. Ces spectacles étaient accompagnés de musique classique jouée sur un violon turc dont le son rauque remplissait la maison entière et auquel tous les participants succombaient, même moi au fond de ma chambre lointaine.

Leur exil turc avait permis aux flamboyants Cooper de donner libre cours à leur esprit d'entreprise et à leur sens du théâtre. S'ils étaient restés dans leur patrie, ils auraient maintenu une façade de respectabilité plus conventionnelle. J'imaginais Emily dans une vie parallèle, livrée au destin sans élégance de l'épouse d'un archéologue fossile dans une ville universitaire anglaise. À Bodrum, elle était toujours drapée dans d'éblouissantes tenues locales, incluant un vaste choix de turbans. Elle buvait abondamment, recevait lord et lady M***

1. Les pachas étaient divisés en trois catégories, auxquelles correspondait le nombre de queues de cheval de leurs étendards. Les pachas à trois queues étaient ceux de plus haut rang. (*N.d.T.*)

comme s'ils étaient de vieux amis de la famille, et était la première à trinquer lors des soirées tapageuses arrosées au raki. Owen lui-même ne dédaignait pas de porter le fez. Les discussions étaient aussi libres qu'animées et le croquet donnait lieu à des disputes d'une ardeur surprenante. Ils entendirent un jour par hasard un invité déclarer que les femmes de la famille étaient « contaminées par les indigènes ». Franny s'amusa beaucoup de ces propos. Elle n'avait qu'aversion pour ces voyageurs collet monté qui se plaignaient que la chaleur était trop intense et les insectes trop nombreux.

J'étais parvenu sans le vouloir dans la maison de Bodrum ressemblant le plus à une ambassade de Grande-Bretagne. Le sanglier sur mon plateau venait d'Alexandrie et les raisins étaient les meilleurs de Lesbos. Il y avait des orangers à perte de vue, et chaque repas était agrémenté des fruits les plus sucrés et les plus juteux. Les Cooper récoltaient olives et citrons dans leur propre jardin et préparaient une excellente imitation de crème cornouaillaise pour accompagner une vieille recette anglaise de scones au lait. J'étais à nouveau d'aplomb, dans mon élément.

Tandis que mon rétablissement suivait son cours, j'en vins à faire partie de leur vie. Et malgré mes résolutions, ils prirent eux aussi une place dans mon existence. J'étais toujours content de voir Franny, laquelle me parlait avec une intimité touchante – elle me rappelait une part heureuse de mon passé et j'avais confiance en elle. Lorsqu'elle n'était pas absorbée par ses devoirs d'hôtesse, Emily se joignait à elle. La mère et la fille, qui se comportaient plutôt comme deux sœurs, me lisaient des pièces dont elles se répartissaient les rôles. Il leur arrivait de m'offrir le livre. Je protestais invariablement, tout en savourant ces divertissements dont j'étais l'unique spectateur. À leur insu, je préparais secrètement ma sortie. Je serais déjà parti si je n'avais craint d'éveiller des soupçons en m'éclipsant sans autre forme de procès. Je savais qu'ils ne me laisseraient les quitter qu'une fois certains que j'étais rétabli. C'était à moi de les convaincre.

À force de m'étudier, Franny savait d'instinct ce que je voulais et quand je le voulais. En revanche, Emily ne venait que lorsqu'on l'en priait. Je reprenais peu à peu mes forces. Entre les cours d'histoire et d'archéologie régulièrement dispensés par Cooper en personne, lequel avait même apporté une carte de la région dans ma chambre à cette fin, Franny et moi devînmes amis.

Assise sur le côté de mon lit, elle tendait sans le vouloir les draps autour de mon corps, dont la chaleur me restituait la sensation de la douce sécurité de l'enfance. Elle me parlait de son ancienne vie en Angleterre, si différente de la mienne. Je savais qu'elle espérait ainsi m'amener à lui livrer des informations nouvelles sur moi-même, mais j'avais plus d'une ressource pour me dérober, ma condition de grand malade n'étant que le plus aisé de mes subterfuges. Comme je n'avais aucune envie de penser au passé, je l'encourageais à me décrire les coutumes de son pays d'adoption. Franny ne s'intéressait pas à l'histoire vue par son père, aux guerres et aux civilisations évoquées par les pierres et les poteries cassées qu'il recueillait. Elle aimait les gens qui l'entouraient, leurs traditions et leur artisanat, que ce fût la danse de la fertilité ou le kilim sur le plancher.

Un après-midi, Franny s'agenouilla au milieu du tapis et me révéla les histoires secrètes tissées délicatement dans sa trame. Alors que je m'étais perdu dans la contemplation de leurs motifs apparemment chaotiques, elle m'expliqua qu'ils ne devaient rien au hasard et illustraient l'héritage et les sentiments des tisserandes elles-mêmes. N'ayant pas le droit d'exprimer leurs pensées à voix haute, ces femmes tissaient les désirs de leur cœur, telle Arachné transformée en araignée pour avoir défié Pallas. Franny me montra une femme dont les mains sur les hanches indiquaient l'aspiration à la fécondité, puis le *mazarlik*, le mauvais œil, associé au signe du crochet, lequel était censé le conjurer. Plus l'œuvre était imparfaite, plus elle était proche de Dieu.

La pédagogie de Franny, contrastant fortement avec celle de son père, m'était familière car elle me rappelait l'enseignement de ma mère. Toutefois je tenais ce souvenir à distance, selon une habitude qui était devenue une seconde nature. Elle se renversa sur le tapis et je baissai les yeux sur son visage bronzé. Il était impossible de croire que cette fille eût vécu un jour en Angleterre, où je n'avais jamais vu une créature aussi éclatante de santé. Ses cheveux ruisselèrent avec exubérance sur le tapis et elle éclata de rire en terminant ses explications. Je connaissais ce rire. J'espérais qu'elle aurait des enfants.

Elle se redressa soudain, ayant pris une résolution.

— À qui appartient ceci ? demanda-t-elle en commençant à ouvrir le tiroir du bas de la coiffeuse.

L'apparence insignifiante de ce meuble m'avait fait supposer qu'il était vide, si bien que je n'avais jamais songé à l'explorer. Le tiroir était rebelle et elle se battit afin de tirer exactement en même temps sur les deux poignées, faute de quoi il refusait de céder. Alors que je me serais énervé, elle se contenta de rire et fit trois tentatives avant d'en venir à bout. Elle tira du tiroir un vêtement fraîchement lavé et plié. Se relevant, elle le déploya en un tour de main sur le sol.

Une longue robe rouge.

— À qui appartient ceci ? répéta-t-elle.

Cette robe me rappelait tant d'événements que je préférais oublier. Je ne voulais pas dévier de ma route.

— À moi.

— À vous ?

Elle rit d'un air incrédule. Je me redressai sur mon lit sans parvenir à dissimuler mon étonnement.

— À ma sœur. C'est un cadeau pour elle.

— Quel âge a-t-elle ?

Elle ne semblait pas défiante mais simplement curieuse.

— Le vôtre.

Je tendis la main vers la robe, mais elle l'essayait sur son corps. Elle me regarda en rentrant le ventre.

— Elle était très sale quand nous l'avons trouvée. Nous avons dû la laver deux fois, et j'ai recousu l'ourlet. Mais c'est une robe splendide. Votre sœur s'appelle Dolores ?

— Oh, non.

— Rose ?

— Non.

— La Rose de Grande-Bretagne ?

Je n'avais qu'une vague idée de ce qu'elle voulait dire.

— C'est juste que lorsque vous parliez... continua-t-elle avant de se reprendre ostensiblement.

Elle voulait me communiquer une information.

— Je veux dire... ce sont les noms en tête de votre livre, au-dessus desquels vous avez écrit votre propre nom.

Mon Ovide était posé à côté de mon *Énéide*. J'étais sûr qu'un livre manquait et je commençai à ronger l'ongle de mon pouce droit. J'avais pris l'habitude d'exprimer ainsi ma nervosité. J'essayais de réparer les dégâts dus à la dernière fois que j'avais rongé mes ongles, et ne faisais qu'aggraver encore le carnage. J'entrepris de mordre les petites peaux pour les égaliser, mais j'allai trop loin si bien que les extrémités de mes doigts se mirent à saigner et à me brûler aussi cruellement que si l'on avait pressé dessus un jus de citron. Ce tic ne résolvait rien, mais j'étais incapable d'arrêter.

— Il s'agit d'un très vieux livre, dis-je. Je ne connais pas ces gens.

— Quel est le nom de votre sœur, si ce n'est pas Rose ?

Je n'avais envie ni de mentir ni de dire la vérité. Tout ce que je désirais, c'était qu'ils me trouvent assez rétabli pour me laisser partir. Je savais exactement où j'allais et ce que je faisais, mais les Cooper m'étaient sympathiques et je ne voulais pas les compromettre. « Laissez-moi partir, Franny, pensai-je en moi-même. Cessez de vous accrocher à moi. Permettez-moi de m'éclipser cette nuit. Ou demain. »

J'arrachai à mon pouce un morceau de peau qui devait être minuscule mais me donna l'impression d'être aussi gros qu'une bouchée de pomme. Je sentis du sang dans ma bouche. Retirant le doigt blessé, je l'emmaillotai dans un coin de drap afin de l'empêcher de saigner.

— Franny, auriez-vous envie de cette robe ? Elle vous irait à ravir.

— Mais votre sœur ! protesta-t-elle.

Elle était sincèrement choquée.

— Elle n'est pas au courant, assurai-je en resserrant mon pansement improvisé. Je ne la reverrai pas avant longtemps, pas avant mon retour en Angleterre, et d'ici là je lui en achèterai une autre. Si vous voulez savoir la vérité, je l'ai gagnée aux cartes. J'aimerais vous l'offrir pour vous remercier de votre gentillesse.

— Merci, mais vous n'allez pas partir ?

— Je vais devoir m'en aller prochainement… maintenant que je vais mieux.

— Mais pas *très* prochainement ?

— Bientôt. Le plus tôt que je pourrai.

— Vous êtes loin d'être rétabli, cependant. Vous ne pouvez pas partir avant d'aller *beaucoup* mieux. Zog ne voudra pas en entendre parler. Et je ne vous laisserai pas vous en aller ainsi. Du reste, Père a une surprise pour vous.

— Je déteste les surprises, répliquai-je d'un ton un rien trop tranchant. La meilleure surprise, c'est quand il n'y en a pas. Essayez donc cette robe, Franny.

Elle acquiesça d'un air excité, se prépara à sortir puis se ravisa.

— Retournez-vous, ordonna-t-elle.

Je m'exécutai.

Une surprise…

Comme d'habitude, les questions recommençaient et je n'avais pas de réponses. Je ne ferais que soulever de nouvelles interrogations. Si je restais, je n'aurais d'autre choix que de dire la vérité, laquelle causerait plus de problèmes qu'elle n'en valait la peine. Oh, Franny.

Bien que je saignasse déjà ailleurs, je m'attaquai à la base de mon pouce gauche. Je voulais m'écorcher très lentement, doigt après doigt, me débarrasser de ma peau en me dévorant moi-même comme Erysichton, qui abattit dans la forêt le chêne de Cérès et fut condamné par la Faim. Dans le vain espoir de remplir son estomac, il mangea peu à peu son corps. Je voulais faire de même mais afin de me vider, de disparaître.

Franny, dont les formes étaient plus opulentes que les miennes, peinait dans mon dos pour revêtir la robe. Elle chantonna doucement puis se mit à pouffer. Il fallait soit que je dise la vérité aux Cooper, soit que je parte dès que possible. Mais la vérité était-elle vraiment une alternative ? Quelle était la vérité ? Celle que je connaissais était trop honteuse. Pourquoi me la rappeler à moi-même ? Pourquoi les embarrasser ?

J'avais essayé de mon mieux d'oublier les gens qui avaient dit qu'ils m'aimaient. Je n'y étais parvenu qu'en remplaçant leur souvenir par une haine féroce envers eux et leurs crimes. Le temps ne guérit rien. Il recouvre d'une croûte la blessure, si bien qu'on l'oublie, mais elle suppure en dessous, s'étend et nous dévore. J'avais passé mes voyages à tenter d'effacer de mon esprit tous ceux qui m'avaient connu dans ma précédente incarnation. J'avais fui afin simplement de m'éloigner sans cesse, de sombrer dans l'anonymat, de me dissoudre dans le néant. Et eux ? Ils n'allaient certes pas perdre le sommeil à cause de moi. Je ne leur manquais pas plus qu'à mes parents véritables, qui m'avaient abandonné. Mon père était le moins digne de reproches, car il avait été victime de sa folie : le haïr serait revenu à mépriser pour sa laideur un homme difforme. Mais les autres, à quoi avaient-ils donc songé ? Je ne pensais plus à eux, puisqu'ils ne pensaient pas à moi. Les seuls à se souvenir de moi, désormais, étaient ceux qui souhaitaient ma mort. La meilleure façon de me venger d'eux serait de me tuer avant qu'ils ne mettent la main sur moi. C'étaient ces êtres ignobles que je revoyais encore distinctement – Prudence dans sa robe rouge, le crâne d'Anstace, le teint rubicond d'Edwig, les cicatrices d'Esmond, Nora, le garçon-chien et ses parents odieux. Toutes les images de ma mémoire m'emplissaient de haine et de souffrance.

J'entendis Franny lancer :

— Ne vous retournez pas. J'essaie une nouvelle méthode.

Je gisais sur mon lit, faible et désemparé, usé et abusé, comme la triste preuve de la sottise de leur idée bizarre. Je préférais encore vivre parmi les miséreux, ainsi que je l'avais fait durant mes voyages, à traîner dans le caniveau, à me vendre aux marins dans la cale du *Stafford*, ou à Vill'Acqua sur la Via Maggiore, plutôt que de passer ma vie à mentir. J'avais savouré l'abus, l'humiliation, la déchéance. C'était le sort que je méritais, la place qui me revenait.

C'est un soulagement que de trouver son niveau en ce monde, et d'être capable de s'en tenir là. Je pouvais m'avouer la vérité, mais non la révéler aux autres. À quoi bon tirer encore sur mon fil ? Je n'avais pas l'intention de rentrer. Je m'avançais vers l'inconnu. Il était temps pour moi de m'en aller et d'atteindre le terme de mon voyage. Le temps de la métamorphose était venu : j'avais un rendez-vous quelque part.

— Ça y est !

L'excitation de Franny me ramena brusquement à la conscience. Sa voix avait un accent victorieux, tandis qu'elle se retournait. La robe, mon Dieu. La robe de Prudence. Quelle splendeur. Franny me fit face et je crus voir la jeune fille debout sur le seuil de Love Hall, sa cravache à la main. Non, c'était Franny, cette petite Anglaise qui n'avait personne pour qui s'habiller en Turquie. La robe épousait parfaitement la forme de son corps mouvant tout près de la surface. Elle se détourna, se contempla dans le miroir puis me regarda de nouveau.

— Cela vous plaît ?

— Oui, répondis-je en poussant un soupir.

Mon ton était moins enthousiaste que je ne l'aurais voulu.

Elle s'assit au bord de mon lit, en lissant le tissu comme s'il menaçait à tout moment de se déchirer. J'avais porté cette robe avec plus d'aisance mais moins de grâce.

— N'est-elle pas un peu trop petite pour moi ?

— Non, elle vous va à la perfection. Gardez-la.

— Quelle est la taille de votre sœur ?

Les questions recommençaient. Le sacrifice de la robe ne m'avait procuré qu'un sursis. Je glissai immédiatement mes mains sous les draps, en me couchant aussi discrètement que possible, et renversai ma tête sur l'oreiller de façon à ne plus voir que le ventilateur et le plafond, dont la peinture peu soignée laissait à une imagination fatiguée tout loisir de se représenter des pays, des bateaux et des visages. Je ne voulais pas regarder Franny ni la laisser davantage lire dans mon cœur. J'affectai un air inexpressif puis feignis l'épuisement, mais elle ne se laissa pas décourager.

— Vous êtes aussi difficile à saisir qu'un savon dans l'eau du bain ! s'exclama-t-elle en riant.

Elle martela du doigt mon corps comme pour me montrer qu'elle avait conscience de me tourmenter avec ses questions mais que sa résolution était inébranlable. Son visage était juste au-dessus du mien, de sorte que je ne pouvais plus éviter son regard à moins de fermer franchement les yeux. J'aurais pu aussi l'embrasser pour la faire taire, évidemment.

— Quelle est sa taille, Leslie ?

— Elle est un peu plus petite que vous.

Elle exhala un soupir et reprit sa position antérieure.

— Je suis plus grande ?

— Légèrement.

— J'imagine qu'elle doit être très belle, si elle vous ressemble. Plus belle que moi. Pourquoi refusez-vous de me dire son nom ?

Je tentai de ralentir la conversation afin qu'elle suive mon propre rythme. Franny savait que j'avais une sœur. Je n'avais qu'à inventer un nom et lui raconter une histoire, mais cela me vaudrait de nouvelles questions sur ma famille, l'endroit où je vivais, les raisons de ma présence ici. Le mensonge engendre le mensonge. Il était temps que je m'en aille.

— Je suis très fatigué, Franny, dis-je d'un ton définitif.

Elle ne me prêta pas la moindre attention et continua de lisser la robe sur ses cuisses en dessinant des motifs dans le grain du tissu.

— Elle n'est pas plus belle que vous.

— De quelle couleur sont ses cheveux ?

J'aurais pu décrire Sarah, mais je ne pouvais me résoudre à penser à elle.

— Châtain.

— Oh !

— Et ses yeux sont verts.

— Comme les vôtres !

— Oui.

Mon Dieu…

— Et elle a aussi à peu près votre taille, un peu plus petite que moi. S'appelle-t-elle Catherine ?

Catherine ? Quel curieux nom à choisir au hasard.

— Non.

— Rebecca ?

— Non !

Rebecca ? Franny était en train de s'amuser à mes dépens.

— Jane ?

— Voyons, Franny !

— Rose ?

Je ne savais que répondre. Elle pourrait énumérer tous les noms de la terre, je ne lui donnerais pas la réponse. Il y eut un silence terrible.

— Leslie est un nom intéressant. Je crois qu'il peut être porté aussi bien par un homme que par une femme. Je n'en suis pas certaine. Il faudra que je demande à Père.

Quelque chose dans son intonation m'effrayait. Elle voulait simplement me dire : « J'en sais plus long que vous ne pensez. » Mais il me semblait entendre un menaçant : « Je sais tout. » J'étais perdu, pris au piège sous mes draps, dans cette maison, dans mon corps. J'étais en son pouvoir, à la merci de la fille du geôlier.

Elle allait s'arranger pour m'arracher mon secret, elle tâterait le terrain jusqu'au moment où il lui révélerait tous ses mystères. Pourtant, j'avais confiance en elle. Il allait falloir parler, je n'avais pas le choix. Je la regardai droit dans les yeux.

— Leslie n'est pas mon vrai nom.

Je sentis le lit s'enfoncer sous son corps relâchant sa tension.

— Enfin ! Je le savais ! s'exclama-t-elle avant de se reprendre. À vrai dire, je n'en étais pas sûre, mais je suis heureuse que vous ayez eu assez confiance en moi pour me l'avouer. Quel est votre vrai nom ? Je ne le répéterai à personne, c'est promis. Dites-le-moi.

— Leslie est mon nom en tant qu'homme. En réalité, je m'appelle Rose. Rose Old.

Franny se leva sans même en avoir conscience, apparemment. Son sentiment de triomphe, après m'avoir enfin percé à jour, la soulevait littéralement du lit et l'entraînait, comme si elle lévitait, loin de mon corps prostré. Elle se dirigeait déjà vers la porte et je me redressai, prêt à l'arrêter. Je ferais tout ce que j'avais à faire.

Elle baissa les yeux sur son propre corps.

— Cette robe est *votre* robe !

— Oui, Franny ! Je m'appelle Rose. Ne le dites à personne, je vous en prie. Aidez-moi à m'échapper. Il faut que vous m'aidiez.

— Je me tairai, souffla-t-elle.

Elle souriait, mais ses gestes étaient légèrement fébriles.

— Je me tairai, évidemment. Mais j'ai quelque chose à vous montrer. Le temps presse.

Ma situation ne pouvait guère empirer. La porte se referma bruyamment dans son dos et je restai seul, les yeux fixés au plafond. Je repassai mon plan dans mon esprit, vaille que vaille. Je savais où j'allais. J'avais mûrement réfléchi.

Quand Hermaphrodite quitta sa montagne natale, l'Ida, du haut de laquelle les dieux surveillaient la guerre de Troie, il voyagea vers le sud afin de voir autant de pays qu'il le pouvait. S'étant rendu dans les villes de Lycie et de Carie, où je me trouvais maintenant, il découvrit un étang à l'eau cristalline, si transparente qu'il en voyait le fond. Ce fut là qu'il se baigna, que Salmacis, la gardienne de l'étang, tomba amoureuse de lui et qu'elle l'attira sous la surface jusqu'au moment où leurs membres se mêlèrent et où leurs deux sexes s'unirent en un corps unique.

C'était là que je me tuerais. Autrefois, j'avais compté mourir ou guérir en ce lieu, mais je n'étais plus aussi optimiste.

Du fond de mon lit, je levai les yeux sur la carte de Cooper, en me demandant si j'allais tenter de m'enfuir sur-le-champ ou si je me fierais à la promesse de Franny. Cette carte, dont Owen avait fait si souvent usage lors de ses conférences en chambre, était maintenant exposée en permanence. En dehors d'une unique excursion hors de la maison, qui m'avait vu rester prudemment assis dans le jardin tandis que Franny et Emily se servaient des pieds de ma chaise comme des derniers arceaux du croquet, je n'étais pas allé plus loin que la fenêtre. Du haut de ce poste d'observation, je pouvais localiser exactement notre emplacement sur la carte, vers le bas de la courbe du littoral.

Bodrum comprenait deux vastes ports, évoquant les deux coquilles d'une huître. Une péninsule, où se trouvait le château, les séparait. Au-dessus des maisons basses et blanches s'alignant le long du front de mer s'élevaient les collines verdoyantes qui abritaient, quelque part, Salmacis, le but de mon voyage.

Comme je m'y attendais, Cooper avait été ravi de ma curiosité.

— Ah, oui, Salmacis ! Bien sûr, vous connaissez votre Ovide. C'est un ramassis d'élucubrations, naturellement, mais certaines histoires sont intéressantes. Cela dit, Hérodote était familier de la région, car il était né ici. Mais Ovide ? Regardez.

Il attira mon attention sur la carte.

— Salmacis, connue de nos jours sous le nom de Bardakci… Un mythe célèbre, comme vous le savez. La source avait des propriétés relaxantes. Son eau était délicieuse, apparemment, mais elle jetait un sort. Si des hommes la buvaient ou s'y baignaient, ils devenaient efféminés ou, pire encore, impuissants. À moins que ce ne soit l'inverse ? De toute façon, ce ne sont que des contes de bonne femme, comme les aimaient les Grecs.

— Où se trouve cette source ?

Il sembla pointer le doigt en plein milieu du port.

— Ici même, submergée. Elle a disparu sous la mer depuis des siècles.

Il tapa sur l'endroit avec sa canne, en un geste aussi précis que vigoureux.

— Vous buvez probablement son eau !

Il y eut un silence. La source était sous la surface de la mer, noyée à jamais. Je me sentais nargué, éperdu, naufragé sous les eaux comme Salmacis. Ce n'était certes pas ce que j'avais imaginé à l'époque où je rêvais de pénétrer le tableau accroché dans l'escalier, de me glisser sous sa surface d'huile lisse, de plonger mon pied dans la source pendant que la nymphe était distraite par l'autre intrus.

Cooper reprit, en rassemblant ses idées sur le sujet.

— Cela dit, il existe dans les collines une autre source plus ou moins liée à Salmacis. Quelque part de ce côté.

Cette fois, sa canne ne désigna qu'une zone imprécise au bord de la carte.

— Elle doit se trouver en haut d'une colline. Je ne suis pas sûr de l'endroit, mais les indigènes le connaissent. Elle s'appelle également Salmacis, je ne sais pourquoi. Peut-être pensent-ils que la source a un cours souterrain...

La canne traça avec désinvolture quelques méandres en direction de la mer.

— À moins qu'ils n'essaient simplement de vendre leurs babioles. C'est une drôle de bande.

— Cette autre source est sûrement très pittoresque. Je suis un peu peintre, voyez-vous.

— Demandez aux gens de la cuisine, ils vous renseigneront. Les indigènes savent tout.

Franny trouverait pour moi.

Au bout d'à peine deux minutes, elle revint avec un cahier et un air espiègle. Elle me tendit le volume, à la couverture de toile verte gondolée par le soleil, comme s'il s'agissait d'un cadeau de réconciliation.

— Personne n'est au courant et je garderai le silence, chuchota-t-elle.

Je sentais que cette affaire était aussi importante pour elle, à sa façon, que pour moi.

— Ceci restera entre nous. J'étais sûre que vous étiez plus passionnant encore que je ne l'imaginais.

Je pris le cahier et nous le lûmes ensemble. Allongés sur le lit, côte à côte, nous jouâmes chacun notre rôle puis nous les échangeâmes, car elle était plus proche que moi-même de ce que j'avais été. Pas étonnant qu'elle ait paru en savoir davantage que je ne m'y attendais ! Tandis que nous lisions, je me surpris à rire, à me sentir au bord des larmes. Elle riait aussi, le bras négligemment appuyé sur mon dos. En arrivant à la fin de son journal, cependant, je me rappelai ce qu'elle avait dit de son père. Que savait-il ? Qu'avait-elle découvert ?

— Quelle est la part de réalité ? demanda-t-elle en détournant ma question.

— Je l'ignore. Ces pages contiennent tant d'échos des chansons que nous aimions : *Le Hardi Jeune Marin, Lisbonne, La Fille du marchand de soie, La Joueuse de tambour*. Je les chantais toutes avec ma mère. Je ne peux pas vous dire plus à mon sujet que ce que je veux savoir moi-même.

— On croirait que vous préféreriez peut-être ne vous souvenir de rien.

Elle n'était jamais plus séduisante que lorsqu'elle parlait sur ce ton sérieux. Nos jambes étaient si proches que nos chevilles se touchaient tandis que nous nous balancions sur le lit.

— J'ai grandi dans une atmosphère très différente, Franny.

Je soutins son regard afin qu'elle sache que je disais la vérité.

— Ce serait si long à expliquer, ajoutai-je.

— Il faut que vous m'expliquiez. Il faut tout me dire.

— Votre père sait-il quelque chose ?

— Absolument rien, assura-t-elle. Qui d'autre était réel dans vos récits ?

— Stephen et Sarah.

— Avez-vous fait certaines choses que vous racontez ?

— Mon père aussi existait réellement. Il est mort.

Je fermai le cahier et le lui rendis.

— J'ai oublié à dessein. Je suis ici pour oublier. J'ai quitté l'Angleterre afin de me perdre moi-même.

— Vos poignets et les ecchymoses sur vos cuisses…

— J'ai subi bien des mauvais traitements depuis mon départ de Love Hall.

— Love Hall ! s'exclama-t-elle en se souvenant soudain. C'est cela. Voilà ce que mon père savait.

Toute la gaieté qui avait accompagné notre lecture disparut sur-le-champ. Je saisis son poignet.

— Dites-moi tout.

— C'est la surprise dont je vous parlais. J'ai cessé de vous faire la conversation, comme il me l'avait demandé, et il m'a révélé qu'il avait vu dans un de vos livres une dédicace qu'il supposait vous être adressée.

— Le livre manquant !

— Un recueil de poèmes. À l'intérieur, une inscription disait : « À Rose, ma fille chérie... »

Elle fit une pause pour se rappeler les mots, mais je pouvais les réciter par cœur.

— « ... avec tout l'amour de sa mère, lady Anonyma Loveall – Love Hall, Playfield.

— Dans l'espoir que ces lignes vous concernaient en quelque façon et permettraient de vous aider, il a écrit à Love Hall peu après votre arrivée. Il l'a fait par pure gentillesse. Vous êtes-vous enfui de là-bas ? Racontez-moi.

— Et ensuite ? demandai-je entre mes dents. La lettre ?

— Il a reçu une réponse, cela fait deux semaines. Ils viennent vous chercher.

Je me levai.

— Qui ?

— Les gens qui ont répondu à sa lettre. Votre famille de Love Hall.

— Il faut que je parte, Franny. Je sais où je dois me rendre. Deux semaines, qu'est-ce que cela représente ? Combien de temps faut-il pour arriver ici ?

— Mais votre famille...

— Combien de temps ?

— Habituellement, les gens passent par Malte. Mais votre famille...

Je me tournai vers elle.

— Ma famille me hait et souhaite me voir mort. Ce n'est même pas ma vraie famille. Mes parents véritables, quels qu'ils fussent, m'ont abandonné sur un tas d'ordures dans les terrains vagues de la ville. Ils ne voulaient pas de moi. J'ai été recueilli et élevé par un fou, lequel m'a habillé en fille pour réaliser une de ses lubies déçues et m'a légué sa fortune. J'ai été maintenu dans une totale ignorance de mon être réel avec la complicité de ma mère adoptive, celle-là même qui m'a donné ce ridicule volume de vers de mirlitons que j'ai été assez idiot pour garder sur moi et où votre père a trouvé mon adresse. La lettre qu'il a envoyée est arrivée droit dans les mains des gens qui m'aiment le moins au monde. À la mort de mon père adoptif, ceux qui m'ont élevé ont été chassés de Love Hall par des membres de la famille. Ces usurpateurs n'ont été que trop heureux de mettre à profit mon histoire misérable pour s'emparer du domaine. Ils veulent ma mort. J'ai longtemps cru que Love Hall était mon foyer, mais j'ai fini par comprendre que ce n'était que ma prison. Ma survie n'est dans l'intérêt de personne, en dehors de moi. Et moi-même je n'y attache guère d'importance. Une lettre à Love Hall ! Dieu sait quels fléaux va m'attirer cette initiative ! J'ai maintenant en horreur les deux branches de ma famille. J'aimerais encore mieux me tuer.

J'avais parlé sans reprendre haleine, comme jamais auparavant, et en terminant j'essuyai la salive sur mes lèvres. Je n'avais pas seulement invectivé le monde, la Fortune qui me pourchassait, mais aussi Franny. Je lui avais lancé ma diatribe en plein visage et elle s'était mise à pleurer.

— Je dois partir maintenant.

— Non ! s'écria-t-elle en s'agrippant à ma chair sous le tissu de mes vêtements. Laissez-moi vous aider. Je vous le demande en grâce.

— Vous ne pouvez pas m'aider.

Je tentai de la repousser mais, comme je le craignais, elle tint bon. J'étais pris au piège.

— Rose. Je vous en prie.

Elle leva les yeux vers moi et pressa son visage contre mon ventre.

— Restez, Rose ! Je peux vous aider. J'ai promis que je le ferais.

Je fus peut-être touché parce qu'elle m'appelait Rose, ou parce que je me rendis compte en un éclair que j'étais la plus grande aventure de sa vie. À ses yeux, j'étais une épée flamboyante, une évasion audacieuse. Elle était ma seule chance.

— Franny…

Elle pleurait tout en s'accrochant à moi. Même en baissant la tête, elle était un peu plus grande que moi. Je me redressai pour rencontrer son visage. Ses lèvres étaient gercées, magnifiques, et mêlaient le goût salé des larmes à la saveur amère de la sueur. Je sentis le duvet au-dessus de sa bouche et je l'attirai vers moi. À l'instant où nous allions nous effondrer sur le lit, sa mère l'appela.

— Seigneur ! s'exclama Franny. Ne bougez pas.

Elle sortit précipitamment.

Je n'avais aucun bagage à faire, rien à emporter avec moi. Je n'avais besoin que de la récompense au bout de mon chemin vers la guérison : le costume qui avait attendu si patiemment d'être porté. Étendu sur le lit, je me demandai ce que devenait Franny. Puis je décidai d'endosser mon vêtement d'homme, au cas où j'aurais à partir à l'improviste ou verrais mon secret révélé par mégarde à Emily.

J'avais oublié depuis longtemps comment on nouait une cravate et il me semblait que le col entaillait la chair de mon cou. Je me battis avec les manches et les boutons des bretelles. Quand j'eus enfin revêtu le costume, je me regardai dans la glace. Il avait l'air à la fois trop grand et trop petit pour moi. Les manches étroites me serraient aux aisselles alors que le pantalon paraissait excessivement court et large. Ce n'était certainement pas là un des vêtements avec lesquels j'avais commencé mon voyage.

Franny revint dans la chambre et constata avec calme que j'étais habillé.

— Que cette femme est donc pénible. Elle ne voulait rien, en fait, mais elle déteste que je ne sois pas dans les parages. Et il a fallu que je lui explique d'où venait cette robe…

Se dirigeant vers le lit où j'étais assis, elle me renversa en arrière et grimpa à califourchon sur mon corps. J'étais prisonnier, tel Esmond attaché à sa chaise. Franny baissa les yeux vers moi. Ses cheveux se répandirent sur ses épaules. Elle avait remonté sa robe, qui retombait maintenant librement sur moi. Quand elle se cambra, son visage disparut à mon regard, caché par ses seins. Elle gémit et je sentis le poids du milieu de son corps écrasant le mien.

— Bonjour, lord Bateman, dit-elle en me regardant de nouveau.

— Aidez-moi.

— Je suis prête à tout. Que voulez-vous de moi ?

Ses genoux bloquaient mes mains et mes mains bloquaient ma respiration. Ma chair palpitait déjà, en une attente mêlée de répugnance.

— Il existe dans les collines une source appelée Salmacis. Je dois m'y rendre avant qu'ils arrivent. Votre père dit que les indigènes sauront où elle se trouve. Il faut que vous me laissiez sortir de la maison cette nuit...

— Demain matin.

— D'accord, mais à la première heure. Vous devrez me laisser sortir et me dire comment m'y rendre.

— Puis-je vous accompagner ?

Son corps ondulait sur le mien.

— Non.

— Pourquoi voulez-vous aller là-bas ?

— J'ai un rendez-vous.

— Je connais quelqu'un qui peut vous y mener.

Elle se frottait de haut en bas contre mon corps, après avoir repéré un point précis où elle goûtait un plaisir plus intense. Elle se pressait sur moi avec tant de vigueur que des gouttes de sueur perlaient à son front.

— Et je sais comment vous faire sortir sans que personne s'en aperçoive. Il faudra partir très tôt.

— Merci.

— Qui devez-vous retrouver près de cette source ?

— Ne me posez pas cette question.

Je me haussai pour la rejoindre et sentis à l'improviste un durcissement entre mes jambes. Nous négociâmes peu à peu une proximité acceptable et un confort relatif. Par moments, elle poussait trop violemment et me faisait mal. J'avais peine à croire qu'elle pût prendre le moindre plaisir à s'écraser ainsi contre moi, mais elle semblait bel et bien extatique. Était-ce donc cela que les autres goûtaient si fort, au point d'être prêts à payer pour l'obtenir : cette mêlée agressive et trempée de sueur ? J'avais oublié mes propres besoins sexuels. J'avais servi à la satisfaction d'autrui, mais sans jamais demander ni me voir proposer l'assouvissement de mon propre désir.

Mon esprit vagabondait, mais je fus ramené à la réalité en sentant mon sang s'agiter tandis qu'elle respirait plus pesamment. Je soulevai involontairement les hanches pour l'accompagner, mais j'étais comme étranger à mon corps. Je ne cessais de retomber dans des pensées d'évasion, dont j'étais brutalement tiré par la brusque douleur d'un pouce écrasé.

Elle continuait de se frotter contre moi. Je songeai que malgré la lettre, ils n'arriveraient pas ici avant mon départ. Franny introduisit ses doigts dans ma bouche mais cette sensation me donnait la nausée et je dus la mordre pour qu'elle les sorte. Elle poussa un cri et sourit, pendant que je sentais de la bile remplir mon gosier. Ses doigts n'étaient plus là, mais leur goût aigre demeurait.

Elle souleva sa robe et glissa sa main dessous. J'étais en proie à un embarras trop étrange pour songer à la regarder, de sorte que je sentis seulement son corps se soulever légèrement. Je contemplai le calendrier. Encore un jour à barrer d'une croix et je serais parti pour toujours. Il n'y aurait plus jamais de cases vides à cocher, ou il suffirait d'un long trait pour les rayer toutes d'un seul coup. J'imaginai mon défunt moi, dans un autre monde, si différent, recherchant sur son calendrier blanc le jour de sa naissance. Sa première et ma dernière croix marqueraient la même date. Je ferais ma traversée à la jonction exacte de l'entrelacement des X.

— Vous reverrai-je un jour ? demanda-t-elle.

Je pouvais à peine parler. Mes sens étaient subjugués par elle et mon corps semblait se consumer. Nous connaissions tous deux la réponse, mais maintenant Franny était de mon côté.

— Je crains que je ne puisse jamais vous revoir.

Sous l'abri de sa robe, elle commença à tirer sur mon pantalon en essayant d'une main de défaire les boutons tandis qu'elle me caressait de l'autre. Comme je protestais, elle sortit une main qu'elle posa sur ma bouche. Ne pouvant supporter l'idée des halètements inévitables, je me mis à respirer trop vite, avec trop de précipitation et de force. Je connaissais tous les signes annonciateurs. J'étais de retour sur le *Stafford*.

En sentant ses mains s'introduire sous mon pantalon, je me cabrai violemment afin qu'elle lâche prise. Ses genoux me maintenaient toujours prisonnier mais elle me regarda avec pitié, en se rendant compte soudain de l'intensité de mon refus. Je savais où allait chaque pièce du puzzle, mais c'était trop sale pour moi. Je ne pouvais souffrir la malpropreté, la puanteur. Tout ce qui menait à la procréation était répugnant. D'ailleurs, pourquoi avait-on des enfants ? Pour pouvoir les abandonner et les oublier. Je n'avais pas envie d'un enfant que j'allais quitter pour m'enfuir, que je ne verrais jamais, et je ne trouvais aucun plaisir à rendre cet acte satisfaisant en soi. Je commençai à me débattre sous elle et je mordis sa main pour me défendre. Toujours assise sur moi, elle s'arrêta et retira sa main de mon sexe qui avait dépéri lamentablement.

— N'ayez pas peur, Rose, dit-elle en baissant les yeux sur moi. Cela n'a rien d'effrayant.

— Je me sens malade. Cela me rend malade.

— À cause de moi ? demanda-t-elle d'un air triste et inquiet.

J'étais agacé qu'elle pût interpréter mes paroles comme une insulte. Ses sentiments m'excédaient.

— Vous n'êtes pas en cause, répliquai-je. Simplement, c'est répugnant. J'ai peur.

Je détournai la tête et me mis à pleurer à chaudes larmes. Je n'étais pas fait pour le monde. J'étais écœuré par le fait d'être un homme, engoncé dans mon col coupant comme un rasoir qui entaillait cruellement ma pomme d'Adam. Qu'avais-je besoin de ce sexe, de cette erreur ? Il m'était si étranger et je me sentais si loin de lui qu'il nous était impossible de nous rejoindre, de communiquer, de réagir convenablement à quelque situation que ce fût. Je me détestais et j'étais en colère contre Franny. Dans mon trouble, je me sentis plus résolu que jamais à en finir.

— Ce n'est pas répugnant. Touchez.

Elle saisit ma main coincée sous son genou droit et la glissa sous sa jupe. Je tressaillis et me dégageai, mais elle s'en empara de nouveau et la guida sous elle, en un geste que je ne puis décrire que comme très amical. Je sentis sous mes doigts ses parties intimes. Elle était ouverte, évidente. Je songeai à Sarah, ma seule expérience en ce domaine. Sarah qui n'était pas morte, après tout, mais à laquelle je m'efforçais de ne jamais penser.

— Franny, je vous en prie. Non.

Mon sexe, plein de remords et de mystère, gisait contracté en dessous de ma main.

— Je ne veux pas.

— C'est une sensation délicieuse, Rose.

Elle penchait la tête et ses cheveux ruisselaient sur sa robe.

— Cela n'a rien de répugnant, continua-t-elle. C'est la nature du corps. Vous aimeriez avoir le même que le mien, c'est tout.

— C'est sale, cependant. Poisseux.

— C'est si bon.

Je retirai ma main sans laisser le temps à Franny de reprendre son mouvement de bascule.

— Rose ! lança-t-elle saisie d'une inspiration subite. La robe. Mettez-la. Je vous aiderai à partir, mais je veux vous voir dans cette robe.

Oui.

La robe.

Ma robe. Devant moi, Franny commença à se déshabiller. Je fus sidéré quand elle se retourna et me demanda de dégrafer l'encolure. Je sentis le corsage tirer en avant.

— De toute façon, elle était trop étroite. Je me sens plutôt soulagée.

Elle me tourna le dos et se leva rapidement, laissant la robe par terre à mes pieds, tentatrice. Levant les yeux, je vis les fesses de Franny, sa chute de reins. Elle était debout, nue, et regardait par la fenêtre. Sans bouger, elle me répéta de mettre la robe. Mes vêtements semblèrent se détacher d'eux-mêmes de mon corps, comme s'ils n'étaient cousus que par un unique fil sur lequel il suffisait de tirer pour qu'ils tombent comme des feuilles d'automne. Je revêtis la robe rouge de Prudence, à laquelle je l'avais volée naguère. Elle se déploya autour de moi, ondoyante, couvrant mes hanches de baisers de velours. Délivré de la peur et de la honte, je me tournai vers Franny et m'entendis lui demander si *cela ne l'ennuierait pas* – ce furent mes propres mots – de m'aider à agrafer le col. Et je sentis sa main s'efforcer de glisser le crochet dans l'anneau, tandis que le velours se blottissait doucement autour de mon cou. Ma pomme d'Adam sembla s'effacer et lorsque je déglutis, ma bouche n'avait plus d'arrière-goût amer. Je me retournai pour voir Franny, nue devant moi. Son corps était d'une beauté indescriptible. L'espace d'un instant, j'imaginai que c'était ce corps qui palpitait sous ma robe – et c'était vrai.

M'inclinant vers elle, je la repoussai avec douceur sur le lit. La nudité féminine ne s'était encore jamais ainsi offerte à mon regard. Je clignai les yeux et me rendis compte qu'ils étaient pleins de larmes. Franny leva vers moi son visage. Sa chair nue était à la fois vide béant et plénitude. Bien qu'il n'y eût pas un souffle de vent, elle frissonnait.

— Ne bougez pas, Franny. C'est moi, chuchotai-je.

J'introduisis une de mes jambes entre les siennes et commençai à la mouvoir doucement, à l'endroit où je savais qu'elle voulait sentir son contact. Tout paraissait aller de soi. Je fus capable de glisser ma main vers le bas de son ventre, d'effleurer sa toison. J'étais paisible. Je respirais lentement en murmurant dans son oreille. Je ne sais plus exactement ce que je murmurais, mais je lui racontai une histoire semblable à celles que Sarah et moi nous racontions, tandis que mon doigt se glissait entre ses lèvres. J'étais perdu, mais son corps sembla m'accueillir avec joie et me guider. Mon premier doigt s'enfonça. Il semblait très long et fin à l'intérieur de sa chair. Tout en parlant, je bougeai au même rythme qu'elle, en redressant mon doigt vers le haut comme pour essayer de soulever son corps du lit. Elle gémit, se détendit puis inspira fortement tandis que je continuais de chuchoter. Elle avança la main vers ma pièce du puzzle, mais je l'écartai avec douceur, en un geste persuasif, non pas effrayé mais plein d'assurance.

— Ne me touchez pas. Étendez-vous en arrière.

Quand je prononçai ces mots, elle se mit à gémir lentement. Ce ne fut d'abord qu'un grognement assourdi montant du fond de son corps, puis il s'enfla au point de se transformer en un chant à l'instant où il émergea au grand jour. Elle écrasa sa chair contre ma main puis s'affaissa en tressaillant. J'embrassai sa joue tandis qu'elle s'abandonnait. Nous reposâmes en silence. Quand elle parla enfin, ses yeux étaient clos.

— Rose… Je sais que vous devez partir et je vais vous délivrer. Mais pourrai-je venir vous chercher dans sept ans, comme la fille du geôlier ?

Elle semblait différente, moins puérile.

— Oui, mais il sera impossible de me retrouver. Je serai méconnaissable.

Elle détourna son visage.

— Regardez-moi, dis-je.

Elle ne bougea pas.

— Je suis fait pour un autre monde. Regardez-moi. Je ne suis pas en harmonie avec moi-même. Ce que je suis est tout entier une impossibilité. Vous savez ce que vous êtes et d'où vous venez, vous avez cette maison, cette famille. Moi, je ne suis rien. Je suis fatigué de faire des efforts, de mentir, de fuir, fatigué de me renier moi-même. Je ne peux plus vivre en me conformant à ces règles. Je n'ai pas envie de blesser les autres. Je vous demande juste de m'aider en sachant que c'est ce que vous pouvez faire de mieux. Je sais que vous comprenez.

Franny ne dit rien. Elle se leva lentement, en m'abandonnant dans ma robe froissée. La maison autour de nous était silencieuse. Je crus d'abord qu'elle pleurait, mais quand elle parla enfin sa voix était parfaitement calme. Elle revêtit sa propre robe, qui gisait encore sur le plancher, sans m'accorder un regard. Elle ouvrit la porte et, toujours sans me regarder, me lança par-dessus l'épaule :

— Que vos bagages soient prêts à cinq heures. Je me chargerai de tout.

Et elle sortit.

3

A l'heure convenue, je quittai ma chambre sur la pointe des pieds, heureux du moindre craquement complice du plancher. Je n'avais pas dormi.

Franny m'attendait à la porte de derrière. En détournant les yeux, elle me tendit un paquet. Je secouai la tête : je n'avais plus besoin de la robe. Toujours sans un regard, elle me fit sortir et me donna une lettre.

— Suivez les instructions. Partez, maintenant.

En m'éloignant, je n'osai pas regarder par-dessus mon épaule. J'attendais un bruit définitif, le grincement du loquet du portail ou la porte se refermant, comme un signe de ponctuation à la fin de notre phrase, mais je n'entendis rien. Peut-être me regardait-elle disparaître au loin. Je ne le saurais jamais.

Le soleil n'avait pas encore percé les nuages. Je n'avais d'autre bagage que mon Ovide. Ma chambre donnerait l'impression que je serais de retour d'un instant à l'autre. Je ne voulais pas que mes hôtes s'affolent ou interrogent Franny. Il fallait qu'ils me croient dans le voisinage.

J'ouvris la lettre de la jeune fille. Elle n'avait rien de dramatique : des indications pour me rendre à un lieu de rendez-vous, un mot en turc à l'intention de mon guide et quelques billets de banque. Aucune exhortation à revenir sur ma décision, aucune offre d'amour pour me servir de bouclier face à l'adversité. Même en cette heure tardive, je cherchais quelques mots flatteurs là où il n'y en avait pas. À quoi bon ? Il m'était plus facile de partir en sachant que rien ne me retenait. Au lieu de me punir par des douceurs et des supplications, Franny m'aplanissait la voie où elle savait que je devais m'engager.

J'avais fait si peu d'exercice, au cours des semaines précédentes, que l'effort eut bientôt raison de moi. Tandis que le soleil se levait pour la dernière fois, je finis par m'arrêter sur la route au pied des collines, si épuisé que je dus m'appuyer à un oranger. Je me sentais somnolent, flottant dans une sorte de rêve, et chaque pas m'éloignant de ma chambre creusait la distance qui me séparait du monde réel. J'eus enfin le courage de me retourner. Personne ne me suivait et je ne parvenais plus à distinguer la maison. J'avais laissé loin derrière moi l'univers que je connaissais.

Après avoir repris ma marche, je vis passer une charrette tirée sans enthousiasme par une mule. Une femme énorme et son compagnon édenté étaient assis à l'avant, sans prêter la moindre attention à l'animal. L'homme regarda par-dessus son épaule et me posa une question que seule l'expression de son visage me permit de comprendre. Je lui remis la lettre et l'argent, qu'il tendit à son épouse. Quand elle ouvrit l'enveloppe, les billets tombèrent sur ses gros genoux. Elle les observa, les renifla puis aboya un ordre. Son mari revint vers moi, en ôtant nerveusement sa casquette, et me désigna l'arrière de la charrette.

— Salmacis ? demandai je.

— *Evet*, soupira-t-il. *Evet*.

Il me fit signe de monter dans son véhicule. Je m'étendis sur le fond en bois, en abritant avec un bras mes yeux du soleil, lequel était trop brillant même derrière mes paupières. La mule se remit en route et nous nous ébranlâmes dans un fracas de sabots.

L'homme me tapa sur l'épaule et m'offrit des olives dans un bocal. Sa femme frappa sur sa main pour l'en empêcher, mais il lui montra en riant les arpents d'oliviers à la ronde en haussant les sourcils d'un air moqueur. Je feuilletai machinalement mon Ovide et me souvins du berger qui avait gâché la danse des nymphes. En punition, il avait été changé en olivier, arbre grossier et commun. Il me sembla soudain que j'apercevais le corps du berger dans chaque tronc, ses traits crispés se confondant dans l'écorce noueuse, ses bras s'étendant dans les branches, tandis qu'il appelait désespérément à l'aide avant d'être métamorphosé, pris au piège à jamais.

Le soleil badina avec moi jusqu'au moment où je sentis que le monde physique revenait à la vie. Je n'avais encore jamais pris conscience de son âme vivante, tant la nature dans mon passé avait été ordonnée et arrangée. Il y avait une explosion de couleurs au pied de chaque tronc tordu : d'énormes pâquerettes blanc et jaune, des coquelicots et des renoncules, dont la vitalité insouciante épuisait mes yeux. Ailleurs, des anémones épanouissaient avec davantage de douceur leurs corolles blanches, jaunes, violettes. Dans un laurier, je vis distinctement, en un éclair, Daphné fuyant les violences d'Apollon, sa silhouette se détachant aussi nettement qu'un camée sur une broche. Le soleil s'élevait à l'horizon. Je fermai mes yeux de toutes mes forces en essayant de penser à Franny. Quand son visage m'apparut, il commença à se transformer, avec une lenteur affreuse, en écorce.

Les métamorphoses s'emparaient du monde autour de moi. J'éveillais la vie dans le livre au contact de ma main, et il la restituait à l'univers à travers moi. Qu'était ce livre sinon du cuir ? Qu'était le cuir sinon la peau d'un animal ? Et le papier n'était-il pas un arbre, le vélin n'était-il pas fait d'agneau ? Et moi, qu'étais-je sinon une idée ? Peu à peu, en regardant le paysage qui m'entourait, je devins conscient de la présence des humains eux-mêmes avant leur transformation en arbres ou en fleurs, en animaux terrestres ou en oiseaux. Dans l'éclat rouge sang de l'anémone, je vis le sort et la mort d'Adonis, fils incestueux de Myrrha et de Cinyras, lequel était à la fois son père et son grand-père. Ignorant l'avertissement d'Aphrodite, il mourut à la chasse, transpercé par la défense d'un sanglier furieux. Cythérée le changea en anémone, la fleur qui poussait au pied de l'olivier. Sur l'Olympe, la souveraine de l'amour se disputa avec celle des enfers pour savoir qui l'aurait comme compagnon dans l'au-delà. Où se trouvait Adonis, maintenant ? En cette fleur même, à moitié enfouie, prise entre la terre et le ciel comme son corps après sa disparition, puisqu'il passait l'été avec Aphrodite et l'hiver avec Perséphone. Heureux garçon !

Dans mon épuisement, je me sentais intimidé par le monde naturel. Ses transformations se matérialisaient sous mes yeux. J'aspirais à échapper un moment à l'ardeur du soleil, mais la montagne redevint Atlas et le géant, inhospitalier jusqu'au bout, me refusa toute ombre.

Dans un bosquet de pins gigantesques, je vis les femmes thraces, les mêmes qui avaient tué Orphée. Je baissai la tête pour me cacher, dans l'espoir qu'elles ne me surprendraient pas en train de les épier. Ces meurtrières avaient battu à mort le malheureux barde, en déchirant son corps et en perçant sa peau avec des lances de Laurier, de Daphné métamorphosée enfin à l'abri d'Apollon. Soudain, leur meneuse m'aperçut. Brandissant sa lance, elle poussa leur cri de guerre : « Un homme ! » En un instant, elles furent sur moi.

Je m'éveillai en sursaut. Mon visage était en feu. En proie à mes hallucinations, j'avais si longtemps dérivé entre la veille et le sommeil que le soleil commençait déjà à décroître. La charrette était immobile.

Nous étions arrivés à une petite auberge et la mule buvait avidement dans un abreuvoir. Mon guide édenté me montra l'enseigne au-dessus de la porte : elle représentait une source. Je faillis me mettre à rire. Je descendis du véhicule, en m'essuyant la commissure des lèvres, et je remarquai combien le paysage était devenu verdoyant. Il ressemblait davantage au tableau.

Le guide me désigna un sentier disparaissant entre les arbres mais resta en retrait. Avec les deux premiers doigts de sa main droite, il mima une marche à pied. Les deux doigts avançaient de plus en plus lentement : le chemin était long. Je fis signe que je comprenais. Comme je me dirigeais vers le sentier, il regarda le soleil, calcula rapidement dans sa tête et conclut qu'il était trop tard pour se mettre en route. Il m'invita à revenir, mais je continuai d'un pas décidé. En me voyant m'éloigner, sa femme me cria en montrant les arbres parmi lesquels j'allais m'enfoncer :

— Salmacis. *Hayir !*

Son double menton tremblait tandis qu'elle secouait la tête d'un air grave.

— *Hayir !* approuva son mari d'un ton inquiet.

Il fit le geste de boire à la source.

Tous deux paraissaient très sérieux, mais ensuite ils se regardèrent en éclatant de rire. Je souris et leur tournai le dos.

J'étais cerné par la forêt. Je suivis le sentier de mon mieux, car il faisait beaucoup plus sombre que je n'aurais cru dans le sous-bois. Des broussailles épaisses et des pins m'entouraient. J'apercevais par instants un morceau de ciel bleu entre leurs silhouettes et ils emplissaient l'air de la douceur poisseuse de leur sève. Je savais que les pignons produisaient des graines comestibles mais j'étais incapable de les distinguer des pins d'Alep. Ces arbres, ce sous-bois, cette forêt m'étaient absolument inconnus – je ne connaissais que les histoires des humains qu'ils avaient d'abord été. Je me sentais solitaire, mais en entendant un bruissement tout proche je me rendis compte que je n'étais pas seul : la vie s'épanouissait tout autour de moi.

J'avais vu des chevreuils dans les champs jouxtant la ville, prêts à s'enfuir au moindre mouvement suspect, et des chèvres parcourant les broussailles avec une assurance paresseuse. Il y avait toujours un chien en train d'aboyer, quelque part dans le port. Mais qui me tenait maintenant compagnie ? L'ombre rendait les bruits plus impressionnants et le paysage autour de moi, plus sauvage que tout ce que j'avais connu jusqu'alors, apparaissait infiniment plus intimidant.

Franny m'avait dit que des loups, des hyènes et des ours vivaient dans les montagnes. Mais devrais-je craindre Callisto, transformée en ourse par Junon pour avoir été aimée de Jupiter ? Fallait-il que je redoute la hyène, Tirésias, qui d'après Ovide était capable de changer de sexe ? Ou Hélène, la louve ? J'étais venu ici pour voir Salmacis, avec qui j'avais rendez-vous pour l'éternité. Si quelque autre créature se trouvait sur mon chemin, cependant, je serais résigné. Quitte à choisir, je laisserais le destin s'accomplir. Je serais transpercé comme Adonis, déchiré par les chiens comme Actéon, et les restes de mon corps qui n'auraient pas été dévorés ou emportés dans les profondeurs de la forêt resteraient sur place à pourrir où je serais tombé, avant de se fondre à leur tour dans le monde physique. Qui savait de quoi était fait le sol que je foulais en cet instant même ? Peut-être ma colonne vertébrale disparaîtrait en rampant dans le sous-bois comme un serpent. Peut-être des abeilles naîtraient à l'intérieur de mon ventre, ainsi qu'il arrive dans les carcasses des taureaux sacrifiés. Nul ne pouvait empêcher la roue de tourner et la nature de reprendre son cours, mais au moins je n'aurais pas à vivre tout au long du cycle. J'avais gagné un peu de repos.

Je me rappelai avec dégoût la préciosité ridicule des gazons sculptés de Love Hall et m'étonnai de la futilité des efforts humains pour maîtriser la nature. Elle prenait ici sa revanche : les vignes grimpaient au petit bonheur et serpentaient sur le sol en vous piégeant à la première occasion, les arbres semblaient pousser dans toutes les directions sauf droit vers le ciel, en s'élevant d'un humus qui n'était que le fumier né de tout ce qui tombait des feuillages. Il n'y avait pas de place ici pour un arceau de croquet ou un pont ornemental. Une grille en fer forgé de vingt pieds de haut serait impuissante à tenir en respect ce monde luxuriant. Le seul moyen de s'en débarrasser serait de le tuer, de le couper à la hache et de le brûler. Et même alors, il reprendrait peu à peu le dessus.

Puis je m'étonnai de la futilité du traitement que les humains infligeaient à la nature *humaine*. Ils avaient d'abord essayé de me tuer, mais en vain. J'avais survécu, trop malin pour eux, aussi insidieux que le lierre. Après quoi ils m'avaient coupé et taillé exactement de la même façon. Ils m'avaient élagué et émondé. Maintenant, toutefois, je retournais à un état plus sauvage, même pour peu de temps. À cette pensée, je me sentis mieux à l'aise parmi les silhouettes de la forêt.

Tout se transformait de nouveau : le silex était Battus, lequel trahit Mercure, et le lézard en fuite était ce garçon qui se moqua de Cérès en train de boire. Le ruisseau était les larmes de Byblis pleurant son vain amour pour son frère. Le monde se dissipait autour de moi. Je me penchai pour cueillir la baie d'un buisson, mais j'en fus incapable. La manger aurait été un acte de cannibalisme.

Il faisait de plus en plus sombre. Je m'assis par terre. J'entendis Nyctiméné, changée en chouette pour ses noirs péchés, et les cris perçants d'Ascalaphus, qui trahit Proserpine mangeant sept graines de grenade aux enfers. Et qui mangeait-elle ainsi ? Je ne parvins pas à m'en souvenir. Et en quoi serais-je changé ? Toute métamorphose procède d'une justice poétique. Des herbes magiques changèrent en poisson Glaucus le pêcheur, et les Lyciens furent transformés en grenouilles pour ne pas avoir permis à Latone de se désaltérer. Peut-être deviendrais-je une hyène, une huître, un ver de terre. Il existait sûrement un sort qui me conviendrait. Une rose.

Je vis luire de petits yeux dans l'obscurité. Craignant d'être assailli dans mon sommeil, je grimpai dans un arbre. J'étais décidé à atteindre Salmacis, puisque telle serait ma dernière action, et je n'avais pas voyagé si loin pour ne pas être conscient de ma propre fin. En tâtonnant dans les ténèbres, je trouvai une branche où m'asseoir. Je songeai à Dolores. Me renversant en arrière, j'aperçus les étoiles – toujours les mêmes histoires mais écrites cette fois dans le ciel. Au cœur du silence nocturne, j'entendis le bruit de l'eau : un ruissellement, un bouillonnement. Le vent m'apportait son atmosphère impondérable. Lorsque la nuit se fit plus froide et que je me pelotonnai sur ma branche, le murmure de la source devint ma berceuse.

Quand je repris conscience, émergeant des histoires et des mythes s'entrelaçant dans mon esprit, le jour s'était levé. Je ne crois pas avoir vraiment dormi tant j'étais fatigué, sur le qui-vive, dans un état extrême d'inquiétude et de disponibilité.

Baissant les yeux sur une clairière, j'aperçus tout au fond ce que je savais être Salmacis, même si la source était en fait trop vaste pour apparaître tout entière – je n'avais pas imaginé que ses dimensions seraient si imposantes. Descendant de mon perchoir, je marchai dans sa direction. Elle m'apparut telle que je l'avais rêvée. À droite de l'étang, les arbres inclinaient leurs troncs tordus sur les eaux, mais le soleil éclairait la surface à l'endroit le plus profond et la faisait scintiller. À l'autre bout se dressait un amas rocheux, tandis que la rive dont j'approchais était couverte d'une herbe luxuriante. « J'ai trouvé un jour un ruisseau de cristal qui serpentait sur le sol et dont le reflet surpassait le clair reflet de l'herbe la plus claire. Près de la rive, je ne découvris point des joncs embrumés mais un gazon vivace dont le verdoiement était d'une splendeur sans égale… » Des roseaux poussaient sur le côté.

Je restai bouche bée dans mon émerveillement, tandis que je longeais la fontaine mythique, plongé dans mes pensées. Je me remémorais la préface de la paraphrase de Beaumont sur l'histoire de l'étrange envoûtement de la source :

J'espère avoir écrit mon Poème si plein de vie,
Qu'en le lisant vous deviendrez à moitié fille.

Le soleil illuminait mon rêve. Je ne pouvais en croire mes yeux, mais ceci était bel et bien Salmacis. On se serait cru dans le tableau, comme si le peintre était vraiment venu ici, avait vu ce paysage. J'y étais à mon tour.

Je m'assis sur l'herbe puis me couchai sur le dos, en laissant traîner mon pouce droit dans l'étang. L'eau était douce et fraîche.

Après avoir sillonné le monde à la recherche d'un coin où m'abriter, j'avais trouvé mon lieu de repos. Mon esprit me jouait des tours, comme la veille, et je m'imaginais que j'étais dans l'escalier de Love Hall, en train de regarder le tableau d'Hermaphrodite et Salmacis. Cependant, les deux personnages principaux manquaient. Je songeai à cette nuit, cela faisait tout juste cinq ans, où j'avais vu ou cru voir en rêve une silhouette nouvelle sur la toile. Un homme au costume fripé, allongé sur le côté de la source, plongeant sa main dans l'eau avec une tristesse indolente. À l'époque, je m'étais demandé : « Puis-je l'aider ? Peut-il m'aider ? » Maintenant je reconnaissais la question que je n'avais pas su poser : Pouvais-je m'aider moi-même ?

Du fond du tableau, je ne contemplais pas cet avatar inquiet de moi-même rêvant que la peinture s'était modifiée mais mon moi de sept ans, dans la robe de nuit en dentelle offerte par mon père pour mon anniversaire, observant la toile dans l'escalier. J'avais un tel air de jeunesse et d'indéfinissable perfection – je n'en savais pas encore assez pour redouter l'avenir ou découvrir les mots qui détruiraient mon bonheur.

J'étais dans ces deux lieux à la fois. Les deux extrémités du temps s'étaient rejointes et j'aurais pu, si j'en avais eu le courage, me faufiler à travers la toile, déchirer le voile et réintégrer mon corps de sept ans. On me donnait la chance de recommencer, de retourner dans mon Éden. J'attendais que Rose – Rose ! – tende la main, comme je savais qu'elle le ferait, et touche la surface du tableau : ce serait l'instant propice. Mais tandis que j'attendais, en contemplant mes jeunes yeux ensommeillés, je sentis la peur m'envahir.

Je ne voulais pas recommencer.

Tout se déroulerait exactement de la même façon, et je reviendrais ici une seconde fois, voire une troisième, si j'étais assez stupide, afin d'attendre comme maintenant l'instant où mon autre moi-même effleurerait la toile. Et ce serait de pire en pire, car j'aurais beau en savoir à chaque fois un peu plus long, je n'en serais pas moins incapable de changer mon destin. Peut-être choisirais-je de revenir en arrière, sans même avoir conscience de ma décision antérieure. Ou peut-être en aurais-je conscience, et ce serait encore plus horrible, car je me rendrais compte en un éclair, juste après avoir pris ma décision, que je refaisais par mégarde la même erreur. L'infini est terrifiant. Son abîme me donne la chair de poule.

Il y a une femme élégante (ce n'est pas moi) dans un casino. Elle joue. Elle ne cesse d'augmenter sa mise, sans jamais s'arrêter. Elle ne gagne pas, elle ne perd pas, elle se contente de miser. Des sommes de plus en plus élevées, jusqu'à dépasser l'infini. La roulette tourne pour toujours, prête à recevoir la boule, mais celle-ci n'est jamais autorisée à parcourir bruyamment ses cases rouges ou noires. Les dés ne sont jamais jetés. La troisième carte n'est jamais jouée. Cependant la femme annonce une mise, puis l'augmente, l'augmente encore, et encore. Elle a arrêté le temps.

Et maintenant, il est temps de jeter les dés – *rien ne va plus* !*

Dans l'escalier, Rose s'apprêtait à tendre une main impatiente. Je voyais ses yeux briller à cette idée. Couché sur l'herbe, je pouvais toucher réellement l'intérieur du tableau – non pas le derrière de la toile, mais le cœur même de la surface peinte. Ses doigts s'avancent vers les miens.

Je détourne les yeux.

Rêves, livres, chansons. La vie. Ma main, en s'enfonçant dans l'eau, m'avait ramené à la conscience. Je dérivais entre la veille et le rêve. J'étais si près. Je laissai sombrer plus profondément dans l'onde ma main, mon poignet, mon coude.

J'ouvris les yeux. Soleil. Mais un voile s'interposait entre moi et ce que je voyais, l'herbe, la source. Seul sous les cieux, en proie à la dérision et l'ignorance, un tableau suspendu au-dessus des marches. Peut-être n'étais-je plus dans l'escalier mais relégué dans le cagibi sous la bibliothèque, tourné contre le mur, remplacé par une œuvre davantage au goût des occupants actuels.

Je me regardai à travers le voile : mon teint pâle, la dureté imprégnant mes traits, mes sourcils épais qui avaient été jadis épilés et taillés avec tant de zèle. Je me déshabillai lentement, en observant mon corps : les poils qui s'étaient propagés comme une maladie de la peau, mes hanches informes semblant glissées par erreur sur mes jambes. Je me débarrassai en un seul mouvement de mon pantalon et de mes sandales. Voilà. Je sentis mon corps se glacer, quoique le vent ne fût nullement froid. Et je sentis des yeux fixés sur moi – ceux de la forêt, ceux de la nymphe Salmacis. Quand bien même elle aurait existé, elle ne me regarderait pas en pensant : « Beau garçon, êtes-vous un dieu ? Vous le mériteriez, si vous ne l'êtes pas. » Plus personne ne viendrait me sauver, désormais. Ni ma famille, ni mon rêve, ni la vision d'une mère défunte, ni même ma foi en moi-même, car je ne savais pas qui j'étais. J'étais nu devant Dieu, et Dieu se moquait de moi. Autrefois, j'avais cru que je pourrais abattre les portes du paradis, souffler dans ma trompette jusqu'à ce que les murailles s'effondrent et que je Le découvre tremblant devant moi. Je comprenais maintenant que la révélation n'était que Sa dernière dérision à mon adresse et que ce savoir était notre récompense ultime.

Et les mises ne cessaient d'augmenter. Faites vos jeux, mesdames et messieurs. Dix couronnes. Vingt couronnes. Cent couronnes. Est-elle tombée, ou a-t-il été poussé ? Deux cents couronnes. Et que le diable vous emporte tous. Cinq cents couronnes. Jusqu'où pouvons-nous aller ? Toujours plus fort.

À travers le voile, j'aperçus mon reflet dans l'onde et fus surpris par un phénomène inattendu. Sur l'eau, dans l'eau – peut-être était-ce le mouvement du vent –, mon aspect était plus libre et élégant. J'apparaissais plus doux, plus bronzé, en meilleure santé. Mes cheveux brillaient dans la lumière. Je vis la forme de mes seins nus. En admirant ces boucles gracieuses et ces lignes voluptueuses, la courbe harmonieuse où convergeaient mes hanches et le haut de mes jambes, je me sentis plus proche de Narcisse et me penchai pour me toucher moi-même à la surface de l'eau et voir si je pourrais m'effleurer, ne serait-ce que l'espace d'un instant, sans détruire mon reflet. Mais au premier contact, il se dissipa. Je fus assez bête pour le chercher encore un moment, au cas où il serait plus profond, plus permanent que cette mince pellicule liquide. Puis je me rendis compte que cette tentative était vouée à l'échec. Je n'avais d'autre choix que d'attendre que l'onde se calme.

Silence. Du calme. Vent, arrête-toi. Arbres, de grâce, retenez vos feuilles rien qu'un instant. Grenouilles et lézards, ne troublez pas ce cristal, posez-vous ailleurs. Doucement. Plus doucement. Je m'étais efforcé avec tant d'obstination de ne pas prêter attention à mon corps, alors que je traînais ma carcasse jusqu'à Bodrum. J'ignorais ses avertissements grossiers et réprimais tous ses désirs fastidieux. Je n'avais pas besoin de m'infliger moi-même l'évidence risible de mon échec. Seule Franny avait ôté mon masque, et cela ne m'avait mené qu'à une nouvelle défaite et à un retour au travestissement. J'étais incapable d'être ce que mon corps me prescrivait.

Tandis que l'onde s'apaisait, je compris que la cage où je vivais n'était pas mon corps. J'avais heurté mon gobelet contre les barreaux, mais ces barreaux n'étaient pas mes os. Mon être réel était ce que je voyais dans l'eau, et je ne pouvais lui échapper. Mon seul espoir de salut était de m'enfuir en un lieu où je serais libre de faire mes propres choix, ainsi que Mary l'avait écrit.

À cet instant, je sus que j'étais au bout du chemin.

Vous êtes-vous jamais trouvé en bas d'une route dont vous ne voyez pas la fin ? Avez-vous jamais été hanté par une pensée que vous ne pouvez chasser de votre esprit ? J'en étais là. Je ne pouvais m'arrêter de chanter le même air dans ma tête, encore et encore. Je ne parvenais pas à le remplacer par un autre. Il fallait que les mises arrivent à leur terme, de même que les animaux et les humains peuplant le monde de leurs métamorphoses incessantes. La voix dans ma tête était maintenant celle de mon reflet, m'invitant à me rapprocher. Lui comme moi, nous étions perdus. Et je savais qu'il fallait en finir, que le seul chemin s'ouvrant devant moi était l'étang. C'est ainsi que je me glissai dans l'onde, sans projet d'aucune sorte, désireux simplement d'arrêter.

L'eau était froide.

J'avais toujours supposé que je serais Hermaphrodite, mais je me trompais. La situation s'était renversée : j'étais Salmacis. C'était moi qui brûlais d'amour et désirais m'unir à jamais à l'objet de ma tendresse. Cependant je n'attendais aucun miracle, n'espérais pas voir « la douceur d'une jeune fille s'emparer de mes membres ». Je pensais et voulais uniquement me noyer, suffoquer dans l'eau, perdre conscience au plus profond de l'étang ou cogner ma tête contre un rocher et perdre juste assez de sang pour rester là, dans mon tableau, plongé dans un rêve merveilleux où il serait impossible d'aller plus loin, où les mises diminueraient et, ne pouvant devenir négatives, seraient contraintes de s'arrêter à zéro, si bien que je mourrais enfin, arrivé au point final. La boule, cessant de rouler, s'immobiliserait non pas sur le rouge ou le noir, mais sur le vert du zéro. Je flotterais les bras en croix, formant un angle parfait de quatre-vingt-dix degrés avec mon corps, dont aucune partie ne s'enfoncerait sous la surface et qui ne serait pas laid et difforme, comme la réalité, mais d'une splendeur virginale. Et je n'espérais rien de plus, sachant que la seule part consciente de ce scénario serait aisée à réaliser.

Mon corps était maintenant entièrement submergé, ma bouche se trouvait juste au niveau de l'eau. Il aurait été plus facile de nager que de marcher, mais ma jambe droite était bloquée par quelques roseaux opiniâtres poussant au fond de l'étang. Malgré mes coups de pied, ils s'accrochaient de plus belle au lieu de lâcher prise. Dans mes efforts pour me dégager, je laissai entrer de l'eau simultanément dans ma bouche et mon nez et me mis à suffoquer. Cela n'avait rien d'admirable. J'essayais de tirer sur ce qui retenait ma jambe prisonnière, mais j'étouffais en même temps. Ma bouche tentait désespérément d'aspirer autre chose que l'eau qu'elle avalait avec affolement, laquelle prenait le mauvais passage et ressortait par mon nez, qui à son tour s'efforçait d'inhaler un peu d'air.

Je me rappelle avoir songé que ce devait être mon instinct de survie, et m'être senti surpris d'en avoir un. Je me rappelle avoir pensé ensuite que cet instinct était inutile, car les roseaux étaient plus forts que moi. Mais soudain, quelque chose se déracina, m'entraîna et me fit sombrer. J'essayai de respirer mais ne réussis qu'à avaler encore plus d'eau. C'est alors que je me dis : « Je me noie. Je suis en train de me noyer. L'instant est venu. »

Je fus aussitôt empêtré par de nouveaux roseaux enchevêtrés, à moins qu'une sorte de pieuvre d'eau douce ne m'eût pris au piège. À travers le bouillonnement de cette lutte tumultueuse, je vis flotter une traînée écarlate et me rendis compte que j'avais dû me couper sérieusement – au pied, peut-être ? Il faisait si froid que je ne sentais rien.

Ma tête émergea un instant au-dessus de l'eau et j'entendis une voix.

Une voix. Écho. Ce n'était pas moi.

La voix de quelqu'un d'autre, semblant essayer de m'éveiller d'un songe. Un songe très réaliste. Étais-je simplement en train de rêver ?

Non, je ne rêvais pas. J'étais en train de me noyer. Je m'attendais presque à voir défiler devant mes yeux le panorama complet du moindre incident oublié de mon passé, tous les moments de ma vie se succédant en marche rétrograde de façon que je puisse déterminer si j'avais eu tort ou raison, si je m'étais montré bon ou méchant. Au lieu de quoi, je me mis à glisser sur la mousse tapissant le fond. Moi qui essayais de mourir, mon but se rapprochait. Je saignais abondamment, je suffoquais. Je me noyais sans même pouvoir passer ma vie en revue pour me divertir à l'instant fatal. Plus rien ne pourrait m'arrêter, désormais.

— Rose ! Rose !

Une voix de fille.

Franny ! C'était Franny !

Elle n'avait pas tenu parole. Elle était venue me chercher.

Un brusque déferlement d'eau sur ma droite m'arracha aux griffes du monstre marin et me souleva. Je sentis Franny près de moi. Je crus d'abord qu'elle tentait de me tirer à la surface, mais il devint évident qu'elle me faisait sombrer. Soudain, je pris conscience que c'était moi qui l'entraînais sous l'onde. J'allais disparaître, et elle m'accompagnerait.

En crachant de l'eau, je m'accrochai à elle de toutes mes forces. Je fermai les yeux en concentrant mon énergie dans mes jambes et mes bras serrés autour de son corps. Elle était beaucoup plus forte qu'elle ne paraissait. Elle se dégagea un instant de mon étreinte et je l'entendis hurler, mais il semblait que sa voix vînt de plus loin, par une illusion due à l'onde qui se troublait et nous environnait d'un voile brun tandis que notre lutte agitait le lit inviolé de Salmacis. J'avais du sable dans les yeux, de l'eau, peut-être aussi du sang, et tout était indistinct de sorte que je me démenai à l'aveuglette jusqu'au moment où je la tins à nouveau prisonnière. Je l'enserrai dans mon corps tout entier, comme une sèche capturant sa proie au fond de l'océan. Je m'agrippais à elle, comme si nous ne faisions déjà plus qu'un.

— Dieux ! criai-je en la poussant sous la surface.

Ma voix à moitié suffoquée par l'eau redevint claire un bref instant tandis que j'aspirais un peu d'air, les yeux irrités par le sable.

— Dieux ! Faites qu'aucun jour jamais ne nous voie séparés !

Et les dieux entendirent ma prière. Le Dieu unique s'était moqué de moi, mais ceux du monde antique, les dieux de mes livres, comprirent la souffrance de ma vie et mon besoin d'un changement radical. Ils eurent pitié de moi. Pour me récompenser, ils m'accordèrent un vœu.

— Puissions-nous ne faire qu'un pour l'éternité !

Nous étions une mêlée de membres se débattant, un enchevêtrement de bras et de jambes liés et pris au piège par leurs vêtements, par les roseaux et par la volonté des dieux. Je ne savais plus où elle commençait et où je finissais. Je ne pouvais plus me détacher.

C'est alors que c'est arrivé.

Son sang se mit à couler directement dans mes veines. Je sentis son souffle insuffler de l'air dans mes poumons tandis que je l'attirais vers moi et tentais de l'embrasser afin que nos esprits puissent circuler librement entre nous. Avec une douleur exquise, nos corps étaient en train de se confondre, et de ce corps unique surgissaient une seule paire de jambes et une seule paire de bras. Je l'enveloppais étroitement car je ne voulais ni ne pouvais la lâcher désormais. Il n'était plus question pour moi de lâcher prise. Il n'était plus question que de *nous*. Je ne me souciais plus d'aucune identité, ni de la mienne ni de la sienne, seul m'importait ce que nous pourrions maintenant devenir. Nous ne devenions ni un garçon ni une fille. On ne pouvait nous considérer comme homme ou femme – ni l'un ni l'autre et les deux à la fois : *Neutrumque et utrumque videntur.*

Sachant qu'aucune métamorphose ne peut être arrêtée à mi-parcours, je commençai à m'abandonner à la puissance du miracle, à laisser nos corps m'entraîner à leur guise, à permettre à nos fluides de se mêler. Je laissai mon esprit – nous était-il déjà commun ? j'étais trop heureux d'abdiquer – *notre* esprit partir à la dérive et j'entendis, ah ! la boule se poser douillettement sur le zéro et je vis les dés heurter le bord du tapis vert, rebondir et s'entrechoquer en un instant fascinant avant de s'immobiliser sur deux chiffres quelconques et d'une profonde insignifiance.

Alea jacta est. Il n'y aurait plus de mises à l'avenir et le casino était fermé, pour toujours. Je la respirai par tous les pores de ma peau et exhalai afin que mon souffle l'imprègne tout entière, bien que j'eusse depuis longtemps relâché mon effort. J'étais certainement à bout de force. Je défaillais – nous défaillions.

Et j'étais heureux. Pour la première fois dans ma vie d'adulte, j'éprouvais du bonheur. Je serais mort sans regret en cet instant, satisfait que l'histoire se termine ainsi.

Puis Franny me parla, de l'extérieur et non à l'intérieur de ma tête, avec notre bouche ou cette autre bouche dont les appels semblaient lointains.

Je m'attendais à l'entendre jeter un sort éternel sur l'étang : « Que tous ceux qui viendront se rafraîchir dans ces ondes argentées perdent à jamais leur forme masculine pour ressortir changés à moitié en vierge. »

Mais elle n'en avait pas besoin. À la place, elle hurla :

— Rose ! Rose ?

Mais sa voix était plus grave.

Je n'avais plus de voix. Si j'ouvrais ma bouche, aucun son n'en sortirait. Avais-je encore une bouche ? Notre voix était à elle. J'étais encore maître de mon esprit, puisque je *pensais*, mais manifestement elle seule avait le pouvoir de parler. Sa voix était devenue comme la mienne – plus grave, en fait. Je me renversai sur le dos et flottai sur l'eau, impatient d'entendre de nouveau notre voix. Je me demandais ce qu'elle dirait.

— Rose ! Rose ! Jésus ! Rose... c'est moi ! lança la nouvelle voix grave de Franny, hors d'haleine.

Des mains m'entraînèrent à travers les eaux. Je savais que ce n'était pas une hallucination, car la voix semblait appartenir à quelqu'un d'autre. Je fus tiré jusqu'à la rive, étendu sur l'herbe, exactement comme en ce jour lointain où j'étais tombé dans la rivière. Une couverture rêche recouvrit ma poitrine palpitante, tandis que j'essayais de recracher l'eau de Salmacis qui remplissait mes poumons.

— Il va bien ? entendis-je Franny demander d'un ton pressant, avec sa voix normale.

— Vite, répondit sa nouvelle voix, encore haletante. Connaissez-vous le bouche-à-bouche ?

— Non.

— Laissez-moi faire.

Ce n'était plus la nouvelle voix de Franny que j'entendais, mais une autre. Une voix qui m'était familière. Je paniquais car je n'arrivais pas à vider mes poumons. Je sentis mes yeux se révulser sous mes paupières. Cette fois, j'avais vraiment l'impression que ma vie commençait à défiler en un éclair devant moi. Des mains se mirent à pousser sur ma poitrine et je crachotai. Une bouche se pressa sur la mienne – ce n'était pas celle de Franny. Cette bouche m'était absolument étrangère. Elle essayait de respirer à ma place. Et je me surpris à réagir en me mettant à cracher de l'eau.

La première chose que je vis, ce fut Stephen Hamilton, sa bouche juste au-dessus de mon visage, ses cheveux humides plaqués sur son front. Il prit une énorme inspiration avant de presser de nouveau sur mes lèvres sa bouche ruisselante. J'aperçus Franny debout à côté de lui. Je voulus appeler Stephen par son nom, mais j'en étais aussi incapable que de le faire cesser. Je restai donc allongé sur l'herbe et le laissai insuffler de l'air dans ma bouche ouverte. Puis je fus pris d'un haut-le-cœur, mon dos se cambra et je me retrouvai assis, mon regard fixé sur lui, en proie à des sanglots convulsifs. Je ne pouvais plus m'arrêter de tousser.

— Rose ! Rose !

Stephen leva les yeux vers Franny et me prit dans ses bras. Je toussais toujours, mais il caressa mes cheveux et m'attira vers lui. Il m'étreignit.

— Rose... reviens... reviens...

Je sentis que je m'effondrais contre son corps, jusqu'au moment où je ne fus plus soutenu que par lui. J'étais inerte et impuissant entre ses bras.

Stephen Hamilton, aussi vrai que je vivais et respirais. Deux gestes d'amour, et tout avait changé.

Le trajet du retour fut nettement moins indolent que mon voyage vers Salmacis. Notre voiture cheminait aussi vite que possible. Je m'appuyais de tout mon poids contre Stephen. Nous n'échangeâmes que quelques mots.

La nature m'apparut entièrement naturelle. Je la contemplais avec des yeux fatigués et j'étais reconnaissant de n'avoir guère à penser ou à dire. Des arbres, des chèvres, des broussailles, quelques fleurs. Les mythes avaient disparu. Ils étaient retournés dans les pages du livre où ils demeureraient, peut-être, à jamais. Le livre lui-même, sauf quelques pages manquantes, avait été récupéré par Franny au milieu de mes vêtements et séchait maintenant à l'arrière du véhicule.

Mes deux compagnons conversaient de temps à autre, mais je n'essayais pas de les écouter. Stephen était venu me sauver. Pendant que nous roulions, il me tenait enlacé et je me sentais incroyablement en sécurité. Je dormis et, pour la première fois depuis ma fuite, rêvai de Love Hall.

Quand nous arrivâmes enfin à la maison, j'étais aussi baveux qu'un bébé. J'étais trop épuisé pour m'éveiller vraiment, bien qu'assez conscient pour les entendre parler, pour sentir que Stephen m'emportait dans ses bras et montait l'escalier menant à ma chambre. Mes vêtements avaient séché au soleil, mais j'étais encore enveloppé dans une vaste couverture qui me servit de drap. Je perçus encore des murmures, la voix d'Owen Cooper. Des draps et des couvertures supplémentaires firent leur apparition. Stephen s'installa par terre, sur des coussins. Ma dernière sensation fut celle de ses lèvres sur mon front.

Je me réveillai dans ma chambre familière, chez les Cooper, mais la lumière avait changé. Stephen et Franny m'attendaient. Je me sentais aussi radieux que le jour. Franny vint s'asseoir sur le lit, à côté de moi.

— J'ai bien fait, n'est-ce pas ?

— Merci, répondis-je. Oui, Franny, mille fois oui.

Stephen nous interrompit.

— Tu es resté assez longtemps ici. Il est temps de rentrer, Rose.

— Rentrer ? Pour aller où ?

— Nous sommes à Londres, maintenant. Ta mère, ma famille – Victoria Rakeleigh nous a accueillis dans sa maison. Ils ont été très gentils. Ta place est là-bas, avec nous.

Je le regardai sans rien dire, m'imprégnant de ses propos. Ni lui ni moi ne pouvions rompre ce silence.

— Allez-y, Rose, dit Franny. Recommencez votre vie.

— Sans mensonges, dis-je presque pour moi-même.

— Oui, Rose. Nous sommes au courant, maintenant. Sans mensonges.

Stephen avait parlé sur le ton sérieux qu'il réservait aux discussions techniques sur le cricket.

— Nous voulons que tu agisses à ta guise, ajouta-t-il. Il est temps que tu choisisses toi-même ta voie.

Je me mis à pleurer. C'était plus fort que moi. J'avais refoulé tant de larmes au cours des années.

— Tu ne savais rien, reprit Stephen. Puis les Osbern t'ont forcé à porter ces vêtements. Cela t'a rendu si malheureux.

La simplicité délicieuse de ce résumé me fit rire au milieu de mes larmes, ce qui eut pour effet de redoubler mes sanglots, accompagnés maintenant de hoquets poussifs. Mon nez se mit à couler et je ris de plus belle.

— Nous n'avons plus peur de Love Hall. Nous avons trouvé un autre endroit qui nous offre la sécurité et le bonheur. Tu pourras y vivre à ton aise, avec ta mère, Sarah, mes parents. C'est là qu'est ta famille, à présent.

J'avais les yeux brûlants.

— Rose, j'ai encore autre chose à te dire.

Comme j'étais incapable de parler, je me contentai de le regarder d'un air interrogateur.

— Ta mère m'a demandé de te donner ceci. Je dois te le remettre, rien de plus. C'est à toi de décider si tu veux en savoir plus long.

Il saisit sur la table une chemise en carton fermée par un ruban, dont il sortit une feuille de papier. C'était l'un des recueils de ballades que nous avions remis en état et classés dans la bibliothèque, il y avait une éternité. Que pouvait donc m'apprendre une chanson ?

— Rose, dit-il. Jette un coup d'œil, s'il te plaît.

Son doigt était pointé sur la date de publication. C'était l'année suivant ma naissance.

— Et alors ?

— Regarde l'illustration.

J'avais envie de lui rappeler que les illustrations n'avaient jamais rien à voir avec le texte, mais je préférai lui faire plaisir. J'observai pour la première fois cette feuille. Le médaillon au sommet annonçait simplement :

LA ROSE ET L'ÉGLANTIER
ou
LE BÉBÉ ABANDONNÉ SAUVÉ DES CHIENS
Une excellente ballade sur un joyeux air d'autrefois appelé
« La Vieille L'a Envoyée au Meunier, Sa Fille »
Chez l'éditeur de
« La Dernière Confession de James Riley, Voleur de Grands Chemins »

Sous le médaillon, avant la ballade proprement dite, se trouvait une gravure sur bois relativement bien faite. Elle représentait une voiture devant un château, avec des détails qui m'échappaient. Je l'étudiai de plus près, tandis que Stephen guettait ma réaction.

— Que dis-tu du titre ? demanda-t-il.

— Simple coïncidence, répliquai-je.

— Impossible. La rose et l'églantier…

— On les retrouve dans bien d'autres chansons. Et s'il ne s'agit pas d'une coïncidence, quelqu'un a voulu s'amuser. C'est un faux.

— Regardez l'illustration, dit Franny pour me convaincre.

Son intervention était inutile. Je la regardais maintenant avec toute l'attention dont j'étais capable.

Une lourde voiture aux roues démesurées était arrêtée devant un énorme tas d'ordures, sur lequel se trouvait une chienne au strabisme prononcé. Elle tenait dans sa gueule un bébé emmailloté dans des langes et versant des larmes abondantes, qui ruisselaient sur son visage en remontant parfois vers le haut au mépris de la force de gravité. On voyait sortir de la fenêtre de la voiture une main gantée, émergeant d'une manchette de dentelle et appartenant à un personnage remarquable par sa barbe et sa moustache fringantes. La main faisait un signe au cocher, lequel descendait de son siège pour aller chercher le bébé. Sur une colline, à l'arrière-plan, se dressait une immense demeure qui me parut ressembler plutôt au château de Windsor. Une femme très grande, aussi haute qu'une tourelle, arpentait les remparts.

— Eh bien ? dit Stephen.

— Chut !

Sous cette gravure aux détails d'une précision insolite, on trouvait les informations suivantes :

Geo. Bellman, Imprimeur, 206 Brick Lane,
Whitechapel
Pharaoh, Compositeur de Ballades,
38 Ironmonger Row, Borough

Après quoi, il n'y avait plus que la ballade elle-même. Je levai les yeux vers Stephen et lui souris. Puis je commençai à lire.

Errant à l'aventure et décidé à jouer
D'un pas fort allègre j'allai dans un cabaret
À la Fin du Monde près d'une livre je dépensai
Jusqu'au moment où je fus ivre tout à fait.

Je m'assis pour dormir une heure à peu de frais
Et fis alors un rêve digne d'être conté
Avant qu'un coup dans mes côtes m'eût réveillé
Et que le tenancier se fût mis à hurler

Je sortis sur-le-champ, et voulant me cacher
Sur un tas de déchets tentai de me reposer
Quand au sommet du tertre je vis une chienne blanche
Qui donnait à téter à un petit enfant

« Salut et bonjour », me hasardai-je à dire
Mais la chienne gronda à l'adresse du poltron
« Je ne parle pas à un miséreux comme toi
Qui n'as pour toute fortune qu'une chanson »

J'ai vu un spectre s'envoler sur les ailes de la nuit
Et un mort revenir des horreurs de la guerre
J'ai ouï dire qu'une reine enfanta treize fois
Mais jamais je n'avais entendu parler un canidé

Je restai à distance tandis que la chienne disait
« Je donnerai ce bébé à qui bon me semble
Je suis sa gardienne et j'attendrai qu'apparaisse
Un seigneur menant une vie d'opulence

« Son sort est entre mes pattes, et toi tu n'es rien
Pour cet enfant abandonné de père et mère
Entends-le pleurer doucement en cherchant le sommeil
Nous attendrons patiemment qu'un autre survienne »

Ainsi nous attendîmes sur cet humble domaine
Jusqu'au moment d'entendre arriver des lointains
Une voiture qui s'arrêta aussi net qu'un coup de hache
Sans autre secours que Sa Divine Assistance

Et la chienne aboya fidèle à sa promesse
Si fort que le Seigneur entendit cette bête sauvage
Et la fit taire en lui offrant une côtelette
Qu'elle accepta en échange de l'enfant

Et dans la voiture le nourrisson fut placé
Et que personne ne me traite de menteur
Mais les armes de cet être béni par la fortune
Représentaient la Rose et l'Églantier

Ils repartirent en hâte emmenant le bébé
Oui, la voiture fila comme feuille volante
Et les armes de cet être béni par la fortune
Étaient la Jolie Rose Rouge et l'Églantier

Et la bête rentra à son tour, son devoir accompli
Cette chienne qui aimait enfants trouvés et orphelins
Puisse notre pays prendre soin des pauvres aussi bien
Comme le Roi dans la cité de Londres

Bonne chance à cet enfant né à moitié sauvage
Et pardonnez mon effronterie triviale
Peut-être êtes-vous né vous aussi pour l'obscurité
Ou peut-être serez-vous le Roi de ce Pays

Et quand vous régnerez, veuillez vous souvenir
Des cruels débuts que vous imposa la nature
Et pensez à la chienne sur le tertre désolé
Et pardonnez de grâce aux chanteurs leurs chansons
Et pardonnez de grâce aux chanteurs leurs péchés.

Quand j'eus fini, je regardai Stephen. Assis au bout du lit, il tenait la main de Franny. Tous deux se complétaient à la perfection. Je leur souris à travers mes larmes.

— Un faux ? demanda Stephen.

— Je ne sais pas, répondis-je.

— Une coïncidence, Rose ?

— Je ne sais pas.

— Bon, et ensuite ? Nous avons des noms et des adresses.

— Ils auront disparu depuis longtemps.

— Alors, que décidons-nous ?

— Nous rentrons, Stephen. Nous rentrons.

Ils disposèrent côte à côte le costume masculin et cette robe rouge que Franny m'avait enviée comme je l'avais enviée à Prudence. Puis ils sortirent de la pièce. C'était à moi de choisir.

V

*VOILÀ**

1

Notre voiture entra dans Londres dix-neuf mois après ma fuite et s'arrêta devant la maison où Victoria Rakeleigh abritait les autres réfugiés de Love Hall. Ne disposant d'aucun recours légal pour réparer le tort qu'on nous avait fait, les Rakeleigh avaient résolu de nous apporter eux-mêmes toute l'aide dont ils étaient capables, notamment en nous offrant un refuge dans notre exil. Ils firent le vœu de ne jamais remettre les pieds à Love Hall tant que ce ne serait pas moi – ou mon représentant – qui leur ouvrirais la porte. La façade du 24 Bewl Square était d'une parfaite élégance, mais Stephen m'avertit que je trouverais l'intérieur étroit et baignant dans l'atmosphère confinée de l'hibernation. Même les sons étaient différents, figés sur place, ne pouvant trouver des voûtes d'où résonner en tous sens.

En descendant de la voiture et en m'apercevant dans la glace, je me sentis moitié Lazare moitié Fille prodigue. La dernière fois qu'ils m'avaient vu, j'étais engoncé dans une veste tachée, incapable de m'exprimer avec aisance dans ma propre langue à force d'adopter une voix qui n'était pas la mienne. Sarah n'avait pu prononcer un mot. Je me demandais ce qu'elle penserait de moi, maintenant. Je savais que j'avais changé à mon avantage. Quelque chose s'était produit au bord de la source, mais cette métamorphose n'avait rien à voir avec mon corps.

Face à mon reflet, je léchai mes doigts et tirai sur les bouts effilés de ma moustache en les lissant et tortillant de mon mieux. J'avais soigneusement rasé le milieu afin de dégager la fente entre ma lèvre et mon nez, et je compensais cette absence au-dessus de ma bouche en laissant pousser un pouce carré de barbe au-dessous. Je n'avais cessé d'élaborer des variations sur ce thème au cours de mon voyage vers l'Angleterre. Stephen avait observé avec stupeur les avatars successifs de ma moustache, plus bizarres les uns que les autres, mais s'était abstenu de tout commentaire ou critique. C'étaient des essais, et j'étais désormais mon propre sujet d'expérience. Les moustaches scandèrent ensuite les divers épisodes de mon existence, mais celle de cette période brillait par son élégance nonchalante, surtout associée à ma robe.

J'avais fait mon choix. Je ne portais pas la robe rouge de Prudence, cependant. Cette toilette qui m'était si chère aurait besoin de soins affectueux avant de retrouver sa splendeur originelle. Durant notre récente étape à Paris, nous avions couru les magasins – une nouveauté pour moi – afin de me constituer une garde-robe flambant neuve. J'avais dû si longtemps me contraindre ! À Paris, je découvris les modes de demain dans les tissus les plus séduisants qu'on pût imaginer, et je me fis plaisir.

Je m'immobilisai sur les marches, vêtu de ma tenue favorite pour le matin, une élégante robe de soie *caméléon* vert réséda sous un mantelet de tarlatane orné de rubans d'un vert plus foncé. Je fermai les yeux et serrai mes mains dans mon manchon, comme une *ingénue** avant sa première saison. Stephen m'enlaça tout en ouvrant la porte.

— Rose est de retour, annonça-t-il.

Je rouvris les yeux et les découvris alignés devant moi. Personne n'eut un hoquet de surprise, personne ne détourna la tête. J'étais de retour. Ma mère et Hood se tenaient sur ma gauche, Hamilton et Angelica sur ma droite. Au centre, Victoria me souhaita la bienvenue dans sa maison. Elle avait perdu depuis longtemps la féminité de son enfance, qui avait cédé la place à des cheveux très courts, des yeux fatigués et une sorte d'uniforme bleu. Si j'avais été ailleurs, j'aurais eu peine à la reconnaître. Seule Sarah manquait à l'appel.

Ma mère courut vers moi et me prit dans ses bras. Tous l'imitèrent, même Hood. J'avais eu l'intention de faire une révérence, mais je fus emporté par ce tourbillon.

— Rose ! s'écria une voix entrecoupée de sanglots.

Je voulais les rassurer, leur dire que tout allait bien, expliquer tout ce que j'avais fini par comprendre et qui m'avait aidé, esquisser les grandes lignes d'une vie où je pourrais encore m'améliorer. Mais à quoi servent les mots quand on est hors d'état de parler ? Ma mère et moi étions en larmes. Tandis qu'elle me serrait contre elle, j'écartai ses cheveux de mon visage afin de voir les autres : Hood, s'inclinant avec toute la correction dont il était capable ; Victoria, qui avait sauvé toute la portée et recueillait maintenant un nouveau chien errant ; Mr et Mrs Hamilton, toujours semblables à eux-mêmes. Et Stephen – mais pas Sarah.

Je me laissai conduire dans la salle à manger, où la table était mise. On servit immédiatement un déjeuner préparé par une cuisinière qui avait manifestement accès aux spécialités des livres de recettes de Love Hall. En apercevant une chaise vide devant un couvert, je me pris à espérer que Sarah allait surgir de la cuisine, souriante. Mais non. Son père m'expliqua qu'elle se trouvait encore au loin, dans son école, et qu'elle ne reviendrait que dans plusieurs semaines. On prévoyait toujours un couvert supplémentaire au cas où Robert, le frère de Victoria, arriverait à l'improviste. Je dissimulai ma déception derrière un sourire.

Le déjeuner fut paisible. L'« épigramme de bœuf », l'un des plats favoris de mon père, exprimait mieux que n'importe quel discours les liens qui nous unissaient.

Au début, nos échanges se réduisirent à des regards et des sourires, mais le vin délia nos langues.

Une démocratie nouvelle était de mise au Vingt-Quatre, comme nous appelions toujours la maison. Nous mangions tous à la même table. Ici aussi, Hood avait dû s'adapter. Il avait beaucoup vieilli, en dix-neuf mois, et les changements l'avaient marqué plus que quiconque. Dans son désarroi, il s'était mis à appeler ma mère Anonyma. Il lui arrivait même, quand il s'oubliait particulièrement, de l'appeler Dolores. Après mon retour, il s'adressa toujours à moi en disant « votre seigneurie » et en s'inclinant si bas qu'il lui fallait de plus en plus de temps pour se redresser ensuite.

Telle était notre tablée – des fugitifs, des exilés. Des résistants.

Pendant la première semaine, la prudence fut de mise dans le choix des mots comme dans l'expression des sentiments. Ils me demandèrent non sans hésitation de leur raconter mes voyages. Stephen se chargea de nous gouverner avec tact entre Charybde et Scylla, en attendant que je fusse capable de prendre moi-même la barre. (Je me réjouissais à l'idée d'être un livre ouvert – c'était ma nouvelle philosophie –, mais j'ignorais encore ce qu'ils étaient prêts à lire.) Malgré les défaillances occasionnelles de Hood, l'étiquette de Love Hall était à peu près respectée. Cependant, une fois surmontées nos timidités respectives, nous adoptâmes des habitudes plus pragmatiques.

J'avais passé trop de temps au milieu d'étrangers dont le moindre regard était aussi scrutateur que désobligeant. Leur curiosité était si indiscrète que je brûlais d'envie de les prendre sur le fait, ce qui me rendait encore plus contraint en société. Au Vingt-Quatre, si jamais on me regardait, c'était avec affection. J'appris à rire de nouveau, à rester tranquillement assis à lire. Au bout de quelques jours, je me rendis compte que je n'étais plus nécessairement le seul centre d'intérêt, malgré la joie de chacun à me voir rentré sain et sauf. La vie retrouva bientôt un rythme agréable. Moins je provoquais l'étonnement, plus j'étais heureux. Nous étions tous en convalescence. Eux se remettaient du drame de Love Hall, de ma disparition et de mon retour, et moi de mon odyssée. De mon Ovidyssée, comme aurait dit mon père.

Avec le temps, au cours de bien des repas au menu familier, je leur parlai de la Turquie, de Salmacis, du Mausolée, des Cooper et de Franny. Toutefois, je restai dans le vague quant aux circonstances qui m'avaient amené à Bodrum, me contentant de donner des indications sommaires et de mentionner mon voyage en mer. Je les aurais blessés en leur évoquant avec trop de franchise cette année manquante. (Avec vous aussi, je suis resté discret.) Je savais que Mère aurait interprété mon comportement comme un acte d'accusation, et je ne voulais surtout pas perpétuer nos souffrances. J'avais été responsable de mes propres actes. J'accueillais avec reconnaissance tout ce qui se présentait à moi. De toute façon, ces drames paraissaient si loin désormais. Je ne leur racontai donc que ce que je voulais qu'ils sachent. De leur côté, ils me parlèrent des joies paisibles qu'ils avaient trouvées dans ce quartier raffiné de Londres, dans cette maison silencieuse à la beauté régulière et aux fenêtres s'ouvrant sur des jardins.

Une seule chose me tourmentait : le facteur manquant dans l'équation du Vingt-Quatre. J'aspirais plus que tout au retour de Sarah, afin de voir si nous pourrions ranimer notre ancienne amitié. Les souvenirs me menaçaient comme une hache prête à s'abattre sur mon cou. J'y consens, disais-je à mon bourreau, pourvu que je puisse parler rien qu'une fois encore à Sarah. Stephen et moi nous entendions à merveille, et il se montrait un protecteur fougueux. Il s'était habitué à ce rôle durant notre voyage de retour, bondissant devant moi, les manches retroussées, et exigeant les excuses de ceux qui ne pouvaient tenir leur langue. Maintenant j'avais besoin moi aussi de quelqu'un à protéger, afin de faire contrepoids à Stephen. Je n'en pouvais plus d'être la plus impuissante des créatures, le bout de la ligne, la dernière halte avant la mer. Seule Sarah pouvait nous rendre un équilibre. J'avais besoin de son attraction, de sa force de gravité.

Ma mère vivait avec ses livres, comme toujours. Elle paraissait plus vieille dans sa nouvelle bibliothèque, une pièce carrée au premier étage où les volumes étaient trop peu nombreux pour recouvrir les murs. Son bonheur devant mon retour semblait quelque peu tempéré par des blessures mal cicatrisées. Je me demandais si elle ne regrettait pas pour moi que j'eusse survécu, tant elle s'inquiétait à l'idée que le monde ne pourrait que me trahir et m'empêcher de nouveau de vivre à ma guise. Elle n'appréciait pas encore pleinement mon assurance toute fraîche, et ne se montrait pas aussi heureuse qu'elle aurait dû de me voir relativement à mon aise. J'avouerai même qu'il m'arrivait de penser qu'une voix au fond de son âme chuchotait en secret que c'était moi qui l'avais trahie. Mais nous n'en parlions pas. Plus que jamais, elle se consacrait tout entière à son travail. Il était convenu qu'elle soutiendrait mes choix quels qu'ils fussent. Le passé était mort et enterré, mais il était toujours aisé de repousser la terre qui le recouvrait – et nous n'étions pas encore prêts pour l'exhumation.

En dehors du dernier épisode d'un de nos feuilletons favoris, les seules émotions agitant notre tablée étaient dues à Victoria. Elle s'occupait de l'hospice des Amis, situé dans East End, où elle soignait les malades. Elle restait souvent la nuit loin de Bewl Square, plus longtemps même lors des périodes de crise, et sa vocation ne lui laissait que peu de temps pour les menus propos du Vingt-Quatre. Nous pouvions passer plusieurs jours sans la voir, n'ayant d'autres nouvelles que des mots griffonnés qu'apportait un messager exténué : « Envoyez plus de draps. V. »

C'était grâce à sa loyauté que Stephen avait su où me trouver. Elle avait aperçu par hasard la lettre d'Owen

Cooper, adressée à lady Anonyma Loveall, au milieu d'autres missives jamais ouvertes jonchant une petite table dans la salle de réception de Love Hall, où elle se trouvait pour une commission. Cette visite était la première et la dernière d'un membre de notre famille depuis le mariage de Guy et Prudence, que j'avais réussi à éviter avec tant d'efficacité.

Cette cérémonie soi-disant somptueuse avait bafoué la dignité de la vénérable demeure, au point que Victoria l'avait définie comme « le viol de Love Hall ». On avait dilapidé des centaines de livres sterling pour un étalage absurde, alors qu'aucun habitant du village n'avait été convié. La plupart des invités étaient de riches propriétaires terriens n'ayant jamais rencontré le fiancé ni sa promise et pour qui cette fête était l'occasion de découvrir Playfield House, ainsi qu'on l'avait rebaptisé. Après toutes leurs années de disette, les nouveaux occupants avaient dépensé tant d'argent pour cette seule journée de parade, de façon si incohérente et si vaine, que les résultats parurent aussi incongrus qu'inquiétants à tous les membres de l'assistance. Le mausolée fut peint en bleu ciel afin qu'il s'harmonise avec un thème énigmatique, où Julius vit l'alliance malheureuse de Neptune et de Cupidon.

Lui et les autres Rakeleigh ne purent supporter de voir ces parasites d'Osbern célébrer le succès de leur machination pour déposséder leur hôte, en exaltant la vertu de l'argent tandis qu'ils se jetaient gloutonnement sur leur butin triomphal, se gaussaient des déboires financiers de leurs parents idéalistes et ironisaient sur la naïveté des précédents occupants du château. Nos braves cousins les détestaient non seulement pour le traitement qu'ils nous avaient infligé mais aussi parce que leur famille était mêlée à tout ce que Victoria et Robert méprisaient, depuis le commerce des esclaves jusqu'à l'hypocrisie du christianisme organisé où régnaient la cupidité et la paresse, l'égoïsme et le patriarcat.

Au milieu de ce cirque nuptial, les Rakeleigh reconnurent qu'ils se montraient eux-mêmes hypocrites en honorant ce jour de leur présence et ils décidèrent sur-le-champ de rompre irrévocablement avec les Osbern. Victoria et Robert sortirent entre le tournoi médiéval et les combats d'ours et de chiens. Ils écrivirent plus tard pour expliquer leur position. Les Osbern répondirent par retour du courrier qu'ils consentaient de grand cœur à ne plus jamais les revoir.

Ma bonne fortune voulut que cet accord fût rompu une fois, lorsque le Vingt-Quatre dépêcha Victoria en mission afin d'une part de récupérer la maquette de Hemmen, pour des raisons sentimentales, et d'autre part de visiter la bibliothèque pour le compte de ma mère. Elle s'empara de la lettre de Cooper (et de deux autres) sans l'ombre d'une hésitation ou d'un remords. Alors qu'elle partait, son oncle Augustus l'arrêta pour lui dire qu'il était fort embarrassant que sa propre famille offrît refuge à la folle et à ses sbires. Il voulait avertir son frère que quelques mots chuchotés dans une oreille peu compatissante suffiraient pour envoyer n'importe lequel de leurs hôtes dans un asile moins attrayant. Au moins, à Bedlam, on savait comment faire taire les gens.

Auparavant, les usurpateurs avaient accueilli ma disparition avec un haussement d'épaules signifiant « nous vous l'avions bien dit ». De leur point de vue, j'avais assurément agi pour le mieux : me rendre invisible en m'exilant était une décision du meilleur goût pour quelqu'un comme moi. Il n'était pas question pour eux de rechercher ma trace.

Le voyage de Victoria avait été désagréable, mais c'était un succès sur toute la ligne. Constant avait exigé un « prix raisonnable » à payer immédiatement en cas de perte ou de détérioration, mais la maquette de Hemmen avait été cédée sans récrimination car Prudence la croyait hantée. En partant, Victoria se jura une nouvelle fois de ne plus jamais adresser la parole aux Osbern.

Le soir même, la lettre de Cooper fut enfin remise à sa destinataire légitime. Le Vingt-Quatre débattit de son contenu, avec pour résultat que Stephen fut convoqué d'urgence et envoyé sans attendre en mission. Ma famille devait à Victoria d'avoir sauvé à la fois la maquette de Hemmen et moi-même.

Si les habitants du Vingt-Quatre avaient pu faire semblant de vivre dans un Love Hall miniature, ils réalisèrent à quel point ils habitaient un modèle réduit le jour où la Maison de Poupée leur fut livrée. La splendide maquette étant trop grosse pour la porte d'entrée, il fallut la hisser sur des cordes et la faire passer par les fenêtres de devant, qu'on enleva pour l'occasion. L'opération se révéla étonnamment coûteuse – ils remarquaient ce genre de détails avec un malaise grandissant. Malgré tout, chacun fut enchanté à sa manière de cette restitution, à commencer par Hood qui espérait dans son gâtisme que le Jeune Lord lui apparaîtrait peut-être comme Dolores apparaissait à son maître.

Robert, le frère de Victoria, se montrait rarement au Vingt-Quatre, bien qu'officiellement ce fût également sa demeure. Il était entré à l'université de son grand-père maintenant décédé et s'était lancé de là dans une carrière politique comme assistant de Mr Joshua Knelton, l'un des principaux acteurs du mouvement contre le travail des enfants en Angleterre. Robert n'avait guère changé, depuis l'époque lointaine de notre première rencontre, quoique sa moustache ne fût pas tout à fait aussi charmante que la mienne. Il était devenu encore plus sérieux et ululait comme un hibou dès qu'il se mettait à évoquer avec passion le souffle irrésistible du changement, ce qui lui arrivait plus souvent qu'à son tour.

Ces Rakeleigh étaient toujours les plus grands faiseurs de questions que j'aie jamais rencontrés. Toutefois leurs questions ne s'adressaient plus à moi mais au monde. Ils semblaient avoir élaboré graduellement leur philosophie tout entière, la main dans la main, depuis la nursery. Robert était capable de se montrer plein de charme et d'esprit avant d'entrer l'instant d'après dans une fureur vertueuse. Du reste, sa sœur et lui n'avaient que fort peu de points de désaccord, et il ne se disputait jamais avec nous.

— Pourquoi une poignée de gens possèdent-ils une fortune si démesurée ? demandait-il en levant les mains au ciel, comme si c'était à Dieu de répondre.

Puis il écartait les bras en un geste invitant l'assistance à débattre avec acharnement. À mon grand embarras, je n'avais jamais envisagé cette question, même si, vu d'un caniveau du centre de la France, le luxe de ma vie passée avait pu me sembler légèrement *de trop**, quoique non moins désirable pour autant.

— Si ces gens ne gardaient que l'argent dont ils ont vraiment besoin, ajoutait Robert, songez combien les pauvres seraient moins nombreux.

Je lui donnais raison, mais me demandais en moi-même qui pourrait décider des besoins réels de chacun. Mon père ne pouvait se passer de la maquette de Hemmen, dont la valeur financière aurait permis de loger bien des habitants du domaine.

— Il y aura toujours des pauvres, déclara un jour Hamilton.

Il désirait ainsi clore le débat, mais ne fit que le rouvrir.

— Il y en aura toujours pour Victoria, dit ma mère en riant. Tous les jours de sa vie.

— Les pauvres *existent*, observa Victoria, mais cela ne signifie pas qu'ils *devraient* exister.

— Ce sont les riches qui existeront à jamais, et c'est pourquoi il y aura toujours des pauvres, conclut Robert en avalant en hâte son dessert avant de courir aider Knelton à remanier son prochain projet de loi.

Le frère comme la sœur étaient quakers et ma première expédition hors du Vingt-Quatre consista à accompagner Victoria à un culte de la Société des Amis, dans New Southampton Row. Je choisis de me rendre au temple en robe noire et décidai de porter mon voile, non pour moi mais pour les autres. (Du moins, ce fut ce que je me dis à l'époque. Je me souviens maintenant qu'il s'agissait de ma première sortie et que, malgré ma nouvelle assurance, j'avais encore besoin de m'acclimater.)

Je fus content de prendre la voiture. Je n'avais encore jamais vu de si près les rues de Londres, dont je n'imaginais pas la profusion de bruits et d'odeurs. Tandis que notre voiture cahotait sur les pavés inégaux, les braillements des concierges, les hurlements des porteurs, les cris des vendeurs ambulants vantant leur marchandise, les glapissements des criminels cloués au pilori et essayant d'apitoyer sur leur sort la foule qui les accablait de quolibets avec enthousiasme, tout ce vacarme laissait peu de place à la paix de l'esprit. Les mendiants ressemblaient à des squelettes habillés, les rues étaient envahies par des panaches de fumée et les vents des entrailles de la ville. Une fois arrivés au temple, nous devions renvoyer notre voiture au Vingt-Quatre afin que Robert puisse l'utiliser. Notre retour se ferait donc à pied, perspective qui m'avait d'abord enchanté mais que j'envisageais maintenant avec horreur. En regardant dehors par la vitre, je me sentais un peu comme mon père.

Le calme régnant dans le temple constituait un antidote parfait au fracas du monde extérieur. Nous nous assîmes dans un silence absolu. Il n'y avait ni chaire, ni vitraux, ni autel, ni orgue. D'autres gens se joignirent à nous sans un bruit. Nous fûmes bientôt une cinquantaine, assis sur de simples bancs en bois se faisant face, chacun de nous plongé dans ses pensées silencieuses. J'attendis que quelqu'un dise ou fasse quelque chose, mais pendant un moment personne ne se décida. Quand le silence fut enfin rompu, on eut l'impression d'un véritable coup de tonnerre. Sans bouger de son siège, Victoria parla quelques minutes de la voix tranquille du quakerisme, de ses principes solides et de l'aide pratique que lui apportait cet esprit dans sa propre lutte contre la dégradation de la ville. Lorsqu'elle eut terminé, personne n'applaudit et seul un léger écho en haut d'un des murs nus témoigna qu'elle avait effectivement parlé. Je me retrouvai de nouveau au cœur du silence, sans avoir à affronter un prêtre ni à attendre la fin d'un sermon interminable. J'ôtai mon voile, le posai près de moi et regardai à la ronde. Ce silence hypnotique n'était ponctué que par une quinte de toux ou le craquement du bois quand quelqu'un remuait sur son siège.

Les quinze premières minutes me parurent d'une longueur insupportable et j'en fus réduit à prédire les mouvements d'une grosse mouche qui semblait décidée à s'inviter sur mes genoux, mais la demi-heure suivante passa en un éclair. Je commençai à m'oublier moi-même. Après le départ de la mouche impolie, mon esprit s'absorba dans la méditation. Rien ne retenant mon attention dans cette pièce blanche et nue, je fis un retour sur moi-même.

Le vieux Dieu s'était moqué de moi : j'avais entendu son rire saccadé. Les dieux plus anciens ne se plaisaient qu'à jouer des tours aux humains et ils avaient tenté de me rendre fou avec leurs hallucinations et leurs métamorphoses. Il m'était impossible de communiquer avec aucun d'entre eux. Le Dieu présent dans cette pièce, dans cette âme, était celui auquel je pouvais parler, celui qui habitait au fond de moi. Je n'avais nul besoin d'un médiateur, que ce fût Edgar ou Fidèle. Je pouvais me passer de vitraux, de sermon, de Communion, de Te Deum. Dieu n'avait pas à être fastidieux. Je n'avais besoin que de ce qui était déjà en moi. Cette découverte me donnait envie de chanter.

Je me rendis compte peu à peu qu'un consensus silencieux avait décrété que le culte était terminé. Les gens se retournaient pour se serrer la main amicalement. J'avais été plongé dans un tel état de transe que j'oubliai de remettre mon voile. Un petit homme ventru s'empara de ma main avec chaleur : il avait vu ma moustache mais non ma robe. Son épouse se contenta de me dire bonjour, sans trahir le moindre étonnement. En revanche, notre voisin de droite m'examina et poussa un petit cri de surprise à l'instant où nous allions nous toucher, en me regardant d'un air hébété. Il se reprit de son mieux et me salua tandis que je lui adressais un simple sourire. En regagnant la rue puante, je me dis que je n'étais pas responsable des manières des autres.

Quelques secondes plus tard, l'homme surpris nous poursuivit en haletant et en criant :

— Madame ! Madame !

Quand il nous rejoignit, il était hors d'haleine et sa cravate toute de guingois.

— Je suis désolé, madame, dit-il en me regardant sans accorder la moindre attention à Victoria. Je crois que vous avez laissé tomber ceci. À bientôt, peut-être.

Il nous quitta en s'inclinant brièvement, sans attendre de réponse. J'avais dans la main une petite carte de visite. Je la retournai et découvris ces mots :

Club La Dérobée
Jeudi, La Grappe de Raisins
Portugal Row

Victoria éclata de rire en lisant.

— Vous n'avez pas laissé tomber ceci, n'est-ce pas ?

— Non.

— Il se pourrait que vous ayez un admirateur, Rose.

J'observai cet homme bizarre qui disparut au coin d'une rue en trottinant. Je ne savais que dire.

— Peut-être pas un admirateur à titre personnel, poursuivit-elle devant mon silence, mais un connaisseur, quelqu'un qui sympathise. Peut-être même s'agit-il d'une association.

— Qui sympathise ? m'exclamai-je avec indignation en froissant la carte. Avec quoi, mon Dieu ?

— Voyons, Rose, vous n'êtes pas le seul à faire l'impératrice !

Elle rit avec bonhomie.

— La quoi ?

— L'impératrice. C'est ainsi qu'on appelle les hommes qui…

Elle se mit à bredouiller si lamentablement qu'elle me fit pitié.

— Je ne *fais* absolument rien, Victoria. Les membres de ce club n'ont rien de commun avec moi et je ne rechercherai pas leur compagnie. Ils se livrent à un simple passe-temps. J'imagine qu'ils se plaisent à se déguiser en femme. Mais moi, je ne me déguise pas. On ne peut imiter ce qu'on est vraiment, Victoria, et c'est vraiment moi que vous avez maintenant en face de vous.

— Rose, je ne voulais certainement pas dire…

Malgré ses efforts pour m'apaiser, je me laissai emporter par mon sujet et me mis à accélérer le pas.

— Il se peut que les autres me regardent comme une provocation, mais je suis parfaitement heureux d'être ce que je suis. En fait, je crains que ce ne soient pas les hommes mais les femmes elles-mêmes qui se livrent avec une ardeur grandissante au travestissement féminin !

Je désignai deux dames aux tournures ridicules et aux corsets absurdement serrés qui se dandinaient de l'autre côté de la rue.

— Bien entendu, vous êtes une exception, ajoutai-je en haussant les sourcils devant ses cheveux courts et la chemise à col qu'elle portait pour travailler.

— Cela ne vous empêchera pas de devenir quaker, Rose ! s'exclama Victoria qui m'enlaça en riant.

Elle avait compris qu'il valait mieux ne pas poser certaines questions, mais en fait j'étais la seule personne prête à aborder publiquement ce sujet. D'autres auraient peut-être préféré que mes manières et mon apparence s'harmonisent mieux avec les toilettes que j'avais choisi de porter – depuis mon retour en Angleterre, j'avais complètement renoncé au rouge et à la poudre. Victoria n'était pas de cet avis. Elle avait simplement mal interprété mes goûts, à moins qu'elle fût tout bonnement trop remplie de l'injustice du monde pour se préoccuper d'une telle bagatelle. De mon côté, je commençais à comprendre ses propres goûts. Nous formions un beau couple, où j'étais aussi féminin qu'elle était masculine, tandis que nous rentrions bras dessus bras dessous à travers ce parcours d'obstacles qu'était la ville.

Le chevalier d'Éon, ce héros de ma jeunesse, se sentit un jour l'objet d'une attention si indiscrète lors d'une réunion publique qu'il n'y tint plus, souleva sa robe et montra à la compagnie ses jambes gainées de bas en déclarant :

— Puisque vous êtes curieux, *voilà** !

Le moment venu, je saurais faire preuve du même sang-froid.

Des histoires circulaient sur la vie à Love Hall. Samuel retournait régulièrement dans la vallée de Playfield pour rendre visite à un vieil ami et il nous rapportait ce qu'il avait entendu à l'auberge de *La Tête du Singe*, l'endroit le plus proche du château où il s'aventurât encore. Certaines de ces anecdotes étaient certainement enjolivées par l'enthousiasme et l'alcool. Telles qu'elles étaient, elles surpassaient nos pires appréhensions.

— Je ne dis pas que ces histoires soient vraies, déclarait Hamilton. Je ne fais que rapporter ce qu'on m'a raconté.

Les deux familles au grand complet vivaient à Love Hall, où l'union entre Guy et Prudence brillait de tout son éclat. D'après les commérages, ils se battaient comme des tigres et les humeurs de l'époux irascible avaient été fatales à la plupart des porcelaines précieuses. Les nouveaux venus avaient eu ce qu'ils voulaient mais continuaient de se comporter comme s'ils n'avaient toujours pas obtenu satisfaction. Les clients du cabaret n'appelaient plus Prudence que « la Putain ». Guy était « le Chien », Thrips « Tache d'Encre » ou « le Chien à tout faire », Augustus Rakeleigh « Saccageleigh » ou encore « le Saccageur en Chef ». Le reste de la famille avait droit au titre de vautours ou d'écornifleurs. Quant à Nora, on la surnommait simplement « Ignore-la ». On racontait qu'ils avaient instauré un système de promotion et de corruption digne de Caligula : les anciens favoris recevaient des coups de cravache et les suborneurs les plus généreux se voyaient installés à leur place. Les allées et venues continuelles des gens du château étaient observées avec mépris par les villageois. Une nostalgie grandissante pour les véritables Loveall était à l'ordre du jour. L'adoption du nom de Playfield House était restée lettre morte au village. Mais Guy avait porté l'outrage à son comble en prenant le nom de Loveall et en se surnommant lui-même le lord Loveall Roux. Hamilton affirma en plaisantant que 1745 recommençait et qu'il suffirait d'une vague plus importante d'émotion publique pour que les exilés puissent reprendre le château par la force.

Thrips avait succédé aux HaHa et ses machinations maléfiques autour du village furent à l'origine de bien des déboires. Par une manœuvre d'approche peu sage, il avait tenté de réduire les heures d'ouverture de *La Tête du Singe*, ce qui avait provoqué une indignation prévisible. Mais le pire était à venir. Le bruit courait qu'il projetait de transformer la taverne en établissement antialcoolique. Un débit de boissons sans boissons ! Les nouveaux propriétaires de Love Hall buvaient tout leur saoul, mais ils réprouvaient la consommation d'alcool chez les paysans, surtout lorsque ces derniers s'opposaient ouvertement à leurs supérieurs. Qu'on leur enlève leur alcool, et leur courage disparaîtrait en même temps. Privés de leur cabaret, ils n'auraient plus d'endroit où fomenter la rébellion. Les clients de *La Tête du Singe* savouraient chaque bière comme si c'était la dernière.

La liste des doléances comprenait également : les chanteurs de cantiques qui avaient été bombardés de boules de neige lancées depuis Gatehouse Lodge, la veille de Noël ; les danseurs du sabre qui n'avaient pas été reçus le jour de la Saint-Fellow, pour la première fois de mémoire d'homme ; la suspension du match de cricket annuel ; et enfin la vente des cottages du domaine, entraînant notamment l'expulsion brutale de locataires de longue date. La loyauté envers le château était au plus bas.

Ceux qui s'aventuraient à l'intérieur parlaient d'un gaspillage éhonté. Les domestiques ne tenaient pas assez longtemps pour apprendre leur métier. Les candidats étaient nombreux, mais la plupart n'étaient pas assez endurcis pour résister. La poussière avait le temps de s'accumuler avant que d'autres employés soient amenés de régions de plus en plus lointaines. Considérés comme des traîtres par les autres, ils arrivaient à la faveur de la nuit. Les cuisines étaient en plein chaos et les baquets d'eaux grasses constituaient une menace pour la santé. J'étais particulièrement triste pour la tour gothique, qui avait si fort excité l'imagination de mon père. Ignorant que Sanderson Miller en personne avait veillé à la disposition de chaque brique et chaque moellon en vue d'un effet esthétique parfait, les Osbern considéraient la tour comme une ruine dangereuse et projetaient de l'abattre.

À l'extérieur, la nature elle-même semblait impatiente de reprendre ses droits. Les jardins à l'abandon étaient envahis par les mauvaises herbes et le lierre enserrait la chapelle dans ses tentacules. Le périmètre du taillis reculait, comme pour réclamer le retour des feuilles tombées qui obstruaient maintenant les rigoles. Bientôt, même les armoiries sur la porte d'entrée disparaîtraient entièrement. Les roses et les églantiers reprenaient vie.

La plupart des chevaux, terrifiés par l'ours le jour du mariage, s'étaient échappés en faisant des sauts incroyables par-dessus les clôtures. Ceux qui étaient restés furent envoyés à l'équarrissoir. Une corne de licorne ornait tristement la cheminée de *La Tête du Singe*.

Les récits les plus invraisemblables me laissèrent froid. Bien sûr, les nouveaux administrateurs étaient impopulaires. Tout le monde connaissait Hamilton, et les villageois lui disaient ce qu'il avait envie d'entendre. Je fus pourtant content d'apprendre que les clients de la taverne se souvenaient de moi avec affection et que l'histoire du dressage de Guy le garçon-chien était entrée dans la légende. J'étais toujours leur « fille du siècle », et ils espéraient que je vivrais cent ans. En apprenant ma fuite, toutefois, ils avaient craint que cet espoir ne soit déçu. Mon sexe faisait encore l'objet de paris, malgré la décision de justice me rangeant officiellement parmi les mâles, mais l'argent constituait désormais une donation pour l'école du dimanche car on croyait de moins en moins à des révélations inattendues. Au cas où je serais mort – Dieu ait mon âme –, il y eut une compétition pour rédiger mon épitaphe. Voici celle qui l'emporta :

Grand Dieu qui vis en haut des Cieux
Tu as Cueilli la douce Rose
Et toi seul sauras désormais
Si c'était Lui ou peut-être Elle
Vous qui lisez cette inscription
Écoutez la voix du Sauveur :
Aimer UN *être avec humilité*
C'est les aimer TOUS
†

J'écoutais les récits sur Tache d'Encre et Saccageleigh avec un intérêt poli, mais je ne nourrissais aucune pensée de vengeance. Mon énergie se concentrait sur des problèmes plus immédiats, sur ce dont j'avais vraiment besoin : une mère, un père, un nom, un lieu de naissance. J'étais prêt à recommencer ma vie en remontant à ma plus lointaine origine et au-delà.

J'apportai la ballade à ma mère dans sa nouvelle bibliothèque. Une fois encore, Mary Day s'était révélée sa seule consolation et le travail sur le poète avait pris le pas sur le catalogue des chansons. Paraissant plus vieille avec son chignon, ma mère semblait étudier avec une agitation insolite l'un des volumes que Victoria avait libérés de Love Hall. Elle poussait de petits cris d'excitation érudite, qu'elle étouffa dès qu'elle me vit. J'imaginais toujours lire dans ses premiers regards de la surprise, du regret puis du soulagement, mais peut-être me livrais-je à un excès d'interprétation face elle, comme elle-même face à la poésie.

La Rose et l'Églantier ou Le Bébé abandonné sauvé des chiens faisait partie d'un des colis de ballades qu'on lui envoyait régulièrement de Londres. Ironie du sort, j'habitais encore à Love Hall lorsque le feuillet arriva, mais j'étais déjà loin lorsqu'il parvint enfin au sommet de la pile. Après m'avoir prié de m'asseoir, ma mère le relut attentivement et évoqua les circonstances de sa découverte. Au début, elle l'avait considérée comme une ballade comme les autres. Ce ne fut qu'au bout de quatre ou cinq strophes qu'elle se rendit compte de ce qu'elle lisait. Elle rédigeait toujours une fiche tout en lisant, et elle me montra ce qu'elle avait écrit ce jour-là :

« *La Rose et l'Églantier*. Autre titre fourni : *Le Bébé abandonné sauvé des chiens*. IMPRIMEUR : Geo. Bellman, Imprimeur, 206 Brick Lane, Whitechapel (voir aussi les ballades A35, B33 et B35, C12, etc.) AUTEUR : Pharaoh, Compositeur de ballades, 38 Ironmonger Row, Borough. Nous n'avions pas jusqu'ici rencontré ce nom mémorable. Le titre évoque un motif courant (*cf.* Barbara Allen, lord Lovel, etc.). Jolie gravure sur bois comportant un nombre insolite de personnages et de détails. Ballade de 14 strophes de 4 ou 5 vers librement assonancés. Sujet : le chanteur découvre une chienne allaitant un nouveau-né. Je ne connais pas d'antécédents à cette ballade… »

Frappée par la coïncidence, elle oublia son travail en continuant sa lecture. Elle sépara *La Rose et l'Églantier* du reste des ballades et la plaça parmi ses possessions privées, qu'elle emporta à Londres. Par égard pour moi et sur son insistance, aucune enquête ne fut menée.

Elle était maintenant avec moi et je la regardai reposer le feuillet devant nous, à côté de ses livres de Mary Day.

— Est-ce toi ? demanda-t-elle en riant, le doigt pointé vers le paquet que la chienne affligée de strabisme tenait dans sa gueule.

Sa bonne humeur me détendit et je me mis à loucher.

— La chienne ? Non, ce n'est pas moi.

Je pointai à mon tour mon doigt vers le château à l'arrière-plan et lui montrai la femme immense sur le rempart en lui demandant :

— Est-ce vous ?

— Je ne crois pas, répondit-elle en riant de plus belle.

Puis elle devint sérieuse.

— Je pense vraiment qu'il s'agit de toi, Rose. Mais il faut que tu sois prêt. Nous savons ce qui s'est passé ensuite, mais nous ignorons les circonstances qui t'ont amené là. Personne ne sait ce que la vie lui réserve, mon chéri.

— Je serais fou de renoncer à découvrir la vérité.

— Quoi que tu fasses, tu seras fou. Et moi aussi.

Il lui aurait été difficile de se montrer davantage fidèle à elle-même.

— Après tout, il s'agit d'une ballade, Rose, et une chanson n'existe qu'une fois qu'on la chante. Peut-être est-il temps que tu lui donnes la vie.

J'acquiesçai de la tête. Malgré le non-dit entre nous, elle me comprenait parfaitement. Elle retourna à ses livres. Debout derrière elle, je pris sa tête entre mes mains et embrassai son front. Elle m'avait apporté toute l'aide qu'elle pouvait. En cela, elle était semblable à n'importe quelle mère donnant sa bénédiction à son enfant adopté partant en quête de la vérité. Je devais remonter plus loin qu'elle, découvrir les circonstances de ma venue au monde. Il se pourrait que je ne revienne plus jamais à elle, mais elle savait que nous n'avions pas le choix. Au moment d'ouvrir la porte, je me rendis compte que j'oubliais la ballade.

— Que dirait Mary Day ? demandai-je en ramassant le feuillet.

— Va vers la lumière, mon enfant. Les ombres attendent.

— De quel poème s'agit-il ?

— C'est simplement le vers que je lis en cet instant même.

La porte de Geo. Bellman nous fut ouverte par un homme entre deux âges arborant une veste à carreaux tapageuse. Il nous reçut avec nonchalance, en nous faisant signe d'entrer.

Après six jours de fausses pistes et de pots-de-vin inutiles, nous semblions avoir enfin trouvé le logis de l'imprimeur. Son nom figurait bien sur la porte, mais notre hôte n'était apparemment pas Mr Bellman. Au cours des investigations qui nous avaient menés à cette porte, nous nous étions habitués à causer un certain émoi en parcourant la ville. J'étais prêt à tout instant à lancer mon *voilà**, mais cet homme nous regardait avec l'air de nous dire qu'il nous trouvait insignifiants, que nous le dérangions dans son programme de travail et qu'il se fichait parfaitement de nous quand bien même nous aurions été les Lilywhite Boys en personne « tous en jolie toilette verte[1] ». Stephen le traita avec une indifférence égale et, une fois à l'intérieur, ils s'ignorèrent tous deux avec application. L'homme retourna à la tâche à laquelle il s'était arraché avec tant de peine et qui consistait, en fait de labeur épuisant, à observer une bouilloire qui ne se décidait pas à bouillir dans la cheminée.

Les locaux servaient manifestement à la fois de boutique, de fabrique, d'atelier et de doux foyer. Le plafond n'était qu'à quelques pouces de ma tête, et comme je me baissais légèrement par solidarité, j'aperçus tout

1. Personnages d'une vieille comptine anglaise. (*N.d.T.*)

autour de nous une foule de livres en état de délabrement plus ou moins avancé – tachés, gondolés, marbrés, cornés... Des rames de papier de tous poids et de toutes dimensions étaient entassées en piles hétéroclites. Livres et feuilles de papier remplissaient des fonctions variées dans la pièce, dont aucune ne répondait à leur vocation originelle. L'une des piles maintenait une porte ouverte tandis qu'une autre obstruait la seconde entrée, dont le rôle resterait purement décoratif tant que l'indiscrète montagne de papier ne bougerait pas, ce qui était hors de question tant la pièce était bondée. Dans un coin, trois piles formaient un bureau improvisé, nanti d'une bougie fondue et d'un encrier. Le portier lui-même était assis sur huit gros volumes tandis qu'il attendait l'ébullition. Comme je m'étonnais en moi-même que le plafond fût si bas, je réalisai soudain que nous marchions également sur une couche épaisse de papier de rebut n'ayant jamais quitté la pièce. Les murs étaient décorés d'affiches qui étaient en fait des pages arrachées aux livres, représentant pour la plupart des scènes de théâtre, apparemment, et dont un bon nombre étaient à l'envers. En les regardant de plus près, je vis qu'il s'agissait de feuillets de ballades, portant chacune le nom familier de Bellman suivi d'adresses variées : il n'était pas étonnant que nous ayons eu tant de mal à dénicher l'imprimeur. Même les rideaux étaient faits de grandes feuilles de papier non coupées, qu'on avait grossièrement cousues ensemble et dont les filigranes luisaient dans la lumière.

Je n'avais jamais vu un endroit aussi couvert de papier, pas même notre vieille bibliothèque. La pièce n'abritait rien en dehors de cette combinaison risquée de trois humains, quelques tonnes de papier et un feu. Une seule étincelle suffirait à tout réduire en cendres en un rien de temps. Je songeai à m'installer moi-même sur une pile, mais Stephen reprit sans tarder son enquête.

— Où se trouve Mr Bellman, monsieur ?

— Il nous a quittés, répondit tristement l'homme en contemplant le feu, plongé dans le souvenir de son ami disparu.

C'était la première fois que nous en entendions parler depuis le début de nos pérégrinations.

— Il est mort, dit Stephen en me regardant, les lèvres serrées.

Je fixai les yeux sur le sol de papier et méditai sur cette impasse.

— Mort, monsieur ? s'exclama l'homme d'un ton caustique en détournant pour la première fois son regard de la bouilloire pour nous observer. Mort, dites-vous ? Il n'y a pas deux heures qu'il est parti. Il est en train de faire sa tournée habituelle, à moins que vous n'apportiez une nouvelle funeste.

Il n'aurait pu avoir l'air moins intéressé.

Une chienne noire entra en bondissant par la porte du fond. Elle remuait la queue avec tant d'énergie que des feuilles de papier s'envolaient en tous sens et retombaient comme des confettis. Ce spectacle devait être familier au portier, car il se contenta d'essayer paresseusement d'attraper quelques feuilles pour les empêcher d'atterrir dans le feu. Il tendit la main vers une page descendant en tourbillonnant, mais avec une telle lenteur qu'il avait autant de chance de l'attraper que la plupart des humains faisant la chasse à une mouche. Négligeant Stephen, la chienne se dirigea droit vers moi tandis que la bouilloire se mettait enfin à siffler.

— Mutt ! lança le portier avant d'accorder derechef toute son attention à l'eau dont l'évolution devenait intéressante.

Mutt était une chienne magnifique, dont le cou bien en chair avait tout l'air d'un double menton et dont la robe luisante, noire et brun chocolat, se hérissait sur le dos d'une crête de poils rebelles. Elle sauta sur moi, renifla mes chaussures et entreprit de lécher mes chevilles. Je posai la main sur sa tête pour tenter de la tenir à distance, mais elle glissa son museau sous ma jupe, aussi excitée qu'un terrier sur la piste d'une truffe.

J'éclatai de ce rire qu'on a lorsqu'un animal franchit les limites de la bienséance. On ne peut rien faire, mais la bonne éducation – la vôtre à défaut de celle du chien – vous dit qu'il convient de réagir. Son corps disparaissait maintenant presque complètement sous ma jupe et sa tête était entre mes cuisses. Elle semblait se contenter de cet exploit, de sorte que je caressai son arrière-train pendant qu'elle me flairait. Tout en agitant frénétiquement la queue, elle essaya de passer entre mes jambes pour sortir, mais elle était trop grosse pour y parvenir. Je m'appuyai sur une pile de livres, moins solide que je n'aurais cru. Comme je perdais l'équilibre, j'essayai de convaincre Mutt de faire marche arrière, mais en vain. Je levai donc ma jambe au-dessus de sa tête – en m'efforçant de garder une grâce toute féminine – et elle émergea enfin de dessous ma jupe, l'air assez ahurie mais heureuse.

En effectuant ce véritable numéro de music-hall, j'accrochai mon voile à je ne sais quoi et il se détacha à moitié. Je m'efforçai un instant de le remettre d'aplomb, puis décidai que c'était sans importance. Assise à côté de moi, la chienne était conquise par mon parfum et ravie de s'être fait un nouvel ami. Ouvrant sa gueule, elle laissa pendre sa langue. Je posai ma main sur son crâne et elle leva les yeux vers moi en léchant le sel sur ma paume.

— Bonté divine ! s'écria le portier à la vue de mon visage.

Il s'apercevait enfin d'un détail que sa nonchalance et mon voile lui avaient dissimulé jusqu'alors. Il baissa la tête et loucha pour mieux m'examiner. Près de moi, la chienne haletait doucement, les yeux fixés vers la pièce du fond.

— Comment vous appelez-vous ? demanda précipitamment Stephen.

— Albert Dowling. Sir Alby pour les intimes.

Il me jeta derechef un coup d'œil nerveux pour s'assurer qu'il ne rêvait pas.

— Alby… Alby… regardez-moi, dit Stephen d'un ton à la fois circonspect et obligeant.

— Oui, monsieur.

— L'eau a bouilli, Alby.

Le portier tendit la main sans réfléchir, car son attention était encore fixée sur moi, et se brûla en saisissant la bouilloire par l'anse.

— Ouille ! hurla-t-il.

— Vous comptiez faire du thé, Alby ?

— Non, monsieur. Je m'arrange simplement pour avoir de l'eau chaude au cas où GB – Mr Bellman, si vous préférez – ou le bonhomme du fond auraient envie d'une tasse.

— Le bonhomme du fond ? demanda Stephen.

Alby nous regarda, écarquilla les yeux et agita une ou deux fois la tête en direction du bureau dont la porte se trouvait au fond de la pièce. Il essayait de nous dire quelque chose de confidentiel sur son occupant, mais le sens de son message nous échappait complètement.

— Qui est-ce ? Dites-le-nous, implora Stephen.

— Si vous ne le savez pas, je me demande vraiment ce que vous fabriquez ici ! À moins que vous ne vouliez faire de la publicité pour un spectacle…

Alby observa de nouveau le singulier mélange qu'offrait mon apparence.

— Il vous faut sans doute une sorte de prospectus. Oui, je parie que c'est une histoire de théâtre.

Cette conclusion erronée satisfaisait pleinement Alby, mais un soupir excédé de Stephen le ramena à la question précédente.

— Mr Bellman est le célèbre imprimeur d'affiches et de ballades, qui s'est tourné récemment vers les livres et les pièces. Il fournit de plus le simple particulier en papier à en-tête, agendas, almaniaques, périodiques, opéruscules et brochures, sans compter les cartes gravées ou sur papier gélatine. C'est également un maître en procédés sténographiques. Quoi que vous ayez envie de voir sur une feuille de papier, Mr Bellman vous l'imprimera. Si vous voulez admirer notre presse, monsieur, elle se trouve à l'étage. Nous devons également à Bellman la magnifique série de huit volumes… Eh bien, je n'en dirai pas plus, car je vois que je me suis trompé de public.

Il lécha sa main brûlée puis souffla dessus avant de conclure :

— Bref, monsieur, GB est imprimeur.

J'ouvris la bouche pour la première fois.

— Et puis ?

— Pardon… euh…

Alby se tut un instant, tressaillit, se reprit et essaya de faire passer son hésitation pour un bégaiement innocent en ajoutant d'une voix troublée :

— M-m-madame ?

— L'autre homme, Alby, l'interrompit Stephen. Qui est-ce ?

— L'enfant prodige ? Oh, il écrit les chansons. Mr Farrow.

— C'est l'auteur des ballades ?

— Et de tout le bastringue.

— Et c'est la même personne que Mr Pharaoh ?

— Ça paraît probable, dit Alby.

Il roula les yeux dans ma direction comme pour dire : « Écoutez-moi ce grand détective ! »

— Allez vérifier vous-même, reprit-il. Et bonne chance.

— Bonne chance ?

— Oh, il n'y a pas de quoi avoir peur. Simplement, il est plus ou moins dans son bon sens.

Alby sourit d'un air attendri en remettant la bouilloire sur le feu.

— Un jour ça va, un jour ça ne va pas, et d'autres fois ce n'est même pas la peine d'y aller. Mais emportez-moi donc ce maudit corniaud avant que mon bureau soit complètement dévasté.

La porte du fond était ouverte et il n'était pas question de se faire annoncer. Mutt nous précéda en remuant frénétiquement la queue. Une voix chantait doucement dans la pièce. En entrant, nous découvrîmes un homme d'âge indéterminé trônant derrière un bureau, tel un souverain du mot imprimé. Du plancher au plafond, les murs de la pièce étaient couverts de livres, lesquels étaient d'ailleurs plutôt des marchandises que des objets d'étude puisque la plupart n'avaient pas été ouverts et qu'un grand nombre figuraient à plusieurs exemplaires. Farrow se balançait lentement sur l'énorme chaise en chêne, les yeux fermés. Il semblait plongé dans une sorte de transe, qui était peut-être un état de rêverie créatrice où le reste du monde s'évanouissait. Ses yeux tressaillaient sous ses paupières. La chienne posa ses fanons sur les pieds de Farrow, lesquels pendaient mollement au-dessus du plancher, comme si elle avait voulu le retenir sur la terre.

Il articula précipitamment quatre mots sur un fragment de mélodie appartenant à une chanson plus longue : *Chienne dans la pièce.* Ses doigts tambourinèrent sur le bureau. Stephen et moi restâmes immobiles, n'ayant envie ni de l'interrompre ni d'attendre. Soudain, comme si la foudre venait de tomber par la fenêtre derrière lui, Farrow ouvrit les yeux et hurla sans nous voir :

— *Alby !*

Avant même qu'il eût prononcé la seconde syllabe de son nom, Alby était là avec une feuille de papier et une plume d'oie prêtes à l'action.

— Remuez-vous, messieurs, lança-t-il en accourant.

Son personnage indolent était devenu d'un seul coup l'image même de l'activité.

— Le miracle est à nos portes. Sortez de cette pièce, de grâce, si cela ne vous dérange pas. GB déteste révéler ses secrets. Filez, maintenant, mes seigneurs !

L'instant d'après, Farrow chantait et son scribe griffonnait. J'observai la scène par une fente de la porte, tandis que Stephen secouait la tête avec incrédulité et amusement. Je ne distinguais que des bribes de la chanson de Farrow, mais elle ressemblait à l'une des vieilles ballades, ce qui me donna de l'espoir. Puis ils s'arrêtèrent. Ils n'étaient pas restés enfermés plus de six minutes. Alby sortit en sautant de joie.

— Ce que GB va être content ! Il faut que vous reveniez. Quelle journée ! Vous pouvez retourner dans son bureau, maintenant. Il est souvent épuisé, après, mais pas toujours. *Le Fantôme de Polly Black et ses deux bébés*. C'est tout bonnement trop beau pour être vrai.

— Il s'est souvenu des paroles ? demandai-je.

— Comment ça, il s'en est souvenu ? s'exclama Alby hors de lui. Cette chanson est son œuvre, monsieur !

Le laissant à son délire, nous rentrâmes dans la pièce. Farrow leva les yeux sur nous.

— Alby ! cria-t-il d'une voix stupéfaite.

Alby accourut derechef avec son carnet.

— Vous en avez déjà une nouvelle ?

— Hein ?

— *Encore une fois**, monsieur ? s'enquit Alby décidément en verve.

— Qui sont... ? demanda Farrow pris de panique.

La chienne curieuse le quitta pour aller poursuivre son enquête de mon côté.

— Arrête ça, Mutt ! ordonna Farrow.

— Je ne sais pas qui ils sont. Qu'est-ce que ça peut me faire ? Des espions, ou peut-être des acteurs. Dois-je faire bouillir de l'eau ? Quelqu'un a-t-il envie de quelque chose ? Une infusion ?

Alby sortit. Il n'avait aucune intention d'apporter la moindre boisson. Sa tâche était terminée.

Farrow s'était hissé de manière à être assis à hauteur du bureau, et ses pieds étaient maintenant pour le moins à six pouces du sol. C'était un homme séduisant mais son regard éperdu semblait annoncer un esprit dérangé. Il y avait une sorte de croûte ou d'éruption au coin de sa lèvre inférieure, à l'endroit où je supposais qu'il se mordait afin peut-être de se retenir de chanter à l'improviste en public. Sa tête était un peu trop grosse et ses yeux petits et écartés à l'excès, ce qui n'empêchait pas son apparence d'être fort sympathique. On aurait dit un garçon de douze ans portant le costume d'un homme de trente-cinq ans.

— Excusez-moi, je dormais.

Il n'avait pas conscience de mentir. Il frotta ses yeux pour nous voir clairement.

— Mutt ! Arrête !

— Cela ne me gêne pas du tout, assurai-je pendant que la chienne continuait ses avances.

Je m'assis.

— Elle peut rester là.

— Eh, vous avez raison, dit-il en riant aux éclats. C'est une fille, et même une bonne fille. La plupart des gens la prennent pour un monsieur. Cette chienne doit avoir un air viril. On me parle de *lui*, on me demande s'*il* veut de l'eau ou s'*il* mord…

Il soupira en gonflant ses joues.

— GB ne sera pas de retour avant un petit moment. Voulez-vous regarder des échantillons imprimés et savoir les prix ?

Il agita les bras en direction des volumes qui l'entouraient.

— Que de livres, Mr Farrow, observa Stephen. Vous les avez lus ?

— Non, pas un. Je ne sais ni lire ni écrire. J'apprendrai un de ces jours. Bientôt.

Mutt tenta de reprendre son exploration de ma jupe. Je me mis à lui gratter le ventre. Elle tomba aussitôt dans le piège et ses pattes tressaillirent avec extase.

— Nous aimerions vous parler, dit Stephen.

Il se dirigea vers la fenêtre derrière le bureau et regarda une corde à linge qui s'était effondrée en bas du mur d'en face. Farrow ne sembla pas s'inquiéter des mouvements de Stephen et ne leva même pas les yeux. En revanche, il cessa de tordre ses doigts tout en mordant le coin de sa lèvre et se mit à sucer son pouce.

Le regardant par-dessus son épaule, Stephen se rendit compte qu'il était inutile de jouer avec cet innocent. Toute enquête éveille les soupçons. Nos efforts pour retrouver Bellman s'étaient heurtés à des gens qui n'aimaient pas les questions ou estimaient que même une réponse sans intérêt méritait d'être grassement payée. Mais cet homme, ce garçon plutôt, n'avait aucun besoin d'être soudoyé. S'il savait quelque chose, il nous le dirait. Le seul problème, c'était ses capacités intellectuelles. Combien de souvenirs sa mémoire était-elle capable de stocker ? Serait-il seulement capable de se rappeler la chanson qu'il venait de composer ?

— Votre nom est intéressant, Mr Farrow. Est-ce votre vrai nom ? demanda Stephen.

Farrow marmonna avec son pouce dans la bouche, mais sa réponse était clairement non.

— Connaissez-vous le nom de Pharaoh ?

— Évidemment !

Dans sa surprise, il lâcha son pouce et se mit à pouffer.

— Qui croyez-vous que je suis ? C'est moi, Pharaoh, moi en personne.

Stephen me regarda, sortit la ballade de sa veste et la plaça sur la table devant Pharaoh.

— Reconnaissez-vous ceci ?

Pharaoh croisa les bras et fit une moue perplexe.

— Vous avez vu l'image ! roucoula-t-il d'un air extasié.

— Et la chanson ?

— Je ne sais pas lire. Mais je connais cette image. On l'a faite pour moi. L'ennui, c'est qu'on l'a utilisée pour beaucoup d'autres ballades. J'ignore quelle est celle-ci. Pourquoi ne me la lisez-vous pas ? Ou lui ?

Il pointa son pouce dans ma direction avant de le fourrer de nouveau dans sa bouche.

— Laissez-moi vous la lire, dis-je en me levant.

Je me penchai vers lui, pris le feuillet et lus le titre :

— *La Rose et l'Églantier*...

— J'en étais sûr ! s'exclama Pharaoh.

— ... *ou le Bébé abandonné sauvé des chiens*. Une excellente ballade sur un joyeux air d'autrefois appelé *La vieille l'a envoyée au meunier, sa fille*.

Je m'éclaircis la gorge pour commencer ma lecture, mais Pharaoh m'interrompit.

— Combien de chiens ?

Il entreprit d'explorer son oreille avec son pouce.

— Je ne me souviens pas de ça. Il est question de plusieurs chiens, mais il n'y en avait qu'un seul. La chanson parle d'un seul chien. Toutes ces erreurs dans l'image, dans le titre. Un chien qui devient des chiens. Mais est-ce vraiment important ? Demandez à GB. Il saura quoi répondre. Le public a décidé une fois encore, qu'il me dit.

Pharaoh était perdu dans son monde alors que je n'avais même pas récité le premier vers. J'allais enfin me lancer quand il se mit soudain à chanter. Stupéfaits, nous l'entendîmes interpréter la ballade du début à la fin. Il chantait comme si l'enthousiasme était le meilleur moyen d'être mélodieux. Cependant il ne manqua pas une note et chanta à plein gosier, comme un choriste brocardant le maître de chapelle pour amuser ses camarades sopranos. Sa voix non travaillée était claire, éclatante comme un cornet à l'aurore, et elle donnait à l'histoire toute l'urgence qu'elle me semblait mériter. Sa version du texte ne différait qu'à peine de celle que j'avais sous les yeux. Il rajouta une strophe supplémentaire au début, qui ne changeait rien à l'histoire et compensait l'absence de la dernière strophe, qu'il ne se donna pas la peine de chanter. Quant à l'air, il le connaissait aussi bien que les paroles – peut-être même s'agissait-il de celui prévu à l'origine. En somme, il nous donna une démonstration de mémoire remarquable à tous égards. Quand il eut fini, il répéta le titre de la ballade et inclina la tête. Stephen lui posa alors une simple question :

— Mr Farrow, avez-vous assisté à cette scène ou quelqu'un vous l'a-t-il racontée ?

Je me rendis compte que je n'avais jamais été aussi près de la vérité. Tant de choses dépendaient de la réponse de cet homme étrange.

— Il n'y avait qu'une chienne, dit Pharaoh d'un ton enthousiaste, comme s'il avait répondu à la question avec précision. Et je ne vois pas pourquoi ils parlent de chiens au pluriel. Ça n'a aucun sens, pas vrai ?

Je rencontrai le regard de Stephen et hochai la tête.

— D'ailleurs, je n'aime pas non plus d'autres détails. Un poltron ? Qu'est-ce que ça veut dire ? Quelle idiotie !

— Et la dernière strophe, ajoutai-je en voyant que les événements l'intéressaient moins que la chanson qu'ils avaient inspirée. Vous l'avez oubliée.

— Non, je l'ai chantée. C'était celle par quoi j'ai terminé.

— La fin est différente dans mon texte.

— Comment est-ce possible ? Tout a été dit.

Je lui lus la dernière strophe imprimée sur le feuillet :

— Et quand vous régnerez, veuillez vous souvenir
Des cruels débuts que vous imposa la nature
Et pensez à la chienne sur le tertre désolé
Et pardonnez de grâce aux chanteurs leurs chansons
Et pardonnez de grâce aux chanteurs leurs péchés.

Il avait l'air bouleversé, comme un vieil homme regardant brûler sa maison.

— Qu'est-ce que c'est que ces fichaises ? demanda-t-il avec dégoût. Ce n'est pas ce que j'ai écrit. Je n'aurais jamais écrit un truc pareil. C'est une horreur. Il n'y a même pas le bon nombre de vers. Il doit y avoir une erreur. Demandez à GB. Il vous le dira.

En le regardant, je me rendis compte que si j'étais vivant dans cette pièce, en face de lui, c'était uniquement parce qu'il avait assisté à mon sauvetage. Peut-être lui devais-je la vie. Quel âge avait-il ? Il paraissait plus jeune que moi, mais c'était l'effet de sa candeur et il était impossible de déterminer son âge véritable. Moi-même, je n'avais pas l'air aussi jeune que j'aurais dû. Les voyages m'avaient vieilli.

— Pourquoi étiez-vous là-bas, Pharaoh ?

Les larmes lui montèrent aux yeux. J'avais envie de pleurer, moi aussi.

— C'était ma première vraie chanson, dit-il (car telle était la pensée qui l'avait ému). Je l'ai inventée tout seul. J'ai tout vu et ensuite je l'ai mis dans ces paroles, sur-le-champ, sauf le dernier morceau que je...

Il agita la main avec mépris, comme pour jeter la strophe finale, puis son geste devint frénétique et il fit mine de l'effacer sur un tableau noir invisible.

— Vous vous souvenez de tout ? demandai-je.

Stephen m'avait maintenant abandonné la conduite de l'affaire. Il fallait faire preuve d'un doigté tout féminin. Pendant que je parlais avec Pharaoh, il resta un moment derrière moi puis s'éloigna pour examiner les livres poussiéreux aux reliures impeccables.

— Oui. Je m'en souviens. À cause de la chanson. Les chansons m'aident toujours à me souvenir. GB dit qu'elles sont l'air que je respire. Et ils l'ont imprimée, exactement comme il l'avait dit, et ils m'ont donné de l'argent. Et ils lui ont mis cette jolie image. Ce fut la première de mes chansons à avoir paru avec mon nom dessus. Je ne me rappelle pas du tout la dernière que j'ai composée, car elle ne parlait pas de quelque chose que j'avais vu. Mais celle-là était ma *première*. Et maintenant, regardez-moi tout ceci...

Il contempla l'arrière-salle miteuse du palais en papier d'un air émerveillé et se mit à fredonner.

— Tout s'est passé exactement comme dans la chanson ?

— Non.

Pharaoh s'était mis à chantonner entre chaque mot qu'il prononçait, de sorte qu'il me semblait impossible qu'il écoute vraiment.

— En quoi était-ce différent ?

Je ne manifestais ni peur ni inquiétude. Je me contentais de poser des questions. Seul Stephen connaissait le drame qui se jouait en moi. Soudain, la porte d'entrée s'ouvrit et les échos de la rue firent irruption dans la pièce.

— Alby ! Est-ce que notre poule aux œufs d'or... rugit une voix tonitruante.

Son propriétaire fut aussitôt introduit dans la pièce du fond et s'avança avec l'autorité d'un homme dont le nom est imprimé à la fois sur la porte d'entrée et sur l'enseigne la surplombant. Malgré sa mise débraillée, il avait cet air bravache que donne le succès.

— Eh bien, c'est ce que dit la chanson, mais dans une chanson... continua Pharaoh.

Il s'interrompit dès qu'il vit Bellman.

— GB ! s'exclama-t-il en guise de salut.

Il se mit à se gratter la tête.

— Dans une chanson, enchaîna GB qui avait jaugé la situation au premier coup d'œil et s'inclinait légèrement comme un acteur rappelé sur la scène, dans une chanson l'auteur, comme dans n'importe quel autre bel ouvrage de la littérature, doit avoir le droit de broder. Il doit avoir toute liberté d'obéir à l'appel de sa muse, de sa Terpsichore. Il est l'esclave de ses caprices. Mr Phillip Farrow ici présent est le compositeur de ballades le plus éminent de ce temps, monsieur. Et il sera heureux de composer pour vous tout ce que vous désirez. Peut-être madame aimerait-elle une chanson pour commémorer l'heureux événement ?

Bellman connaissait son affaire. Il n'avait pas sourcillé.

— Depuis tant d'années que nous travaillons ensemble, Mr Farrow et moi n'avons jamais eu plus de succès qu'avec des chansons et des airs composés tout exprès pour un événement local.

Il nous regarda d'un air narquois.

— Une chanson vous conviendrait-elle ?

Stephen le prit par le bras et l'emmena hors de la pièce avec une assurance persuasive.

— Que diriez-vous d'une tasse de thé ? demanda-t-il à l'imprimeur.

— Ohé, Alby ! Du thé ! cria GB avec enthousiasme tout en s'éloignant plus vite qu'il n'en avait eu l'intention. Pharaoh leva les yeux sur moi.

— Pourquoi voulez-vous savoir tout ça ? Vous aimez la chanson ? GB a raison, je vais vous en composer une autre.

— J'aime cette chanson, mais j'ai besoin de savoir exactement ce qui s'est passé, ce que vous avez vu.

Pharaoh enfouit sa tête dans ses mains puis la redressa brusquement, comme si de rien n'était. Il se mit à mordre la plaie au coin de sa bouche. Ce signe de nervosité me parut de mauvais augure.

— J'ai promis de me taire.

— De vous taire à quel propos ?

— À propos du bébé.

Il se mordit si fort les lèvres qu'il fit une grimace de douleur. Puis il essaya de continuer de les mâchonner tout en suçant son pouce. S'apercevant qu'il était impossible de faire les deux à la fois, il se retrouva désemparé et arrêta tout.

— Savez-vous qui je suis ?

Il secoua la tête.

— Je ne vous dirai rien. Je l'ai promis à Maman.

— Qui suis-je, à votre avis ?

Il me lança de nouveau un regard à la fois vif et lent, puis se mit à mordre ses ongles, ce qui lui valut immédiatement ma sympathie.

— Ils n'ont jamais connu le père, dit-il à brûle-pourpoint.

— Qui « ils » ? Je ne suis pas le père.

— Vous n'êtes pas la mère.

— Non.

— Je crois qu'elle est morte.

Ma mère était morte. Je digérai lentement cette information et déglutis.

— Vous n'êtes pas l'homme dans la voiture ?

Il sourit sous le coup de l'inspiration mais se renfrogna en comprenant qu'il faisait fausse route.

— En tout cas, vous n'êtes pas moi.

— Je suis le bébé, Pharaoh. À moins que le destin ne se joue de nous, je suis le bébé que vous avez vu.

— Le bébé que j'ai porté ?

— Celui que vous avez vu avec la chienne.

Mutt leva les yeux vers moi, excitée par le mot *chienne*. Elle espérait qu'il serait suivi par *promenade* ou *manger*. Pharaoh garda le silence.

— J'ai été sauvé par un homme dans une voiture. C'était le seigneur de Love Hall et les armes de sa famille représentent une rose et un églantier.

— C'était ce qu'il y avait sur la voiture, exactement comme dans l'illustration de cette ballade. Son valet est descendu et vous a emmené. J'ai chanté ce que j'ai vu, ils l'ont mis par écrit et m'ont donné de l'argent.

— Pourquoi étiez-vous là-bas ?

Pharaoh se mordit de nouveau la lèvre. Il essayait de s'empêcher de tout me dire, mais je savais qu'il ne pourrait se retenir, même s'il lui fallait pour cela se mettre à chanter et crier la vérité en quelques couplets bien scandés.

— Ne vous faites pas de souci, Pharaoh. Il faut que nous sachions ce qui s'est passé. Après tout ce temps, cela ne peut plus léser personne.

— Maman est morte.

— Je sais.

— Non. Ma mère à moi. Maman Maynard. Ils l'ont eue. Elle s'est fait prendre et ç'a été sa fin.

Il redressa la tête.

— Cela dit, je lui ai fait une belle chanson. *Derniers Mots et Confession*, qu'elle s'appelait.

Il sourit en y repensant et se mit à fredonner, puis à chanter à pleine voix :

— *Je naquis dans la ville de Kilkenny*
Quand pour la première fois je gagnai Londres...

Cette fois, la chanson mourut sur ses lèvres.

— Vous portez une robe. C'est joli.

— Il faut que vous me disiez tout. Personne ne peut plus en souffrir. Vous pouvez m'aider. J'ai besoin d'une famille, même s'ils sont morts. Je ne sais pas qui je suis.

— Moi non plus. Je détestais ce sentiment, avant. Maintenant ça me plaît. Comme dit GB, je suis mon seul maître. Peut-être que vous finirez par aimer ça, vous aussi.

Je voyais bien qu'il était encore tout plein du souvenir du succès de sa chanson sur Maman Maynard.

— J'ai besoin de toutes les informations susceptibles de m'aider à retrouver ma famille. Il faut que je sache qui je suis. Je vous en prie.

Pharaoh se mit à rire. Au début, ce ne furent que des gloussements de bébé, mais bientôt son rire devint tonitruant. Je n'arrivais pas à l'arrêter.

— Qu'est-ce qui vous prend ?

Il pointa son doigt vers la chienne.

— En voilà au moins une !

Je baissai les yeux sur Mutt.

— En voilà une qui fait partie de votre famille ! Parfaitement !

Mutt gisait sur le dos et écartait ses pattes d'un air soumis afin de m'encourager à gratter de nouveau son ventre.

— Cette chienne qui vous a sauvé, je suis retourné la chercher le lendemain. Elle est rentrée à la maison avec moi, elle a eu des petits et le seul que nous ayons gardé était le père de Mutt. Et Mutt est le seul chiot de lui qui soit resté avec nous. Je pense qu'elle est votre tante ou votre nièce. Votre parente, en tout cas.

Je ne pus m'empêcher de rire à mon tour. La seule famille que nous pouvions me dénicher était une diaspora de chiens aux quatre coins de l'Angleterre. J'imagine que cela m'allait bien.

— J'ai cru qu'elle avait le béguin pour vous ! lança Pharaoh au milieu d'une nouvelle salve de rires.

Même Mutt se joignit à l'hilarité générale. Elle s'assit et se mit à hurler avec nous. Pharaoh leva les yeux et aperçut derrière moi GB et Stephen qui avaient accouru dans la pièce. Leur expression étouffa net notre gaieté.

— Il faut que tu leur dises la vérité, Pharaoh, dit GB. Maman Maynard est morte. Ils ont tous disparu.

— Sauf la nièce, observa Pharaoh.

Mutt bondit d'un coin de la pièce où elle avait trouvé une petite balle rouge, qu'elle laissa tomber à mes pieds. Comme je ne la ramassais pas sur-le-champ, elle la poussa vers moi avec son museau en poussant des halètements impatients. J'adore les chiens.

Et c'est ainsi que nous pûmes reconstituer une partie de l'histoire grâce à Bellman, auquel manquaient les détails, et plus encore grâce à Pharaoh, auquel manquait la capacité d'organiser lesdits détails. En écoutant leur récit, je devais me dissocier entièrement du paquet porté par Pharaoh. Il ne s'agissait même pas de moi, j'étais à peine vivant – mais c'était plus fort que moi. Je m'imaginais à la merci d'abord d'un jeune garçon faible d'esprit, puis d'une chienne sur un tas d'ordures. Chaque respiration était-elle un supplice, alors que je luttais pour survivre ? Étais-je revenu à la vie sous la langue de la grand-mère de Mutt ? Je regardai Pharaoh. Je regardai Mutt. Veinarde.

En une heure, avec l'aide de force tasses de thé, ils arrivèrent au bout de leur propre histoire. Maman Maynard était devenue gênante pour la police. Même si elle avait quelques atouts à jouer avec tout le monde, ses cartes n'étaient pas assez fortes pour lui permettre de continuer la partie. Pharaoh était éperdu, raconta Bellman. C'était GB qui l'avait finalement pris chez lui en l'encourageant à composer tant que le cœur lui en disait. Ils avaient fondé leur succès sur les talents de copiste d'Alby, l'infaillibilité de l'imprimerie de GB et la capacité de Pharaoh à produire des ballades avec une célérité prodigieuse. C'était ainsi qu'ils avaient créé un empire petit mais prospère et un triumvirat qui avait résisté au temps. Même Pharaoh avait commencé à comprendre qu'il devait les améliorations de son existence à son activité de chansonnier.

— Il est aussi heureux que possible, raconta GB, mais il se montre terriblement réfractaire aux commandes. En fait, Mr Farrow excelle uniquement à laisser son esprit musical vagabonder à sa guise. Il donne rarement son meilleur quand il doit traiter un sujet obligé.

Pharaoh approuva sagement de la tête. Il avait fini par avoir tout ce dont il avait besoin, sauf un nom bien anglais. GB lui avait alors soumis une idée : Phillip Farrow. Ceux qui le désiraient pouvaient encore l'appeler Pharaoh, car dans cette partie de Londres les deux noms se prononçaient à peu près de la même façon. Bien entendu, toutes ces explications étaient fournies par le loquace imprimeur. Pendant ce temps, Pharaoh suça son pouce, tira quelques longs poils de son nez, mordit sa lèvre, chatouilla le ventre de Mutt, fredonna, fourragea dans les papiers sur le bureau et lécha le bout de son doigt avant de le glisser dans son oreille.

Pensant que les deux artistes avaient terminé leur spectacle, nous nous apprêtâmes à rentrer pour raconter à un auditoire stupéfait l'épopée de la chienne, de la voiture, de la chanson et du garçon, qui commençait et finissait avec moi. Mais à cet instant, Bellman extirpa de sa mémoire un dernier détail.

— Et Annie, mon vieux ? Est-ce qu'elle ne serait pas encore dans les parages ? Je suis sûr de l'avoir vue. C'est la seule survivante.

— C'est vrai…

Pharaoh ne semblait pas voir l'intérêt de retrouver cette femme qui avait participé à mon « accouchement », connaissait Maman Maynard, avait vu le visage de ma mère et peut-être même la connaissait.

— Je n'aime pas du tout la rencontrer.

— Voyons, où se trouve-t-elle ? Seigneur !

GB s'adressa à nous d'un ton faussement exaspéré.

— Je suis désolé, mes amis. Sincèrement.

Elle veille sur ces femmes perdues qui n'ont pas eu sa chance, récita Pharaoh.

Il ajouta d'un ton lugubre :

— Elle est aux Autres Marie. Je connais l'endroit.

— Les Autres Marie ! Nous y voilà. Peux-tu les amener là-bas, Pharaoh ? Bonté divine ! Je vous promets qu'il va vous y amener. Tu m'écoutes ? C'était une des filles de Maman Maynard, mais elle est la seule qu'on voie dans le quartier, la seule à être restée en liberté ou en vie…

Le visage de Pharaoh prit une expression nouvelle, qui devait être inédite à en juger par la réaction de Bellman : le compositeur avait pris une décision importante.

— Je veux écrire une nouvelle chanson, déclara-t-il.

— Alby ! hurla Bellman en se tournant violemment vers la gauche tout en gardant un œil sur son protégé.

Mais Pharaoh se contenta de grogner :

— Pas maintenant.

— Du thé, Alby ! improvisa Bellman.

— Je veux écrire une autre chanson sur le reste de l'histoire du bébé abandonné et sauvé par le chien. LE chien. Un seul.

— Bien sûr que tu peux en écrire une autre. Autant de chansons que tu le désires.

— Je raconterai la *véritable* histoire.

— Il me semble, dit Stephen avec un sourire, que Mr Farrow est en train de nous dire qu'il serait ravi de nous emmener voir Annie et qu'il aimerait également écrire une autre ballade sur Rose et son histoire. Une ballade pour ainsi dire officielle.

Bellman parut d'abord dérouté puis il s'énerva.

— Ça alors, quel petit sournois. C'est une sorte de… eh bien, il n'y a pas d'autre mot. C'est du chantage !

L'intervention de Pharaoh dans les négociations était terminée et il s'efforçait maintenant de lancer des morceaux de papier à la chienne, bien que Mutt ne pût le voir puisqu'elle avait fourré sa tête sous ma jupe.

— C'est d'accord, dis-je sur-le-champ.

Pharaoh esquissa son sourire oblique.

2

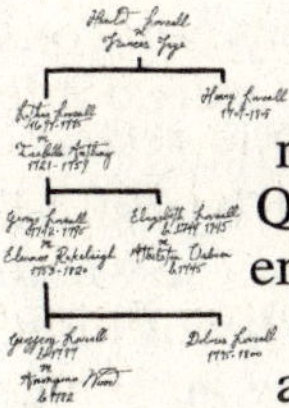

n un clin d'œil, tous les habitants du Vingt-Quatre se trouvèrent réunis au salon pour entendre notre récit. Stephen et moi ne cessions de nous passer le relais, en pimentant autant que possible notre compte rendu avec force exagérations amusantes. Par moments, l'histoire s'emballait et comme si elle se développait d'elle-même, comme si ç'avait été elle qui nous racontait. Elle apportait sa propre part d'enjolivements. Les rideaux étaient-ils vraiment en papier ? En tout cas, ils auraient dû l'être. Une bonne histoire mérite d'être bien racontée. Si les faits manquent un peu de piquant, un minimum d'amplification ne saurait nuire à la vérité, au contraire. (Du reste, il n'y a plus personne pour me contredire, maintenant qu'est venu le moment du tour de piste final pour moi, le dernier de l'équipe.)

Nous nous précipitâmes enfin vers la ligne d'arrivée, euphoriques, et terminâmes hors d'haleine. Ma mère battit des mains. Fidèle à ses manières peu féminines au point d'être provocantes, Victoria se contenta de hocher la tête avec approbation et incrédulité. Quant à Hamilton, il entreprit de noter les points essentiels dans son registre. En le regardant, je me rappelai qu'il fallait que j'écrive les dernières nouvelles à Franny. Je consignerais avec minutie le déroulement des événements, rien que pour elle – je lui devais un journal pour la remercier de celui qu'elle avait tenu pour moi. Je me levais et me mis à faire des pirouettes.

— Aujourd'hui, une chienne ! chantai-je en hommage à Pharaoh. Et demain, toute la bande !

Après avoir mis un point final au dernier chapitre, Hamilton observa avec satisfaction :

— Nous continuons à tenir nos registres comme par le passé, et cela dans les codes que nous connaissons.

Il me demanda des précisions, de mornes détails que nous avions omis dans notre excitation joyeuse.

— Et nous avons tant de ballades de chez Bellman, ajouta ma mère. Au moins cinquante. Nous pouvons suivre l'ensemble de la carrière de Farrow, sans doute beaucoup mieux que ne le pourrait Mr Bellman.

Stephen resterait en contact avec GB et la visite à Annie serait ma prochaine aventure dans le vaste monde. Chacun de nous donna son avis sur la question. Hamilton était partisan de faire venir Annie au Vingt-Quatre, alors que Victoria nous conseillait de la rencontrer aux Autres Marie. Voir de près un établissement de ce genre serait pour nous une expérience instructive.

L'heure la plus paisible des journées du Vingt-Quatre allait commencer, entre la lecture de fin d'après-midi et le gong du dîner, tandis qu'au soir tombant le soleil brillerait paresseusement par la vaste fenêtre de derrière et teinterait d'orange la table cirée. Alors que les débats semblaient clos, Hamilton me demanda si j'étais d'accord pour qu'il expose son analyse de notre situation. Auparavant, il avait laissé entendre qu'il ne le ferait que lorsque je serais prêt. Je regardai ma mère dans l'espoir qu'elle accepterait ou refuserait pour moi, mais elle se contenta de soutenir mon regard avec cette expression nouvelle à laquelle je ne m'étais pas encore habitué. Je fis signe à Samuel de commencer. Il s'installa à la table du salon avec son registre devant lui, ajusta ses lunettes au bout de son nez, aligna méticuleusement deux crayons à droite du volume et s'éclaircit la gorge comme s'il s'apprêtait à faire une conférence. L'effet était horriblement solennel. Autant j'aime le romanesque, autant la sécheresse de l'historien me rebute.

— En ce moment, Rose, deux enquêtes se déroulent simultanément dans cette maison. La première est celle que vous menez pour découvrir vos origines.

— C'est la plus importante, intervint ma mère d'un ton définitif.

Elle souffla pour ôter la poussière de la tranche d'un petit volume qu'elle tenait dans sa main.

— Absolument, madame, dit Hamilton en hochant la tête. La seconde enquête est celle que je mène au nom de ma famille et dont je vais m'efforcer de vous expliquer les détails complexes. Je suis aujourd'hui en mesure de révéler ce que j'ai découvert avec les outils peu nombreux à ma disposition. Les résultats sont maigres, mais leur portée pourrait être considérable.

Mon esprit se mit à vagabonder et je me surpris à songer à ma nouvelle parente. La dernière fois que je l'avais vue, elle était sur le dos et agitait frénétiquement ses pattes tandis que je lui grattais le ventre. Puis elle avait dressé les oreilles en entendant un son inaccessible à l'oreille humaine, s'était élancée pour je ne sais quelle expédition canine et n'avait plus reparu. Ce souvenir me charmait, cependant je savais que j'aurais dû écouter Hamilton avec attention, malgré l'ennui de son préambule et du discours. Je l'avais complètement oublié en pensant à Mutt.

— Ce que je m'apprête à vous dire, et que j'ai découvert grâce au code de Stephen et Sarah, n'est connu que de votre mère et de moi-même.

Nous allions en avoir pour un bon moment. Je jouai nonchalamment avec les extrémités de ma moustache et réalisai une imitation subtile de Pharaoh à l'intention de Stephen. Dans mes efforts pour ne pas rencontrer son regard, je ne cessais de lui jeter des coups d'œil, ce qui m'obligea à constater à ma grande déception qu'il écoutait son père d'un air absorbé.

— Le Mauvais Lord Loveall, votre arrière-grand-père par adoption, Rose, n'était pas parvenu à mettre au monde un héritier convenable avec sa première épouse, Catherine Aston. Nous connaissons cette histoire depuis longtemps. Ils avaient deux enfants, à savoir Georgina et George Loveall. À l'âge de dix-neuf ans, Georgina s'enfuit pour épouser Philippe de Bruxelles. Elle ne revint jamais et, bien qu'elle eût des descendants, renonça officiellement à ses droits sur l'héritage afin d'avoir le privilège d'être débarrassée de sa famille. George Loveall, né en 1724, mourut à trois ans. Il fut alors décidé que Catherine ne pourrait plus être d'aucun secours et le Mauvais Lord consentit à divorcer de son unique amour, en 1737. Après quoi, il épousa Isabelle Anthony en 1741 et engendra deux enfants : tout d'abord le Bon Lord Loveall, futur époux de votre grand-mère, Eleanor Rakeleigh…

— Existe-t-il un arbre généalogique ? l'interrompit ma mère.

— Oui, madame. J'en ai un ici, mais je vais devoir lui apporter quelques modifications, comme je vais vous l'expliquer.

— Cela nous serait fort utile.

— Le second enfant était Elizabeth Loveall, née en 1744 et maintenant décédée. Elle épousa lord Athelstan Osbern, lequel est lui-même sur le point de s'éteindre, à ce que nous entendons dire, en laissant *in situ* sa famille à Love Hall, appelé à présent Playfield House.

Je savais tout cela et, malgré mes efforts d'attention, je n'avais qu'une patience limitée pour ces noms et ces dates. Il fallait toujours partir de si loin, quand on racontait ce genre d'histoire. Je commençai à me tortiller sur mon siège. Concentré sur son livre, Hamilton n'avait aucune idée de mon malaise. Il levait rarement les yeux, et c'était souvent pour me regarder. Je me rappelai que cette séance m'était destinée en priorité. Pourtant, il semblait bien que ma propre enquête fût plus urgente et davantage d'actualité. J'imaginai Alby en train d'apporter une théière pleine tandis que Pharaoh chantait ma chanson dans son cocon de papier.

— Le Mauvais Lord ne cessa jamais d'aimer Catherine Aston et ce fut elle qui éleva ces quatre enfants, Isabelle Anthony ne servant guère que pour l'incubation, si j'ose dire. Où est donc ce passage ? Euh… ici…

Sa voix ralentit tandis qu'il feuilletait rapidement son registre tout en remettant d'aplomb ses lunettes sur son nez.

— Non… ici !

Il pointa l'index sur une page et dessina du doigt l'arbre généalogique – mais je ne distinguais devant lui qu'un amas de hiéroglyphes.

— Telle est la version *pour le public*, continua-t-il. Il se trouve que cette affaire fut menée par mon honorable grand-père, Archie Hamilton, qui ne mourut que quelques années avant la disparition du Mauvais Lord. C'est dans son journal que j'ai appris ce que je vais vous révéler, en utilisant le code qui n'avait été accessible auparavant qu'à Stephen et Sarah.

Hamilton leva les yeux avec fierté et adressa un sourire radieux à Angelica et à son fils. À travers ce sourire, c'était toute l'histoire des Hamilton qui transparaissait, cette famille dont le rôle dans la destinée des Loveall était aussi essentiel que celui des Loveall eux-mêmes.

— Ma première découverte, dont je lus les péripéties avec un intérêt croissant au milieu de documents fascinants quant aux débats de l'époque sur les clôtures, lesquels n'ont aucun rapport avec notre enquête, encore qu'on se laisse si aisément égarer en lisant ces registres qui sont aussi remplis de coins et de recoins que le château lui-même… Bref : j'ai découvert pour commencer qu'entre son divorce de Catherine Aston et son mariage avec la future mère de ses enfants, Isabelle Anthony, le Mauvais Lord s'est remarié deux fois.

Il leva les yeux pour s'assurer que chacun mesurait l'importance de cette révélation.

— Deux fois ? s'exclama Stephen.

— Il s'est marié en tout quatre fois, et nous ne connaissons que sa première épouse, Catherine, et sa dernière, Isabelle.

— Il a donc fait deux fois mieux, lançai-je dans mon désir d'apporter ma contribution quoique je me fusse mis à penser à Sarah et à son absence perpétuelle.

— Le point crucial, c'est qu'alors que nous savons qu'il s'est marié quatre fois, il s'avère qu'il n'a *divorcé* que deux fois.

Hamilton fit une pause puis précisa :

— Ce qui veut dire qu'il manque un divorce.

— Le vieux démon, dit Hood.

Il scrutait d'un air égaré la Maison de Poupée et restait si silencieux en général qu'on en oubliait aisément sa présence.

— Il brûlera en enfer pour cela, ajouta-t-il avant de se mettre à bâiller.

— L'une des autres épouses est peut-être morte ? demandai-je, rattrapé bien malgré moi par le scandale.

— Non, répondit Hamilton. Ces mariages restés secrets jusqu'à ce jour n'avaient été arrangés qu'en vue de donner à Catherine un héritier mâle à élever. Il était d'une importance essentielle pour Loveall que la légitimité dudit héritier soit incontestable. Catherine Aston et, suppose-t-on, le Mauvais Lord en personne sélectionnèrent deux femmes à cet effet. Les deux mariages clandestins furent célébrés dans la grande chapelle par le desservant, le révérend Stone, un familier des chasses de la famille. Ces deux femmes...

— Ces deux pauvres femmes, intervint Victoria.

— Ces pauvres femmes aux parents d'une cupidité extraordinaire furent suivies par une troisième malheureuse, Isabelle Anthony, laquelle à la différence de ses devancières joua son rôle à la perfection, eut un enfant sans tarder et prit ainsi place dans l'histoire des Loveall, alors que les deux autres en étaient effacées. Ces événements se déroulèrent en l'espace de quatre années.

Le soleil couchant nous éblouissait et Victoria, sans appeler un domestique, se leva pour tirer le rideau.

— Qui étaient ces malheureuses ? demanda-t-elle.

— La première s'appelait Marion O'Hare. C'était la fille d'un seigneur irlandais déshonoré, que Lothar tenait en son pouvoir pour des motifs restés mystérieux dont le détail doit certainement avoir été consigné dans un registre antérieur. Elle fut prise à l'essai.

— Et renvoyée... comme une esclave, dit Victoria.

— Exactement. Renvoyée et divorcée. Marion s'était montrée à la fois trop maligne et pas assez pour eux. Elle attendit bientôt un enfant. Si vite, à vrai dire, qu'on craignit un instant qu'elle ne fût arrivée à Love Hall déjà enceinte – mais cette hypothèse fut finalement écartée pour des raisons techniques. Elle présentait tous les symptômes de la grossesse, des nausées au ventre gonflé. Cependant, malgré ses subterfuges, Archie finit par découvrir qu'en réalité elle n'était pas enceinte du tout. D'où le divorce immédiat.

« Mais c'est le second de ces mariages secrets qui nous intéresse particulièrement. La femme venait de beaucoup plus loin, puisqu'elle était d'origine française et hollandaise. Son père était un riche marchand de laine de Scheveningue, qui avait fait des affaires considérables avec Love Hall. Elle s'appelait Marguerite d'Eustache, fille de Cornelius van Weeniw d'Eustache. Les registres la décrivent avec précision. Elle était brune, large de hanches, et parlait un anglais fort acceptable. Elle devint lady Marguerite Loveall lors d'un mariage célébré par le révérend Stone le Vendredi saint de l'an 1739, où il fit un sermon intitulé "Jésus, chasseur d'hommes" aux quatre assistants présents. Tout est dans le registre.

Hamilton avait mis la chaudière sous pression et avançait maintenant avec plus d'efficacité. Sa narration était nettement plus ordonnée que notre bousculade de mots.

— « Sous la direction de lady Catherine », pour reprendre cette curieuse expression qui revient plus d'une fois à propos de ces trois autres épouses, Marguerite était tombée enceinte presque immédiatement. Cependant, elle sentit bientôt s'éveiller en elle des soupçons – nous savons qu'ils n'étaient que trop fondés. Elle comprit qu'elle ne serait sans doute que la nourrice de son enfant, dont elle serait ensuite séparée. Cette horrible pensée lui valut des nuits misérables de fiévreuse insomnie.

Je songeai à mes propres nuits de misère et imaginai cette femme dans le même château, dans la chambre et le lit même où j'avais souffert mes propres tourments.

— Son piètre état de santé constituait une réelle menace pour l'enfant, cette marchandise si précieuse. Au fil des mois, l'angoisse de Marguerite grandit au point qu'elle devint forcenée dans ses accusations, n'hésitant pas à se plaindre avec emportement d'être emprisonnée et maltraitée. Elle leur reprochait de lui interdire toute communication avec sa famille qui pourtant, qu'elle le sût ou non, était très probablement d'intelligence avec les Loveall dans cette machination.

« Ni Archie ni Catherine ne parvenaient à la ramener à la raison, et son mari n'était pas autorisé à l'approcher. On lui proposa des sédatifs, mais elle les refusa par crainte d'être empoisonnée. Pendant une semaine entière, elle se maintint éveillée en se piquant au côté avec une épingle qu'elle avait cachée dans ses draps. Elle passa une autre semaine à écrire d'innombrables lettres, qui ne furent jamais envoyées. Elles contenaient des accusations si horribles qu'on frémit à la pensée qu'elles pourraient être vraies – l'une d'elles est conservée dans le registre. La malheureuse devait être surveillée et gardée en permanence. La famille craignait le pire.

« Toutefois, au cours du dernier mois, l'instinct maternel commença à prendre le dessus, à leur grand soulagement. Comme Catherine l'avait toujours prédit, il finit par l'emporter sur toute autre considération chez Marguerite. Elle paraissait résignée au destin de son enfant et comprenait, d'après Archie Hamilton, la bonne fortune que Love Hall représenterait pour lui. Elle donna enfin naissance à un garçon en parfaite santé, héritier légitime du domaine des Loveall, le... J'ai la date ici, quelque part. Les chiffres en codes sont de véritables casse-tête. Le 4 février 1740. L'enfant fut appelé Charles.

— La fin fut-elle digne de Médée ? demanda Victoria.

Je regardai ma mère, qui arborait un air amusé et vaguement supérieur. Elle savait déjà…

— Pas du tout. Et c'est bien là le nœud du problème. La résignation de Marguerite n'était qu'un calcul, un stratagème réussi. Au lieu de leur abandonner son enfant comme prévu, elle les prit tous par surprise. Trois jours plus tard, au milieu de la nuit du 7 février, elle s'enfuit avec son fils, leur héritier.

Il s'interrompit. Je levai les yeux, comme si ce bébé s'était mis à crier dans l'obscurité silencieuse.

— Ensuite ? ne pus-je m'empêcher de demander.

Elle avait pleuré dans mon propre lit et s'était échappée par le même portail plongé dans les ténèbres. Dans son désespoir, elle avait couru vers l'inconnu, exactement comme moi. Je me sentais impliqué, complice de sa fuite. Je l'imaginais avec son bébé minuscule, assez menue elle-même pour se glisser à travers la grille.

— Ensuite… dit-il en hésitant. Rien. Elle avait disparu. Point final. En ce qui concerne ce registre, on n'eut pas d'autres nouvelles de Marguerite. Archie tenta de faire annuler le mariage. Comme cela s'avérait impossible, il décida avec le Mauvais Lord que la meilleure politique consistait à ignorer cette union dont presque personne n'avait entendu parler. Les van Weeniw de Scheveningue reçurent une compensation financière pour la perte de leur fille et ne soulevèrent certainement aucune difficulté. Les maîtres de Love Hall reprirent leur projet initial et parvinrent bientôt à le réaliser avec succès, grâce à Isabelle Anthony. Ils résolurent de chercher Marguerite, de la retrouver…

— Pour la réduire au silence, intervint Victoria.

— Mon grand-père n'y fait aucune allusion.

— N'est-ce pas évident ?

— La question ne se pose pas, car ils ne furent pas en mesure de faire quoi que ce soit. Elle réussit à s'évanouir dans la nature. Elle n'entra pas en contact avec son père ni avec aucune de ses anciennes relations. Quelle qu'ait été sa destination – et je soupçonne qu'elle n'est pas allée bien loin, affaiblie comme elle était par l'accouchement, avec son bébé s'accrochant à elle dans le froid de l'hiver –, elle s'y est rendue dans le plus grand secret. Et c'est tout ce que nous pouvons dire, car le registre se termine là et les codes changent donc avant que la situation ait pu évoluer. Je possède les autres registres, mais nous ne pouvons les lire puisque les codes sont inaccessibles.

— Expliquez-vous, lança Victoria.

— Eh bien, dit-il en souriant, il faudrait plus de temps que nous n'en avons pour expliquer le code. Il comprend quatre versions, dont chacune se transmet dans ma famille de génération en génération. Il fut conçu par Gregory Hamilton, lorsque les Loveall se virent accorder leurs premières lettres de noblesse. Sa complexité était suffisante pour satisfaire le lord le plus craintif et les plus pointilleux de mes ancêtres. Comme seul un ennemi des Loveall pouvait nourrir le projet de décoder l'ensemble des registres, on fit en sorte que ce soit impossible. Une fois mémorisés, si pour une raison ou pour une autre la transmission dans notre famille ne peut s'effectuer correctement, les codes sont conservés dans un coffre secret à Love Hall. Je possédais personnellement le code B, et j'ai maintenant accès à celui de mes enfants, le code C. Ce qui signifie que dans l'état actuel des choses, la moitié de l'histoire des Loveall est hors de notre portée. J'ai lu tout ce que je pouvais déchiffrer. Pour le reste, il nous faudrait les autres codes.

— Peut-être tout espoir n'est-il pas perdu pour Marguerite, observai-je plus intéressé par elle que par les codes.

— C'est vrai, Rose. Mais avec tout le respect que je dois à cette dame, son sort ne nous importe guère. L'essentiel demeure qu'il fut certainement impossible à Loveall de divorcer légalement de sa troisième épouse et que leur mariage ne fut jamais annulé. Aux yeux de la loi, le Mauvais Lord ne fut donc jamais marié à Isabelle Anthony.

— Mais alors... commençai-je.

— Oui ? dit-il d'un ton encourageant.

— Mais alors mon grand-père n'avait légalement aucun droit de revendiquer l'héritage des Loveall.

— Et dans ce cas ? demanda ma mère.

— Mon père n'aurait jamais dû être le Jeune Lord Loveall.

— Oh ! lança Hood à l'improviste d'un air offusqué. C'était bien avant mon temps ! Je n'ai rien à y voir !

— En somme, nous n'avons plus aucun droit sur Love Hall, observa ma mère.

— C'est vrai, admit Hamilton qui reprenait haleine en ôtant ses lunettes et en frottant l'endroit où elles avaient laissé une marque rose. Toutefois *eux aussi* voient leurs prétentions réduites à néant. Dans ce cas, étant donné qu'il est fort improbable qu'aucun héritier légitime se manifeste, il n'y avait aucune raison pour que vous soyez dépossédés. Peut-être devrai-je y passer le reste de mon existence, mais je pense qu'il vaut la peine de suivre cette voie. C'est notre devoir envers le château lui-même.

— Écoutez ! Écoutez ! cria Hood qui ne pouvait se décider à se lever ou à rester assis. C'était bien avant mon temps.

— Mais aucun d'entre nous n'est un vrai Loveall, hasardai-je.

— Votre mère a épousé le Jeune Lord. C'est un point indiscutable. Elle portait le titre.

— Puis-je dire un mot ? intervint Angelica.

Elle ne prenait jamais la parole, habituellement, mais plus rien ne pouvait nous surprendre.

— Je sais que ce n'est pas à moi de le dire, mais je préférerais que le château appartienne au roi plutôt que de le voir dans son état actuel.

— Je crois que nous sommes tous d'accord sur ce point, déclara ma mère.

— Le peu que nous venons d'apprendre dépasse tout ce que nous pouvions espérer, reprit Hamilton. Je suis sûr que nous pouvons nous en servir à notre avantage, et on m'a recommandé un certain Mr Mallion qui serait l'homme idéal pour ce genre de situation. Il est donc impératif que nous récupérions les autres codes enfermés dans le coffre. C'est ma faute s'ils s'y trouvent. J'ai commis un impair alors que je croyais bien faire. Je pensais nous protéger en emportant les registres et en laissant les codes dans leur cachette, de façon que les Loveall ne puissent être victimes d'une nouvelle attaque. Il est bien possible que j'aie servi ainsi sans le vouloir les intérêts des Osbern. Nous devons maintenant unir de nouveau les registres et les codes. Il se pourrait que les volumes actuellement indéchiffrables contiennent des faits encore plus décisifs, qui nous permettront de bâtir notre dossier. Sans compter que nous pourrions en apprendre davantage sur Marguerite et sur les mesures prises par les Loveall – avec l'aide, je le crains, de ma famille – afin de retrouver la trace de cette malheureuse.

— Mais comment comptez-vous les arracher à la gueule du lion ? demanda Victoria.

En l'entendant, j'eus honte de poser si peu de questions.

— Samuel a une proposition, annonça ma mère.

— Effectivement. Voici. Je suggère que miss Victoria retourne à Love Hall, après son dernier voyage couronné de succès…

— Couronné de succès ! se récria Victoria à l'évocation de ce souvenir désagréable.

— Je suggère qu'elle s'y rende dûment informée de l'emplacement du coffre, que Hood et moi-même sommes maintenant les seuls à connaître. Elle nous rapportera son contenu, qui se réduit à deux petits volumes.

— Et comment suis-je censée m'y prendre, je vous prie ?

Hamilton prit soudain l'air penaud, comme s'il était pris en flagrant délit de mensonge. Ma mère vint à son secours.

— Vous les volerez, dit-elle d'un ton amusé.

Victoria éclata de rire.

— Je ne peux pas faire une chose pareille.

— Je les volerai, moi, déclarai-je.

J'avais acquis un certain doigté au cours de mes voyages. Peut-être pourrais-je mettre ce talent à contribution.

— Non, cette mission revient à Victoria, dit Hamilton. Techniquement, il ne s'agit pas vraiment d'un vol.

— Ils ne vont certainement pas me laisser gambader joyeusement à travers le château en furetant dans des coffres secrets.

— Sans doute, mais vos parents sont au-dessus de tout soupçon. Le temps est peut-être venu pour eux d'essayer de se réconcilier avec leurs cousins. En votre présence, bien entendu.

— Je suis prête à vous aider, mais il sera plus difficile de convaincre mes parents. Et je ne puis m'absenter de mon travail en ce moment. La situation est trop urgente…

— Notre fille Sarah va rentrer, l'interrompit Angelica. Elle pourrait vous remplacer à l'hospice pour le peu de temps nécessaire.

— Un jour suffira peut-être, ajouta son mari.

— Vous avez pensé à tout, observa Victoria.

— Autant que possible.

— C'est bon, je me rends.

Victoria poussa un profond soupir et se leva.

— Je vais écrire tout de suite à mes parents.

— Ils arrivent demain, dit Hamilton en faisant ainsi l'aveu amusé de sa propre efficacité.

— Nous devons élaborer un plan très précis, déclara Victoria. Il s'agit de parer à toute éventualité.

Je tentais de me souvenir de tout afin de pouvoir le noter pour Franny, mais en fait je n'avais guère retenu qu'une chose : Sarah allait rentrer.

Je ne saurai jamais comment j'ai réussi à m'endormir cette nuit-là – habituellement, le doux sommeil qui berce la nature ne veut plus peser sur mes paupières la veille des grands jours[1]. J'ai dormi, cependant. Pour la première fois depuis plus d'un an, je rêvai que je nageais avec Stephen et Sarah, mais le rêve se confondait maintenant avec Salmacis, les deux tableaux se superposant

1. « Ô sommeil, doux sommeil / Qui berces la nature. » Shakespeare, *Henry IV*, partie 2, Acte III, scène 1. (*N.d.T.*)

dans ma vision. J'émergeai du sommeil dans la rumeur matinale de la ville, dont les bruits – sabots de chevaux sur le pavé, évoquant un vacarme de vaisselle cassée – étaient devenus les compagnons familiers de mes réveils. Je me souvins de ma dernière entrevue avec Sarah, un souvenir qui provoquait encore en moi une réaction physique, comme l'odeur du lait tourné.

Elle arriva le matin même, plus tôt que prévu et sans se faire annoncer. Elle me trouva dans le salon, assis en train de lire le journal de Franny. Mieux valait qu'elle me surprît ainsi à l'improviste, car je n'avais pas eu le temps de trop me soucier de mon apparence ni de m'abandonner à une nervosité frénétique. En entendant des pas dans mon dos, je supposai que ce devait être ma mère ou Angelica. Puis je reconnus sa voix.

— Rose ?

Elle prononça mon nom avec émerveillement, comme s'il allait rendre à la vie mon corps pétrifié ou me tirer d'un sommeil de cent années. Le journal m'échappa des mains. Sarah.

Elle s'avança en face de moi, le visage à contre-jour devant la fenêtre, et s'agenouilla pour ramasser le cahier, entourée par la corolle de sa jupe. Elle appuya sa joue sur ma cuisse, son menton sur mon genou, et je posai doucement ma main sur sa tête. Le silence s'abattit sur le salon, troublé seulement par le tic-tac de la vieille horloge. Même le monde extérieur semblait se faire pour une fois le complice de la paix dont nous avions besoin. Bientôt l'horloge elle-même battit au même rythme que mon cœur. Je regardai le miroir rond au cadre doré qui, du haut de la cheminée, reflétait chaque chose comme à travers un œil de poisson. La pièce nous réduisait en cendres. Nous n'étions qu'un tableau vivant en bas à gauche, d'une petitesse insignifiante, mais j'avais l'impression que ma main était l'axe du monde.

— Sarah, dis-je en faisant ruisseler ses cheveux entre mes doigts. Je suis tellement désolé.

— Non, Rose, répliqua-t-elle. C'est moi qui suis désolée. Nous le sommes tous.

Nous restâmes longtemps silencieux. Elle finit par lever vers moi son visage. Il n'y avait pas de larmes dans ses yeux.

— Je pensais que tu avais disparu pour toujours, dit-elle en posant de nouveau sa tête sur mes genoux.

— J'avais disparu *avant* de partir. Je suis revenu changé, mais je suis toujours votre Rose. Je suis beaucoup plus heureux comme je suis maintenant.

— Je ne comprenais rien.

— Moi non plus.

Elle embrassa ma jambe à travers ma jupe et jeta ses bras autour de ma taille, en me serrant comme si j'allais essayer de m'enfuir d'un instant à l'autre.

Dans le reflet déformé du miroir, nos vêtements se confondaient et sa jambe semblait un prolongement de mon corps. Sa tête était quelque part vers mon ventre, et comme je n'apercevais que ses cheveux j'avais l'impression d'être de retour à Salmacis, mais cette fois c'était moi qu'une étreinte emprisonnait. Sarah était la nymphe et moi, l'innocent. Elle ne voulait pas me libérer et je n'en avais moi-même aucune envie, mais à présent je ne désirais aucune conclusion surnaturelle, simplement qu'après qu'elle aurait enfin lâché prise je serais encore semblable à moi et elle, telle qu'elle avait toujours été : parfaite.

Une partie de ma robe se souleva sous son corps quand elle se redressa. Pesant sur moi de tout son poids, elle m'immobilisa sous elle. Sa joue effleurait ma moustache. Pour la première fois, je la pris dans mes bras et la serrai contre moi.

— Ose ! murmura-t-elle perdue pour un instant dans le palais des souvenirs de Love Hall. Rose. Frère et sœur ?

— Frère et sœur, répétai-je.

Je sentis ma gorge se serrer en prononçant ces mots. Était-ce ce qu'elle voulait ? Était-ce ce que je voulais ? Tout en la serrant dans mes bras, je tentai de penser à nous comme à un frère et une sœur, mais plus son corps bougeait contre le mien, plus je me rappelais le jeu complexe d'échanges qui faisait notre joie quand nous nous racontions nos histoires et nous abandonnions à notre imagination. Je ne savais pas ce qu'allait devenir notre relation. Je ne pouvais que faire ce qui me semblait juste.

Dans le miroir, que je ne voyais qu'à travers les mèches échappées de la tresse de Sarah, nos corps étaient maintenant distincts. Elle était assise sur mes genoux, dans une position que l'expérience des tavernes m'avait rendue familière et qui me laissait toute liberté de la manier et de jouer avec elle. Soudain, je perçus du coin de l'œil un mouvement derrière nous. Ne sachant ce que c'était et craignant qu'on nous découvre, je poussai Sarah pour l'avertir.

— Non, dit-elle, se méprenant sur mon geste.

En l'entendant, je sentis fondre mon cœur. Elle pencha sa tête sur mon cou et se nicha sur mon épaule, de sorte que son reflet disparut à mes yeux. Il ne servait plus à rien d'essayer de préserver notre respectabilité.

— Eh bien, dit Victoria, voilà un joli tableau. Sarah est de retour !

Son ton était moqueur mais bienveillant.

— Je m'en veux d'interrompre une réunion aussi émouvante, mais il y a du travail à faire, Sarah, et l'arrivée de mes parents est imminente, Rose.

Sarah se leva immédiatement et fit une révérence.

— Miss Rakeleigh, je suis vraiment désolée.

— Appelez-moi Victoria, de grâce. Ou Vic.

Victoria n'aurait vu aucun inconvénient à nous surprendre en pleins ébats, du moment que cela ne mettait pas Sarah en retard pour son travail. Je rabattis ma robe sur mes chevilles que la lente ascension de Sarah avait mises à découvert. Embarrassée, la jeune fille gardait les yeux fixés sur le sol. Elle ignorait encore que la discipline régnant au Vingt-Quatre était relativement relâchée.

— Oh, madame. Je ne pourrai jamais.

— Il le faudra bien. Dans cette maison, dans toutes les maisons, nous sommes des égaux, des membres d'une grande famille. Là où je vous emmène, les autres distinctions ont perdu tout sens depuis longtemps. Nous sommes en bonne santé et en mesure d'apporter notre aide. Eux sont malades et ont désespérément besoin de tout ce que nous pouvons leur apporter. C'est la seule différence qui importe. Vous êtes Sarah. Je suis Victoria.

— Oui, madame, dit Sarah sans se soucier de se corriger.

Un courant d'air annonça Stephen, lequel glissait sans chaussures sur le parquet ciré. Il semblait soudain plus proche du Stephen d'autrefois : gauche, espiègle et disgracieux. C'était la perspective de revoir sa sœur qui l'avait ainsi changé de nouveau en un adorable idiot. En nous voyant, sachant combien je brûlais de retrouver Sarah, quoique nous n'en ayons jamais parlé, il prit un air de déférence tout à fait insolite. J'eus envie de tapoter sa tête comme s'il avait été un chiot.

— Bonjour, Victoria, lança-t-il.

— Sarah, il est temps de partir. Nous verrons Rose à notre retour.

— Pourrais-je d'abord saluer mes parents, miss Victoria ? demanda Sarah en regardant Stephen.

— Nous n'avons pas une minute à perdre, Sarah.

— Vas-y, dit Stephen. Les parents de Victoria vont arriver, eux aussi. Tu verras Mère et Père ce soir.

— Si nous rentrons ce soir ! Venez, Sarah, déclara Victoria en la prenant par la main.

Sarah nous jeta un regard implorant, mais en vain. Elle était entraînée par une force irrésistible, qui la mena hors de la maison et dans la rue.

Je refermai la porte de ma chambre dans mon dos. C'était une pièce absolument neutre, impersonnelle, comme s'ils avaient voulu la vider de tout ce qui aurait pu irriter mes nerfs. Cependant je n'avais pas besoin de tant de ménagements et j'étais contrarié de voir les marques claires sur le mur, à l'emplacement des tableaux qu'on avait enlevés et dont l'un représentait peut-être notre ancienne demeure. Sur la table de nuit, près de la lampe, on trouvait au lieu de la Bible attendue un manuel pour apprendre divers jeux de cartes. Rien d'autre. Je sentais encore le poids du corps de Sarah contre mon corps, ses cheveux sur ma peau. Nous avions jeté des fondations sur lesquelles bâtir à l'avenir. Je n'aurais pu espérer davantage. Je m'effondrai sur mon lit, en croyant encore l'entendre chuchoter dans mon oreille.

Il me fallait avoir confiance dans le lendemain et, pour la première fois, je m'en sentais capable. Avant de quitter le château, et tout au long de mes voyages, je ne pouvais envisager l'avenir car je n'y apercevais que la souffrance d'être découvert et le malheur s'acharnant sur ma famille comme sur moi. Prenez par exemple la voiture qui emmenait Victoria et Sarah en cet instant même. Quelques mois plus tôt, la seule idée de ce trajet dans Londres aurait déclenché sur-le-champ dans mon imagination tout un enchaînement d'événements aboutissant inexorablement à la vision de leurs deux corps meurtris sur les pavés. Les cheveux courts de Victoria seraient maculés de sang et de boue, un cheval pousserait des hennissements de douleur dans le matin froid jusqu'au moment où le cocher mettrait fin à ses souffrances. J'avais dû me fermer à moi-même l'accès à tout avenir possible, afin d'éviter de telles pensées sur mon sort et celui des autres.

À l'époque, la simple vue d'une arête tranchante éveillait en moi des idées de lacération imminente, qui se développaient en un récit interminable où désastres acérés et souffrances sanglantes se succédaient à l'infini. La pensée d'une paire de ciseaux m'était insupportable. Je n'avais pas besoin d'en voir pour me sentir en proie à une terreur panique en songeant à n'importe quel instrument de ce genre. Les mots suffisaient : *ciseaux, couteau, lame*.

Je me mis moi-même à l'épreuve. Sur l'armoire, à côté de mon nécessaire de toilette, présent de Stephen, se trouvait une élégante paire de ciseaux en nacre qui parvenait à paraître à la fois masculine et féminine. Je regardai la pointe aiguë où les deux lames se rejoignaient et tentai de l'imaginer en train de s'enfoncer dans ma chair, d'entailler ma peau jusqu'au sang et de déchirer ma main essayant d'écarter les lames de force. Mais je n'y parvins pas vraiment. Pour m'éprouver encore davantage, je les pris dans ma main et les ouvris afin de voir les tranchants briller, prêts à couper, inciser, pénétrer. Je les reposai.

Je ne sentais rien, sinon la présence objective d'une paire de ciseaux. Avais-je été malheureux au point de craindre qu'une lame ne puisse me blesser comme poussée par sa propre volonté ? C'était impossible, évidemment. Je fermai les ciseaux, qui me parurent moins pointus que la première fois que je les avais vus. Seul un autre être humain pourrait me faire du mal, désormais.

Je me mis à songer à ma mère, laquelle se montrait de plus en plus absorbée par ses propres affaires. Même si elle était manifestement excitée par les nouvelles découvertes sur mes origines – dont elle avait du reste tout à fait le droit de s'attribuer le mérite –, elle semblait préoccupée. Alors que mon enquête avec Stephen prenait son essor et que Victoria et Hamilton préparaient leur propre intervention peu orthodoxe, ma mère consacrait une part toujours croissante de son énergie à son travail sur Mary Day.

Nous n'avions toujours pas pris le temps de nous asseoir ensemble pour avoir une conversation sérieuse, que je savais pourtant indispensable. Malgré quelques allusions, aucun de nous ne s'était décidé à affronter franchement le nœud du problème. « Le malentendu » : ainsi s'exprimait Hamilton quand il l'évoquait. Ma mère parla une fois de « cette fausse délicatesse ». Je me demandais si elle y voyait un malentendu ou un malheur, à moins que l'expérience ne se poursuive et qu'elle n'en attende encore, en véritable femme de science, le succès final. Les conceptions philosophiques de Mary Day l'avaient incitée à accepter la tromperie et à y participer, mais elle ne se souciait certainement pas de racheter cette erreur avérée en rejetant maintenant ces théories. Au contraire, elle s'y plongeait plus que jamais et cette attitude me semblait prouver son refus insouciant d'admettre que quelqu'un ait pu mal se comporter dans cette histoire. Je l'imaginais en cet instant même dans son bureau, avec le texte principal devant elle sur un lutrin, à sa droite un carnet de notes aux pages couvertes de son écriture microscopique et autour d'elle trois ou quatre autres volumes empilés de façon à rester ouverts à la bonne page. Il suffirait qu'un de ces livres bouge pour qu'elle perde toutes ses marques. Elle fredonnait tout en s'activant paisiblement dans sa solitude, pendant que nous nous occupions de nos propres recherches.

Peut-être sa persévérance n'était-elle au service que du savoir. Il s'agissait de son œuvre et elle la mènerait à bien : il se pouvait qu'aucun autre érudit n'ait accès comme elle aux documents. Elle aurait droit à la reconnaissance des amateurs de littérature de l'avenir, et c'était là sa récompense. Dans ce scénario, elle faisait preuve d'une détermination tranquille plutôt que d'un dévouement insane.

Elle avait affirmé avoir besoin d'autres livres de Love Hall et préparé une liste pour Victoria. Considérant qu'il serait dommage de gaspiller une occasion aussi rare, elle avait rapidement obtenu qu'une visite à la bibliothèque Octogonale soit incluse dans le plan d'Hamilton. Mère comptait également rendre les livres actuellement en sa possession, et qu'elle ne reverrait peut-être jamais. En quoi auraient-ils manqué aux usurpateurs si elle… Mais elle ne voulait même pas y songer ! Elle serait ravie de recourir à n'importe quel moyen pour chasser les Osbern du château, cependant voler un livre appartenant à une bibliothèque, surtout si celle-ci était la vôtre… cela n'avait rien à voir.

Alors que je pensais ainsi à elle, couché sur le ventre, je l'entendis marcher en chantonnant allégrement. Mes cousins étaient arrivés et je ferais peut-être mieux de descendre.

Je n'étais pas vraiment prêt à les rencontrer. Tandis que mon corps se faisait plus lourd, je songeai à Sarah. Je ne l'avais pas bien vue, quand elle était si proche de moi, à peine si j'avais pu observer de près son visage. Maintenant qu'elle était partie, je la revoyais très nettement. J'imaginai le petit pli entre ses yeux, qui se gonflait légèrement lorsqu'elle souriait, et la minuscule cicatrice sur son crâne, sur laquelle ses cheveux refusaient encore de pousser. Les coins de ma bouche frémirent, mes lèvres se serrèrent imperceptiblement, et je me retrouvai moi-même en train de sourire. Je sentis ensuite mon ventre vide se contracter, comme s'il était en proie à la fatigue ou à la faim, tourmenté en tout cas par un désir ardent. Je connaissais ce désir. Et cette crispation se propagea dans mes nerfs, qui vibrèrent comme les cordes d'un instrument jusqu'au moment où je sentis frissonner les bouts de mes orteils et de mes doigts. J'éclatai de rire. Mes yeux, j'avais la sensation physique de mes yeux. Je fis glisser ma langue sur l'arête tranchante de mes dents de devant. Mes oreilles me démangeaient. Je déglutis et elles se dégagèrent en faisant un petit bruit. Mon sang palpitait dans mes veines pour célébrer… quoi ? Ce que je ressentais en cet instant, car je ne l'avais jamais ressenti auparavant. Je pensai à Sarah puis m'efforçai de ne plus penser à elle, à sa peau si douce, ses cheveux, son corps, tant mon cœur s'emballait à ce souvenir, et mon sang, en compensation, affluait vers d'autres parties de mon anatomie.

Chez d'autres hommes, le sexe avait un but différent et je les avais aidés à y parvenir. Dans ma résignation de héros romanesque d'aujourd'hui, auquel rien ne pouvait donner du plaisir, j'avais fini par m'enorgueillir de mon savoir-faire. Lorsque j'étais avec ces hommes, il arrivait – rarement – qu'ils me demandent s'ils pouvaient me retourner le compliment, plutôt pour continuer de servir leur propre plaisir que par un quelconque altruisme, mais j'étais heureux de faire partie de cette élite connue pour ne s'occuper que des autres. Je me respectais trop pour me laisser toucher et cette réserve me désignait comme faisant partie des « dames prodigues », capables d'exercer leur métier avec intrépidité. J'avais appris à vivre en déniant volontairement à mon sexe toute fonction en dehors d'uriner. Je m'étais dompté et affranchi de ses autres besoins. Je lui accordais aussi peu d'attention que possible et lui-même avait cessé d'essayer de me solliciter.

Maintenant, cependant, des souvenirs depuis longtemps oubliés resurgissaient et envahissaient mon esprit tandis que mon sang palpitait dans mon corps. Je me souvins d'une autre époque où ce phénomène était un événement normal, un plaisir secret savouré à l'avance. Et je revécus une matinée lointaine, avant un match de cricket. J'avais treize ans et c'était la première fois qu'une telle sensation dépassait le stade d'un frisson nerveux. Pris d'une envie prématurée de recommencer sur-le-champ, je me frottai si fort que je meurtris ma chair. Rien d'étonnant que je fusse si concentré sur la balle, l'après-midi. Le moindre mouvement de mon bas-ventre me mettait au supplice, pour ne rien dire de courir, de sorte que le mieux que je pouvais espérer était de taper dans la balle avec assez de vigueur pour n'avoir pas à me déplacer du tout. La première fois que j'avais joué, ma jupe m'avait gêné pour courir entre les guichets, mais cette fois c'était mon sexe endolori. Le résultat fut le même : mes coups de batte étaient impressionnants. Quand je fus mis hors jeu pour avoir envoyé la balle au-delà des limites, je m'en allai passablement soulagé et retournai au château, les jambes arquées, afin de m'enfermer dans ma chambre où je m'étendis sur mon lit et m'enduisis soigneusement de crème.

J'avais complètement oublié cet épisode. À présent je croyais revoir, aussi clairement que mon nez au milieu de mon visage, mon sexe dressé devant mon estomac. Je me penchai et glissai ma main sous ma jupe. Je m'attendais à trouver cette partie de mon anatomie aussi douloureuse que la première fois, mais elle débordait au contraire de fierté et de bonne santé. Cela aussi, je m'en souvenais : une fois qu'il s'était annoncé et arrivait enfin, cet invité ne voulait plus partir. Et les Rakeleigh qui étaient en bas… Il n'était certes pas question de recevoir quelqu'un dans cet état, et surtout pas nos respectables cousins.

J'essayai de me concentrer sur des choses qui me paraissaient sans intérêt et même ennuyeuses, à cette époque – les *Métamorphoses*, par exemple, qui avaient perdu tout attrait à mes yeux. Mais je me rappelai soudain l'histoire de Byblis et Caunus. Frère et sœur, comme Sarah et moi. « Nous ne savons pas ce que nous faisons et pourquoi, alors que nous sommes encore jeunes, ne pourrions-nous pas vivre et aimer comme des dieux ? » Et les dieux eux-mêmes : Junon n'avait-elle pas épousé Jupiter ?

Quand l'esprit se trouve dans un certain état, il n'est guère possible d'étouffer l'incendie. Dans une telle disposition, la pensée en vagabondant ne cesse de rencontrer des idées d'apparence inoffensive mais qui finissent par l'exciter. Et j'étais exactement dans ce genre de disposition.

Je tentai de me calmer. Je songeai à Edwig, à son souffle haletant, à son cœur finissant par exploser. Comme cela ne servait à rien, je retournai aux *Métamorphoses*, où je fus pris au piège par l'évocation de Jupiter violant Léda sous l'apparence d'un cygne au long cou, aux pattes tordues... Jupiter se transformant en taureau trapu pour abuser de Léda, en satyre grimaçant pour s'emparer d'Antiope, en flamme pour profaner Égine – une flamme ardente ! –, en jeune berger pour enlever Mnémosyne. Toutes ces images avaient l'effet contraire à celui que je désirais. Je m'efforçai donc de faire des listes. Je commençai par me remémorer les noms des arbres des jardins de Love Hall, mais il suffit d'une association d'idées pour changer cette énumération en liste de viols, en particulier de ceux dont se rendit coupable Neptune, séduisant Canacé, Cérès et Mélantho sous la forme respectivement d'un taureau aux belles cornes, d'un cheval et d'un dauphin... Taureau, Sarah, cygne... La flamme du désir se déchaîna dans ma chair et je sentis une brûlure qui céda la place à une pulsation involontaire, comme si mon sexe se riait de moi, avec moi, en défiant ma volonté. Oh, Dieu. Prends-moi. Viens sous n'importe quelle apparence, mais prends-moi.

Stephen était à la porte.

— Rose ! Tu ne viens pas ?

— Si. Je ne sais pas. Je serai en bas dans une minute.

Je parlais trop vite, le souffle court.

— Quelque chose ne va pas, Rose ?

— Mais non.

Je parlais la tête enfoncée dans la couverture, ce qui n'expliquait qu'en partie ma voix curieusement étouffée.

— Ta voix est bizarre. Tout va bien ?

— Je dormais ! Je descendrai dès que j'aurai…

— Est-ce que je peux t'aider ?

Cette fois, ça y était.

Je lui dis de s'en aller.

Moins de dix minutes plus tard, j'étais en bas, dans une robe nouvelle qui me valut force compliments. J'avais à peine eu le temps de reprendre haleine et mon élocution était trop rapide. Tout le monde remarqua mon teint vif, brillant de santé. Effectivement, je me sentais magnifiquement bien, malgré une légère fatigue. J'avais repris contact avec mon corps.

Victoria mit Sarah au travail dans l'hospice des Amis. La première nuit, elles ne rentrèrent pas. Peu avant midi, une Victoria exubérante monta les marches d'un bon pas, tandis que Sarah se traînait à sa suite, l'air aussi épuisée que si elle avait passé la nuit dans les douleurs de l'accouchement mais sans être récompensée par un bébé. Comme Stephen et moi la regardions passer, pétrifiés, elle leva les yeux au ciel. Elle était trop fatiguée pour voir ses parents, et Victoria ne lui concéda que cinq heures de sommeil avant d'aller se remettre à la tâche. Le soir suivant, Victoria rentra sans Sarah, qui devrait se débrouiller comme elle pourrait pour dormir à l'hospice.

Je restai à la maison avec Julius, Alice et ma mère – théoriquement, du moins, car Mère ne se montra guère.

C'était la première fois que je jouais les hôtes au Vingt-Quatre et ce rôle m'enchantait, maintenant que je me sentais plus à l'aise dans cette demeure et dans mon corps. Je les distrayais par les récits, à la fois expurgés et embellis, de mes voyages et de ma récente expédition chez Bellman. Quant à la mission qui les attendait le lendemain, il n'en fut pas question. Hamilton leur avait donné ses directives et ils avaient accepté son plan avec empressement, soulagés d'apprendre qu'ils n'auraient guère qu'à faire diversion.

En fait, un jour leur suffit pour réussir. Partis à l'aube, les Rakeleigh revinrent la nuit même, à notre grande surprise. Malgré l'heure tardive, Julius et Alice semblaient brûler d'envie de raconter leur odyssée. Ironie du sort, ils avaient joué leur rôle de façon si convaincante que les Osbern, trouvant avantageux d'apparaître en bonne relation avec leurs parents et amis moins fortunés, s'étaient résolus à accepter ce rapprochement peu désiré.

Avant qu'ils n'aient attaqué la partie cruciale de leur récit, Mère les interrompit pour demander si Victoria était parvenue à retirer – elle se servait toujours de ce mot – ses livres de la bibliothèque Octogonale. Victoria tendit quatre volumes à ma mère, qui nous prit de court en ouvrant le premier et en se mettant aussitôt à lire. Pendant qu'ils racontaient leurs exploits, elle levait les yeux de temps à autre mais paraissait infiniment plus intéressée par les poèmes. À notre grand amusement, elle se leva au plus beau moment du roman de cape et d'épée de Victoria et prit congé en prétextant la fatigue, alors que je savais que ses bougies allaient rester allumées durant des heures.

Julius et Alice confirmèrent que les histoires de gaspillage s'étaient révélées passablement exagérées. Nora régnait sans partage et le château était en fait sous son autorité. Seul Augustus Rakeleigh était traité par elle comme un égal. Bien que Nora sût comment tenir une maison, ses manières n'étaient guère faites pour inspirer de la loyauté au personnel et manifestement elle était impopulaire au dernier degré. Les servantes marchaient sur la pointe des pieds de peur d'être réprimandées. Elles devaient rendre des comptes à la fois à Nora et à Anstace, laquelle était enfin parvenue à la situation prestigieuse d'intendante. Une domestique avait été congédiée au beau milieu de l'après-midi pour avoir répondu avec insolence : elle avait dit « désolée ».

En revanche, les bruits courant à *La Tête du Singe* sur les rapports entre Guy et Prudence étaient parfaitement fondés : leur mariage n'était qu'une longue chamaillerie et ils avaient régressé à l'état d'enfants gâtés. Indifférents aux affaires de la maisonnée, ils ne disputaient pas à Nora son rôle prépondérant et s'adonnaient exclusivement à un hédonisme ponctué d'altercations rageuses.

À leur arrivée, les Rakeleigh furent introduits dans la salle des divertissements. Nora et Augustus trônaient au centre et étaient les seuls membres de l'assemblée à se témoigner mutuellement quelque cordialité. L'époux de Nora, Edgar le théologien, était debout à l'écart et les autres l'ignoraient superbement. Il avait un air vaincu et sa position dans cet affligeant tableau vivant illustrait son peu d'influence sur les décisions prises dans sa propre famille. Un portrait d'Esmond en grand uniforme, plus sarcastique que jamais, toisait chacun du haut de la cheminée. Sous la toile, une inscription n'hésitait pas à proclamer ce mensonge éhonté : DISPARU SUR LE CHAMP DE BATAILLE. L'antipathie réciproque des deux frères Rakeleigh n'avait jamais été aussi manifeste que ce jour-là. Augustus devait faire de grands efforts pour regarder son aîné, tandis que les tentatives d'Alice pour échanger des riens avec Caroline, son épouse, se heurtaient à l'anglais rudimentaire et à la totale indifférence de cette dernière. Il était difficile d'entretenir la conversation dans ces conditions et Victoria décida de commencer sa mission en demandant si elle pourrait emprunter des livres de la bibliothèque en échange de ceux qu'elle rendait. À cet instant, Nora se mit à tousser avec ostentation dans son mouchoir.

— Nous avons la grande fierté de vous annoncer que Guy a si bien fait que Prudence attend le prochain héritier de Love Hall. Vous comprendrez bien sûr la portée de cet événement.

Tandis que les félicitations s'élevaient de toutes parts et que les Osbern applaudissaient à cette nouvelle qu'ils devaient pourtant avoir déjà souvent entendue, Victoria se surprit à se demander si le sort de Prudence était plus enviable que celui des épouses-esclaves d'autrefois, véritables juments poulinières de Love Hall.

— Quel homme ! s'exclama Prudence en haussant les sourcils d'un air ironique.

Le futur père arborait un embonpoint excessif et des yeux passablement troubles, suite à ses beuveries du soir précédent. Se renversant dans son fauteuil et bombant son ventre, Prudence eut soudain l'air davantage enceinte.

— Je crois vraiment que je prends du poids.

— Cela va de soi, Prude, rétorqua Guy. J'ai fait ce qu'il fallait, ni plus ni moins.

Il ajouta à l'intention des visiteurs :

— Et j'y suis parvenu *de la façon la plus normale*. Du reste, j'ai eu une idée merveilleuse...

— Quoi donc, Guy ? demanda Prudence pleine d'une impatience malveillante.

— Si c'est une fille, nous l'élèverons comme une fille...

— Et si c'est un garçon ?

— Eh bien, dans ce cas, nous...

Il fut interrompu par son oncle oublié dans son coin.

— Mon neveu, je ne crois pas... commença Edgar derrière le fauteuil de Nora, en faisant de cette dernière son bouclier au cas où Guy n'approuverait pas son intervention.

Mais ledit bouclier lui intima de se taire. Edgar hocha la tête en jetant à Julius un coup d'œil pieusement résigné.

— Que ferez-vous, Guy ? lança Nora pour inciter son neveu à faire de l'esprit.

Prudence frottait son ventre sous sa robe, quoiqu'il fût à peine gonflé.

— Eh bien, nous lui éviterons ces satanées robes !

Guy éclata de rire et Prudence se joignit à lui. Malgré leurs querelles, ils étaient manifestement d'accord quand il s'agissait d'insulter un tiers. Même Augustus et Nora ne purent s'empêcher de ricaner. Edgar affichait l'expression chagrine d'un homme souhaitant sincèrement être ailleurs. Son épouse lui dit de cesser de jouer les rabat-joie.

Une nouvelle servante entra sans prévenir, les yeux baissés.

C'était une créature d'aspect pitoyable, vêtue d'une simple robe grise. Seul Edgar sembla s'apercevoir de sa présence. Victoria se rendit compte qu'il ne s'agissait nullement d'une servante, mais de la sœur de Nora.

— Edith ! s'exclama-t-elle dans sa surprise.

Tous les yeux se braquèrent sur la malheureuse, qui s'immobilisa sans rien dire.

— Edith, dit Nora. Je suis ravie de vous voir.

On aurait cru qu'elle ne l'avait pas vue depuis une éternité.

— Il est vrai que c'est un plaisir bien rare ! renchérit Guy.

Edgar s'éloigna de Nora et offrit son bras à sa belle-sœur. Elle lui chuchota quelques mots puis salua les visiteurs d'une voix atone avant de tourner les talons et de disparaître. Ce fut tout ce qu'ils virent de cette victime découragée. Edgar s'adressa à l'assistance d'un ton grave :

— Edith regrette de ne pouvoir prolonger sa visite. L'état de santé de Camilla s'est dégradé. Elle est très faible, depuis son retour, et Edith doit se rendre de nouveau à son chevet.

La nouvelle resta en suspens, embarrassante, comme si elle attendait que quelqu'un se décide à manifester sa compassion.

— Camilla est malade ? demanda lady Alice en rompant bravement le silence.

— Elle va très mal, répondit Edgar. Nous craignons…

— Ç'a toujours été une frêle créature, intervint enfin Nora.

On aurait dit qu'elle rédigeait la notice nécrologique de Camilla.

— Tout le portrait de sa mère. Il y a manifestement une tare héréditaire dans la famille. Le précédent lord était taillé sur le même modèle. Je n'ai aucune idée de ce qui a pu pousser Camilla à aller en Afrique. À mon avis, elle ne constituait pas une réclame très attirante pour la Bible.

— Quel dommage que nous ne puissions profiter de sa compagnie et de celle d'Edith, déclara Julius.

— Vous voilà assurément privés d'une brillante conversation, s'esclaffa Guy.

— Vous devrez vous contenter de nous, ajouta Prudence. Guy, cessez ces jappements ridicules. Pensez au bébé.

— Le bébé ! s'écria Guy en haussant les épaules avec dédain.

Une fureur digne de l'Ancien Testament s'empara d'Edgar, qui s'identifiait à tous ceux qu'on maltraitait si cruellement à Love Hall. Il tapa du pied par terre, ce qui constituait la protestation la plus agressive dont il fût capable, puis se détourna et quitta la pièce.

— Voyons, voyons... dit Augustus. Peut-être voudriez-vous boire quelque chose ?

Manifestement, harceler l'ecclésiastique jusqu'à ce qu'il se mette en colère faisait partie de la routine.

— Anonyma m'a confié quelques livres à vous rendre et désirerait emprunter quatre autres volumes, si cela vous convient. Je vous serais reconnaissante de me permettre d'aller les chercher pour elle à la bibliothèque, dit Victoria.

— La bibliothécaire veut des livres, ricana Nora. Les bibliothécaires veulent toujours des livres.

— Ont-ils de la valeur ? Devons-nous l'accompagner ? demanda Guy d'un air de doute.

— Ce ne sont que des livres, nigaud, dit Prudence. Il va de soi qu'ils n'ont aucune valeur.

— Du reste, quant aux motifs qui vous ont poussés à les accueillir chez vous, je…

— Guy ! glapit Nora.

Elle avait crié si souvent cet avertissement qu'elle l'avait réduit à un explétif, un simple *G* dur. En l'entendant, Guy s'arrêta net, comme foudroyé par un coup de feu, mais se dispensa de présenter des excuses.

— La bibliothécaire peut emprunter nos livres, bien sûr, déclara Nora d'un ton condescendant. Nous comprenons très bien que vous qui faites partie de notre grande famille ayez recueilli ces malheureux dans un pur mouvement de charité chrétienne, afin de les aider à retrouver leur chemin en ce monde.

— Victoria s'efforce de secourir tous les infortunés, répliqua Julius avec prudence. Nous admirons cet instinct qui l'habite aussi bien que son frère. Edgar approuverait nos motifs.

— Edgar ! intervint Guy. Edgar ! Brrrr !

— L'époux de Nora est impressionné par le moindre étalage de charité, mon cher frère, dit Augustus. Mais dans ce cas précis, nous sommes d'accord. Il ne serait pas convenable que des membres de notre famille deviennent des objets de risée. Le dommage pour notre nom…

— Nous vous remercions donc de les garder chez vous, à l'abri des yeux indiscrets, conclut Nora en complétant la pensée de son beau-frère.

— Ils sont libres d'aller et venir et ils ne s'en privent pas, observa Victoria. Ce n'est pas une prison. Nous ne les empêchons nullement de sortir.

— Absolument, concéda royalement Nora afin de clore la discussion. Et si vous voulez prendre des livres pour la bibliothécaire, nous y consentons volontiers.

— Si jamais son grand œuvre arrive au stade de la publication, ajouta Augustus, nous serions ravis qu'elle nous le dédie pour nous remercier de lui avoir fourni des documents.

— Je vais aller les chercher tout de suite, dit Victoria, rougissant sous leurs affronts.

— Attention à l'argenterie ! cria Guy dans son dos en rugissant de rire. Vous vérifierez qu'elle n'emporte rien, Thrips.

— Simple plaisanterie ! Guy ne peut résister à son sens de l'humour, déclara son père pour tenter de rassurer Julius tandis que les membres de l'assistance demeurant dans la salle des divertissements se demandaient ce qu'ils allaient bien pouvoir se dire.

Victoria se rendit d'abord à la bibliothèque, qui était exactement dans l'état où elle l'avait laissée. Malgré leur cupidité, les Osbern n'avaient pas eu l'idée de faire évaluer ses volumes et manifestement personne ne s'aventurait jamais en ces lieux. Il fut aisé de mettre la main sur les livres demandés, lesquels se trouvaient à l'endroit précis indiqué par Anonyma. Victoria emporta deux ouvrages classés avec eux et qui lui parurent susceptibles d'être utiles. Grâce à l'efficacité sans faille des instructions de ma mère, elle avait du temps pour le véritable but de son voyage.

Le coffre-fort posait un problème nettement plus délicat. Situé dans une cachette ayant servi jadis à des prêtres, il n'était accessible que par une ouverture secrète dans la garde-robe du Baron's Hall. En observant du fond du couloir la disposition des lieux, Victoria s'aperçut avec horreur qu'elle ne pourrait jamais accéder à la cachette : l'un des valets de pied restants montait la garde juste en face, devant la porte de Camilla. Victoria ne pouvait lui ordonner de s'éloigner et il lui serait impossible, dans ces conditions, d'entrer dans le réduit, d'ouvrir le coffre, de le fouiller et d'en retirer les deux livres sans être vue. C'était pourtant sa seule chance, et elle savait qu'une telle occasion ne se représenterait pas si jamais elle échouait dans sa tentative ou était prise en flagrant délit.

Comprenant qu'elle perdait un temps précieux, elle fit un pas en direction du hall et le garde s'avança vers elle d'un air combatif.

— Edgar Osbern se trouve-t-il avec sa nièce ? demanda-t-elle d'une voix forte.

Le garde ne répondit pas mais l'observa sans ciller.

— Edgar Osbern est-il dans la chambre ? répéta-t-elle.

— Je ne crois pas, madame. Je vais aller voir.

Il entra dans la pièce et en sortit presque aussitôt.

— Il est dans la chapelle, où il prie pour sa nièce. Ils désirent l'un comme l'autre qu'on ne les dérange pas.

— Je vous remercie.

Le cœur battant, Victoria descendit en hâte et se rendit à la chapelle par l'arrière. Elle évita les fenêtres de la salle des divertissements et arriva en moins d'une minute. Le lourd loquet en forme de serpent sifflant s'ouvrit de bonne grâce.

À l'intérieur, tout était sombre et moisi. C'était l'odeur de l'Église anglicane. Edgar n'était pas en vue. Elle s'avança vers l'autel en regardant les fenêtres crasseuses et les bancs s'alignant comme une rangée de casseroles, derrière lesquels des soutanes pendaient négligemment. D'effroyables souvenirs du mariage envahirent son esprit.

Elle crut d'abord être seule puis entendit entre les échos de ses propres pas une voix larmoyante et gémissante, comme celle d'un chien apeuré. Elle leva les yeux, se retourna vers la porte, mais sans rien voir. Peu à peu, elle se rendit compte que la rumeur sortait du confessionnal sur sa gauche. Elle se dirigea vers lui en faisant le moins de bruit possible.

L'un des côtés était ouvert, mais l'autre avait son rideau tiré. Victoria s'installa dans le compartiment vide en se demandant comment se présenter à l'ecclésiastique.

— Je suis désolé, dit Edgar à travers la grille d'une voix effrayée. Je n'avais pas l'intention de...

— Ne soyez pas désolé, répliqua Victoria aussi tranquillement qu'elle le put. Vous pouvez m'aider.

— Nora ? demanda Edgar gagné par la panique.

— Non, je ne suis pas Nora.

— Qui êtes-vous ?

Sa voix avait changé.

— J'ignore qui vous êtes et vous ne savez pas qui je suis. Cet endroit est parfaitement anonyme, n'est-ce pas ?

— Oui, dit Edgar. C'est exact.

— Pour le bien d'une femme que vous admirez et pour son malheureux enfant, pour votre propre âme, pour les âmes de tous ceux qui ont été maltraités et abandonnés, vous devez m'aider.

— Est-ce un piège ? Qui êtes-vous ?

— Nous avons besoin de vous.

— Vous ne savez pas ce que vous faites, chuchota Edgar. Je ne peux pas vous aider.

— Vous le devez. Répétez-moi que vous ne pouvez pas m'aider, ici, sous l'œil de Dieu. Si vous nous rejetez, qui nous accueillera ?

— Ils savent tout. C'est moi qui ai besoin d'aide. Je ne peux pas rester ici. Camilla aussi doit partir. Edith est en train de *mourir*.

— Nous pouvons vous aider. Mais le temps est compté. Il faut faire vite.

C'était le seul espoir pour elle mais aussi pour Edgar, elle l'entendait au son de sa voix.

— Ils ne doivent pas soupçonner…

— Chut ! Voici ce que vous devez faire.

Elle lui décrivit l'emplacement du coffre, le garde à neutraliser, les deux livres qu'elle voulait. Elle lui glissa les instructions à travers la grille. Bien qu'elle ne pût distinguer son visage, il lui semblait voir son ombre acquiescer de la tête.

— Puis-je le faire ? demanda-t-il.

Il semblait douter de lui-même, ou peut-être de Dieu, mais quelque chose dans son ton indiquait qu'il entendait au moins essayer.

— Vous devez le faire et vous y parviendrez. C'est le moment.

— Je vous retrouverai ici.

— Faites vite. Et merci.

— Que Dieu ait pitié de nos âmes, dit Edgar en quittant le confessionnal.

Elle entendit ses talons résonner sur le marbre et ne bougea pas avant d'entendre la porte se refermer, afin de préserver l'illusion d'être anonyme. Puis elle resta debout dans la chapelle à l'attendre. Elle était absente depuis trop longtemps désormais pour pouvoir se justifier avec les quelques misérables volumes qu'elle ramenait. Les minutes lui semblaient aussi longues que des heures, cependant Edgar ne revenait pas. Elle se sentait de plus en plus oppressée par l'odeur et les échos de la chapelle et brûlait d'envie de s'échapper, pleine de nostalgie pour la simplicité attachante du temple des Amis. Il n'arrivait toujours pas. Malgré sa terreur d'être vue, elle jeta un coup d'œil par la porte au serpent, mais sans rien découvrir. Il avait dû échouer, être pris sur le fait. Impossible d'attendre plus longtemps, elle ne pouvait rester un instant de plus « dans la bibliothèque ».

Serrant les livres contre elle, Victoria longea en hâte le château et atteignit la porte de service. Tandis qu'elle se dirigeait vers la salle des divertissements, elle redoutait de découvrir Edgar encadré par deux valets et levant au ciel un regard de martyr. Mais lorsqu'elle rentra, après avoir repris haleine, elle trouva l'assistance inchangée. Guy et Victoria se chamaillaient de plus belle. Pour passer le temps, son père s'était lancé dans une histoire interminable à propos de lord William, qu'Augustus ne se donnait même pas la peine d'écouter. Manifestement, Edgar n'avait pas été à la hauteur de sa tâche. Elle aurait dû s'en douter.

— Vous aviez disparu, dit Augustus en la voyant rentrer.

— Oui, répliqua-t-elle. Il m'a fallu un temps infini pour les trouver et ensuite je me suis souvenue d'un autre volume qu'elle m'avait également demandé. Enfin, tout est là.

Elle tapota les livres.

— Tiens ! se contenta de dire Guy.

— Vous avez ce que vous vouliez ? s'enquit Nora.

— Oui, merci, mentit-elle. Avez-vous envie d'y jeter un coup d'œil ?

— Non. Peut-être est-il temps que vous repartiez, maintenant. Camilla est très malade. Tout ce bruit et cette agitation risquent de lui être néfastes.

Julius et Alice parurent enchantés de cette suggestion. Pensant que tout s'était passé comme prévu, son père fut trop heureux d'interrompre son absurde récit.

— Non ! s'exclama Victoria un peu trop vivement. Peut-être pourrions-nous rester pour le thé ? Nous avons un si long voyage devant nous.

Ses parents comprirent sur-le-champ.

— Mmm, c'est vrai. Le voyage est long. Un en-cas serait certainement bienvenu... insinua courageusement Julius.

Mais la décision de Nora était irrévocable. Victoria ne savait que faire. Le départ était imminent. Tous se saluèrent d'un ton aussi convaincu que possible. Comme Prudence ne daignait pas se lever, Guy se mit à bombarder son ventre avec des morceaux de papier.

— Levez-vous donc ! s'écria-t-il. Vous avez l'air aussi paresseuse qu'une truie !

— Je vous défends de m'appeler ainsi ! Après tout, c'est *votre* petit cochon qui se trouve là-dedans.

— Certes, admit Guy sans enthousiasme.

— Et j'espère que ses cheveux ne seront pas comme les vôtres.

— Voyons, mes enfants ! lança Nora d'un ton indulgent.

— Nous aimerions prendre congé d'Edgar, déclara Victoria. Peut-être se trouve-t-il avec Camilla.

— Non, non, dit Augustus. C'est impossible. Enfin...

— Ce n'est pas impossible mais inutile, trancha Nora.

Il était hors de question de s'attarder davantage. Leur mission se concluait par un échec. Cependant, alors qu'ils allaient franchir la porte d'entrée, Edgar descendit l'escalier d'un pas décidé quoique sans précipitation.

— Julius ! Victoria !

Malgré sa détermination paisible, il ne pouvait empêcher sa voix de trembler légèrement à l'idée d'être mêlé à une tromperie.

— Ah ! Edgar, quel heureux hasard, soupira Nora. Vous arrivez juste à temps. Nos cousins veulent vous dire en revoir avant de s'en aller.

Edgar brandit un petit paquet emballé dans un journal et soigneusement attaché avec une ficelle. La famille le regarda avec stupeur.

— Je me réjouis de ne pas vous avoir manqués, car j'avais l'intention de vous offrir ces deux ouvrages sacrés. Il s'agit du livre de prières personnel du défunt lord Loveall et du Nouveau Testament de son épouse, qui vit maintenant avec vous. Ils ne nous sont d'aucune utilité ici, et c'est un péché que de séparer la parole de vérité de sa propriétaire légitime.

— Oh, vraiment, Edgar ! s'exclama Augustus d'un air railleur.

— Taisez-vous, dit Nora. C'est très gentil de votre part, Edgar. Vous avez bien fait. Votre geste est celui d'un chrétien.

— D'un chrétien, absolument, approuva Augustus à contrecœur.

Il s'arrangea toutefois pour prononcer le mot avec emphase, de manière à laisser clairement entendre à son public que ce geste était également stupide, sentimental et ennuyeux, et que ces trois qualités étaient inhérentes au christianisme.

— Comme c'est gentil, dit Victoria. Miss Wood sera enchantée. Merci mille fois.

Elle saisit le paquet d'une main ferme et le tendit immédiatement à son père, en prenant soin de ne pas regarder Edgar plus qu'il n'était nécessaire. Elle eut encore la présence d'esprit de demander une nouvelle fois :

— N'avons-nous pas le temps de prendre un thé avant notre départ ?

— Les meilleures choses ont une fin, déclara Nora en s'inclinant.

Edgar avait tourné les talons et s'éloignait en hâte. Des domestiques les escortèrent vers la sortie et la porte se referma dans leur dos comme une herse. Personne n'agita la main.

— Et voilà, dit Victoria en sortant le paquet de derrière sa chaise. Je n'ai même pas eu besoin de les voler.

— Puis-je me permettre ? demanda Hamilton d'un air tendu.

Il prit les volumes et les posa devant lui sur la table avec autant d'impatience que de nervosité.

— Espérons que ce sont les bons, lança Stephen avec un sourire.

En l'entendant dire ainsi l'indicible, tout le monde le regarda d'un air hébété. Le temps s'arrêta un instant, puis Hamilton leva les yeux :

— C'est bien ça.

J'embrassai Victoria.

— Merci. Merci à vous trois.

Chacun poussa un soupir de soulagement. C'est alors que Sarah entra, épuisée par sa journée de travail. Elle sourit à toute l'assistance, particulièrement à ses parents qu'elle n'avait pas vus depuis son arrivée, mais elle était trop fatiguée pour s'attarder davantage. Victoria fut reprise instantanément par ses priorités. Cette mission avait été une diversion intéressante, mais maintenant c'était terminé.

— Comment se porte Betty ?

— Betty ? Elle va mieux, répondit Sarah sans réussir à étouffer un bâillement.

Ses cheveux étaient plaqués en arrière par la crasse.

— Avez-vous trouvé ce dont vous aviez besoin ? reprit elle.

— Oui, la rassura Victoria.

— Parfait. Je vais me coucher.

Sarah passa devant nous, tel un fantôme exténué, en posant avec précaution un pied devant l'autre, comme s'il s'agissait d'un talent fraîchement acquis.

— Et moi, je vais travailler, dit Victoria.

Nous essayâmes de la remercier de nouveau, mais elle avait déjà disparu.

— Je vais imiter son exemple, déclara Hamilton.

Il s'assit à la table sans plus nous prêter attention. Stephen le rejoignit, et je me sentis heureux mais désœuvré, ne sachant comment me rendre utile. Mère, Victoria, les Hamilton – tous travaillaient dur. Et Sarah était épuisée par son propre labeur. Les aînés des Rakeleigh allèrent bientôt se coucher, mais j'étais trop exalté pour songer à dormir et préférai me rendre dans la chambre de Sarah.

Je n'eus pas à m'efforcer d'entrer sans bruit, car la porte était entrouverte. Sarah gisait à plat ventre sur le lit, encore vêtue de son tablier blanc sali et de sa robe grise. Elle n'était parvenue qu'à enlever une bottine. Quand je compris qu'elle dormait à poings fermés, je délaçai la seconde bottine. Elle s'en aperçut à peine, se contentant de gémir faiblement dans son plaisir d'être débarrassée de sa chaussure. Je détestais la voir dormir tout habillée – personne ne devrait dormir ainsi – de sorte que je défis son tablier dans son dos et passai mes mains sous son ventre afin de tirer les cordons. Je jetai ce chiffon malpropre vers la porte, où il disparut dans l'obscurité. Je déboutonnai sa robe et baissai ses bas en les roulant aussi doucement que je pus, non sans effleurer ses jambes au passage. Son corps était aussi inerte qu'une poupée. Dès que j'en soulevais une partie, le reste obéissait obstinément aux lois de la pesanteur et s'enfonçait dans le lit. Je retirai sa robe.

Elle était nue sous mes yeux, profondément endormie. Le coup de tonnerre le plus assourdissant n'aurait pu la troubler. J'avais envie de la toucher et j'entendais battre mon cœur dans le silence. Je m'assis sur sa croupe, qui bougea lentement sous moi, et je me mis à frotter ses épaules. Elle gémit comme si mes mouvements s'étaient insinués d'une manière ou d'une autre dans son rêve, mais elle resta immobile et ne se réveilla pas. Glissant mes mains le long de son dos, je le massai des deux côtés de la colonne vertébrale en repoussant légèrement sa chair. Pour la deuxième fois ce jour-là, je sentis mon corps réagir en harmonie avec ma pensée, comme si le nerf unissant mon esprit à mon bas-ventre avait rétabli la communication longtemps interrompue, guéri par le temps et par Sarah. Je voulais maintenant mettre à l'épreuve l'ensemble du système. Peut-être me réveillerais-je tout endolori. Mes mains parcoururent son corps, et quand j'atteignis la chute de ses reins je baissai les yeux et aperçus dans l'ombre ma propre chair déployée.

Plongée dans un lourd sommeil, Sarah ne savait rien de mes gestes. J'aurais pu faire tout ce que je voulais.

Frère et sœur. Je l'aimais trop. Notre heure viendrait – et si elle ne venait pas, tant pis. Je ne pouvais plus m'agiter à tâtons dans les ténèbres de l'ignorance et du mensonge.

Non sans regret, je me levai. J'écartai les draps d'un côté, les laissai retomber et les tirai sur son corps étendu. Avant de sortir, je posai ma main sur sa joue, si doucement qu'il était impossible que je la réveille, et je l'embrassai sur le front.

— Bonne nuit, Sarah, chuchotai-je.

En partant, je l'entendis murmurer :

— Merci, Rose.

Je dormis d'un sommeil de plomb.

3

Après avoir reçu ce qu'ils désiraient, Hamilton et ma mère ne se montrèrent plus que rarement. Sarah était absente, elle aussi, car elle continuait de travailler avec Victoria afin de lui exprimer notre gratitude collective. Stephen et moi étions donc libres de passer à l'étape suivante de notre enquête.

Deux jours plus tard, après un échange animé de messages transmis par Alby, de plus en plus exténué, Stephen arrangea un rendez-vous avec Pharaoh et GB à l'hospice des Autres Marie : Annie Driver avait fini par accepter à contrecœur une entrevue.

Je décidai de porter un sarrau brun tout simple et un tablier. Là où nous allions, nous ne voulions pas attirer l'attention sur nous plus qu'il n'était nécessaire. Je me rasai soigneusement. Ma peau était irritée aux endroits où le rasoir avait passé et mon visage mis à nu me brûlait. Le voile appartenait désormais au passé.

Les Autres Marie se trouvaient sur l'autre rive du fleuve sale, une partie de Londres que je ne connaissais pas encore. Nous suivîmes le quai tortueux puis descendîmes vers notre destination.

L'hospice était pire que tout ce que j'aurais pu imaginer. Victoria avait fait de son mieux pour décrire ce genre d'endroit, mais rien ne pouvait me préparer aux cris désespérés et aux yeux creusés, aux relents de pourriture, aux toux phtisiques, aux gémissements de souffrance et de résignation qui assaillirent mes sens. Les malades gisaient sur des lits de camp ou des draps jetés à même le sol. Stephen me prit la main et me conduisit à travers ces moribonds inertes. Quelques-uns nous imploraient d'une voix cassée et nous couvraient d'injures si nous ne réagissions pas, toutefois la plupart de ces misérables sans espoir nous ignoraient. Seuls quelques infirmiers mettaient un peu d'animation, mais ils étaient peu nombreux et ne semblaient pas eux-mêmes en très bonne santé.

Stephen écarta un fil à linge où séchaient des serviettes afin que nous puissions nous frayer un chemin vers le bureau, conformément à nos instructions. La porte était fermée. Un panonceau écrit à la main proclamait en permanence : *NE PAS DERRANGER ! JE SUIS EN ORAIZON*. Nous frappâmes et ouvrîmes la porte. Assis à côté de GB, Pharaoh haussa les sourcils et sourit : le cirque était arrivé. Ni Alby, sans doute épuisé par les efforts du matin, ni Mutt n'étaient avec eux.

— Les voici, Annie, dit Pharaoh en se levant avec un air décidé que je ne lui avais jamais vu.

Une chanson nous accueillit. GB se leva lui aussi pour nous saluer joyeusement, mais Annie resta assise. Immobiles sur le seuil, nous attendîmes en vain ses paroles de bienvenue. Âgée d'une cinquantaine d'années, c'était une beauté orgueilleuse dont les seins opulents étaient nichés avec satisfaction au bord de son bureau comme des tourtes mises à refroidir sur le rebord d'une fenêtre. Elle affichait une santé insolente, surtout dans le contexte de l'hospice. Ses fonctions exactes étaient peu claires mais elle jouissait du luxe d'une pièce confortable, dont elle était la seule occupante. Une marmite de soupe mijotait sur le feu – manifestement, son contenu n'était pas destiné à franchir le seuil du bureau.

Nous en savions plus sur son compte qu'elle n'imaginait. Stephen n'avait pas eu de peine à reconstituer son histoire, et ce qu'il avait appris ne la rendait guère sympathique. Après son séjour chez Maman Maynard, elle avait travaillé pour un chocolatier de St Giles avant d'être employée brièvement à l'Assistance publique, où elle avait été surprise en train de louer aux maisons closes du quartier les enfants qu'elle était censée aider. Après quoi – « il était diablement temps », observa GB –, elle vit entrer simultanément dans sa vie Richard « Dickie » Pearce et Dieu, comme s'ils n'avaient fait qu'un. Sa situation relativement influente aux Autres Marie, s'ajoutant à sa dévotion irrésistible pour le Seigneur Jésus-Christ, faisait d'Annie Driver une tout autre personne que celle à laquelle je m'étais attendu.

Elle nous jeta un bref coup d'œil mais se remit aussitôt à écrire, ou plus exactement à hachurer une sorte de graphique. Pharaoh se mit à fredonner.

— Bonjour, mes amis, Mr Farrow est en train de travailler à votre chanson, déclara GB en ouvrant de grands yeux ravis à cette idée.

À la mention de Mr Farrow, Annie claqua la langue d'un air réprobateur sans lever la tête de son travail.

— Comme vous le savez, il est à la recherche de détails supplémentaires.

Sur ces mots, GB s'avança vers nous en nous invitant à nous asseoir avec eux sur le banc, mais Stephen fit non de la tête.

— Peut-être en apprendra-t-il plus aujourd'hui, continua l'imprimeur avec un sourire d'une grivoiserie incongrue, qui semblait faire allusion à quelque épisode peu convenable entre nous.

— Nous verrons, Mr Bellman, dit prudemment Stephen.

Il tapa avec détermination sur le sol avec sa canne, comme pour dire qu'il était temps de commencer. Annie leva les yeux, regarda la canne et retourna à son graphique avec l'air las d'une institutrice surveillant des élèves en retenue. Elle était vraiment un modèle d'indifférence.

Je tirai de la poche de mon tablier un petit volume : *Le Petit Chanteur à deux sous*, un recueil de vieilles ballades « que chantaient nos grand-mères ». Je l'avais acheté lors d'une de mes rares promenades en solitaire à travers la ville, à un vendeur ambulant plein d'humour qui m'avait régalé de la description du moindre livre de son éventaire en m'assurant à chaque fois qu'il était fait pour moi. J'avais acquis ce volume par caprice, pour amuser le vendeur, mais en voyant que le frontispice représentait un bébé perdu dans les bois, j'avais pensé à Pharaoh.

— Un cadeau, Mr Farrow, annonçai-je.

En lui remettant le petit livre vert, j'essayai de l'ouvrir sur l'image de l'enfant abandonné, mais l'ouvrage sembla soudain désemparé dans ses mains et il le mania avec maladresse, comme un magicien essayant d'escamoter une carte avant d'avoir appris le truc. Finalement, le livre se retrouva bien à l'endroit mais fermé, et Pharaoh regarda successivement le volume mystérieux et moi. Il était aussi perdu que le bébé.

— Qu'en dis-tu, Pharaoh ? s'exclama Bellman comme n'importe quel père encourageant son enfant.

— J'en dis que je ne sais pas lire, répliqua Pharaoh.

GB secoua la tête d'un air indulgent. Annie se mit à tousser : maintenant elle voulait que nous lui prêtions attention.

J'ouvris le livre dans la main de Pharaoh et lui détaillai les gravures. Elles étaient loin de valoir celle des feuillets et la plupart semblaient avoir été imprimées à l'aide d'une pomme de terre sculptée avec une fourchette. Lord Bateman apparaissait comme une caricature de dandy plein de fierté, avec son bateau en arrière-plan, son épée au côté et sa canne montrant élégamment le chemin. Une femme défaillait dans les bras d'un homme en face des *Rivages de l'Eau-de-Vie*. Au-dessus de *L'Apprenti Londonien*, un jeune homme en costume de gladiateur tendait ses deux mains, dont l'une était dans la gueule d'un tigre et l'autre dans celle d'un lion au strabisme prononcé. Pourquoi les animaux louchaient-ils toujours ? C'était tout ce qui séparait l'homme de la bête.

— Mince, elles sont de premier ordre, GB ! s'écria Pharaoh. Merci, m'sieur.

Il ferma le livre puis le rouvrit immédiatement, au cas où je serais tenté de m'éloigner. Il voulait que je reste près de lui.

— Qu'est-ce que ça raconte ? demanda-t-il.

Il avait ouvert le livre sur une longue ballade consacrée à l'Audacieux Dighton. Pris dans une tempête, une foule de marins s'efforçaient de gréer le navire dont la proue portait écrit en lettres grasses *Manchester*.

— Voilà le nom du bateau. Pouvez-vous le lire ?

— Non, dit-il d'une voix assurée en hochant la tête.

— Il s'appelle le *Manchester*.

J'épelai le nom puis observai :

— Le bateau porte le même nom que la ville.

— Oui, dit-il avec humeur. Je ne suis pas idiot.

— C'est si gentil de votre part, intervint Bellman en s'inclinant. Il ne peut pas lire le texte mais les illustrations vont l'enchanter et l'inciteront peut-être à folâtrer plus que jamais avec sa muse. Pas vrai, mon vieux ?

Annie se remit à tousser, cessa d'écrire, joignit les mains et ferma les yeux. Après avoir marmonné quelques prières, elle se signa ostensiblement et nous regarda avec un sourire béat. Elle semblait tout à fait sortie de son apathie.

— Quelle charité ! De la foi, l'espérance et la charité, c'est cette dernière qui tient le premier rang. Espérer est le plus difficile, et mon temps ici est précieux.

Manifestement, elle était habituée à être obéie.

— Dites-moi ce que je peux faire pour vous aider, de grâce. Ce garçon... Il n'a pas changé.

Sa voix était étonnamment mélodieuse, d'une douceur âpre, mais son timbre avait quelque chose de désagréable tant elle luttait contre un accent du cru qu'elle considérait comme regrettable. Elle fit ses commentaires sur Pharaoh à voix haute, en parlant plus pour elle-même que pour nous.

— Au moins, il est nettement mieux habillé qu'avant, même si le Seigneur, dans Son infinie bonté, aurait pu l'aider à développer un peu son esprit.

Elle leva les yeux au plafond. Je suivis son exemple, mais au lieu d'entrevoir comme elle quelque rayon du divin je n'aperçus que l'étage au-dessus entre des lattes pendillant telles les dents d'un peigne cassé.

— Viens ici, chéri, dit-elle à Pharaoh qui la rejoignit en traînant des pieds et en serrant son livre contre lui. Pourquoi ne rends-tu plus jamais visite à ta vieille Annie ? Les voies du Seigneurs sont impénétrables et Il n'a pas jugé bon, dans Son infinie sagesse, de bénir notre mariage en nous donnant des enfants, si bien que Dickie et moi travaillons ici, mais c'est Lui qui prend soin de nous tous. Sa maison a plus d'une chambre. Il a permis aux petits enfants de venir à Lui, surtout ceux qui comme toi ont quitté l'enfance mais ont gardé leur pureté de cœur. Tu es toujours le bienvenu chez nous, chéri.

Pharaoh n'était pas convaincu. Il examina la pièce et trouva qu'elle ne soutenait pas la comparaison avec le palais de papier de GB.

— Pourquoi viendrais-je ici ?

— Pour voir Annie, Pharaoh, pour me chanter une chanson et chanter avec moi les paroles d'un livre qui pourrait bien t'éclairer davantage que celui-ci.

Elle darda sur *Le Petit Chanteur à deux sous* un doigt accusateur qui l'envoyait en enfer.

— Oh, que non, s'exclama Pharaoh en voyant où elle voulait en venir. J'en doute fortement. Pas si c'est plein de « célébrez tous », de « venez à moi » et de « Il existe une colline verdoyante que ne ceint aucune muraille », comme si ç'avait le moindre intérêt pour nous. À quoi sert ce fatras ?

Il gigota pour échapper à Annie et serra de plus belle le livre condamnable d'un air protecteur.

— Il n'existe qu'un livre, proféra Annie. Quant aux autres, on les a tous lus quand on en a lu un.

— Annie, lança GB une fois terminé cet échange de civilités. Ce sont les messieurs dont nous t'avons parlé.

— Nous sommes heureux de vous rencontrer, Mrs… ? dit Stephen.

— *Conseillère* Anne Pearce, rétorqua Annie Driver.

Elle nous regarda tous deux et renifla.

— Mon temps ne m'appartient pas. Cet établissement ne fonctionne pas tout seul. Dieu ne m'a donné que deux mains et bien peu d'aide. Si c'est le passé qui vous intéresse, sachez que j'ai une mémoire défaillante et une conscience pleine de remords. Je n'ai guère besoin qu'on me rappelle la honte dont j'ai été sauvée, rachetée par le sang de l'agneau.

— C'est justement le sang de l'agneau qui nous amène. Cet agneau, expliqua Stephen en me désignant.

Annie renifla de nouveau.

— Il va sans dire, ajoutai-je, que nous serions également ravis de faire un don à l'hospice des Autres Marie.

— J'étais comme elles, monsieur. J'étais l'une de ces autres Marie.

Elle se signa derechef, au cas où l'efficacité du précédent signe de croix fût épuisée.

— Un don serait fort opportun pour nous aider dans notre combat contre la Grande Impureté.

— Peut-être même pourrions-nous vous faire directement un don plutôt qu'à l'église, continua Stephen. Je suis sûr que votre travail ici n'est pas apprécié à sa juste valeur.

— C'est très généreux de votre part.

Ses seins semblèrent s'épanouir en signe d'approbation.

— Un don pour la trésorière et l'autre pour vous, confirmai-je pour conclure le marché.

— Voilà qui devrait vous rafraîchir la mémoire, Annie, lança Pharaoh à l'improviste.

Son intervention nous prit de court, car il n'avait pas semblé nous prêter attention. Il suivait de l'index les mots des vers de son livre, tel un enfant zélé qui fait semblant de lire. Annie lui jeta un regard dénué de tendresse.

— J'aimais ce garçon. Je l'aimais comme une mère. En fait, c'est étrange de voir ce gros…

Elle ne trouvait pas le mot, mais manifestement il ne s'agissait pas d'un compliment, de sorte qu'elle préféra l'omettre et poursuivit :

— Mais j'étais comme une mère pour lui. Une Madeleine dans la vie réelle, mais pour lui, une Marie.

— Vous étiez une Annie, pas une Marie. Marie était une Marie, intervint Pharaoh furieux qu'on ait interrompu sa « lecture ».

Mais ensuite, son ton changea.

— Et Maman était une mère, pas vous. J'étais le petit garçon de Maman. Elle me manque.

— Oui, et toi aussi, tu lui manques. Où qu'elle soit, ajouta Annie en laissant entendre que Maman devait chanter des ballades du *Petit Chanteur à deux sous* au milieu des flammes éternelles. Mais écoute-moi bien. Je veillais sur toi. Alors que Maman, Dieu me pardonne, ne pensait qu'à elle-même. Elle a payé pour son égoïsme. Elle avait le nom mais non la nature d'une mère. Que le Seigneur lui pardonne comme à toutes ses brebis égarées et pécheresses. Puisse-t-Il avoir effacé l'ardoise de la pauvre femme.

Et c'était justement cette personne qui devait me dire ce qu'elle savait de *ma* mère… Elle ferma les yeux et joignit de nouveau les mains d'un air suppliant. Ces chrétiens sont tous les mêmes. Leur maladie peut être sérieuse, et il semble qu'elle soit encore plus virulente chez ceux qui l'attrapent sur le tard. Annie n'accordait pas la moindre importance aux sentiments de Pharaoh.

Il déglutit et une larme coula sur sa joue. Tenant le livre ouvert, il leva les yeux sur moi.

— Quel est ce mot ? demandai-je.

Je pointai le doigt sur le mot final du premier vers de la ballade qu'il regardait : « Par un beau matin clair du joli mois de mai. »

— Je le connais, déclara Pharaoh en détournant la tête.

Son chagrin pour Maman Maynard le rendait irritable.

— Dites-le, alors.

— Printemps, lança-t-il de mauvaise grâce.

— Printemps ?

— Printemps !

— Savez-vous quelles sont ces lettres ?

Il fit non de la tête.

— M. A. I.

Je les dessinai en désignant sur la page la lettre correspondant.

— Printemps ? demanda-t-il.

— Non, le mot est « mai ».

— Le *mois* de mai ? interrogea Pharaoh avec circonspection.

— Oui.

— C'est au printemps, pas vrai ?

— Oui, mais le mot est « mai ».

— Je dirai comme j'ai compris. Cette image représente William Reilly faisant la cour à la belle Coolen Bawn. Et c'est Coolen Bawn qu'il embrasse ici avec amour. Le premier vers est : « C'était un beau matin à l'apogée du printemps », et si vous comptez les mots, le dernier est « printemps ». Je pense donc que vous vous trompez.

Je lui ébouriffai les cheveux, ce qu'il prit fort mal. Il se donna beaucoup de peine pour les rétablir dans leur état antérieur, en léchant ses paumes crasseuses et en lissant ses mèches comme pour les coller à son crâne.

— C'est peut-être ce que représente l'image, mais la ballade s'appelle *Les Rivages de l'Eau-de-Vie* et ce mot est bel et bien « mai ».

Je lui lis le vers.

— Un pauvre type n'a aucune chance, pas vrai, quand les mots se ressemblent tellement et veulent dire la même chose...

Distrait par ce nouveau problème, il retrouva sa bonne humeur. Il cessa de songer tristement à Maman – peut-être était-ce une leçon pour moi.

— Alors comme ça vous prétendez être ce pauvre petit agneau ? demanda Annie sans aucune sympathie. Il était à prévoir que vous deviendriez bizarre.

— Il est déjà miraculeux qu'il ait pu devenir quoi que ce soit, madame, dit Stephen.

— C'est uniquement grâce à moi, monsieur. Si du moins c'est bien lui. Comment le croire ? Ce n'est guère vraisemblable.

— Ce n'est pas moins absurde que de l'eau devenant du vin, observai-je.

— Absolument, approuva Annie triomphalement.

Elle se tut un instant. Pharaoh continuait de faire semblant de lire et GB s'était assis à côté de lui, inquiet de la confrontation imminente.

— Nous savons que c'est vrai, madame, répliqua Stephen. Peu importe que vous le croyiez ou non. Vous avez assisté à toute cette honteuse affaire, vous y avez participé. Dites-nous ce que vous savez de la femme qui mourut chez Maman Maynard.

— J'y ai assisté, je l'avoue, mais non participé. Ça, non. Et plus tard j'ai raconté à la police tout ce que je savais de Maman, dit-elle sans songer à nier sa trahison.

J'espérai que Pharaoh, s'il nous écoutait, ne comprenait pas.

— Dieu m'a dit de le faire.

— Quelle charité chrétienne, commenta Stephen.

Annie considéra qu'il faisait allusion à tous les bébés que cette décision avait sauvés.

— Il n'y a pas de mal à vous raconter cette histoire maintenant. Le seul mal, c'est de se détourner de Ses bonnes œuvres. Je m'en souviens parfaitement, voyez-vous, parce que ç'a été la dernière. Nous... je veux dire, Maman... *elle* s'en tirait bien, mais ç'a été la fin de sa bonne série.

Voilà donc ce que j'étais. La fin d'une bonne série.

Non, c'était ma mère qui avait été la dernière, car Annie voulait parler de sa mort, non de ma naissance.

— Que Dieu nous pardonne pour ce que nous avons fait, continua-t-elle. Ce garçon vous a emmené, je ne sais pas exactement où. Pas là où il aurait dû, sans quoi vous ne seriez pas ici, et puisse le Seigneur toujours faire grâce à la vérité. Mais vous étiez la preuve, et je n'avais pas le temps de lui expliquer car la police arrivait. Ils sont venus avec cet homme et tout a tourné au désastre. Ç'a été vraiment une journée horrible.

Elle parlait d'elle-même et de Maman Maynard, mais aussi de ma mère et moi.

— Qui suis-je ? demandai-je.

Pharaoh allongea le bras et glissa sa main droite dans la mienne.

— N'omettez aucun détail, Mrs Pearce, dit Stephen.

— Votre mère s'appelait Bryony McRae. Je n'oublierai jamais son nom et je prie pour son âme.

McRae.

Je répétai ce nom, le goûtai au bout de ma langue quoiqu'il vînt pour l'essentiel du fond de mon gosier : une moue des lèvres, puis ma langue effleurait mon palais avant une expiration finale. Pharaoh me vit et entreprit de m'imiter. McRae. Je ne me sentais pas écossais, mais des tartans s'imposèrent à mon esprit : peut-être pourrais-je en revendiquer un. Porter un kilt.

— Bryony McRae, répéta-t-elle. Voilà comment elle s'appelait. Quand elle est arrivée chez nous, elle divaguait presque. Elle n'avait pas la force de feindre. Cette pauvre fille était déjà perdue. Elle était malade de sa grossesse, émaciée, en plein délire. Elle criait : « Sauvez mon bébé ! Sauvez mon bébé ! » C'était tout ce qu'elle savait dire. Nous nous sommes dit que c'était elle ou l'enfant, mais il était bien tard pour cette pauvre créature – tous deux étaient aussi menacés l'un que l'autre. Elle n'était pas en état, maigre comme elle était. Sa terreur a tout fait. Et que le Seigneur ait pitié de nous.

Elle réfléchit et ajouta d'une voix désolée :

— Amen.

Annie semblait avoir oublié que j'étais la moitié de « tous deux ».

— A-t-elle dit autre chose ? demanda Stephen.

— Elle nous criait de nous dépêcher. Elle ne cessait de parler, mais nous n'y comprenions rien et d'ailleurs nous n'écoutions pas. Elle a dit : « Méfiez-vous de lui ! » comme si elle savait que la police arrivait. Dans son délire, elle songeait encore à s'échapper avec son bébé. Elle ne se rendait pas compte. Puis elle a eu une vision : elle croyait voir son défunt mari.

— Son fantôme, peut-être ? suggéra Pharaoh en pensant à une histoire en cours.

Il se mit à chantonner et GB le regarda avec des yeux brillants.

— Elle était mariée ?

Stephen savait aussi bien que moi ce qu'il fallait demander. Si elle n'était pas mariée, mon nom était McRae. Dans le cas contraire, qui était son mari et comment s'appelait-il ? Chacun retint son souffle. Même Pharaoh cessa de s'agiter.

— Oui, elle était mariée. Je m'en souviens car ensuite nous avons vendu son alliance. C'est ainsi que faisait Maman à l'époque, et ce n'est qu'après ma confession que le Bon Dieu m'a pardonné. Ce garçon est le seul à savoir, désormais, et il ne vient pas ici aussi souvent que je le voudrais. Ils sont si loin, ces jours maudits, ils ont tous disparu. Il ne reste plus que moi… et lui.

— Vous n'en savez pas plus ? insista Stephen.

— Pas au sujet de cette malheureuse. Mais la chose étrange, c'était cet homme arrivé avec la police. Il s'appelait Infant. Il le prétendait, du moins, mais il mentait. Je ne l'ai pas cru un seul instant. C'était un vrai démon, terriblement sournois. Il a amené les gendarmes. Il écumait de rage. Pharaoh avait à peine filé par l'arrière qu'ils ont fait irruption dans la maison. Nous avons cru qu'il s'agissait du mari bien vivant de la malheureuse ou de son frère, mais ensuite il a dit qu'il cherchait une autre personne, sa sœur, pas cette fille. Il était tellement hors de lui qu'un gendarme lui a ordonné d'attendre dehors. Après quoi, ils n'ont guère été surpris de constater qu'il avait décampé.

— Pourquoi ? demanda Stephen.

— Il était venu vérifier qu'elle était morte, rien de plus. Il ne cherchait personne d'autre. Quand il a découvert qu'elle avait son compte, il est parti à la première occasion. Il a débité une jolie petite histoire, mais en fait il a filé dès qu'il a su ce qu'il voulait savoir.

— Pourquoi amener la police, dans ce cas ? s'étonna Stephen.

— Faute de grives… vous voyez ce que je veux dire, suggéra GB. Peut-être n'avait-il pas le choix. Peut-être l'ont-ils forcé à venir.

— Il jouait la comédie, et pas très bien, déclara Annie. Nous étions trop malignes pour qu'il puisse nous tromper. Cette femme… Croyez-moi, elle était morte de frayeur. Il se peut que nous l'ayons tuée en essayant de la sauver, et je m'en repens amèrement, mais elle nous avait suppliées de l'aider et elle était terrifiée. C'est la peur qui l'a poussée chez nous, c'est la peur qui l'a assassinée. Elle était absolument seule, après la mort de son mari. Elle pensait qu'elle allait mourir, que son bébé vienne au monde ou non. Et elle avait raison, puisqu'elle est morte. Le miracle, c'est que le bébé a survécu.

Elle me regarda.

— Vous êtes l'une des preuves que Dieu nous a envoyées pour nous montrer sa grâce éternelle. Nous devrions vous appeler Lazare.

— Lazara, dis-je en soupirant.

Nous étions arrivés au bout d'une nouvelle piste. Nos espoirs d'aller plus loin de ce côté étaient morts. Morts comme Bryony.

— Pourrions-nous vous revoir, madame la conseillère ? demanda Stephen. Nos questions pourraient vous aider à ranimer vos souvenirs.

— Je ne sais rien de plus. Je vous ai tout dit. Nous n'avons pas pu aider cette malheureuse. Je ne sais rien de son mari et j'ignore qui était l'homme venu avec la police. Si vous êtes *vraiment* cet enfant, alors votre mère s'appelait Bryony McRae.

Nous nous levâmes pour prendre congé. GB et Pharaoh étaient étonnamment silencieux. Je pensais au nom de McRae et aux moyens d'en découvrir plus sur cette femme, mon autre mère, ma mère. À quoi m'étais-je attendu ? Quand quelqu'un en est réduit à prendre des mesures si désespérées, il ne peut s'agir que d'une sale histoire. Je pouvais m'estimer heureux que Bryony soit morte de cette façon. Si ses craintes étaient justifiées, c'était déjà une chance que l'un de nous deux ait survécu. Une vie contre une autre vie.

Je ne songeai pas à adresser un mot de plus à Annie, et Pharaoh était comme moi. Il s'agrippa à ma main puis à l'arrière de ma robe. Quand la conseillère lui demanda s'il n'avait pas un baiser pour sa vieille Annie, il fit semblant de ne pas avoir entendu et se mit à siffler à tue-tête. GB se chargea de lui parler tandis que Stephen lui remettait le pot-de-vin.

En partant, nous fûmes rappelés à la réalité présente par les gémissements des pensionnaires, les autres Marie. Cette salle était remplie d'histoires pareilles à celle que nous venions d'entendre. Je ne ménageai pas l'argent se trouvant dans les poches de mon tablier. En quittant Pharaoh, je lui en glissai également dans les mains :

— Achetez-vous un autre livre, si vous voulez. Nous le lirons ensemble.

— Vous pourrez le lire, répliqua-t-il. Moi, je ne sais pas. Mais je m'assoirai près de vous et j'écouterai.

J'avais hérité d'un enfant qui avait près du double de mon âge.

Comme nous n'étions pas loin du lieu de travail de Victoria, Stephen et moi eûmes l'idée d'aller saluer brièvement Sarah afin qu'elle soit la première à entendre mon nouveau nom. Nous remontâmes dans notre voiture et longeâmes les méandres gris de la Tamise.

La Maison des Amis pour les Pauvres était nettement différente des Autres Marie. Dans ce dernier établissement, j'avais perçu un désarroi privé de tout espoir d'amélioration. Malgré les plaintes d'Annie sur son surmenage, l'hospice n'était guère animé, comme si le traitement consistait à faire tenir tranquilles les malades autant que possible et à leur laisser tout le temps de réfléchir à leur sort funeste. On n'y voyait pas d'infirmières en train de s'affairer. Les pensionnaires n'avaient aucune perspective d'avenir, aucun lieu où aller. C'était comme regarder ralentir inéluctablement les aiguilles d'une pendule non remontée.

Ici, au contraire, tout respirait la détermination et la volonté de survivre. Chacun semblait animé d'un mouvement perpétuel. Les infirmières portaient des uniformes usés mais propres et élégants. Salles et couloirs voyaient un défilé incessant de chariots portant des patients ou du matériel, conduits par quelqu'un beaucoup trop pressé pour faire attention à nous. Personne ici n'avait renoncé. Les gens en bonne santé se battaient pour tenir en échec les microbes. On y sentait également l'odeur douceâtre des corps malades, mais elle se mêlait au parfum vif des désinfectants.

Cet établissement était destiné spécifiquement aux patients qui n'avaient pas les moyens d'entrer dans un hôpital et que leur maladie rendait incapables de se débrouiller tout seuls. Le but était de les guérir et de les faire sortir de l'hospice le plus vite possible. Nous aperçûmes tout de suite Victoria et Sarah en plein travail. Victoria donnait des ordres d'une voix claire tandis que Sarah ramenait lentement un vieil homme à son lit.

En nous voyant, Victoria nous fit signe d'approcher puis se ravisa et nous cria de l'attendre dans son bureau. C'était là qu'elle s'effondrait les soirs où il était trop tard pour rentrer à la maison. Après quelques minutes d'attente, nous la vîmes entrer en hâte pour nous dire que de nouveaux malades venaient d'arriver et qu'elle regrettait de ne pouvoir nous recevoir plus longtemps. Quand nous repassâmes devant Sarah, celle-ci sourit en plissant les yeux, comme pour nous dire : « C'est pour vous que je fais tout cela. » Je lui rendis son sourire. Le travail lui allait bien. Ses cheveux étaient noués négligemment derrière sa tête avec un ruban blanc et son visage brillait dans l'excitation de sa tâche. J'avais envie de l'embrasser. Victoria nous assura qu'elles rentreraient certainement le soir, car elles avaient engagé de nouvelles recrues.

Le soir venu, cependant, elles n'arrivèrent jamais. Je décidai que si je voulais les aider – et voir davantage Sarah –, je devrais me joindre à elles. Ma place était également là-bas. Victoria avait sans cesse besoin de bras supplémentaires, et je serais heureux de faire n'importe quoi pour leur être utile et rester avec elles. Le salon du Vingt-Quatre était toujours désert, maintenant que tous les habitants étaient absorbés par leurs propres tâches – Hamilton travaillait sur le code de son père pendant que Mère se consacrait à l'érudition. Il ne servait à rien de me morfondre dans mon oisiveté.

Le lendemain, Stephen alla consulter les registres paroissiaux. Le Vingt-Quatre parut encore plus vide. Malgré ce que la mourante avait dit dans son délire, il était possible que son époux fût toujours en vie. Mon père. Stephen revint bredouille, comme nous nous y attendions. Il n'y avait aucune trace d'une Bryony McRae, sans même parler du nom de son mari. La police avait refusé à Stephen l'accès aux informations concernant Maman Maynard et son exécution. Lorsque Stephen en vint à suggérer que peut-être Pharaoh avait écrit une autre ballade sur elle contenant quelque indice oublié, il fut clair que nous étions dans une impasse.

Nous avions découvert le nom de ma mère, mon nom de famille. Et c'était tout. La piste était épuisée. Nous devrions attendre que la chance nous sourie de nouveau. À moins que la police ne se laisse fléchir, qu'Annie ne se souvienne d'un nouveau détail ou qu'un autre témoin n'apparaisse (mais nous savions qu'il n'en existait pas), nous n'avions plus rien à faire.

Je n'avais pas encore appris la nouvelle de mon nom à ma mère ni à Hamilton. Outre qu'ils étaient sans cesse occupés, j'en étais venu à considérer ce nom comme une découverte sans importance. Les rares fois où je les apercevais, ils passaient si vite devant moi que nous avions à peine le temps de nous saluer. Peut-être leurs recherches portaient-elles leurs fruits au moment même où les nôtres étaient au point mort. Je prenais mes repas seul, ou avec Stephen. Mais désormais, lorsqu'il était à la maison, il aidait le plus souvent son père à déchiffrer les codes, si bien qu'il était moins disponible pour moi. Auparavant, nous jouions aux cartes avec apathie, sans réussir à nous intéresser vraiment au jeu. Sans lui, j'en fus réduit à faire des patiences, ce qui est indiciblement ennuyeux, surtout quand on triche. J'essayais de lire, mais même les feuilletons me paraissaient insipides. Tous étaient ailleurs : Sarah, Mère, Hamilton et maintenant Stephen. On n'avait jamais vu une situation aussi étrange au Vingt-Quatre. Je me sentais inutile.

Quel bien pouvons-nous faire pendant le peu de temps dont nous disposons en ce monde ? La dernière fois que j'avais vu Sarah, elle était au travail, assise sur le lit d'un vieillard dont elle massait le dos afin de l'aider à recracher quelque chose. L'opération demandait tant d'efforts au malheureux qu'il me sembla que cette simple tentative pourrait le tuer. Mes pensées avaient dérivé vers notre propre famille à Love Hall en voyant un petit enfant, assis au bout du lit de sa mère à l'agonie, en train de jouer avec les doigts de la mourante qui pendaient dans le vide.

Je retournai la carte suivante : le dernier roi. Encore une perte. Comment pourrais-je me rendre utile ?

Mon enquête était terminée et s'était révélée un simple feu de paille. Ma principale découverte avait été Pharaoh, qui fut pour moi un miracle non pas une mais deux fois. Il me fallait maintenant songer au présent. Je tentais de me convaincre qu'il importait peu que mes recherches n'aient pas abouti à une solution claire et nette. J'avais ma famille autour de moi. Je connaissais le nom de ma mère véritable. Que me fallait-il d'autre ? C'était plus que je ne pouvais en espérer. Peut-être pourrais-je leur demander de m'appeler Rose McRae. Non, Rose Old était parfait : un pêle-mêle de présent et de passé.

Je me mis à songer à Sarah et à l'avenir de notre relation. Peu à peu, mes anciens talents s'étaient de nouveau épanouis en moi, et je me sentais capable d'improviser avec autant de facilité que par le passé. De nouvelles histoires surgissaient dans mon esprit tandis que je regardais le soleil s'avancer insensiblement sur le parquet. Des histoires qui avaient besoin d'être racontées et me suppliaient de les murmurer.

Il fallait que j'aille offrir mes services. Il était temps que je tourne mon attention vers l'avenir au lieu d'essayer de résoudre le mystère du passé.

Ce soir-là, ma mère descendit l'escalier avec une grâce inhabituelle, l'air heureuse et soulagée, comme si elle était délivrée d'un grand poids. Je disputais une assommante partie de menteur avec moi-même, ce qui n'est guère faisable, et elle baissa les yeux vers moi. Son visage avait une expression enjouée que je ne lui avais pas vue depuis mon retour.

— Perd ou gagne ? demanda-t-elle.

— Quelle main ?

— L'une ou l'autre.

— Les deux.

— Je vais chercher Samuel et sa famille. J'ai une communication à faire.

— Quand vous aurez terminé, j'aurai moi-même un tout petit détail à vous apprendre.

J'en avais assez des patiences.

Quelques instants plus tard, elle s'assit à la table. Saisissant les quelques feuillets qu'elle avait apportés, tous couverts de notes, elle les disposa devant elle d'un air nettement plus intéressé que moi lorsque je maniais mes cartes. L'enthousiasme est contagieux. En attendant l'arrivée des Hamilton, je me sentis impatient d'entendre ce qu'elle avait à dire.

Samuel Hamilton entra avec son fils. Il faut avouer qu'il avait l'air passablement ennuyé.

— Madame, dit-il en s'inclinant. Anonyma. Votre seigneurie. Je me demandais si...

Soudain métamorphosée en gouvernante sévère, ma mère leva la main et claqua la langue d'un air réprobateur autant que sans réplique.

— Asseyez-vous, Samuel. Angelica. Stephen. Sarah ne se joint pas à nous ?

— Elle est avec Victoria, lançai-je.

Je n'arrivais pas à croire qu'elle n'eût pas remarqué son absence.

— Quel dommage que Victoria ne soit pas là. Son aide a été inestimable.

Angelica arriva précipitamment et prit la main de Stephen. Tandis qu'ils s'asseyaient, ma mère tapa sur la table avec sa liasse de papiers.

— Pour les lecteurs et auditeurs à venir, cette communication, que je vous présente ici pour la première fois, aura pour titre : « Notes pour une future biographie de Mary Day » par Anonyma Wood.

Elle leva les yeux. Manifestement, Hamilton était outré d'avoir été interrompu dans son travail pour une simple conférence littéraire.

— Les livres que Victoria m'a rapportés de sa dernière visite à Love Hall ont confirmé une idée qui m'était venue depuis déjà un certain temps. Ce que je vais avancer est matériellement impossible à confirmer, mais les érudits en reconnaîtront la validité car les preuves littéraires sont indiscutables. Je vous remettrai ce mémoire, Samuel. Vous en ferez ce que vous voudrez. J'espère seulement qu'il se révélera utile.

« Mon travail sur Mary Day, un auteur qui d'une façon ou d'une autre a affecté la vie d'une bonne partie d'entre nous, est en soi une satisfaction. Je n'aurais jamais rêvé qu'il apporte de plus une contribution inattendue, susceptible de nous aider tous, et cette surprise est inséparable d'une promesse qui se trouve au cœur de l'œuvre du poète et dans laquelle j'ai toujours cru.

Je n'avais aucune idée de ce que ma mère allait nous dire, mais ce préambule m'apparut comme une forme supérieure de diversion destinée à battre aux cartes un adversaire invisible au mépris de l'honnêteté. Cependant Hamilton ne tenait littéralement plus en place dans son impatience.

— Anonyma, lança-t-il d'une voix où je reconnus pour la première fois le ton agité de son fils. Je me consacre actuellement à un travail dont je pense qu'il pourrait...

— Samuel, répliqua ma mère avec fermeté. Il n'est pas dans mes habitudes d'interrompre votre travail et lorsque ce travail aura porté ses fruits, j'espère être capable d'en écouter les résultats pendant quelques modestes instants sans avoir à m'enfuir en courant.

— Je suis horriblement confus si c'est l'impression que je vous donne. Ce n'est pas cela, mais...

— Voici les points essentiels des « Notes pour une future biographie de Mary Day », dit ma mère en réclamant l'attention avec une énergie insolite.

Par un renversement amusant de leurs rôles habituels, Stephen tapota la main de son père et Hamilton se rassit. J'avais ici ma famille sous mes yeux, et chacun d'eux avait un comportement légèrement étranger à son caractère.

— J'ai commencé par un résumé de cette biographie, qu'il est inutile d'exposer en détail. On sait très peu de choses de la vie de Mary Day, qu'il s'agisse de ses origines ou de sa mort. Ses écrits ont été découverts par un imprimeur londonien qui s'en servit pour illustrer ses techniques typographiques. Les poèmes furent d'abord renommés en tant qu'exemples de cet art magnifique. Il demeure un fait indubitable, autour duquel ont tourné toutes mes recherches : un nombre notable de ses œuvres, ses carnets, une partie de sa correspondance avec son éditeur et une petite collection de livres qu'elle possédait et auxquels elle se référait, en y écrivant des gloses et parfois en en démarquant le texte, tous ces ouvrages arrivèrent d'une façon ou d'une autre dans la bibliothèque de Playfield House... que j'appellerai Love Hall, puisque nous sommes entre nous.

« Ce fut leur présence qui me poussa à postuler un emploi à Love Hall, une demeure qui n'a historiquement jamais eu la réputation de compter parmi les plus littéraires du pays. Au début, j'en fus réduite à emprunter un par un les livres de la bibliothèque, sans l'autorisation de lady Loveall, mais grâce à la générosité de mon défunt époux je fus ensuite en mesure de leur consacrer tout le temps que je voulais. Quand je devins bibliothécaire, la bibliothèque elle-même était dans un état pitoyable. J'essayai de sauver ces livres (et bien d'autres) d'une fin prématurée, encore qu'il ne soit pas certain à ce jour que j'aie fait davantage que retarder cette issue fatale. Le problème est simple : pourquoi ces ouvrages se trouvaient-ils là ? Et la réponse à cette question pourrait-elle révéler des faits intéressants quant à la biographie de Mary Day ? Eh bien, je connais la réponse. Et elle est aussi évidente que lourde de conséquences. J'avais longtemps...

— Madame... lança Hamilton.

Son propre fils le fit taire et ma mère ne réagit qu'en haussant la voix sur un mot.

— J'avais *longtemps* soupçonné que Mary Day connaissait plus ou moins Love Hall, aussi absurde que cela pût paraître. Il existait des correspondances suggestives entre les poèmes et l'illustre demeure. J'avais l'étrange impression que ces textes étaient conçus pour Love Hall, faits pour être lus en ces lieux mêmes.

« J'étais certaine au moins d'un point : l'œuvre révélait une certaine familiarité avec le château. Comment était-ce possible ? Il me fallut attendre les dernières révélations de Samuel pour avoir une inspiration. Je me rendis compte que j'avais besoin de relire une partie des poèmes, dans une perspective différente, en particulier ceux d'un livre appelé *Halle d'Amour, Seigneur, Don total*. Ce mince recueil contient vingt-quatre poèmes, parmi les plus obscurs de son œuvre, tous antérieurs à sa maturité.

« Dans le passé, j'avais cru reconnaître un écho dans le titre lui-même – la Halle d'Amour était Love Hall –, mais les textes ne me disaient pas grand-chose, encore que je me souvenais d'avoir trouvé dans cette "Fantaisie d'imaginations" des allusions à un "mausolée vert" et à "la cachette du prêtre". À l'époque, je n'y avais vu que des coïncidences émouvantes, mais en relisant l'original ramené de Love Hall j'y distinguai des accents nouveaux, une voix différente. Je suis parvenue à la conclusion, et je l'affirme sans aucun doute, que Mary Day commença son existence comme la troisième épouse du Mauvais Lord Loveall, sa dernière compagne légitime.

Elle leva les yeux et fit une pause.

— Marguerite d'Eustache.

Je poussai une exclamation de surprise. Stephen me regarda puis se tourna vers son père.

— La femme qui s'est enfuie ? demandai-je précipitamment.

— Absolument.

— La mère du véritable héritier de Love Hall ?

— Elle-même. Eh bien, Samuel ?

Hamilton se tenait la tête dans les mains, les yeux fixés sur la table. Son fils lui tapa sur l'épaule pour qu'il participe à la conversation.

— Samuel ? répéta ma mère.

— Oui, votre seigneurie. C'était bien elle. Marguerite d'Eustache est devenue Mary Day.

— Vous le saviez ?

— Anonyma, dit-il avec toute la déférence imaginable. Les registres de ma famille sont riches de révélations. Je suis moi aussi sur le point de faire de grandes découvertes. Mais dites-nous comment vous êtes arrivée à une telle conclusion. On ne peut que rendre hommage à l'attention que vous avez portée à ces poèmes.

— Est-ce pour cette raison qu'ils étaient cachés à Love Hall ? demandai-je. Parce que la famille savait qui les avait écrits et ce qu'ils contenaient ?

— Je n'ai pas encore élucidé ce point, déclara Hamilton.

Il répondait ainsi à ma question quoiqu'elle fût adressée à ma mère.

— Voilà qui change la situation, dit-elle d'un ton déconfit.

Les papiers s'échappèrent de sa main inerte.

— Veuillez continuer, intervint Stephen. Nous vous en prions.

— J'insiste pour que vous terminiez, approuva Hamilton. Il est temps de confronter nos deux enquêtes. Peut-être sera-t-il possible ainsi d'éclairer d'une lumière nouvelle certains des passages les plus impénétrables des livres que nous essayons de lire.

— La lumière du poète, commenta Mère tandis qu'Hamilton secouait la tête d'un air émerveillé.

Halle d'Amour, Seigneur, Don total fut publié tardivement après que les derniers écrits de Mary Day, de caractère plus nettement mystique, eurent acquis une certaine notoriété. Ma mère n'avait jamais réussi à voir grand sens dans le poème *Visée je suis*, en dehors de ses vagues aspirations à l'accomplissement spirituel. Elle n'en connaissait par cœur qu'un sixième, puisqu'elle n'était sûre que de son premier vers. Grâce à Victoria, elle put le lire de nouveau :

Visée de MA flèche Rageuse Gangrenée
Je suis une errance rebelle
Visée qu'Ils tiennent emprisonnée, dénudée
Je suis extase unique
Visée si tranquille, accablante couardise
Je suis halte éternelle

Ces six vers suffirent à changer entièrement la vision que ma mère avait de Mary Day : la conclusion à laquelle elle aboutit pourrait servir de point de départ à un biographe au sens propre du terme.

Ma mère nous fit partager toutes les étapes de son illumination. Dans *Visée je suis*, le voyage du poète est voué à l'échec : « halte éternelle ». Cette expression rappela à ma mère le paradoxe de Zénon d'Élée – auquel les poèmes font fréquemment allusion –, selon lequel le mouvement est impossible. La franchise de l'« extase unique », « dénudée », la flèche lancée par la narratrice nue – un symbolisme corporel d'inspiration très catholique –, tout cela contribuait également à détourner le lecteur du sens véritable, comme si le poète lui avait tendu des pièges.

Toutefois, depuis sa première lecture décevante du poème, bien des années plus tôt, ma mère avait fait une percée significative dans son interprétation de Mary Day. Dans un livre tout différent, elle avait noté une allusion curieuse à une énigme pour enfant : « Il vit Esaü assis sur une scie, combien de *s* y a-t-il dans cela ? » La réponse évidente est six, bien que la *vraie* réponse soit qu'il n'y a aucun *s* dans *cela*. Mary Day soutenait que les deux réponses étaient bonnes. Ce détail avait suggéré à Anonyma l'idée d'une possible lecture à deux niveaux. Peut-être le lecteur devrait-il être attentif non seulement à la signification littérale des mots mais aussi à leur réalité matérielle sur la page imprimée, aux formes qu'ils dessinaient et aux modèles des lettres. Dans un sens, c'était exactement ce que son père avait apprécié à l'origine dans les livres : la joie de la surface du papier. Elle se rappela ce qu'elle avait demandé à Dolores lors de leur première rencontre, il y avait si longtemps, tandis qu'elles examinaient le bestiaire : il fallait regarder la page elle-même.

Adopter simultanément deux points de vue : telle avait été l'intuition visionnaire de Mary Day. Dans la comptine, il n'y avait pas de *s* dans *cela* et il y en avait six – les deux étaient vrais. Cette idée ouvrait à la recherche des perspectives qui terrifiaient Anonyma, car son travail pourrait s'en trouver retardé de plusieurs années, mais ne l'enchantait pas moins, pour la même raison.

En étudiant *Visée je suis*, elle voyait maintenant dans le titre lui-même non seulement un aveu d'identité (« Je suis ») mais aussi le but réel du poème (la « Visée »), qui était justement la déclaration de cette identité. Le « Je », à savoir le poète, était littéralement inclus entre l'être et la visée. Ce qui signifiait que le texte visait à révéler l'identité du poète lui-même.

Le titre était à l'origine du poème, dont chaque vers commençait alternativement par *Visée* et *Je suis*. Le mot *flèche* apparaissait immédiatement après, comme une suite logique. En somme, les premiers mots des vers avaient la fonction d'un chœur accompagnant le développement du texte. Ma mère étudia les vers avec eux et sans eux. Dans ce dernier cas, le texte n'avait guère de sens :

de MA flèche Rageuse Gangrenée
une errance rebelle

Ce furent les majuscules du premier vers qui la firent réfléchir. Mary Day n'était pas coutumière de cet usage étrange des majuscules, encore que ma mère fût certaine d'avoir remarqué un ou deux cas analogues dans les carnets, dont elle ne se souvenait pas précisément sur le moment. Elle nota sur-le-champ de vérifier cette référence puis se hasarda à lire les vers suivants de *Visée je suis* :

qu'Ils tiennent emprisonnée, dénudée
extase unique
si tranquille, accablante couardise
halte éternelle

En juxtaposant la première lettre de chaque mot de ces six vers, on obtenait un nom dont elle n'aurait pu comprendre la portée avant qu'Hamilton eut découvert le mariage secret du Mauvais Lord :

M A R G
U E R
I T E D
E U
S T A C
H E

Il était là, sous ses yeux.

Le poème s'appelait *Visée je suis*, et la « visée » était « Marguerite d'Eustache », dont le nom semblait à ma mère se détacher comme sur une pierre tombale. Se pouvait-il que Marguerite fût en fait Mary Day ? Ou cette dernière avait-elle entendu son histoire et tenté de l'intégrer dans ses propres poèmes ? Instinctivement, ma mère jugea que la première réponse était la bonne. Elle brûlait de nous communiquer sa découverte mais estimait de son devoir de fournir des preuves supplémentaires, ce qui avait provoqué sa longue absence. Afin de trouver de nouveaux indices, elle avait passé au peigne fin chaque texte qu'elle avait sous la main ou dans sa mémoire.

Visée je suis identifiait clairement son auteur. Ma mère découvrit d'autres poèmes marqués par ce besoin obsessionnel d'identification. Leur sens apparaissait cependant nettement moins énigmatique. Ils évoquaient l'oppression masculine, des mariages malheureux aux conséquences funestes, et enfin la revanche de la femme. Anonyma retrouva également dans les carnets, quoiqu'elle ne se souvînt pas exactement du passage, l'unique poème présentant les mêmes majuscules insolites. Intitulé *Le Quatrième*, c'était l'une des deux pièces retranchées du recueil *Les Quarts* :

Mâles Appétits, Rapine Gémissante
Unique embrasement
Rapt impassible, trouble et démence
Eunuques souriez, tendres
Amants châtrés – heureux éternellement.

Cette œuvre étrange, plutôt banale, semblait maintenant parfaite à Anonyma : les majuscules du premier vers remplissaient la même fonction que celles de *Visée je suis* – encore une preuve. Les deux poèmes des *Quarts* qui parurent sous le titre de *La Moitié des Quarts* étaient les suivants :

Le Premier
Marie-toi – aux regrets garde une éternité
Rageuse. Infortunée, toute échappée désormais
Est un supplice – tourmentée
À chaque halètement, éteins-toi à jamais

Le Troisième
Mâle, amant-dieu royal
Grandeur ultime, est-ce revanche incarnée : toute
Extase devient eunuque
Ultime Sophia tu abdiques
Conquise – Hermaphrodite expire

Le Premier contenait encore une imperfection – l'ajout d'« à jamais » pour rimer avec « désormais ». En revanche, *Le Troisième* était un texte accompli, dont le style (« amant-dieu », « Sophia » etc.) évoquait davantage la dernière période du poète.

D'un coup, Mère vit Marguerite s'enfuyant de Love Hall, pas encore métamorphosée en Mary Day, à moitié folle d'épuisement, avec son bébé comme un paquet sous son bras. Peut-être la fugitive terrifiée s'arrête-t-elle dans une auberge aux environs de Londres. Elle demande une plume et du papier et se met à écrire désespérément. Elle a besoin de dire sa situation affreuse – comme elle l'avait fait durant sa grossesse – et pourtant elle ne doit rien révéler si elle veut réussir dans sa fuite, sa disparition et son combat pour la vie de son enfant.

La thèse de ma mère s'appuyait ensuite sur le poème *Leur Mérite* qui était à la fois moins clair et plus explicite. Une nouvelle fois, la clef se trouvait dans le titre. Il fallait reconnaître dans « mérite » le mot « hérite », allusion à l'héritier que Marguerite/Mary allait donner ou avait déjà donné aux Loveall. Le « m'hérite » – moi qui hérite – était à eux – « leur ». Le narrateur de ce poème n'était pas la mère mais l'enfant lui-même, dépossédé de son « moi » puisqu'il devait appartenir à Love Hall.

Ma mère était en mesure de citer bien d'autres passages corroborant ses dires, tirés pour la plupart de *Halle d'Amour, Seigneur, Don total*, qu'elle feuilletait indolemment tout en lisant et improvisant. Sa théorie était simple : après sa fuite avec son enfant, Marguerite d'Eustache était devenue Mary Day afin d'être à jamais introuvable pour les Loveall. Ce qui expliquait ses allusions révélant une connaissance singulière de l'intérieur de Love Hall, même si les circonstances de l'arrivée de ses livres dans la bibliothèque du château restaient mystérieuses. D'après ma mère, c'était le traumatisme éprouvé en découvrant qu'on voulait lui arracher son enfant qui avait éveillé en Marguerite le désir de créer et avait pour ainsi dire donné naissance à Mary Day. Ma mère reconnaissait que cette hypothèse la mettait dans une position délicate, puisqu'elle devait admettre tacitement que les Loveall avaient persécuté le poète.

— L'art peut transformer la plus grande souffrance en beauté, déclara-t-elle en souriant.

Elle termina en avançant l'idée hardie que Mary Day avait élevé son fils en l'habillant en fille afin de faciliter par la suite son subterfuge. En dehors des références de ses derniers poèmes à l'androgynie, avec leur vision du pays de Feminisia, rien ne venait corroborer cette thèse. Il s'agissait simplement d'une intuition d'érudit, fondée sur sa connaissance de la situation désespérée et du sens pratique de Marguerite elle-même. Mère se refusait à conjecturer combien de temps l'enfant était resté ainsi caché.

Mary était une abréviation de « Marguerite », Day contractait le nom « d'Eustache ». L'exposé de ma mère était terminé, elle pouvait savourer son triomphe. Même si personne dans l'assistance n'était à même de la contredire, il était évident qu'elle avait constitué un dossier extraordinaire à partir d'une documentation aussi restreinte. Nous regardâmes Hamilton afin qu'il confirme les faits. Lui aussi était stupéfait qu'elle ait pu arriver à une telle conclusion rien qu'en lisant avec attention quelques poèmes, lesquels, comme la ballade de Pharaoh, se trouvaient depuis longtemps dans la bibliothèque de Love Hall. Avant de s'éclipser pour continuer son propre travail, Samuel put apporter quelques éclaircissements supplémentaires.

— J'estime que votre hypothèse est tout à fait fondée, madame. Quant à ses développements, je les crois exacts tout simplement parce qu'ils concordent en tous points avec les faits décrits dans les registres de ma famille, que vous n'avez jamais lus. Prenons, par exemple, le poème *Leur Mérite*. Dans la lettre que j'ai déjà évoquée et dont l'original se trouve dans le registre, écrit de la main même de Marguerite, c'est-à-dire de Mary Day, les mots de ce titre reviennent avec une constance obsessionnelle. Il faudra comparer l'écriture de Mary avec celle de Marguerite.

— Un nouveau manuscrit ! s'exclama Mère, le souffle coupé. Il a sa place dans le catalogue. Je dois absolument le voir !

— Cela va de soi. Je ne puis vous en dire beaucoup plus, car ma lecture n'est pas achevée. Mais je peux vous révéler ceci : les Loveall ont tenté vainement de retrouver Marguerite. Comme nous le savons, ils ont fini par renoncer et ont décidé de passer entièrement sous silence son existence. Ils ont payé généreusement son père, lequel était tout prêt à oublier avoir jamais eu une fille. Tout cela est consigné dans nos livres.

« C'est ainsi que Marguerite "mourut". Pendant quarante ans, elle ne fut plus mentionnée dans les registres. Jusqu'au jour où le Bon Lord Loveall, oublieux de cette affaire, reçut en 1782 dans un paquet adressé à Love Hall un exemplaire de *Halle d'Amour, Seigneur, Don total,* celui-là même sans doute que vous avez entre les mains. Étonné par cet envoi ou ne sachant ce que c'était, il le donna à mon père, Jacob, qui se rendit compte de son importance et agit certainement en conséquence. Il est impossible de dire pour l'instant si d'autres volumes furent envoyés au château ou si mon père lui-même compléta la collection et la déposa dans la bibliothèque. Je lis aussi vite que je peux, mais c'est un processus laborieux. Grâce à l'aide de mon fils, je pense que j'aurai des révélations à vous faire d'ici peu. Chaque page apporte sa part de surprise.

« J'avoue que je suis excité mais inquiet à l'idée de poursuivre cette lecture. Les Hamilton ont toujours été loyaux envers les Loveall et je crains que de nouvelles découvertes n'éclairent d'un jour déplaisant les relations entre nous. Je me rends compte à présent qu'il se pourrait que les registres protègent ma famille au moins autant que la vôtre.

Ma mère hocha la tête d'un air grave et poussa son livre vers Hamilton.

— Prenez ceci. J'en ai tiré tout ce que je pouvais. Je vous l'échange contre le nouveau manuscrit. Au fait, Rose a également des nouvelles à nous apprendre.

Ils se tournèrent tous deux vers moi. Il m'était égal de passer au second plan, à la lumière de telles révélations. Mon enquête n'était pas la plus importante, même à mes propres yeux.

— Juste un détail, dis-je. Stephen et moi avons rencontré Annie Driver et elle nous a donné le nom de ma mère. Qu'il s'agisse de son nom de jeune fille ou de celui de son mari, elle s'appelait McRae. Bryony McRae.

— Mon chéri ! s'exclama ma mère. McRae !

— McRae ? répéta Hamilton en écho.

— Aimes-tu ce nom ? demanda-t-elle. Te convient-il ?

— Oui, je crois, répondis-je. McRae. Ce doit être écossais.

— Sans doute, dit Hamilton. Une fois que j'en aurai fini avec ma tâche plus que pressante, je me renseignerai là-dessus.

— Que t'a-t-elle raconté d'autre ? reprit ma mère. Connaissait-elle ta mère en personne ?

— Elle connaissait son identité. À son avis, elle devait être mariée puisqu'elle parlait dans son délire de son époux qui était mort. C'était une femme terrifiée.

— Il y avait aussi un homme mystérieux, intervint Stephen. Il a fait irruption avec la police au beau milieu de leur travail. Ensuite il a disparu et on n'en a plus jamais entendu parler. Il s'appelait Infant.

— Quelle coïncidence macabre, observa ma mère.

— Ce n'était pas son vrai nom, dit Stephen. Je crains que nous ne soyons parvenus à une impasse entourée de ténèbres, mais nous allons persévérer.

— Oui, je verrai par la suite… continua Hamilton.

Je l'interrompis :

— Il n'y a pas besoin de suite. J'ai appris le nom de ma mère. Stephen a consulté le registre paroissial et demandé des informations à la police, en pure perte. Nous ne trouverons pas de père pour moi.

— Mais il se pourrait… lança Hamilton avant de se raviser.

Il chercherait en cachette jusqu'à ce qu'il ait trouvé du nouveau. Ce genre d'enquête était non seulement son travail mais son plaisir.

— C'est à Rose de décider, intervint ma mère. Tu aurais dû nous en parler, mon chéri.

— Je ne voulais pas interrompre votre travail. D'ailleurs, je ne veux pas vous en détourner plus longtemps, Samuel. Plus tard, peut-être ?

— Merci, dit-il en se levant.

Ma mère leva le bras et l'arrêta net.

— Sachez ceci, Samuel, notre cher ami : tout ce que vous découvrirez sera pour le mieux. Nos deux familles ont toujours veillé l'une sur l'autre et elles continueront de le faire à l'avenir. Dans cette maison, nous avons trouvé tout à fait commode de vivre en égaux. C'est ainsi que nous vivrons dorénavant, quelles que soient les circonstances. Notre famille n'est rien sans la vôtre.

— Vous nous faites un honneur sans pareil, madame, répliqua Hamilton en s'inclinant.

Son épouse se leva à son tour et ils s'en allèrent bras dessus bras dessous. Arrivé à la porte, Hamilton se retourna. Il avait un fort pressentiment de ce qu'il allait découvrir, mais il n'osait pas l'exprimer, peut-être parce qu'il aurait voulu qu'il ne se réalise pas.

— Je serais très heureux d'avoir Stephen à mon côté durant la phase finale de notre enquête. Il se peut que nous découvrions toute la vérité, ou rien du tout. Je crois cependant qu'un père devrait partager de tels moments avec son fils, car il conviendrait que tout savoir se transmette d'une génération à l'autre. Je crains que nous n'ayons à expier des fautes passées.

— Stephen, dit ma mère.

Mon ami sortit avec son père. Cette scène était étrangement cérémonieuse. Mère paraissait fatiguée et en proie à un ennui inattendu, peut-être parce que sa longue ascension était terminée. Même si les « Notes pour une future biographie » devraient être encore complétées, son travail ne serait plus désormais qu'une lente descente depuis le sommet. Quant à mes propres « Notes pour une présente biographie », elles étaient bel et bien finies. La piste était épuisée et aboutissait à un cadavre étendu sur une table, dans une rue humide de l'est de la ville. Nous restâmes assis en silence et ma mère tendit sa main vers la mienne.

— Peut-être devrais-tu maintenant rendre visite à Sarah, dit-elle. Elle travaille si dur en ce moment. Elle doit te manquer.

Comme toujours, elle avait raison. J'avais besoin d'être seul, de sortir du salon et, si possible, de la maison. Il était temps d'offrir mes services à Victoria, de me distraire tout en travaillant pour une bonne cause, en somme de faire d'une pierre deux coups. Elle tapota ma main, qui se referma nerveusement. Avec une ténacité surprenante, elle glissa ses doigts dans mon poing et me contraignit à l'ouvrir. Ma paume était moite.

— Va la chercher et ramène-la ici. Elle doit avoir besoin de sommeil.

— Peut-être devrais-je y aller avec Stephen.

— Il lui est impossible de quitter son père pour le moment. Tu as entendu ce qu'a dit Samuel sur son travail qui touche à sa fin. Tu devrais y aller. Ce n'est pas une tâche bien pénible.

— Avez-vous envie de m'accompagner ? demandai-je.

Elle m'exprimait à travers sa main tout ce qu'elle ne disait pas. La retirant de la mienne, elle me fit signe de partir.

— Non, j'ai trop à faire, vois-tu. Beaucoup trop. Il faut que je mette en ordre mes notes. Je n'ai pas le temps, Rose.

Elle retourna à son livre mais sa lecture n'était qu'une feinte, semblait-il, pour m'envoyer dehors dans la brume de ce début de soirée.

Je lui dis que j'irais le lendemain matin si Sarah ne revenait pas le soir même. Allongé dans mon lit, je n'entendis aucun bruit sinon quelques rares craquements du plancher de la chambre d'Hamilton. Je me représentai le père et le fils en train de lire et de prendre des notes, sous la direction de Samuel, tandis qu'Angelica s'occupait de les sustenter. Ma mère devait dormir. Rien ne m'empêcherait de surprendre le retour de Sarah, le choc sourd de la porte d'entrée, le grincement du parquet usé et ses pas fatigués dans l'escalier. Aucune rumeur ne troubla le silence du rez-de-chaussée. J'écrivis dans mon journal afin que Franny ait un jour une idée exacte de toute cette période.

Au matin, je mettrais mes vêtements les plus pratiques afin d'aller offrir mes services pour le bien de la cité.

4

Les cahots légers de la voiture me berçaient tandis que je m'enfonçais le plus possible dans mon siège. Je passai le plus clair du trajet à rêver vaguement, apaisé par des visions édifiantes de Sarah et moi-même nous consacrant infatigablement à un noble labeur et œuvrant pour le bien des pauvres de la paroisse. Sa peau en sueur brille à la lueur du feu de charbon. Je lève les yeux et lui souris. Elle essuie son front moite avec son mouchoir avant de se pencher pour essuyer le mien, en soufflant doucement pour me rafraîchir. À l'arrière-plan, des patients ayant recouvré une santé parfaite se confondent dans le lointain en une foule illuminée de reconnaissance. Peut-être avais-je des motifs secrets, mais j'étais absorbé dans mon rêve de bienveillante charité.

Je me réveillai en sursaut, avec de la salive à la commissure des lèvres, et je me refis une beauté de mon mieux. Ébloui par la lumière crue du matin, j'abritai mes yeux. Je tapai pour avertir le cocher, auquel je dis de m'attendre jusqu'à ce que mon horaire soit fixé.

Lorsque je descendis de la voiture, un balayeur siffla. Curieux de découvrir la raison de ce trille, je me retournai et compris non sans étonnement que c'était moi. Dès qu'il vit mon visage, toutefois, il baissa instantanément les yeux et se remit à balayer avec une vigueur nouvelle tout en transformant son appel enthousiaste en une simple chanson innocente. Auparavant, un tel revirement m'aurait consterné mais maintenant il me donnait l'impression d'être spécial. Peut-être n'étais-je pas l'idéal de cet homme, mais j'étais celui d'une autre personne. Nous sommes tous l'idéal de quelqu'un. J'étais plein d'une détermination surprenante. Loin d'être menacé ou effrayé, je me sentais moi-même une menace. J'étais au-delà des rêves les plus fous des gens. Je leur révélais la vérité sur eux-mêmes. S'ils avaient peur de moi, c'était parce qu'ils ignoraient combien ils avaient envie de moi. Cela paraît peut-être ridicule, mais tel était mon sentiment.

Je soulevai ma jupe au-dessus de mes chaussures et marchai délibérément, en accentuant ma démarche masculine, dans la plus grosse flaque de boue que je pus trouver. *Voilà* !* pensai-je – mais le balayeur garda les yeux fixés obstinément sur son balai.

Je traversai le portique miteux de l'hospice des Amis avec l'assurance d'un riche bienfaiteur, sans songer à me faire annoncer. L'établissement m'apparut soudain minable et délabré. Il avait grand besoin d'une nouvelle couche de peinture. Là où j'avais admiré la perfection d'une activité dévouée, je voyais désormais de possibles améliorations. Je m'imaginai comment je pourrais tout changer à moi seul, ou presque. Un coup de main par ici, une remarque compatissante par là, un oreiller bien gonflé par mes soins – je pensais à Franny. Je ferais pour les autres ce qu'elle avait fait pour moi.

La plupart des gens ne m'accordaient aucune attention. Personne n'avait besoin d'être distrait par moi. Il était encore tôt et je n'aperçus ni Victoria ni Sarah, de sorte que je me frayai un chemin dans la foule industrieuse et me rendis dans le bureau où elle nous avait dit d'aller lors de ma visite avec Stephen. Elles n'étaient pas non plus dans cette pièce, mais j'étais certain qu'elles ne tarderaient pas à arriver. Je m'assis donc tranquillement à la table et observai les lieux. Il s'agissait en fait moins d'un bureau que d'un petit appartement. Dans un coin, une étagère était couverte de livres de médecine voisinant avec des romans destinés à être prêtés aux convalescents en état de lire ou d'écouter lire. À cette vue, j'eus une inspiration : une bibliothèque bien organisée était exactement ce qui manquait à cet endroit. Elle pourrait même circuler d'un établissement à l'autre : ce serait une sorte de bibliothèque itinérante à vocation charitable. Dans ce domaine, je pourrais certainement me rendre utile. Mon esprit débordait d'idées pratiques.

L'appartement comprenait également une cuisine complète – un fourneau, une bouilloire crasseuse, des casseroles et même quelques provisions oubliées sur le comptoir. Je décidai de me faire une tasse de thé en attendant et me levai pour aller faire chauffer de l'eau. Avec une pensée affectueuse pour Alby, je saisis fermement l'anse de la bouilloire. À ma grande surprise, cet ustensile qui m'avait paru gris et anonyme était si brûlant que je sentis ma peau tenter de fusionner avec le métal. Je la jetai sur-le-champ aussi loin de moi que possible. Elle tomba par terre avec un fracas terrible en répandant son contenu en tous sens.

Des protestations épuisées s'élevèrent derrière un rideau. Des gens dormaient derrière cette cloison improvisée et je les avais réveillés. Je ne savais que faire. J'essayai de mon mieux d'endiguer l'inondation avec mon pied, bien qu'il eût peut-être été plus urgent de mettre ma main sous un robinet. Renonçant à mes vains efforts, je m'approchai de l'évier et fis couler de l'eau froide aussi vite que possible. Je me retournai et vis que l'inondation s'étendait sur le sol inégal. Je courus vers le rideau, qui s'ouvrit brusquement.

— Victoria ! m'exclamai-je soulagé que ce fût elle plutôt qu'un étranger.

Elle était en chemise de nuit, pieds nus dans une mare d'eau.

— Je suis tellement désolé, je…

— Rose ! Chut ! fit Victoria.

Sa voix me mit en alerte plus encore que son regard. J'oubliai mes mains endolories. J'oubliai l'inondation.

J'oubliai même de regarder derrière elle, comme je l'aurais dû. De toute façon, c'était inutile car Sarah surgit soudain de l'obscurité et m'observa par-dessus l'épaule de Victoria. Elle était à peine réveillée et son esprit n'avait pas encore compris vraiment ce qui se passait. Le menton appuyé sur l'épaule de sa compagne, elle m'adressa son sourire paresseux du matin. Ses yeux étaient mal ouverts, son visage marqué par le pli du drap. Elle semblait si contente de me voir. Elle n'aurait pas été plus belle si elle avait été créée selon mes indications expresses.

— Rose, dit-elle d'une voix endormie.

Elle me sourit. Derrière elle, je voyais les draps blancs du lit. Il n'y avait pas d'autre pièce, juste un lit. Je gardai le silence.

— Rose, répéta Sarah.

Son ton était plus circonspect. Elle avait dû remarquer que mon visage s'assombrissait. La Réalité venait de me donner une gifle. Mon visage rougit sous le coup mortifiant. La souffrance de ma main s'unit à celle de mon cœur jusqu'au moment où je fus incapable de les dissocier. Quelles histoires Victoria racontait-elle à Sarah ? C'étaient des secrets que je ne connaîtrais jamais, des aventures que je ne partagerais pas, des mots chuchotés trop bas pour que je les entende. C'était encore un monde où je ne serais jamais admis. La fuite était la seule issue. Je me dirigeai vers la porte.

— J'étais venu proposer mon aide, dis-je en m'éloignant précipitamment. Mais je vois qu'on n'a pas besoin de moi.

Après avoir pataugé de plus belle, je claquai la porte et courus à toutes jambes en relevant mes jupes aussi haut que je le pouvais. Cette fois, je ne passai pas inaperçu. Quelqu'un poussa même un hurlement, mais je m'en fichais.

Dehors, le balayeur me vit sortir en courant et cria à son collègue :

— Dis donc, regarde ! Le revoilà ! Vite !

Pour lui, j'étais l'attraction du jour. Appuyé sur son balai, il m'observa avec émerveillement, sans plus chercher à dissimuler son intérêt lascif. Je me hissai dans la voiture et m'effondrai sur le siège arrière, secoué de frissons.

— Au Vingt-Quatre ! hurlai-je en donnant deux grands coups au plafond avec ma main ébouillantée.

Une fois à l'abri de ma chambre, j'écartai les rideaux et regardai par la fenêtre. La vue sur le parc était splendide. Il faisait beau et c'était l'heure propice où des couples sortaient faire leur promenade matinale, main dans la main. Des hommes saluaient en tirant leur chapeau et s'effaçaient poliment devant des bonnes poussant des landaus. Si deux femmes marchaient côte à côte, elles étaient toujours précédées par des voitures d'enfant oscillant doucement devant elles. J'essayai d'imaginer Sarah et moi en train de flâner ensemble, mais sans succès. Il était plus facile de l'imaginer avec Victoria, derrière les poussettes de quelques protégés.

Naguère, l'impossibilité de me trouver un rôle dans cette scène innocente m'aurait tourmenté. J'aurais interprété ce que j'avais vu à l'hospice comme la conséquence directe de mon inaptitude à toute relation, une confirmation de ma monstruosité. Mais maintenant, en contemplant ces couples heureux déambulant dans le parc, semblables aux hommes et aux femmes ornant le couvercle d'une boîte de biscuits, je me sentais simplement malheureux en amour.

Mon visage ou mes vêtements n'y étaient pour rien. Mon éducation ou les théories de Mary Day n'y étaient pour rien, même si j'aurais pu trouver un million de coupables à blâmer. C'était juste que l'amour était compliqué et que j'étais réservé et inexpérimenté, si bien que j'avais toujours été incapable de faire connaître mes sentiments à Sarah ou à quiconque. Loin de moi l'illusion de croire qu'il m'aurait suffi de dire un mot pour qu'elle me tombe dans les bras. Mais je savais que ce que j'avais ressenti en la voyant avec Victoria, et ensuite tout au long du trajet vers la maison, était le fruit d'espérances dénuées de tout fondement réel. Sarah n'avait aucune obligation de m'être fidèle, sinon dans l'amitié, dans l'amour familial. J'avais accepté de la chérir comme une sœur et je ne lui avais rien demandé de plus. Victoria ignorait que j'aimais Sarah au-dessus de tout. Je n'avais fait part à personne de cet attachement. Elles n'avaient rien fait de mal, simplement elles n'avaient pas su deviner la moindre de mes pensées secrètes. Il en avait toujours été ainsi. Je pouvais reprocher à d'autres gens d'être responsables de certains de mes problèmes, mais en l'occurrence j'étais le seul fautif.

Sous mes yeux amusés, le monde allait par paires. Il était difficile de distinguer les petits garçons des filles, du haut de mon observatoire. La mode était aux costumes marins bleu et blanc et aux cheveux longs. J'ouvris mon cahier et me remis à écrire à Franny. C'était le récit qui disait tout de moi, à l'adresse de la seule personne à qui je parlais sans détour. En écrivant, je me sentis plus normal. Un cœur meurtri : rien n'est plus ordinaire. Une main brûlée : quel accident banal. Un petit orphelin recueilli par un riche bienfaiteur : estime-toi heureux, Rose. Pense à tous ces enfants trouvés, à ces innombrables abandonnés. Je passai le reste de la journée à écrire.

Je n'avais guère envie de dîner en compagnie. Lorsque Mère frappa à ma porte pour me rappeler que cela faisait dix minutes que le gong avait retenti, je lui déclarai que je me sentais souffrant. Victoria et Sarah n'étaient pas encore rentrées et je ne voulais pas assister à leur retour. Je n'en voulais à personne, sauf à moi-même. J'étais embarrassé. Il valait mieux que j'évite les autres. Je dormis comme un bébé, en suçant un téton imaginaire.

Je fus réveillé par le grincement des gonds de la porte. Mère venait me voir au milieu de la nuit depuis mon enfance, et elle avait gardé cette habitude même après mon arrivée au Vingt-Quatre. J'étais accoutumé au bruit de ses pantoufles glissant sur le parquet et à son souffle tiède tout près de mon visage, avant qu'elle ne repousse du bout des doigts une mèche de mes cheveux et se penche pour m'embrasser sur le front. Même les yeux fermés, je voyais la lumière tremblante de la bougie danser derrière mes paupières. Je faisais toujours semblant de dormir, en hommage à sa tendresse, de même qu'on prétend systématiquement être déjà éveillé quand quelqu'un vous a réveillé. Dès qu'il s'agit de notre sommeil, nous témoignons d'un fort esprit de contradiction.

Au premier bruit de pas, je sus que ce n'était pas ma mère. Une femme s'approchait sur la pointe des pieds. Je ne bougeai pas. Aucune bougie vacillante ne voltigeait dans l'obscurité. Sarah ? Angelica ? Victoria ? Pas ma mère. Ce devait être Sarah qui venait me présenter des excuses.

Elle s'agenouilla dans les ténèbres, à côté de mon lit, de sorte que sa tête était au même niveau que la mienne. Je l'entendais respirer. Mes yeux étaient fermés et je n'osais pas les ouvrir. Au moins dans mes rêves, c'était Sarah et ç'avait toujours été elle. Mon cœur s'arrêterait peut-être à jamais de battre si j'ouvrais les yeux et découvrais quelqu'un d'autre. Mais pour l'instant, les yeux fermés, mon rêve était intact et mon cœur s'accélérait.

Elle se pencha et m'embrassa doucement sur les lèvres. Je n'avais plus aucun doute : rien n'est plus mémorable que l'odeur d'une personne, et Sarah avait passé la journée à travailler comme un forçat.

— Pousse-toi, lourdaud, dit-elle.

J'obéis. Elle se glissa dans le lit en me poussant encore avec ses hanches puis m'enlaça. J'avais pris l'habitude de ne rien porter la nuit, comme dans mon enfance, avant d'être pris du besoin de me dissimuler mon propre corps à moi-même, autant que possible. Je songeai un instant à prévenir Sarah, mais elle ne semblait pas s'en soucier.

J'avais l'impression de percevoir l'activité de sa pensée tandis que ses cheveux chatouillaient le bout de mon nez. Elle avait quelque chose à me dire. À l'instant de parler, toutefois, elle se ravisa et sortit du lit. Je vis sa silhouette se détacher sur la fenêtre derrière laquelle les lumières de St Swithin brillaient dans la nuit. Elle se déshabilla avec un naturel parfait. Ses vêtements étaient sales, après toutes ses corvées, et elle devait être heureuse d'en être délivrée. Puis elle retourna dans le lit. Il faisait très sombre et silencieux. Nous étions tous deux entièrement nus.

— Bonsoir, dit-elle.

— Bonsoir.

Je craignais qu'il ne sorte de tout cela qu'embarras et frustration. Pour servir la cause de l'amour fraternel, le mieux serait de dormir. Mais comment l'aurais-je pu ? Si je ne dormais pas, je risquais de me laisser aller. Autant ne pas attendre pour céder... Je me sentais circonspect, effrayé par moi-même, et je voulais éviter autant que possible de la toucher. Elle tenta de m'attirer à elle afin que nos corps se mêlent plus étroitement, mais je m'écartai de crainte d'une humiliation immédiate, comme je l'avais fait si souvent dans le passé.

— Sois gentil, Rose.

Elle avait le don d'aller toujours au fond du problème. S'emparant de mon bras gauche, elle le posa sur son ventre qui était chaud, doux et me donnait une sensation de plénitude.

— Désolée pour Victoria, dit-elle après un silence pénible.

— Tu es venue t'excuser ? Ce n'est pas la peine. Ce serait plutôt à moi de le faire.

Je me sentais en terrain plus sûr.

— Eh bien, peut-être...

Sa voix sembla s'évanouir dans l'obscurité.

— Ma main me fait mal.

— Tu t'es brûlé les doigts ? demanda-t-elle.

Elle saisit ma main droite, sans s'apercevoir qu'elle pliait ainsi mon bras de façon passablement inconfortable. La portant à ses lèvres, elle embrassa le bout de mes doigts.

— Toute ma main est brûlée, me lamentai-je d'un ton aussi léger que possible. Mais ne la touche pas.

Elle suçota mon index puis le mordit doucement en commençant de parler, de sorte que ses paroles ne furent qu'un murmure.

— Rose. Ce n'est pas ce que tu crois. Il n'y a qu'un lit et nous le partageons... quand il est tard et que nous sommes fatiguées... ce n'est pas comme toi et moi autrefois... je te permettais toujours... tu pouvais faire tout ce que tu voulais et j'aurais dû faire ce que je voulais, moi aussi...

Elle était perdue dans ses propres pensées. Que pouvaient faire ensemble un frère et une sœur ? Pas grand-chose. Rien qu'en cet instant, nous allions certainement trop loin. Mais que venait-elle de dire ? « J'aurais dû faire ce que je voulais, moi aussi. » Avais-je bien entendu ? Peut-être la repoussais-je en cet instant même, le dos légèrement arqué pour m'éloigner d'elle, mon visage résolument détourné du sien. Je n'étais que trop capable de garder indéfiniment cette attitude. Et combien il m'était aisé de me persuader que ce raisonnement était juste, au risque d'avoir alors de vrais ennuis. Peut-être avais-je toujours été un objet de séduction, mais j'avais trouvé plus convenable de nier cette réalité comme s'il me fallait en assumer la responsabilité. Je n'avais jamais assumé quoi que ce soit, cependant. Je ne savais même pas comment les corps s'ajustaient ensemble ni quel rôle était dévolu au mien dans le projet universel – mais les choses avaient changé.

— Je sais que tu ne m'aimes que comme un frère aime sa sœur, Rose... tu me l'as fait clairement entendre... mais quand je suis avec Victoria... je voudrais... quand j'ai vu ton regard ce matin...

Elle retira mon doigt de sa bouche, où elle l'avait promené le long de sa lèvre gercée.

J'étais le seul à me retenir. Quoi que je fasse maintenant, je ne rencontrerais aucune résistance. Je pouvais m'abandonner à mon désir, l'écraser sous mon corps, mais à l'instant de bouger, j'hésitai. Soudain conscient de mon pouvoir, je savourai l'impatience délicieuse née de ma propre abnégation. Tout un monde nouveau s'ouvrait à moi.

— Je peux ? demanda-t-elle.

Comme toujours, je perdais trop de temps à réfléchir à la façon dont les choses se présentaient. Sans attendre de réponse, elle s'inclina légèrement sur moi et m'embrassa. Ses doigts descendirent avec décision le long de mon ventre, sans mon consentement, et effleurèrent mes poils. Elle prit mon sexe dans sa main.

— Rose, chuchota-t-elle.

Son ton était enthousiaste, et je lui en fus reconnaissant. Il était agréable d'être ainsi manié, même si j'avais vaguement l'impression d'être pesé et mesuré, et même si cela m'intimidait un peu. Je n'étais pas encore en état, si vraiment c'était ce dont il était question.

Son poids sur moi commença à m'incommoder. Je n'étais plus qu'un objet inanimé, actionné de l'extérieur. J'étais certain que mon manque de mobilité était responsable de mon absence de réaction. J'attendais passivement qu'elle me remplisse de vie. D'un seul coup, je compris que mon comportement était honteux. Je pensai à tout ce temps passé à essayer d'éviter une érection. Je pensai à toutes les érections stériles que j'avais dans ma solitude, à celle que j'aurais dès le lendemain matin à mon réveil. C'était maintenant que j'aurais dû être ainsi dressé avec fierté. Combien de fois devrais-je encore repousser Sarah avant que mon sexe s'exprime enfin pleinement ? Je ne savais pas vraiment quoi faire mais je savais qu'il fallait que je sois honnête, que je me fie à mes instincts. J'écartai Sarah et la poussai sur le dos. Elle fut surprise mais céda rapidement. Je plaquai ma bouche sur la sienne.

C'était la première fois que j'embrassais quelqu'un sous moi – la sensation était totalement différente. Elle m'accepta et nos lèvres scellèrent notre accord. J'agissais sans trop de violence mais je repoussai fermement sa main. Mon sexe libéré se frotta contre sa jambe.

— Rose, aime-moi…

— Oui.

Je glissai ma main entre ses jambes, au centre de son monde. Redressant mon dos, j'arrachai nos draps. Je m'agenouillai et baissai les yeux sur elle. Nos regards se confondirent. Nous étions parfaitement nus et indistincts dans la pénombre. Elle allongea le bras, m'attira vers sa poitrine et plus loin, plus loin.

— Je t'aime, chuchotai-je.

— Oui.

Je m'effondrai sur elle et toute mon énergie m'abandonna. Je me mis à pleurer dans mon délire, à la fois complètement réveillé et en proie à une immense fatigue. Quand elle m'attira à elle, nous savions tous deux que nous ne pourrions aller plus loin dans l'immédiat, que la nuit ne pourrait surpasser cet instant. Sarah avait-elle jamais fait davantage ? Cela me semblait probable. Je m'allongeai près d'elle et posai ma main sur son sexe. De temps en temps, elle se soulevait contre ma main dont j'accentuais alors la pression pour lui rappeler que j'étais là, prêt à continuer sur cette voie si elle le désirait. Elle avait également posé sa main sur moi, et je me sentais comme un chien se renversant en arrière et écartant les pattes en signe de soumission. Je me sentais aimé. Elle serra doucement mes bourses et les berça dans sa paume. L'esprit rempli de chiens, Mutt, Mutter, murmures, mères, quelques instants ou des heures plus tard, ma tête reposant près de son sein, nous avons dû enfin nous endormir.

Nous n'avions certainement pas dormi plus de quelques minutes.

On frappa à la porte. De plus en plus violemment. Je pensai aussitôt à Victoria. Sarah se redressa en même temps que moi. Sans demander la moindre permission, Stephen ouvrit soudain la porte. Il nous regarda, les yeux agrandis par la surprise, puis sourit. Sarah avait sa poitrine cachée par le drap, mais je le tirai à mon tour vers moi, la dénudant entièrement. Elle ne fit pas le moindre geste. Stephen essayait de réprimer son rire.

— Mince alors ! glapit-il en sortant de la pièce. Désolé !

— Tu ne peux pas attendre qu'on te dise d'entrer, idiot ? lui cria Sarah.

J'avais tellement rêvé au jour où je pourrais m'éveiller à son côté, émerger lentement du sommeil en la sentant tout contre moi. Je me renversai sur le lit, un sourire dansant sur mes lèvres, et je maudis le pauvre Stephen.

— Pourquoi devrais-je attendre ? répliqua-t-il à sa sœur. Je suis le crieur public, qu'on se le dise. *Oyez** ! *Oyez** ! Rendez-vous immédiatement au salon. Votre présence n'est pas souhaitée, nobles dames : elle est exigée ! *Oyez** !

Il disparut.

Avant que j'aie pu allonger le bras vers Sarah, le gong de l'entrée se mit à retentir. Ce n'était pas les coups d'une dignité cérémonieuse par lesquels Hood annonçait le dîner mais un vacarme désordonné, comme si quelqu'un tapait trop fort sur le disque de métal et essayait de recommencer alors qu'il vibrait encore. Nous entendîmes le gong tomber de la table et rouler sur le sol avant de se fracasser. Cela rappelait tout à fait Stephen Hamilton dans son jeune temps. On entendit deux cris brefs. Sarah et moi nous redressâmes derechef et nous regardâmes.

— Que diable se passe-t-il ? demanda-t-elle en se penchant pour m'embrasser.

— Cela ne peut pas avoir un rapport avec...

Je me mordis les lèvres.

— Victoria ? Ne sois pas stupide. Non, déclara-t-elle fermement. C'est impossible. Il n'y a aucune raison.

— Mais elle...

— Elle s'en fiche.

— Mais je ne suis pas une fille.

— Effectivement. Tu es un garçon.

— Mais je...

— Tu es un *garçon*, Rose, dit-elle avec conviction.

Elle me sourit. Je sortis du lit. J'étais de nouveau nu devant elle. Elle détourna les yeux puis se retourna en hâte. Elle me rejoignit. Nous restâmes debout à nous contempler. Je nous imaginai en train de descendre les marches, nus, la main dans la main.

— Je suppose que nous devrions nous habiller, dis-je.

Elle hocha la tête et entreprit de chercher ses habits.
— Rose ! cria ma mère dans l'escalier.
Je regardai Sarah en faisant une grimace.
— Oui ! hurlai-je. J'arrive dans un instant.
Puis je chuchotai à Sarah :
— Vas-y !
Elle revêtit sa tenue crasseuse de la veille et m'embrassa une nouvelle fois sur les lèvres. Lorsque la porte se referma dans son dos, je courus au lit sans réfléchir et m'effondrai dessus la tête la première, en atterrissant sur le ventre, les bras tendus. Je restai là à sourire comme un idiot. Il fallait que je descende, mais je ne pouvais m'arracher à la couche que nous avions partagée. Je m'efforçai de respirer posément et me contraignis à sortir. Il y avait certainement des nouvelles de Love Hall.

Le salon m'offrit un spectacle des plus étranges : les conspirateurs étaient toujours les mêmes, bien sûr, mais semblaient plongés dans un trouble incroyable. Je pus les regarder sans qu'ils s'aperçoivent de ma présence, tant ils étaient absorbés par leurs propres affaires. Les Hamilton père et fils avaient manifestement travaillé toute la nuit. Leurs yeux étaient creusés par la fatigue et leurs mains tremblaient d'excitation. Samuel portait un bonnet de nuit blanc à pompon, d'un effet plutôt comique, et Stephen avait endossé à la hâte un gilet sans chemise dessous. Sarah était assise devant la fenêtre avec Victoria, qui fut la première à me voir. Elle sourit en inclinant la tête, comme pour s'excuser subtilement, alors qu'il me semblait que c'était moi qui lui devais des excuses. Bien que je n'aie été séparé de Sarah que pendant dix minutes, j'avais l'impression de la regarder pour la première fois.

Sa mère était en chemise de nuit et apportait un plateau de thé. La mienne, assise devant la cheminée, s'affairait avec une bûche refusant de s'enflammer. Hood se tenait comme toujours près de la Maison de Poupée, drapé dans une immense serviette sous laquelle je supposais qu'il portait un pyjama. Penser que ce *senex* en toge était le même homme que celui que je n'avais vu que très récemment renoncer pour la première fois à son uniforme de cérémonie ! Ils ressemblaient à une troupe de comédiens miteux attendant leur première répétition. Immobile sur le seuil, je songeai à faire mon entrée.

En me voyant, Hamilton se figea. Seuls ses yeux se mirent à cligner frénétiquement. Il ôta son bonnet, le remit. Tout le monde tourna les yeux vers lui puis vers moi. Hood tenta de se lever mais sa serviette se dénoua et il estima plus prudent de rester assis.

— Assieds-toi ici, mon chéri, dit ma mère.

Une nouvelle fois, nous étions rassemblés pour écouter les résultats d'une enquête, mais l'ambiance avait changé du tout au tout. Alors que les autres conférences s'étaient déroulées selon une organisation rigoureuse, comme les réunions d'un conseil de gestion, il s'agissait cette fois d'un divertissement insouciant, un pique-nique improvisé à la place d'un dîner officiel. Je passai parmi eux en me frayant un passage parmi des papiers et une carte.

— L'avocat, Mr Mallion, arrivera d'ici peu, madame, et votre… Rose… dit Hamilton d'une voix surexcitée. Je pense donc qu'il faudrait… si nous pouvions… je pense que nous devrions…

Malgré les rides soucieuses de son front, il ne pouvait s'empêcher de rayonner d'une joie secrète. Manifestement, ils avaient trouvé la preuve qu'ils cherchaient. Je jetai un coup d'œil à Sarah.

— Mais certainement, intervint ma mère. Silence ! Écoutons Hamilton !

— Oui, écoutez Hamilton ! dit Samuel. C'est cela. Faites silence et écoutez-moi !

Il continua en pesant ses mots avec soin.

— Ceci n'est pas une situation facile. Je parle avec des sentiments contradictoires. J'ai le cœur lourd, car j'ai découvert que je m'étais trompé dans ma foi en mes ancêtres, en mon père et mon grand-père. Et pourtant je suis plein de joie, puisque le résultat final de notre enquête est une merveilleuse surprise. Il est impossible de dire tout cela simplement.

Il commença à trembler visiblement. Sa diction était hachée et, en continuant, il lutta tant bien que mal contre les larmes.

— Il se peut que des parties de cette histoire vous bouleversent, mais vous devez savoir que même si les faits vous paraissent insupportables, l'issue est heureuse. Certains de ces faits sont trop pénibles à exposer pour moi. Je me démets donc maintenant de mes fonctions et passe la main à mon fils. Ma confiance en plusieurs préceptes fondamentaux a été définitivement ébranlée et je crois qu'il est dans l'intérêt de chacun que l'avenir commence dès aujourd'hui, dans l'espoir que le fils sera un homme plus honnête que son grand-père et son arrière-grand-père, et plus avisé que son père. Nous nous améliorons afin d'être à même de servir votre famille à l'avenir avec plus d'efficacité et de droiture morale.

Une larme coula sur sa joue. Son fils se leva, l'embrassa et le prit par le bras pour le conduire à son fauteuil. Je n'avais jamais vu Stephen faire preuve d'une telle tendresse. Sarah les regarda en fronçant les sourcils. Pensait-elle à nous ? Non. Elle trouvait peut-être le comportement de Stephen amusant, mais celui de son père était inquiétant. Elle quitta son siège pour aller lui donner un baiser, après quoi elle s'assit à ses pieds sans rien dire, la tête sur ses genoux. Stephen resta debout à la place de son père : c'était lui le nouveau Hamilton.

— Récapitulons, commença Stephen. Comme tout le monde ici le sait, à l'exception peut-être de ma sœur et de miss Victoria, Marguerite d'Eustache, qui avait épousé secrètement le Mauvais Lord Loveall après Catherine Aston et avant Isabella Anthony, mit au monde le véritable héritier de Love Hall puis s'échappa avec son enfant. Elle se cacha sous une identité nouvelle : celle du poète Mary Day.

— Comment ? s'exclama Sarah en riant.

Elle leva les yeux vers son père, qui posa ses doigts sur ses lèvres. Il était encore larmoyant, mais arborait maintenant lui aussi un sourire espiègle : on aurait dit que le père et le fils avaient échangé leurs personnalités. Il caressa les cheveux de Sarah en hochant la tête. Stephen fit de son mieux pour ignorer l'interruption avec la dignité dont son père lui avait donné si souvent l'exemple. Ma mère se remit à tisonner le feu. Le jeune Hamilton continua.

— … celle du poète Mary Day, disais-je.

— La même Mary Day ? s'étonna Sarah.

Stephen se laissa aussitôt démonter.

— Par pitié, Sarah ! Tu as raté cet épisode.

Son père se contenta de lever sa main pour le réprimander.

— Dois-je continuer moi-même ? demanda-t-il.

Quelle que fût la situation, il tenait à s'assurer que tout se déroulât correctement. Stephen se reprit.

— Mary Day, celle-là même dont les œuvres se trouvent aujourd'hui dans la bibliothèque de Love Hall. Nous savons à présent comment elles sont arrivées là, et bien d'autres choses encore.

Ma mère laissa tomber le tisonnier, qui heurta le foyer avec un bruit métallique en projetant un nuage de cendres sur le tapis. Je regardai Sarah – elle avait l'air perdue. J'aurais aimé la prendre de nouveau dans mes bras et tout lui expliquer sur elle, sur moi, sur nous… Rien à voir avec l'enquête en cours, comme vous pouvez le constater. Peut-être l'investigation aboutirait-elle à nous ramener à notre bien-aimé Love Hall, à moins que nous ne restions au Vingt-Quatre pour travailler et être heureux ensemble. J'étais ravi de voir l'excitation générale, mais tout m'était égal désormais. Mère ramassa le tisonnier et le rangea.

— En savez-vous davantage sur la vie de Mary ? demanda-t-elle sans oser lever les yeux.

— Oh, oui, madame. Les registres nous disent tout.

Elle resta muette.

— Il est impossible d'affirmer avec certitude qu'elle ait vraiment vécu sous le nom de Mary Day, reprit Stephen, encore que les registres nous permettent de le supposer. Mary Day écrivit toujours en secret, dans son désir de ne pas attirer l'attention sur sa personne. Elle ne se remaria jamais, s'estimant liée à son œuvre, laquelle acquit bientôt une petite notoriété à Londres.

« Un imprimeur, Mr J. Castle de Brooks Lane, découvrit l'identité de l'auteur anonyme et la contacta. Ses livres furent publiés, mais sans succès au début et sans bénéfice financier pour Mary Day. Tandis qu'elle continuait de se terrer à Londres, son œuvre avait pris une coloration plus mystique. Elle trouvait indigne de tirer profit de sa poésie, d'autant qu'il lui semblait prudent de garder secrète son identité. Bien qu'elle désirât voir paraître ses écrits, elle s'estimait plus qu'heureuse que son nom ne leur soit pas associé. Elle s'abstint donc de reconnaître qu'elle en était l'auteur et les livres publiés de son vivant le furent tous anonymement...

— « Par une dame de Londres », précisa ma mère.

— Ces ouvrages devinrent des objets recherchés dans un certain milieu littéraire de la capitale, d'abord pour leur typographie mais aussi, par la suite, de plus en plus pour les poèmes eux-mêmes. De son vivant déjà, on commença à se les disputer. La question de l'identité de la « dame de Londres » devint une énigme à la mode, mais Castle attendit sa mort pour satisfaire les curieux. Ses livres furent désormais attribués à « Mary Day », ainsi qu'elle-même l'avait expressément demandé.

« Son fils, l'héritier de Love Hall, grandit sans père. Appelé initialement Charles, il fut rebaptisé Adam par sa mère.

— Adam, le premier homme ! Le seul mâle à avoir enfanté ! s'écria ma mère. « Adam, peux-tu rester dans ta colère / À contempler ton nouveau monde ? »

Hood poussa un grognement, observa que ses pieds étaient glacés et demanda s'il pouvait avoir une tasse de thé.

— À cette époque, on ne savait rien de tout cela à Love Hall. Nous sommes cependant en mesure de dire qu'Adam se maria en 1764, avec une certaine Alison

Wainwright, la fille d'une femme travaillant avec Mary Day à Londres.

— Elle travaillait ? Savons-nous dans quel endroit ? demanda précipitamment ma mère.

— Oui, mais vous comprendrez que nous essayions d'exposer l'essentiel sans nous arrêter aux détails.

— Bien sûr, dit-elle.

— Parfait, Stephen, lança Hamilton en ébouriffant la chevelure de Sarah dans son contentement.

— Adam Day et son épouse tentèrent de se faire une place dans la capitale. Elle mit au monde trois enfants. Deux filles de noms inconnus, qui moururent toutes deux la même année, et un fils, Robert Day, né en 1767. Mais la vie n'était pas facile à Londres et la famille se débattit dans les difficultés. Adam et Alison moururent de consomption peu après leurs filles, en laissant à Mary, alors malade et vieillissante, le soin d'élever son petit-fils, Robert, connu sous le nom de Bob Day. Sur son lit de mort...

— De quoi est-elle morte ? Quand ? interrogea ma mère.

— En 1781, d'après la notice nécrologique que lui consacre le registre...

— Un texte fort laconique, observa son père.

— Elle semble avoir succombé à une attaque venant après une série de syncopes, ce qui laisse supposer que son travail était pénible. Mais ce n'est pas exactement ce qui nous intéresse. À la fin de sa vie, elle fit à son petit-fils le récit de son passé et lui apprit son vrai nom, ainsi que l'identité du grand-père du jeune garçon.

« Ils n'avaient pas d'argent et Bob était un homme faible, qui ne semblait guère capable de se tirer d'affaire tout seul. Les livres de Mary étaient à l'abri, même s'ils ne lui rapportaient rien, et elle s'inquiétait pour l'avenir de son petit-fils. Elle décida de lui fournir l'unique arme susceptible de l'aider à survivre.

« Après sa mort, et comme mon père l'a déjà noté, Bob Day fit malheureusement ce qu'il pouvait faire de pire : il envoya à Love Hall un des livres de sa mère, celui-là même que nous avons ici. Bien qu'il l'eût adressé au Bon Lord Loveall, il tomba tout droit dans les mains de Jacob, mon grand-père, qui fut terrifié. Il résolut d'agir sur-le-champ.

« C'est à cet endroit que s'était arrêtée la lecture de mon père. Nous avons réussi depuis à éclaircir de nombreux détails et à rétablir la chronologie des événements. Reste la question : pourquoi Bob Day envoya-t-il ce livre ?

— Un chantage ? suggéra ma mère. C'était son dernier espoir.

— Probablement, dit Hamilton en interrompant son fils tant il ne pouvait résister au besoin d'expliquer. Cet homme était un sot. Il n'aurait jamais dû se dévoiler. Il ne se rendait pas compte que les maîtres de Love Hall n'hésiteraient pas à traquer sa famille jusque dans sa dernière cachette. Il n'imaginait pas à qui il avait affaire. Peut-être Mary n'avait-elle pas réussi à lui faire comprendre l'horreur de la situation qu'elle avait dû affronter. Ou peut-être ne réalisait-elle pas à quel point les Loveall étaient toujours décidés à anéantir toutes les prétentions de sa famille.

— À moins que Bob lui-même ne fût désespéré, intervint Sarah.

Le silence s'abattit sur la pièce, troublé seulement par le crépitement insouciant du feu. Je songeai à mes robes se consumant dans les flammes devant Love Hall. L'espace d'un instant, je me perdis dans la contemplation de Sarah. Je laissai même passer quelques phrases, peu désireux de ralentir le récit pour le reste de l'assistance. Autant les autres étaient captivés, autant j'étais distrait par le souvenir de la nuit précédente et par l'idée de ce qui pourrait se passer la nuit prochaine et la suivante... Je n'étais nullement nerveux. Stephen et son père ne cessaient de parler. Des détails importants frappaient à ma porte et essayaient d'attirer mon attention.

— La réaction de Love Hall fut concluante, dit Stephen. Jacob chargea un agent à sa solde de retrouver Bob Day, ce qui fut bientôt fait. En deux mois, Bob perdit jusqu'au dernier livre de sa mère. Les ouvrages publiés circulant dans le monde ne pouvaient nuire en rien à Love Hall, c'étaient les autres qu'ils voulaient : les carnets et les lettres. Ils tenaient à être certains que leur contenu ne serait jamais divulgué, au cas où la popularité du poète grandirait, que toutes les preuves étaient en leur possession. Incapables de distinguer ce qui pourrait ou non se révéler précieux ou nuisible, ils s'emparèrent de force de l'ensemble de la collection. Outre les menaces et les intimidations, ils finirent par offrir à Bob Day une petite somme d'argent.

— Après quoi, ils enfouirent ces livres dans la bibliothèque la moins bien tenue d'Angleterre, s'exclama Mère. Comment imaginer une meilleure cachette ?

— Et je crains qu'ils n'en aient détruit une bonne partie, ajouta Hamilton. Les volumes que vous avez retrouvés peuvent être considérés comme les restes de ce qu'ils ont volé.

Stephen haussa les sourcils pour s'assurer que les interruptions étaient terminées.

— À dater de ce jour, Bob Day fut un homme sous surveillance. Jacob et son espion suivirent le moindre de ses mouvements. Ce fut le début d'une persécution méthodique, entreprise uniquement, je regrette de le dire, par mon grand-père et son agent dans le monde extérieur. Le Bon Lord Loveall n'était vraisemblablement pas au courant. Jacob veilla à ce que Bob Day ne garde jamais longtemps un emploi. Il le fit même jeter en prison pour dettes et, une autre fois, le fit accuser faussement d'un vol afin qu'il perde la seule situation décente qu'il ait jamais obtenue. Day payait sa propre sottise, mais il ne pouvait certes pas prévoir qu'il deviendrait pour le reste de sa vie une marionnette dont les fils étaient tirés par Love Hall.

« Néanmoins, il réussit à épouser une dénommée Rebekah Lacey – même la malveillance des maîtres du château ne put éviter cette union, qui était du reste à la merci de l'invisible Némésis s'acharnant sur l'infortuné. L'issue devait être tragique. Ses ennemis excellaient dans l'art de l'asservir. Ils lui donnaient de l'argent pour prolonger sa vie misérable, mais prenaient garde qu'il ne puisse jamais conquérir son indépendance. Leur seule défaillance fut leur impuissance à l'empêcher d'aimer son épouse, laquelle ne tarda pas à être enceinte. Ce fut en cette période de détresse financière grandissante que Bob Day eut l'imprudence de faire une nouvelle demande d'argent.

« Par la suite, les registres nous apprennent simplement qu'il est mort et que les Loveall ont perdu la trace de sa femme et de son enfant. Jacob avait contacté rapidement le mercenaire le plus fiable qu'ils connaissaient, un membre de leur propre famille : Edred Osbern. On ne peut conclure définitivement d'après les registres qu'Edred ait assassiné Bob Day sur l'ordre de mon père, cependant il apparaît qu'il reçut une rétribution considérable pour un travail non spécifié effectué le 29 septembre 1793 et sur la nature duquel nous ne pouvons que spéculer. Il semble également qu'Edred se soit occupé d'arracher les livres à Bob et de les envoyer au château. Il était devenu le tueur à gages de Love Hall.

— Edred Osbern, dit Samuel Hamilton en secouant la tête.

— Ç'a toujours été une graine de vaurien, lança Hood à l'improviste. Nous le détestions, Geoffroy et moi. Quand il est mort, nous avons trinqué avec un grand verre de porto.

— Ce meurtre explique sans doute que les gens de Love Hall aient décidé de se tenir provisoirement à distance de la famille Day, dans la crainte que leur espionnage perpétuel n'éveille des soupçons. Lorsque les Loveall – ou peut-être devrais-je dire les Hamilton – eurent estimé qu'ils pouvaient de nouveau s'occuper d'eux sans risque, la veuve et son enfant, le nouvel héritier de Love Hall, avaient une nouvelle fois disparu, illustrant ainsi une tradition et un talent précieux de cette famille. Il est possible que la mère éperdue ait compris qu'un changement d'identité était leur seule planche de salut.

Stephen s'était affermi sur ses jambes et nous faisait face tout en parlant avec de plus en plus d'assurance, tel un professeur donnant son premier cours, pas encore tout à fait à l'aise dans son rôle. Il était étrange de penser qu'il était le successeur de son père. Nous avions tous pensé que ce serait Sarah, la plus pragmatique des deux. Je ne cessais de la regarder, en laissant errer mon regard dans la pièce avant de le poser comme par hasard sur elle. J'aurais aimé qu'elle réponde à mon regard, mais elle avait les yeux fixés sur son frère qu'elle écoutait d'un air abasourdi. J'adorais sa façon de froncer les sourcils.

— Leur fuite plaçait Love Hall dans une situation délicate. Était-il raisonnable d'abandonner les Day à leur sort, en supposant qu'ils n'essaieraient plus jamais d'entrer en communication ? Jacob estima que non : il était temps de régler définitivement le problème. Cependant, maintenant que nous lisons ses registres, nous sommes d'avis que Jacob, bien qu'il ait poursuivi l'œuvre de son père avec une brutalité sans concession, finit par succomber au remords de cette entreprise immorale. L'étincelle d'humanité qui subsistait en lui le mena à la tombe. Les registres prennent progressivement un caractère plus personnel. À la lumière de leur lecture, il semble probable que sa mort, présentée comme un accident, était en fait un suicide. Voici ses derniers mots : « Nous ne voulons pas mêler notre fils Samuel à ces affaires si troublantes. Il vaut mieux qu'elles disparaissent avec moi. Amen. »

— Je m'en étais douté, chuchota Hamilton.

Il baissa la tête et se mit à pleurer. Immobile derrière lui, Angelica posa ses mains sur ses épaules. Leur fils savait que la meilleure façon pour lui de faire honneur à son père était de poursuivre sa tâche.

— Jacob essaya de retrouver la trace des fugitifs afin d'en finir avec eux. Il lui semblait préférable de traiter cette affaire lui-même, aussi vite que possible, sans impliquer sa seigneurie, qui n'avait jamais manifesté le moindre intérêt pour ces péripéties. En fait, et cette conclusion nous remplit de honte, les Hamilton agissaient à cette époque de façon absolument indépendante. À la mort du Bon Lord, toutefois, il devint inévitable d'informer lady Loveall de la situation. Elle fut horrifiée à l'idée que tous ses projets pourraient échouer à cause de quelques miséreux dont personne ne regretterait la disparition.

« Elle exigea donc que l'affaire soit réglée "une fois pour toutes", ce que Jacob ne pouvait interpréter que d'une seule manière. Il la prit au mot et, bien qu'il ait tenté de ne pas se salir lui-même les mains, il fut le premier responsable de l'opération criminelle visant à supprimer entièrement la famille Day. Edred Osbern était déjà "à nos gages", d'après le registre, de sorte qu'il fut chargé de retrouver les derniers survivants. Il mourut avant d'avoir pu accomplir cette mission, juste avant que mon grand-père ne mît fin à ses jours.

« Mon père, poursuivit Stephen en désignant Samuel, succéda à Jacob dans ses fonctions à Love Hall. Il ignorait cette histoire et n'était pas en mesure de lire les registres que nous avons maintenant sous les yeux. Bien qu'il fût désormais seul à assumer les responsabilités, il ne se doutait pas des machinations à l'œuvre autour de lui. Dans le monde de l'espionnage, une mort subite peut ensevelir dans l'oubli bien des secrets, et ce fut le cas pour celle de Jacob. Seule lady Loveall savait que la traque de la famille Day suivait son cours. Elle ne communiquait plus qu'avec le nouvel agent auquel Edred avait passé la main avant de disparaître, et dont ni elle ni Jacob ne connaissaient avec certitude l'identité. Edred et son apprenti avaient travaillé ensemble pour retrouver les Day. En fait, Osbern avait décidé de garder dans sa famille les ressources régulières procurées par cet emploi, de sorte qu'il continua ses agissements secrets avec son fils, un homme que nous connaissons tous et qui lui succéda comme agent après sa mort…

— Esmond ! m'écriai-je.

Tout le monde me regarda. J'étais encore la seule personne à savoir la vérité sur la disparition d'Esmond.

— Oui, Esmond Osbern. Edred transmit ses fonctions à son fils comme mon père l'a fait avec moi. Un mercenaire ne travaille que pour l'argent, et Edred n'était pas assez bête pour troubler le jugement de son fils par des considérations sur les tenants et aboutissants de son travail. Esmond se contentait de recevoir et d'exécuter des instructions. Il s'agissait pour lui de régler une affaire en suspens pour une famille à la bourse généreuse.

« Esmond localisa les Day survivants, qui se réduisaient désormais, après la mort de Rebekah, à sa fille et au mari de cette dernière. Ils vivaient à Bethnal, sous le nom du mari. Dans le contexte de ce quartier misérable, ils s'en tiraient plutôt bien. Sans être riches, ils avaient réussi à monter un petit atelier de couture. Ils attendaient leur premier enfant.

Ma mère tressaillit et je la regardai : les yeux fixés sur le feu, la main devant la bouche, elle était perdue dans ses réflexions. Je me doutais de ce qui l'agitait. Il était possible que des parents de Mary Day vivent encore à Londres... Penser qu'elle pourrait peut-être parler aux descendants authentiques du poète ! Elle leva les yeux vers moi, puis vers Hamilton.

— Les registres s'arrêtent ici et nous ignorons la suite, continua Stephen. Le récit s'achève évidemment à la mort de mon grand-père et la suite de l'histoire des Loveall se trouve dans le livre de mon père, qui est entièrement innocent de ces crimes.

— Merci, Stephen, lança Hamilton. Tu t'en es très bien sorti. Voici les seuls éléments certains dont je dispose ensuite. Deux jours après la mort de lady Loveall et votre arrivée à Love Hall, Rose, je reçus un message à remettre à la douairière. Ce message disait... Je n'ai pas à m'en souvenir, puisque je l'ai ici.

Il sortit de son registre un morceau de papier aussi fragile qu'une fleur séchée et dont on ne distinguait plus les plis. L'auteur du message avait écrit au milieu de la feuille qu'il avait ensuite repliée et cachetée à la cire. Hamilton lut :

— « Pour le fils de Jacob Hamilton. À remettre en main propre à lady Loveall. Confidentiel. »

Il retourna le papier pour lire ce texte laconique :

— « Le mariage est consommé. Ils vivront tous trois heureux pour l'éternité. »

Il nous regarda et reprit :

— Lorsque je reçus ce message, la situation à Love Hall avait totalement changé de face. Lady Loveall étant morte depuis deux jours, je ne pouvais transmettre ce texte à personne. Je ne comprenais pas moi-même son sens et il semblait inutile de le donner à lire au Jeune Lord. L'auteur du message ignorait que plus personne ne pouvait comprendre ce qu'il annonçait. Moi seul l'avais lu, et je n'avais aucune idée de ce qu'il signifiait. Il résista à toutes mes tentatives d'interprétation. Jusqu'à aujourd'hui, où son sens est enfin clair. Il fait référence au meurtre de la femme, de son mari et de son bébé.

Il y eut un silence.

— Mais le message était inexact, lança Stephen.

Ma mère m'observait avec une expression inquiète. Je me tournai pour implorer l'aide de Sarah, mais elle ne quittait pas des yeux son père.

— Rose, je crois que la suite est importante pour toi, dit ma mère en se mettant à pleurer. Et pour moi.

Hamilton me jeta un regard indéfinissable.

Il me sembla que l'air se raréfiait, que j'avais gravi d'un coup une colline très abrupte et que mes oreilles ne s'étaient pas habituées au changement de pression. J'essayai de rassembler les pièces du puzzle, mais j'étais trop troublé pour parvenir à une conclusion : mieux vaudrait les laisser éparpillées par terre et terminer un autre jour, quand je pourrais aller à mon propre rythme. Le temps se traînait, tous les sons semblaient étouffés. Sarah ne me regardait pas. Ni Stephen. Personne ne me regardait, en fait. Seul Hood me fixait avec son expression attendrissante de chien de chasse. Stephen continua :

— Nous pouvons être certains des faits suivants, Rose. Esmond Osbern tua le père, qui s'appelait Laurence. Il terrifia la mère en la menaçant de la tuer avec l'enfant à moins qu'elle ne consente à provoquer une fausse couche. Désespérée, elle se rendit dans un établissement tout proche. D'après d'autres sources que nous avons découvertes tous les deux, Rose, cette maison se trouvait à moins d'un quart de lieue de l'atelier de couture et était tenue par une certaine Maman Maynard. Le nom de jeune fille de la malheureuse qui mourut était Bryony Day. Le nom de famille de son époux était MacRae.

Ma mère se leva comme une somnambule et s'appuya au manteau de la cheminée. Tous les yeux étaient maintenant tournés vers moi.

— Persuadé que le bébé était mort, poursuivit Stephen, Esmond annonça la nouvelle comme certaine. Mais l'enfant survécut miraculeusement, après avoir été abandonné sur un tas d'ordures et avoir reçu un moment les soins d'une chienne. Cet enfant devait être baptisé Rose.

Mon cœur se remit à battre. Je n'avais pas écouté comme il fallait. J'avais dû manquer un épisode pendant que je contemplais Sarah. Ils me jouaient un tour pour me punir de ne pas avoir été assez attentif.

Non.

Non. Ils étaient sérieux. Il n'aurait dû être question que de Love Hall, mais finalement il n'était question que de moi. Des points essentiels de cette affaire m'avaient échappé. J'aurais voulu que Stephen recommence depuis le début, et je fus tenté de le lui demander. Si seulement il pouvait reprendre son récit en allant beaucoup plus lentement. Peut-être son père devrait-il le faire, sans tolérer la moindre interruption. Mais il était inutile de songer à revenir en arrière, tant les événements se succédaient avec rapidité. Ma mère n'osait même pas me regarder. Elle fixait le feu, absorbée dans son éclat rougeoyant. Je me rendis compte que j'observais l'assemblée d'un air égaré, comme si je venais d'être surpris penché sur un cadavre déchiqueté, un couteau maculé de sang à la main. Ils évitaient tous mon regard.

J'étais en sueur, j'avais froid, je me sentais horriblement faible.

Respirer. Respirer.

— Mère ! bredouillai-je.

Et le charme fut rompu.

Elle accourut et me tapa dans le dos comme si j'étais en train de m'étouffer. J'essayai de lui dire d'arrêter, mais je m'étouffais bel et bien, au point de ne pouvoir articuler un mot à force de tousser. Autour de moi, c'était soudain un déchaînement général : rires, acclamations, pleurs, bruits de porcelaine cassée et même aboiements bien qu'il n'y eût aucun chien dans la pièce. J'entendis Hood demander d'une voix forte :

— Voilà de bonnes nouvelles. Y a-t-il du thé ? Vais-je être mère ?

Stephen venait de me dire exactement qui j'étais.

Je savais qui j'étais.

Je n'osais pas même penser au reste. J'avais pu me contenter de savoir le nom de ma mère, même si c'était un peu insuffisant. Mais cette fois, c'était trop. Une mère et un père. En un éclair, je me rendis compte que mes recherches, celles de ma mère et celle de Hamilton avaient convergé vers ce point unique.

Ma naissance.

Il y avait plus... Mon père avait été assassiné par...

— Infant ! criai-je.

— Oui, Esmond, dit Stephen. Infant.

— Enfant, lança Hood d'un ton décidé.

Pleurant et riant à la fois, j'aspirais l'air goulûment. Ma mère tentait de m'aider mais ses efforts frénétiques ne faisaient qu'empirer les choses.

— Arrêtez, hurlai-je. *Arrêtez !*

Ils s'efforcèrent tous de se calmer mais en furent incapables, comme une joyeuse compagnie d'ivrognes jouant aux chaises musicales. Je ne comprenais même pas exactement ce qu'ils faisaient. Nous étions en plein délire, comme une horloge prise de folie dont les aiguilles auraient tourné dans tous les sens. Peu à peu, notre excitation retomba. J'étais encore secoué de quintes de toux sporadiques.

— Qu'est-ce que cela signifie ? Dites-le-moi !

Ma mère me regarda, les larmes aux yeux. Hamilton s'inclina dans ma direction.

— Cela signifie que vos parents étaient Bryony Day et Laurence McRae, dit-il.

— Et qu'ils furent assassinés par Esmond sur l'ordre de lady Loveall et de mon grand-père, dit Stephen.

— Et que vous êtes l'arrière-arrière-petit-fils de Mary, son seul parent encore vivant, dit ma mère dont le sourire mêlé de pleurs exprimait une émotion trop complexe pour être définie.

— Et que vous êtes l'héritier de Love Hall, ajouta Hamilton.

— Oui.

Ce point me semblait encore le moins difficile à admettre. C'était le reste qui était incompréhensible. Je me sentais plus que jamais l'enfant de ma mère. Qui pourrait nier qu'elle était bel et bien en vie, dans cette pièce ?

— Vous êtes le dernier descendant vivant d'Adam Day, seul fils légitime du Mauvais Lord Loveall, confirma Hamilton en brandissant une pièce à conviction écrite qui était manifestement à l'envers.

— Mais les Osbern ? demandai-je en essayant d'attirer ma mère contre moi.

Elle semblait avoir peur de s'approcher davantage.

— Quelle importance pour nous, désormais ? s'exclama-t-elle.

— Certes, dit Hamilton. Cependant le château ne leur appartient pas. Ils n'ont pas le choix. Mr Mallion, qui doit arriver d'un instant à l'autre, est absolument confiant. Leurs prétentions sont dénuées de tout fondement.

— Je ne comprends pas, dis-je.

— Nous rentrons chez nous, déclara Stephen.

— Tous ensemble ? demandai-je.
— Oui, dit Sarah.

Je regardai ma famille rassemblée autour de moi. Cette révélation paraissait si incongrue.

Ma cousine Victoria, le garçon manqué, versait un verre à Hood, notre vieux serviteur gâteux, lequel n'avait pas eu son thé mais, en apercevant le brandy, avança les mains en coupe comme pour boire l'eau d'une source. Ma mère étreignit Samuel et Angelica, nos amis pour la vie, toujours prêts à nous aider en cas de besoin. Au-dessus de la cheminée, un tableau représentait mon défunt père, qui nous souriait. Et à côté trônait un portrait de sa sœur, ma tante que je n'avais jamais connue, morte trop tôt en le laissant sans amis jusqu'au moment où nous étions entrés dans son existence. Mon frère Stephen, qui m'avait un jour sauvé la vie, se dirigea vers moi comme s'il venait de passer son examen final, en lançant en l'air des papiers avec insouciance. Il me tendit la main en souriant puis se ravisa et me serra dans ses bras. Il s'appuya contre moi et Sarah vint nous rejoindre. Je ne la vis pas clairement, mais elle réussit à se glisser entre nous. Nous nous effondrâmes tous les trois par terre en nous débattant comme de beaux diables.

— Rose, attention ! s'écria Stephen en riant.

J'entendis ma mère pousser des cris de joie en nous voyant culbuter. Je touchai le sol le premier et les laissai tomber sur moi au milieu d'un concert de gémissements essoufflés et d'éclats de rire.

5

Ouvrant les yeux dès l'aurore du 19 septembre 1839, le jour précédant mon dix-neuvième anniversaire, nous partîmes tous pour Love Hall dans une ambiance aussi joyeuse qu'anarchique. Étant donné la nature de l'événement, il paraissait plus sage de venir en force, mais c'était moi qui avais eu la brillante idée de transformer ce déplacement pour affaires en une partie de campagne, incluant une excursion pour l'équipe de Bellman & Farrow (auparavant Geo. Bellman), ainsi qu'un voyage surprise pour moi-même. On me devait également le choix de la date du « conseil de famille ».

Sarah, Angelica, ma mère et moi voyagions dans la première voiture. Tu étais avec nous, évidemment. Au-dessus, sur les sièges à bon marché, se trouvaient Bellman, Pharaoh et Alby, mais pas Mutt. Pharaoh ne s'était jamais aventuré hors de la ville et il ne put résister à l'envie de chanter « la parure sylvestre de la nature » pendant le trajet. Sa voix s'élevait dans le vent, troublée seulement par des prières instantes et répétées de recommencer afin que le scribe puisse le suivre.

Bellman était enchanté de cette escapade au grand air.

— Le petit frémit et croyez-moi, il va bientôt entrer en ébullition ! assura-t-il.

Les messieurs avaient pris place dans la seconde voiture : Stephen et son père (lequel s'était laissé convaincre de différer sa retraite), Hood et l'avocat Mallion. Nos conseillers étaient étroitement associés à cette journée. Enfin, les Rakeleigh voyageaient dans la dernière voiture.

Un an et demi s'était écoulé depuis nos découvertes mémorables. Ces dix-huit mois s'étaient passés en préparatifs minutieux, en travail acharné et en nouvelles révélations, incluant des heures de consultation juridique auprès des mentors de Robert Rakeleigh ainsi que le remplacement complet du personnel d'une honorable étude de Gray's Inn, suite aux incompétences constatées par Mr Mallion, notre juriste plein de ressources.

Nous avions également entretenu une correspondance d'une lenteur extrême avec les usurpateurs, afin d'obtenir d'eux une entrevue. Ignorant nos vraies intentions, Thrips ne cessait de tergiverser en leur nom. Hamilton fut contraint de recourir aux obscurités de la *Lex* familiale pour parvenir à ses fins. Cette journée allait voir le couronnement de nos efforts.

La tradition décrétait que tout seigneur vivant de Love Hall, présent ou passé, avait le droit de convoquer un conseil de famille, de même que son épouse. Malgré son exil et sa disgrâce, ma mère répondait assurément à ces conditions. Devant la défense opiniâtre de Thrips, Hamilton fut trop heureux d'arguer du privilège de lady Loveall en citant cette disposition presque oubliée et restée jusqu'alors lettre morte. Trois dates possibles leur furent soumises. Ils choisirent la plus éloignée. Nous n'avions pas à justifier notre recours à ce droit familial, et les Osbern supposèrent très probablement que nous allions mendier quelques subsides.

Le message suivant de Thrips au Vingt-Quatre nous assura que même si la *Lex* imposait aux maîtres de Love Hall – qu'il s'obstinait à appeler Playfield House, comme si nous parlions de deux endroits différents – d'accueillir le conseil et d'y assister, les habitants du château n'étaient nullement intéressés par cette affaire et n'agissaient que pour complaire aux malheureux proscrits. Chacun de ses traits de plume semblait un trait de condescendance. Quand il fut avisé que tous les membres de la famille étaient censés assister au conseil de famille, il répondit en demandant si cela excluait toute participation de « l'ancien lord Rose ». Dans un courrier séparé, il demanda froidement si la tradition prévoyait quel genre de temps était convenable pour le jour d'un tel événement.

Cependant, il réserva ses plus grands trésors d'ironie à la discussion du lieu de réunion. Thrips laissa entendre qu'Augustus et Nora ne nous recevraient pas à l'intérieur du château. Hamilton répliqua que la *Lex* spécifiait : « à Love Hall ». Après un bref débat épistolaire visant à établir si cette expression signifiait « sur le domaine de Love Hall » ou « dans les murs du château lui-même », Thrips avança un argument irréfutable, à la grande contrariété d'Hamilton. Dans une lettre d'un entrain inhabituel, il exposa minutieusement comment il avait mesuré les anciennes limites de Love Hall – connu à l'époque sous le nom de Playvered's Manor – à partir de cette source d'une autorité incontestable qu'était le Domesday Book[11]. L'avant de l'enceinte se trouvait alors exactement à mi-chemin entre la porte d'entrée de l'actuel château et la grille du parc. Les seigneurs de Love Hall respecteraient donc notre droit d'accès à l'intérieur du périmètre décrit par le Domesday Book, qui serait marqué par une ligne blanche. En revanche, nous ne pourrions nous approcher du château au-delà d'une autre ligne, dorée celle-là, qui correspondrait précisément à une avancée de dix pieds dans l'ancien bâtiment de Love Hall.

— Laissez-les choisir l'emplacement qu'ils veulent, déclara Hood tout en trempant ses pieds dans une cuvette d'eau salée bien chaude près de la cheminée. Ils finiront par avoir ce qu'ils méritent.

1. Cadastre de l'Angleterre établi en 1086 par Guillaume le Conquérant. (*N.d.T.*)

Notre vieux serviteur, devenu inapte à tout autre service du fait de ses mains tremblantes et ses pieds enflés, se révélait maintenant précieux par sa capacité à ranimer notre courage grâce à sa sincérité naïve. Entre lui et Pharaoh, le thé de l'après-midi commençait à ressembler à un pique-nique de collégiens.

En arrivant à la grille d'entrée de Love Hall, notre caravane hétéroclite découvrit que le château était caché à sa vue par deux tentes somptueuses ornées de dorures et festonnées de drapeaux et de bannières étincelant au soleil. Une pie cupide s'était perchée au sommet d'un poteau pour avertir ses amis et sa famille des trésors éblouissants offerts dans les parages.

— Ah ! Le camp du Drap d'Or, où Henri rencontra les Français en 1520 au milieu d'une débauche de splendeur ! s'exclama ma mère en descendant de voiture. J'adore les tableaux vivants.

À la lisière de la tente principale, une ligne blanche, semblant faire le tour de tout le château comme la limite d'un terrain de cricket, indiquait l'enceinte de Playvered's Manor. Un peu plus loin, au milieu de la tente, une ligne dorée marquait la frontière que nous n'avions pas le droit de franchir.

— On croirait vraiment voir le *Val Doré**, où eut lieu l'entrevue entre Henri et François, continua-t-elle. Les similitudes sont remarquables ! Je me demande si la fontaine déverse des flots de vin.

À Calais, me rappela-t-elle (comme si je l'avais jamais su), les Français se présentèrent, d'après le poète national, « tout clinquants et couverts d'or, comme des dieux païens ». Ils éclipsèrent de leur éclat les Anglais. À leur place, dans cette tente dorée, c'étaient les Osbern qui brillaient de mille feux. Les Osbern : nous ne les appelions jamais autrement. Nous ne pouvions nous résoudre à leur donner ce nom de Loveall auquel ils aspiraient tant, et il n'était pas question pour nous de faire aux Rakeleigh l'injure de les compter parmi les Osbern.

Notre groupe n'avait pas l'intention de s'arrêter en pénétrant dans la tente, mais les Osbern se dressèrent devant nous comme les pièces d'un jeu d'échecs. Augustus, le visage aussi richement paré que les tentes elle-même, et Nora, sa belle-sœur, étaient manifestement le roi et la reine, flanqués d'un côté par le cavalier Fidèle et de l'autre, à la place de son père (lequel aurait dû être au moins le cavalier de la reine, eu égard au rang de Nora), Constant, son frère démoniaque. Bien qu'ils fussent officiellement le maître et la maîtresse de maison, la position de Guy et Prudence révélait qu'ils n'étaient que des pions. Anstace se tenait derrière eux, telle une effigie parcheminée de l'orgueil : on lui avait certainement demandé de venir à la fois comme spectatrice et comme origine et symbole de leur triomphe. Ainsi rassemblés, ces Osbern représentaient à mes yeux tout le mal affligeant le monde : les sept péchés capitaux, les quatre Cavaliers de l'Apocalypse et la violation de chacun des Dix Commandements.

— Maintenant, n'oublie pas, Rose, me chuchota ma mère tandis que nous leur faisions face. À Calais, Henri défia François à la lutte et fut aussitôt renversé par son adversaire. La diplomatie nous invite à la prudence. Il n'est pas question de se battre.

— Je ne porte pas ma tenue de combat, répliquai-je en souriant.

S'il avait fallu combattre, du reste, nous aurions été à la fois les plus nombreux et les plus forts. Mais l'heure n'était pas aux coups de poing.

Je jetai un regard sur Hamilton. Lui et son récent allié, Mr Mallion, n'avaient rien laissé au hasard. Sarah et moi nous tenions au centre, face au roi et à la reine. Elle avait à sa droite son frère et ses parents. Ma mère et les Rakeleigh se trouvaient à ma gauche. Je ne voudrais pourtant pas donner l'impression que nous avions préparé nos positions : nous étions simplement sortis dans cet ordre. Mr Mallion était flanqué de trois messieurs en uniforme représentant la loi, de la garde civile du village, dont les recrues étaient passablement nerveuses, et du 14e régiment de Leakhampton. Derrière eux, l'entreprise Bellman & Farrow au grand complet était ravie d'assister à la naissance d'une ballade.

Les deux camps se faisaient face. Tout était immobile et silencieux, comme au lever du jour avant qu'on donne l'ordre d'attaquer. Pour une raison ou pour une autre, j'avais peine à reconnaître Prudence. Elle avait l'air égarée et presque laide : l'accouchement l'avait changée. Hamilton toussa et ouvrit un livre dont il lut quelques mots en latin. Stephen les traduisit en anglais à l'intention de toute l'assistance.

— Anonyma Wood a convoqué le conseil de famille, conformément aux dispositions de la *Lex Pantophilensis*.

— Je n'y connais pas grand-chose, lança Augustus par-dessus la ligne de démarcation, mais les bibliothécaires sont-elles autorisées à convoquer le conseil de famille ?

Cette remarque fut accueillie par des ricanements de Guy et un grognement réprobateur de Julius sur ma gauche. Stephen essaya de poursuivre, mais Thrips l'interrompit aussitôt.

— Nous savons quelle est la nature de la *Lex*, ce grimoire obscur et dépassé que vous brandissez comme votre étendard. Lord et lady Loveall, ici présents, entendent ne plus être soumis aux règlements décrépits édictés par des ancêtres inconnus et inconséquents. À dater de ce jour, toutes ces lois dont vous vous réclamez sont annulées.

— Je les annule, déclara Guy en levant la main.

— Bravo, Guy, dit Prudence d'une voix monocorde, sans lever les yeux. Je vais rejoindre Ivy. Elle est plus importante que cette farce.

— Voilà une décision louable, approuva Augustus.

Dressant un doigt, l'air pensif, il ajouta avec ironie :

— Si du moins messieurs les conseillers y consentent ?

Mais Prudence avait déjà tourné les talons.

— Cette petite diablesse d'Ivy doit ramper à travers le château, comme d'habitude, s'écria Guy. Anstace peut s'en occuper.

— Merci, monsieur. Puis-je aller la chercher pour vous, madame ? proposa Anstace avec empressement, heureuse de faire étalage d'une déférence qu'elle n'avait jamais eue pour nous.

— Non, pas vous, lança Prudence d'un ton cassant par-dessus son épaule. Je suis sa mère. Je vais y aller.

— Ah, les enfants ! s'exclama Nora avec un sourire forcé.

Il était impossible de savoir si elle parlait d'Ivy ou de ses parents. Guy bâilla. Augustus regarda son propre rejeton d'un air las puis tourna son attention vers nous.

— Nous ne sommes ici que pour vous complaire, déclara-t-il, puisque vous accordez tant de prix à ce conseil. Comme vous l'avez demandé, nous avons rassemblé autant des nôtres que possible, même si vous voyez que nos rangs s'éclaircissent à vue d'œil. Venez-en au fait, je vous prie, et disparaissez.

— Nous n'avons pu aller au-delà d'une phrase, répliqua Hamilton avec une irritation inhabituelle, alors que vous n'avez cessé de pérorer ! Nous avons tenté à plusieurs reprises d'entrer en contact avec vous. Au lieu de nous écouter, vous nous avez délégué votre zélé comparse. C'est vous qui nous avez forcés à cette rencontre.

— Si votre requête est raisonnable, nous saurons nous montrer généreux, lança Augustus sans prendre la peine de lui répondre. Dites-nous ce que vous voulez. Nous vous ferons savoir notre décision par écrit.

Ce mépris était inconcevable et je ne pus en supporter davantage. Je regardai ce lourdaud d'Augustus, avec sa peau criblée de cratères lunaires, puis son épouse, plus repoussante que jamais, et son ivrogne de fils, grossier et déjà ivre à cette heure matinale. Ils avaient réussi à dompter la nature rebelle de Prudence. C'était la honte de cette humiliation orchestrée par sa famille qui l'avait poussée à sortir, et j'avais pitié d'elle. Je regardai Nora et ses fils près des deux frères, et la triste Edith qui n'avaient plus d'enfants.

— Mesdames, messieurs, vous avez beau dire, les lois de Love Hall sont irrévocables, dis-je.

J'avais l'intention de continuer, mais Guy lança avec dégoût :

— Devons-nous vraiment endurer les discours de cette créature ?

Son père l'approuva bruyamment.

— Oui, c'est intolérable, renchérit Constant. J'ai l'impression d'entendre le boniment d'une troupe de comédiens ambulants.

De toute la famille, seule Nora paraissait songeuse. Peut-être avait-elle remarqué notre attitude résolue, notre conscience d'avoir une mission, qui nous empêchait de mordre à leur hameçon. Elle leva la main pour intimer silence à Constant.

— Cette comédie n'a déjà plus grand charme, déclara-t-elle. C'était une mauvaise idée. Que faites-vous ici ? Dites ce que vous avez à dire.

— Comptez sur nous, madame, répliquai-je en faisant une révérence.

Je n'avais pas prémédité cette provocation, mais Augustus se mit à rugir :

— Votre apparence est absurde, monsieur. Vos propos sont absurdes. Vous êtes tout entier une absurdité. Manifestement, votre *Grand Tour** ne vous a fait aucun bien. Je n'accorde aucun crédit à tout ce que vous pouvez raconter.

Nora le fit taire comme Constant. Elle pensait qu'ils n'auraient qu'à supporter quelques minutes d'indignité avant d'en finir définitivement avec le conseil de famille.

— Je serai donc bref, affirmai-je en franchissant la ligne blanche derrière laquelle nous étions massés pour m'avancer dans la zone neutre entre les deux familles. Mais observez, je vous prie, que nous venons sans mauvaises intentions. Nous ne vous avons fait aucun tort. N'avons-nous pas de terrain d'entente ? Ne croyons-nous pas tous en la grandeur des Loveall ? Nous sommes partis du mauvais pied. Ce conseil de famille a besoin d'une bénédiction. Prions pour la famille, que nous en fassions partie ou non. Qui nous aidera à prier ? Fidèle ?

Fidèle, dont le regard peu charitable ne m'avait pas quitté depuis que je m'étais rapproché de la ligne dorée, se rengorgea en entendant son nom mais fut pris de court par son père.

— Si je puis me permettre, dit-il, je voudrais offrir une prière de bénédiction.

— Oui, Edgar, s'il vous plaît, dit Edith avec un empressement sincère.

Guy poussa un gémissement et fit mine de ronfler. Je repris ma place parmi les miens.

— Veuillez incliner la tête. Je voudrais me servir pour ma prière du Sermon sur la montagne dans l'Évangile de Matthieu, chapitre cinq. Prions ensemble.

Je gardai les yeux ouverts, comme un principal de collège guettant les écarts de conduite lors du service du matin. Certains s'inclinèrent en fermant les yeux, d'autres joignirent les mains. Anstace serra les siennes avec une telle force que les jointures de ses doigts blanchirent. Edgar commença :

— Bienheureux les pauvres en esprit, car le royaume des cieux leur appartient. Bienheureux ceux qui pleurent, car ils seront consolés.

Edgar prit la main d'Edith, en un geste de réconfort bien naturel après son deuil récent.

— Bienheureux ceux qui sont doux, car ils posséderont la terre. Bienheureux ceux qui sont affamés et altérés de justice, car ils seront rassasiés.

Il serra plus fermement la main d'Edith en disant cette béatitude et il l'attira vers lui. Elle semblait ne pas savoir comment réagir. Mes yeux rencontrèrent ceux de Victoria et je lui fis remarquer le couple d'un signe de tête.

— Bienheureux les miséricordieux, car ils obtiendront miséricorde.

S'éloignant du groupe des Osbern, Edgar conduisit Edith vers nous tout en continuant sa prière. Elle était inquiète, mais il n'en avait cure. Je vis qu'Augustus observait également la scène sans savoir qu'en penser. Je serrai la main de Sarah pour essayer d'attirer son attention, mais elle m'imposa silence de peur, je suppose, que je n'entreprenne de la faire rire. Elle n'avait rien contre une prière.

Edgar arriva avec Edith au milieu de nous juste avant de dire son amen. L'assemblée lui fit écho sans enthousiasme, et ceux qui avaient fermé leurs yeux par souci des convenances découvrirent un changement notable dans l'assistance. Edgar et Edith étaient maintenant de notre côté.

Les Loveall n'étaient pas moins surpris que les Osbern : nous n'avions eu aucun contact avec Edgar depuis le jour où il avait aidé Victoria à se procurer les livres. Manifestement, il avait eu depuis lors la vision d'un avenir meilleur.

Ce fut Nora qui rompit le silence.

— Edgar ! glapit-elle.

— Ma très chère, dit Edgar, le front en sueur, en se tournant vers Edith. Je vous offre ma protection.

Elle regarda autour d'elle et inclina la tête, incapable d'exprimer plus clairement son consentement.

— Traître ! lança Fidèle.

— Joins-toi à moi, Fidèle, mon fils, dit Edgar.

— Me joindre à vous ? Je vous renie.

— Ce n'est pas une grande perte, déclara Guy. Qu'il aille avec les miséreux. Notre part n'en sera que meilleure.

— Aucune église ne voudra de vous à l'avenir, siffla Fidèle. J'y veillerai.

— Ainsi soit-il, répliqua son père. Si telle est la volonté du Seigneur.

— Je suis votre épouse, Edgar.

Nora bouillait d'indignation et ses sourcils semblaient grouiller d'une vermine furieuse.

— Que Dieu m'assiste, dit Edgar. Vous *étiez* mon épouse.

— Amen ! m'écriai-je joyeusement tandis qu'observations et épithètes peu flatteuses volaient d'un camp à l'autre.

Il était bien agréable de voir ce drame inattendu s'embraser devant nous, mais j'avais encore de l'huile à verser sur le feu.

— Le conseil de famille, je vous prie ! Mesdames et messieurs, la troupe des Loveall est fière de vous présenter *La Ballade de Rose Loveall* par Mr Farrow.

C'était à Pharaoh de jouer. Nous nous écartâmes pour laisser passer ce petit homme disgracieux. Derrière lui s'avançait Hood, courbé sur un landau qu'il poussait péniblement et d'où s'échappaient des babillements heureux et un minuscule pied dodu aux cinq orteils gigotant en tous sens.

— Un bébé. Quelle joie ! ricana Nora qui endurait sans trop de peine la perte de son époux.

— Seigneur, s'exclama Guy d'un ton incrédule. Ils ne vont quand même pas laisser chanter ce rustre ?

— Voulez-vous de l'argent pour le bébé ? Julius, mon cher frère, je vous supplie de nous dire la raison de votre présence ici ! intervint Augustus.

— Pharaoh ! commandai-je. Chantez.

— J'ai deux chansons, proclama Pharaoh. L'une est toute nouvelle, bien que sa mise au point m'ait pris un certain temps. Elle s'intitule : *Ne redoutez point les ténèbres, ou La Couturière de Bethnal Green* !

— Non ! tonna Augustus. Nous refusons de nous faire chansonner ! Thrips, pouvons-nous arrêter cette comédie sur-le-champ ?

Thrips essaya de répondre, mais il était impossible d'interrompre ce petit homme dont l'énergie vitale était tout entière concentrée sur l'interprétation d'une chanson fraîchement composée. Tout le pouvoir et l'argent d'Augustus n'étaient rien auprès de la volonté de chanter animant Pharaoh.

— *La Couturière de Bethnal Green*, hurla Pharaoh assez fort pour faire taire tout le monde.

Après quoi, il perdit aussitôt le fil.

— Maintenant ! Chantez ! chuchotai-je.

Et il chanta, en faisant osciller distraitement le landau d'un côté à l'autre.

La veille de la Saint-Eustache, près de Bethnal Green
Une jolie couturière s'activait dans son humble chaumine
Son époux avait pour nom McRae, et elle Bryony
Son tablier trop étroit annonçait un ange à venir

Un rêve cruel dans le silence de la nuit
Visita la jolie ouvrière vivant près de Bethnal Green :
La Mort allait arriver et lui prendre son enfant
Elle s'éveilla terrifiée par ce présage menaçant

Au matin de la Saint-Eustache, le mal s'approche de Bethnal
On frappe à la porte à une heure matinale
Mon amour, ne laisse pas entrer un inconnu, supplie-t-elle
C'est un aristocrate, un soldat appelé Osbern

Dans une mare de sang s'effondre le pauvre McRae
Osbern se tourne vers l'épouse en essuyant son épée
Bryony, dit-il, il n'est plus question que tu couses
Pour toi et ton enfant il ne me faudra qu'un coup

Quand il s'avança vers elle, la couturière s'enfuit
À travers les rues de Bethnal jusqu'à l'Infâme repaire
Pour se cacher, elle entra dans la maison de sang
Mais la Mort l'y attendait comme dans le rêve l'annonçant

Ô Mort, ô Mort, ne me prends pas mon enfant à venir
Je ne te le prendrai pas, mais tu devras me suivre

Ô Mort, ô Mort, pitié, même si je suis au bout du chemin
Sauve mon petit trésor qui n'a pas mérité cette fin

Dieu est bon et pitoyable, par sa grâce nous prospérons
Cette enfant ne suivit pas ses parents dans la tombe
Faibles créatures, ne redoutez donc point les ténèbres
Car Dieu vous protégera même si gronde le tonnerre
Petits enfants, non, ne redoutez point les ténèbres :
Alors que le jour semble fini, proche est la lumière

Pharaoh nous avait ramenés chez Maman Maynard et au-delà, exactement comme il l'avait fait ce matin même au cours de notre voyage vers Love Hall. Il termina sa ballade comme toujours en répétant le titre et en s'inclinant : *Ne redoutez point les ténèbres, ou La Couturière de Bethnal Green*.

Tandis que notre côté de la famille éclatait en applaudissements, j'entendis Bellman murmurer à Alby :

— Sapristi ! Voilà qui justifie amplement cette excursion !

Guy ne partageait pas son enthousiasme.

— Que signifie cette ineptie ? demanda-t-il.

— Ce n'est qu'une chanson, Guy, dit Nora. Une stupide chanson.

Augustus paraissait ravi du tour que prenaient les événements.

— Si vraiment vous êtes venus ici pour permettre à un nigaud de chanter des inventions bizarres qui brocardent quelqu'un portant le nom d'Osbern, qu'il chante donc son autre chanson, je vous en prie. Ce garçon a une voix passable.

— Écoutez-le, lança Pharaoh en se tournant vers nous.

Il roula les yeux tout en s'efforçant d'avaler sa lèvre inférieure.

— Voici une chanson de circonstance : *La Ballade de Rose Loveall*.

Cette nouvelle composition, une variante complexe du *Bébé abandonné sauvé par les chiens* incluant des faits récemment découverts, nous ramena cette fois à l'expédition de Pharaoh vers le tas d'ordures. Il chanta Annie, ses poursuivants acharnés, les deux policiers et l'homme à la cicatrice dont l'épée était camouflée en canne. Il chanta son périple à travers les confins désolés de la ville, jusqu'à la montagne de déchets et la chienne qui la gardait. Pendant ce temps, je songeais au voyage surprise que j'avais fait le matin même.

Nous étions partis sur les traces de Pharaoh, en suivant aussi précisément que possible l'itinéraire qu'il avait pris pour m'amener à la lisière de la cité. Les deux autres voitures avaient rendez-vous avec nous au tas d'ordures, d'où nous nous dirigerions en procession vers le lieu du conseil de famille, en refaisant ainsi le trajet de mon père.

Nous devions offrir un spectacle singulier, lorsque nous rejoignîmes la maison de Maman Maynard : Pharaoh et moi marchions en tête, suivis de l'équipage dont les chevaux avançaient au pas. De temps à autre, Pharaoh s'exclamait soudain :

— Oui, oui, ici, oui !

Il se précipitait dans une ruelle trop étroite pour la voiture, de sorte que je pouvais seul lui emboîter le pas. Quelques instants plus tard, nous émergions de nouveau sur la grand-route, où nous retrouvions l'équipage nous suivant exactement à la même distance. J'aurais pu te prendre avec moi, en te portant bien au chaud dans mes bras, mais je n'avais pas besoin de t'emmener dans la moindre venelle. Du reste, tu étais heureux avec ta maman dans la voiture.

— C'est là que vous étiez ! cria Pharaoh à Bellman.

L'imprimeur nous observait avec un intérêt amusé du haut du toit de la voiture, d'où il informait de notre progression les passagers à l'intérieur.

— Non, non, cher petit, je ne me suis jamais trouvé ici, cria-t-il en réponse. C'était beaucoup trop loin de mon secteur.

— Vous étiez ici. Vous avez dansé la gigue de Mary Arnold à cet endroit même, assura Pharaoh en regardant par terre comme s'il avait trouvé une empreinte de pas.

— Nom de nom ! Je crois bien qu'il a raison, s'exclama Bellman.

Sa progression en ce bas monde avait été si vertigineuse qu'il jugeait commode d'oublier tous les détails de son ancienne indigence, bien qu'Alby se chargeât régulièrement de la lui rappeler.

Pharaoh nous fit passer près des douze horloges, en progressant davantage à la façon du ver de terre qu'à celle de l'oiseau. Il se souvenait de tout, comme si ces événements s'étaient déroulés la veille. Après maints détours à travers les ruelles, nous arrivâmes enfin au tas d'ordures, où les deux autres voitures nous attendaient. J'avais maintenant fait ce trajet deux fois dans ma vie...

— ... *ou le Bébé abandonné sauvé par les chiens* !

La voix de Pharaoh répétant le titre et une nouvelle salve d'applaudissements me tirèrent de ma rêverie.

— Est-ce ce qu'on appelle la voix du peuple ? Elle me semble fort déplaisante, dit Guy qui, comme moi, n'avait guère écouté l'histoire de Pharaoh.

Cependant, d'autres Osbern pressentaient que ces chansons avaient une signification plus profonde, bien qu'elle leur échappât.

— Nous connaissons parfaitement les détails sordides de votre naissance, monsieur, lança Augustus. Est-il nécessaire que nous les revivions encore et encore ?

Faisant un pas en avant, je me penchai sur le landau et soulevai mon bébé dans mes bras. J'apercevais la façade de Love Hall derrière les Osbern et je vous présentai l'un à l'autre, le château et toi. Tu avais été si sage. Tu n'avais jamais pleuré – il faut dire que la voix de Pharaoh te berçait depuis ta naissance –, et ta mère savait comment te tenir tranquille en profitant du voyage pour te rassasier. Sans compter que tu étais le seul garçon dans cette voiture pleine de femmes aux petits soins pour toi.

— Mesdames et messieurs ! m'écriai-je en te tenant au-dessus de ma tête. C'est un garçon !

— Quel soulagement, ricana Guy. Telle mère, tel fils.

Mais cette plaisanterie était éculée. Personne dans son camp ne rit.

— Et vous avez engendré ce malheureux morveux avec la domestique ? demanda Nora.

— Que cherchez-vous ainsi, sinon à souiller une nouvelle fois le nom que vous prétendez révérer ? renchérit Augustus.

— Je vous présente l'héritier de Love Hall, le futur lord Adam Loveall.

Augustus éclata d'un rire convulsif. Guy se joignit à lui.

— Il est fou ! lança Thrips.

Il se dirigea vers Hamilton afin de le mettre au pied du mur.

— Nous avons entendu parler de vos tentatives pitoyables, siffla-t-il.

— Empêchez votre valet d'approcher mon père, monsieur ! intervint Stephen. C'est maintenant à moi que vous aurez affaire.

— Cela ne changera rien ! dit Thrips avec un haussement d'épaules avant de retourner vers Augustus de son pas glissant.

— Au contraire, monsieur ! répliquai-je en faisant une révérence. Cela change tout. La bibliothécaire, la domestique, le larbin, le rustre...

Je les désignai chacun du doigt.

— Vous pouvez les appeler comme bon vous semble aujourd'hui. À l'avenir, vous devrez mettre davantage de formes si vous voulez avoir le droit de vous adresser à eux.

Je te passai à ta mère et lui donnai un baiser.

— Dehors ! hurla Nora. Hors de chez moi !

— Nous ne sommes pas chez vous, dis-je d'un ton définitif.

— Que le diable vous emporte tous ! lança Augustus.

Il y eut un instant de silence. Je m'avançai en me retournant pour regarder ma famille avec un sourire. Tu en avais assez maintenant et tu étais sur le point de pleurer – qui aurait pu te le reprocher ? Il régnait une chaleur hors de saison dans la tente –, si bien que ta mère déboutonnait discrètement son chemisier.

Je me dirigeai lentement vers le *Val Doré**. Tous les regards étaient braqués sur moi. J'hésitai en atteignant la ligne et soulevai ma jupe, en m'assurant que mes bas et même un soupçon de jarretière apparaissaient ainsi de façon suggestive, avant de m'autoriser un véritable pas de ballerine en pointant mon pied et en le maintenant en suspens juste au-dessus de la ligne.

— Monsieur ! lança Nora. Prenez garde !

Thrips retint son souffle en haletant. J'imaginai la tension des valets prêts à bondir.

En tenant ma jupe au-dessus des genoux, révélant ainsi tous mes muscles sous mes bas, je touchai du bout du pied le sol de Love Hall de l'autre côté de la ligne dorée. Puis j'exhalai un soupir et levai les yeux. Aucune réaction.

— *Voilà** !

— Décampez immédiatement de notre propriété ! glapit Nora.

J'appuyai fermement mon pied sur le sol.

— Ce n'est pas votre propriété, dis-je, même si nous décampons pour le moment. Nous vous laissons quelques documents concernant l'héritage de Love Hall : Mr Mallion les a en sa possession. Je ne vous en révélerai pas davantage sur la conclusion. Stephen vous fournira également un sinistre in-folio intitulé *Abrégé de la véritable histoire des Loveall*. J'attire particulièrement votre attention sur le testament signé d'Esmond Osbern. N'hésitez pas non plus à interroger le sergent Pickersgill, du 14e régiment des Leakhampton, qui fut le gardien de cet homme arrêté pour un cas grave d'immoralité – vous savez, Fidèle, le péché dont le nom ne doit pas être prononcé parmi des chrétiens. Nous allons partir dans un instant, mais nous reviendrons. À vous de voir si vous souhaitez que nous nous rencontrions de nouveau à cette occasion. Avant notre départ, toutefois, nous allons nous rendre au mausolée afin de présenter l'héritier de Love Hall au dernier vrai seigneur su château.

Je fis signe à ma famille et ils me rejoignirent tous d'un pas résolu en franchissant la ligne dorée. Voyant qu'ils ne pourraient nous arrêter et que leurs propres valets nous laissaient passer, les Osbern refluèrent comme la mer Rouge. Notre cortège était mené par Hamilton, qui écarta Thrips avec son petit doigt. Il était suivi par Angelica, Mallion et Stephen, lequel tourmenta Thrips de plus belle en posant sur son registre la lourde serviette remplie de documents. Pharaoh, Alby et Bellman venaient ensuite – l'imprimeur s'inclinait avec déférence devant chaque Osbern, comme s'il regrettait de ne pas avoir été présenté dans les formes. Hood les suivait, en utilisant en guise de béquilles le bras d'Alby et le landau. Lord et lady Rakeleigh s'avançaient sans faire attention à quiconque. Derrière eux, Victoria et Robert s'autorisaient un sourire victorieux au nom des opprimés du monde entier. Puis venait ma mère, en compagnie d'Edith et Edgar (qui restaient aussi près que possible de notre troupe).

L'arrière-garde de ce défilé pittoresque était constituée par Sarah, toi et moi. Elle marchait à ma droite, sa main dans ma main, et tu tétais avidement son sein droit.

En sortant de la tente, face à Love Hall, Stephen se mit à courir en poussant des cris de joie et en jetant son chapeau en l'air. Il s'élança droit vers le mausolée et Rubberguts, et nous ne pûmes que nous précipiter à sa suite sur la pelouse s'étendant devant le château.

— Je vais chercher la balle et les battes, cria Stephen. Les garçons contre les filles !

Je ne regardais pas en direction des Osbern, mais Hamilton les vit quitter leur tente si splendide en une procession désordonnée pour rentrer dans le château sous la houlette de nos hommes de loi. Le cauchemar de notre fidèle ami les suivait, courbé sous le poids des documents. En ce qui me concernait, ils auraient pu aussi bien s'évanouir dans l'éther ou prendre la porte sur-le-champ, pendant que nous gambadions en nous tenant par la main, au milieu des primevères entourant les racines de Rubberguts, jusqu'au retour de Stephen.

Il apporta une couverture pour ta mère et toi, les seuls à être dispensés de jouer, puis il mesura le terrain et installa les guichets. Comme par magie, nous vîmes surgir un orchestre, plus important que tous ceux que nous avions jamais eus. Le Kapellmeister annonça dans un anglais incertain :

— Avec les compliments de lady Prudence et de la petite miss Ivy.

Ma mère les remercia et dit au Kapellmeister quels morceaux elle désirait entendre. Nous nous rassemblâmes autour de la couverture.

— Stephen et moi serons capitaines, déclarai-je en faisant apparaître une pièce d'argent sur le dos de ma main. Pile ou face ?

Je lançai la pièce de toutes mes forces et la regardai monter si haut qu'elle scintillait au soleil au-dessus de la vallée de Playfield.

— À toi de choisir, dit Stephen.

POINT FINAL

Je suis prêt.

Je me rappelle ma première visite à Love Hall après notre exil, cela fait maintenant tant d'années. Le château n'était pas resté longtemps désert, mais il semblait hanté.

Non. Non. Tu as déjà raconté cela. Qu'en est-il d'aujourd'hui ?

Aujourd'hui ?

Maintenant.

Je ne peux pas quitter mon lit et suis incapable de m'allonger commodément. Cependant, si je pose ma tête sur l'oreiller à l'angle voulu et si les rideaux sont ouverts, comme maintenant, je vois Love Hall. De la fumée s'élève en tourbillonnant de la cheminée centrale et le drapeau est en berne. Cela signifie que je me meurs.

Bientôt, ce sera moi qui hanterai le château. Du moins, j'espère que ce sera bientôt. Tu pourras mettre mon fantôme dans le guide touristique et je ferai peur aux visiteurs.

Je dois te charger de la suite. Je peux ?

Tu sais bien que oui. Ne te fatigue pas. Tu n'as qu'à dire ce que tu veux. Tu es arrivé au bout.

Au bout de ma vie.

Non, au bout du récit. Les gens n'ont plus besoin de beaucoup d'explications.

Ils sont tous morts. Ma mère, tu ne t'en souviens guère, mais elle nous a tous fait sauter sur ses genoux. Mon cher Stephen et Franny, leurs enfants sont dispersés aux quatre coins du pays et deux de leurs petits-enfants sont morts à la guerre. Victoria, toujours à travailler, jamais amoureuse. Oncle Pharaoh a chanté sa dernière chanson. Adieu. Ta mère, mon amour – cela fait combien de temps, maintenant, trente ans ? Toi et ta sœur, et vos familles, vous m'entourez toujours, n'est-ce pas ? Et la petite Ivy.

Rose, Ivy a soixante-dix ans.

Elle sera toujours ma petite Ivy. À cette heure, elle doit s'apprêter à faire la visite guidée, n'est-ce pas ? J'adorais m'asseoir derrière la caisse pour prendre les deux shillings de chaque visiteur puis déchirer leur ticket. Comme je n'ai jamais vraiment aimé le contact de l'argent, je portais des gants, mais j'étais enchanté de voir l'expression des gens franchissant cette porte. On aurait dit qu'ils entraient dans un rêve. En cet instant, ils étaient de nouveau des enfants, remplis d'innocence. « Une splendeur de conte de fées », comme l'a écrit Mère dans son cahier.

Je crois entendre Ivy. Quel que fût le guide, j'écoutais la visite trois fois par jour : « Veillez à marcher entre les cordes violettes, s'il vous plaît. À votre gauche, dans cette vitrine, une édition originale du célèbre dictionnaire de Johnson, le premier de la langue anglaise, publié par Dodsley en 1755. L'exemplaire cartonné valait alors cinq livres et quinze shillings, mais vous ne pourriez pas l'acheter pour ce prix aujourd'hui, évidemment. » (Une pause pour quelques rires polis. Je me joignais à eux depuis mon tiroir-caisse, c'était ma petite plaisanterie.) « Par ici pour rejoindre la Grande Galerie... » Et ils suivaient en trottinant. Plus tard, ils prenaient tous leur thé et se rendaient un par un aux toilettes.

Je me rappelle l'époque où il n'y avait que deux salles de bains dans le château, toutes deux dépourvues de chasse d'eau. Maintenant, ces retraites solitaires sont partout, et chacune possède sa propre chasse bien bruyante et arbore un écriteau pour les DAMES ou les MESSIEURS afin d'éviter des erreurs embarrassantes. Quelle différence cela fait-il, pourtant, si tout le monde s'assied ? Aux bains de Bristol, dans ma jeunesse, les femmes et les hommes n'étaient jamais séparés, mais de nos jours la pruderie et le soupçon règnent sans partage. Du reste, je n'ai jamais tenu aucun compte de ces écriteaux : j'allais où bon me semblait.

Je suis perdu. Où en étais-je ? Il faut que tu parles d'Esmond. Et d'Edgar. Et n'oublie pas d'évoquer la petite Ivy. Elle a fait honneur à son nom, cette gentille chérie.

Pourquoi ne racontes-tu pas ?

Raconter quoi ?

Ivy est la fille de tante Prudence.

Et Prudence était l'épouse de Guy.

Et ensuite ?

Elle avait eu un bébé, mais ce pauvre chou n'avait pas les cheveux roux de son père, et il s'est mis à prétendre que Prudence était infidèle, ce que nous n'avons jamais... Chut !... Disons que nous n'avons jamais posé de questions à ce sujet.

Un beau jour, Edgar l'a découverte prostrée dans l'église avec son bébé. Il l'a prise chez lui et a été comme un père pour elle jusqu'à sa mort. Il avait quitté l'Église, évidemment, après son divorce, et c'est alors que... je...

La petite Ivy.

Quel numéro, mon Dieu ! Il valait la peine de payer l'entrée rien que pour l'entendre débiter son couplet. Elle savait vraiment s'y prendre avec les gens. J'ai toujours pensé qu'elle aurait été parfaite à l'armée. Crois-moi, cette guerre n'aurait pas duré aussi longtemps avec elle. Elle doit les promener dans le château, maintenant.

Ivy a été remplacée par Esme, sa fille, rappelle-toi.

Cette Ivy ! Tout le portrait de sa mère. Y a-t-il encore une reine ?

Tu sais bien que non.

J'avais oublié. Je me rappelle ma première visite à Love Hall après notre exil, cela fait maintenant tant d'années. Le château n'était pas resté longtemps désert, mais il semblait hanté… J'ai eu une vision de notre avenir – un cauchemar devenu réel. Je nous ai vus croupir toute notre vie, à manquer de temps et d'argent, à esquiver les défis, dépouillés par des parasites et saignés par les impôts. Je ne voulais pas que nous finissions entassés autour d'un petit feu dans une aile écartée du château, pendant que le reste des bâtiments tombait en ruine, comme si nous étions les seuls clients d'un hôtel immense et perpétuellement hors saison.

Ta mère et moi, nous avions été au temple des Amis avec Victoria. Et dans ce silence saisissant, qui commençait parfois dès le moment où le fou se levait pour proclamer qu'un « terrible jour d'expiation » nous attendait (ce qu'il faisait chaque semaine sans faute), avant de s'en aller… dans ce silence entre son intervention et la lecture des annonces, j'en vins à entrevoir une solution plus favorable : se débarrasser de tout cela.

« En cette vie, nous pouvons, dans une certaine mesure, jouer n'importe quel personnage de notre choix. » Ainsi parlait Boswell. C'est le dictionnaire de Johnson qui m'a rappelé cette phrase. J'ajouterai qu'on peut recommencer sa vie à tout instant que l'on a choisi. Aujourd'hui, par exemple, mais jamais demain. On ne peut attendre jusqu'à la fin de sa vie pour la changer. Il faut le faire dès maintenant. De quoi étais-je en train de parler ?

Tu as écrit : « Ces accouplements pitoyables en vue d'un héritage, par exemple : je pouvais y mettre fin. Trop de richesses étaient aux mains d'une minorité disproportionnée – dont nous faisions partie –, et cette minorité vivait dans des demeures de dimensions excessives, comme la nôtre, où ils admettaient un cercle trop étroit de relations. » Nous avons changé tout cela, n'est-ce pas ? Rose ?

(Silence.)

« Ils se mariaient sans cesse entre eux, toujours en vue d'augmenter leur fortune. Ce rétrécissement de leur vision

du monde et de leur imagination conduisait à des épisodes hantés par des chimères de plus en plus absurdes. Ma conclusion était simple : ce style de vie n'avait pas l'ombre d'une chance.

« Pour notre famille, les perspectives pouvaient changer dès cet instant. J'étais venu au monde pour défier les conventions, et le moins que je pouvais faire était d'aller jusqu'au bout du défi. Nous n'avions pas à répéter éternellement les mêmes erreurs. Cette vie d'autrefois était à l'agonie, elle nous implorait de mettre fin à ses souffrances. C'était à nous de lui porter le coup fatal. »

Ç'a été un coup de grâce. Un geste de pitié.

Laisse-moi lire ce que tu as écrit. Repose-toi. « Avec l'aide de ton oncle et de son père, j'ai ébauché un projet très simple. À court terme, Victoria prendrait possession du château et le dirigerait comme l'hospice des Amis, avec de la place pour chacun pour profiter du bon air de la vallée de Playfield. À plus long terme, nous léguerions Love Hall à la nation. C'est ainsi que nous nous sommes installés dans cette maison que j'ai toujours aimée. Quand j'étais enfant, j'enviais la famille de ta mère de vivre dans un cadre aussi douillet. Et nous leur avons donné la jouissance perpétuelle de Hill House. Ta mère et moi, toi et Ève : nous avons toujours été heureux ici. »

Tellement heureux.

« Et c'est maintenant à toi, Adam, étant à la fois le dernier lord Loveall et le chef actuel de la famille Hamilton, d'assurer la transition. Tu t'es si bien tiré d'affaire. Ta mère et moi avons toujours été si fiers de toi.

« Victoria s'installa ici, avec plusieurs de vos nombreuses tantes londoniennes, et Love Hall commença sa métamorphose. Ta grand mère, que Dieu ait son âme, s'occupa bien entendu de la bibliothèque et acheva son grand œuvre avant sa mort. Elle apporta la vieille presse de Bellman à Love Hall et lui acheta un équipement plus moderne pour la boutique de Londres. Elle servit de professeur à oncle Pharaoh, tandis qu'ils rédigeaient ensemble leurs ballades dans la bibliothèque. "Tout château

digne de ce nom devrait avoir un compositeur de ballades", affirmait-elle.

« Elle avait invité sans grande ardeur les villageois à venir voir la bibliothèque, mais cette idée déboucha sur une visite guidée de toutes les parties du château accessibles sans déranger le travail de Victoria. La nouvelle se répandit rapidement, au point que Mère décida d'imprimer un guide sur sa presse afin de ne plus avoir à arpenter Love Hall en tous sens. Ce texte a été quelque peu développé et modifié depuis, mais pour l'essentiel c'est celui qu'Esme répète maintenant et qu'on peut acheter près de la caisse.

« À force de voir des gens venir d'endroits de plus en plus lointains, nous finîmes par avoir l'idée de leur faire payer deux shillings. Nous fûmes parmi les premiers à comprendre le potentiel de ces visites guidées, mais nous n'avions pas besoin de l'argent qu'elles nous rapportaient de sorte que nous le consacrâmes intégralement à l'hospice puis à l'hôpital que nous fîmes construire sous la direction de Victoria. » Rose ? Rose ?

Est-ce l'heure d'aller au temple ?

Pas aujourd'hui.

Je ne peux pas y aller.

Chut. Calme-toi. Veux-tu que je continue à lire ?

Alors que je lisais, on me fait la lecture. Alors que j'écrivais, je dicte ces mots. Père ! Sarah !

Point final.

AMOR VINCIT OMNIA
ROSE LOVEALL
†

Annexe

Extraits de
GUIDE DE LOVE HALL, PLAYFIELD
(© 2000 Association Love Hall et Comité anglais du patrimoine)

Niché dans la paisible vallée de Playfield, la magnifique Playfield House, surnommée affectueusement Love Hall, est un des joyaux de la couronne des châteaux de la campagne anglaise.

Explorez l'histoire mystérieuse de cette grande demeure. Remontez le temps en parcourant les spectaculaires jardins à la française et perdez-vous dans le domaine, au cœur d'un monde oublié de belvédères, de folies et de vues surprenantes. Admirez la fameuse collection de peintures de la Grande Galerie, exactement comme l'auraient fait vos prédécesseurs du XVIIIe et du XIXe siècle, en découvrant des œuvres de Stubbs, Batoni, Eugenius, Rosetti, Holbein et Blake. Flânez parmi les merveilles de la bibliothèque Octogonale, qui abrite notamment les manuscrits complets du poète Mary Day. (Entrée gratuite pour les personnes munies de tickets.) Et si vous avez de la chance, peut-être rencontrerez-vous le légendaire fantôme de Love Hall – rassurez-vous : elle est très gentille !

Et souvenez-vous que Love Hall fut jadis une maisonnée en pleine activité, qui grouillait de domestiques vaquant à leurs tâches quotidiennes. Des personnages Animatronix® font revivre l'affairement de l'office pour les visiteurs du XXIe siècle, à travers une série de *son et lumière** dans la cuisine et la blanchisserie. Divertissement assuré pour toute la famille !

Restaurez-vous avec des spécialités du château servies dans un esprit contemporain au Tea Shop, installé dans les Petites Écuries. (Il est possible de déjeuner jusqu'à 14 h 30. Le parc est à votre disposition si vous désirez pique-niquer. Merci de ne pas laisser de détritus.)

Avant de partir, faites un tour dans la boutique de souvenirs. (Accessible aux fauteuils roulants.)

Le Jardin

Découvrez l'excentricité de la Folie gothique et la vue délicieuse sur Love Hall depuis l'allée.

Attention au ha-ha ! De nombreux manoirs campagnards avaient un ha-ha, c'est-à-dire un mur invisible dans la perspective du bâtiment, dont Love Hall offre un magnifique exemple. Dans d'autres châteaux, un tel mur dissimule un passage offusquant la vue, ou encore maintient à l'intérieur des animaux d'élevage (loutres, blaireaux) tout en empêchant d'éventuels moutons sauvages d'entrer. En ce qui concerne le ha-ha de Love Hall, toutefois, sa finalité originelle est inconnue.

Un schéma des plantations des parterres est à votre disposition. (Veuillez noter que ce plan subit des variations saisonnières.)

1. La tombe de Rose Loveall

ROSE OLD DITE MISS FORTUNE
1820-1918
QUI AVAIT PRESQUE ATTEINT SA FILLE
DU SIÈCLE
AIMÉE DE TOUS
« ON NE PEUT JOUER LE RÔLE
DE CE QU'ON EST. »
VOILÀ !*

L'histoire du château se déroule sans interruption du haut Moyen Âge jusqu'à nos jours, mais sa figure la plus emblématique demeure Rose Old. Bien que d'innombrables légendes circulent sur sa vie entre misère et opulence, les faits certains la concernant sont étonnamment peu nombreux. Ce que nous savons de son existence se réduit à des déductions tirées des bibliothèques, galeries et corridors de Love Hall. On en apprendra davantage lorsque ses Mémoires seront publiés, ce qui se produira à l'occasion soit du centième anniversaire de sa mort soit du décès de Jeffrey Loveall. En attendant, découvrez Rose grâce aux panneaux explicatifs roses (identifiés par des roses numérotées) disposés tout au long du parcours de la visite.

Les enfants sont invités à jouer sur l'exceptionnelle **bascule à siège** se trouvant à gauche de la tombe. La légende veut que Rose elle-même se soit assise sur ce siège.

La Grande Galerie

521. *Pharaoh et Mutter,* peinture anonyme (1842). Pharaoh a été identifié comme le compositeur de ballades attitré du château, Mr Phillip Farrow (voir les notices sur la bibliothèque Octogonale). La plaque de son collier indique que le chien s'appelait Mutt, mais le titre figurant sur la toile est bel et bien *Pharaoh et Mutter*. Cette erreur du peintre est déconcertante.

522. *Marie protégeant Loveall et sa famille,* par Vincento Chevenix (1860). Une allégorie où la Madone tient sous son aile la famille Loveall. Bien qu'il ne s'agisse certainement pas de la Vierge, les tentatives pour identifier autrement cette Marie sont restées infructueuses.

523. *La Jeune Turque* (Frances Hamilton, née Cooper, épouse de Stephen Hamilton), par A. B. Thijssen (1849). Magnifique portrait à l'huile d'une jeune femme habillée à la turque, ce qui était alors en vogue. Notez l'inclusion du Mausolée de Love Hall derrière elle, représenté ici dans le cadre plus exotique d'un paysage méditerranéen.

533. *Rose Old,* peinture anonyme. La moitié du corps du personnage est habillée en homme, et l'autre moitié

en femme. Il s'agit d'une copie d'un portrait du Chevalier d'Éon, dont une petite gravure est exposée à côté de ce tableau.

534. *Isabelle Anthony,* par Jérôme Montdidier le Jeune. ACTUELLEMENT EN RESTAURATION.

535. *Le Jeune Lord Loveall,* **un portrait posthume** par Rowan Bryars (1848). Le Jeune Lord au centre est entouré par des références bizarres à un conte de fées inventé par l'artiste : le château cerné de roses et d'églantiers, des licornes paissant l'herbe, des pommes empoisonnées, un bassin magique à métamorphoses, une méchante sorcière projetant une ombre sur le tronc d'un arbre. Bien que Bryars fût la première femme peintre à avoir des œuvres exposées dans la New British Gallery, elle fut longtemps méconnue dans sa patrie. L'Association Love Hall, en collaboration avec le Comité anglais du patrimoine, organise actuellement la première grande exposition consacrée à Rowan Bryars, où l'on pourra notamment découvrir pour la première fois en Angleterre les études symbolistes à la réputation sulfureuse intitulées *La Vie sexuelle**.

544. Portraits du Jeune Lord Loveall et de lady Dolores Loveall, double portrait allégorique par Eugenius (1799).

550. *Les Rakeleigh,* par Stroud Kettle (1823). Étrangement, ce tableau est toujours exposé au milieu d'une collection d'œuvres de Mullery dans la section consacrée au bétail. Le jeune garçon figurant sur cette peinture est Guy Rakeleigh, dont C. B. Fontwater, dans son essai intitulé *Mauvais sujets d'antan,* a noté en une formule mémorable : « Il ne fut quasiment point marié. » Pour des raisons inconnues, en bas à gauche du cadre est fixée une muselière.

557. *Le Mauvais Lord Loveall,* par Cornelius Von Klank (1742). Ce tableau célèbre est appelé communément : « La terreur de l'artiste ». Le titre officiel est *Lothar, lord Loveall, en costume de chevalier de l'ordre de la Jarretière, d'après van Haarlem*.

La bibliothèque Octogonale

Avant d'entrer, notez le graffiti dans la liste des bibliothécaires au-dessus de la porte. Bien des années avant que l'Association prenne possession de Love Hall, en 1998, un vandale inconnu a incisé dans la maçonnerie le mot GARÇON. Les précédents propriétaires ont demandé que l'inscription reste en l'état. (Voir plus loin le commentaire sur les monogrammes à Love Hall.) Pour des raisons de conservation des livres, la bibliothèque est peu éclairée. Prenez garde à ne pas trébucher.

320. **Un recueil des ballades de Pharaoh (Phillip Farrow)**, le compositeur de ballades attitré du château, imprimé par les Presses Anonymes de Playfield. Lisez le panonceau rose 17, à côté de la vitrine des ballades, pour des informations supplémentaires sur *Ne redoutez point les ténèbres, ou La Couturière de Bethnal Green* et le double meurtre de Bryony et Laurence McRae.

326. **La Presse Anonyme**. Pendant plus d'un siècle, la fondation Loveall a accordé des subventions et l'usage de cette presse aux poètes s'intéressant aux possibilités nouvelles de la technique traditionnelle de l'impression. Plusieurs exemples de ce travail sont exposés dans la vitrine adjacente, notamment le premier poème de Pippa Gray : *Entre le mot et la page*.

327. Une édition originale de *La Lumière du poète : Une biographie de Mary Day,* d'Anonyma Wood,

ouvrage édité d'abord par les Presses Anonymes et ayant connu depuis plus d'une douzaine de réimpressions. Bien qu'il ne constitue plus la biographie définitive, ce livre révolutionnaire demeure la référence en la matière. À côté, une copie manuscrite des « Notes pour une future biographie de Mary Day », d'Anonyma Wood.

329. Un manuscrit original du poème de Mary Day *Leur Mérite.*

Leur mérite non le mien
Mon mérite ne t'appartient
Leur air à respirer
Mon air ne m'appartient
Mien est Adam
Mienne est Ève
Leur Ciel est
Leur air à respirer

À vous la confession
À eux la possession
À eux en assemblée
À vous en solitude
Le leur ne m'appartient
Le mien ne t'appartient
Leur air à respirer
Mon air ne m'appartient

330. **Le carnet de Mary Day**, ouvert sur le poème *Le Second,* extrait de son livre *Halle d'Amour, Seigneur, Don total :*

Mariée, atterrée. Rédemption, garde une espérance
Repos invincible tout en Dieu. Éradique
Une si triste alliance
Combien heureuse exilée

La grande chapelle et le mausolée

Les Loveall n'étaient guère religieux, et d'après la tradition familiale cette chapelle ne fut bâtie que pour équilibrer architecturalement le château. Quakers ardents, les générations ultérieures de Loveall fréquentaient davantage le Temple des Amis édifié à Playfield grâce aux fonds fournis par la fondation Loveall.

Autres objets intéressants

600. **La maquette de Hemmen**. Bien qu'il ne s'agît nullement d'une Maison de Poupée à l'origine, cette reproduction miniature de Love Hall est considérée par beaucoup comme l'une des plus belles au monde dans ce genre.

801. **Chaise de style georgien en bois d'Amboine**. On ne sait si cette chaise appartenait à A. Pope, le barde de Twickenham, ou à un pope. (Vous avez le droit de vous asseoir dessus.)

803. **La Coupe Loveall de l'Amitié**. Cette coupe de l'amitié en argent est exceptionnelle. L'anse droite forme le bas de la lettre *g* et l'anse gauche le haut de la lettre *d*, tandis que la coupe elle-même porte les lettres *la*. (Notez que les monogrammes *AgL* et *Glad* sont présents partout dans le château. On suppose qu'ils sont maçonniques.)

821. **Corne de Licorne** sur une plaque. Une curiosité inexpliquée (sans doute un objet fabriqué.)

Quelques suggestions de lectures

Ackroyd, Peter, *Blake*, Londres, 1995.
Dressing Up, Londres, 1979.
London The Biography, Londres, 2000.
Allen, Susan Heuck, *Finding the Walls of Troy*, Berkeley, 1999.
Barbin, Abel, *Herculine Barbin, dite Alexina B.*, présenté par Michel Foucault, Paris, 1978.
Beaumont, Francis, *Paraphrase of Ovid's "Salmacis and Hermaphroditus"*, 1602.
Brewer, John, *The Pleasures of the Imagination*, Londres, 1997.
Bronson, Bertrand, *The Traditional Tunes of the Child Ballads, with Their Texts, According to the Extant Records of Great Britain and America*, 4 vol., Princeton, 1959, 1962, 1966, 1972.
Bulliet, C. J., *Venus Castina*, New York, 1956.
Burford, E. J., *Wits, Wenchers and Wantons*, Londres, 1986.
Child, F. J., *English and Scottish Popular Ballads*, New York, 1965.
Colapinto, John, *As Nature Made Him*, New York, 2000.
De La Falaise, Maxine, *Seven Centuries of English Cookery*, Londres, 1973.
Dreger, Alice Domurat, *Hermaphrodites and the Medical Invention of Sex*, Harvard, 1998.
Fowler, Marian, *Blenheim : Biography of a Palace*, Londres, 1989.

Girouard, Mark, *Historic Houses of Britain*, New York, 1979.

Life in the English Country House, New Haven, 1972.

Hogarth, William, *Engravings by Hogarth*, New York, 1973.

Holloway, John, et Black, Joan, *Later English Broadside Ballads*, Londres, 1975 ; *Later English Broadside Ballads*, vol. 2, Londres, 1979.

Kates, Gary, *Monsieur d'Eon Is a Woman*, New York, 1995.

Lind, Earl, *The Autobiography of an Androgyne*, New York, 1918.

The Female Impersonators, New York, 1975.

Mayhew, Henry, *London Labour and the London Poor*, Londres, 1851-1862.

Ovide, *Metamorphoses*, traduction d'Arthur Golding, 1567.

Parsons, James, *A Mechanical and Critical Enquiry into the Nature of Hermaphrodites*, Londres, 1741.

Sneyd, Walter, *Portraits of the Spriggins Family arranged by Richard Sucklethumkin Spruggin*, 1829 (National Trust, 1985).

Thompson, C. J. R., *The Mysteries of Sex*, New York, 1974.

Thorold, Peter, *The London Rich*, Londres, 1999.

National Trust Guidebooks, *passim*.

English Heritage Guidebooks, *passim*.

Fortean Times, *passim*.